LE GRAND
NULLE PART

Dans la même collection :

Robin Cook : *Cauchemar dans la rue*
James Ellroy : *Le Dahlia noir*
James Ellroy : *Clandestin*
Tony Hillerman : *Le Voleur de temps*

Titre original : *The Big Nowhere*
© James Ellroy, 1988
© Editions Rivages, 1989
5-7, rue Paul-Louis-Courier, 75007 Paris
10, rue Fortia, 13001 Marseille
I. S. B. N. 2-86930-229-0

James Ellroy

LE GRAND NULLE PART

Traduit de l'américain
par Freddy Michalski

Collection
dirigée par François Guérif

Rivages/Thriller

A GLENDA REVELLE

Il était écrit que je fusse loyal au cauchemar de mon choix.

Joseph CONRAD. *Au cœur des ténèbres*.

PREMIERE PARTIE

LES ROUGES SOUTERRAINS

Chapitre 1

Les orages éclatèrent juste avant minuit, noyant sous leurs averses les coups de klaxon et le tintamarre qui marquaient de leur signal convenu la Nouvelle Année sur le Strip ; 1950 fit ainsi son entrée à l'annexe du poste de police d'Hollywood Ouest dans une vague de crissements de pneus excités avec, en supplément, l'intervention du fourgon à viande froide.

A 00 h 03, un carambolage de quatre voitures sur Sunset et la Cienaga eut pour conséquences un peu de tôle froissée et une demi-douzaine de blessés ; les adjoints arrivés sur les lieux recueillirent les déclarations des témoins oculaires ; les responsables de l'accident étaient le rigolo dans la De Soto marron et le major de l'armée de terre de Camp Cooke au volant de sa voiture de service, qui faisaient la course, sans les mains, avec chacun sur les genoux un chien coiffé d'un chapeau de cotillon. Deux arrestations ; un appel au refuge d'animaux de Verdugo Street. A 00 h14, un cabanon en préfa inhabité, domicile d'un ancien combattant, s'effondra en un tas de décombres noyés de pluie, tuant par la même occasion deux adolescents, un garçon et une fille, qui se pelotaient dans le soubassement ; deux MAA* pour la morgue du comté. A 00 h 29, un décor de pelouse illuminée mettant en scène un Père Noël et ses aides fit court-circuit, projetant des flammes le long du câble de branchement jusqu'à son terminus à l'intérieur de la maison — une prise connectée à un fouillis de cordons adaptateurs qui alimentaient une scène de nativité et un grand sapin de Noël brillamment éclairés —, brûlant gravement trois enfants qui entassaient des cadeaux enveloppés de papier de soie sur un petit Jésus rougeoyant dans l'obscurité de sa crèche. Un camion d'incendie, une ambulance et trois voitures de patrouille des Services du shérif sur les lieux, un cafouillage mineur sur un problème de juridiction lorsque le LAPD fit son apparition en force, parce que le bleu de service au standard s'était trompé : il avait pris l'adresse de Sierra Bonita Drive comme relevant de la ville et non du comté. Puis cinq conduites en état

---

* MAA : mort à l'arrivée de la police.

11

d'ivresse ; puis une cargaison d'arrestations pour ivresse et tapage nocturne sur la voie publique à la fermeture des clubs du Strip ; puis une agression par deux gros bras en face de chez Dave et de sa Chambre Bleue ; les victimes, deux bouseux de l'Iowa de sortie en ville pour le Rose Bowl*; les malabars, deux Noirs qui avaient pris la fuite au volant d'une Merc* de 47 avec passages de roues élargis, de couleur violette. Lorsque la pluie cessa peu après 3 h, l'inspecteur adjoint Danny Upshaw, qui faisait fonction de commandant de poste, émit la prédiction que les années cinquante allaient être une décennie de merde.

Mis à part les ivrognes et les contrevenants non poivrés derrière les barreaux de la cellule, il était seul. Toutes les voitures pie, tous les véhicules banalisés étaient de sortie et travaillaient au pif ; la chaîne de commandement, il n'y en avait pas, pas de fille au standard, pas d'employé de bureau, pas d'adjoints en civil dans la salle de brigade. Pas d'hommes de patrouille en tenue kaki et vert passé à se pavaner dans le poste, baladant leurs sourires satisfaits sur le boulot bien juteux qui était le leur — le Strip, ses femmes qui faisaient la une des magazines, les paniers cadeaux de Noël offerts par Mickey Cohen, avec un seul vrai problème : le partage de la ville avec le LAPD. Personne pour le reluquer de travers lorsqu'il prit ses manuels de criminologie : Vollmer, Thorwald, Maslick — techniques de quadrillage des lieux d'un crime, interprétation des éclaboussures de sang, comment vous retourner une pièce de 7 mètres sur 5 à la recherche de preuves en une heure tout rond.

Danny s'installa pour sa lecture, les pieds sur le bureau, l'émetteur-récepteur poste-voitures en vadrouille, au niveau sonore minimum. Hans Maslick digressait sur la manière de relever des empreintes digitales à partir de chairs grièvement brûlées ainsi que sur les meilleurs composés chimiques pour éliminer les tissus croûtés sans roussir la peau sous la surface du motif de l'empreinte. Maslick avait perfectionné sa technique lors des suites d'un incendie de prison à Düsseldorf en 1931. Il avait eu à sa disposition quantité de macchabées et de motifs d'empreintes sur lesquels travailler ; à proximité se trouvait une usine de produits chimiques, avec un jeune laborantin ambitieux, impatient de lui venir en aide. Ensemble, ils travaillèrent vitesse grand V : les solutions caustiques brûlaient trop en profondeur, les mélanges moins agressifs ne pénétraient pas les chairs cicatricielles. Danny notait des symboles chimiques sur un calepin au fur et à mesure de sa lecture ; il se voyait très bien en assistant de Maslick, travaillant au coude à coude avec le grand criminologiste qui l'embrassait d'une étreinte paternelle chaque fois qu'il avançait d'un nouveau cran dans ses déductions logiques. Il en vint bientôt à transposer dans sa lecture les mômes brûlés de la crèche : il travaillait en solo, relevant les empreintes des doigts minuscules avant de les contrôler une seconde fois grâce au registre des naissances, précaution courante dans

---

* Rose Bowl : match exhibition de football américain.
* Merc : automobile de marque Mercury.

les hôpitaux pour se prémunir contre les échanges de nouveau-nés.

— Patron, on en a un beau sur les bras !

Danny leva les yeux. Hosford, adjoint en uniforme qui opérait aux limites nord-est du territoire, se tenait dans l'embrasure de la porte.

— Quoi ? Pourquoi n'avez-vous pas appelé ?

— J'ai appelé. Z'avez pas...

Danny repoussa manuel et calepin à l'abri des regards.

— De quoi s'agit-il ?

— Un homme abattu. C'est moi qui l'ai découvert — Allegro, à huit cents mètres en remontant du Strip. Seigneur, jamais z'avez vu rien...

— Vous, vous restez ici. J'y vais.

* * *

Allegro Street était une rue résidentielle étroite, mi-bungalows avec cour de style espagnol, mi-chantiers de construction dont le devant s'ornait de pancartes qui promettaient UNE VIE DE LUXE dans les styles Tudor, Français Provincial et Moderne Epuré. Danny remonta la rue au volant de sa voiture sans signes distinctifs et ralentit lorsqu'il vit un barrage de chevaux de frises avec lumières rouges clignotantes ; trois voitures pie garées derrière, éclairant de leurs phares un terrain vague envahi de mauvaises herbes.

Il laissa sa Chevy contre le trottoir et s'avança. Un groupe d'adjoints en cirés de pluie pointaient les lueurs de leurs torches sur le sol ; les lueurs rougeâtres des gyrophares voletaient par intermittence sur un panneau qui annonçait LA PLANTATION D'ALLEGRO — LOCATION LIBRE POUR LE PRINTEMPS 51. Les faisceaux dirigés bas des patrouilleurs s'entrecroisaient sur le terrain vague, éclairant de-ci, de-là, carafons de gnôle vides, bois de construction détrempé et débris de papier. Danny s'éclaircit la gorge ; un des hommes pivota sur place et dégaina son arme comme pris d'un tic, d'un geste convulsif et spasmodique.

— Du calme, Gibbs. C'est moi. Upshaw, dit Danny.

Gibbs rengaina son calibre ; les autres flics s'écartèrent. Danny baissa les yeux sur le cadavre, sentit ses genoux se dérober et se conduisit en criminologiste pour s'éviter de s'évanouir ou de vomir :

— Deffrey, Henderson, gardez vos torches pointées sur le décédé. Gibbs, notez ce que je vais dire mot pour mot.

"Mort sexe masculin, blanc, type caucasien, nu. Age approximatif trente à trente-cinq ans. Le cadavre gît sur le dos, bras et jambes écartés. Sur le cou, il y a des marques de ligature, les yeux ont été ôtés et les orbites vides laissent suinter une substance gélatineuse."

Danny s'accroupit près du cadavre ; Deffrey et Henderson approchèrent les faisceaux de leurs torches pour lui permettre d'y regarder de plus près.

— Les parties génitales sont meurtries et enflées, il y a des marques de morsure sur le gland du pénis.

Il passa la main sous le dos du cadavre et sentit la terre humide ; il posa la main sur la poitrine, près du coeur et ne toucha qu'une peau sèche avec un peu de chaleur résiduelle.

— Il n'y a pas trace de précipitation sur le cadavre, et comme il a plu fortement entre minuit et trois heures du matin, nous pouvons estimer que le corps de la victime a été déposé ici dans l'heure qui a précédé.

Une sirène hurlante s'approcha des lieux du crime. Danny s'empara de la torche de Deffrey et alla voir d'encore plus près pour examiner le pire de la chose.

— Il y a au total six plaies bien délimitées, de forme ovale et irrégulière sur le torse, entre nombril et cage thoracique. La chair est déchiquetée sur le pourtour des orifices, les viscères sont couverts de sang coagulé exsudé par les plaies. La peau autour de chaque blessure est enflammée, délimitant clairement les lambeaux de chair et...

— Des suçons, à tous les coups, sans déconner, dit Henderson.

Danny sentit son petit exposé livresque lui claquer entre les doigts.

— Qu'est-ce que vous voulez dire ?

Henderson soupira.

— Vous savez, des morsures amoureuses. Comme quand une nana commence à vous sucer dans le cou. Gibbibi, montre au civil ici présent ce que la fille au vestiaire de la Chambre Bleue t'a fait à Noël !

Gibbs se mit à glousser et continua à écrire; Danny se leva : il faisait la gueule parce qu'un flicaillon aux pieds plats lui avait fait la leçon. Parce qu'il avait cessé de parler, de voir le macchabée lui en fila un coup ; il avait les jambes en coton et son estomac jouait à la retourne. Il éclaira de sa maxi-torche le sol aux alentours du mort et vit que les gros godillots aimablement fournis par le LASD* l'avaient consciencieusement piétiné et que les voitures de patrouille avaient fait disparaître toute possibilité d'y retrouver des marques de pneus.

— J'suis pas sûr d'avoir pas fait de fautes en écrivant, dit Gibbs.

Danny retrouva sa voix de prof devant son manuel.

— Ça n'a pas d'importance. Contentez-vous de conserver vos notes, vous les donnerez au capitaine Dietrich au matin.

---

* LASD : Services de police du shérif de L.A.

— Mais je finis à huit heures. Le chef, il arrive pas avant dix heures, et j'ai des billets pour le Bowl !

— Désolé, mais vous restez ici jusqu'à la relève par l'équipe de jour ou l'arrivée des gars du labo.

— L'labo du comté, il est fermé le Premier de l'An, et les billets, j'les...

Un fourgon du Coroner vint s'arrêter devant les chevaux de frise en éteignant sa sirène ; Danny se tourna vers Henderson.

— Délimitez les lieux par des cordes, pas de journalistes, pas de badauds. Gibbs reste sur place, vous et Deffrey, vous commencez à remuer les puces aux gens du quartier. Vous connaissez le topo : témoins du largage de cadavre, suspects qui traînaient dans le coin, véhicules.

— Upshaw, putain, mais il est quatre heures vingt du mat !

— Eh bien, si vous vous y mettez tout de suite, vous pourrez peut-être en avoir fini pour midi. Remettez votre rapport en double à Dietrich, et notez toutes les adresses où les clients étaient absents, qu'on puisse vérifier par la suite.

Henderson se dirigea comme une furie vers sa bagnole de patrouille ; Danny regarda les hommes du Coroner qui plaçaient le corps sur une civière avant de le couvrir d'une couverture pendant que Gibbs leur déblatérait son baratin aux oreilles, y mêlant les cotes des paris du Rose Bowl avec son numéro sur l'affaire du Dahlia Noir, toujours non résolue, et toujours sujet brûlant. Un foisonnement de lueurs, gyrophares orangés, torches et phares dc voitures envahit le terrain vague, pour en illuminer quelques détails : flaques de boue où se reflétaient ombres, clair de lune et brumes des néons d'Hollywood dans le lointain. Danny songea à ses six mois comme inspecteur, et aux deux homicides dont on l'avait chargé, deux affaires de famille, nettes et claires. Les hommes de la morgue chargèrent le corps, firent demi-tour et s'éloignèrent sans sirène. Un principe de Vollmer lui revint en mémoire : "Dans les meurtres de passion exacerbée, l'assassin trahit toujours sa pathologie. Si l'enquêteur accepte de faire la part objective des preuves tangibles et ensuite réfléchit de manière subjective en se plaçant du point de vue de l'assassin, il réussira fréquemment à résoudre des crimes dont le côté hasardeux et aléatoire est déconcertant de prime abord."

Des yeux arrachés. Des organes sexuels meurtris. De la chair nue, sanguinolante jusqu'au vif du muscle. Danny suivit le fourgon de la morgue en direction du centre ville, en regrettant de ne pas avoir de sirène sur sa voiture pour arriver plus vite.

* * *

Les morgues de L.A. ville et du comté occupaient le rez-de-chaussée d'un entrepôt sur Alameda, juste au sud de Chinatown. Une cloison de bois séparait les deux entreprises : tables d'examen, réfrigérateurs et tables de dissection pour les corps trouvés à l'intérieur des limites de la ville, et un autre ensemble de matériels pour les macchabées relevant de la zone imprécise que patrouillaient les services du shérif. Avant que Mickey Cohen ne mette le remue-ménage au cœur du LAPD et du Bureau du Maire par ses révélations sur Brenda Allen — toutes les grosses huiles touchaient des enveloppes des plus célèbres putains de L.A. — la coopération entre la ville et le comté avait été réelle et conséquente, les légistes et les employés de la morgue partageaient les sacs plastique, les scies à disséquer et les liquides pour la conservation des organes. Aujourd'hui que les flics du comté couvraient les opérations de Cohen sur le Strip, ne subsistait que rancœur entre les deux services.

Des édits étaient tombés du service du personnel de la ville : finis les prêts de matériel médical de la ville ; finie la fraternisation avec les équipes du comté pendant le service ; finies les petites sauteries avec gnôle distillée en fraude sur les becs Bunsen, de crainte de retrouver les MAA étiquetés de travers ou de voir des bocaux d'organes disparaître comme souvenirs avec pour résultat de nouveaux scandales qui viendraient renforcer ce qu'avait fait Brenda Allen. Danny Upshaw suivit la civière marquée John Doe* 1-1-50 et remonta le quai de déchargement du comté, sachant que ses chances d'obtenir son pathologiste préféré des Services de la ville pour pratiquer l'autopsie étaient pratiquement nulles.

La partie comté de la morgue débordait d'activités : cadavres d'accidentés de la route alignés sur leurs chariots, sous-fifres de la morgue en train d'accrocher leurs étiquettes aux gros orteils, adjoints en uniforme qui rédigeaient leurs rapports sur les décédés, et hommes du Coroner fumant leurs cigarettes à la chaîne pour noyer la puanteur ambiante, un mélange d'odeurs de sang, de formaldéhyde et de bouffe chinetoque à emporter complètement rassise. Danny se fraya un chemin en zigzags jusqu'à une sortie de secours puis fit un crochet en direction du quai de déchargement de la ville où il interrompit un trio de flics de patrouille du LAPD en train de chanter "Auld Lang Syne"*. A l'intérieur, la scène était identique à celle qui se déroulait côté comté, mis à part le fait que les uniformes étaient bleu marine — et non vert olive et kaki.

Danny se dirigea tout droit vers le bureau du Dr Norton Layman, assistant chef du médecin légiste de la ville de Los Angeles, auteur de *La Science contre le crime*, qui était son instructeur au cours du soir de l'USC* intitulé "Pathologie légale pour débutants". Un mot était épinglé sur la porte : "Je suis de jour à partir du 1/1. Puisse Dieu bénir notre nouvelle ère en nous offrant moins de boulot que pour la première moitié de ce siècle qui fut plutôt sanglante — N.L."

---

* John Doe : Américain moyen ; équivalent de Dupont ou Durand.
* Auld Lang Syne : de l'écossais, littéralement "Le bon temps de jadis", se chante traditionnellement lors des douze coups de minuit le soir de la Saint- Sylvestre.
* USC : University of South California, Université de Californie du Sud.

En jurant pour lui-même, Danny sortit stylo et calepin et écrivit :

"Doc — J'aurais dû me douter que vous choisiriez la journée la plus chargée de l'année comme jour de repos. Il y a un 187 intéressant côté comté : mâle, mutilations sexuelles. Du nanan pour votre nouveau bouquin, et comme c'est moi qui me suis récupéré le morceau, je suis sûr que j'aurai l'affaire. Voulez-vous essayer d'obtenir l'autopsie ? Le capitaine Dietrich dit que le légiste au service de jour du comté est joueur et susceptible de se laisser soudoyer. J'arrête là — D.Upshaw." Il plaça la feuille de papier sur le buvard du bureau de Layman, la coinça sous un crâne humain qui était là comme élément décoratif et retourna vers ce qui était territoire du comté.

Les affaires faisaient relâche. Les lueurs du jour commençaient à poindre sur le quai de déchargement ; la récolte de la nuit s'alignait sur les tables d'examen en acier. Danny regarda autour de lui et vit que le seul être vivant de l'endroit était un des assistants du légiste, bien calé dans son fauteuil près de la salle d'accueil, en train de se curer alternativement le nez et les dents.

Il s'approcha. Le vieil homme, l'haleine chargée de tord-boyaux, lui dit :

— Qui êtes-vous ?

— Adjoint Upshaw, brigade d'Hollywood Ouest. Sur qui ça tombe ?

— Joli boulot. Z'êtes pas un peu jeunot pour un boulot aussi juteux ?

— Je travaille dur. Sur qui ça tombe ?

Le vieillard s'essuya les doigts dont il se curait le nez sur le mur.

— J'peux au moins vous dire qu'la conversation, c'est pas vot'fort. C'est Doc Katz qui était de service, seulement ses petites lampées de gnôle lui sont montées à la tête. Alors, y se rattrape en piquant un p'tit roupillon dans sa charrette de youpin. Comment ça se fait que tous les Youdes, y conduisent des Cadillac ? Z'êtes inspecteur, alors, z'avez une réponse à ça ?

Danny sentit ses poings s'enfoncer dans ses poches et s'y serrer, signe qu'il fallait qu'il se calme.

— Ça me dépasse ! Quel est votre nom ?

— Ralph Carty, c'est...

— Ralph, avez-vous jamais préparé un macchab pour l'autopsie ?

— Fiston, ricana Carty, j'les ai tous faits. J'me suis payé Rudolf Valentino et il en avait une toute petite, grosse comme un criquet. J'me suis payé Lupe Velez et Carole Landis, et j'ai des photos des deux. Lupe, elle se rasait le barbu. Vous faites semblant qu'elles sont pas mortes, et ça peut êt' drôle. Ça vous dirait? Lupe et Carole, cinq sacs la paire ?

Danny sortit son portefeuille et en détacha deux billets de dix ; Carty tendit la main vers sa poche intérieure pour en extraire un jeu de photos glacées.

— Nix, dit Danny. Le mec que je veux, il est sur une table par là.

— Quoi ?

— C'est moi qui fais la prép. *Maintenant*.

— Fiston, z'êtes pas préparateur officiel à la morgue du comté.

Danny ajouta cinq sacs à son pot-de-vin et tendit le tout à Carty ; le vieil homme embrassa la photo jaunie d'une étoile morte.

— J'crois qu'vous l'êtes, maintenant.

* * *

Danny prit son nécessaire à relever les indices dans sa voiture et se mit au travail. Carty montait la garde au cas où le légiste de service se pointerait en faisant la gueule.

Il enleva le drap qui couvrait le corps et palpa les membres pour vérifier la lividité cadavérique ; il souleva bras et jambes, les laissa retomber et observa le gauchissement caractéristique qui indiquait que la rigidité cadavérique s'installait. Il inscrivit "Mort probable aux environs de 1h du matin" sur son calepin puis barbouilla d'encre le bout des doigts du cadavre avant de les presser sur un morceau de carton rigide pour en relever les empreintes en notant avec satisfaction qu'il avait obtenu un résultat parfait du premier coup.

Ensuite, il examina le cou et la tête et mesura les marques de ligature violacées au moyen d'un compas à calibrer avant d'en noter les spécifications. Les marques entouraient le cou tout entier ; beaucoup trop longues et trop larges pour avoir été causées par une seule ou même deux mains. En plissant les yeux, il remarqua un fil sous le menton ; il l'ôta au moyen d'une paires de brucelles, déduisit que c'était du tissu éponge blanc, le plaça dans un tube à essais et sur une impulsion, ouvrit à force les mâchoires à demi-verrouillées et les maintint dans cette position au moyen d'un écarteur. Il éclaira ensuite l'intérieur de la bouche avec sa lampe stylo et vit des morceaux de fibres identiques sur le palais, la langue et les gencives ; il inscrivit "étranglé et étouffé par une serviette éponge blanche", prit une grande inspiration et se mit à inspecter les orbites.

Le faisceau de la lampe stylo éclaira des membranes meurtries zébrées de cette même substance gélatineuse qu'il avait déjà remarquée sur le terrain de construction ; Danny prit un coton-tige et préleva trois échantillons de chaque cavité qu'il étala sur des lamelles. La substance gluante avait une odeur médicinale mentholée.

Il poursuivit son examen en descendant le long du corps, pour en inspecter chaque centimètre ; en observant la saignée des coudes, il tiqua : de vieilles cicatrices de piqûres, très atténuées, mais en nombre sur les deux bras. La victime était un drogué — peut-être repenti — aucune des marques n'était récente. Il nota le renseignement, se saisit du compas à calibrer et serra les dents avant de s'attaquer aux plaies du torse.

Les six ovales se situaient à moins de trois centimètres les uns des autres. Ils portaient tous en périphérie des marques de dents mais la chair était trop déchiquetée pour qu'il puisse en prendre des empreintes, et toutes occupaient une trop grande surface pour avoir été faites par de simples morsures d'une bouche humaine. Danny racla le sang coagulé couvrant les viscères qui s'échappaient des blessures ; il étala ses échantillons sur des lamelles de verre et émit une hypothèse hasardeuse pour laquelle Doc Layman ne l'aurait pas raté :

L'assassin s'était servi d'un ou de plusieurs animaux pour profaner post-mortem le corps de sa victime.

Danny regarda le pénis de l'homme mort et y vit des marques qui ne pouvaient pas tromper, des traces de morsures de dents humaines sur le gland, ce que Layman qualifiait "d'affection meurtrière" lorsqu'il cherchait à soulever les rires d'une classe bondée de flics ambitieux qui avaient fini leur service. Il savait qu'il lui fallait vérifier le dessous de l'appareil génital et le scrotum, vit que Ralph Carty l'observait et s'exécuta : il ne découvrit pas de mutilations supplémentaires.

— On dirait une noix de cajou, caqueta Carty.

— Fermez votre putain de grande gueule, dit Danny.

Carty haussa les épaules et retourna à son *Screenworld*. Danny retourna le corps sur le ventre et eut un haut-le-coeur.

Le dos et les épaules, en long, en large et en travers, portaient des coupures profondes comme faites d'un rasoir bien affûté, des dizaines de plaies où des esquilles de bois se mêlaient aux minces filets de sang coagulé.

Danny regarda attentivement, juxtaposant les mutilations de l'avant du corps et du dos en essayant de les voir dans leur ensemble. Une sueur glacée détrempait les manchettes de sa chemise et lui faisait crisper les mains. Puis une voix bourrue :

— Carty, qui est ce gars-là ? Qu'est-ce qu'il fait ici ?

Danny fit demi-tour, avec aux lèvres un grand sourire, style faut-plaire-aux-gens-du-cru ; il vit un homme gras, vêtu d'une blouse blanche souillée et d'un chapeau de cotillon avec "1950" écrit en paillettes vertes.

— Adjoint Upshaw. Vous êtes le Dr Katz ?

Le gros commença par tendre la main avant de la laisser retomber.

— Que faites-vous avec ce cadavre ? Et de quelle autorité venez-vous ici me déranger dans mon travail ?

Carty se faisait tout petit à l'arrière-plan, le suppliant du regard.

— C'est moi qui ai récupéré le morceau et je voulais faire la prép du corps moi-même. Je suis qualifié pour ça, mais j'ai menti et j'ai dit à Ralphy que vous aviez dit que c'était casher.

— Sortez d'ici, adjoint Upshaw, dit le Dr Katz.

— Bonne année, dit Danny.

— C'est la vérité, Doc, dit Ralph Carty. J'me pends si j'mens.

Danny récupéra sa trousse à indices, hésitant sur sa destination : quadriller Allegro Street ou alors la maison, sommeil et rêves : Kathy Hudgens, Buddy Jastrow, la maison sanglante sur une petite route perdue du comté de Kern. A sa sortie, arrivé sur le quai de déchargement, il regarda derrière lui. Ralph Carty partageait l'argent de son pot-de-vin avec le docteur au chapeau de cotillon en strass.

Chapitre 2

Le lieutenant Mal Considine regardait la photographie de sa femme et de son fils en essayant de ne pas penser à Buchenwald.

Il était un peu plus de 8 h du matin ; Mal était dans son cagibi du Bureau d'Enquêtes Criminelles du Procureur et il émergeait d'un sommeil irrégulier alimenté par une trop grande quantité de Scotch. Ses jambes de pantalons étaient couvertes de confettis ; la sténo de la brigade, une fille à la cuisse légère, avait barbouillé sa porte de baisers, encerclant OFFICIER EXÉCUTIF d'accolades en Cramoisi Décadence de chez Max Factor. Le sixième étage de l'Hôtel de ville ressemblait à un terrain d'exercice piétiné ; Ellis Loew venait de le réveiller par son coup de téléphone : le retrouver, lui et "quelqu'un d'autre" au Wagon-Restaurant Pacific dans une demi-heure. Et il avait laissé Celeste et Stefan seuls à la maison, pour célébrer dignement 1950 — parce qu'il savait que sa femme profiterait de l'occasion pour la transformer en une nouvelle guerre.

Mal décrocha le téléphone et appela la maison. Celeste répondit à la troisième sonnerie.

— Oui ? Qui est celui qui appelle ?

La gaucherie de sa question trahissait le fait qu'elle était en train de parler tchèque à Stefan.

— C'est moi. Je voulais simplement que tu saches que j'en ai encore pour quelques heures.

— La blonde se fait exigeante, Herr Lieutenant ?

— Il n'y a pas de blonde, Celeste. Tu sais qu'il n'y a pas de blonde, et tu sais que je dors toujours à l'Hôtel de ville après la Nouvelle...

— Comment tu dis en anglais : *rotkopf* ? Rouquine ? *Kleine rotkopf scheisser schtupper...*

— Parle anglais, nom de Dieu! Arrête de jouer à ça avec moi !

Celeste éclata de rire ; gloussements savamment orchestrés qui émaillaient son numéro en langue étrangère et qui avaient le don de le rendre fou.

— Passe-moi mon fils, nom de Dieu.!

Silence avant le sempiternel couplet final de Celeste Heisteke Considine :

— Ce n'est pas ton fils, Malcolm. Son père, c'est Jan Heisteke, et Stefan le sait. Tu es mon bienfaiteur et mon mari, le garçon a onze ans et il faut qu'il sache que son héritage, ce n'est pas du jargon policier amerikanish et du base-ball et...

— *Tu vas me passer mon fils, nom de Dieu* !

Celeste rit doucement. Mal savait qu'elle acceptait le point gagnant — lorsqu'il se mettait à parler de sa voix de flic. La ligne devint silencieuse ; en arrière-fond, il entendait Celeste qui roucoulait une mélopée en tchèque pour sortir Stefan de son sommeil. Puis le garçon fut au bout du fil — en plein au milieu, entre elle et lui.

— Pa'Malcolm ?

— Ouais. Bonne année !

— On a vu le feu d'artifice. On est allé sur le toit et on avait pris les par...par...

— Vous aviez pris les parapluies ?

— Oui. On a vu l'Hôtel de ville tout éclairé, et puis les pétards sont partis, et dans l'air, ils ont...ficelé ?

— Ils ont sifflé, Stefan, dit Mal. Une ficelle, c'est une sorte de petite corde.

Stefan s'essaya au mot nouveau.

— F-i-c-e-l-e ?

— Deux l. On fera une leçon quand je rentrerai, on ira peut-être faire un tour en voiture du côté de Westlake Park pour nourrir les canards.

— Est-ce que tu as vu les pétards ? Est-ce que tu as regardé par la fenêtre pour voir ?

A ce moment-là, il essayait de parer à l'offre de Penny Diskant, un p'tit coup vite fait dans les vestiaires, meurtri des jambes et des seins qui l'écrasaient, tout en souhaitant pouvoir y céder.

— Ouais, c'était joli. Fils, il faut que j'y aille maintenant. Tu retournes te coucher, comme ça tu seras en pleine forme pour notre leçon.

— Oui. Tu veux parler à Mutti ?

— Non. Au revoir, Stefan.

— Au revoir, P-p-pa !

Mal reposa le combiné. Ses mains tremblaient et ses yeux étaient voilés de larmes.

* * *

Le centre ville de L.A. était complètement bouclé, comme s'il cuvait une biture énorme. Les seuls citoyens visibles étaient les poivrots qui faisaient la queue devant la Mission du Salut de l'Union, attendant beignets et café ; les voitures étaient garées dans tous les sens — nez contre garde-boue défoncés — en face des hôtels de passe de South Main. Des confettis gorgés d'eau pendaient aux fenêtres et jonchaient le trottoir, et le soleil voilé qui montait au-dessus du bassin donnait la sensation d'une mauvaise gueule de bois, de chaleur et de vapeur mêlées. Mal roula jusqu'au Wagon-Restaurant du Pacific en souhaitant une mort rapide à cette première journée de la nouvelle décennie.

Le restaurant était bondé de touristes armés d'appareils photo, en train d'engloutir le "Rose-Bowl Special" — menu touristes, crêpes, Bloody Mary et café. Le maître d'hôtel dit à Mal que M. Loew et un autre monsieur l'attendaient dans la Salle de la Ruée vers l'Or — un petit coin tranquille et privé, qui avait la faveur de la gent judiciaire du centre ville. Mal revint sur ses pas et frappa à la porte ; elle s'ouvrit une fraction de seconde plus tard, et "l'autre monsieur" apparut devant lui, rayonnant.

— Toc, toc, qui va là ? Dudley Smith. Si t'es Rouge, fais gaffe à toi. Je vous en prie, entrez, lieutenant. Vous voici au milieu d'une réunion de cerveaux policiers de premier ordre, et c'est de bon augure, aussi nous devons-nous de marquer l'occasion par les civilités d'usage en ces circonstances.

Mal serra la main du personnage, reconnaissant du même coup le nom, le style et la voix de ténor à l'accent irlandais si souvent imitée. Lieutenant Dudley Smith, Criminelle du LAPD. Grand, large comme un quartier de boeuf et le visage rougeaud ; né à Dublin, élevé à L.A., études universitaires chez les jésuites. Homme de main dans toutes les affaires de première grandeur de tous les chefs de police de L.A. en remontant jusqu'à Dick Stekel les Gros Bras. A tué sept hommes dans l'exercice de ses fonctions et porte des cravates style club, faites spécialement pour lui, aux effigies personnalisées : chiffre 7, bracelets de menottes et écussons du LAPD piqués en cercles concentriques. La rumeur voulait qu'il portât un 45 de l'armée chargé de balles dum-dum frottées à l'ail et un poignard court monté sur ressort dans l'épaisseur de sa chaussure.

— Lieutenant, c'est un plaisir.

— Appelez-moi Dudley. Nous sommes de rang égal. Je suis plus âgé mais vous êtes bien plus bel homme. Je peux vous dire que nous allons faire une paire de partenaires sensationnels. Ne diriez-vous pas la même chose, Ellis ?

Mal porta son regard au-delà de Dudley Smith jusqu'à Ellis Loew. Le chef de la Division Criminelle du Procureur était installé dans un fauteuil de cuir qui avait tout du trône et il picorait les huîtres et le bacon au milieu de sa friture.

— C'est en effet ce que je dirais. Asseyez-vous, Mal. Seriez-vous intéressé par un petit déjeuner ?

Mal prit un siège face à Loew ; Dudley Smith s'assit entre eux. Tous deux portaient des complets de tweed trois-pièces, gris pour Loew, marron pour Smith. Tous deux arboraient leurs signes distinctifs : une clé Phi-Bêta-Kappa pour l'homme de loi, tandis que les revers du flic s'ornaient d'insignes de confréries et associations charitables diverses. Mal ajusta le pli de son pantalon de flanelle tout fripé et songea que Smith et Loew ressemblaient à deux chiots vicieux nés de la même portée.

— Non, merci, maître.

Loew indiqua une cafetière en argent.

— Java ?

— Non, merci.

Smith éclata de rire en se claquant les cuisses.

— Et que diriez-vous d'une explication sur cette intrusion très matinale dans votre paisible vie de famille ?

— Je vais deviner, dit Mal. Ellis veut être Procureur, je veux être Chef Enquêteur des Services du Procureur et vous voulez prendre la tête du Bureau de la Criminelle lorsque Jack Tierney partira en retraite le mois prochain. Nous sommes en place, directement concernés, et il y a un joli petit macchabée bien brûlant qui s'est fait descendre, dont je n'ai pas entendu parler ; nous deux comme enquêteurs, Ellis comme procureur. Un coup à vous faire une carrière. Ma devinette tombe juste ?

Dudley laissa échapper un hurlement de joie. Loew dit :

— Je suis heureux que vous n'ayez pas terminé votre droit, Malcolm. Je n'aurais guère goûté de me retrouver face à vous devant un tribunal.

— J'ai bien visé, alors ?

Loew piqua une huître de sa fourchette et la trempa dans le jaune d'oeuf.

— Non. Nous sommes bien en liste pour les postes que vous avez mentionnés, cependant. Purement et simplement. Dudley s'est porté volontaire de son propre...

Smith l'interrompit.

— Je me suis porté volontaire par patriotisme. Je hais la pourriture rouge plus encore que Satan.

Mal observa Ellis qui se servait, une bouchée de bacon, une d'huître, une d'oeuf. Dudley alluma une cigarette et l'observa ; Mal voyait le coup de poing américain en laiton qui dépassait de son ceinturon.

— Pourquoi cela me fait-il penser à une affaire pour le grand jury ?

Loew se recula dans son fauteuil et s'étira ; Mal sut qu'il allait endosser son personnage de cour de justice.

— Parce que vous êtes quelqu'un d'intelligent. Etes-vous au fait des nouvelles locales ?

— Pas vraiment.

— Eh bien, il y a quantité de conflits sociaux en ce moment, en particulier dans les studios de cinéma d'Hollywood. Les Camionneurs ont manifesté contre l'UAES — l'Alliance Unifiée des Figurants et Machinistes. Ils ont des contrats de longue durée avec RKO et les studios de seconde zone sur Gower. Ils ont monté leurs manifs pour obtenir des augmentations de salaire et de points de bonification, mais ils ne sont pas en grève, et...

Dudley Smith plaqua violemment ses deux mains sur la table.

— Des éléments subversifs, des pro-cocos juste bons à renier leur mère, tous autant qu'ils sont !

Loew fit la grimace, signe d'exaspération profonde ; Mal jaugea les énormes mains de l'Irlandais, des mains à tordre les cous, à faire jaillir les yeux des orbites, des mains qui forçaient aux aveux. Il se hasarda à une hypothèse hâtive, les cataloguant tous les deux : Ellis avait peur de Smith, Smith haïssait Loew par principe, parce que c'était un requin de Juif magouilleur, un homme de loi et un sacré fils de pute.

— Ellis, est-ce que nous serions en train de parler d'un boulot politique ?

Loew tripota amoureusement sa clé Phi-Bêta-Kappa et sourit.

— Nous parlons d'une enquête à grande échelle destinée au grand jury sur l'influence communiste à Hollywood, vous et Dudley étant mes enquêteurs en chef. L'enquête sera centrée sur l'UAES Des éléments subversifs sévissent dans les rangs du syndicat et ils ont une soi-disant tête pensante, des cerveaux qui dirigent tout : une femme et une demi-douzaine d'hommes — tous ont des liens étroits avec leurs sympathisants qui sont allés en prison pour avoir plaidé le Cinquième Amendement en 47 devant le HUAC*. Sur le plan collectif, les membres de l'UAES ont

---

* HUAC : House Un-American Activities Committee : Comité des Activités anti-américaines de la Chambre.

travaillé dans nombre de films qui épousent les vues coco, sans *oublier* qu'ils ont aussi des liens directs avec un véritable réseau d'éléments subversifs, un vrai Dun and Bradstree*. Le communisme, c'est comme une toile d'araignée. Un fil de la toile conduit au nid, un autre fil à toute une colonie. Les fils, ce sont les noms, et les noms deviennent des témoins, qui donnent à leur tour d'autres noms. Et vous et Dudley, vous allez me trouver ces noms.

Les barrettes d'argent de capitaine dansaient dans la tête de Mal ; il fixa Loew du regard et passa en revue les objections en se faisant l'avocat du diable contre sa propre cause.

— Pourquoi moi, au lieu du capitaine Blascoe ? Il est chef enquêteur des Services du Procureur, c'est lui le maître de cérémonies pour toute cette nom de Dieu de ville et c'est le petit chéri, le favori de tout le monde — ce qui a son importance, vu que vous êtes perçu comme un vrai requin. Je suis inspecteur et ma spécialité, c'est d'amasser des preuves en cas d'homicide. Dudley, c'est carrément une huile de la Criminelle. Pourquoi *nous* ? Et pourquoi maintenant — à neuf heures du matin le jour du Premier de l'An ?

Loew fit le décompte des points à réfuter sur ses doigts dont les ongles étaient passés au vernis transparent et polis façon miroir.

— Premièrement, je suis resté très tard la nuit dernière chez le procureur. Le budget final du Bureau pour l'année fiscale 1950 doit être soumis au Conseil Municipal demain, et je l'ai convaincu que les quarante-deux mille malheureux dollars qui nous restent devaient être consacrés à combattre la Menace Rouge. Deuxièmement, le substitut du procureur Gifford, de la Division du Grand Jury et moi-même, nous nous sommes mis d'accord pour échanger nos postes. Il veut acquérir de l'expérience dans le domaine des réquisitoires criminels, et moi, vous savez ce que je veux. Troisièmement, le capitaine Blescoe souffre de sénilité précoce. Il y a deux soirs de ça, il a fait un discours devant le Club des Kiwanis du Grand Los Angeles et il a laissé échapper un chapelet d'obscénités. Il a causé quelque remue-ménage lorsqu'il a annoncé son intention de "tanner la couenne" à Rita Hayworth, de "la défoncer jusqu'à ce qu'elle saigne". Le procureur s'est renseigné auprès du médecin de Blascoe, et il a appris que notre cher capitaine avait eu une série de petites attaques qu'il avait gardées sous silence. Il prendra sa retraite le cinq avril — vingtième anniversaire de son entrée au Bureau — et d'ici là, ce ne sera plus qu'une potiche purement décorative. Quatrièmement, vous et Dudley, vous êtes de sacrément bons inspecteurs et sacrément intelligents, avec un contraste de style qui ne laisse pas de m'intriguer. Cinquièmement...

Mal frappa la table à la Dudley Smith.

— Cinquièmement, nous savons l'un comme l'autre que le procureur veut

---

* Dun and Bradstreet : catalogue de cotations des meilleures valeurs boursières.

un homme de l'extérieur comme chef enquêteur. Il ira voir les Fédés ou bien il ira pêcher dans les rangs du LAPD avant de me prendre, moi.

Ellis Loew se pencha en avant.

— Mal, il est d'accord pour vous offrir le poste. Chef enquêteur et grade de capitaine. Vous avez trente-huit ans ?

— Trente-neuf.

— Un bébé au berceau. Si vous vous comportez bien à ce poste, dans moins de cinq ans, il vous faudra parer à coups de bâton à toutes les propositions qu'on vous fera pour devenir chef de la police. Je *serai, moi*, procureur et Mc Pherson, lieutenant gouverneur. Etes-vous partant ?

La main droite d'Ellis loew reposait à plat sur la table ; Dudley Smith la couvrit de la sienne et sourit, tout sucre et tout miel. Mal passa en revue les affaires qu'il avait sur les bras : une racoleuse descendue à Chinatown, deux meurtres de bougnoules non résolus à Watts, un braquage et une agression à main armée dans un bordel nègre fréquenté par les huiles du LAPD. Priorité faible, donc pas de priorité. Il posa sa main sur les mains empilées et dit :

— Je suis partant.

La pile se dispersa ; Dudley Smith fit un clin d'œil à Mal.

— Deux partenaires sensass pour une croisade sensass.

Ellis Loew se tint debout près de son fauteuil.

— D'abord, je vais vous indiquer ce que nous avons et ensuite, je vous dirai ce dont nous avons besoin.

Nous avons les dépositions sous serment de membres des Camionneurs, qui font état de passe-droits des Rouges au sein de l'UAES. Nous avons des listes de membres du front coco qui recoupent une liste des membres de l'UAES — et les noms qui se recoupent sont légion. Nous avons des copies de films pro-soviétiques réalisés durant la guerre — de la propagande rouge de la plus belle eau — sur lesquels des membres de l'UAES ont travaillé. Nous avons aussi de la grosse artillerie, je vous en ferai part dans une minute, et je m'efforce d'obtenir des Fédés une bonne brassée de photos de surveillance : les cerveaux dirigeants de l'UAES en train de frayer avec des membres connus du parti communiste ainsi qu'avec les inculpés de l'HUAC à l'époque des manifestations de protestation à Sleepy Lagoon en 43 et 44. Des munitions de premier choix, du matériau de première bourre.

— Les trucs de Sleepy Lagoon pourraient vous retomber sur la figure, dit Mal. Les mômes reconnus coupables étaient innocents, on n'a jamais retrouvé le véritable assassin et l'affaire était beaucoup trop populaire. Les Républicains ont même signé la pétition de protestation. Il serait judicieux d'y réfléchir à deux fois avant d'utiliser ça.

Dudley Smith plongea sa cigarette dans son reste de café.

— Ils étaient coupables, mon gars. Tous les dix-sept. Je connais l'affaire. Ils ont presque battu José Diaz à mort, ils l'ont traîné jusqu'à Lagoon et lui sont passés dessus au volant d'une vieille guimbarde. Une histoire passionnelle, typiquement pachuco, pure et simple. Diaz devait se la fourrer avec la frangine du frère du cousin de quelqu'un. Vous savez bien comment ces rouleurs de saucisses se marient entre eux pour procréer. Des tarés de mongoliens, tous autant qu'ils sont.

— C'était de l'entôlage, lieutenant, soupira Mal. C'était juste avant les échauffourrées avec les zazous, et les gens étaient comme fous contre les Mex. Et c'est un gouverneur républicain qui a gracié les gamins, pas les cocos.

Smith tourna son regard vers Loew.

— Notre ami ici présent préfère la parole du quart-état à celle d'un policier frère. Bientôt, il va nous raconter que le Service est responsable pour nos pau-au-au-vres frères latins qui ont été mis à mal pendant l'émeute. Interprétation pro-coco très populaire, oserais-je ajouter.

Mal tendit la main vers une assiette de petits pains — en s'adressant au gros Irlandais d'une voix ferme pour lui montrer qu'il n'en avait pas peur.

— Non, très populaire au LAPD. Je faisais partie du Service à l'époque, et les hommes avec lesquels je travaillais qualifiaient l'affaire *purement et simplement* de connerie. En outre...

Loew éleva la voix — juste au moment où Mal entendit sa propre voix qui se mettait à chevroter.

— *Messieurs, s'il vous plaît !*

L'interruption permit à Mal d'avaler, de se composer un regard froid qu'il lança à Dudley Smith. Le grand mec lui renvoya un sourire narquois et dit :

— Assez de querelles au-dessus du cadavre d'un espingo qui valait pas un pet, avant de tendre la main. Mal la serra ; Smith lui fit un clin d'oeil.

— C'est mieux, dit Ellis Loew ; qu'il soit coupable ou innocent n'a rien à voir avec la situation qui nous préoccupe. Le fait est que l'affaire de Sleepy Lagoon a attiré des tas d'éléments subversifs et que ce sont *eux* qui ont exploité l'affaire à leurs fins. C'est le point qui *nous* concerne, nous. Je sais que vous voulez l'un comme l'autre rentrer chez vous retrouver vos familles, alors j'arrêterai là pour aujourd'hui.

Pour l'essentiel, votre tâche sera de m'amener ce que les Fédés appellent "des témoins favorables" — membres de l'UAES et autres gauchistes prêts à se blanchir pour leurs rapports avec les cocos et à balancer des noms. Il va falloir que vous obteniez des confessions comme quoi les films pro-rouges sur lesquels l'UAES a travaillé faisaient partie d'un complot délibéré — une propagande pour faire avancer la cause communiste. Il va falloir me trouver des preuves tangibles sur leurs lieux de rendez-vous — sur leurs activités subversives dans L.A.ville proprement dite. Ça ne ferait de mal à personne si vous réussissiez à obtenir quelques noms célèbres. C'est une vérité de La Palisse que des tas de vedettes d'Hollywood portent la bonne parole. Cela nous donnerait un...

Loew s'arrêta.

— Une belle image de marque aux yeux du public ? dit Mal.

— Exactement. Joliment dit, bien qu'un peu cynique. Je peux vous dire une chose, Malcolm, vous ne cédez pas facilement au patriotisme. Quand même, vous pourriez peut-être essayer d'y mettre un peu du vôtre, de mettre un peu d'ardeur à la tâche !

Mal songea à un bruit qui courait : Mickey Cohen avait racheté une partie des Camionneurs de L.A. à leur homme de paille sur la Côte Est, un ancien porte-flingue du syndicat qui cherchait de l'argent à investir dans les casinos de La Havane.

— Mickey C. pourrait bien être notre homme s'il fallait nous trouver un petit peu de liquide au cas où la ville tirerait un peu trop sur les cordons de la bourse. Je parierais que ça ne le dérangerait pas de voir partir l'UAES et de mettre ses garçons à leur place. On peut se faire de vraies fortunes à Hollywood, vous savez.

Loew s'empourpra ; Dudley Smith frappa la table de ses jointures énormes.

— Il a rien d'un lourdaud, notre ami Malcolm. Oui, mon gars. Mickey aimerait bien faire entrer les Camionneurs, et les studios aimeraient bien se débarrasser de l'UAES. Ce qui ne remet pas en cause le fait que les pro-cocos, ça grouille dans l'UAES. Saviez-vous, mon gars, que nous avons failli être collègues par le passé ?

Mal savait : Thad Green lui avait offert un transfert à la Brigade Spéciale lorsqu'il était passé sergent en 41. Il avait refusé, ne se sentant pas assez de couilles pour planquer pendant les vols à main armée, défoncer les portes arme au poing ou torpiller du travail de police tout en finesse : retrouver le bus de Quentin au dépôt, et tabasser les durs à coups de flingue dans la tronche pour qu'ils se tiennent à carreaux pendant leur conditionnelle. Dudley Smith avait tué quatre hommes à faire ce boulot.

— Je voulais travailler aux Mœurs.

— Je ne vous en blâme pas, mon gars. Moins de risques et plus d'occasions pour un avancement rapide.

Toujours les vieilles rumeurs : le patrouilleur/sergent lieutenant Mal Considine, nouveau venu au Bureau du Procureur/LAPD n'aimait pas se salir les mains. S'était taillé mort de trouille quand il était bleu à la division de la 77ème Rue — le cœur du Congo. Mal se demanda si Dudley Smith était au courant du gazeur de Buchenwald.

— C'est exact. Je n'avais jamais compris ce qu'on pouvait y gagner.

— La Brigade, c'était horrible mais on se marrait bien, mon gars. Vous y auriez trouvé votre place sans problème. Les autres n'y croyaient pas mais vous les auriez convaincus.

Il est au parfum des bruits qui courent. Mal regarda Ellis Loew et dit :

— Allez, on boucle le topo, d'accord ? C'est quoi, la grosse artillerie dont vous avez parlé ?

Les yeux de Loew allèrent de Mal à Dudley.

— Nous avons deux hommes qui travaillent pour nous. Le premier est un ex-fédé du nom d'Edward J. Satterlee. Il est à la tête d'un groupe qui s'appelle les Rouges Souterrains. Il est mandaté par diverses corporations et par ce que vous pourriez appeler les gens "avisés" dans l'industrie du spectacle. Il passe au peigne fin les dossiers des candidats éventuels à la recherche de liens avec les communistes et il aide à éliminer le ver dans le fruit, les éléments subversifs qui ont déjà fait leur trou. Ed est un expert sur le communisme, et il va vous faire un topo rapide sur les manières les plus efficaces de rassembler vos preuves. Le second, c'est un psychiatre, le Dr Paul Lesnick. C'est lui le psy "reconnu et approuvé" du parti communiste de L.A. depuis les années quarante et c'est un informateur du FBI depuis des années. Nous avons accès à l'intégralité de ses dossiers et archives psychiatriques — toutes les grosses légumes de l'UAES — et leurs saloperies remontent à avant la guerre. C'est de la *grosse artillerie.*

Smith claqua la table et se leva :

— Une Grosse Bertha, une arme de barrage, peut-être même une vraie bombe atomique ! Nous avons rendez-vous avec eux demain chez vous, Ellis ? Dix heures ?

— Dix heures tapantes, dit Loew en armant un doigt dans sa direction.

Dudley singea le geste en direction de Mal :

A vous revoir, collègue. Ce n'est pas la Spéciale, mais on va se marrer malgré tout.

Mal acquiesça de la tête et regarda le gros homme qui quittait la pièce. Des secondes s'écoulèrent.

— Un morceau difficile, dur et grossier. Si je n'estimais pas que tous les deux, vous feriez une paire étonnante, je ne l'aurais jamais laissé s'engager avec nous.

— Il était volontaire ?

Il a une oreille directe chez Mc Pherson, et il était au courant du travail avant même que j'obtienne le feu vert. Croyez-vous pouvoir lui serrer la vis et le garder sous contrôle ?

La question était comme une porte ouverte sur toutes les vieilles rumeurs. Ellis Loew devait le prendre purement et simplement pour un tueur de nazis et probablement croire que c'était lui, l'instigateur de la tentative d'assassinat foirée sur Buzz Meeks. Ils avaient dû déterrer ses vieilles histoires aux Mœurs et à la 77ème Rue. Mais Dudley Smith n'était pas né de la dernière pluie.

— Je ne vois pas le problème, maître.

— Bien. Comment ça va avec Celeste et Stefan ?

— Vous ne voulez pas vraiment le savoir.

Loew sourit.

— Remettez-vous, courage ! L'avenir nous sourit !

Chapitre 3

Turner "Buzz" Meeks, "le Sonneur", regardait les surveillants patrouiller le terrain de l'usine d'aviation Hugues, en pariant à quatre contre un qu'Howard avait engagé ces salopards inefficaces simplement parce qu'il aimait leurs uniformes, et à deux contre un que c'était lui qui avait dessiné les fringues. Ce qui signifiait que l'Agence de l'Homme Fort était un des "Chiens Errants" des Films RKO/Avions Hugues/Compagnie d'Outillage : c'est ainsi que le grand homme appelait les entreprises qu'il achetait ou dans lesquelles il intervenait au gré de son caprice de touche-à-tout à seules fins de les déduire de ses impôts. Hugues était propriétaire d'une usine de soutiens-gorge à San Ysidro — main d'œuvre, des dos-mouillés à cent pour cent ; il était propriétaire d'une usine qui fabriquait des trophées en plaqué ; il possédait quatre étals de nourriture à emporter — à des emplacements stratégiquement choisis — essentiels à l'alimentation de ses chiens, dont le régime exclusif se composait de cheeseburger et de chili. Buzz se tenait dans l'embrasure de son bureau et il remarqua sur l'uniforme de l'Homme Fort debout près du hangar qui lui faisait face, les rabats de poche à plis creux, façonnés sur un modèle identique à celui d'un chemisier conçu par Howard, à seules fins de mettre en relief les doudounes de Jane Russell. Il s'abstint cette fois de parier. Et pour la trois milliardième fois de sa vie, il se demanda la raison pour laquelle il rabaissait toujours ses paris à des cotes minables quand il s'ennuyait.

Et il s'ennuyait maintenant à mourir.

Il était un peu plus de dix heures du matin, le jour du premier de l'An. Buzz, à cause de ses fonctions comme chef de la sécurité aux Avions Hugues, avait veillé toute la nuit à répartir les Hommes Forts dans ce que Howard Hugues appelait le "Périmètre de Patrouille". Les gardiens habituels de l'usine avaient reçu congé pour la nuit ; depuis la veille au soir, des poivrots fantomatiques traînaient leurs guêtres en tous sens sur le terrain. Le point culminant de leur circuit se trouvait être le bonus de Nouvelle Année du Grand Howard — un camion sans bâche et sans côtés chargé de hot dogs et de coca, qui avait fait son apparition lorsque 1949 était devenu 1950 — avec les compliments du Burger de Culver City, une autre source de déduction fiscale. Buzz avait reposé la feuille où il faisait le compte de ses paris pour regarder manger les Hommes Forts ; il paria six contre un que Howard sauterait au plafond s'il voyait leurs uniformes aux broderies personnalisées parsemés de moutarde et de choucroute.

Buzz regarda sa montre — 10 h 14 — il pourrait rentrer chez lui et dormir à midi. Il s'affala dans un fauteuil, balaya les murs du regard et étudia les photos encadrées qui s'y alignaient. Chacune d'elles lui fit établir une cote dont il était l'enjeu en le faisant réfléchir à la perfection de son boulot d'homme de paille et de ce qu'il était *vraiment*.

Lui-même apparaissait sur le mur, petit, large, avec une tendance à l'embonpoint, debout aux côtés d'Howard Hugues, grand et élégant dans son costume blanc à rayures : un fouteur de merde de l'Oklahoma et un milliardaire excentrique qui se faisaient mutuellement des cornes de cocu. Buzz considéra la photo comme les deux visages d'un même dossier, celui d'un rustaud grossier des montagnes : au recto, l'histoire d'un shérif corrompu par les femmes et l'argent, au verso, une complainte pour l'homme fort qui l'avait acheté. Venait ensuite une collection de photos de policiers — Buzz tiré à quatre épingles et mince, jeune bleu du LAPD en 1934 ; il se faisait plus gros et s'habillait mieux au fur et à mesure que les photos avançaient dans le temps : son passage aux divisions des Fraudes, des Cambriolages et des Stupéfiants ; blazers en cachemire et poil de chameau avec dans le regard cette lueur légère d'inquiétude propre à tous les fourgueurs de drogue. Puis le Sergent Inspecteur Turner Meeks dans son lit d'hôpital à la Reine des Anges, entouré de grosses huiles qui montraient les blessures auxquelles il avait survécu — pendant que lui s'interrogeait pour savoir si un de ses collègues flics n'avait pas monté le coup contre lui. Une tapée de clichés civils sur le mur au-dessus du bureau : un Buzz plus gras, plus gris, en compagnie du maire Bowron, de l'ex-procureur Buron Fitts, d'Errol Flynn, de Mickey Cohen, de producteurs pour lesquels il avait fait le mac, de starlettes qu'il avait sorties de mauvais pas et fait avorter, de docteurs spécialistes de la désintoxication des drogués reconnaissants pour ses recommandations. Débrouilleur d'embrouilles, garçon de course, homme de main.

Fauché comme les blés.

Buzz s'installa à son bureau et mit noir sur blanc crédits et débits. Il possédait sept hectares de terres agricoles dans le comté de Ventura, desséchées et ne valant pas un sou. Il avait acheté la terre pour que ses parents s'y retirent à leur retraite, mais ils avaient contrecarré ses plans en cassant leur pipe lors d'une épidémie de typhus en 44. L'agent immobilier auquel il s'était adressé avait dit soixante sacs l'hectare maxi — valait mieux s'y accrocher, ça ne pouvait pas descendre beaucoup plus. Il possédait un coupé Eldo de 48 vert menthe — identique à celui de Mickey C mais sans le blindage pare-balles. Il avait une chiée de costards de chez Oviatt et de la Boutique Londonienne, mais les pantalons lui serraient le bide — si Mickey achetait ses fringues d'occase, il était sorti de l'auberge : lui et le petit youpin aux toilettes tapageuses avaient exactement la même taille. Mais le Mick vous jetait aux orties des chemises portées deux fois... La colonne des débits sortait de la feuille pour continuer sur le sous-main.

Le téléphone sonna ; Buzz s'empara du combiné.

— Sécurité. Qui est à l'appareil ?

— C'est Sol Gelfman, Buzz. Tu te souviens de moi ?

Le vieux jeton de la MGM dont le petit-fils volait des voitures — un gentil garçon qui piquait les décapotables dans les parcs de stationnement de la Rue aux Restaux, faisait la course sur Mullholland à leur volant et laissait toujours sa carte de visite — un gros paquet de merde — sur la banquette arrière. Il avait soudoyé l'agent qui l'avait arrêté pour qu'il modifie son rapport et indique deux — et non pas vingt-sept — inculpations pour VQA* en oubliant également de faire état de l'étron gâteau qui était son modus operandi. Le juge avait laissé le môme en liberté conditionnelle, alléguant son bon milieu familial et son entrain juvénile.

— Bien sûr. Que puis-je faire pour vous, M.Gelfman ?

— Eh bien, Howard a dit que je devrais t'appeler. J'ai un petit problème et Howard a dit que tu pourrais m'aider.

— Votre petit-fils a recommencé à faire ses petits coups d'antan ?

— Non, Dieu m'en préserve. Il y a une fille dans mon nouveau film qui a besoin d'aide. Y'a des petits escrocs qui possèdent d'elle des photos obscènes d'avant que je lui rachète son contrat. Je leur ai donné de l'argent pour leur être agréable, mais ils insistent.

Buzz grommela — ce qui se dessinait, c'était un boulot de gros bras.

— Quel genre de photos ?

— Des vicieuses. Avec des animaux. Lucy et un grand Danois avec une biroute comme King Kong. J'aimerais bien avoir une biroute comme ça.

Buzz s'empara d'un stylo et retourna sa feuille de débits du côté encore vierge.

— Qui est la fille et que possédez-vous sur les maîtres chanteurs ?

— Sur les mecs qui ramassent, j'ai des clopinettes. J'ai envoyé mon assistant de production qui leur a remis l'argent. La fille, c'est Lucy

* VQA : vol qualifié d'automobiles.

Whitehall, mais écoute bien, j'ai pris un détective privé pour retrouver l'origine des appels. Celui qui a monté le coup, le chef, c'est un Grec avec qui elle est à la colle — Tommy Sifakis. C'est pas le bouquet, ça ? C'est pas gonflé ? Il fait chanter sa propre petite amie, et ses petites demandes de règlement, c'est de leur petit nid d'amour mignon tout plein qu'elles partent. Il a des potes qui ramassent le blé et Lucy sait même pas qu'elle se fait avoir. Tu peux imaginer quelque chose d'aussi gonflé ?

Buzz songea à des ordres de prix ; Gelfman continua son baratin.

— Buzz, ça vaut un demi-bâton à mes yeux, et j'te fais un cadeau, pasque Lucy, elle faisait du strip avec Audrey Anders, la régulière de Mickey Cohen. J'aurais pu aller voir Mickey, mais t'as été épatant une fois déjà avec moi, alors je te refile le boulot. Howard a dit que tu saurais quoi faire.

Buzz vit son vieux bidule plombé pendu par une lanière à la poignée de la salle de bains et se demanda s'il avait toujours la main.

— Le prix, c'est un bâton, M.Gelfman.

— Quoi ! C'est du vol de grand chemin !

— Non, c'est un délit d'extorsion qui se règle en dehors du tribunal. Vous avez une adresse pour Sifakis ?

— Mickey ferait ça pour rien !

— Mickey, ça le rendrait complètement dingo et il vous aurait une inculpation pour conspiration criminelle. Quelle est l'adresse de Sifakis ?

Gelfman expira lentement.

— Espèce de nom de Dieu de bouseux minable ! C'est 1187 Vista View Court à Studio City et pour un bâton, j'veux que tu me nettoies ça qu'y reste plus une trace.

— Comme de la merde sur la banquette arrière, dit Buzz avant de raccrocher.

Il se saisit de son revolver propriété du LAPD et se dirigea vers Cahuenga Pass.

* * *

Son trajet jusqu'à la Vallée lui prit une heure ; trouver Vista View Court lui prit vingt minutes supplémentaires à arpenter les lotissements en construction : des cubes de stuc agencés en demi-cercles qu'on avait creusés dans les Collines d'Hollywood. Le 1187 était un préfa couleur de pêche dont la peinture passait déjà et dont le doublage en aluminium se zébrait de rouille. Il était flanqué de bicoques bâties sur le même modèle — jaune citron, lavande, turquoise, saumon et rose alternaient le long de la pente pour se terminer à un panneau qui proclamait LES JARDINS DE VISTA VIEW ! LA VIE EN CALIFORNIE SOUS SON PLUS

BEAU JOUR ! PAS DE DEPOT DE RESERVATION POUR LES VETERANS ! Buzz se gara en face de la crèche jaune, en pensant à des boules de chewing-gum qu'on aurait balancées dans un fossé.

Des mômes roulaient sur leurs tricycles dans les jardins de façade semés de gravier ; pas un adulte à se dorer au soleil. Buzz épingla à son revers un insigne cadeau offert avec les boîtes de céréales, sortit de la voiture et appuya sur la sonnette du 1187. Dix secondes s'écoulèrent — pas de réponse. En regardant aux alentours, il inséra une épingle à cheveux dans le trou de la serrure et secoua légèrement le bouton de porte. Le verrou sauta ; il ouvrit la porte d'une poussée et pénétra dans la maison.

Le soleil qui filtrait à travers les rideaux de gaze lui donna un aperçu du salon : mobilier prolo, photos d'actrices sur les murs, des piles de radios de salon Philco près du canapé — de toute évidence, les fruits d'un entrepôt forcé. Buzz tira le bidule de sa ceinture et traversa une cuisine-coin repas éclaboussée de gras, en direction de la chambre.

D'autres clichés luisants sur les murs — stripteaseuses en string et pastilles collées sur le bout des seins. Buzz reconnut Audrey Anders, la "Fille Va-Va-Voom" dont on prétendait qu'elle possédait une maîtrise obtenue dans quelque université dans un trou perdu ; à ses côtés, une blonde mince occupait tout l'espace. Buzz alluma une lampe sur pied pour mieux y voir ; il vit les mêmes instantanés publicitaires : "Lucy la Pulpeuse" en maillot de bain une pièce à paillettes avec, au bas, l'adresse d'une agence artistique du centre ville marquée d'un coup de tampon. Clignant des yeux, il remarqua que la fille avait le regard flou et un sourire béat — elle devait être défoncée à la schnouff.

Buzz décida de se donner cinq minutes pour retourner la piaule ; il consulta sa montre et se mit au travail. Les tiroirs éraflés révélèrent des dessous masculins et féminins emmêlés en vrac et une provision de cigarettes de marijuana ; un meuble classeur contenait des 78 tours et des romans à quatre sous. Le placard révéla que la femme était en train de gravir les échelons du succès tandis que le mec ramassait les restes : robes et jupes des boutiques de Beverly Hills, uniformes de marine et pantalons empestant l'antimite, vestes parsemées de pellicules.

Trois minutes vingt venaient de s'écouler, et Buzz s'attaqua au lit : draps de satin bleu, tête de lit capitonnée brodée de coeurs et de cupidons. Il passa la main sous le matelas, sentit bois et métal, serra les doigts et sortit un fusil à pompe à canon scié, un gros museau noir, probablement du calibre 10. Il vérifia la culasse et vit que l'arme était chargée — cinq cartouches, chevrotines double zéro. Il ôta les munitions qu'il fourra dans sa poche ; au bol, misant sur l'intelligence de Tommy Sifakis, il regarda sous l'oreiller.

Un Luger allemand, chargé, une balle dans le canon.

Buzz éjecta la balle et vida le chargeur, tirant la gueule parce qu'il n'avait pas le temps de fouiner à la recherche d'un coffre et de mettre la main sur les galipettes canines qu'il aurait fourrées à la figure de Lucy Whitehall un peu plus tard, afin de la secouer et de lui foutre la trouille des Grecs qui avaient des pellicules et de l'artillerie sous le matelas. Il retourna dans le salon et s'arrêta lorsqu'il vit un carnet d'adresses sur la table basse.

Il le feuilleta, pas de noms familiers jusqu'à ce qu'il arrive aux G et voie Sol Gelfman, son numéro personnel et celui de la MGM entourés de griffonnages ; le M et le P lui offrirent Donny Maslow et Chick Pardell, deux minables qu'il avait alpagués quand il bossait aux Stups, deux revendeurs de joints qui traînaient à l'intendance des studios — pas le genre à faire de l'extorsion. Puis il arriva au S et tomba sur le moyen de presser le Grec comme un citron et peut-être de se faire un petit paquet en supplément :

Johnny Stompanato, Crestview 6103. Garde du corps personnel de Mickey Cohen. La rumeur voulait qu'il se soit tiré des pattes du Combinat de Cleveland où il jouait les porte-flingue moyennant finances obtenues par extorsion musclée ; on disait aussi qu'il refourguait la marijuana mexicaine aux revendeurs locaux de confiance : pas de versement comptant mais un pourcentage de trente pour cent.

Le Beau Johnny Stompanato. Son nom à lui, ça vous tintait comme des tas de dollars et de points d'interrogation.

Buzz retourna à sa voiture pour attendre. Il mit la clé de contact sur Accessoire, balaya une demi-douzaine de stations de radio avant de tomber sur Spade Cooley et son heure de rythmes cow-boy et écouta le programme en sourdine. La musique, c'était du sirop qui baignait dans la sauce — trop sucrée, trop, en un mot. Elle le fit penser aux péquenots de l'Oklahoma, ce qu'il serait peut-être devenu s'il y était resté. C'est alors que Spade alla trop loin — à roucouler une mélodie sur un homme qu'on allait emmener au gibet de la prison d'état pour un crime qu'il n'avait pas commis. Cela lui rappela le prix qu'il avait payé pour s'en sortir.

En 1931, Lizard Ridge, "La Crête aux Lézards", Oklahoma, était une ville de bouseux qui se mourait dans les poumons du Poussier. Elle n'avait qu'une seule source de revenus : une usine qui fabriquait des tatous empaillés comme souvenirs, des sacs à main en tatou et des portefeuilles en cuir de Gila* qu'elle revendait aux touristes qui défilaient à toute vitesse sur la grand-route. Les gens du cru et les Indiens sortis de leur Réserve abattaient et écorchaient les reptiles avant de les revendre à l'usine à la pièce ; parfois ils se laissaient emporter et s'abattaient les uns les autres. Puis les tempêtes de poussière de 31 obligèrent à la fermeture de la Route US1 pour six mois d'affilée, les tatous et les Gilas devinrent complètement cinglés à force de manger les mauvaises herbes, ils tombaient malades et se traînaient pour crever dans un coin ou bien envahissaient la rue principale de Lizard Ridge où ils se faisaient écrabouiller par les voitures. D'une manière comme d'une autre, leurs

---

* Gila : lézard venimeux.

peaux étaient trop abîmées ou trop fripées pour rapporter le moindre centime à quiconque. Turner Meeks, champion des tueurs de Gilas, capable de vous épingler ces salopards à trente mètres avec une 22 — en plein sur la colonne vertébrale, là où l'usine cousait les plus gros points — sut que le temps était venu de quitter la ville.

C'est ainsi qu'il alla à L.A. et trouva du travail dans le cinéma — figurant cow-boy tournant, Paramount un jour, Columbia le lendemain, les compagnies de seconde zone de Gower Gulch quand les temps se faisaient difficiles. Tout Blanc raisonnablement vêtu capable de vous boucler une corde et de monter à cheval pour de bon était du personnel qualifié dans l'Hollywood de la Dépression.

Mais en 34, la tendance fit remplacer les westerns par les comédies musicales. Le travail se fit rare. Il était sur le point de passer un concours proposé par la Compagnie Municipale des Bus de L.A. — trois postes pour six cents candidats attendus — lorsqu'il dut à nouveau son salut à Hollywood.

Les Studios Monogram étaient assiégés par des piquets de grévistes, un regroupement de plusieurs syndicats sous la bannière de l'AFL*. Il fut engagé comme briseur de grève — cinq dollars par jour, emploi garanti en prime une fois la grève étouffée.

Il cassa les crânes pendant deux semaines d'affilée, montrant un tel talent avec son bidule, qu'il y gagna le surnom de "Buzz" "le Sonneur" par un flic qui venait là son service terminé et qui le présenta au capitaine James Culhane, chef de la brigade antiémeutes du LAPD. Culhane savait reconnaître un policier né lorsqu'il en voyait un. Deux semaines plus tard, il était de ronde à pied à L.A. centre ville ; un mois plus tard, instructeur de tir à l'Académie de Police. A apprendre à tirer à la 22 et monter à cheval à la fille du chef Steckel, il gagna ses galons de sergent et se retrouva successivement en poste aux Fraudes, aux Cambriolages et à la grosse galette, les Stupéfiants.

Le service des Stups s'accompagnait d'une éthique non écrite : vous alpaguez les déchets de l'humanité, vous faites votre circuit dans la merde jusqu'aux genoux et vous récoltez votre dispense. Si vous êtes régul au boulot, vous ne caftez pas ceux qui ne le sont pas. Si vous ne l'êtes pas, vous laissez un pourcentage sur ce que vous confisquez directement aux basanés ou aux mecs du syndicat qui ne revendent qu'aux bougnoules : Jack Dragna, Benny Siegel, Mickey C. Et vous gardez à l'œil les mecs réguls des autres divisions — les mecs qui veulent que vous vous tiriez pour prendre votre place.

Lorsqu'il arriva aux Stups en 44, il passa un marché avec Mickey Cohen, à l'époque le nouvel outsider des rackets de L.A., le petit gourmand qui

---

* AFL : American Federation of Labour : Fédération Américaine du Travail.

montait. Jack Dragna haïssait Mickey ; Mickey haïssait Jack ; Buzz secouait les puces aux fourgueurs de Jack à négroville, s'empochait cinq grammes par once et les revendait à Mickey, qui l'adorait parce qu'il en faisait baver à Jack. Mickey l'emmena dans les soirées d'Hollywood, le présenta à ceux qui avaient besoin d'une faveur de la police et acceptaient d'en payer le prix ; il lui arrangea le coup avec une blonde à la cuisse légère dont le mari flic servait dans la police militaire en Europe. Il rencontra Howard Hugues et commença à le fournir en poules : il ramassait les filles de ferme qui rêvaient de gloire et les gardait au chaud dans lcs baisodromes que le grand mec avait installés à travers tout L.A. Ça tournait au quart de poil sur tous les fronts : boulot, fric et liaison avec Laura Considine... jusqu'au 21 juin 1946, jour où un tuyau anonyme sur une adresse — 68ème et Hanson — façade d'une entreprise illégale — le conduisit tout droit dans une embuscade au fond d'une allée : deux bastos dans l'épaule, une dans le bras, une dans le cul qui lui avait transpercé la fesse gauche. Et un ticket de sortie vite fait, adieu le LAPD, avec pension complète, qui le mena tout droit dans les bras de Howard Hugues, lequel, comme par hasard, cherchait quelqu'un...

Et il ne connaissait toujours pas l'identité des tireurs. Les balles qu'on avait extraites indiquaient qu'il y avait deux hommes ; *lui* avait deux suspects : les gâchettes de Dragna ou des mecs sur contrat engagés par Mal Considine, mari de Laura, sergent à l'Administration des Stups, de retour de la guerre. Il se renseigna à fond sur Considine au sein du Service, entendit dire qu'il avait tourné casaque devant les bagarres de bar à Watts, qu'il prenait son pied à envoyer les jeunes recrues s'occuper des putes quand il était de garde de nuit aux Stups, qu'il avait ramené une Tchèque et son fils de Buchenwald et avait l'intention de divorcer de Laura. Rien de concret — ni d'un côté, ni de l'autre.

La seule chose dont il était sûr, noir sur blanc, c'était que Considine était au courant de sa liaison avec celle qui allait bientôt être son ex et qu'il le haïssait. Il avait fait sa tournée d'adieux dans les Services du Bureau des Inspecteurs, l'occasion pour lui de dire au revoir et de se récupérer un insigne de flic honoraire, l'occasion de se mesurer de face avec l'homme qu'il faisait cocu. Il passa près du bureau de Considine dans la salle de brigade des Stups, vit un grand mec qui ressemblait plus à un avocat qu'à un flic et tendit la main. Considine le regarda lentement de la tête aux pieds, dit "Laura a toujours eu un faible pour les macs" et détourna les yeux.

Les chances étaient à égalité : Considine ou Dragna, fais ton choix.

Buzz vit une décapotable Pontiac d'un modèle récent s'arrêter en face du 1187. Deux femmes en tenue de soirée et robes cloches sortirent et se dirigèrent vers la porte d'une démarche instable sur leurs hauts talons vraiment très hauts ; un grand Grec en costume, veston trop serré et pantalons trop courts, les suivit.

La plus grande des deux nanas prit son talon pointu comme un stylet dans une fissure du trottoir et tomba sur un genou ; Buzz reconnut Audrey Anders et sa coiffure à la garçonne, deux fois plus belle que sur la photo. L'autre fille — "Lucy la Pulpeuse" des photos publicitaires — l'aida à se relever et à entrer dans la maison avec le grand mec sur leurs talons. Buzz paria à trois contre un que Tommy Sifakis ne se prêterait pas à une approche en douceur ; il agrippa sa matraque et alla jusqu'à la Pontiac.

Son premier coup fit sauter l'enjoliveur du capot, une tête d'Indien ; le second fracassa le pare-brise. Les coups trois, quatre, cinq et six étaient comme un refrain de Spade Cooley : ils cabossèrent la calandre qui défonça le radiateur, en faisant jaillir tout autour de lui des nuages de vapeur. Le sept fut un coup à l'aveuglette dans la vitre côté conducteur et le fracas fut suivi par un tonitruant "Putain de merde !", et un bruit familier, un grincement de métal contre métal : une culasse de fusil qu'on manoeuvrait pour faire monter une cartouche dans le canon.

Buzz se retourna et vit Tommy Sifakis qui descendait l'allée à grandes enjambées, le canon-scié dans ses mains tremblantes. Quatre contre un que le Grec était trop furieux pour avoir remarqué la légèreté de l'arme ; deux contre un qu'il n'avait pas eu le temps de mettre la main sur une boîte de cartouches et de recharger. Un pari au bluff, sans fioritures.

Le bidule à hauteur de poitrine, Buzz chargea. Arrivé à une distance raisonnable pour causer de gros dégâts, le Grec appuya sur la détente et obtint un tout petit clic. Buzz contra d'un large crochet en direction d'une main gauche poilue qui essayait frénétiquement de pomper des munitions qui n'existaient pas ; Buzz envoya le mec au sol d'un aller-retour dans la cage thoracique. Le Grec cracha le sang et essaya de se rouler en boule en protégeant les zones blessées. Buzz s'agenouilla près de lui et parla d'une voix douce, en caricaturant son accent traînant d'Oklahoma.

— Fils, faisons une croix sur le passé. Tu me déniches ces photos et tu balances les négatifs et je ne dirai pas à Johnny Stomp que c'est toi qui l'as mouchardé pour le coup. Marché conclu ?

Sifakis cracha un épais glaviot sanglant avec "V-v-va te faire mettre" ; Buzz le cingla à travers les genoux. Le Grec hurla dans son charabia ; Buzz dit :

— J'allais vous donner, à Lucy et à toi, une nouvelle chance de mettre les pendules à l'heure, mais je pense maintenant que je vais lui conseiller de se trouver un logement plus convenable. Tu te sens prêt à lui présenter tes excuses ?

— V-v-va te faire mettre.

Buzz poussa un long soupir, tout comme lorsqu'il jouait dans un vieux feuilleton de chez Monogram le rôle du fermier qui décide soudain qu'il en a assez de s'en prendre plein la gueule.

— Fils, voici ma dernière proposition. Tu présentes tes excuses à Lucy, ou je dis à Johnny que tu l'as balancé, à Mickey C. que tu fais chanter la copine de sa petite amie et à Donny Maslow et Chick Pardell que tu les as balancés aux Stups. Marché conclu ?

Sifakis essaya de redresser un majeur écrabouillé ; Buzz caressa sa trique, et aperçut sur le côté Audrey Anders et Lucy Whitehall dans l'embrasure de la porte, bouche bée. Le Grec laissa retomber la tête sur le trottoir et dit d'une voix rauque :

— Je m'-m'excuse.

Buzz entrevit en une succession d'images rapides Lucy et son partenaire de scène canin, Sol Gelfman qui lui bousillait sa carrière dans des navets de série Z et la fille qui retournait soumise vers le Grec pour un peu de sexe à la dure. "T'es un bon petit", dit-il avant d'enfoncer sa trique dans les tripes de Sifakis et de s'avancer vers les deux femmes.

Lucy Whitehall se faisait toute petite et reculait dans le salon ; Audrey Anders barrait l'entrée, pieds nus. Elle montra l'insigne au revers de Buzz.

— C'est un faux.

Buzz reconnut l'accent du Sud à sa voix ; et se souvint de conversations de vestiaires. La fille Va-Va-Voom était capable de faire tournoyer les pompons collés à ses seins dans deux directions opposées en même temps.

— Les céréales. Z'êtes de la Nouvelle-Orléans ? Atlanta ?

Audrey jeta un regard à Tommy Sifakis qui rampait sur le ventre au-dessus du ruisseau.

— Mobile. Est-ce que c'est Mickey qui vous a envoyé faire ça ?

— Non. Je me demandais aussi pourquoi vous n'avez pas eu l'air surpris. Maintenant, je sais.

— Vous voulez bien m'en parler ?

— Non.

— Mais vous avez travaillé pour Mickey ?

Buzz vit Lucy Whitehall qui s'asseyait sur le canapé en se saisissant d'une radio volée, pour avoir quelque chose dans les mains. Son visage était rouge et bouffi et des rivières de mascara lui coulaient sur les joues.

— Ça ne fait pas l'ombre d'un doute. Mickey n'aime pas beaucoup M. Sifakis ici présent ?

— Il sait reconnaître une ordure quand il en voit une, répondit Audrey dans un éclat de rire, je lui concède cette qualité. Quel est votre nom ?

— Turner Meeks.

— Buzz Meeks ?

— C'est exact. Melle Anders, avez-vous un endroit où Melle Whitehall pourrait rester quelque temps ?

— Oui. Mais je...

— Mickey finit toujours le Premier de l'An chez Breneman et ses "Œufs au Jambon"?

— Oui.

— Alors, dites à Lucy de faire son baluchon. Je vous y emmène.

Audrey rougit. Buzz se demanda jusqu'à quel point Mickey supportait son p'tit côté fortiche avant de tirer sur la laisse ; est-ce qu'à elle, il lui arrivait de jouer des pompons devant lui ? Elle s'approcha de Lucy Whitehall et s'agenouilla à ses côtés avant de lui lisser les cheveux et de libérer la radio de sa prise. Buzz prit sa voiture et la gara en marche arrière sur le gravier de la cour en façade, un œil sur le Grec qui gémissait toujours à voix basse. Les voisins étaient à leurs fenêtres dont les stores vénitiens tirés entouraient le cul-de-sac. Audrey fit sortir Lucy de la maison quelques minutes plus tard, les bras autour de ses épaules, à la main, une valise en carton. Sur le chemin de la voiture, elle s'arrêta pour donner à Tommy Sifakis un coup de pied dans les couilles.

* * *

Buzz revint à Hollywood par Laurel Canyon — ça lui donnait un peu plus de temps pour voir comment jouer le coup si Johnny Stompanato se pointait aux côtés de son patron. Lucy Whitehall marmonnait des litanies sur Tommy Sifakis, un gentil garçon malgré ses côtés un peu vifs, Audrey roucoulait "Là, là", en lui collant des cigarettes dans le bec pour qu'elle la ferme.

Ça se présentait comme des paris en cavalerie sur trois bourrins : un bâton de Gelfman, plus ce que Mickey voudrait bien lui refiler s'il se sentait d'humeur sentimentale envers Lucy et une petite allonge ou une faveur s'il forçait un peu la main à Johnny Stomp. Joue le coup en douceur avec le Mick — il ne l'avait pas vu depuis qu'il avait quitté le Service et leur marché au pourcentage. Depuis ce temps-là, le bonhomme avait survécu à l'explosion d'une bombe dans sa voiture, à deux contrôles du Service des Contributions Directes, à son bras droit et gorille Hooky Rothman qui s'était trouvé nez à nez avec l'extrémité opérationnelle d'un Ithaca calibre 12, et enfin à la fusillade à l'extérieur de chez Sherry — ce dernier coup, à inscrire au tableau de Jack Dragna ou des flingueurs du LAPD, par vengeance pour toutes les têtes de flic qui avaient roulé après l'affaire Brenda Allen. Mickey avait la moitié des paris clandestins, des officines de prêts usuraires, des transmissions de résultats des courses et du marché de la drogue de tout L.A. ; il avait acheté le Bureau du shérif d'Hollywood Ouest et les quelques huiles de la municipalité qui voulaient le voir épinglé. Et Johnny Stomp était resté à ses côtés du début jusqu'à la fin, Rital et chien fidèle d'un prince juif. A tous les deux, jouer le coup en douceur, *très* en douceur.

Laurel Canyon prenait fin juste au nord du Strip ; Buzz prit des rues latérales jusqu'à Hollywood et Vine en flemmardant aux feux. Il sentait le regard d'Audrey Anders dans son dos, sur la banquette arrière, qui essayait probablement de se faire une idée sur lui et le Mick. En se rangeant en face de chez Breneman, il dit :

— Vous et Lucy, restez ici. Il faut que je parle à Mickey en privé.

Lucy sanglota sans larmes et tripota son paquet de cigarettes. Audrey tendit la main vers la poignée de la porte.

— Je viens aussi.

— Non, pas question.

Audrey piqua un fard ; Buzz se tourna vers Lucy.

— Mon cœur, tout ceci, ça concerne les photos de vous et de ce grand toutou. Tommy essayait d'extorquer de l'argent à M. Gelfman, et si vous entrez là-dedans avec cet air affolé, Mickey pourrait tout simplement le tuer et nous coller tous dans un beau tas d'embrouille. Tommy, il a bien ses petits côtés un peu vifs, mais à vous deux, vous pourriez peut-être réussir à arranger les eh...

Lucy se mit à beugler et l'obligea à s'arrêter ; le regard d'Audrey lui signifiait qu'il descendait plus bas que le chien en question. Buzz pénétra chez Breneman au petit trot. Le restaurant était bondé, l'équipe radio du "Petit Déjeuner chez Tom Breneman d'Hollywood" rassemblait son matériel et se déplaçait vers une sortie latérale. Mickey Cohen était assis sur une banquette qui l'enveloppait de tous côtés, coincé en sandwich entre Johnny Stompanato et un autre gros bras. Un troisième était installé à une table adjacente, les yeux sans cesse en mouvement, un journal plié à côté de lui — camouflage évident d'un calibre mahousse.

Buzz s'avança ; la main du porte-flingue se glissa sous l'édition matinale du *Herald*. Mickey se leva, sourire aux lèvres ; Johnny Stomp et l'autre mec se collèrent des sourires identiques sur le visage et se glissèrent sur le côté pour le laisser pénétrer dans le box. Buzz tendit la main ; Cohen l'ignora, agrippa Buzz derrière la tête et l'embrassa sur les deux joues, lui raclant la figure de sa barbe naissante.

— Mon gaillard, ça fait trop longtemps !

Buzz recula devant une bouffée d'eau de cologne.

— Beaucoup trop longtemps, mon gaillard. Comment vont les affaires ?

— La chemiserie ? dit Cohen en riant. J'ai aussi maintenant une boutique de fleuriste et un magasin de crèmes glacées.

Buzz vit que Mickey le passait à la revue de détail d'un œil perspicace ;

qu'il avait repéré ses manchettes élimées et ses ongles manucurés maison.

— Non. *Les affaires.*

Cohen donna un coup de coude à l'homme sur sa gauche, un mec osseux aux larges yeux bleus et au teint pâle de prisonnier.

— Davey, c'est les affaires qu'il veut. Donne-lui.

— Les mecs, dit Davey, faut qu'ça joue, qu'ça emprunte du pognon et qu'ça schtupe* les femmes. Les Chvartzes*, faut qu'ça plane au septième ciel, en voyage avec la p'tite poudre blanche. Les affaires vont bien.

Mickey hurla de rire. Buzz gloussa, feignit une quinte de toux, se tourna vers Johnny Stompanato et murmura :

— Sifakis et Lucy Whitehall. *Ferme ta putain de grande gueule.*

Mickey lui tapa dans le dos et lui offrit un verre d'eau ; Buzz continua à tousser, se réjouissant de voir l'expression du visage de Stompanato — un Adonis rital qui avait l'air soudain d'un écolier qu'on vient d'alpaguer, ses cheveux plaqués en arrière et soigneusement huilés sur le point de se flétrir de frayeur. Les claques dans le dos que lui assénait Cohen se firent plus fortes ; Buzz avala une gorgée d'eau et fit semblant de reprendre son souffle.

— Davey, t'es un comique !

Davey eut un demi-sourire.

— Le meilleur de tout l'ouest. C'est moi qui rédige tous les petits numéros de M.Cohen pour ses soirées privées au club de Friar. Demandez-lui, "Comment va la bourgeoise ?"

Buzz leva son verre et salua Davey.

— Mickey, comment va la bourgeoise ?

Mickey Cohen lissa les revers de son veston et renifla l'œillet qu'il portait à la boutonnière.

— Y'a des femmes qu'on aime rencontrer, d'vant ma bourgeoise on pense qu'à s'tailler ! Y'avait deux minus à Dragna qui planquaient d'vant chez moi après le coup du Sherry, ma bourgeoise, elle a été leur apporter des gâteaux et du lait, en leur disant d'mettre un bémol. J'ai pas trempé mon biscuit avec elle depuis la traversée de l'Atlantique par Lindy le Chançard*, mais elle veut pas non plus qu'j'aille le tremper aut'part. Ma bourgeoise, elle est si froide qu'la bonne appelle la chambre la calotte glaciaire. Les gens viennent me voir et me demandent : "Mickey, t'as ta

---

* Schtuper : baiser.
* Schvartzes : en yiddish, les Noirs.
* Lindy le Chançard : Lindbergh.

dose, au moins ?" Alors, je sors un thermomètre de mon caleçon, et il marque dix au-dessous de zéro. Les gens disent : "Mickey, tu as la cote avec les femmes, tu dois pas être en panne ! A te faire ramoner tous les jours comme un citron pressé avant d'te la faire sécher." Je leur dis : "Vous connaissez pas ma femme — elle me ligote, elle me fait frire, et j'm'retrouve emplacardé à coups de balais, ça fait plus vrai." Y'a des femmes qu'y faut rencontrer, mais y'en a, faut penser qu'à se tailler ! Oops — La v'là qui arrive !

Mickey termina son petit numéro de rimailleur avec un large geste pour mettre son chapeau. Davey le gagman s'écroula sur la table, convulsé de rire. Buzz essaya de sortir quelques gloussements forcés, sans résultats ; il songeait que Meyer Harris Cohen avait tué à sa connaissance onze hommes et qu'il devait ratisser par an au moins dix millions nets d'impôts. En se secouant la tête, il dit :

— Mickey, tu m'feras toujours pisser de rire !

Un groupe de caves à la table voisine applaudissaient le petit numéro ; Mickey les salua de son chapeau.

— Ouais, alors pourquoi tu rigoles pas ? Davey, Johnny, allez vous installer ailleurs.

Stompanato et le gagman se glissèrent silencieusement hors du box.

— T'as besoin de boulot ou tu viens me taper, j'me trompe ? dit Cohen.

— Nix.

— Howard y te traite bien ?

— Il me traite au poil.

Cohen joua avec son verre en le tapotant du caillou de six carats qu'il portait au petit doigt.

— Je sais que t'es en compte avec quelques books, et qu'tu leur dois. C'est avec moi que tu devrais bosser, gamin. Des conditions super, du tout cuit et qui rapporte.

— J'aime bien les risques de l'autre côté de la barrière. Ça me donne la pêche !

— T'es qu'un putain de cinglé. Qu'est-ce que tu veux ? Accouche.

Buzz regarda autour de lui, vit Stompanato au bar qui s'envoyait un coup de raide pour se donner des tripes et de braves et honnêtes citoyens qui lançaient à Mickey des regards en douce, comme si c'était un gorille en cage susceptible de faire sauter ses barreaux.

— Je veux que tu ne passes pas à la casserole un mec qui est sur le point de te foutre dans une rogne pas possible.

— Quoi ?

— Tu connais l'amie d'Audrey, Lucy Whitehall ?

Mickey dessina en l'air l'image d'un sablier.

— Bien sûr. Solly Gelfman va la prendre dans son prochain film. Il pense qu'elle va faire un boom.

— Ça sera p't-êt qu'un pétard foireux plein d'emmerdes, dit Buzz qui vit Mickey dans son numéro breveté, en train de piquer sa rogne — les narines frémissantes, la mâchoire grinçante et les yeux qui traînaient à la recherche de quelque chose à écrabouiller. Il lui tendit le Bloody Mary à moitié vide que Johnny Stompanato avait laissé derrière lui. Cohen avala une gorgée et lécha la pulpe de citron collée à ses lèvres.

— Crache. *Tout de suite* !

— Le mec avec qui Lucy est à la colle, dit Buzz, a pompé du fric à Solly grâce à des photos cochonnes. J'ai cassé le coup et j'ai un peu travaillé le mec au corps. Lucy a besoin d'un endroit sûr où se planquer, et je sais de source sûre que le Grec a des potes à lui chez le shérif d'Hollywood Ouest — tes potes à toi. Je sais aussi qu'il refourguait des joints sur le territoire de Dragna, ce qui a rendu ce vieux Jack D fou furieux. Deux sacrées bonnes raisons pour que tu lui foutes la paix.

Cohen agrippait son verre de ses doigts boudinés tout blancs à force de serrer.

— Quel... genre... de... photos ?

La grosse question, la seule à ne pas poser, mais Mickey pourrait très bien contacter Sol Gelfman et être mis au parfum recta. Buzz serra les dents.

— Lucy avec un chien.

Le verre péta dans la main de Mickey et des éclats volèrent à travers toute la table en aspergeant Buzz de vodka et de jus de tomate. Mickey regarda sa paume ensanglantée et l'appuya à plat sur la nappe. Lorsque le lin blanc se mit à virer au rouge, il dit :

— Putain, le Grec, c'est un homme mort. De la putain de pâtée pour chien.

Deux garçons s'étaient approchés ; ils restèrent là à battre des pieds. Les caves de la table d'à côté arboraient des visages outrés, une vieille dame avait la mâchoire qui lui tombait pratiquement dans la soupe. Buzz fit signe aux garçons de s'éloigner, se glissa à côté de Cohen et passa son bras autour des épaules animées de spasmes nerveux.

— Mickey, tu ne peux pas, et tu le sais. Tu as fait passer le mot que tous ceux qui ruaient dans les brancards à Jack, c'était tes amis, et c'est ce qu'a fait le Grec et comme un chef. Audrey m'a vu le travailler au corps — et elle comprendrait. En plus, le Grec ne savait pas à quel point t'étais un mec régul — que les amis de ta femme sont comme ta propre famille.

Mickey, y faut que tu laisses pisser. Tu as trop à perdre. Trouve à Lucy une crèche chouette, une planque où le Grec ne pourra pas la trouver. Offre-toi une mitzvah*.

Cohen décolla la main de la table, la secoua pour se débarrasser des esquilles de verre et lécha la pulpe de citron qui lui collait aux doigts.

— Qui était dans le coup, à part le Grec ?

Buzz le regarda en face, en partisan loyal qui ne mentirait jamais ; il pensa à deux demi-sel qu'il avait chassés de la ville pour avoir braqué la petite entreprise de paris de Lew Wershow le Juif à Paramount.

— Bruno Geyer et Steve Katzenback. Des tantes. Tu vas trouver une planque à Lucy ?

Cohen claqua des doigts ; des serveurs se matérialisèrent et débarrassèrent la table, rapides comme des derviches. Buzz sentait que les rouages tournaient derrière le visage impassible de Mick — et dans sa direction. Il se poussa sur la banquette pour offrir un peu d'espace au bonhomme ; pas un muscle ne bougea lorsque Mickey dit :

— Mitzvah, hein ? Putain de merdaillon goyishe*. Où sont Audrey et Lucy maintenant ?

— Dehors, près de ma voiture.

— Qu'est-ce que te paye Solly ?

— Un bâton.

Mickey plongea la main dans sa poche de pantalon et en sortit un rouleau de billets de cent. Il en détacha dix, les aligna sur la table et dit :

— C'est la seule mitzvah que tu connaisses, espèce de minable. Mais tu m'as épargné des ennuis, alors j'égalise. Achète-toi quelques fringues.

— Merci, Mick, dit Buzz en empochant l'argent avant de se lever.

— Va te faire foutre. Comment appelles-tu un éléphant qui arrondit ses fins de mois en se prostituant ?

— Je ne sais pas. Comment ?

Mickey se fendit d'un grand sourire.

— Un pick-up de deux tonnes qui charge pour des cacahuètes.

— A mourir de rire, Mick.

—Donne les noms, et donne les noms de tous ceux que tu connais qui placent leur camelote dans les clubs de Central Sud !

---

* Mitzvah : en yiddish, bonne action méritante.
* Goyishe = goy = non-Juif.

— Alors pourquoi tu rigoles pas ? Envoie les filles. Tout de suite.

Buzz alla jusqu'au bar et surprit Johnny Stompanato qui s'en envoyait un deuxième. Il se retourna et vit Cohen que saluaient Tom Breneman et son maître d'hôtel, invisibles à ses yeux. Johnny Stomp pivota sur les talons ; Buzz lui mit dans la main cinq des billets de cent de Mickey.

— Sifakis t'a cafté, mais je ne veux pas que tu le touches. Et j'ai dit que dalle à Mickey. *Tu me dois.*

— Merci, mon pote, dit Johnny en souriant et en empochant l'argent.

— Je suis pas ton pote, espèce de fumier de macaroni, dit Buzz.

Il sortit tout en fourrant les billets de cent restants dans la poche de sa chemise ; il cracha sur sa cravate et s'en servit pour éponger le jus de tomate qui tachait son meilleur trois-pièces de chez Oviatt. Audrey Anders se tenait sur le trottoir et le regardait faire.

— Belle vie que vous avez là, Meeks, dit-elle.

Chapitre 4

Une part de lui-même savait que ce n'était qu'un rêve — qu'on était en 1950, et non en 1941 ; que l'histoire suivait son cours pendant qu'une part de lui cherchait à en saisir de nouveaux détails tandis que l'autre partie essayait de faire le mort afin de ne pas en interrompre le déroulement.

Il roulait vite vers le sud sur la 101 au volant d'une berline La Salle qu'il avait chauffée. Les sirènes de la patrouille de l'autoroute se rapprochaient ; tout autour de lui, il voyait confusément le terrain broussailleux du comté de Kern. Il remarqua une série de chemins qui se faufilaient dans les terres au départ de la nationale et il emprunta celui à l'extrême gauche, en se disant que les voitures en maraude continueraient tout droit ou bien prendraient celui du milieu. Le chemin de terre déroulait ses virages le long de fermes et de cabanes de ramasseurs de fruits avant de s'engager dans un canyon en cul-de-sac ; il entendait des sirènes à sa gauche et à sa droite, derrière lui et en face de lui. Sachant que la route signifiait la capture, il rétrograda, engagea son char dans les sillons de terre labourée et gagna du chemin sur les wheeirr ! wheeirr ! wheeirr ! Il vit des lumières fixes devant lui et reconnut qu'elles marquaient la présence d'une ferme ; une clôture sortit du néant ; il rétrograda, vira lentement en seconde et eut une vue parfaite d'une grande baie vitrée brillamment illuminée :

Deux hommes attaquaient à la hache une jeune blonde qui se pressait dans l'embrasure d'une porte. Un éclair d'une demi-seconde, un bras qu'on sectionnait, une bouche béante barbouillée de rouge à lèvres orangé hurlant sans un bruit.

Le rêve s'accéléra.

Il réussit à rejoindre Bakersfield ; livra la La Salle ; se fit payer. Retour à San Berdoo, ses cours de biologie en premier cycle, ses cauchemars centrés sur la bouche et le bras. Pearl Harbor, 4F à cause d'un tympan crevé. Pas moyen d'échapper à la fille du cauchemar, ni les études, ni le fric des VQA, rien. Les mois passent, il revient pour essayer de savoir comment et pourquoi.

Ça lui demande un moment, mais il se retrouve avec un trio : une fille du coin disparue du nom de Kathy Hudgens, son amant délaissé Marty Sidwell — mort à Saïpan — interrogé par les flics et relâché parce que le corps restait introuvable. Le numéro deux, très probablement un mec du nom de Buddy Jastrow, en conditionnelle de Folsom, réputé pour aimer torturer les chats et les chiens. Lui aussi introuvable — vu pour la dernière fois deux jours après sa traversée du champ aux choux desséchés. Le rêve qui se fondait en pages dactylographiées — textes de criminologie remplis de clichés sanguinolants de médecine légale. Engagement au LAPD en 44 afin de savoir POURQUOI ; ses promotions après passage aux surveillances de prison et aux patrouilles ; les autres adjoints qui le huaient en dérision pour ses ARTU* perpétuels, objet Harlan "Buddy" Jastrow.

Un bruit retentit. Danny Upshaw s'éveilla en sursaut, pensant que c'était une sirène qui venait de s'enclencher. Puis il vit les entrelacs de stuc au plafond de la chambre et comprit que c'était le téléphone.

Il décrocha.

— Patron ?

— Ouais, répondit le capitaine Al Dietrich. Comment le saviez-vous ?

— Vous êtes le seul à m'appeler.

Dietrich renâcla.

On vous a jamais dit que vous étiez ascète ?

— Si, vous.

Dietrich éclata de rire.

— J'aime la chance que vous avez. Une seule nuit à assurer les fonctions de commandant et vous vous ramassez des inondations, deux morts accidentelles et un homicide. Ça vous dirait de me mettre au parfum pour ce dernier ?

Danny pensa au cadavre ; les morsures, les yeux qui manquaient.

— Aussi dégueulasse que tout ce que j'ai pu voir jusqu'ici. Avez-vous parlé à Henderson et Deffy ?

— Ils ont laissé leurs rapports de quadrillage — rien de bien brûlant. Dégueulasse, hein ?

— Le pire que j'aie jamais vu.

Dietrich soupira.

---

* ARTU : Avis de Recherches à Toutes les Unités.

— Danny, vous n'êtes qu'un bleu, un petit inspecteur de brigade et vous n'avez jamais travaillé sur un boulot comme celui-là. Vous ne l'avez vu que dans vos livres — en noir et blanc.

La bouche et le bras de Kathy Hudgens se superposaient sur le plafond — en Technicolor. Danny garda son calme.

— Exact, patron. C'était dégueulasse pourtant. Je suis descendu à la morgue et... j'ai assisté à la prép du corps. Ça a été encore pire. Puis je suis revenu donner un coup de main à Deffy et Hender...

— C'est ce qu'ils m'ont dit. Ils m'ont dit aussi que vous avez joué au p'tit chef. Mettez ça au rancart ou vous allez vous coller une réput de prima donna.

Danny déglutit, sans salive.

— D'accord, capitaine. Le corps a été identifié ?

— Pas encore, mais je crois que nous avons la voiture dans laquelle on l'a transporté. C'est une Buick Super de 47, abandonnée à un demi-bloc de distance du chantier de construction. Habillage intérieur blanc avec ce qui ressemble à des taches de sang. On a déclaré le vol à dix heures ce matin, elle a été piquée devant un club de jazz sur Central Sud. Le propriétaire était encore ivre quand il a appelé ce matin — appelez-le pour plus de détails.

— Le gars des empreintes est dessus ?

— Il y est en ce moment.

— Est-ce que le SIS* passe le terrain au crible ?

— Non. Le gars des empreintes, c'est tout ce que j'ai pu arracher au centre ville.

— Merde ! Capitaine, je veux cette affaire.

— Vous pouvez l'avoir. Mais pas de publicité. Je ne veux pas un autre foutoir comme le Dahlia Noir.

— Et un autre homme pour travailler avec moi ?

Dietrich soupira — longuement et lentement.

— Si la victime en vaut la peine. Pour l'instant, il n'y a que vous. Nous ne disposons que de quatre inspecteurs, Danny. Si notre John Doe n'est qu'un minable de rien du tout, je ne veux pas gaspiller un autre homme.

— Un homicide est un homicide, monsieur, dit Danny.

— Vous êtes plus intelligent que ça, monsieur l'adjoint, dit Dietrich.

---

* SIS : Service d'Investigations Scientifiques.

— Oui, monsieur, dit Danny avant de raccrocher et de se mettre en route.

* * *

La température avait fraîchi, les nuages étaient là. Danny alluma la radio pendant le trajet jusqu'à Allegro ; monsieur météo annonçait encore plus de pluie, peut-être même des inondations dans les canyons — et on ne disait rien sur l'horrible John Doe. Longeant le chantier de construction, il vit des gamins qui jouaient au football dans la boue, sans se plaquer, et des badauds qui montraient du doigt la scène du spectacle de la nuit précédente — un passage au crible du terrain ne donnerait plus rien maintenant.

La camionnette des empreintes et la Buick abandonnée étaient en haut de la côte, au bout du bloc. Danny remarqua que la berline était parfaitement rangée, alignée contre le trottoir à une quinzaine de centimètres, les pneus dirigés vers la bordure pour empêcher la voiture de descendre la pente. Une indication de profil psy : le tueur venait de descendre sauvagement sa victime et pourtant il avait fait montre d'assez de calme pour abandonner froidement sa voiture — près de l'endroit où il avait largué le corps — ce qui signifiait qu'il n'y avait probablement pas eu de témoins de l'enlèvement.

Danny braqua sa Chevy tout contre la voiture à empreintes et se rangea en repérant les jambes du tech qui pendouillaient par la porte ouverte de la Buick côté conducteur. Il s'approcha et entendit la voix du propriétaire des jambes :

— Empreintes de gants sur le volant et le tableau de bord, adjoint. Sang fraîchement coagulé sur le siège arrière et matière blanche et collante sur le capitonnage latéral intérieur.

Danny regarda dans la voiture, aperçut un vieux policier en civil qui époussetait la boîte à gants et vit une fine pellicule de sang séché parsemée de fibres blanches de tissu éponge sur le coussin du siège arrière. Les coussins du siège derrière le conducteur étaient ternis de sillons sanglants entrecroisés — le tissu éponge — emmêlés profondément à l'intérieur de la croûte coagulée. Le doublage en velours près de la fenêtre était zébré de traces gélatineuses, la même substance que celle qu'il avait découverte à la morgue. Danny renifla l'humeur visqueuse et retrouva la même odeur mentholée de médicament ; il serra et desserra les poings en faisant sur le champ une reconstitution.

L'assassin avait conduit sa victime au chantier de construction comme un chauffeur de maître, le macchabée bien droit dans son peignoir éponge blanc, la tête aux orbites vides roulant sur le côté en exsudant l'onguent ou le liniment. Les zébrures entrecroisées des coussins correspondaient aux coupures de rasoir dans le dos de la victime, coupures dont le sang commençait à percer le tissu ; la tache de sang sur le coussin, c'était le cadavre qui s'affaissait sur le côté lorsque l'assassin avait brusquement tourné à droite.

— Hé ! M'sieur l'adjoint !

L'homme des empreintes s'était redressé, faisant à l'évidence la gueule devant les libertés que Danny venait de prendre.

— Ecoutez, il faut que je passe l'arrière à la poudre. Ça vous dérangerait...

Danny regarda le rétroviseur, vit qu'il était bizarrement incliné et s'installa au volant. Nouvelle reconstitution : le rétroviseur permettait d'avoir une vue parfaite du siège arrière, des zébrures sanglantes et des côtés barbouillés de substance visqueuse. L'assassin avait réglé le miroir afin de pouvoir contempler sa victime tout en conduisant.

— Quel est votre nom, fiston ?

Le vieux tech faisait maintenant vraiment la gueule.

— Je suis l'adjoint Upshaw, dit Danny, pas la peine de vous occuper du siège arrière — le mec est trop futé.

— Ça vous dirait de m'expliquer comment vous savez ça ?

L'émetteur-récepteur de la voiture se mit à crachoter ; le vieux briscard sortit de la Buick en secouant la tête. Danny mémorisa la plaque d'identité rivée à la colonne de direction : Nestor J. Albanese, 1236 St Andrews S., L.A., Dun Kirk 4619. Il pensa à Albanese comme à l'assassin — déclaration d'un vol de voiture bidon — et l'idée lui paraissant tirée par les cheveux, il l'abandonna, il pensa à la sauvagerie qu'il avait fallu pour massacrer la victime, aux nerfs de glace pour la transporter en voiture dans la circulation d'un soir de Saint-Sylvestre. *Pourquoi ?*

Le tech l'appela :

— Pour vous, Upshaw.

Danny alla jusqu'à la voiture du labo et attrapa le micro.

— Ouais ?

Une voix de femme au milieu des parasites répondit :

— Karen, Danny.

Karen Hiltscher, employée au standard du poste ; *sa* petite coursière — dont il se gagnait les grâces à coups de flatteries et de baratin de temps en temps. Elle n'avait pas encore compris qu'il n'était pas intéressé et continuait à utiliser leurs prénoms sur toutes les ondes du comté. Danny appuya sur le bouton de communication.

— Ouais, Karen ?

— Il y a identification pour ton 187 — Martin Mitchell Goines, blanc, sexe masculin, né le 9/11/16. Deux condamnations pour possession de marijuana, deux ans au Comté pour la première, trois à cinq ans à l'Etat pour l'autre. Libéré sur parole de San Quentin après trois ans et demi, août 48. Sa dernière adresse connue était une maison, sur la 8ème et Alvarado, à mi-chemin du bloc. Délit de fuite sur parole de l'Etat, mandat d'amener délivré. Sous la rubrique emploi, il est classé comme musicien, enregistré à la locale 3126 du syndicat à Hollywood.

Danny pensa à la Buick volée à l'extérieur d'un club de jazz dans un quartier de basanés.

— Tu as les photos de l'anthropométrie ?

— Viennent d'arriver.

Il prit sa voix de sucre et miel.

— Un petit coup de main pour la paperasse, ma douce ? Quelques petits coups de fil ?

La voix de Karen lui arriva, miauleuse et très chatte — malgré les parasites.

— Bien sûr, Danny. Tu passes chercher les photos ?

— Vingt minutes.

Danny regarda autour de lui et vit que le tech des empreintes était retourné au travail.

— T'es un amour, ajouta-t-il en espérant que la fille allait avaler l'hameçon.

* * *

Danny appela Nestor J. Albanese d'une cabine sur Allegro et Sunset. L'homme avait la voix rauque et répondait à côté de la plaque comme quelqu'un qui souffre d'une gueule de bois ; il lui raconta une version brouillée par la gnôle de ses faits et gestes de la Saint-Sylvestre, en s'y reprenant à trois fois avant que Danny ait la chronologie des événements.

Il faisait la tournée des clubs chez les basanés depuis 9h ou à peu près, tous les rades à be-bop du côté de Slauson et Central — le Zombie, le Bido Lito's, la Salle de Jeux de Tommy Tucker, le Nid de Malloy. Il avait quitté le Nid vers 1h du matin et se dirigeait vers l'endroit où il pensait avoir laissé sa Buick. Elle n'était pas là, alors il était revenu sur ses pas, fin soûl, en se disant que peut-être il avait largué la tire dans une rue latérale. La pluie l'avait trempé jusqu'aux os, la tête lui tournait des punchs planteur et du champagne avalés, il avait pris un taxi pour rentrer et s'était réveillé — toujours beurré — à 8h30. Il avait repris un taxi pour retourner à Central Sud et cherché sa Buick pendant une bonne heure sans la trouver avant d'appeler la police pour en déclarer le vol. Il avait ensuite hélé un autre taxi pour rentrer à nouveau chez lui, se faire contacter par le sergent de l'annexe d'Hollywood Ouest et s'entendre dire que l'objet de sa fierté, sa joie de vivre, avait selon toute probabilité servi de moyen de transport dans un homicide, et aujourd'hui, Premier de l'An, à 4 heures moins le quart de l'après-midi, il voulait récupérer sa petite chérie, et puis voilà.

Danny élimina Albanese comme suspect, à quatre-vingt-dix-neuf pour cent : l'homme s'avérait stupide et réglo, professait ne pas posséder de casier judiciaire et parut sincère lorsqu'il nia connaître Martin Mitchell Goines. Danny lui dit alors que la Buick serait sortie de la fourrière du comté dans les trois jours, raccrocha et prit la direction du poste pour y chercher photos et bonnes grâces.

C'était la pause dîner, Karen Hiltscher était sortie ; Danny fut soulagé de ne pas la voir dans les parages à jouer de sa prunelle mièvre dans sa direction et à lui cogner le biceps du poing, s'arrangeant pour le peloter à la moindre occasion sous les rires étouffés du sergent de garde. Elle avait laissé la série des photos d'anthropométrie sur son bureau. Vivant, avec deux yeux, Martin Mitchell Goines avait l'air jeune et pas commode — son énorme chevelure plaquée, brillantinée, et tirée vers l'arrière, seule caractéristique marquante de ses clichés face et profil. Les photos dataient de la seconde fois où il s'était fait alpaguer pour possession de joints : 16/4/44, LAPD, s'inscrivaient sur une pancarte qu'on lui avait accrochée au cou. Six ans déjà, dont trois et demi passés à Grand Q*. Goines avait mal vieilli — et il était mort en paraissant plus âgé que ses trente-trois ans.

Danny laissa un mémo à Karen Hiltscher : "Ma douce, veux-tu faire ça pour moi ? 1- Appelle les Taxis James, Beacon et les Cies indép. Renseigne-toi sur chargement individu seul — sexe masculin — entre Sunset, La Cienaga et rues avoisinantes, entre 3 et 4 du mat, la nuit dernière. Idem ivrogne chargé entre 0 h 30 et 1 h 30, Central, Slauson et bloc 1200 St Andrews S. Récupère toutes entrées carnets de bord pour courses mêmes heures, mêmes endroits. 2- M'en veux pas, OK ? Désolé pour le rencart à déjeuner annulé. J'ai dû potasser pour un exam. Merci. D.U."

Son mensonge rendit Danny furieux contre la fille, le LASD et lui-même pour se prosterner de cette manière devant une passion adolescente. Il songea un instant à appeler le poste de la 77ème Rue pour le prévenir qu'il allait opérer sur le territoire de la Ville, puis abandonna l'idée — ça ressemblait trop à des courbettes devant un LAPD qui faisait la moue parce que le shérif acceptait Mickey Cohen sur son territoire. Il repensa au personnage, contenant son mépris. Un voyou-meurtrier qui rêvait de faire carrière comme comique dans les boîtes de nuit, auquel un chien errant ou un enfant infirme faisaient venir les larmes aux yeux, qui avait mis à genoux tous les services de police d'une grande ville grâce à un enregistrement téléphonique : des flics des Mœurs touchaient des pots-de-vin et servaient de chauffeurs aux prostituées ; les flics du service de

---

* Grand Q : pénitencier de San Quentin.

nuit — division d'Hollywood — baisaient les putes de Brenda Allen sur des matelas dans les cellules du poste d'Hollywood. Mickey Cohen qui avait sorti tout son arsenal de calomnies diverses parce que les grosses huiles de la municipalité avaient augmenté de dix pour cent tout ce qu'il leur reversait, les dessous-de-table provenant des prêts sur gages et officines de paris. Laid. Stupide. Cupide. *Mal.*

Danny laissa sa litanie mijoter en lui pendant qu'il se dirigeait vers le quartier des bronzés — Sunset à l'est de Figueroa, Figueroa jusqu'à Slauson et Slauson à l'est de Central — trajet supposé de l'assassin voleur de voiture. Le crépuscule commençait à tomber, les nuages de pluie éclipsant les derniers rayons du soleil qui essayaient d'illuminer les taudis nègres : maisons délabrées entourées de grillage à poules, salles de billard, magasins de spiritueux et églises évangéliques en devanture dans chaque rue — jusqu'à ce que le jazz vienne tout envahir. Alors étaient apparus des trucs de timbrés, des trucs à l'épate au milieu de toute cette misère, sur toute la longueur d'un bloc.

Le Bido Lito's avait la forme d'un Taj Mahâl miniature, de couleur violacée ; le Nid de Malloy était une hutte de bambou encadrée de palmiers hawaïens factices décorés de guirlandes lumineuses comme des sapins de Noël. Des rayures noires et blanches zébraient la Salle de Jeu de Tommy Tucker — de toute évidence, un ancien entrepôt reconverti, avec saxophones, trompettes et clés musicales en plastique agencés alternativement sur le rebord du toit. Le Zamboanga, le Flush Royal et le Katykid Klub, rose bonbon, violet encore et vert dégueulis, occupaient un bâtiment en forme de hangar, en trois sections dont les entrées se délimitaient de néon. Et le Zombie Club était une mosquée de style mauresque décorée d'un somnambule haut de trois étages qui sortait du mur de façade : gigantesque noiraud aux yeux de lumière rouge qui s'avançait dans la nuit, la jambe en l'air.

Des parcs de stationnement géants reliaient les clubs entre eux ; des videurs nègres costauds se tenaient près des entrées à côté de pancartes annonçant du poulet au menu du dîner, tarif réduit avant l'heure de presse. Les voitures garées dans les parkings étaient peu nombreuses ; Danny laissa sa Chevy dans une rue adjacente et commença à s'attaquer aux balèzes de service.

Les portiers du Zamboanga et du Katykid se rappelèrent avoir vu Martin Mitchell Goines "dans le coin" ; un homme qui installait une pancarte affichant les menus à l'extérieur du Flush Royal fournit un renseignement supplémentaire : Goines était un trombone de seconde zone, habitué à jouer les utilités, qu'on engageait souvent comme bouche-trou. Depuis Noël ou à peu près il jouait avec le groupe maison du Bido Lito's. Danny cherchait sur tous les visages noirs et méfiants auxquels il s'adressait la moindre trace de dissimulation ; tout ce qu'il ramassa, ce fut la sensation que tous ces mecs voyaient en Marty Goines un innocent stupide.

Danny arriva au Bido Lito's. Une pancarte en façade annonçait DICKY

MC COVER ET SES SULTANS DU JAZZ — PROGRAMMES A 7.30 — 9.30 — 11.30 TOUS LES SOIRS. VENEZ APPRECIER NOTRE POULET EN PANIER DE LUXE. Il pénétra à l'intérieur et crut être le jouet d'une hallucination.

Les murs étaient tendus de satin pastel baignant dans la lumière colorée de minuscules projecteurs qui donnaient aux teintes un aspect voyant du plus mauvais goût ; le décor de l'estrade d'orchestre était une re-création des Pyramides, exécutées en carton pailleté. Les bordures des tables étaient fluorescentes, les belles métisses sexy qui servaient nourriture et boissons portaient des costumes de tigres profondément décolletés et la place tout entière sentait la viande frite. Danny sentit son estomac qui gargouillait et se rendit compte qu'il n'avait pas mangé depuis vingt-quatre heures. Il s'approcha du bar. Même baignant dans cette lumière hallucinatoire, il vit que le barman l'avait repéré comme flic.

Il lui montra la série de trois photos de l'anthropométrie.

— Connaissez-vous cet homme ?

Le barman se saisit de la bande de papier glacé et l'examina sous la lumière de la caisse avant de la lui rendre :

— C'est Marty. Y joue au trombone avec les Sultans. Il mange avant le premier numéro , si vous vous voulez lui parler.

— Quand l'avez-vous vu pour la dernière fois ?

— L'nuit dernière.

— Pour le dernier numéro de l'orchestre ?

Les lèvres du barman se retroussèrent en un mince sourire : Danny sentit que le mot "orchestre"était une appellation de cave.

— Je vous ai posé une question.

L'homme essuya le comptoir avec son chiffon.

— Je crois pas. Le numéro de minuit, j'l'ai vu d'dans. Les Sultans ont joué deux morceaux de plus pasque c'était la Saint-Sylvestre.

Danny remarqua une étagère aux bouteilles de whisky sans étiquettes.

— Allez me chercher le patron.

Le barman appuya sur un bouton près de la machine enregistreuse ; Danny prit un tabouret et pivota pour faire face à l'orchestre. Un groupe de Nègres ouvrait des étuis d'instruments de musique pour en extraire sax, trompettes et cymbales de batteur. Un mulâtre gras en costume croisé s'avança vers le bar, avec un sourire modèle lèche-bottes-devant-l'autorité.

— Je croyais connaître tous les garçons de la Brigade, dit-il.

— Je suis du shérif, dit Danny.

Le sourire du mulâtre s'évapora.

— J'ai d'habitude affaire avec le Soixante-dix-septième, M. le shérif.

— Ça concerne le comté.

— Ici, c'est pas le territoire du comté.

Danny indiqua du pouce ce qu'il avait dans le dos avant de hocher la tête en direction des mini-projecteurs.

— Vous possédez de la gnôle illégale, ces lumières sont un danger d'incendie et c'est le comté qui a la responsabilité du Code de Santé, du Contrôle des Boissons et de la Sécurité. J'ai un carnet de citations à comparaître dans la voiture. Vous voulez qu'j'aille le chercher ?

Le sourire réapparut.

— Certainement pas. En quoi puis-je vous être utile, *monsieur* ?

— Parlez-moi de Marty Goines.

— Que voulez-vous savoir ?

— Tout, pour commencer.

Le patron prit tout son temps pour allumer une cigarette ; Danny savait qu'on testait son fusible. Claquerait ? Claquerait pas ? Finalement, l'homme exhala la fumée et dit :

— Pas grand-chose à dire. Le syndicat du coin l'a envoyé ici après que le trombone habituel des Sultans ait recommencé à picoler. J'aurais préféré quelqu'un de couleur, mais Marty, il a la réputation de bien s'entendre avec tout ce qui n'est pas de race blanche, alors j'ai dit okay. Excepté qu'il a plaqué les mecs la nuit dernière sans rien dire, Marty m'a jamais fait de crasse, il a toujours fait son boulot au quart de poil. Comme trombone, c'est pas le meilleur, mais y'a pire.

Danny montra les musiciens sur l'estrade.

— Ces mecs sont les Sultans, exact ?

— Exact.

— Goines a joué un morceau avec eux qui s'est fini juste après minuit ?

Le mulâtre sourit.

— "Old Lang Syne" repris en tempo rapide par Dicky Mc Cover. Même le Bird est jaloux de ça...

— A quelle heure s'est terminé le numéro ?

— Les musiciens se sont séparés p't-êt à minuit vingt. Quinze minutes d'arrêt, c'est ce que je donne à mes mecs. Comme j'ai dit, Marty a joué la fille de l'air sur celui-là et le final de 2 heures. C'est la seule fois qu'y m'a fait une crasse.

Danny s'attaqua aux alibis des Sultans.

— Est-ce que les trois autres sont restés sur scène pour les deux derniers numéros ?

Le patron acquiesça.

— Hu-huh. Y z'ont joué pour une soirée privée que j'avais organisée après. Qu'est-ce qu'il a fait, Marty ?

— Il s'est fait assassiner.

Le mulâtre s'étouffa avec la bouffée qu'il inhalait. Il la recracha en toussant, laissa tomber sa cigarette par terre et l'écrasa du pied, en disant d'une voix rauque :

— Qui a fait ça à votre avis ?

— Pas vous, ni les Sultans. Essayons ça pour voir : est-ce que Goines avait l'habitude de se charger ?

— Vous dites ?

— Jouez pas à l'imbécile — à la came, au H, à la horse, est-ce qu'y prenait des saloperies de drogues ?

Le patron fit un pas en arrière.

— J'engage pas des nom de Dieu d'envapés !

— Je n'en doute pas, tout comme vous ne servez pas de gnôle volée. Essayons autre chose : Marty et les femmes.

— Jamais rien entendu dire là-dessus, d'un côté comme de l'autre.

— Et des ennemis ? Des mecs qui bandent de lui en faire voir ?

— Rien.

— Des amis, des relations connues, des hommes qui viennent le demander ?

— Non, non et *non*. Marty, il avait même pas de famille.

Danny fit marche arrière avec le sourire — une technique d'interrogatoire qu'il répétait devant le miroir de sa chambre à coucher.

— Ecoutez, je suis désolé d'y être allé aussi fort.

— Non, c'est pas vrai !

Danny rougit, espérant que ça ne s'était pas remarqué sous cet éclairage de dingue.

— Avez-vous quelqu'un qui surveille le parc de stationnement ?

— Non.

— Vous vous rappelez une Buick verte dans le parc la nuit dernière ?

— Non.

— Est-ce que ceux qui sont aux cuisines traînent dans le parking ?

— Mec, mes gens de cuisine sont trop occupés pour traîner quelque part.

— Et vos hôtesses ? Elles vendent leurs fesses dehors après la fermeture ?

— Mec, ce n'est pas de votre ressort et vous êtes bien loin du compte !

Danny repoussa le mulâtre d'un coup de coude et se faufila un chemin à travers la foule du dîner jusqu'à l'estrade. Les Sultans le virent arriver et échangèrent des regards : l'habitude des poulets, *l'expérience* quoi ! Le batteur cessa de mettre ses instruments en place ; le trompettiste se recula et se tint près du rideau qui ouvrait sur les coulisses ; le saxophoniste arrêta d'ajuster l'embouchure de son instrument sans céder un pouce de terrain.

Danny monta sur la plate-forme, clignant des yeux devant la lumière brûlante et crue. Il estima que le sax devait être le chef et décida de faire ça en douceur — son interrogatoire faisait salle comble.

— Services du Shérif. C'est au sujet de Martin Goines.

Le batteur répondit.

— Marty, il est propre. Y vient de finir sa cure.

Une piste — sauf si c'était un ex-tôlard qui faisait diversion pour un autre.

— Je ne savais pas qu'il avait l'habitude de se charger.

— Depuis des années, grogna le saxo, mais il a laissé tomber.

— Où ça ?

— Lex. L'Hôpital d'Etat de Lexington dans le Kentucky. C't'au sujet de la conditionnelle de Marty ?

Danny se recula de manière à pouvoir les tenir tous les trois dans son champ de vision.

— Marty s'est fait descendre la nuit dernière. Je pense qu'il a dû se faire embarquer en douce dans le coin tout de suite après votre numéro de minuit.

Trois réactions bien nettes : trouille du trompettiste, qui devait probablement avoir peur de la police par principe ; tremblements chez le batteur ; le saxo bleu de frousse, mais reprenant du poil de la bête :

---

* RIP = requiescat in pace : qu'il(elle) repose en paix.

— On a tous des alibis, au cas où vous le sauriez pas déjà.

Danny songea : RIP* Martin Mitchell Goines.

— Je sais, alors allons-y pour le topo habituel. Est-ce que vous connaissiez des ennemis à Marty ? Des problèmes de femmes ? Des vieux potes drogués qui traînaient aux environs ?

— Putain, Marty, c'était une vraie énigme, dit le sax. Tout ce que je savais de lui, c'est qu'il avait raccroché sur sa conditionnelle de Quentin, qu'ça l'démangeait tellement d'arrêter la dope qu'il est parti pour Lex, alors qu'il était en fuite sur sa conditionnelle. Si vous voulez mon avis, il en avait, des couilles au cul ! Lex, c'est un hosto fédé, et y z'auraient pu vérifier s'il avait pas un mandat aux fesses. Putain de mec à secrets! Personne savait parmi nous où il crèchait.

Danny retourna le maigre tuyau en tous sens et observa le trompettiste qui délaissait son rideau pour s'approcher doucement en tenant son cornet comme une icône à repousser les démons.

— M'sieur, dit-il, je crois que j'ai quelque chose pour vous.

— Quoi ?

— Marty m'a dit qu'il devait rencontrer un mec après le numéro de minuit et je l'ai vu traverser la rue en direction du parking du Zombie.

— A-t-il cité un nom ?

— Non, rien qu'un mec.

— A-t-il ajouté *quoi que ce soit* à son sujet ? Ce qu'ils allaient faire, ou quelque chose, n'importe quoi ?

— Non, et il a dit qu'il revenait tout de suite.

— Croyez-vous qu'il allait acheter de la drogue ?

Le saxophoniste fusilla Danny du regard de ses yeux bleus, plus clairs que les siens qui étaient marron.

— Mec, putain, mais j'vous ai dit qu'Marty était propre, et qu'il avait l'intention de le rester.

Des huées s'élevèrent du public ; des morceaux de papier touchèrent Danny aux jambes. Il cligna des yeux devant le projecteur et sentit la sueur lui dégouliner sur la poitrine. "Enfoiré de blandin" hurla une voix, suivie d'applaudissements. Une aile de poulet à demi rognée toucha Danny dans le dos. Le saxo lui sourit, lécha l'embouchure et cligna de l'oeil. Danny résista à une envie pressante de lui faire rentrer son clairon dans la gorge et sortit rapidement du club par une porte latérale.

L'air de la nuit glaça sa sueur et le fit frissonner ; des vagues de néons clignotants assaillirent son champ de vision. De petites explosions de musique se fondirent en un seul et grand bruit et le Noir somnambule au-dessus du Club Zombie se mit à ressembler au jugement dernier. Danny comprit qu'il avait la trouille, et il se dirigea tout droit vers l'apparition.

Le portier recula devant son insigne et le laissa pénétrer entre quatre murs de fumées et de grincements discordants — le petit groupe de musiciens à l'avant de la pièce attaquait un crescendo. Le bar plus loin sur la gauche avait la forme d'un cercueil qui portait l'emblème en relief du somnambule du club. Danny se faufila jusque-là, agrippa un tabouret et fit signe d'un doigt en crochet à un Blanc qui essuyait des verres.

Le préposé au bar plaça une serviette devant lui. Danny hurla : "Double légal"* au-dessus du tintamarre. Un verre apparut : Danny descendit le bourbon cul sec ; le barman resservit. Danny but à nouveau et sentit ses nerfs écorchés se réchauffer. La musique prit fin sur un *vlan-boum-hiii* ; les lumières s'allumèrent dans la salle au milieu d'applaudissements sonores. Lorsque le bruit se dissipa, Danny mit la main à la poche et sortit un billet de cinq dollars accompagné de la série de photos de Goines.

— Deux sacs pour les verres, dit le barman.

Danny lui fourra la thune dans la pochette de sa chemise et lui montra son bout de papier glacé.

— Ça vous rappelle quelqu'un ?

En clignant des yeux, l'homme dit :

— Le mec est pas plus vieux aujourd'hui ? Avec peut-être une autre coupe de cheveux ?

— Les photos sont vieilles de six ans. L'avez-vous vu ?

Le barman sortit des lunettes de sa poche, les mit et tint les photos à bout de bras.

— Est-ce qu'il pompe dans le coin ?

Danny ne pigea pas la question — et se demanda si c'était de l'argot sexuel qu'il ne connaissait pas.

— Expliquez-vous.

— Je veux dire, est-ce qu'il fait partie d'une troupe de jazz, est-ce qu'il fait des concerts, qu'il joue de la musique dans le coin ?

— Trombone au Bido Lito's.

Le barman claqua des doigts.

— Okay, j'le connais alors. Marty queq'chose. Il vient picoler entre ses numéros au Bido's, et y fait ça depuis les environs de Noël, pasque le bar

---

* Légal : alcool dont les taxes ont été légalement payées.

du Bido's y sert pas normalement les mecs qui y bossent. Y picole dur, comme...

"Comme *toi*." Danny sourit, un peu moins à cran grâce à la gnôle.

— L'avez-vous vu la nuit dernière ?

— Ouais, dans la rue. Lui et un aut'mec, y se dirigeaient vers une voiture garée plus bas au coin de la 67ème. Il avait l'air d'avoir sa dose. P't-êt...

Danny se pencha en avant.

— P't-être que *quoi* ? Parlez, bon sang !

— P't-être sa dose de came. Quand vous bossez dans les clubs de jazz un bout de temps, vous apprenez à connaître les ficelles. Le mec Marty marchait comme s'il était en caoutchouc, comme s'il était dans les vaps grâce à la came. L'autre mec, il avait le bras autour de lui pour l'aider à aller jusqu'à la voiture.

— Doucement, doucement, dit Danny. Heure, description de la voiture et de l'autre homme. Tout doucement.

Les clients commençaient à s'agglutiner au bar — Nègres en costumes de zazous retaillés, leurs femmes à un pas derrière, toutes maquillées et sapées pour ressembler à Lena Horne. Le barman jeta un coup d'oeil à ses affaires puis revint à Danny :

— Y devait être entre 0 h 15 et 0 h 45, dans ces eaux-là. Marty Je-ne-sais-pas-quoi et l'autre mec, y traversaient le trottoir. Je sais que la voiture était une Buick, pasqu'elle avait des hublots sur le côté. Tout ce que j'me rappelle de l'autre mec, c'est qu'il était grand et avait les cheveux gris. Je les ai vus que de côté en quelque sorte et j'ai pensé "j'aimerais bien avoir une belle tête comme ça, pleine de cheveux". Est-ce que je peux servir ces gens maintenant ?

Danny fut sur le point de dire non ; le barman se tourna vers un jeune homme barbu, un sax alto pendu autour du cou.

— Coleman, tu connais le Blanc qui fait le trombone au Bido's ? Marty putain queq'chose ?

Coleman passa le bras derrière le bar, attrapa deux poignées de glace et les pressa sur son visage. Danny le passa en revue : grand, blond, pas loin de la trentaine et beau gosse dans le genre maladif — comme le meneur de revue de la comédie musicale que Karen Hiltscher l'avait traîné voir. La voix était râpeuse, épuisée.

— Ouais, ouais. C'est pas un dieu question saxo, j'ai entendu dire. Pourquoi ?

— Vois ce monsieur de la police, il te le dira.

Danny montra son verre, deux doses de plus que sa limite du soir habituelle. Le barman le remplit puis s'esquiva.

— Vous êtes du Double Sept ? dit l'alto.

Danny sécha son verre et sur une impulsion, tendit la main.

— Je m'appelle Upshaw. Shérif Hollywood Ouest.

Ils se serrèrent la main.

— Coleman Healy, ancien de Cleveland, Chicago et la planète Mars. Marty a des ennuis ?

Le bourbon réchauffait *trop* Danny ; il desserra sa cravate et s'approcha de Healy.

— Il a été assassiné la nuit dernière.

La figure de Healy se tordit. Danny vit chacun des angles du beau visage tressauter et se convulser de spasmes ; il détourna le regard pour lui laisser le temps d'encaisser le choc et redevenir le mec à la coule qu'il était. Il se retourna et vit que Healy s'accrochait au bar comme s'il voulait s'y enfoncer. Le genou de Danny frôla la cuisse de l'alto — elle était tendue à se rompre.

— Vous le connaissiez bien, Coleman ?

Le visage de Healy était maintenant livide, les traits affaissés sous la barbe.

— J'ai discuté le bout de gras avec lui une ou deux fois avant Noël, ici même dans ce bar. Rien d'important, du baratin — le nouveau disque du Bird, le temps qu'il faisait. Vous avez une idée sur celui qui a fait ça ?

— Une piste sur un suspect — un grand mec aux cheveux gris. Le barman l'a vu avec Goines la nuit dernière, ils se dirigeaient vers une voiture garée sur Central.

Coleman Healy fit glisser ses doigts le long des touches du sax.

— J'ai vu Marty avec un mec comme ça une ou deux fois. Grand, entre deux âges, l'air très digne. Il s'arrêta et dit : écoutez, Upshaw, j'veux pas salir les morts, mais j'peux vous donner mon impression en douce, entre nous ?

Danny recula son tabouret, suffisamment pour étudier le visage dans son entier — Healy tendu comme une corde à piano, mourant d'envie de l'aider.

— Allez-y, les impressions, ça peut aider.

— Eh bien, j'crois que Marty, c'était un pédé. Le vieux mec m'a fait l'effet d'une tante, genre papa-gâteau racoleur. Y se faisaient tous les deux du pied sous la table et quand je l'ai remarqué, Marty s'est reculé du mec — comme un môme qui vient de se faire prendre la main dans la boîte à biscuits.

Danny se sentit des picotements dans le corps, songeant à tous les signes qu'il avait laissés de côté parce qu'ils faisaient trop vulgaires, en contradiction flagrante avec Vollmer et Maslick : ETRIPAGE ENTRE TANTOUZES — UN PEDE ECRABOUILLE — UNE CHOUQUETTE DESCENDUE — CRIME PASSIONNEL CHEZ LES HOMOS.

— Coleman, pourriez-vous identifier l'homme âgé ?

Coleman joua avec son saxo.

— Je ne crois pas. La lumière ici est bizarre, et toute cette histoire de pédés, c'est qu'une impression que j'ai eue.

— Aviez-vous déjà vu le mec avant ou depuis ces fois-là avec Goines ?

— Non — Jamais en solo. Et j'ai passé toute la nuit ici, au cas où vous pensez que c'est moi qui ai fait ça.

Danny secoua la tête.

— Savez-vous si Goincs faisait usage de stupéfiants ?

— Nix. Il était trop passionné par la gnôle pour être un camé.

— Et les gens qui le connaissaient ? D'autres musiciens dans le coin ?

— Que dalle. On a juste bavardé une ou deux fois.

Danny lui tendit la main ; Healy la tourna paume en l'air et d'une torsion, transforma une poignée de main de cave en salut de jazzman.

— On se reverra, mon gars, dit-il en se dirigeant vers la scène.

Etripage entre tantouzes.

Une chouquette descendue.

Crime passionnel chez les homos.

Danny regarda Coleman Healy grimper sur l'estrade et échanger des tapes dans le dos avec les autres musiciens. Gras et cadavériques, le visage grêlé, l'air huileux et tubard, ils déparaient dans le tableau aux côtés du mince alto — comme le cliché de la scène d'un crime avec des zones floues qui vous foirent la perspective et vous font remarquer ce qu'il ne faut pas. La musique démarra : le piano offrit à la trompette une petite mélodie bondissante, la batterie vint y mettre son grain de sel, et le sax de Healy se mit à geindre, en plaintes rythmées miauleuses qui s'échappaient du thème de départ en variations d'arpèges La musique se perdit en digressions bruyantes. Danny repéra une rangée de cabines téléphoniques près des vestiaires clients et reprit son travail de police.

Sa première pièce lui permit de joindre le chef de garde du poste de la 77ème Rue. Danny lui expliqua qu'il était inspecteur du shérif et qu'il travaillait sur un homicide — un musicien de jazz, peut-être drogué, découpé en lanières et balancé du côté de Sunset Strip. Selon toute probabilité, la victime ne consommait plus de drogues habituellement — mais il voulait néanmoins une liste de fourgueurs de H du coin — le mec descendu pouvait être lié à une histoire de drogue. Le chef de garde dit :

— Comment va Mickey ces temps-ci ? avant d'ajouter : "Transmettez votre requête par le canal officiel", et de raccrocher.

Tirant la gueule, Danny composa le numéro personnel de Doc Layman à la morgue de la ville en gardant l'œil sur l'estrade. Le pathologiste répondit à la seconde sonnerie.

— Oui ?

— Danny Upshaw, docteur.

— Danny le parvenu, vous voulez dire, dit Layman en riant. Je viens d'autopsier le John Doe que vous avez essayé d'usurper.

Danny inspira brutalement, en se détournant de Coleman Healy qui tournoyait avec son sax.

— Oui ? Et alors ?

— Et alors, une question avant toutes choses. Avez-vous enfoncé un dépresseur de langue dans la bouche du cadavre ?

— Oui.

— Adjoint, jamais, au grand jamais, n'introduisez d'éléments étrangers dans des cavités internes avant d'en avoir terminé avec l'examen complet de l'extérieur. Le cadavre avait des coupures sur tout le dos avec des échardes de bois fichées dans les plaies — du pin — et vous avez enfoncé un morceau de pin dans sa bouche en y laissant des échardes similaires. Comprenez-vous de quelle manière vous auriez pu m'induire en erreur dans mon évaluation ?

— Oui, mais il était visible que la victime avait été étranglée par une serviette ou une écharpe — les fibres de tissu éponge trahissaient la manière d'opérer, sans contestation.

Layman soupira — un long soupir exaspéré.

— La cause de la mort a été une overdose massive d'héroïne. L'injection a été administrée dans une veine près de la colonne vertébrale, par l'assassin lui-même — la victime n'aurait pas pu y parvenir. La serviette a été placée dans la bouche pour éponger le sang lorsque l'héroïne est arrivée au coeur et a fait éclater les artères, ce qui implique que l'assassin avait des connaissances anatomiques au moins élémentaires.

— Putain de Dieu ! dit Danny.

— Blasphème fort à propos, dit Layman, mais c'est pire par la suite. D'abord quelques précisions :

Un, pas de résidus d'héroïne dans le sang. M. Doe n'était pas un drogué, récemment tout au moins, parce que des marques de piqûres indiquent qu'il l'a jadis été. Deux, la mort est survenue entre 1 h et 2 h du matin, les contusions du cou et des parties génitales ont été faites post mortem. Les coupures du dos sont post mortem, presque certainement exécutées au moyen de lames de rasoir attachées à quelque chose comme une planchette de pin ou un tasseau. Jusqu'ici, brutal, mais encore de ma compétence. Cependant...

Layman s'interrompit — sa vieille pause d'orateur devant sa classe. Danny , qui suait toute la gnôle avalée dit :

— Allez, Doc.

— Très bien. La substance à l'intérieur des orbites était du gel KY. L'assassin a inséré son pénis dans les orbites et il a éjaculé — au moins deux fois. J'ai trouvé six centimètres cubes de sperme qui suintait vers la voûte du crâne. O+ pour l'éjaculateur — le groupe sanguin le plus fréquent chez les Blancs.

Danny ouvrit la porte de la cabine ; il entendit des bouffées de be-bop et vit Coleman Healy qui descendait sur un genou, le sax pointant vers les cintres.

— Les morsures sur le torse ?

— Pas le fait d'un humain, c'est ce que je pense, dit Layman. Les plaies étaient trop déchiquetées pour qu'on puisse en prendre des empreintes — impossible de retirer de ça des marques de dents valables. Il faut ajouter que l'assistant du légiste qui a pris le relais après votre petit numéro a tamponné les zones dites avec de l'alcool, je n'ai donc pas pu faire de test de salive ou de sucs gastriques. Le sang de la victime — AB+ — c'est tout ce que j'ai pu y trouver. Vous avez découvert le corps quand ?

— Peu après quatre heures du matin.

— Dans ce cas, des animaux des collines amateurs de cadavres sont peu probables. Les plaies sont de toutes façons trop localisées pour cette théorie-là.

— Doc, êtes-vous certain que nous ayons affaire à des marques de dents ?

— Absolument. L'inflammation autour des plaies résulte d'une succion par la bouche. C'est trop étendu pour être humain...

— Croyez-vous...

— Ne m'interrompez pas. Je pense — *peut-être* — que l'assassin a étalé du sang comme appât sur la zone concernée et qu'il a lâché quelque chien féroce bien entraîné sur la victime. Combien d'hommes sont là-dessus, Danny ?

— Rien que moi.

— Identité de la victime ? Des pistes ?

— Ça va bien, Doc.

— Attrapez-le.

— C'est *promis*.

Danny raccrocha et sortit. L'air froid dissipa la chaleur née de toute la gnôle avalée et lui permit de rassembler ses preuves. Il disposait maintenant de trois pistes solides :

Les mutilations homosexuelles ajoutées aux observations de Coleman Healy sur Marty Goines comme étant "une tapette" ; son "papa-gâteau" aux allures de "chochotte" — qui ressemblait au grand homme grisonnant en compagnie duquel le barman avait aperçu Goines en train de se diriger vers la Buick volée la nuit dernière — une heure ou à peu près avant l'heure estimée de la mort ; et la mort par OD* d'héroïne ; la description, par le barman, de Goines qui vacillait comme chargé de came — une dose qui était probablement le précurseur de l'injection qui lui avait fait éclater le coeur ; Goines ancien drogué et sa récente cure de désintoxication. En chassant les mutilations animales de son esprit, Danny disposait d'une piste vraiment solide : le grand mec grisonnant — un papa gâteau capable de mettre la paluche sur de l'héroïne et des seringues hypodermiques et de convaincre un camé repenti de s'en filer une sur place en larguant son numéro de la Saint-Sylvestre.

Et pas de coopération du LAPD — pour l'instant — sur les fourgueurs de horse du cru ; la seule solution, c'était d'aller serrer un camé.

Danny traversa la rue jusqu'à la salle de jeux de Tommy Tucker, trouva une banquette vide et commanda du café pour sécher tout l'alcool qu'il avait dans le corps et rester éveillé. La musique, c'était des ballades ; la décoration, du capitonnage à rayures zébrées, papier peint bon marché avec motifs de jungle, qui avait l'air posé de travers à cause des flammes des lampes à alcool imitation torches hawaiiennes qui léchaient le plafond, encore un risque d'incendie à vous envoyer le bloc tout entier rejoindre cendre-la-ville. Le café était noir et fort et prenait le pas sur la gnôle ; le be-bop était gentillet — une caresse pour les couples sur les banquettes, des amoureux qui se tenaient par la main en sirotant leurs boissons au rhum. Le décor de la boîte le fit penser à San Berdoo aux environs de 39, lui et Tim dans une décapotable Olds piquée en douce à son proprio, en route pour une partie de plaisir au bal de fin d'année d'un bahut de cambrousse, en train de se changer chez lui pendant que la vieille faisait de la vente forcée avec ses *Watchtowers** devant le grand magasin Coulter. Tous les deux en calcif et maillot de corps, à s'envoyer des bourrades et des plaisanteries sur ce qui pourrait remplacer les filles ; Timmy et Roxane Beausoleil à la sortie du gymnase cette nuit-là — et

---

* OD : overdose.
* Watchtowers : revue des Témoins de Jéhovah.

leur java à tous les deux à l'intérieur de l'Olds à en faire sauter la suspension avec leurs galipettes. Et lui, à faire tapisserie toute la soirée, ayant refusé l'offre de Roxy d'être son cavalier en second, à boire du punch arrosé en se sentant devenir de plus en plus sentimental et pudibond devant les numéros de frotti-frotta des slows, la douleur au cœur.

Danny mit fin à ses souvenirs en reprenant son travail de flic, les yeux rôdeurs en quête de violations du Code de Santé et de Sécurité, infractions à la distribution d'alcool, des yeux en quête de tout ce qui est *mal*. Le portier acceptait les mineurs ; de jolies mulâtresses en longues robes fendues trimbalaient leurs fesses et accostaient le client ; il n'y avait qu'une seule issue de secours pour cette énorme salle prête à partir en torche à la seconde. Le temps passa ; la musique, douce au début, s'était faite bruyante pour redevenir douce ; le café, ses yeux sans cesse en mouvement, lui avaient affûté les nerfs. C'est alors qu'il toucha le gros lot en repérant deux Noirs près des rideaux de sortie en train de se refiler quelque chose : du fric pour quelque chose qui tenait dans la main, suivi d'un saut rapide dans le parc de stationnement.

Danny compta jusqu'à six et suivit, entrouvrant doucement la porte pour reluquer dehors. Le Noir qui avait pris le pognon se dirigeait à grands pas vers le trottoir ; l'autre mec était deux rangées de voitures plus bas en train d'ouvrir la porte d'une tire surmontée d'une longue antenne en fouet. Danny lui donna trente secondes pour faire son plein, en allumer une ou renifler sa pincette, puis il dégaina son 45 et s'approcha cassé en deux.

La voiture était une Merc lavande ; de la fumée de marijuana s'échappait par les déflecteurs. Danny agrippa la porte du conducteur et l'ouvrit brutalement ; le Nègre hurla, laissa tomber son joint et se recula, devant l'arme braquée sur son visage.

— Shérif, dit Danny. Les mains sur le tableau de bord, lentement, ou je te tue.

Le jeunot s'exécuta, au ralenti. Danny lui enfonça le canon du 45 sous le menton et le fouilla : poches de veste, intérieures et extérieures, le tour de la taille pour une arme possible. Il trouva un portefeuille en lézard, trois cigarettes de marijuana et pas d'artillerie ; il ouvrit la boîte à gants et alluma la veilleuse. Le môme dit : "Ecoutez, mec" ; Danny enfonça l'arme plus fort jusqu'à ce qu'elle lui bloque l'arrivée d'air et l'oblige à se taire.

La puanteur du joint se faisait agressive ; Danny trouva le mégot sur le coussin du siège et l'éteignit. De sa main libre il ouvrit le portefeuille, en sortit un permis de conduire et plus de cent sacs en billets de dix et vingt.

---

* DDN : date de naissance.
* SCG : Service des cartes grises.

Il glissa le liquide dans sa poche et lut : Carlton W. Jeffries, race noire sexe masculin, 1m 77, 75kg, DDN* 19/6/29, 439 1/4 E, 98 ST. L.A. Il retourna le contenu de la boîte à gants vite fait et il y trouva un certificat d'immatriculation du SCG* au même nom ainsi qu'une flopée de procès-verbaux impayés sous leurs enveloppes d'expédition. Danny mit le permis de conduire, les joints, l'argent et les papiers de la voiture dans une enveloppe qu'il laissa tomber sur le trottoir ; il dégagea le 45 de dessous le menton du gamin et se servit du canon pour lui tourner la tête vers lui. De près, il vit un petit blanc-bec couleur chocolat au bord des larmes, la lippe tremblante, la pomme d'Adam jouant la remonte pendant qu'il luttait pour trouver un peu d'air.

— Des renseignements ou cinq ans minimum aux frais de l'Etat. Tu choisis.

Carlton W. Jeffries retrouva un filet de voix, aiguë, couinante.

— Vous croyez qu'ce sera quoi ?

— Je crois que tu es intelligent. Donne-moi ce que je veux et je te mets cette enveloppe au courrier de demain.

— Vous pourriez me la rendre tout de suite. S'il vous plaît. L'argent, j'en ai besoin.

— Je veux que tu craches, mais régul. Si tu joues sur les deux tableaux et si je trinque, t'es bon. J'ai des preuves, plus les aveux que tu viens de faire.

— Mec, jamais je vous ai fait des aveux !

— Oh que si ! T'en vends une livre par semaine. C'est toi le champion, le numéro un des fourgueurs d'herbe du Quartier Sud.

— Mec !

Danny posa le canon de son arme sur le nez de Carlton W. Jeffries.

— Je veux des noms. Qui fourgue l'héroïne dans le coin ? Accouche !

— Mec !

Danny fit sauter le 45 en l'air et le rattrapa par le bout du canon, retournant sa prise pour pouvoir utiliser l'arme comme massue.

— *Accouche, nom de Dieu !*

Jeffries ôta les mains du tableau de bord et s'en entoura le corps.

— L'seul mec que j'connais, c't un mec qui s'appelle Otis Jackson. Y vit au-dessus de la laverie sur Un-zéro-trois et Beach. S'il vous plaît, dites pas que j'ai craché le morceau.

Danny rengaina son calibre et sortit à reculons de la voiture. Son pied toucha l'enveloppe pour PV au moment où Carlton W. Jeffries se mettait à chialer. Il ramassa ses preuves, les balança sur le siège et fila vers sa Chevy en quatrième vitesse pour ne plus entendre le triste petit connard bafouiller ses remerciements.

* * *

La 103ème et Beach était un carrefour tout décrépi au coeur de Watts : salons de défrisage sur deux angles, un magasin de spiritueux sur le troisième, la laverie "Au roi de la Piécette" occupait le dernier. La lumière brillait dans l'appartement situé au-dessus de la laverie ; Danny se gara de l'autre côté de la rue, éteignit ses phares et repéra la seule issue possible : un escalier latéral qui conduisait à une porte d'aspect peu solide.

Il s'avança et gravit les marches sur la pointe des pieds, sans se tenir à la rampe par crainte des grincements. Arrivé au sommet, il sortit son arme, colla l'oreille à la porte et écouta une voix d'homme qui comptait : huit, neuf, dix, onze. En frappant à la porte, il imita un accent traînant tout droit sorti de Amos'n'Andy*.

— Otis ? T'es là, mec ? C'est moi, mec.

Danny entendit "Merde" ; quelques secondes plus tard, la porte s'ouvrit, retenue au chambranle par une chaîne. Une main prolongée d'un cran d'arrêt jaillit ; Danny abattit son arme sur le surin avant de balancer tout son poids sur la porte.

Le cran d'arrêt tomba sur la première marche ; une voix hurla ; la porte céda, Danny à cheval dessus. Puis ce fut une arrivée fracassante sur le tapis et, cul par-dessus tête, la vision d'un Otis Jackson qui ramassait ses enveloppes de came sur le plancher, une course trébuchante vers la salle de bains, une chasse d'eau qu'on tirait. Danny se remit à genoux, se repéra et hurla "Shérif !" Otis Jackson lui adressa un majeur tendu et se fraya un chemin vers le salon en arborant un sourire de merdaillon.

Danny se leva, des mélodies de jazz lui cognaient plein la tête. Otis Jackson dit :

— Les putains de mecs du shérif, c'est des merdeux, des putains de pas grand-chose par ici.

Danny lui fouetta le visage de son 45. Jackson tomba sur le tapis, gémit et recracha des morceaux de bridge. Danny s'accroupit à côté de lui.

— Tu vends à un Blanc, un grand mec aux cheveux gris ?

Jackson cracha du mucus ensanglanté et un morceau de langue.

— Ch'suis avec Jack D et le Sept-Sept, put...

---

* Amos'n'Andy : duettistes blancs de la radio célèbres pour leur imitation de l'accent noir.

— Tu me tueras avant, minable !

Les bruits de jazz refirent leur apparition, accompagnements sonores des visions de Colemen Healy faisant des mamours à son sax, ou du mec aux joints sur le point de supplier. Danny dit :

— Encore une fois, je veux des tuyaux sur un Blanc de grande taille. Entre deux âges, cheveux argentés.

— Et j't'ai dit...

Danny entendit des bruits de pas qui montaient les escaliers, entremêlés de grognements et du bruit reconnaissable entre tous de revolvers qu'on armait. Otis Jackson sourit ; Danny pigea le topo, rengaina son calibre et sortit son étui avec son insigne. Deux Blancs balèzes apparurent sur le seuil, le 38 en position de tir ; Danny tenait son étui ouvert, en signe de paix offerte.

— Shérif. Je suis inspecteur du shérif.

Les hommes avancèrent, armes en avant. Le plus grand des deux aida Otis Jackson à se remettre debout ; l'autre, un tas de lard aux cheveux roux et bouclés, prit la plaque identifiant Danny comme poulet, l'examina et secoua la tête.

— C'est d'jà assez dégueu qu'chez vous les mecs partagent le pieu de Mickey le Youde, et v'là maintenant qu'y faut qu'vous tabassiez mon meilleur indic. Otis, t'es un Négro qui a de la chance. Adjoint Upshaw, t'es un Blanc stupide.

Le grand flic conduisit Otis Jackson dans la salle de bains. Danny se remit debout et attrapa son étui d'insigne. Le rouquin gras à lard dit :

— Fous-moi le camp dans ton comté et va tabasser tes propres Négros.

Chapitre 5

"...Et l'aspect le plus subtil, le plus pénétrant du communisme, l'instrument le plus insidieux de son efficacité, ce sont les millions de bannières sous lesquelles il se cache, ces millions d'étendards différents, intitulés, sigles ou initiales aux combinaisons variées. Il étend son cancer sous des masques par millions dont chacun est conçu pour pervertir et corrompre au nom de la compassion, du bien et de la justice sociale. UAES, SLDC, NAACP*, AFL-CIO*, Ligue pour l'Idéal Démocratique et Américains Intéressés contre le Fanatisme. Des organisations aux noms qui sonnent haut et clair, dont tous les Américains dignes de ce nom devraient être fiers de faire partie. Ce ne sont toutes que les tentacules séditieux, pervertis, cancéreux de la Grande Conspiration Communiste."

Mal Considine essayait de se faire une idée du personnage : Edmund J. Satterlee, ex-fédé, ex-séminariste jésuite, depuis près d'une demi-heure, en jetant à l'occasion quelques coups d'œil sur le reste des spectateurs. Satterlee était un homme de haute taille, au début de la quarantaine, le corps en forme de poire ; son style d'orateur était un croisement entre le parler sans fioritures d'Harry Truman et les idées complètement cinglées d'un fêlé de Pershing Square — et l'on ne savait jamais s'il allait crier ou murmurer. Dudley Smith, qui fumait à la chaîne, semblait apprécier son numéro ; Ellis Loew ne cessait de regarder et sa montre et Dudley — craignant probablement que ce dernier ne fasse tomber ses cendres sur la nouvelle moquette du salon. Le Dr Paul Lesnick, psychiatre et informateur de longue date des Fédés, se tenait aussi loin que possible du Chasseur de Rouges tout en restant dans la même pièce. C'était un vieil

---

* NAACP : National Association for the Advancement of Colored People : Association de défense des droits civiques des gens de couleur.
* AFL - CIO : American Federation of Labor and Congress of Industrial Organizations : regroupement de centrales syndicales.
* Pershing Square : situé près de l'hôtel de ville, lieu de discours publics en tous genres et de toutes confessions.

homme de petite taille, frêle d'aspect, aux yeux d'un bleu lumineux et à la toux persistante, toux qu'il entretenait avec des cigarettes européennes bien râpeuses ; il avait cette allure que l'on rencontre chez tous les indicateurs — pleine de mépris pour la présence de ceux qui le tenaient — malgré le fait qu'il avait prétendument été volontaire en offrant ses services.

Satterlee arpentait la pièce maintenant, en gesticulant à leur endroit comme s'ils étaient quatre cents et non quatre. Mal se tortilla dans son fauteuil, en se souvenant que ce mec était son aller direct pour le grade de capitaine et le poste de Chef Enquêteur du Procureur.

"Et aux premiers jours de la guerre, je travaillais à la Brigade des Etrangers à déplacer les Japs. C'est là que j'ai pu constater de près, pour la première fois, la manière dont se propage le sentiment anti-américain. Les Japs qui voulaient être de bons Américains se sont portés volontaires pour s'engager dans les forces armées ; la plupart étaient pleins de ressentiment et d'idées confuses, et les éléments subversifs — sous le masque de patriotisme — ont tenté de les contraindre à trahir par le biais d'attaques concertées et fortement intellectualisées sur les prétendues injustices raciales américaines. Sous l'étendard de préoccupations aussi américaines que la liberté, la justice et la libre entreprise, les séditieux parmi les Japs se sont fait de notre démocratie l'image d'un pays où l'on lynchait les Nègres, où les hommes de couleur avaient peu d'occasions de réussir, en dépit du fait que les Nisei* commençaient à apparaître comme une classe de commerçants bourgeois au moment où la guerre a éclaté. Après la guerre, lorsque la Conspiration Communiste est apparue comme la menace numéro un pour la sécurité intérieure de l'Amérique, j'ai vu de quelle manière les Rouges utilisaient le même type de réflexion, de manipulation, pour subvertir notre fibre morale. L'industrie du spectacle, le monde des affaires regorgeaient de sympathisants communistes, et j'ai fondé les Rouges Souterrains pour aider à l'élimination du radicalisme et de la subversion. Les entreprises qui veulent se garder de la présence des Rouges dans leurs rangs nous versent un forfait et nous filtrons le personnel en place ainsi que les éventuelles nouvelles recrues à la recherche de liens éventuels avec les Cocos, et nous conservons, nous, un dossier détaillé sur tous les Rouges que nous mettons au grand jour. Ce service permet également aux innocents accusés de sympathies rouges de prouver leur innocence et de trouver un emploi qui en d'autres circonstances leur aurait été refusé. En outre...

Mal entendit tousser le Dr Paul Lesnick ; il regarda le vieil homme sur le côté et vit que la quinte était pour moitié un rire. Satterlee s'interrompit ; Ellis Loew dit :

— Ed, peut-on glisser sur l'historique et passer aux choses sérieuses ?

---

* Niseï : né en Amérique de parents immigrants japonais.

74

Satterlee rougit, prit sa serviette et en sortit une pile de feuilles, quatre liasses distinctes attachées par trombone. Il en tendit une à Mal, Loew et Dudley Smith ; le Dr Lesnick déclina l'offre d'un geste de la tête. Mal lut en diagonale la feuille du dessus. C'était une déposition qui détaillait noir sur blanc les cancans et ragots d'un piquet de grève : des membres de l'Alliance Unifiée des Figurants et Machinistes en train d'énoncer des platitudes socialo qu'avaient surprises les contre-piquets des Camionneurs. Mal vérifia les noms des signataires et reconnut Morris Jahelka, Davey Goldman et Fritzie Kupferman le "Pic à Glace" — tous des gros bras bien connus de Mickey Cohen.

Satterlee reprit position face à eux ; Mal pensa soudain qu'il ressemblait à un homme prêt à tuer pour avoir un lutrin — ou quelque chose sur quoi reposer ses longs bras ballants :

— Ces feuilles de papier sont la première salve de nos munitions. J'ai travaillé avec un grand nombre de grands jurys dans des municipalités qui couvrent tout le pays, et les dépositions sous serment de citoyens patriotes ont toujours eu un effet salutaire sur les membres d'un grand jury. Je pense que l'heure est favorable et les chances de succès nombreuses pour en constituer un ici-même à Los Angeles — il nous faut profiter de l'impulsion encore vivace créée par les luttes d'influence entre travailleurs de l'UAES et Camionneurs pour tenter de nous emparer du devant de la scène, chose qui ne se reproduira probablement pas. L'influence communiste à Hollywood est un sujet vaste, et le désordre des manifestations de rue ainsi que la fomentation de la subversion par l'UAES sont dans un cas comme dans l'autre, un excellent moyen de susciter l'intérêt du public. Laissez-moi vous citer un passage de la déposition de M. Morris Jahelka : "Pendant une manifestation devant les locaux de la compagnie de films Variety International le matin du 29 novembre 1949, j'ai entendu un membre de l'UAES, une femme du nom de Claire dire à un autre membre de l'UAES : "Avec l'UAES dans les studios, nous pouvons faire avancer la cause mieux qu'avec la Garde Rouge tout entière. Le cinéma est le nouvel opium du peuple. Les gens croiront tout ce que nous pourrons faire passer sur les écrans." Messieurs, Claire est Claire Katherine De Haven, reine consort des 10 traîtres d'Hollywood et membre reconnu de pas moins de quatorze organisations qui ont été cataloguées comme avant-gardes communistes par les Services du Procureur Général de l'Etat de Californie. N'est-ce pas impressionnant ?

Mal leva la main. Edmund J. Satterlee dit :

— Oui, lieutenant Considine. Une question ?

— Non, une déclaration. Morris Jahelka est un criminel qui a deux condamnations pour viol et détournement de mineures. Notre citoyen patriote baise des fillettes de douze ans.

— Nom de Dieu, Malcolm ! dit Ellis Loew.

Satterlee essaya de sourire, hésita et enfonça les mains dans ses poches.

— Je vois. Autre chose sur M. Jahelka ?

— Oui. Il aime aussi les petits garçons mais il n'a jamais été pris sur le fait.

Dudley Smith éclata de rire.

— La politique vous conduit parfois à des associations inattendues, ce qui n'enlève rien au fait que, dans l'affaire qui nous occupe, M. Jahelka soit du côté des anges. En outre, mon gars, nous ferons en sorte, et bigrement, que son dossier reste bouclé, mais ces satanés socialos ne vont probablement pas faire intervenir d'avocats pour contredire et diriger l'interrogatoire.

Mal s'efforça de garder une voix calme.

— Est-ce exact, Ellis ?

Loew chassa quelques volutes de la fumée de cigarette de Doc Lesnick.

— Pour l'essentiel, oui. Nous essayons d'obtenir du plus grand nombre possible de membres de l'UAES qu'ils témoignent volontairement, et les témoins hostiles — qui comparaissent sur assignation — tendent à vouloir prouver leur innocence en ne faisant pas appel à un défenseur. En outre, les studios ont une clause dans leur contrat avec l'UAES qui stipule qu'ils peuvent mettre un terme au contrat s'il peut être prouvé à l'encontre du contractant des agissements délictueux. Avant que le grand jury ne se réunisse — si nos preuves sont suffisamment convaincantes — j'irai rencontrer les patrons des studios afin de déloger l'UAES en me fondant sur cette clause — ce qui devrait rendre ces salopards de fanatiques fous furieux lorsqu'ils déposeront à la barre des témoins. Un témoin en colère est un témoin sans effet. Vous savez cela, Mal.

Dehors l'UAES ; entrez, Cohen et ses Camionneurs. Mal se demanda si Mickey C contribuait à la caisse noire à six chiffres de Loew — laquelle devrait atteindre le demi-million d'ici les primaires de 52.

— Vous êtes doué, maître.

— Vous aussi, *capitaine*. Venons-en au fait, Ed. Je suis attendu au tribunal à midi.

Satterlee tendit à Mal et Dudley des feuilles polycopiées.

— Mes réflexions sur l'interrogatoire des subversifs, dit-il. La culpabilité par association est un levier puissant contre ces gens-là — ils sont tous liés les uns aux autres — ceux de l'extrême gauche connaissent tous les autres à un degré ou à un autre. Accompagnant les témoignages que je vous ai remis, j'ai les listes des réunions coco et je les ai recoupées avec les listes des donateurs volontaires ; ce sont d'excellents moyens de pression pour se procurer des renseignements et obliger les Rouges à dénoncer d'autres Rouges pour sauver leur sale peau. Les donations impliquent aussi des registres bancaires que l'on peut faire citer comme preuves matérielles. Ma technique favorite, c'est de présenter à des témoins potentiels des photos de surveillance — se voir désigner au milieu d'une réunion subversive file même au plus mécréant des socialos une trouille de tous les diables, et ils sont alors prêts à dénoncer leur propre mère pour ne pas aller en prison. Il est possible que je puisse nous obtenir des photos extrêmement compromettantes par un ami qui travaille pour les Rouges Souterrains — quelques très bonnes photos de pique-niques organisés par le Comité de Défense de Sleepy Lagoon. En fait, on m'a dit que les photos en question étaient les Rembrandt de la surveillance fédérale — gros bonnets du PC et vedettes d'Hollywood s'y côtoient parmi nos amis de l'UAES. M. Loew ?

— Merci, Ed, dit Loew avant de donner le signal de lever le siège, d'un doigt en l'air, comme à l'accoutumée.

Dudley Smith bondit pratiquement sur ses pieds ; Mal se mit debout et vit Doc Lesnick qui se dirigeait vers la salle de bains en se tenant la poitrine. Des quintes de toux grasse retentirent dans le vestibule ; il se représenta Lesnick en train de vomir son sang. Satterlee, Smith et Loew brisèrent le cercle de leurs poignées de main ; le chasseur de Rouges sortit par la porte en compagnie du procureur qui lui malaxait les épaules.

— Les fanatiques sont toujours fatigants, dit Dudley Smith. Ed est doué dans ce qu'il fait mais il ne sait pas à quel moment il doit arrêter son numéro. Cinq cents dollars par conférence, c'est ce qu'il se ramasse. Belle exploitation capitaliste du communisme, ne croyez-vous pas, capitaine ?

— Je ne suis pas encore capitaine, lieutenant.

— Ha ! Et quel esprit sensationnel que le vôtre ! Il va de pair avec votre grade.

Mal étudia l'Irlandais, moins effrayé qu'il ne l'était hier matin au restaurant.

— Qu'est-ce que vous y gagnez, là-dedans ? Vous êtes un homme de terrain, vous ne voulez pas la place de Jack Tierney ?

— Peut-être que je veux simplement être à vos côtés, mon gars. Vous avez une cote favorable quant à vos chances d'être un jour Chef de la Police ou Shérif du comté, tout ce travail sensationnel que vous avez accompli en Europe en libérant nos frères juifs persécutés. Et puisqu'on parle d'eux, voici notre contingent hébreu qui arrive.

Ellis Loew conduisait Lesnick dans le salon où il l'installa dans un fauteuil près de l'âtre. Le vieil homme disposa un paquet de Gauloises, briquet et cendrier sur ses genoux en croisant ses jambes grêles pour les y maintenir en place. Loew tira des fauteuils et les disposa en demi-cercle autour de lui ; Smith fit un clin d'oeil et s'assit. Mal vit des boîtes de carton bourrées de chemises, qui remplissaient le coin salle à manger, avec quatre machines à écrire empilées dans un coin, destinées à assurer le travail de rédaction de l'équipe du grand jury. Ellis Loew se préparait à la guerre, avec sa maison ranch comme quartier général.

Mal s'empara du fauteuil restant. Doc Lesnick alluma une cigarette, toussa et commença à parler. Sa voix était celle d'un Juif intello de New York, avec un seul poumon en état ; pour Mal, son laïus sentait le fabriqué et le réchauffé, il avait déjà dû servir son baratin à une tapée de flics et de procureurs.

— M.Satterlee vous a rendu un mauvais service en ne remontant pas plus loin dans son compte rendu quelque peu succinct de l'histoire des éléments subversifs en Amérique. Il a négligé de faire état de la dépression, de la faim et des gens au désespoir, des gens soucieux d'équité qui voulaient changer ces conditions horribles.

Lesnick s'arrêta, reprit son souffle et écrasa sa Gauloise. Mal vit se soulever une poitrine creuse et un vieil homme qu'il catalogua comme bon pour le fossoyeur et qu'il sentit hésiter : la douleur d'un discours contre une occasion de justifier son devoir d'indic. Finalement, il avala une énorme goulée d'air et continua, le regard illuminé par une sorte de ferveur.

— Il y a vingt ans de cela, j'ai été l'un de ces hommes. J'ai signé des pétitions, j'ai écrit des lettres, j'ai assisté à des réunions ouvrières qui n'accomplissaient rien. Le parti communiste, en dépit de ses connotations funestes, était la seule organisation qui ne paraissait pas inefficace. Sa réputation lui donnait un certain panache, un cachet, et les hypocrites vertueux et fiers de leur bon droit qui le condamnaient à l'étouffoir m'ont donné envie d'en faire partie afin de prouver ma méfiance à leur égard.

Ce fut une décision peu judicieuse que j'ai été amené à regretter par la suite. Etant psychiatre, on m'a désigné comme analyste officiel du PC ici même à Los Angeles. L'analyse marxiste et freudienne était alors très en vogue chez les intellectuels, et un grand nombre de gens dont j'ai pris conscience par la suite qu'ils conspiraient contre ce pays, m'ont dit leurs... secrets, pour ainsi dire, émotionnels et politiques. Beaucoup étaient des gens d'Hollywood, des écrivains, des acteurs, et ceux qui gravitaient autour — des membres de la classe ouvrière, tout autant dans l'erreur que je l'étais moi-même à propos du communisme, des personnes qui voulaient s'approcher des gens d'Hollywood à cause de leurs relations dans le cinéma. Peu de temps avant le pacte Hitler-Staline, j'ai perdu mes illusions sur le Parti. En 39, pendant les investigations menées par l'HUAC de l'Etat de Californie, je me suis porté volontaire pour servir au FBI d'informateur clandestin. Il y a plus de dix années que je sers dans cette capacité, en étant concurremment analyste du PC. En 1947, j'ai transmis mes dossiers privés en secret aux enquêteurs du Comité des Activités Antiaméricaines de la Chambre, et je fais aujourd'hui la même chose pour cette enquête de grand jury. Les dossiers portent essentiellement sur des membres de l'UAES indispensables à votre enquête, et dussiez-vous avoir besoin d'aide pour les interpréter, je serais heureux d'être de quelque utilité.

Le vieil homme faillit s'étouffer sur ses dernières paroles. Il tendit la main vers son paquet de cigarettes ; Ellis Loew, un verre d'eau à la main, arriva le premier. Lesnick avala, toussa, avala ; Dudley Smith pénétra dans le coin salle à manger et tapota de ses grosses chaussures cirées miroir à la salive, les cartons de dossiers et les machines à écrire — jeu de jambes d'une oisiveté qui ne lui était pas coutumière.

Un avertisseur résonna dehors. Mal se leva pour remercier Lesnick et lui serrer la main. Le vieil homme détourna le regard, se mit debout avec effort et faillit ne pas y parvenir. L'avertisseur fit à nouveau entendre son "beep" ; Loew ouvrit la porte et fit signe au taxi dans l'allée. Lesnick sortit en traînant les pieds, avalant l'air frais du matin à pleines gorgées.

Le taxi s'éloigna ; Loew mit en marche un ventilateur mural. Dudley Smith dit :

— Combien de temps lui reste-t-il, Ellis ? Lui enverrez-vous une invitation pour la célébration de votre victoire en 52 ?

Loew ramassa les dossiers sur le sol par pleines poignées et les aligna sur la table de la salle à manger ; il répéta l'opération jusqu'à ce que les deux piles arrivent à mi-hauteur du plafond.

— Assez longtemps pour servir nos intérêts.

Mal s'approcha et regarda leurs preuves : des instruments à extraire les renseignements, comme les poucettes de la question.

— Il ne témoignera pas devant le grand jury, non ?

— Non, jamais. Il a une peur terrible de perdre sa crédibilité de psychiatre. Le secret professionnel, vous comprenez. C'est un joli refuge pour les grévistes et les docteurs le convoitent également. Bien sûr, légalement, ils n'y sont pas astreints. Lesnick serait kaput comme psychiatre s'il témoignait.

— On pourrait croire néanmoins qu'il aimerait retrouver son créateur en digne patriote américain, dit Dudley. Il s'est effectivement porté volontaire, et ce doit être une grande satisfaction pour quelqu'un devant l'imminence d'une nouvelle vie.

Loew éclata de rire.

— Dud, vous est-il *jamais* arrivé de faire un pas sans regarder où vous mettiez les pieds ?

— Si, la dernière fois qu'il *vous* est arrivé *à vous* de faire la même chose. Et vous-même, capitaine Considine ?

— Si, un jour, ça remonte aux rugissantes Années Vingt, dit Mal, en se disant que, mano à mano, cerveau contre cerveau, il donnerait la brute des rues de Dublin gagnante contre le Phi-Bêta de Harvard. Ellis, quand commençons-nous à prendre contact avec les témoins ?

Loew tapota les piles de dossiers.

— Très bientôt, dès que vous aurez digéré tout ça. En vous fondant sur ce que vous aurez appris ici, vous procéderez à vos premières approches — sur des points faibles — auprès de gens faibles, parmi lcs plus susceptibles de coopérer. Si nous pouvons nous bâtir rapidement un réseau de témoins favorablement disposés, très bien. Mais si nous n'obtenons pas, dès le départ, une coopération suffisante, il nous faudra infiltrer la place. Nos amis chez les Camionneurs ont surpris des bavardages dans les piquets : l'UAES met sur pied une stratégie de réunions dans le but de contraindre les studios à accepter leurs exigences démesurées pour les nouveaux contrats. Si nous nous ramassons une série de refus illico-presto, je veux faire marche arrière et infiltrer un homme à nous dans les rangs de l'UAES. Je veux que vous réfléchissiez tous deux à de jeunes flics intelligents, coriaces, l'allure idéaliste, que nous pourrions utiliser s'il fallait en arriver là.

Mal se sentit pris de frissons. Infiltrer des leurres, *manipuler,* avaient fait sa réput aux Mœurs — c'était ce qu'il faisait de mieux comme policier.

— J'y réfléchirai, dit-il. Il n'y a que Dudley et moi comme enquêteurs ?

Loew fit un geste qui embrassa la pièce tout entière.

— Des employés du pool municipal ici-même pour s'occuper de la paperasse, Ed Satterlee pour l'utilisation de ses contacts, Lesnick pour notre édification côté psychiatrie. Vous deux pour les interrogatoires. Je pourrais éventuellement nous trouver un troisième pour essayer de dénicher matière à crime, remuer l'eau qui dort, ce genre de chose.

Ça démangeait Mal de se mettre à lire, réfléchir, manipuler.

— Je vais à l'Hôtel de ville, quelques points à éclaircir, je rentre chez moi et je me mets au travail.

— Je vais requérir contre un agent immobilier pour conduite en état d'ivresse sur la moto de son fils, dit Loew.

Dudley Smith porta un toast à son patron, en levant un verre imaginaire :

— Ayez pitié. La plupart des agents immobiliers sont de bons républicains patriotes et il se pourrait que vous ayez besoin de sa contribution un jour.

* * *

De retour à l'Hôtel de ville, Mal passa des coups de fil pour satisfaire sa curiosité sur ses deux nouveaux collègues. Bob Cathcart, un mec plein de jugeote de la Division Criminelle du FBI avec lequel il avait travaillé, lui refila le topo sur Edmund J. Satterlee. Cadrage du bonhomme par

Cathcart : c'était un fêlé de religion, et le communisme, ça le démangeait comme un poil superflu qui lui pousserait au cul ; ses opinions étaient tellement extrémistes que Clyde Tolson, numéro deux de Hoover* au Bureau*, avait fait diffuser, à de nombreuses reprises, des ordres pour le bâillonner lorsqu'il servait comme Agent Responsable à la délégation de Waco, Texas. Les revenus annuels de Satterlee étaient estimés à cinquante mille dollars, en honoraires pour ses conférences anti-communistes ; les Rouges Souterrains, c'était de "l'extorsion organisée": "Ils blanchiraient Karl Marx s'il y avait assez de pognon à la clé." La rumeur voulait que Satterlee se soit fait virer de la Brigade des Etrangers pour avoir essayé d'extorquer des pots de vin, des reconnaissances de dettes en liquide de la part de prisonniers japonais internés, en échange de quoi il leur garantissait la récupération intacte de leurs biens confisqués, le jour de leur libération. Conclusion de l'agent Cathcart : en résumé, Ed Satterlee était cinglé, mais un cinglé riche et efficace — très porté sur la théorie de complots imaginaires qui tenaient devant un tribunal ; très doué pour accumuler les preuves ; très doué pour mettre sur pied des diversions afin d'aider les enquêteurs de grand jury.

Un coup de fil à un vieux pote qui travaillait à la Brigade Métropolitaine du LAPD et un second à un ex-employé des Services du Procureur aujourd'hui en poste chez le Procureur Général fournirent à Mal la véritable histoire de Paul Lesnick, Docteur en Médecine et titulaire d'une thèse d'état. Le vieil homme avait depuis longtemps sa carte du PC et il l'avait toujours ; il balançait pour les Fédés depuis 39 — époque où il avait été contacté par deux membres du bureau fédéral de L.A. qui lui avaient mis le marché en mains : il acceptait de fournir à divers comités et services de police des saloperies psychiatriques confidentielles, et sa fille serait relâchée de la prison où elle purgeait une peine de cinq à dix ans pour conduite en état d'ivresse et délit de fuite après accident corporel — une année déjà passée, en restaient quatre au minimum — et la vie n'était pas tous les jours facile à Tehachapi. Lesnick accepta : sa fille serait relâchée et placée en liberté conditionnelle fédérale de durée indéterminée — révocable si ce bon docteur venait jamais à se démasquer ou se refusait à coopérer. Lesnick, à qui l'on avait donné six mois maxi dans sa lutte contre un cancer du poumon, avait obtenu une promesse formelle de la part d'un haut fonctionnaire du Ministère de la Justice : à sa mort, tous les dossiers confidentiels qu'il avait remis seraient détruits ; le casier judiciaire de sa fille avec condamnation pour homicide par imprudence et son dossier de liberté conditionnelle seraient blanchis ; toutes les références officielles se rapportant aux minutes des grands jurys fédé et municipaux ou grands jurys d'Etat concernant Lesnick seraient brûlés. Personne ne saurait que, pendant dix ans, Paul Lesnick, communiste et psychiatre, avait mangé aux deux râteliers — et

---

* Hoover : directeur du FBI.
* Bureau : Federal Bureau of Investigations (FBI).

qu'il avait gagné au double jeu en jouant l'attente.

Mal sauta du coq à l'âne, passant de ses deux nouveaux collègues à un travail connu, et il songea que le poumonneux avait gagné haut-la-main, que la valse que lui avaient fait danser les Fédés valait le coup : une fille à qui il avait épargné d'être violée au manche à balai et de finir d'anémie pernicieuse à cause de la cuisine tout féculents qui faisait la célébrité de Tehachapi, en échange de ce qui lui restait à vivre — et qu'il raccourcissait encore en se suicidant au tabac français. Et *lui*, il aurait fait la même chose pour Stefan — il n'aurait pas réfléchi à deux fois.

Les paperasses étaient disposées soigneusement sur son bureau : Mal, tout en regardant à la dérobée l'énorme pile Grand Jury, se mit au travail. Il rédigea des mémos à destination d'Ellis Loew en suggérant des enquêteurs pour trouver des preuves complémentaires ; il tapa des avis d'affectation : tous les dossiers que les jeunes substituts encore verts du Procureur allaient devoir instruire maintenant que Loew était engagé à plein temps dans sa bataille contre le communisme. L'assassinat d'une racoleuse de Chinatown fut attribué à un mômé sorti six mois auparavant de la plus mauvaise école de droit de Californie ; l'auteur du crime, un maquereau réputé pour adorer faire mal en usant d'un godemiché lardé de métal, sortirait probablement lavé de toute accusation. Deux bougnoules descendus revinrent à un jeunot qui n'avait pas encore fêté son vingt-cinquième anniversaire — intelligent mais naïf. L'auteur, cette fois-ci, chef de guerre des Cobras Pourpres, avait tiré dans la foule des mômes à la sortie du lycée d'art manuel à tout hasard, au cas où il y aurait eu parmi eux des membres des Scorpions Pourpres. Il ne s'en trouvait pas : une étudiante parmi les meilleures et son petit ami s'écroulèrent, morts. Mal donna au mômé une chance sur deux d'obtenir une condamnation — les Nègres qui tuaient les Nègres ennuyaient les jurys de Blancs qui souvent rendaient leur verdict au petit bonheur la chance.

Le cambriolage à main armée suivi d'agression et voies de fait à la Casbah de Minnie Roberts alla au protégé de Loew : rédiger un état final des preuves pour les trois affaires prit quatre heures et Mal y gagna des crampes dans les doigts. En terminant, il consulta sa montre et vit qu'il était 3 h 10 — Stefan serait rentré de l'école. S'il avait de la chance, Celeste serait en visite chez de vieilles copines de la rue, à raconter ses conneries en tchèque et à bavasser sur le vieux pays d'avant-guerre. Mal s'empara de sa pile de saloperies psychiatriques et rentra chez lui, résistant à un désir violent de gamin : s'arrêter à un magasin d'articles militaires — marine et armée de terre — et s'acheter une paire de barrettes de capitaine en argent.

La maison se situait dans le district de Wilshire : blanche, grande, à deux étages, elle lui dévorait ses économies et la plus grosse partie de son salaire. C'était cette maison-là qui était trop bonne pour Laura — un mariage de gamins fondé sur la baise ne justifiait pas une telle somme. Il l'avait achetée à son retour d'Europe en 46, sachant que Laura cédait la place à Celeste et sentant qu'il aimait le garçon plus qu'il ne pourrait jamais aimer la femme — que le mariage était un garant de la sécurité de Stefan. Il y avait un parc tout proche avec paniers de basket et terrain de base-ball ; le taux de criminalité du quartier était voisin de zéro et les écoles locales avaient le meilleur niveau d'enseignement de l'état. C'était sa manière à lui d'offrir une fin heureuse au cauchemar de Stefan.

Mal se gara dans l'allée et traversa la pelouse — travail peu reluisant de Stefan et de sa tondeuse, balle molle et batte de Stefan écrasant la haie qu'il avait oublié de tailler. En franchissant le seuil, il entendit des voix, combat entre deux langues dont il avait déjà été mille fois l'arbitre. Celeste déclinait des conjugaisons verbales en tchèque, assise sur le divan de sa salle de couture à gesticuler devant Stefan, son captif, installé dans un fauteuil droit. Le garçon tripotait des objets sur une table basse — dés à coudre et bobines de fil — les disposant par progression de couleur, tellement doué qu'il devait s'occuper même lorsque c'était lui l'élève qui recevait la leçon. Mal se recula de l'embrasure de la porte et observa, plein d'amour pour Stefan et son air de défi ; heureux qu'il ait les cheveux sombres et soit rondelet tel qu'était censément son véritable père — et non mince et blond-roux comme Celeste — même si lui, Mal, était blond, indice visible aux yeux des gens qu'ils n'étaient pas liés par le sang.

Celeste disait :

— "... et c'est la langue de ton peuple."

Stefan empilait les bobines pour en faire une petite maison — couleurs sombres en fondations, couleurs pastels pour le haut.

— Mais maintenant, je vais devenir citoyen américain. Malcolm m'a dit qu'il peut m'avoir la ci-ci-citoyenneté.

— Malcolm est fils de pasteur et c'est un policier qui ne comprend pas les vieilles traditions de notre pays. Stefan, ton héritage... Apprends à faire plaisir à ta mère.

Mal voyait bien que son garçon ne gobait pas ça ; il sourit lorsque Stefan démolit la maison de bobines, ses yeux sombres lançant des éclairs.

— Malcolm a dit que la Tchécoslovaquie est un...un...

— Un quoi, chéri ?

— Un tas de caillasses plein de métèques ! Un tas de merde ! Scheiss ! Scheiss ! En allemand pour maman !

Celeste leva la main, s'arrêta et frappa ses genoux étroitement serrés.

— En anglais pour toi — petit ingrat, c'est une disgrâce pour ton vrai père, un homme cultivé, un docteur, et non le prince consort des putes et des truands...

Stefan renversa la table et sortit de la pièce en courant droit sur Mal qui bloquait le passage. Le petit garçon dodu s'échoua contre son père adoptif d'un mètre quatre-vingt-sept avant de l'agripper à la taille et d'enfouir sa tête dans son gilet. Mal le tint contre lui d'une main ferme aux épaules, de l'autre lui ébouriffant les cheveux. Lorsque Celeste se leva et les vit, il dit :

— Tu n'abandonneras jamais, n'est-ce pas ?

Celeste murmura des paroles sans proférer un son ; Mal comprit que c'était des obscénités dans sa langue maternelle qu'elle ne voulait pas que Stefan entende. Le garçon se serra plus fort avant de le lâcher et de monter au premier dans sa chambre. Mal entendit ting-ting-ting — les soldats de plomb que Stefan lançait sur la porte. Il dit :

— Tu sais tout ce que ça lui rappelle, et tu ne veux pas abandonner.

Celeste ajusta ses bras sous le cardigan simplement passé autour de ses épaules — son unique signe d'affectation européenne, celui que Mal haïssait le plus.

— Nein, herr Leutnant, — pure Allemande, pure Celeste — Buchenwald, l'homme de la chambre à gaz, le Major Considine, assassin de sang-froid.

Mal se redressa dans l'embrasure de la porte :

— Bientôt capitaine, *Fräulein*. Enquêteur en Chef du Procureur, et ce n'est qu'un début. Le pouvoir, *Fräulein*. Pour le cas où je m'apercevrais que tu me démolis mon fils et qu'il faut que je te l'enlève.

Celeste s'assit, genoux serrés, comme une lycéenne de terminale, Prague 1934.

— A la mère, appartient l'enfant. Même un juriste raté comme toi devrait connaître ce principe.

Difficile de dire quelque chose après ça. Mal donna des coups de pied dans les tapis en sortant de la maison ; il s'assit sur les marches et regarda les nuages de pluie suspendus dans le ciel. La machine à coudre de Celeste commença à ronronner ; au premier, les soldats de Stefan continuaient à atterrir en faisant "ding" sur la porte de sa chambre déjà fendillée et ébréchée. Mal se dit que bientôt ils n'auraient plus sur eux une trace de peinture, dragons sans uniformes, et que ce simple fait serait l'effondrement de tout ce qu'il avait bâti depuis la guerre.

En 45, il était major dans l'armée de terre, en poste dans un cantonnement provisoire de MP près du camp de concentration de Buchenwald récemment libéré. Il avait pour tâche d'interroger les prisonniers survivants, plus particulièrement ceux déclarés en phase terminale par les équipes médicales — ces cosses desséchées d'êtres humains qui ne vivraient probablement plus assez longtemps pour identifier leurs bourreaux devant le tribunal. Les séances de questions et réponses étaient horribles : Mal savait que seule la présence froide et impassible de son interprète lui permettait de rester glacé et contenu, un vrai pro. Les nouvelles du front au pays étaient tout aussi mauvaises : des amis lui écrivaient que Laura se faisait sauter par Jerry Dunleavy, un pote de la Criminelle, et Buzz Meeks, un flic véreux de la Brigade des Stupéfiants qui fourguait la drogue pour Mickey Cohen. Et à San Francisco, son père, le Révérend Liam Considine se mourait d'une maladie cardiaque en lui adressant quotidiennement des télégrammes le suppliant d'embrasser Jésus avant qu'il ne meure. Mal le haïssait trop pour lui donner cette satisfaction et il était trop occupé à prier pour une mort rapide et indolore de tous les survivants de Buchenwald jusqu'au dernier, afin que cessent complètement le souvenir de leurs mémoires et ses propres cauchemars. Le vieil homme mourut en octobre ; le frère de Mal, Desmond, roi de la voiture d'occasion à Sacramento, lui adressa un télégramme chargé d'invectives religieuses. Il se terminait par des mots de reniement. Deux jours plus tard, Mal rencontrait Celeste Heisteke.

Elle était sortie de Buchenwald physiquement en bonne santé, arborant un air de défi, et elle connaissait assez d'anglais pour rendre la présence de l'interprète non indispensable. Mal mena l'interrogatoire de Celeste en solo ; ils ne parlèrent que d'un seul sujet : son putanat avec un lieutenant-colonel SS du nom de Franz Kempflerr — le prix qu'il lui avait fait payer pour sa survie.

Les récits de Celeste — avec gestes à l'appui — mirent fin à ses cauchemars mieux que le phénobarbital de contrebande avec lequel il se chargeait depuis des semaines. Il s'en trouva excité, dégoûté, il se mit à haïr le colonel nazi et à se haïr lui-même pour jouer au voyeur à douze mille kilomètres de son lieu d'exercice aux Mœurs où ses opérations d'emballage de putes étaient légendaires. Celeste sentit son excitation et réussit à le séduire — ensemble, ils reconstituèrent toutes ses aventures en compagnie de Franz Kempflerr. Mal tomba amoureux d'elle — parce qu'il savait qu'elle était au parfum de ce qui l'allumait bien mieux que Laura avec ses numéros d'aguicheuse un peu sotte. C'est alors qu'elle lui parla, une fois qu'il fut bien accroché, de son mari décédé et de son fils de six ans, qui était peut-être encore vivant quelque part dans Prague. Accepterait-il, lui, inspecteur chevronné, de se mettre à la recherche de son garçon ?

Mal accepta, par défi et aussi parce que c'était l'occasion pour lui de devenir aux yeux de Celeste plus qu'un simple amant-voyeur, plus que l'image que sa famille avait de lui, celle d'un flic qui remuait la fange. Il fit trois voyages à Prague, à commettre bévue sur bévue par ses questions en tchèque petit-nègre mâtiné d'allemand. Le réseau des cousins de Heisteke lui résista ; par deux fois, on le menaça d'une arme ou d'un couteau et il battit en retraite, la peur aux trousses comme lorsqu'il faisait ses rondes à L.A. Négroville, accompagné des murmures et des huées des bouseux de flics de l'Oklahoma qui constituaient la majorité du service de nuit : petit merdeux d'étudiant trouillard, dégonflé qui a peur des Nègres, lâche. A son dernier voyage, il dénicha Stefan Heisteke, enfant pâle aux cheveux sombres et au ventre ballonné, qui dormait en plein air près d'un étal de vendeur de cigarettes, enroulé dans un tapis que lui avait prêté un mec du marché noir en veine d'amitié. L'homme dit à Mal que l'enfant était pris de frayeur lorsque les gens lui parlaient en tchèque, la langue qu'il comprenait apparemment le mieux. A des phrases en allemand et en français, il répondait simplement par oui ou non. Mal emmena Stefan à son hôtel, lui donna à manger et essaya de le baigner — arrêtant immédiatement lorsque l'enfant se mit à hurler.

Il laissa Stefan se laver seul ; il le laissa dormir pendant dix-sept heures d'affilée. Ensuite, armé d'un recueil d'expressions françaises et allemandes, il commença l'interrogatoire le plus épuisant de son existence. Il fallut une semaine de longs silences, de longues pauses et de questions et réponses ininterrompues avec la moitié de la pièce pour les séparer pour que Mal obtienne un récit qui se tienne.

Stefan Heisteke avait été laissé à la garde de premiers cousins, gens de toute confiance, juste avant que Celeste et son mari, gentils antinazis, ne soient capturés par les Allemands ; lesquels cousins, en fuite, l'avaient confié à des parents lointains qui, à leur tour, l'avaient laissé chez des amis qui le donnèrent à des relations qui se planquaient dans les sous-sols d'une usine abandonnée. Il passa là presque deux années en compagnie d'un homme et d'une femme pris par la fièvre des reclus. L'usine produisait de la nourriture pour chiens, et pendant tout ce temps, Stefan n'eut à manger que de la viande de cheval en boîte. L'homme et la femme usèrent de lui pour leurs jeux sexuels avant de le câliner de mièvreries en tchèque, petits mots doux d'amants à un enfant de cinq et six ans. Stefan ne pouvait plus supporter le son de cette langue.

Mal ramena Stefan à Celeste, à laquelle il fit un compte rendu heureusement abrégé de ses années perdues, en lui demandant de s'adresser à Stefan en français — ou de lui enseigner l'anglais. Il ne lui dit pas qu'il considérait ses cousins comme complices de l'horreur qu'avait vécue le gamin, et lorsque Stefan dit à sa mère ce qui s'était passé, de sa propre initiative, Celeste rendit les armes devant Mal. Il savait qu'elle s'était servie de lui auparavant ; maintenant, elle l'aimait. Il avait une famille pour remplacer les débris fracassés de ce qui avait été la sienne en Amérique.

Ensemble, ils se mirent à enseigner l'anglais à Stefan ; Mal écrivit à Laura, exigea le divorce et obtint les papiers nécessaires pour emmener sa nouvelle famille sur le continent américain. Les choses se déroulaient sans heurts ; puis elles se mirent soudain à se détraquer.

L'officier maître maquereau de Celeste s'était échappé avant la libération de Buchenwald : au moment même où Mal allait être démobilisé, on le captura à Cracovie et il était retenu là-bas dans la caserne de la Police Militaire. Mal se rendit à Cracovie rien que pour le voir ; l'officier de service du fort lui montra les objets personnels confisqués au nazi, parmi lesquels se trouvaient manifestement des mèches des cheveux de Celeste.

Mal retourna dans la cellule de Franz Kempflerr et lui déchargea son arme dans la figure.

L'incident fut complètement étouffé ; le gouverneur militaire, général à une étoile dans l'armée de terre, aimait le style de Mal. Mal fut démobilisé avec les honneurs, emmena Celeste et Stefan en Amérique, retourna à son service de sergent du LAPD et divorça de Laura. Des deux hommes qui le faisaient cocu, Buzz fut blessé au cours d'une fusillade et rendu à la vie civile avec pension. Jerry Dunleavy resta dans le service — mais loin de sa route. La rumeur voulait que pour Meeks, Mal soit derrière la fusillade — pour se venger de sa liaison avec Laura. Mal laissa les bavardages mijoter : ils servaient d'excellents contrepoints aux sous-entendus de couardise qu'il avait suscités à Watts. Des informations filtrèrent ici et là sur l'homme des chambres à gaz ; Ellis Loew, nouvel arrivé chez le Procureur, juif et réfractaire, commença à s'intéresser à lui en lui offrant de mettre son poids dans la balance dès que Mal aurait réussi son examen de lieutenant. En 47, il fut fait lieutenant et transféré au Bureau des Enquêtes du Procureur, protégé du substitut le plus ambitieux que la ville de Los Angeles ait jamais connu. Il épousa Celeste et s'installa pour une vie de famille, l'enfant tout-fait partie intégrante du marché. Et plus le fils et le père devenaient proches l'un de l'autre, plus le ressentiment grandissait chez Celeste ; et plus il insistait pour adopter l'enfant officiellement, plus elle s'y refusait — en essayant de façonner le caractère de Stefan à la manière de la vieille aristocratie tchèque, ces racines que les nazis lui avaient arrachées — leçons de langue, de culture et de coutumes européennes, oublieuse qu'elle était des souvenirs qu'ils avaient réussi à extirper.

— "A la mère appartient l'enfant. Même un juriste raté comme toi devrait connaître ce principe."

Mal écouta la machine à coudre de Celeste, les soldats de plomb de Stefan qui frappaient la porte. Il se trouva son épigraphe personnelle : lorsque vous sauvez la vie d'une femme, cette femme n'éprouvera de la gratitude que si son existence a un but. Tout ce qu'avait Celeste, c'était des souvenirs et une existence haïe de bobonne de flic. Tout ce qu'elle désirait, c'était ramener Stefan au temps de ses horreurs et de faire de lui une partie intégrante de ses souvenirs. Epigraphe final de Mal : il ne la laisserait pas faire.

Mal retourna dans la maison pour lire les dossiers de l'indic coco : son grand jury, la gloire et tout ce qu'il pourrait y moissonner.

Le pouvoir.

Chapitre 6

Les deux rangées de manifestants tournaient lentement sur Gower en longeant les entrées des studios de la Rue de la Débine. L'UAES occupait l'intérieur et déployait ses pancartes agrafées sur des panneaux de contreplaqué : SALAIRE DECENT POUR DES JOURNEES LONGUES, NEGOCIATIONS DES CONTRATS : *MAINTENANT!* PARTICIPATION AUX BENEFICES POUR TOUS LES TRAVAILLEURS. Les Camionneurs marchaient à leurs côtés en laissant dégagée une partie du trottoir, avec leurs propres pancartes — DEHORS LES ROUGES ! PAS DE CONTRATS POUR LES COMMUNISTES — montées sur des tasseaux aux poignées garnies d'adhésif. Les échanges verbaux entre les deux factions ne cessaient pas : toutes les quelques secondes, "Con", "Merde", "Traître", "Ordure" jaillissaient suivis d'une vague d'obscénités confuses. De l'autre côté de la rue, les journalistes étaient présents, à fumer ou à jouer au rami sur les capots de leurs voitures.

Buzz Meeks observait les opérations à partir du passage couvert à l'extérieur des bureaux exécutifs de Variety International Pictures, troisième étage, vue du balcon. Il se rappela avoir cogné des crânes de syndicalistes dans les années 30 ; il jaugea les adversaires, Camionneurs contre UAES, et pressentit un assaut qui rivaliserait avec la revanche Louis-Schmelling.

Facile : les Camionneurs étaient des requins et l'UAES, des épinoches. Dans les rangs des Camionneurs, on reconnaissait des briseurs de grève de Mickey Cohen, des malabars du syndicat et des durs engagés dans les boîtes de journaliers du centre ville ; l'UAES, c'était de vieux gauchistes, des machinistes qui n'étaient plus de première jeunesse, des Mexicains décharnés et une femme. Si les petites poussées dégénéraient en bousculades, sans appareils photo à l'horizon, les Camionneurs utiliseraient les manches de leurs pancartes comme matraques et béliers et ils chargeraient — travail au corps au coup de poing en laiton, sang, dents et cartilage nasal sur le trottoir, avec peut-être quelques oreilles arrachées. Et puis vamos, avant que la peu reluisante brigade anti-émeutes du LAPD ne fasse son apparition sur les lieux. *Facile.*

Buzz consulta sa montre : 4 h 45 ; Howard Hugues avait quarante-cinq minutes de retard. On était en janvier, la journée était fraîche, le ciel bleu lumineux où se mêlaient les nuages de pluie au-dessus des collines d'Hollywood. L'hiver, le sexe lui montait à la tête à Howard, et il voulait probablement l'envoyer en chasse pour lui ramener dc la chatte fraîche : le drugstore de Schwab, les baraques de figurants à Fox et Universal, instantanés au Brownie de filles aux belles doudounes, nues à partir de la ceinture. Un oui ou un non de Sa Majesté, puis un contrat bateau à la connasse quand c'était oui — quelques répliques dans les navets de la RKO en échange du gîte et du couvert dans les baisodromes des Entreprises Hugues plus de fréquentes visites nocturnes de l'Homme en personne. Avec un peu de chance, il y aurait des primes à la clé : il était toujours en compte avec un book du nom de Leotis Dineen, un Noir d'un mètre quatre-vingt-quinze qui haïssait les gens de l'Oklahoma pis que du poison.

Buzz entendit une porte qui s'ouvrait derrière lui ; une voix de femme appela :

— M. Hugues vous reçoit immédiatement, M. Meeks.

La femme avait passé la tête par l'embrasure de la porte d'Herman Gerstein ; si le patron de Variety International était dans le coup, alors il y avait possibilité de ramasser du pognon ! Buzz y alla d'un pas tranquille ; Hugues s'était installé derrière le bureau de Gerstein et il passait en revue les photos des murs, toutes les poses pseudo-sexy de starlettes de Gower Gulch sans avenir. Il était vêtu de son complet d'affaires habituel blanc à rayures et exhibait les cicatrices habituelles — ses plaies au visage qui remontaient à son dernier crash d'avion. Le grand mec les entretenait au moyen d'une lotion hydratante — il disait qu'elles lui donnaient un certain panache.

Et pas d'Herman Gerstein ; et pas de secrétaire de Gerstein. Buzz laissa tomber les politesses qu'Hugues exigeait lorsque d'autres personnes étaient présentes.

— Alors, on trouve, Howard ?

Hugues lui indiqua une chaise.

— C'est toi mon rabatteur de poulettes, tu devrais être au courant. Assis, Buzz. C'est important.

Buzz s'assit et fit un geste qui embrassa tout le bureau : starlettes aux poses sexy, tapisseries murales rococo et une armure de chevalier complète comme porte-chapeaux.

— Pourquoi ici, patron ? Herman a un boulot pour moi ?

Hugues ignora la question.

— Buzz, depuis combien de temps sommes-nous collègues ?

— Ça va faire cinq ans, Howard.

— Et tu as travaillé pour moi à des titres divers ?

Buzz pensa : faisan, fourgueur, mac...

— C'est exact.

— Et durant ces cinq années, ai-je fait profiter de tes talents, moyennant finances, des gens de mes relations auprès desquels je t'ai introduit ?

— C'est incontestable.

Hugues arma deux doigts en pistolet, le pouce comme chien.

— Tu te souviens de la première du *Banni* ? La Légion de la Bienséance était devant chez Grauman à hurler "marchand de putains" après moi, et des petites vieilles dames de Pasadena lançaient des tomates sur Jane Russell. Menaces de mort, tout le tremblement.

Buzz croisa les jambes et ôta des peluches d'un revers de son pantalon.

— J'y étais, patron.

Hugues souffla une fumée imaginaire sur le bout de ses doigts.

— Buzz, cette soirée-là, c'était pas du tout cuit, mais te l'ai-je jamais décrite comme quelque chose de dangereux, ou *d'énorme* ?

— Non, patron. Certainement pas.

— Lorsqu'on a arrêté Bob Mitchum pour des cigarettes de marijuana et que j'ai fait appel à toi pour nous aider pour les preuves, est-ce que j'ai décrit *ça* comme dangereux ou énorme ?

— Non.

— Et quand *Confidential Magazine* s'apprêtait à publier cet article qui prétendait que j'aime les mineures bien fournies, et que tu as pris ta matraque pour aller rendre visite au rédacteur en chef à son bureau afin de le raisonner, est-ce que j'ai décrit *ça* comme dangereux ou énorme ?

Buzz fit la grimace. On était fin 47, les baisodromes étaient pleins, Howard jouait au derviche tourneur et prenait son pied en filmant les conquêtes adolescentes qui témoignaient de ses prouesses — un stratagème destiné à lui avoir un rencart avec Ava Gardner. Une des bobines de film avait été piquée à la RKO au service de montage et avait fini chez *Confidential Magazine*. Pour écraser l'affaire, Buzz avait fracassé trois séries de doigts qui travaillaient au torchon à scandales, avant de paumer la prime d'Hugues par un pari stupide sur le combat

Louis-Walcott.

— Non, Howard.

Hugues fit feu sur Buzz de ses quatre doigts :

— Pan! Pan ! Pan! Turner. Je vais te dire une chose : le spectacle séditieux en bas dans la rue est à la fois dangereux *et* énorme, et c'est pour *ça* que je t'ai fait venir.

Buzz regarda le pilote/inventeur/magnat de cinéma, épuisé par son numéro théâtral, essayer d'en arriver au fait.

— Howard, est-ce qu'il y a du pognon dans toute cette histoire énorme et dangereuse ? Et si tu me demandes de fracasser quelques têtes de syndicalistes, réfléchis-y à deux fois, pasque j'suis trop vieux et trop gras.

Hugues éclata de rire.

— Solly Gelfman ne dirait pas la même chose.

— Solly Gelfman est bien trop gentil, nom de Dieu ! Howard, que veux-tu ?

Hugues étendit ses longues jambes sur le bureau d'Herman Gerstein.

— Quelle est ton opinion sur le communisme, Buzz ?

— Je pense que c'est moche. Pourquoi ?

— L'UAES là-bas, en bas, c'est tous des cocos et des socialos et des sympathisants. La ville de Los Angeles rassemble un grand jury pour enquêter sur l'influence communiste à Hollywood, en mettant l'accent sur l'UAES. Un groupe de patrons de studios — moi-même, Herman et quelques autres — avons formé un groupe qui s'appelle "Les Amis de la Voie de l'Amérique dans l'Industrie du Cinéma" afin d'apporter notre aide à la ville. J'ai fourni ma contribution à la cagnotte, tout comme Herman. Nous avons pensé que tu aimerais apporter ton aide toi aussi.

Buzz se mit à rire.

— Par une contribution prise sur mon maigre salaire ?

Hugues imita son rire en y ajoutant l'accent traînant des bouseux de l'Oklahoma.

— Je savais bien qu'il ne fallait pas rêver en faisant appel à ton patriotisme.

— Howard, tes seules loyautés vont à l'argent, la fesse et l'avion et pour avaler le coup du pote de la Voie de l'Amérique, autant avaler Dracula qui refuserait un boulot à la banque du sang. Par conséquent, cette histoire de grand jury, c'est un de ces trois trucs, et je placerai mon argent sur l'argent.

Hugues piqua un fard et tripota sa cicatrice favorite, toujours un accident d'avion, celle dont était amoureuse une fille des fins fonds du Wisconsin.

— Droit au but, hein, Turner ?

— Oui, monsieur.

— L'UAES est dans la place, dit Hugues, à Variety International, RKO, trois autres studios ici sur Gower et deux des "majors". Leur contrat est en béton et il reste cinq années à courir. Ce contrat revient cher et les clauses d'indexation nous coûteront une fortune pour les années à venir. Et aujourd'hui ce nom de Dieu de syndicat manifeste pour obtenir plus : primes, couverture médicale et points de bonification. Totalement inacceptable. *Totalement* .

Buzz verrouilla son regard sur celui d'Hugues :

— Alors, nom de Dieu, ne renouvelle pas leur contrat ou laisse-les se mettre en grève.

— Pas suffisant. Les clauses d'indexation reviennent trop cher et ils ne se mettront pas en grève — ils vont nous jouer très subtilement la valse lente. Lorsque nous avons signé avec l'UAES en 45, personne ne savait l'importance qu'allait prendre la télévision. Nous nous faisons presser comme des citrons au box office, et nous voulons engager les Camionneurs — malgré ces satanés socialos de l'UAES et leur satané contrat en béton.

— Comment vas-tu tourner ce contrat ?

Hugues lui fit un clin d'œil ; avec les cicatrices et tout le reste, le numéro lui donna l'air d'un grand gamin.

— Il y a une clause en bas de page dans le contrat qui stipule que l'UAES peut être évincé si ses membres peuvent être convaincus d'actions criminelles délictueuses — et cela inclut la trahison. Et les Camionneurs travailleront pour beaucoup moins cher, si certains paiements sont effectués à certains commanditaires.

Buzz fit un clin d'œil.

— Comme Mickey Cohen ?

— C'est pas à un déconneur que je vais raconter des conneries.

Buzz mit les pieds sur le bureau de Gerstein, regrettant de ne pas avoir un cigare à allumer.

— Alors comme ça, tu veux salir l'UAES, avant que le grand jury ne se réunisse ou pendant le déroulement des débats. De cette manière, tu pourras les virer grâce à la clause d'actions délictueuses et faire entrer les gars de Mickey à leur place sans que les cocos te poursuivent en justice, de crainte de se retrouver encore plus dans la merde.

Hugues fit tomber les pieds de Buzz du bureau de la pointe de ses chaussures de golf immaculées.

— "Salir" n'est pas très bien venu. Dans le cas présent, nous parlons du patriotisme comme d'une bonne qui nous ouvrirait les portes des bonnes affaires. Parce que l'UAES, c'est une bande de socialos subversifs et ils ont tous leur carte.

— Et tu me donneras une prime en liquide pour ...

— Et je t'accorderai un congé pour ton service à l'usine et une prime en liquide pour que tu apportes ton aide à l'équipe d'enquêteurs du grand jury. Ils ont déjà deux flics comme interrogateurs politiques, et l'adjoint du procureur qui préside au spectacle veut un troisième homme pour déterrer les petits secrets enfouis et récolter l'argent. Buzz, il y a deux choses que tu connais à la perfection : Hollywood et les criminels de notre belle ville. Tu peux être très utile à cette opération. Puis-je compter sur toi ?

Des dollars se mirent à danser dans la tête de Buzz :

— Qui est le procureur ?

— Un homme du nom d'Ellis Loew. Il a été candidat au poste de son patron en 48 et il a perdu.

Loew le petit Juif, qui bandait d'une érection colossale pour l'Etat de Californie.

— Ellis, c'est un amour. Les deux flics ?

— Un inspecteur du LAPD du nom de Smith et un homme du Bureau du Procureur qui s'appelle Considine. Buzz, tu es partant ?

Les cotes d'antan : 50-50, soit Jack Dragna, soit Mal Considine avaient mis sur pied la fusillade qui lui en avait collé deux dans l'épaule, une dans le bras et une dans le cul en traversant la fesse gauche.

— Je ne sais pas, patron. C'est vinaigre entre ce mec Considine et moi. Cherchez la femme*, si vous voyez où je veux en venir. Il faudra peut-être que j'aie *vraiment* besoin de pognon avant de répondre oui.

— Alors, je n'ai pas à m'en faire. Tu vas réussir à te fourrer dans le pétrin. C'est toujours ce que tu fais.

---

* Cherchez la femme : en français dans le texte.

Chapitre 7

Le capitaine Al Dietrich dit :

— J'ai reçu quatre appels téléphoniques à propos de vos petites escapades sur le territoire de la ville il y a deux nuits de ça. Chez moi, hier. *Mon jour de repos* .

Danny Upshaw se tenait au repos, face au bureau du commandant de poste, prêt à faire verbalement le recensement de tous les détails sur l'homicide Goines — un topo de mémoire qui se terminerait sur sa défense : des hommes plus nombreux pour le shérif et une liaison avec le LAPD. Pendant que Dietrich rongeait son frein, il élimina la fin et se concentra pour rendre ses preuves suffisamment irrésistibles pour que le vieux lui laisse l'exclusivité de travailler sur le mec dessoudé pendant au moins deux semaines supplémentaires.

— ... Et si vous vouliez des renseignements sur les refourgueurs d'héroïne, vous auriez dû faire contacter *leurs* mecs des Stups par les *nôtres*. On ne tabasse pas les revendeurs, de couleur ou non. Et le patron du Bido Lito's possède un autre club sur le territoire du comté, et il est trés "simpatico" avec le sergent de nuit à Firestone. Et on vous a vu consommer en service, ce que je fais moi-même, mais dans des circonstances plus discrètes. Voyez c' que j' veux dire ?

Danny essaya de prendre un air penaud — un petit truc qu'il avait appris tout seul — yeux baissés, visage aux traits tendus.

— Oui, monsieur.

Dietrich alluma une cigarette :

— Chaque fois que vous m'appelez monsieur, je sais que vous tirez sur la ficelle. Vous avez beaucoup de chance parce que je vous aime bien, monsieur l'adjoint. Vous avez beaucoup de chance que je sois convaincu que vos talents dépassent votre arrogance. Faites votre rapport sur l'homicide. Passez sur ce qu'a trouvé le Dr Layman. J'ai lu votre rapport et je n'aime pas les trucs sanglants si tôt dans la matinée.

Danny se redressa par réflexe, raide comme un cierge — il avait eu l'intention d'enjoliver les détails horribles pour impressionner Dietrich.

— Capitaine, pour l'instant, je dispose de deux descriptions foireuses du tueur par deux témoins oculaires — grand, cheveux gris, entre deux âges — groupe sanguin O+ à partir de son sperme — groupe très fréquent chez les Blancs. Je ne crois pas que mes deux témoins pourraient identifier l'homme sur photos — les clubs de jazz sont sombres et la lumière déforme les traits. L'homme du labo qui a examiné la voiture ayant servi au transport n'a pas trouvé d'empreintes mis à part celles du propriétaire et de sa petite amie. Il a procédé par élimination en se référant aux dossiers de la Défense Civile — Albanese comme sa petite amie avaient travaillé pour la DC pendant la guerre. J'ai vérifié les carnets de bord des taxis à l'heure approximative où l'on se débarrassait du corps en abandonnant la voiture ; on n'a chargé que des couples sortant des clubs du Strip qui ferment tard. L'histoire d'Albanese comme quoi il est retourné dans le quartier pour essayer de retrouver sa voiture a été vérifiée sur les registres des taxis, ce qui l'élimine comme suspect. J'ai passé toute la journée d'hier et la plus grande partie de la soirée à requadriller Central Avenue, et je n'ai pas réussi à mettre la main sur d'autres témoins qui auraient vu Goines avec le grand gars aux cheveux gris. J'ai recherché les deux témoins auxquels j'avais parlé auparavant, en pensant que j'essaierais d'obtenir d'eux une sorte de portrait-robot composé, mais ils étaient partis — apparemment ces mecs du jazz sont presque tous des oiseaux de nuit.

Dietrich écrasa sa cigarette.

— Qu'allez-vous faire maintenant ?

— Capitaine, c'est un meurtre de fiotte. Le meilleur de mes deux témoins a repéré en Goines un déviant, et les mutilations du corps le confirment. Goines a été tué par OD d'héroïne. Je veux faire passer Otis Jackson et d'autres fourgueurs du coin à la revue de photos d'hommes connus. Je veux ...

Dietrich secouait déjà la tête.

— Non, vous ne pouvez pas retourner sur le territoire de la ville et interroger l'homme que vous avez balafré au pistolet et les Stups du LAPD n'accepteront jamais de coopérer en vous offrant une liste de fourgueurs locaux — grâce à vos escapades. Il prit un numéro du *Herald* sur son bureau, le plia et montra un article sur une colonne : "Le corps d'un vagabond abandonné près du Sunset Strip la nuit de la Saint-Sylvestre." Restons-en là — la sourdine, pas de nom sur la victime. Dans cette division, nous avons de grands devoirs, nous prospérons grâce au tourisme, et je ne veux pas bousiller ça parce qu'un pédé quelconque a découpé un autre pédé envapé et joueur de trombone. *Comprende ?*

Danny se tordit les doigts derrière son dos avant de lancer à son OC* une maxime de Vollmer : "Des procédures d'enquête uniformisées sont les fondements moraux de la criminologie."

Le capitaine Al Dietrich dit :

— Une ordure humaine est une ordure humaine. Mettez-vous au travail, adjoint Upshaw.

* * *

Danny retourna à la salle de brigade et cogita dans son cagibi, enfermé entre les cloisons qui le séparaient des trois autres inspecteurs — d'au moins dix ans ses aînés — en train de taper à la machine et de jacasser dans leurs téléphones ; le bruit lui parvenait en fanfare avant de s'apaiser pour une accalmie dont on aurait cru qu'elle était un silence total.

Un agrandissement du cliché anthropométrique de Harlan "Buddy" Jastrow, assassin à la hache du comté de Kern, dont le choc l'avait fait devenir flic, luisait sur le mur au-dessus de son bureau ; quelque assistant qui avait entendu parler de ses avis de recherche sur le bonhomme lui avait dessiné une moustache à la Hitler et placé une bulle qui s'échappait de sa bouche : "Salut ! Je suis la Némésis de l'adjoint Upshaw ! Il veut me griller le cul, mais il ne veut pas dire pourquoi ! Faites gaffe à Upshaw ! C'est une prima donna de l'université et il croit que sa merde ne pue pas !" Le capitaine Dietrich avait découvert l'oeuvre d'art ; il avait suggéré à Danny qu'il la laisse en place comme pense-bête afin de se maîtriser à l'avenir et de ne pas le prendre de haut avec les autres hommes. Danny avait accepté. Puis il entendit dire que ses collègues inspecteurs avaient apprécié le coup — ça leur faisait croire qu'il possédait un sens de l'humour qu'il n'avait pas — et cela le mit en colère mais, d'une certaine manière, lui permit de cogiter encore mieux.

Jusqu'à présent, au bout de deux jours et demi, il avait couvert l'essentiel. On avait quadrillé de fond en comble le quartier des boîtes de jazz de Central Avenue. On avait interrogé chaque barman, videur, musicien et drogué en général du bloc — idem pour la zone où l'on avait largué le corps. Karen Hiltscher avait appelé San Quentin et l'Hôpital d'Etat de Lexington pour obtenir des renseignements sur Goines et ses potes, s'il y en avait encore sur place ; il attendait les résultats de leurs demandes. Alpaguer les fourgueurs de H à l'intérieur des limites de la ville était hors de question pour l'instant, mais il pouvait faire passer un mémo aux Stups du shérif pour obtenir une liste des revendeurs du comté, en insistant sur ce point, et voir s'il y trouvait par recoupement des pistes qui le ramèneraient au terrain de chasse du LAPD. Le syndicat de musiciens de Goines ouvrait à nouveau après les congés ce matin-là, et pour l'instant, il ne lui restait que son instinct — ce qui était vrai, ce qui n'était

---

* OC : Officier Commandant.

pas vrai, ce qui était trop tiré par les cheveux pour être vrai ou tellement horrible que ça *devait* être vrai. Les yeux dans les yeux de Buddy Jastrow, Danny reconstitua le crime.

L'assassin rencontre Goines quelque part dans le bloc à jazz et le convainc de se défoncer — en dépit de la récente cure de désintoxication de Marty. La Buick est déjà prête, planquée, la porte forcée ou déverrouillée, fils déconnectés et prêts à faire contact pour un départ rapide. Ils se rendent dans un endroit tranquille, à mi-distance entre négroville et le Sunset Strip. L'assassin charge assez de horse dans une veine près de la colonne vertébrale de Goines pour lui faire éclater les artères du coeur, avec une serviette à portée de main pour la lui enfoncer dans la bouche et empêcher le sang de l'inonder. Selon les estimations du barman du Zombie, il estime que l'assassin et Goines ont quitté Central Avenue entre 0 h 15 et 0 h 45, qu'il a fallu une demi-heure pour arriver à destination, dix minutes pour préparer le meurtre et l'accomplir.

1 h à 1 h 30 du matin.

Le tueur étouffe sa victime post mortem, lui caresse les parties génitales jusqu'à ce qu'elles en bleuissent, lui taillade le dos de son rasoir emmanché, lui extirpe les yeux, le baise dans les orbites au moins deux fois, mord — ou fait mordre par un animal — la peau du ventre jusqu'aux intestins, avant de le nettoyer et de l'emmener en voiture jusqu'à Allegro Street une nuit pluvieuse, pas d'humidité sur le corps, la pluie s'étant arrêtée peu après 3 h, et découverte du macchabée à 4 h.

De une heure à une heure quarante-cinq minutes pour mutiler le corps, en fonction du lieu de l'assassinat.

Un tueur tellement dingue de sexe qu'il éjacule deux fois pendant ce temps.

Le tueur faisant — peut-être — un détour jusqu'au Strip avec le rétroviseur réglé de manière à pouvoir contempler le cadavre dont il est le chauffeur.

Un hic dans la reconstitution pour l'instant : la théorie fragile du "sang comme appât" proposée par Doc Layman ne tient pas. Les chiens féroces bien entraînés ne collent pas avec le scénario — ils auraient été trop difficiles à maîtriser, une gêne, un vrai foutoir, beaucoup trop bruyants sur les lieux d'un crime, trop durs à contenir à des moments de forte tension psychologique. Ce qui impliquait que les marques de dents sur le torse devaient être humaines, même si les empreintes de la bouche étaient trop grandes pour avoir été l'œuvre d'un être humain en train de mordre.

Ce qui signifiait que l'assassin avait mordu à pleines dents, grignoté, arraché en tordant, les mâchoires serrées, pour arriver aux entrailles de sa victime, suçotant les lambeaux déchirés pour y laisser des marques d'inflammation en poursuivant ses ravages...

Danny sortit de son cagibi d'un bond pour retourner au réduit à archives jouxtant la salle de brigade. Un classeur déglingué contenait les fiches des maniaques sexuels et délinquants des Mœurs de la division — rapports criminels de Hollywood Ouest, rapports de plaignants, rapports d'arrestations et états des visites sur appels qui remontaient à 37, date de l'ouverture du poste. Certaines des chemises étaient classées par ordre alphabétique sous l'intitulé "Arrestations" ; d'autres sous "Plaignants" ; d'autres par ordre numérique avec "Adresse de l'événement". Certaines contenaient des photos anthropométriques, d'autres non ; les vides dans les chemises "Arrestations" indiquaient que les parties mises en état d'arrestation avaient soudoyé des policiers pour qu'ils volent des rapports qui auraient pu s'avérer embarrassants — et Hollywood Ouest n'était qu'une petite partie du territoire du comté.

Pendant une heure, Danny passa en revue les rapports "Arrestations", à la recherche d'hommes grands entre deux âges, aux cheveux gris, usant de violence dans leur MO*, en sachant qu'il cherchait bien loin mais ça l'occuperait jusqu'à l'ouverture de la Locale 3126 des Musiciens à 10 h 30. La paperasse mal tenue — regorgeant de fautes, de carbones barbouillés et de comptes rendus de crimes sexuels sous des plumes d'illettrés, ou quasiment — le conduisit presque à hurler à l'incompétence du LAPD ; rapports ampoulés sur des liaisons de chiottes, sur des lycéens soudoyés pour tailler une pipe rapide sur une banquette arrière, cela lui tordait l'estomac d'une bile qui avait le goût des grains de café frits mêlés aux six doses d'alcool légal de la nuit précédente. Le temps pressant, il trouva quatre possibilités — des hommes de quarante-trois à quarante-cinq ans, 1m 82 à 1m 90, se partageant un total de vingt-et-une condamnations pour sodomie — la plupart des charges relevant de séances de baise au placard au milieu des pédés — coïtus interruptus en cellules qui se terminaient par une nouvelle plainte déposée par le comté. A 10 h 20, il emporta les chemises chez Karen Hiltscher, au bureau du standard, trempé de sueur, les vêtements fripés avant même d'avoir commencé sa journée pour de bon.

Karen avait la charge du standard et enfonçait ses fiches, un casque sur ses cheveux coiffés à la Veronica Lake. La fille avait dix-neuf ans, blonde décolorée, à la poitrine plantureuse et désignée pour l'académie des Services du shérif au prochain poste féminin vacant. Pour Danny, ce serait un mauvais flic : le Service exigeait une période obligatoire de dix-huit mois dans les prisons, période au bout de laquelle elle se retrouverait dans tous ses états et tomberait dans les bras du premier flic mâle qui lui promettrait de l'emmener loin des matrones gouines, des putes de gang et des raclures de mères en tôle pour mauvais traitements à enfants. La chérie du poste annexe d'Hollywood Ouest, celle qui faisait battre tous les cœurs, ne ferait pas deux semaines comme femme-flic.

---

* MO : modus operandi.

Danny resserra son nœud de cravate et lissa le devant de sa chemise, son prélude de petit minet en quête de faveurs :

— Karen ? T'es occupée, ma jolie ?

La fille le remarqua et ôta son casque. Elle avait l'air boudeur ; Danny se demanda s'il ne devait pas lui passer la brosse à reluire en lui proposant un autre rencart à dîner.

— Salut, adjoint Upshaw.

Danny plaça les dossiers des maniaques sexuels contre le standard.

— Qu'est devenu "Salut, Danny"?

Karen alluma une cigarette à la Veronica Lake et toussa — elle ne fumait que lorsqu'elle essayait de vamper les flics de service de jour.

— Le sergent Norris m'a entendue appeler Eddie Edwards "Eddie" et il a dit que je devrais l'appeler adjoint Edwards et que je ne devrais pas être aussi familière avant d'être gradée.

— Tu diras à Norris que je t'ai dit que tu pouvais m'appeler Danny.

Karen fit la grimace.

— Daniel Thomas Upshaw, c'est un joli nom. Je l'ai dit à ma mère, et elle a dit aussi que c'était un très joli nom.

— Que lui as-tu dit d'autre sur moi ?

— Que tu étais vraiment gentil et très beau, mais que tu aimais te faire désirer. Qu'est-ce qu'il y a dans ces dossiers ?

— Des rapports de maniaques sexuels.

— Pour l'homicide sur lequel tu travailles ?

Danny acquiesça.

— Ma biche, est-ce que Lex et Quentin ont rappelé à propos des demandes de renseignements sur Marty Goines ?

Karen refit la grimace — mi-garce, mi-coquette.

— Je te l'aurais dit. Pourquoi m'as-tu donné ces rapports ?

Danny se pencha en avant et fit un clin d'oeil :

— Je pensais à un petit dîner chez Mike Lyman une fois que j'aurai réglé quelques problèmes. Ça te dirait de me filer un coup de main ?

Karen Hiltscher essaya de lui retourner son clin d'œil, mais ses faux cils se collèrent au rebord inférieur de l'oeil et elle dut tâtonner pour poser sa cigarette dans le cendrier avant de les libérer. Danny se détourna, dégoûté ; Karen fit la moue.

— Qu'est-ce que tu veux sur ces rapports ?

Danny fixa son regard sur la salle de revue pour que Karen ne puisse pas lire sur son visage.

— Appelle les Sommiers à la prison du Tribunal et procure-toi les groupes sanguins de ces quatre hommes. Si on te donne autre chose que O+, laisse tomber. Pour les O+, appelle la Conditionnelle du comté pour leurs dernières adresses connues, leurs casiers et les rapports sur les clauses de la conditionnelle. T'as compris ?

— J'ai compris, dit Karen.

Danny se retourna et regarda sa Veronica Lake en solde, ses faux cils collés aux sourcils épilés de son œil gauche.

— T'es un amour. Chez Lyman, quand j'aurai terminé mon boulot.

* * *

La locale 3126 des musiciens se situait sur Vine Street juste au nord de Melrose : une cabane hangar en tôle beige prise en sandwich entre un étal à beignets et un magasin de spiritueux. Des mecs genre amateurs de swing à la coule tenaient salon devant la porte d'entrée à se bâfrer de beignets arrosés de café, de demi-pintes et de carafons de moscatel.

Danny se gara et traversa un groupe sifflant du picrate qui s'éparpilla pour le laisser entrer. L'intérieur de la cabane était humide et froid : chaises pliantes alignées en rangées disparates, mégots de cigarettes parsemant un sol au lino ébréché, photos extraites de *Downbeat* et *Metronome* scotchées au mur — moitié Blancs, moitié Noirs, comme si la direction essayait d'établir une parité entre les deux. Le mur de gauche abritait un comptoir intégré avec classeurs dans le fond, sous la garde d'une Blanche au visage émacié. Danny s'avança, insigne et rangée de photos de Marty Goines sortis.

La femme ignora l'insigne et plissa les yeux devant les photos :

— Ce mec joue du trombone ?

— C'est exact. Martin Mitchell Goines. Vous l'avez envoyé au Bido Lito's aux environs de Noël.

La femme plissa les yeux encore plus fort.

— Il a des lèvres de trombone. De quoi vous a-t-il entubé ?

Danny mentit discrètement.

— Violation de conditionnelle.

La souillon tapota les photos d'un ongle rouge et long.

— Toujours la même vieille histoire. D'quoi j'peux vous entuber ?

Danny montra les classeurs.

— Son dossier d'emploi, aussi loin qu'il remonte.

La femme pivota, ouvrit et ferma des tiroirs, feuilleta les chemises, en sortit une et jeta un coup d'oeil rapide à la première page. En la posant sur le comptoir, elle dit :

— Un trombone de nulle part. De Cave-la-ville.

Danny ouvrit la chemise et en parcourut le contenu pour tomber tout de suite sur deux interruptions dans sa carrière : 38 à 40 — période au comté pour possession de marijuana ; 44 à 48 — séjour à Quentin pour le même délit. Depuis 48, les entrées étaient sporadiques : par-ci par-là des engagements de deux semaines dans les salles à pokerino* de Gardena ct son numéro fatal au Bido Lito's. Avant sa première condamnation, Goines ne trouvait du travail que très occasionnellement — engagé pour quelques jours dans les relais routiers d'Hollywood en 36 et 37. C'est au début des années quarante que Marty Goines se mit à se prendre au sérieux à faire le trombone.

Il s'était forgé son étiquette "Marty Goines le Dingue et sa Corne d'Abondance". Il avait tourné brièvement avec Stan Kenson ; en 41, il avait fait une tournée avec Wild Willie Monroe. Il y avait toute une liasse de feuilles qui détaillaient son palmarès en 42, 43 et début 44, dans un orchestre ambulant, numéros d'une soirée en groupes de six ou huit, à jouer dans les bouis-bouis de la vallée de San Fernando. Sur les feuilles d'engagements n'étaient portés que les noms des chefs de groupes et/ou des directeurs qui les engageaient — on ne trouvait pas mention des autres musiciens.

Danny referma la chemise ; la femme dit :

—Des clopinettes, j'ai pas raison ?

— Vous avez raison. Ecoutez, croyez-vous que l'un de ces mecs ait pu connaître — je dis bien connaître — Marty Goines ?

— Je peux demander.

— Faites-le. Ça ne vous dérange pas ?

La femme leva les yeux au ciel, dessina en l'air le signe du dollar et montra son décolleté. Danny sentit ses mains qui s'agrippaient au rebord du comptoir et renifla l'odeur de gnôle de la veille qui suintait sur sa peau. Il était sur le point de faire le gros bras lorsqu'il se rappela qu'il se trouvait sur le territoire de la ville et qu'il était repéré par son OC. Il fouilla ses poches à la recherche de liquide, dénicha un billet de cinq et le plaça sur le comptoir.

— Faites-le, tout de suite.

La souillon piqua le billet et disparut derrière les classeurs. Quelques secondes plus tard, Danny la vit sur le trottoir en train de discuter avec le

---

* Pokerino : variante du poker à enjeux peu élevés.

gang des bouteilles avant d'aller rejoindre le groupe des beignets-cafés. Elle piqua droit sur un grand Nègre qui tenait un étui de contrebasse, lui attrapa le bras et l'entraîna à l'intérieur. Danny sentit une odeur de sueur rance, de feuilles et de dentifrice qui se dégageait de l'homme, comme si le manteau qui lui descendait aux genoux était son domicile fixe. La femme dit :

— Voici Chester Brown. Il connaît Marty Goines.

Danny indiqua à Brown la rangée de chaises la plus proche. Mademoiselle A-la-coule retourna à son comptoir et le bassiste traîna des pieds pour s'affaler et sortir une bouteille de Listerine. Il dit : "Le petit déjeuner des champions", but une goulée, se gargarisa et avala ; Danny s'installa deux chaises plus loin, suffisamment près pour entendre, suffisamment loin pour désamorcer la puanteur.

— Connaissez-vous Marty Goines, Chester ?

Brown rota et dit :

— Pourquoi je vous le dirais ?

Danny lui tendit un dollar :

— Le déjeuner des champions !

— Je fais trois repas par jour, monsieur l'agent. Faire l'indic, ça me donne de l'appétit.

Danny lui tendit un autre billet entre deux doigts ; Chester Brown le prit, avala une grande gorgée et tapota la bouteille de Listerine.

— C'est bon pour la mémoire, et comme j'ai pas vu Marty depuis la guerre, z'allez en avoir besoin, d'ma mémoire.

Danny sortit stylo et calepin.

— Allez-y.

Le bassiste prit une profonde inspiration :

— J'ai tourné à la soirée avec Marty, à l'époque où il se faisait appeler La Corne d'Abondance. Des boîtes de crève-la-faim dans la Vallée quand Ventura Boulevard n'était qu'un putain de champ de fayots. La moitié des mecs tétaient de Lucy la douce*, l'autre moitié avait choisi l'aiguille. Marty était en manque, putain, une vraie bête.

Jusque-là, son histoire à sept dollars donnait dans le vrai — à partir du dossier de Goines au syndicat et de ce que lui savait de son casier criminel.

— Continuez, Chester.

---

* Lucy la Douce : marijuana.

— Eêê-h bien, Marty refourguait des joints — y se débrouillait pas terrible, j'ai entendu dire qu'il avait plongé pour ça, et c'était un putain de sacrément bon cambrioleur. Tous les mecs qui tournaient au coup et qui étaient accros, y faisaient pareil. Y fauchaient les sacs sur les tabourets et les tables, y se procuraient les adresses et y piquaient les clés pendant que le barman, y continuait à faire boire les caves. Un numéro, y'avait pas de batteur, un autre, pas de trompette, et ainsi de suite pasqu'y se rencardaient sur place pour pouvoir cambrioler chez les clients du coin. Marty, il en a fait plein comme ça, des trucs en solo, piquer une tire pendant la pause, faire son coup et revenir pour le numéro suivant. Comme j'vous ai dit, c'était un putain de sacrément bon cambrioleur.

Sacré truc, et du neuf — même pour un flic ex-voleur de voiture qui croyait connaître toutes les ficelles.

— De quelles années parlez-vous, Chester ? Réfléchissez bien.

Brown consulta sa Listerine.

— J'dirais qu'ça a duré d'l'été 43 à p't-êt 44.

Goines s'était fait épingler pour la deuxième fois en avril 44.

— Est-ce qu'il travaillait seul ?

— Vous voulez dire pour les cambriolages ?

— C'est ça. Et est-ce qu'il avait des complices en général?

— 'xcepté pour un môme, La Corne d'Abondance, c'était un sacré solitaire. Y avait un sous-fifre avec lui, pourtant — un môme, un Blanc, un blondin, grand et timide, il adorait le jazz et il arrivait pas à apprendre à jouer d'un instrument. On l'avait sorti d'un incendie et il avait la figure couverte de pansements comme si c'était une putain d'momie. Rien qu'un putain de môme — p't-êt dix-neuf, vingt ans. Lui et Marty, y se sont tapé une putain de chiée de cambriolages tous les deux.

Danny se sentait des picotements sur la peau — même si le môme ne pouvait pas être l'assassin — un jeunot en 43-44 ne se retrouvait pas gris et entre deux âges en 50.

— Qu'est-il arrivé au sous-fifre, Chester ?

— Je sais pas, mais c'qui est sûr, c'est qu'vous posez beaucoup de questions pour une violation de conditionnelle, et z'avez pas demandé où je pensais qu'Marty pouvait se planquer.

— J'y arrivais. Vous avez une idée ?

Brown secoua la tête.

— Marty, y restait toujours dans son coin. Y'est jamais sorti avec les mecs en dehors du club.

Danny déglutit, la bouche sèche.

— Est-ce que Goines est homosexuel ?

— Z'avez dit quoi ?

— Pédé, tante, homo ! Putain, est-ce qu'il aimait les garçons ?

Brown sécha le reste de sa bouteille de Listerine et s'essuya les lèvres.

— Z'avez pas à gueuler, et c'est dégueulasse de dire des trucs comme ça sur un mec qui vous a jamais fait de mal.

— Alors, répondez à ma question, dit Danny.

Le bassiste ouvrit son étui à instrument. Il n'y avait pas de contrebasse, rien que des bouteilles de Bain de Bouche Listerine. Chester Brown enfonça la capsule d'une d'entre elles et avala une longue et lente gorgée. Il dit :

— Ça, c'est pour Marty, pasque je suis pas aussi bête qu'vous l'croyez, et j'sais qu'il est mort. Et c'était pas un pédé. L'était p't-êt pas très porté sur la tringlette, mais putain, j'chuis sûr qu'c'était pas une putain de lopette !

* * *

Danny emporta les vieux souvenirs de Chester Brown jusqu'à une cabine téléphonique. Tout d'abord, il appela les Sommiers ville/comté, apprit que Martin Mitchell Goines n'avait jamais été détenu comme suspect de vol avec effraction et qu'aucun jeune blond n'était classé parmi ses complices pour ses deux arrestations pour marijuana ; aucun jeune blond avec cicatrices de brûlures caractéristiques n'avait été arrêté pour délit de cambriolage ou infraction aux stupéfiants dans la vallée de San Fernando dans les années 42-45. Il avait appelé comme on allait à la pêche et il rentrait sans rien.

Un coup de bigo au standard du poste d'Hollywood Ouest lui offrit une conversation boudeuse avec Karen Hiltscher, qui lui apprit que ses coups hasardeux à partir des dossiers de délinquants sexuels s'étaient avérés exactement ça — un examen de leurs dossiers d'incarcération avait révélé qu'aucun des quatre n'avait de O+. Des responsables avaient appelé de San Quentin comme de l'Hôpital d'Etat de Lexington, disant que Marty Goines avait vécu en solitaire au pénitencier, et son conseiller à Lex avait déclaré que Goines était sous la responsabilité d'une assistante sociale fédé à L.A., mais qu'il ne s'était pas encore présenté devant elle, sans rien dire à quiconque de l'endroit où il séjournerait une fois à Los Angeles. Malgré le fait que la piste donnerait probablement un gros rien, Danny dit à Karen de vérifier le dossier des cambriolages du poste en recherchant des spécialistes du fric-frac avec un passé de musiciens de jazz, ainsi qu'un gamin voleur au visage brûlé — un aficionado de jazz. La fille en avait sur le coeur mais elle accepta ; Danny raccrocha en se disant qu'il devrait changer sa première donne pour qu'elle soit contente et passer au moins de chez Mike Lyman au Coconut Grove pour le dîner redouté.

Il n'était qu'un peu plus d'une heure et il n'avait rien de mieux à faire que de battre le pavé à nouveau. Danny roula jusqu'au quartier des bronzés et élargit sa zone de quadrillage, aux petites rues latérales qui donnaient sur Central Avenue, introduisant Goines et l'homme aux cheveux gris aux gens du quartier pour n'obtenir que quatre bonnes heures de néant; au crépuscule, il retourna à Hollywood Ouest, se gara vers Sunset et Doheny et arpenta le Strip d'ouest en est, d'est en ouest, les rues résidentielles au nord jusque dans les collines, au sud jusqu'à Santa Monica Boulevard, en se demandant tout ce temps pourquoi l'assassin avait choisi Allegro Street pour abandonner le corps, s'il vivait tout près et avait profané le cadavre de Goines pendant un peu plus longtemps grâce à cela, avant de choisir Allegro pour pouvoir jubiler devant les efforts que faisait la police pour l'épingler — la voiture abandonnée était en partie une ruse pour leur faire croire qu'il vivait ailleurs. Il joua avec cette théorie-là qui le mena à d'autres — la pensée subjective, un principe fondamental chez Hans Maslick. Danny pensa à l'assassin avec sa voiture personnelle garée tout près de là pour une fuite rapide; l'assassin arpentait le Strip au petit matin de la Saint-Sylvestre, à l'abri au milieu des essaims de bambocheurs, vidé après sa succession de débordements horribles. La tournure que prirent les choses lui ficha alors la trouille.

Dans un essai fameux, Maslick avait décrit une technique qu'il avait mise au point au cours d'une analyse qu'il suivait avec Sigmund Freud. Il appelait cela l'Homme Caméra et cela consistait en un défilement de détails visionnés du point de vue du criminel. On utilisait des cadrages de caméra et des trucs réels ; les yeux de l'enquêteur devenaient une lentille à focale variable capable de saisir détails et vues d'ensemble, figeant les gros plans, sélectionnant les motifs du fond dans une lumière esthétique. Danny traversait Sunset et Horn lorsque l'idée le frappa de plein fouet — transposer 3 h 45 du matin, la nuit de la Saint-Sylvestre à maintenant, avec lui comme assassin sexuel sadique qui rentrait à la maison ou se dirigeait vers sa voiture ou vers un magasin ouvert la nuit afin de retrouver son calme. Mais il ne vit pas les autres qui flânaient sur le Strip, faisaient la queue pour entrer au Mocambo ou s'installaient au comptoir du Drive Inn de Jack. Il alla droit aux yeux de Marty Goines, aux tripes et au bas-ventre de Marty Goines, gros plan rapproché en Technicolor, sa prép de préautopsie grossie dix millions de fois. C'est alors qu'une voiture fit une embardée en face de lui ; il s'anima de tics parce qu'il avait eu les chocottes, vit un kaléidoscope où se télescopaient Coleman, le saxo alto, son semblable du film avec Karen et Tim. Lorsqu'il dirigea son Homme Caméra sur les passants qu'il était censé visionner, il ne vit que des gargouilles, rien n'allait plus.

Il lui fallut de longs moments pour se calmer, pour remettre les choses en place. Il n'avait pas mangé depuis la veille ; il avait retardé sa ration quotidienne de Bourbon pour pouvoir arpenter le Strip la tête claire. Faire la tournée des clubs et restaurants ouverts la nuit avec ses questions sur un homme grand aux cheveux gris à la Saint-Sylvestre, serait du travail de police simple et direct qui l'empêcherait de s'échauffer.

Ce qu'il fit.

Pour obtenir encore plus de néant.

Deux heures de néant.

Les mêmes réponses au Cyrano, chez Dave et sa Chambre Bleue, au Ciro, au Mocambo, à La Rue, au Coffee Bob, au Sherry, à la Planque de Bruno et au Movieland Diner : tous jusqu'au dernier avaient été pleins jusqu'à l'aube la nuit de la Saint-Sylvestre. Personne ne se souvint d'un homme grand et solitaire aux cheveux gris.

A minuit, Danny récupéra sa voiture et roula jusqu'au Moonglow Lounge, le Salon du Clair de Lune, pour ses quatre verres. Janice Modine, son indicatrice favorite, essayait de refiler ses cigarettes à la clientèle clairsemée d'un soir de semaine : amoureux qui se pelotaient dans des box profonds, danseurs qui se pelotaient en jouant à frotte-que-veux-tu au son de ballades de juke-box. Danny s'installa dans un box qui n'ouvrait pas sur l'estrade d'orchestre ; Janice apparut une minute plus tard, avec à la main un plateau garni de quatre verres et de l'eau glacée en renfort.

Danny sécha ses quatre doses — bam, bam, bam,bam, en se détournant de Janice, qu'elle pige la coupure et le laisse tranquille — pas de reconnaissance pour les charges de racolage qu'il lui avait épargnées, pas de tuyaux entendus au cours d'une conversation sur Mickey C — sans intérêt parce que le criminel le plus prospère de la Division d'Hollywwod Ouest graissait les pattes de la plupart des meilleurs* d'Hollywood Ouest. Le stratagème ne marcha pas ; la fille se mit à gigoter en face de lui en faisant glisser d'abord une bretelle spaghetti d'une épaule, puis l'autre. Danny attendit la première bouffée de chaleur ; elle arriva et il vit toutes les couleurs du salon revenir en perspective. Il dit :

— Assieds-toi et dis-moi ce que tu veux avant de perdre ta robe.

Janice se voûta pour remettre ses bretelles et s'installa face à lui à la table.

— C'est à propos de John, M. Upshaw. Il a été de nouveau arrêté.

John Lembeck était le maquereau/amant de Janice, c'était un voleur spécialisé dans le travail sur commande : châssis volé pour l'ossature du véhicule, pièces volées sur demandes très précises. Il était natif de San Berdoo comme Danny, et il avait appris par le téléphone arabe qu'un nouveau venu au Comté, en civil, fauchait jadis les bagnoles sur tout Kern et Visalia ; il l'avait bouclé sur ce sujet lorsqu'il s'était fait agrafer, suspecté de vol qualifié de voitures. Danny dit :

---

* Les meilleurs des meilleurs : cliché pour désigner la police.

— Des pièces ou une bon Dieu de tire complète ?

Janice sortit un Kleenex de son encolure et se mit à le déchiqueter.

— Des sièges.

— Ville ou Comté ?

— Com-Comté, je crois. L'annexe de San Dimas ?

Danny fit la grimace. San Dimas possédait la brigade d'inspecteurs la plus bagarreuse de tout le Service ; en 46, le chef de jour, défoncé à la térébenthine rallongée, avait tabassé à mort un dos mouillé récolteur de fruits.

— C'est le Comté. C'est quoi, sa caution ?

— Pas de caution, à cause du dernier VQA de John. Vous comprenez, il est en violation de conditionnelle, M. Upshaw. John a la trouille parce qu'il dit que les policiers là-bas, c'est des vrais salauds, et ils l'ont obligé à signer une confession pour tout plein de voitures qu'il a pas vraiment volées. John a dit de vous dire qu'un mec qui est né à San Berdoo, c'est normal qu'il aille en tôle pour un "pays" qui aime aussi les voitures. Il n'a pas dit ce que ça voulait dire, mais il a dit que je devrais vous le dire.

Tirer les ficelles pour épargner à sa carrière sa première trace de salissure : appeler les bœufs de San Dimas, leur dire que John Lembeck était son indic de confiance et qu'une bande de négros chauffeurs de tires avait passé le mot dans les tôles, que ce serait sa fête à coups de lame si jamais ce connard foutait les pieds dans une cellule du comté. Si Lembeck était docile pendant sa préventive, il s'en tirerait avec un passage à tabac.

— Dis à John que je m'en occuperai dans la matinée.

Janice avait réduit son Kleenex à de petites chiquettes à force de tirer dessus.

— Merci, M. Upshaw. John a dit aussi que je devrais me montrer gentille avec vous.

Danny se leva ; il se sentit bien réchauffé et moins tendu, et il se demanda s'il ne devrait pas tanner le cuir de Lembeck pour avoir essayé de lui coller sa connasse.

— Tu es toujours gentille avec moi, ma douce. C'est pour ça que je viens toujours prendre le dernier ici.

Janice le vampa de ses grands yeux bleus de bébé :

— Il a dit que je devrais me montrer très, très gentille avec vous.

— Je ne veux pas de ça.

— J'veux dire, queq'chose comme vraiment *extra*-gentille.

— C'est mal, dit Danny en posant sur la table son pourboire habituel d'un dollar.

Chapitre 8

Mal était dans son bureau, plongé dans sa douzième lecture intégrale des dossiers psychiatriques du Dr Paul Lesnick.

Il était un peu plus de 1h du matin ; le bureau du Procureur n'était plus qu'une rangée de cagibis sombres, avec pour seule lumière celle du mur chez Mal. Les dossiers étaient étalés sur son bureau avec des feuilles de notes éclaboussées de café qui s'y intercalaient. Celeste serait bientôt endormie — il pourrait rentrer à la maison et se coucher dans son antre sans qu'elle vienne lui empoisonner l'air avec ses invites sexuelles parce qu'à cette heure-là de la nuit, c'était lui son seul ami, et de lui offrir sa bouche signifiait qu'ils pourraient parler jusqu'à ce que l'un des deux provoque la bagarre. Des invites qu'il accepterait cette nuit : les saloperies de ses dossiers l'avaient remonté comme à la vieille époque des Moeurs, lorsqu'il mettait les filles sous surveillance avant de faire une descente dans un bordel — plus on en savait sur elles et plus on avait de chance qu'elles acceptent de désigner leurs macs et leurs mecs à fric. Après quarante-huit heures passées à fouiller dans ses paperasses, il sentait qu'il commençait à prendre le pouls des Rouges de l'UAES.

Trompés.

Traîtres.

Pervers.

A gueuler leurs clichés, à hurler leurs slogans, pseudo idéalistes à la pointe de la mode. Des pieuvres qui s'attaquaient aux problèmes sociaux à partir de renseignements erronés avec des solutions fausses, qui avaient presque réussi à bousiller, par le biais de culpabilités par association, leur seule cause légale de mécontentement, l'affaire de Sleepy Lagoon : des sympathisants avaient sollicité l'aide de membres effectifs du Parti pour l'organisation de manifs et la distribution de tracts, en discréditant presque, par la même occasion, tout ce que le Comité de Défense de Sleepy Lagoon disait et faisait. Ecrivains, acteurs et parasites d'Hollywood qui vous déclamaient pompeusement traumatismes de bazar, lieux-communs socialo et culpabilité parce qu'ils s'en étaient mis plein les poches pendant la Dépression et faisaient ensuite pénitence en refourguant leurs thunes à des causes gauchistes foireuses. Des gens conduits à s'allonger chez Lesnick à cause de leur promiscuité et de leur politique merdeuse.

Trompés.

Stupides.

Egoïstes.

Mal avala une rasade de café et passa mentalement en revue ses dossiers, une dernière relecture pour s'éclaircir les idées avant de s'attaquer à mettre des noms aux cerveaux que lui et Dudley Smith allaient interroger, comme à ceux qu'il allait falloir sortir du tas pour celui qu'ils n'avaient pour lors toujours pas trouvé : leur agent d'infiltration ; pour Loew, une simple possibilité à envisager, pour lui, son moyen d'action préféré depuis longtemps. Tout ce qu'il obtint, ce fut tout un tas de gens avec trop d'argent et pas assez de cervelle qui s'étaient retrouvés sur le cul à la fin des années 30 et dans les années 40 — ils s'étaient trahis eux-mêmes, avaient trahi leurs amants et maîtresses, leur pays et leur propre idéal, galvanisés dans leur dinguerie par deux événements qui les avaient arrachés du cercle où ils gravitaient depuis toujours, soirées, réunions et coucheries :

L'Affaire de Sleepy Lagoon.

Le Comité des Activités Antiaméricaines de l'Assemblée de 47 et ses investigations sur l'influence communiste dans l'industrie du spectacle.

Et le plus drôle de l'histoire, c'est que ces deux événements avaient donné aux socialos un peu de crédibilité et quelques arguments.

En août 1942, un jeune Mexicain du nom de José Diaz avait été battu à mort et écrasé par une voiture sur le site de Sleepy Lagoon — quelques collines herbeuses où se retrouvaient les gangs de L.A. Centre du quartier de Ranch Williams. On prétendait que l'étincelle qui avait mis le feu aux poudres, c'était Diaz se faisant éjecter d'une soirée un peu plus tôt ce jour-là ; on disait qu'il avait insulté plusieurs membres d'un gang de jeunes rival, et dix-sept d'entre eux l'avaient traîné jusqu'au Lagoon et l'avaient dessoudé. Les preuves incriminantes n'étaient guère nombreuses ; l'enquête du LAPD et le procès se déroulèrent dans une atmosphère d'hystérie ; les émeutes de zazous en 42-43 avaient fait naître une énorme poussée du sentiment antimexicain sur tout le territoire de Los Angeles. Les dix-sept garçons furent condamnés à perpétuité et le Comité de Défense de Sleepy Lagoon — cerveaux de l'UAES, membres du parti communiste, gauchistes et citoyens honnêtes — organisa des réunions, fit circuler des pétitions et collecta des fonds pour engager une équipe de défenseurs — qui, au bout du compte, réussit à obtenir la grâce des dix-sept. Hypocrisie au coeur de l'idéalisme : les patients de Lesnick, tous ces hommes dont le coeur saignait pour tous les pauvres Mexicains qu'on avait entôlés, se plaignaient à lui de femmes blanches du parti communiste qui baisaient des "prolétaires" rouleurs de saucisse — avant de s'en prendre à eux-mêmes en bigots bavants qu'ils étaient quelques instants plus tard.

Mal prit note mentalement de voir Ellis Loew pour lui parler du côté Sleepy Lagoon de l'affaire : Ed Satterlee voulait se procurer auprès des Fédés les photos des rassemblements du SLDC — mais puisque les mômes avaient été graciés, ça pourrait leur retomber dessus. Idem pour tous les renseignements qu'avaient vomis les clients des psys devant l'HUAC de 47. Mieux valait pour Dudley Smith et lui mettre une sourdine là-dessus, pour ne pas compromettre la complicité de Lesnick, et n'utiliser l'info que par recoupements afin de presser les membres de l'UAES comme des citrons grâce à leurs points faibles. Démarrer à plein pot avec toute la doc de l'HUAC pourrait mettre leur grand jury en péril : J. Parnell Thomas, le président du Comité, était actuellement sous les verrous, accusé de corruption ; les grandes vedettes d'Hollywood, les célébrités, avaient contesté les méthodes de l'HUAC et les dossiers de Lesnick regorgeaient de conséquences traumatisantes, et ce n'était pas rien, les conséquences du printemps 47 — suicides, tentatives de suicides, et non des moindres, frénésie d'amitiés trahies, sexe et gnôle pour étouffer la douleur. Si l'équipe du grand jury de L.A. de 1950 essayait d'utiliser toute la sauce de l'HUAC de 47 — *leur premier précédent* — ils pourraient faire naître la sympathie pour les membres de l'UAES et, accessoirement, pour les témoins hostiles. Mieux valait ne pas plonger le doigt dans les témoignages passés de l'HUAC pour y chercher des preuves de conspiration ; un impératif, ne laisser aucune chance aux gauchistes de huer et critiquer devant la presse la stratégie du grand jury.

Mal sentit que sa revue de détail, c'était du solide : de bonnes preuves, de bonnes réflexions sur ce qu'il fallait utiliser et sur ce qu'il fallait laisser de côté. Il sécha son café et retourna aux dossiers individuels — une demi-douzaine parmi vingt-deux, mûrs pour l'interrogatoire et la manipulation.

Son premier était un possible. Morton Ziffkin : membre de l'UAES, membre du PC, membre de onze autres organisations répertoriées comme façades communistes. Homme de famille — une femme et deux grandes filles — scénariste grassement payé — cent bâtons par an jusqu'à ce qu'il dise à l'HUAC d'aller se faire foutre — il travaillait maintenant pour des clopinettes comme monteur de films. Avait suivi une analyse avec Doc Lesnick avec le désir déclaré "d'explorer la pensée freudienne" afin de maîtriser les pulsions qui le poussaient à tromper son épouse avec une tapée de femmes du PC "qui en voulaient à mon pognon — pas à mon corps." Idéologue marxiste enragé au mauvais caractère — mais il ne balancerait probablement jamais ses copains socialos. Il donnait l'impression d'être suffisamment intelligent pour faire passer Ellis Loew pour un imbécile, et son numéro devant l'HUAC lui donnait une auréole de martyr. Un possible.

Mondo Lopez, Juan Duarte et Sammy Benavides, anciens grands pontes du Comité de Défense de Sleepy Lagoon, recrutés chez les Sinarquistas — bande de zazous qui aimaient à arborer des insignes nazis — par les patrons du PC. Aujourd'hui, symboles raciaux dans la hiérarchie de l'UAES. Ils avaient passé les années 40 à baiser des Blanches gauchistes et condescendantes — furieuses devant les airs qu'ils se donnaient, mais reconnaissantes parce qu'ils passaient aux actes ; plus furieuses encore lorsque leur "pute" chef de cellule leur disait d'aller faire "explorer" leur furie par un psychiatre. Actuellement, Benavides, Duarte et Lopez travaillaient à la compagnie de films Variety International, moitié machinistes, moitié interprètes de rôles d'Indiens dans des films de cowboys bon marché. Ils étaient aussi du service d'ordre dans les manifs sur Gower Gulch — les seuls gros bras dont disposait l'UAES — caricatures pitoyables des truands de Mickey Cohen qu'employaient les Camionneurs. Pour Mal, ce n'était que des chauds lapins qui étaient maintenant comme des coqs en pâte avec pour seul engagement politique de leur existence leur travail passé pour Sleepy Lagoon. Tous les trois avaient probablement un casier et des relations qui remontaient à leur époque zazou, bonne approche pour le régulateur de l'équipe — si jamais Ellis Loew s'en trouvait un.

Il passa maintenant aux cerveaux-salopards.

Reynolds Loftis, acteur de composition au cinéma, dénoncé à l'HUAC par son ancien amant homo Chaz Minear, scénariste pigiste à Hollywood. Loftis ne soupçonnait pas Minear de l'avoir balancé, et en aucun cas, il n'avait retourné le caftage. Les deux hommes faisaient toujours partie de l'UAES, toujours en relations amicales à leurs meetings ou aux autres réunions politiques qu'ils fréquentaient. Minear, rendu dingue de culpabilité pour avoir fait la balance, avait déclaré à Doc Lesnick : "Si vous saviez pour qui il m'a quitté, vous comprendriez pourquoi j'ai fait ça." Mal avait parcouru les dossiers de Loftis et Minear à la recherche d'autres mentions de "il" pour se retrouver bredouille ; il y avait un grand blanc dans les transcriptions du discours de Loftis par Lesnick — de 42 à 44 — et les feuillets de Minear ne faisaient plus état du troisième élément du triangle. Mal se souvint de Loftis dans les westerns auxquels il avait accompagné Stefan : un homme grand, très mince, aux cheveux gris, beau comme votre idéal de sénateur américain. En plus, communiste et élément subversif qui se disait lui-même à voile et à vapeur. Potentiellement, le témoin favorable par excellence — juste derrière Chaz Minear, le Rouge aux secrets les mieux gardés.

Et finalement la Reine Rouge.

Claire De Haven ne possédait pas de dossier, et plusieurs des hommes l'avaient décrite comme trop brillante, trop forte et trop douée pour avoir besoin d'un psychiatre. Elle aussi avait baisé la moitié de sa cellule et toutes les grosses têtes du SLDC, y compris Benavides, Lopez et Duarte, qui la vénéraient. Chaz Minear était sous sa coupe en dépit de son homosexualité ; Reynolds Loftis disait d'elle qu'elle était "la seule femme qu'il eût jamais aimée". Mal se fit une idée de son intelligence en seconde main : Claire circulait dans les coulisses, elle s'efforçait de ne pas hurler de slogans et gardait les contacts politiques et judiciaires de feu son père, homme de droite, conseiller impassible de l'aristocratie d'affaires de L.A. Minear se hasarda à déclarer à Doc Lesnick que l'entregent politique du vieux l'avait à lui seul empêchée d'être citée à comparaître devant l'HUAC en 47 — et aucun autre témoin ne mentionnait son nom. Claire De Haven baisait comme une lapine, sans y gagner une réputation de marie-couche-toi-là ; elle inspirait la loyauté à des scénaristes homosexuels, des acteurs à voile et à vapeur, des machinistes mexicains et des cocos de toutes confessions.

Mal éteignit sa lumière, en se rappelant qu'il devait adresser un mémo à Doc Lesnick : tous les dossiers se terminaient à l'été 49 — cinq mois de ça. Pourquoi ? En se dirigeant vers l'ascenseur, il se demanda à quoi pouvait ressembler Claire De Haven, où il pourrait se procurer une photo d'elle, s'il pouvait obtenir de son leurre infiltré qu'il la manipule par son désir sexuel — politique et sexe pour épingler la femme et en faire un témoin favorable, presser la Reine Rouge sous toutes les coutures comme une pute de Chinatown, et ses barrettes de capitaine s'approchaient de lui comme en une danse à la fin d'un film de cul.

Chapitre 9

L'heure était venue de faire le garçon de course.

Son premier arrêt fut pour Variety International, où Herman Gerstein lui tint une conférence de cinq minutes sur les maux du communisme, avant de lui tendre une enveloppe dodue bourrée de billets de cent ; l'arrêt numéro deux fut une courte promenade au milieu des rangs des manifestants de l'UAES et des Camionneurs qui le mena aux Hollywood Prestige National Pictures, où Wally Voldrich, le chef de la Sécurité, se débarrassa d'une boîte à beignets pleine de billets de cinquante saupoudrés de sucre et de parcelles de chocolat. Les dix bâtons d'Howard se trouvaient déjà dans sa poche ; la contribution de Mickey C aux Amis de la Voie Américaine au Cinéma serait sa dernière course de la matinée.

Buzz emprunta Sunset jusqu'à Santa Monica Canyon qui le mena au bungalow servant de planque à Mickey, là où il retrouvait ses faire-valoir, entretenait ses poules et se cachait de sa femme. L'argent dans ses poches le mit d'humeur exubérante : si Mal Considine se trouvait dans les parages lorsqu'il déposerait sa sacoche chez Ellis Loew, il le secouerait un peu pour voir s'il avait encore des couilles après ces quatre années depuis Laura. Si la sensation tombait juste, il dirait à Howard qu'il signerait pour combattre le communisme — Leotis Dineen commençait à se faire pressant pour un bâton et demi, et c'était pas le genre de Nègre avec lequel on pouvait déconner.

Le bungalow de Cohen était un truc en bambou entouré de feuillages tropicaux spécialement agencés qui servaient de camouflage à ses porte-flingues lorsque Mick et Jack Dragna se livraient une guerre d'escarmouches. Buzz se gara dans l'allée derrière une décapotable Packard blanche, se demandant où se trouvait la Caddy blindée de Mickey et qui serait là pour lui donner son enveloppe. Il monta jusqu'à la porte et appuya sur la sonnette ; une voix de femme aux intonations de sud profond s'échappa par la moustiquaire d'une fenêtre.

— Entrez.

Buzz ouvrit la porte et vit Audrey Anders assise à une table du salon en train de taper sur le clavier d'une machine à calculer. Pas de maquillage, une salopette et une des chemises de soirée de Mickey avec son monogramme n'enlevaient rien à sa beauté ; en fait, elle avait meilleure allure aujourd'hui qu'au matin de la Nouvelle Année, robe du soir rose et talons aiguille, en train d'envoyer un coup de pied dans les couilles de Tommy Sifakis.

— Bonjour, Melle Anders.

Audrey lui montra une table basse en laque chinoise ; un rouleau de billets entouré d'un élastique y était déposé au beau milieu.

— Mickey a dit de vous dire "mazel tov", ce qui, je suppose, signifie qu'il est heureux de vous compter partant dans ce truc du grand jury.

Buzz s'installa dans un fauteuil et mit les pieds en l'air, signe chez lui qu'il avait l'intention de rester et regarder un moment.

— Mickey profite de votre diplôme de maîtrise ?

Audrey tapa son opération, vérifia la bande de papier que la machine avait recrachée et nota quelque chose sur un calepin, le tout très lentement. Elle dit :

— Vous croyez ce qui est écrit sur les programmes d'El Rancho Burlesque ?

— Non, je viens de piger que c'était vous le cerveau.

— Le cerveau qui tient les comptes pour un organisme de prêts ?

— Un usurier serait plus juste, non, je veux dire le cerveau en général.

Audrey montra les pieds de Buzz.

— Vous avez l'intention de rester un moment ?

— Pas longtemps. Vous avez vraiment une maîtrise ?

— Seigneur, on n'arrête pas de me poser de ces questions ! Non, je n'ai pas de maîtrise, mais j'ai passé effectivement un certificat de comptabilité dans un centre de formation d'enseignants de seconde zone à Jackson, Mississippi. Satisfait ?

Buzz n'arrivait pas à savoir si la femme voulait qu'il se taille pronto ou si l'interruption lui était bienvenue — l'idée qu'il se faisait, lui, d'un boulot de survie, c'était ça, totaliser les intérêts de prêts d'usure par une belle journée d'hiver. Il joua le seul as dans sa main, sa seule ouverture pour voir ce qu'elle pensait de lui.

— Lucy Whitehall va bien ?

Audrey alluma une cigarette et souffla deux ronds de fumée parfaits.

— Oui. Sol Gelfman l'a mise en sécurité chez lui à Palm Springs, et Mickey a un ami à lui aux Services du Shérif à qui il a fait établir quelque chose qu'on appelle une contrainte par corps. Si Tommy embête Lucy, la police l'arrêtera. Elle m'a dit qu'elle vous était reconnaissante. Je ne lui ai pas dit que vous l'aviez fait pour de l'argent.

Buzz laissa passer la vanne et sourit :

— Dites bonjour à Lucy de ma part. Dites-lui qu'elle est si jolie que j'aurais même pu faire ça pour rien.

Audrey éclata de rire.

— Des clous, oui ! Meeks, qu'y a t-il entre vous et Mickcy ?

— Je répondrai par une question : pourquoi vous voulez savoir ?

Audrey souffla deux ronds supplémentaires et écrasa sa cigarette :

— Parce qu'il a parlé de vous la nuit dernière, une heure d'affilée. Parce qu'il a dit qu'il n'arrive pas à savoir si vous êtes le mec doué le plus stupide ou le mec stupide le plus doué qu'il ait jamais rencontré, et il n'arrive pas à comprendre pourquoi vous claquez tout votre fric chez les books de couleur alors que vous pourriez parier chez lui sans intérêts. Il a dit que seuls les hommes stupides aiment le danger, mais vous aimez le danger et vous n'êtes pas stupide. Il a dit qu'il arrive pas à savoir si vous êtes brave ou cinglé. Est-ce que ça veut dire quelque chose pour vous ?

Buzz vit les mots gravés sur sa pierre tombale, tassés les uns sur les autres par manque de place. Il répondit franchement, sans se soucier à qui Audrey irait le raconter.

— Melle Audrey, je prends les risques que Mickey a peur de prendre, comme ça, grâce à moi, il se sent en sécurité. C'est un p'tit mec et je suis un p'tit mec et p't-êt que je suis un chouïa meilleur avec mes mains et ma trique. Mickey a plus à perdre que moi, alors il a plus la trouille que moi. Et si je suis cinglé, ça veut dire qu'il est intelligent. Vous savez ce qui me surprend dans notre conversation, Melle Anders ?

La question interrompit Audrey au début de son sourire — un sourire large et rayonnant qui révéla deux dents légèrement de travers et un bouton de rhume sur la lèvre inférieure.

— Non, c'est quoi ?

— Que Mickey vous tienne en estime suffisante pour vous raconter des trucs comme ça. Ça, ça me surprend, c'est sûr.

Le sourire d'Audrey s'éteignit.

— Il m'aime.

— Vous voulez dire qu'il apprécie les services que vous lui rendez. Comme quand j'étais flic, j'écrémais un peu de cette bonne vieille poudre blanche et je la vendais à Mickey, pas à Jack D. On s'est retrouvés amis autant qu'on peut l'être avec Mickey, à cause de ça. Ça me surprend, tout simplement, qu'il se sente si proche d'une femme, c'est tout.

Audrey alluma une autre cigarette, pour masquer aux yeux de Buzz les pensées furieuses qui l'animaient : fini le badinage, la chasse était ouverte.

— Je suis désolé, dit Buzz. Je n'avais pas l'intention d'être aussi indiscret.

Les yeux d'Audrey s'enflammèrent.

— Oh que si, Meeks ! C'est exactement ce que vous cherchiez.

Buzz se leva et fit le tour de la pièce, inspectant l'étrange mobilier chinetoque, en se demandant qui avait bien pu choisir les meubles, la femme de Mickey ou cette comptable ex-effeuilleuse qui le mettait à cran, comme un revolver qui partirait tout seul s'il disait une chose de travers. Il essaya les banalités.

— Jolis trucs. J'aimerais pas voir Jack D y faire des trous à coups de balles.

Audrey avait la voix tremblante :

— Mickey et Jack envisagent d'enterrer la hache de guerre. Jack veut monter une affaire avec lui. Peut être la drogue, peut-être un casino à Las Vegas. Meeks, j'aime Mickey et il m'aime.

Buzz entendit les dernières paroles qui retentirent comme pan ! pan ! pan ! pan ! Il ramassa le rouleau de billets, le fourra dans sa poche et dit :

— Ouais, il aime vous emmener au Troc et au Mocambo, pasqu'y sait que tous les mecs bavent devant vous et ont peur de lui. Après, c'est une heure chez vous et il retourne chez bobonne. C'est bien, c'est vraiment bien que vous ayez le temps de parler tous les deux de temps en temps, mais en ce qui me concerne, vous vous faites envoyer promener par un p'tit Juif qui en a pas assez dans le citron pour apprécier ce qu'il a.

La mâchoire d'Audrey tomba ; sa cigarette lui tomba sur les genoux. Elle la ramassa et l'écrasa.

— Vous êtes cinglé *à ce point-là* ou bien *si stupide que ça* ?

Pan ! Pan ! Pan ! Pan ! — un vrai bruit de canon.

— Peut-être que j'ai tout simplement confiance en vous, dit Buzz.

Il s'approcha et embrassa Audrey Anders sur les lèvres, une main lui tenant la tête en berceau. Elle n'ouvrit pas la bouche et ne lui rendit pas son étreinte, mais elle ne le repoussa pas. Lorsque Buzz pigea que c'était là tout ce qu'il allait obtenir, il rompit leur enlacement et flotta jusqu'à sa voiture, des sables mouvants sous les pieds.

* * *

Pendant tout le trajet en ville, ce fut pan, pan, pan par ricochets, toutes les actions débiles de son passé qu'il remua dans sa mémoire pour voir si elles tenaient la distance comparées à la perle qu'il venait de commettre.

LE GRAND NULLE PART

En 33, il avait chargé six mecs du service d'ordre lors d'une manif devant la MGM, s'était ramassé sur les bras des coups de batte de base-ball cloutée, avait descendu les gars à la trique et attrapé le tétanos — stupide, mais l'action d'audace lui avait servi pour être nommé au LAPD.

Début 42, il travaillait avec la Brigade des Etrangers, à coffrer les Japs et à les expédier dans les paddocks du champ de courses de Santa Anita. Il avait agrafé un môme du nom de Bob Takahashi, un vrai monsieur-la-science, qui était sur le point de tirer sa crampette pour la première fois ; il s'était senti désolé pour lui et l'avait emmené faire une bordée de six jours à Tijuana — gnôle, putes, courses de lévriers et adieux larmoyants à la frontière. Bob le méchant se tailla fissa plein sud, étranger aux yeux bridés sur une terre où les yeux étaient ronds. Très stupide — mais il avait garé ses miches oublieuses en secouant les puces aux occupants d'une bagnole à l'allure suspecte en dehors de San Diego : quatre trafiquants d'herbe arrêtés avec une livre de marijuana de première. Les quatre tordus se partageaient un total de dix-neuf mandats de recherches prioritaires délivrés par la ville de L.A. ; il y gagna une citation et une encoche par criminel sur sa crosse. Une autre connerie qui s'était transformée en bénéf pour sa pomme.

Mais son plus beau coup avait été son frère Fud. Sorti de trois jours du pénitencier d'Etat du Texas, Fud se pointe à la porte de celui qui était à l'époque le sergent-détective Turner Meeks et l'informe qu'il vient de braquer un magasin de spiritueux à Hermosa Beach en chatouillant le proprio à coups de crosse, et qu'il a l'intention de lui rembourser sur ses gains les six cents sacs qu'il lui doit . A l'instant précis où Fud plongeait la main dans son sac de papier trempé de sang, on frappa à la porte. Buzz regarda à l'œilleton, vit deux uniformes bleus, estima que la voix du sang était la plus forte et tira quatre coups de feu dans le mur du salon, de son pistolet réglementaire. Les bleus se mirent à défoncer la porte ; Buzz conduisit Fud à la cave à toute vitesse, l'enferma, fracassa le carreau qui donnait sur la véranda à l'arrière et piétina les pétunias primés de sa logeuse. Une fois les flics de patrouille à l'intérieur, Buzz leur raconta qu'il était du LAPD et que le responsable était un envapé qu'il avait expédié à Grand Q — Davis Haskins — en réalité, récemment décédé d'une overdose à Billings, Montana ; il avait eu le tuyau en travaillant sur une extradition. Les bleus se taillèrent, appelèrent des renforts et encerclèrent tout le voisinage jusqu'à l'aube ; Davis Haskins eut les honneurs de la première page du *Mirror* et du *Daily News* ; Buzz en chia des briques pendant une semaine et garda Fud dans sa cave pendant une semaine en l'amadouant avec du whisky, des sandwiches au siflard et des revues de cul piquées dans la salle de brigade des Moeurs de Central. Et il ne laissa pas de plumes dans sa petite farce, il tint le coup, c'était de la racaille de Blanc mais il en avait, et personne n'informa les autorités policières qu'un mort avait dévalisé le magasin de spiritueux Happy Time, conduit une La Salle volée jusqu'à la porte d'entrée du sergent Turner Meeks dit "Le Sonneur" avant de faire sauter le mur de son salon à coups de feu et de prendre la fuite à pied. Lorsque Fud fit le grand saut un an plus tard à Guadalcanal, son chef d'escadron adressa une lettre à Buzz ; les dernières paroles du p'tit frère étaient quelque chose comme : "Dites merci à Turner pour les revues de barbus et les sandwiches."

Stupide, cinglé, sentimental, taré, fou à lier.

Mais embrasser Audrey Anders était pire.

Buzz se gara dans le parc de stationnement de l'Hôtel de Ville, transféra tout le liquide dans sa boîte à beignets et l'emporta au premier dans le bureau d'Ellis Loew. En franchissant la porte, il vit Loew, Dudley Smith le Grand et Mal Considine assis autour d'une table, en train de parler tous à la fois, du baratin sur le flic à infiltrer. Personne ne leva les yeux ; Buzz reluqua Considine, quatre ans après lui avoir planté des cornes de cocu. Encore aujourd'hui, le bonhomme ressemblait plus à un homme de loi qu'à un flic ; ses cheveux blonds grisonnaient ; il avait l'air un peu nerveux, comme si on venait de lui jouer un sale tour.

Buzz cogna à la porte et balança la boîte sur la chaise en la maintenant ouverte. Les trois regards se levèrent ; il fixa le sien sur Considine. Ellis Loew le salua de la tête, tout sérieux ; Dudley Smith dit : "Bonjour, Turner, vieux collègue", tout sucre tout miel ; Considine lui rendit son regard, tout curieux, comme s'il examinait un spécimen de reptile qu'il n'avait jamais vu auparavant.

Ni l'un ni l'autre ne baissa les yeux.

— Bonjour, Mal, dit Buzz.

— Jolie cravate, Meeks, dit Mal Considine. T'as estourbi qui pour l'avoir ?

Buzz se mit à rire.

— Comment va votre ex, lieutenant ? Elle porte toujours ses culottes fendues ?

Considine le regarda fixement, la bouche tordue de tics. Buzz lui rendit son regard, la bouche sèche.

Victoire à la mexicaine : match nul.

50-50, Considine ou Dragna.

Peut-être qu'il garderait ses distances encore un chouïa, et qu'il laisserait encore un petit peu de mou à la Menace Rouge avant de signer.

Chapitre 10

Deux nuits de mauvais rêves, une journée entière d'impasses, et le voilà qui roulait vers Malibu Canyon.

En remontant vers le nord par l'autoroute de la Côte Pacifique, Danny se dit qu'il allait falloir procéder par élimination : parler aux éleveurs de chiens de combat sur la liste qu'il avait obtenue des Mœurs du Bureau Central du Shérif, se montrer gentil avec eux et obtenir confirmation ou démenti, avec preuves à l'appui, de la thèse de Doc Layman, le sang comme appât et l'animal comme accessoire du crime. Aucune bête de ce genre n'existait dans les dossiers d'homicides du Comté ou aux Sommiers de la Ville ; si les éleveurs, hommes de savoir s'il en était, riaient de sa théorie comme d'une aberration, alors peut-être pourrait-il s'endormir sans la compagnie de meutes claquant des crocs, d'entrailles, et de jazz grinçant.

Tout avait débuté de la manière suivante :

Après le Moonglow Lounge et les avances de Janice Modine, il avait eu une idée — se bâtir son propre dossier sur le zigouillage de Goines, mettre noir sur blanc le plus petit renseignement, foutre les pattes sur des copies carbone de l'autopsie et des rapports officiels, coller à Dietrich des résumés bateaux et se concentrer sur ses paperasses à lui, son affaire — le 187 qu'il mènerait à bout même s'il n'épinglait pas le salopard avant que le patron ne le débauche du coup. Il alla jusqu'au supermarché de Hollywood Ranch, attrapa une pile de cartons, fit l'achat de chemises en kraft, languettes de couleur, blocs-notes, papier machine et papier carbone et retourna à la maison avec ses emplettes — s'autorisant deux verres supplémentaires d'IW Harper* pour se récompenser de sa persévérance. La gnôle le mit sur le canapé pour le compte — et ça devint épouvantable.

Les mutilations de Goines en Technicolor sur trois cent soixante degrés.

---

* I.W Harper : whisky.

De la tripe, de gros pénis meurtris, en plans tellement grossis, qu'au départ il ne réussissait même pas à voir ce que c'était. Des chiens qui fouillaient les débris sanguinolents, et lui, sur place, Homme Caméra qui filmait la scène avant de rejoindre cette engeance et de commencer à mordre.

Pendant deux nuits.

Avec une journée de merde entre les deux.

Il mit la première nuit sur le compte de la trouille causée par une affaire frustrante sans nourriture dans le coco. Au matin, il se prit double ration de bacon, oeufs, beignets de pommes de terre, pain grillé et petits pains sucrés au Wilshire Derby, alla au centre ville jusqu'au bureau central du Shérif et passa en revue les fichiers de la Criminelle. Aucun meurtre avec la complicité d'un animal n'était répertorié ; les seuls cas d'homosexuels taillés en pièces, qui présentaient des similitudes même lointaines avec le meurtre de Goines, avaient tous été vite bouclés — querelles d'amoureux où le coupable, vite capturé, était toujours emprisonné ou avait été exécuté par l'Etat de Californie.

Vint ensuite le boulot de merde.

Il appela Karen Hiltscher et la baratina pour qu'elle se renseigne par téléphone auprès des autres locales de musiciens qui auraient pu trouver des engagements à Goines, et auprès des clubs de jazz de la région de L.A. qui auraient pu les engager, lui et son trombone. Il lui dit de téléphoner aux autres postes du LASD et de solliciter l'accès à leurs dossiers de cambrioleurs pour consultation : un rapide passage en revue à la recherche de musiciens de jazz cambrioleurs qui pourraient s'avérer des relations connues de Goines. La fille accepta à contrecoeur ; il lui envoya des baisers par téléphone, promit de rappeler plus tard pour connaître les résultats et retourna à la Locale 3126.

Là, la femme au comptoir lui laissa jeter un nouveau coup d'œil à la fiche d'emplois de la Corne d'Abondance, et Danny recopia les adresses de clubs et de relais routiers en remontant jusqu'au premier engagement de Marty le Dingue en 36. Il passa le reste de la journée à faire la tournée des boîtes de jazz qui étaient aujourd'hui des laveries et des troquets à hamburgers ; des boîtes de jazz qui avaient changé de mains une demi-douzaine de fois ; des boîtes de jazz qui avaient gardé le même propriétaire pendant des années. Et il obtint la même réponse sur toute la ligne : un haussement d'épaules devant les photos de tôlard de Goines, les mots "Marty qui ?", un visage impassible sur le sujet des cambrios jazzy et sur son coup à l'aveuglette, le môme casseur à la figure pleine de pansements.

A la tombée de la nuit, il appela Karen pour les résultats. Peau de balle : d'autres "Marty qui ?", les fiches de cambrios avaient donné onze noms — sept Nègres, deux Mexicains, deux Blancs dont les casiers judiciaires avaient révélé les groupes sanguins : AB+ et O-. De la pure merde en barre.

LE GRAND NULLE PART

Il se rappela alors sa promesse à Janice Modine, appela le poste annexe de San Dimas et eut en ligne le patron du service Vols de Voitures. John Lembeck était toujours en préventive chez eux, et ils le travaillaient au corps pour une série de VQA. Danny raconta à l'homme son histoire d'indic, en insistant sur le fait que Lembeck était bon pour la morgue s'il arrivait jusqu'à la prison du comté. Le patron de la brigade accepta de le passer bon pour relaxe ; Danny comprit que Jungle John était partant pour une sacrée dérouillée avant ça — mais moitié moins sévère que celle que lui-même allait lui passer.

Ensuite, ce fut le retour à son appartement, quatre doses d'IW et travail sur dossier, à étiqueter ses languettes avant de les coller aux chemises — "Interviews", "Éliminations", "Chronologie", "Quadrillage", "Preuves matérielles", "Antécédents". Une réflexion le brûla pendant toute la rédaction de son résumé de détail : où avait vécu Marty Goines entre le moment de sa libération de Lexington et sa mort ? La réflexion le conduisit à passer un coup de fil — au standard de nuit de l'hôpital pour obtenir la liste des autres personnes relâchées vers la Californie à peu près à la même époque que Goines. La réponse, après être resté en ligne longue distance pendant vingt minutes : personne.

Suivirent épuisement, crampe de l'écrivain et absence de sommeil. Quatre doses en prime et il s'affala sur le lit, à se débattre et se tordre dans les draps pour sombrer dans une inconscience à nouveau peuplée de chiens et de l'Homme Caméra aux dents — les siennes — qui mordaient dans une cargaison de macchabées O+ alignés sur des chariots remplissant la morgue tout entière. Le matin et un nouveau petit déjeuner conséquent lui donnèrent la conviction qu'il fallait commencer à procéder par élimination ; il appela les Mœurs du Central, obtint la liste des éleveurs et s'entendit conseiller d'y aller mollo : les fermes à chiens de Malibu Canyon étaient dirigées par des balèzes, des réacs prolos sudistes, tous cousins, originaires du fin fond de la cambrousse du Tennessee. C'est là qu'ils élevaient leurs pit-bulls, ce qui n'était pas contre la loi ; ils les faisaient combattre à L.A. Sud, et aucun d'eux n'avait été inculpé pour combats de chiens depuis la guerre.

Danny quitta l'autoroute de la Côte Pacifique à la Route du Canyon et monta dans les terres au milieu de collines broussailleuses entrecoupées de ruisseaux et de vallées. La route était étroite et à deux voies : à gauche, des tentes où campaient des mômes, des écuries, une boîte de nuit de temps à autre ; à droite, un mur de soutènement en bois et une longue plongée dans les buissons brun-vert de la forêt. Des panneaux pointés vers les broussailles indiquaient la présence de clairières, maisons et habitants ; Danny vit les toits des villas, des tourelles Tudor, les cheminées de cabanes en rondins extravagantes. Petit à petit, la qualité des terrains se mit à diminuer — pas de vue sur l'océan, pas d'air marin, des broussailles de plus en plus épaisses, plus d'habitations. Lorsqu'il atteignit le sommet de la Crête de Malibu et attaqua la descente, il sut que les fermes à chiens ne devaient plus être bien loin — le panorama se parsemait de cahutes en papier goudronné et la chaleur montait en flèche au fur et à mesure que se clairsemaient le feuillage et ses ombrages. L'agent des Mœurs auquel il avait parlé lui avait donné comme repère pour les trois fermes deux kilomètres à parcourir sur un chemin de terre marqué par un panneau : CHIOTS PIT — PIECES DETACHEES. Danny trouva le panneau à l'endroit exact où la route à deux voies devenait plate et ouvrait sur une longue étendue avec, au loin, la vallée de San Fernando. Il s'engagea sur le chemin et tortura son bas de caisse pendant un kilomètre, encadré sur les deux côtés par ce qui ressemblait à des cabanes de métayers. C'est alors qu'il les vit — trois baraques en parpaings entourées de fil de fer barbelé ; trois cours au sol de terre battue jonché d'axes, d'arbres de transmission et de blocs moteurs ; trois portées, chacune dans son enclos, de chiens trapus et musculeux.

Danny se gara près de la clôture, épingla son insigne à son revers et appuya sur l'avertisseur — petit geste de courtoisie aux occupants des cahutes. Les chiens se mirent à aboyer au bruit ; Danny s'avança jusqu'aux barbelés et les regarda.

Ce n'était pas les chiens de ses rêves — noirs et élancés, les crocs blancs lançant des éclairs — c'était des terriers à la peau beige tavelée et tachetée, la poitrine en barrique, la mâchoire lourde, de vraies boules de muscle. Ils ne possédaient pas les organes génitaux démesurés de ses chiens ; leurs aboiements n'étaient pas des claquements de mort ; ils n'étaient pas laids — c'était simplement des animaux que l'homme élevait pour son usage. Danny regarda ceux qui étaient enfermés dans l'enclos le plus proche, se demandant ce qu'ils feraient s'il leur donnait une tape amicale sur la tête, puis il leur dit qu'il était heureux qu'ils ne ressemblent pas à certains chiens de sa connaissance.

— Violeur, Scie à Métaux et Train de Nuit. Y z'en ont gagné seize à eux trois. Le record de Californie du Sud pour un seul éleveur.

Danny se retourna en direction de la voix. Un homme très gros en salopette se tenait sur le seuil de la cahute tout de suite à sa gauche ; il portait des verres épais et n'y voyait probablement pas très clair. Danny ôta son insigne et le glissa dans sa poche, en se disant que le bonhomme était mûr pour un attrape-gogo comme le coup de l'agent d'assurances.

— Puis-je vous parler une minute à propos de vos chiens ?

L'homme s'approcha à pas lents de la clôture, plissant et clignant des yeux.

— Booth Conklin, dit-il. Z'êtes à la recherche d'un pit de qualité ?

Danny regarda Booth Conklin droit dans les yeux : l'un était de traviole et biglait, l'autre était voilé et criblé de cataracte.

— Dan Upshaw. Vous pourriez me donner quelques renseignements sur vos chiens, pour commencer.

— J'peux faire mieux qu'ça, dit Conklin qui chaloupa vers un enclos de chiens tavelés, et en fit sauter le loquet.

La bête bondit, sauta sur le grillage pattes en avant et se mit à lécher le fil de fer. Danny s'agenouilla et lui gratta le museau pendant qu'une langue rose et épaisse lui léchait les doigts.

— Gentil, gentil, dit-il, rejetant par là les théories de Doc Layman qu'il jugea farfelues pour l'heure.

Booth Conklin revint de sa démarche de chaloupe en tenant à la main un long morceau de bois.

— Leçon numéro un : avec les pits, faut pas causer bébé, ou bien y vous respectent pas. Violeur, là, c't'un pompeur de guibolles, tout c'qu'y veut, c'est vous mouiller le falzar. Mon cousin Wallace l'a appelé Violeur pasqu'y monte sur tout ce qui bouge avec de mauvaises intentions. Couché, Violeur, couché !

Le pit-bull continua à jouer du museau dans les doigts de Danny ; Booth Conklin lui cingla le cul de son bâton. Violeur lâcha un hurlement aigu, battit en retraite et commença à se frotter l'arrière-train dans la poussière, les quatre fers en l'air à pédaler. Danny sentit qu'il serrait les poings. Conklin fourra le bâton dans la gueule de Violeur. Le chien verrouilla ses mâchoires dessus ; Conklin le souleva et le maintint à bout de bras. Danny resta stupéfait devant cet exploit de force pure.

Conklin parla calmement, comme si de tenir soixante-dix livres de chien au bout d'un bâton était son boulot quotidien.

— Les pits, y pensent qu'à se fout' la branlée, alors faut bien qu'y soient capables d'en encaisser une. Je vous vendrai pas de chien, si c'est pour le bichonner.

Violeur était suspendu, bloc immobile dont la gorge ronflait de grognements. Chaque muscle était parfaitement dessiné ; Danny songea que c'était là une beauté parfaite, animale et vicieuse.

— Je vis en appartement et je ne peux pas avoir de chien, dit-il.

— Vous venez juste reluquer et bavasser ?

Les grognements de Violeur se firent plus profonds et plus satisfaits ; ses couilles se serrèrent et une érection jaillit. Danny détourna les yeux.

— Des questions avant tout.

Conklin plissa les yeux, petites fentes derrière ses verres en culs de bouteilles de coca.

— Z'êtes pas de la police, au moins ?

— Non, je suis enquêteur d'assurances. Je travaille sur une affaire de primes d'assurance vie et j'ai pensé que vous pourriez m'aider en répondant à quelques questions.

— Ch'suis du genre serviable, pas vrai, Violeur, dit Conklin, en remuant son bâton de haut en bas par petits coups de poignet, pendant que le chien battait l'air.

Violeur se mit à couiner, geindre et gémir ; Danny comprit ce qui se passait et plongea son regard dans les culs-de-bouteille du gros lard. Violeur lâcha son dernier grognement/couinement/gémissement, lâcha tout et tomba dans la poussière. Conklin se mit à rire.

— Z'avez pas le sens de l'humour qu'y faut pour les pits, je peux vous l'dire. Posez vos questions, garçon. J'ai un cousin dans les assurances, aussi j'connais les gens comme vous.

Violeur se faufila vers la clôture la queue entre les jambes et essaya de frotter son museau contre le genou de Danny ; Danny fit un pas en arrière.

— Il s'agit d'un remboursement après meurtre. Nous savons que la victime a été tuée par un homme, mais le coroner pense qu'on a lâché un chien, un coyote ou un loup sur le cadavre. Que pensez-vous de son idée ?

Conklin se colla un cure-dent dans la bouche et articula ses paroles autour du bâtonnet.

— M'sieur, j'connais la famille canine quequ'chose de bien, et les coyotes et les loups, c'est exclu — sauf si le tueur les a capturés et affamés et qu'il leur a laissé le cadavre à nettoyer dans un endroit accessible. Qu'est-ce qu'y a comme dégâts sur la victime ?

Danny observa Violeur qui se roulait en boule pour s'endormir, rassasié, les muscles relâchés.

— Très localisés. Marques de dents sur l'estomac, intestins mordus et sucés. Ça a dû se passer à l'intérieur d'une pièce, parce que le corps était propre lorsque la police l'a découvert.

Conklin hennit doucement :

— Alors vous pouvez éliminer les coyotes et les loups — y deviendraient cinglés et boufferaient tout le putain de paquet, et on peut pas dire qu'on les garde très bien à l'intérieur d'une maison. Vous pensez à des pits ? Des chiens ?

— Ce serait plutôt ça.

— Z'êtes sûr qu'les marques de dents sont pas humaines ?

— Non, nous n'en sommes pas sûrs.

Booth Conklin désigna ses enclos à pits.

— M'sieur, j'dirige ces trois fermes pour mes cousins, et je sais comment faire pour obtenir ce que j'veux des chiens, et si j'étais assez cinglé pour vouloir qu'un de mes petits aille bouffer les tripes d'un mec, j'imagine que j'réussirais à trouver un moyen pour qu'il le fasse. J'vas vous dire, c'pendant, j'aime vraiment bien les sports de sang et j'arrive pourtant pas à imaginer un être humain en train de faire ce que vous m'avez dit.

— Si vous le vouliez, vous feriez ça comment ? dit Danny.

Conklin tapota l'arrière-train de Violeur ; le chien remua paresseusement la queue.

— J'l'affamerais, j'l'enfermerais et j'laisserais des femelles en chaleur parader devant sa cage pour le rendre cinglé. J'lui mettrais une muselière, j'lui ligoterais les pattes et j'lui mettrais un étui de contention autour de la pine, comme ça, y pourrait pas se faire décharger. J'me trouverais un gant de caoutchouc, j'lui tordrais la pine jusqu'au point de le faire jouir et alors, je lui serrerais les couilles pour qu'y puisse pas décharger. J'me trouverais du sang de menstrues de chienne et j'lui en mettrais dans les yeux et sur le nez pendant à peu près une semaine, jusqu'à ce que ça lui devienne nourriture et passion. Alors, quand j'me serais trouvé mon cadavre, j'lui étalerais une belle flaque de sang de cramouille juste là où je voudrais qu'il morde. Et vous savez quoi, m'sieur ? J'aurais un flingue prêt au cas où ce pauvre vieux tourmenté déciderait de me bouffer, moi. Ma réponse vous satisfait ?

Danny songea : "Pas des animaux, ça ne *colle* pas. Mais — demander à Doc Layman de prélever des échantillons d'organes sur Goines, sur les parties du corps à proximité des mutilations, et rechercher un second type sanguin, non humain celui-là." Il lança à Booth Conklin une question hasardeuse :

— Quels genres de personnes vous achètent des chiens ?

— Des garçons qui aiment les sports de sang, et j'parle pas de vos conneries de cinglé.

— Les combats de chiens ne sont pas interdits par la loi ?

— Si vous savez à qui graisser la patte, y'a pus de loi. Z'êtes sûr de pas êt' d'la police ?

Danny secoua la tête.

— Assurances Amalgamated. Ecoutez, est-ce que vous vous rappelez avoir vendu un chien à un homme grand, aux cheveux gris, entre deux âges, ces six derniers mois à peu près ?

Conklin donna un petit coup de pied à Violeur ; le chien remua, se leva et retourna à sa niche.

— M'sieur, mes clients, c'est des jeunes étalons qui conduisent des camionnettes et des négros qui cherchent à avoir le chien le plus coriace de tout le bloc.

— Est-ce que certains de vos clients ressortent du lot ? Des gens inhabituels ?

Booth Conklin rit si fort qu'il faillit en avaler son cure-dent.

— Ça remonte à pendant la guerre, y'a des mecs du cinéma qui ont vu ma pancarte, y sont venus et y m'ont dit qu'y voulaient se faire un petit film chez eux, deux chiens déguisés avec masques et costumes dans un combat à mort. J'ai vendu à ces garçons deux chiens à vingt dollars pour un billet de cent la pièce.

— Est-ce qu'ils ont fait leur film ?

— J'l'ai pas vu affiché au Chinois de Grauman, alors comment je pourrais savoir ? Y'a un sanatorium par là-bas, sur le côté plage du Canyon, c'est là qu'les types d'Hollywood y viennent se faire leur cure pour plus téter. Je me suis dit qu'y z'étaient en visite là-bas et y se dirigeaient sur la Vallée quand y z'ont vu ma pancarte.

— Est-ce qu'il y avait parmi eux un homme grand aux cheveux gris ?

Conklin haussa les épaules.

— J'm'en souviens vraiment pas. Un mec avait un drôle d'accent européen, ça, j'm'en souviens. En plus, mes yeux, c'est pas les meilleurs qu'y ait. Z'en avez bientôt fini avec vos questions, fiston ?

Quatre-vint-quinze pour cent contre la théorie du sang appât ; peut-être la fin de ses cauchemars ; des tuyaux inutiles sur la dinguerie d'Hollywood.

— Merci, M. Conklin. Vous m'avez bien aidé.

— C'est un plaisir, fiston. Revenez un de ces quatre. Violeur, y vous aime bien.

* * *

Danny retourna au poste, envoya chercher hamburger, frites et lait, même s'il n'avait pas très faim, mangea la moitié de son repas et appela Doc Layman à la morgue de la ville.

— Norton Layman à l'appareil.

— Danny Upshaw, docteur.

— Exactement celui que j'allais appeler. Vous d'abord ou moi ?

Danny eut comme un éclair : Violeur en train de mâchonner le ventre de Marty Goines. Il jeta les restes de son burger à la poubelle et dit :

— Moi d'abord. Je suis sûr que les marques de dents sont le fait d'un humain. Je viens de parler à un homme qui élève des chiens de combat, et il a dit que votre théorie du sang appât est réalisable, mais qu'elle demanderait beaucoup de préparatifs, et je pense que le meurtre n'a pas été prémédité *à ce point là*. Il a dit que des menstrues de chienne seraient le meilleur appât et je pensais que vous pourriez prélever des échantillons d'organes dans la région des blessures et voir si vous trouvez du sang étranger.

Layman soupira.

— Danny, la Ville de Los Angeles a fait incinérer Martin Mitchell Goines ce matin. Autopsie terminée, personne n'a réclamé le corps pendant quarante-huit heures, poussière retourne en poussière. J'ai cependant de bonnes nouvelles.

Danny pensa "Merde" et dit : "Allez-y".

— Les entailles sur le dos de la victime m'intéressaient et je me suis souvenu du livre de Gordon Kienzle sur les blessures. Vous le connaissez ?

— Non.

— Eh bien, Kienzle est un pathologiste qui a débuté comme médecin dans un service d'urgence. Il était fasciné par les agressions non suivies de mort d'homme, et il a rassemblé un livre de photos et de caractéristiques sur les blessures infligées par l'homme à ses semblables. Je l'ai consulté, et les coupures sur le dos de Martin Mitchell Goines sont identiques aux blessures répertoriées sous le chapitre "Baguette zazou", un tasseau auquel on a attaché une ou des lames de rasoir. La baguette zazou remonte à 42 et 43. Elle avait la faveur des bandes antimexicains et des flics de la brigade antiémeutes qui l'utilisaient pour taillader les costards zazou que certains éléments latins arboraient.

Contrôler les dossiers Homicides Ville/Comté pour meurtres par baguette zazou

— C'est une bonne piste, doc. Merci, dit Danny.

— Ne me remerciez pas encore. J'ai vérifié les dossiers avant de me décider à vous appeler. Il n'y a pas d'homicide par baguette zazou dans les archives. Un de mes amis de la brigade antiémeutes du LAPD m'a déclaré que quatre-vingt-dix-neuf pour cent des agressions de Blancs sur des Mexicains n'ont pas été déclarées et que les Mexicains n'ont jamais utilisé ces satanées baguettes entre eux, ils considéraient que c'était dégueulasse ou quelque chose de ce genre. Mais c'est effectivement une piste.

Un peignoir en boule qui étouffait, des mains ou une écharpe qui étranglaient, des dents qui mordaient, et maintenant, une baguette de zazou qui tailladait. *Pourquoi cette variété dans les formes de brutalité exercées ?* Danny dit :

— A bientôt en cours, docteur.

Il raccrocha et retourna à sa voiture rien que pour le plaisir de bouger. Jungle John Lembeck était appuyé contre le capot, le visage meurtri, un œil fermé et violacé. Il dit :

— Y z'ont été vraiment vaches avec moi, M. Upshaw. J'aurais jamais dit à Janice de vous mettre au parfum, excepté qu'y me faisaient mal comme pas possible. Je suis réglo, M. Upshaw. Si vous voulez que j'vous renvoie l'ascenseur, je comprendrai.

Danny serra le poing droit et s'apprêta à le balancer — mais il fut arrêté dans son geste par un éclair de Booth Conklin avec son pit-bull.

Chapitre 11

Les cigares étaient des havanes, et leur arôme fit regretter à Mal d'avoir arrêté de fumer ; les paroles encourageantes d'Herman Gerstein sous l'accompagnement de Dudley Smith — sourires, hochements de tête et petits gloussements — lui firent regretter de ne pas être de retour à l'académie de L.A. en train d'interviewer de jeunes recrues pour le rôle de jeune gauchiste idéaliste. La seule journée qu'il y avait passée n'avait rien donné, pas un seul candidat valable, même de loin, et à l'idée de débuter leurs interrogatoires sans taupe prête à l'action, il avait l'impression qu'ils commettaient une erreur. Mais Ellis Loew et Dudley, enflammés par les saletés psychiatriques de Lesnick, avaient la gâchette qui les démangeait — et les voilà qui s'apprêtaient à épingler Mondo Lopez, Sammy Benavides et Juan Duarte, membres de l'UAES qui jouaient les Indiens sur le plateau de *Massacre au Tomahawk*. Et pour couronner le tout, le baratin de Gerstein commençait à lui filer des démangeaisons.

Le patron de Variety International arpentait la pièce derrière son bureau en brandissant son havane ; Mal n'arrêtait pas de penser à Buzz Meeks qui revenait se fixer insidieusement dans son existence au pire moment possible :

— ...Et je peux vous dire ceci, messieurs : par la résistance passive et autres conneries coco, l'UAES va forcer les Camionneurs à casser quelques gueules, ce qui fait que l'UAES aura la cote et nous passerons pour les salauds. Les cocos aiment bien qu'on leur fasse mal. Ils sont capables d'avaler n'importe quelle merde, sourire comme si c'était du filet mignon, demander du rab, tendre l'autre joue, et après ça de vous mordre le cul à pleines dents. Comme ces pachucos dans le studio 23. Des tarés de zazous qui ont leur carte, leur permis pour foutre la merde en croyant que leur merde à eux n'a pas d'odeur. Si je me trompe, c'est qu'Eleanor Roosevelt est gouine !

Dudley Smith éclata d'un rire tonitruant.

— Et comme bouffeuse de chattes, elle est sensas ! Même des bronzées, je me suis laissé dire. Et nous savons tous que feu Franklin était porté sur les petits négros. M.Gerstein, le lieutenant Considine et moi-même aimerions vous remercier pour vos contributions à notre entreprise ainsi que pour votre hospitalité ce matin.

Mal enregistra le signal et se leva ; Herman Gerstein plongea la main dans un humidificateur et attrapa une poignée de cigares. Dudley se mit debout ; Gerstein fondit sur eux comme un pilier de rugby et se mit à serrer les mains avec effusion, à fourrer des havanes dans toutes les poches disponibles et à les raccompagner jusqu'à la porte avec force grandes tapes dans le dos. Lorsque la porte se referma derrière lui, Dudley dit :

— Aucun talent pour le langage. On peut sortir le Juif de sa fange, mais la fange, on ne la sortira jamais du Juif. Etes-vous prêt pour les interrogatoires, capitaine ?

Mal jeta un coup d'œil aux files de manifestants de l'UAES en contrebas et aperçut une femme de dos en pantalon ; il se demanda si c'était Claire De Haven.

— Okay, *lieutenant !*

— Ah Malcolm, quelle finesse d'esprit sensas que la vôtre !

Ils prirent l'ascenseur privé d'Herman Gerstein jusqu'au rez-de-chaussée pour aboutir à deux rangées de studios de prise de son séparées par une allée piétonne centrale. Les bâtiments étaient en stuc beige, hauts comme des silos avec toits en voûte et panneaux d'hommes-sandwichs en plastique blanc posés contre les portes d'entrée — ils portaient à la craie le nom du metteur en scène, le titre du film et le planning de travail. Des acteurs à bicyclette — cow-boys, Indiens, joueurs de base-ball, soldats de la Révolution — circulaient sous votre nez ; des chariots motorisés transportaient le matériel de tournage ; des techniciens s'agglutinaient près d'un chariot-repas où un centurion romain engloutissait beignets et café. Les studios fermés s'étendaient sur pratiquement quatre cents mètres, chacun avec son numéro en noir au-dessus de la porte. Mal marchait devant Dudley Smith se repassant en mémoire les fiches de Benavides/Lopez/Duarte et leur étalage de boues confidentielles en espérant qu'une attaque bille en tête sur les lieux mêmes du boulot, ça n'allait pas trop loin trop vite.

Dudley le rattrapa à l'extérieur du studio 23. Mal appuya sur la sonnette ; une femme déguisée en danseuse de saloon ouvrit la porte en leur claquant son chewing-gum dans la figure. Mal sortit insigne et pièces d'identité.

— Nous sommes du Bureau du Procureur et nous voulons parler à Mondo Lopez, Juan Duarte et Sammy Benavides.

La fille du saloon fit claquer son chewing-gum une dernière fois et

130

s'adressa à eux avec un accent de Brooklyn bien marqué :

— Ils sont sur le plateau. C'est eux les jeunes Indiens au sang chaud qui veulent attaquer le fort, mais le vieux chef dans sa sagesse s'y oppose. Ils en auront fini dans quelques minutes, et vous pou...

Dudley l'interrompit.

— Pas la peine de nous résumer l'intrigue. Si vous leur dites que c'est la police, ils trouveront bien un moyen de nous trouver une petite place dans leur emploi du temps surchargé. Et s'il vous plaît, faites-le tout de suite.

La fille ravala son chewing-gum et ouvrit la marche. Dudley sourit ; Mal songea : c'est un vrai jeteur de sorts — il ne faut pas lui laisser la bride sur le cou.

L'intérieur du studio ressemblait à une caverne : murs surchargés de câblages, projecteurs et caméras montés sur leurs chariots, chevaux d'allure anémique attachés à des poteaux d'équipement et des gens tout autour qui ne faisaient rien. Au beau milieu se trouvait un teepee vert olive, de toute évidence confectionné à partir des surplus de l'armée, avec sur ses flancs, des symboles indiens dessinés à la peinture — une laque rouge couleur pomme d'api — comme si c'était là la tire gonflée et personnalisée de quelque brave. Caméras et projecteurs sur trépieds étaient fixés sur le teepee et quatre acteurs étaient accroupis devant — un Blanc âgé imitation d'Indien et trois Mexicains pas loin de la trentaine, eux aussi imitations d'Indiens.

La fille du saloon les arrêta à quelques mètres des caméras en murmurant :

— Là-bas. Les trois, genre beaux ténébreux latins.

Le vieux chef entonna ses paroles de paix ; les trois jeunes braves débitèrent leur texte sur les visages pâles qui parlaient une langue fourchue, d'une voix pure mex. Quelqu'un hurla "Coupez !" et la scène se transforma en une masse confuse de corps en mouvement.

Mal se fraya un chemin à coups de coudes et tomba sur les trois gars qui sortaient cigarettes et briquets de leurs peaux de daim. Il s'arrangea pour qu'ils reconnaissent en lui le flic ; Dudley Smith s'approcha ; les braves se lancèrent des regards d'effroi.

Dudley fit jaillir son insigne.

— Police. Je m'adresse bien à Mondo Lopez, Juan Duarte et Samuel Benavides ?

Le plus grand des braves ôta un bracelet de caoutchouc qui enserrait sa queue de cheval et remit ses cheveux en place à la mode pachuco — queue en cul de canard à l'arrière, plaqués devant.

— C'est moi, Lopez, dit-il.

Mal attaqua sec, dès l'ouverture.

— Ça vous dirait de nous présenter vos amis, M. Lopez ? On ne va pas passer la journée.

Les deux autres se carrèrent les épaules et firent un pas en avant, moitié bravaches, moitié déférents devant l'autorité. Mal colla des noms sur les visages : le petit musclé, ça devait être Duarte, ancien chef de brigade des Sinarquistas, ancien zazou, ancien brassard à croix gammée avant que le PC ne l'embrigade ; son copain, asperge dégingandée, Benavides — M. Moufte-rien devant Doc Lesnick, avec un dossier à mourir d'ennui à l'exception d'une séance consacrée à l'épisode de son agression sur sa sœur — neuf ans, lui en avait douze — lorsqu'il lui avait mis un rasoir sous la gorge. Les deux hommes se mirent à remuer sur place d'un air renfrogné. M. Muscles dit :

— Je suis Benavides.

Mal indiqua une porte latérale avant de toucher son épingle de cravate, — sémaphore du LAPD pour "Laisse-moi le relais".

— Je m'appelle Considine et voici le lieutenant Smith. Nous sommes du Bureau du Procureur, et nous aimerions vous poser quelques questions. Rien que de la routine, vous pourrez reprendre le travail dans quelques minutes.

— Nous avons le choix ? dit Duarte.

Dudley gloussa ; Mal posa la main sur son bras.

— Oui. Ici ou à la prison du Palais de Justice.

Lopez tourna la tête, direction la sortie ; Benavides et Duarte lui emboîtèrent le pas, allumèrent leurs cigarettes et sortirent. Acteurs et techniciens regardaient l'air béat la migration Indiens-Visages Pâles. Mal échafauda un petit plan brillant, lui d'abord, sec et tranchant, avant de faire gentil-gentil, puis laisser Dudley poser les questions dures et enfin terminer dans le rôle du sauveur — le grand final pour se les gagner comme témoins favorables.

Le trio s'arrêta à peine la porte franchie pour s'appuyer sur le mur d'un geste nonchalant. Dudley se plaça à la gauche de Mal, un demi-pas en arrière. Mal laissa les trois hommes fumer en silence avant de dire :

— Eh ben ! Vous vous la coulez douce, les gars !

Trois paires d'yeux rivés au sol, trois Indiens de pacotille dans un nuage de fumée. Mal mit les pieds dans le plat du chef.

— Puis-je vous poser une question, M. Lopez ?

Mondo Lopez leva les yeux.

— Bien sûr, monsieur l'officier.

— M. Lopez, vous devez vous faire pas loin d'un billet de cent la semaine. C'est vrai, ça ?

— Quatre-vingt un et de la petite monnaie. Pourquoi ?

Mal sourit.

— Eh bien, vous vous faites presque la moitié de ce que je gagne alors que je suis diplômé de l'université, que j'ai un grade élevé dans la police et seize années d'expérience. Vous avez tous laissé tomber le lycée ou bien je m'trompe ?

Le trio échangea un regard rapide. Lopez sourit d'un air entendu, Benavides haussa les épaules et Duarte tira une longue bouffée de sa cigarette. Mal comprit qu'ils voyaient clair dans son petit stratagème un peu trop vite et se fit tout sucre.

— Ecoutez, je vais vous dire pourquoi j'ai amené ça sur le tapis. Vous défiez tous les pronostics. Vous avez fait partie des Flats de la Première Rue et des Sinarquistas. Vous avez été en tôle pour mineurs et vous avez réussi à garder le nez propre. Y'a de quoi vous impressionner et nous ne sommes pas ici pour vous coffrer à propos d'actions que vous avez commises par le passé.

Juan Duarte écrasa sa cigarette.

— Vous voulez dire que ça concerne des amis à nous ?

Mal, à court de munitions, racla sa mémoire et retrouva un détail : tous les trois avaient essayé de s'engager après Pearl Harbor.

— Ecoutez, j'ai vérifié vos dossiers au Conseil de Révision .Vous avez quitté les Sinarquistas et les Flats, vous avez essayé d'aller combattre les Japs, vous étiez du bon côté pour Sleepy Lagoon. Et quand vous vous êtes gourés, vous l'avez admis. C'est le signe d'un mec bien sur mes tablettes.

Sammy Benavides dit :

— Est-ce qu'un indicateur est un mec bien sur vos tablettes ? M. le po...

Duarte lui cloua le bec d'un coup de coude bien sec.

— Qui vous essayez de dire qui a tort, maintenant ? Qui vous *voulez* qui a tort ?

Enfin une bonne ouverture.

— Que diriez-vous du Parti, messieurs ? Que diriez-vous de Tonton Joe Staline qui se glisse dans les mêmes draps qu'Hitler ? Que diriez-vous des esclaves dans les camps de travail de Sibérie et de tout le bazar que le Parti a fait en Amérique alors qu'il fermait les yeux sur ce qui se passait en Russie ? Messieurs, il y a seize ans que je suis flic et je n'ai jamais demandé à un homme de balancer ses amis. Mais je demanderai à n'importe qui de dénoncer ses ennemis, en particulier s'il se fait que ce sont aussi les miens.

Mal retint son souffle, en songeant au résumé 115 de son cours de droit à Stanford ; Dudley Smith avait l'air facile à ses côtés. Mondo Lopez regarda le goudron de l'allée puis ses co-vedettes de *Massacre au Tomahawk*. Puis tous les trois se mirent à applaudir.

Dudley piqua un fard ; Mal vit son visage de rougeaud passer au violacé. Lopez mit fin aux applaudissements d'une main tendue, paume vers le sol.

— Et ça vous dirait de nous dire d'quoi y's'agit ?

Mal se creusa la cervelle en tous sens pour retrouver quelque crasse dans ses dossiers. Rien.

— Ceci est une enquête préliminaire portant sur l'influence communiste à Hollywood. Et nous ne vous demandons pas de balancer vos amis, rien que nos ennemis à tous.

Benavides indiqua l'ouest, en direction du portail d'entrée et des deux rangées de manifestants.

— Et tout ceci n'a bien sûr rien à voir avec Gerstein qui veut virer notre syndicat et faire entrer les Camionneurs à notre place ?

— Non, ceci est une enquête préliminaire qui n'a absolument rien à voir avec les problèmes de main-d'oeuvre auxquels votre syndicat est actuellement confronté. Ceci est ...

Duarte l'interrompit.

— Pourquoi nous ? Pourquoi moi et Sammy et Mondo ?

— Parce que vous êtes d'anciens criminels aujourd'hui dans le droit chemin et parce que vous feriez des témoins sacrément efficaces.

— Parce que vous pensez qu'on aurait la trouille de la tôle et qu'on cracherait le morceau facile ?

— Non, parce que vous avez été zazou, parce que vous avez été rouges, et on s'est dit que vous aviez assez de jugeote pour savoir que tout ça, c'était de la merde.

Benavides mit son grain de sel, un oeil prudent sur Dudley.

— Vous savez que le Comité de l'HUAC a déjà monté le même coup, avec ses indicateurs, et y'a des gens bien qui ont trinqué. Aujourd'hui, ça recommence et vous voulez qu'on cafte ?

Mal pensa à Benavides comme à un môme violeur qui parlerait de correction ; il sentait que Dudley pensait exactement la même chose et que ça le rendait dingue.

— Ecoutez, je sais ce que c'est, la corruption. Le président de l'HUAC est à Danbury pour pots-de-vin, et même l'HUAC a été imprudent. Et je veux bien admettre que le LAPD a complètement foiré le coup de Sleepy Lagoon. Mais vous ne pouvez pas dire ...

— Foiré ! cria Mondo Lopez. Pendejo, ça a été un vrai putain de pogrom contre mon peuple par votre peuple ! Vous êtes en train de baratiner les gens qu'y faut pas, dans l'affaire qu'y faut pas, pour, putain, vous ramasser ce qu'y faut pas...

Dudley s'avança d'un pas et fit face au trio, veste ouverte, 45 automatique, matraque et coup de poing en laiton bien en évidence. Sa carrure plongea les Mexicains dans son ombre de géant et son accent irlandais monta de quelques octaves sans se briser :

— Vos dix-sept ordures de compatriotes ont tué José Diaz de sang froid et ils ont échappé à la chambre à gaz parce que des traîtres, des pervers et des mauviettes pleines d'illusions se sont mis ensemble pour leur sauver la peau. Et je ne saurais souffrir le moindre manquement au respect dû à un collègue officier de police en ma présence. Est-ce que c'est clair ?

Silence complet, les hommes de l'UAES toujours dans l'ombre de Dudley, sous le regard des machinistes dans l'allée qui reluquaient la scène. Mal s'avança pour prendre la parole comme un grand : de taille, il dépassait Dudley, en carrure, il n'en faisait que la moitié. Avec la peur au ventre. Pendejo. Il s'apprêtait à adresser le signal convenu lorsque Mondo Lopez riposta :

— Les dix-sept, y se sont fait baiser par ce puto de LAPD et ce puto de tribunal de la Ville. Et c'est ça, la putain de verdad.

Dudley s'avança au point de ne laisser entre lui et Lopez que l'espace juste suffisant pour un crochet court aux reins. Benavides battit en retraite, tremblant ; Duarte marmonna que le SLDC avait reçu des lettres anonymes qui désignaient un Blanc pour coupable, mais personne n'en crut un mot ; Benavides rompit, hors de portée d'un coup dangereux. Mal agrippa le bras de Dudley, lequel le repoussa en arrière en baissant sa voix jusqu'aux tonalités de baryton.

— Est-ce que ça t'a fait plaisir de pervertir l'exercice de la justice avec le SLDC, Mondo ? Est-ce que ça t'a fait plaisir de partager les faveurs de Claire de Haven — une capitaliste pourrie de fric, avec ses entrées au Conseil Municipal, un vrai morceau de choix pour ta petite bite d'es-pingo ?

Benavides et Duarte avaient le dos collé au mur et s'éloignaient de la scène centimètre par centimètre. Mal ne fit pas un geste ; Lopez regarda Dudley, les yeux brûlants ; Dudley se mit à rire :

— Peut-être que ce n'était pas très gentil de ma part, mon gars. Nous savons tous que Claire n'était pas avare de ses faveurs, mais je doute qu'elle se soit abaissée à ton niveau. Par contre, ton copain du SLDC Chaz Minear, ça, c'est une autre histoire ! Il était peut-être là pour se troncher du trou-de-balle mex ?

Benavides s'avança sur Dudley ; Mal sortit instantanément de sa léthargie, l'agrippa et le repoussa sur le mur, toujours avec l'image d'une lame de rasoir contre la gorge d'une petite fille. Benavides cria :

— Cette pute, il se louait des gamins dans un putain de service d'escorte, il nous a pas entubés !

Mal pressa plus fort, complet saturé de sueur contre peau de daim détrempée, muscles durs noués par l'effort contre le corps d'un homme mince de presque quarante ans. Benavides se relâcha subitement ; Mal le laissa aller et eut un éclair des dossiers en mémoire : Sammy raillant les pédés devant Doc Lesnick, un point faible qu'ils auraient pu jouer en finesse.

Sammy Benavides se laissa glisser le long du mur et observa le duel des regards entre Lopez et Smith. Mal tenta de faire passer des signaux, mais ses mains refusèrent d'obéir. Juan Duarte se tenait près de l'allée, dans le champ du duel, mais à bonne distance. Dudley rompit le combat sans vainqueur d'une pirouette des talons accompagnée d'une reprise d'accent irlandais enjouée :

— J'espère que vous avez appris une leçon aujourd'hui, capitaine. On ne s'attaque pas à la racaille en jouant au pleurnichard. Vous auriez dû venir avec moi à la brigade spéciale. Vous auriez appris ça de manière sensationnelle !

* * *

Round numéro un en mille miettes.

Mal rentra en voiture, en songeant qu'on venait de lui faucher ses barrettes de capitaine, étouffées dans les énormes poings de Dudley Smith. Et il était en partie fautif, beaucoup trop coulant lorsque les Mexicains avaient joué aux petits futés, parce qu'il croyait pouvoir raisonner avec eux, à les embobiner pour les attirer dans ses pièges de logique. Il avait pensé un instant remettre un mémo à Ellis Loew — laisser tomber Sleepy Lagoon, ça attire trop les sympathies — avant de balancer l'idée au panier par pure sympathie ; il avait perdu son sang-froid avec les Mex et contrecarré Dudley, vrai fêlé de la casquette pour tout ce qui touchait cette histoire. Et Dudley s'était avancé pour répondre à sa place avant même qu'il réagisse, rendant ainsi difficile tout reproche à son encontre pour avoir perdu son sang-froid ; ce qui signifiait peut-être que toute approche directe de l'UAES était maintenant exclue et qu'il leur faudrait se concentrer exclusivement sur l'infiltration d'une taupe et sur des interrogatoires menés en secret. Sa spécialité — ce qui ne diminuait en rien la morsure de la vanne que lui avait lancée Dudley sur la Brigade Spéciale et ce qui ne faisait qu'augmenter la nécessité de s'adjoindre Buzz Meeks dans l'équipe du grand jury.

Rien que du négatif ; au compte du positif, les élucubrations verbales de

Dudley n'avaient pas révélé de renseignements contenus dans les seuls dossiers de Lesnick, ce qui laissait toujours ouverte cette voie-là pour la manipulation. Ce qui était dérangeant, c'est qu'un flic aussi intelligent que l'Irlandais prenne pour lui, à titre aussi personnel, une attaque indirecte avant d'envoyer à son "collègue officier de police" un coup bas.

Pendejo.

Trouillard.

Et Dudley Smith le sait.

Une fois chez lui, Mal profita de ce que la maison était vide : il jeta en tas ses vêtements trempés de sueur, puis douche, chemise de sport propre et pantalon kaki avant d'aller dans son antre rédiger un long mémo destiné à Loew — en mettant lourdement l'accent sur l'obligation de ne plus interroger directement les membres de l'UAES avant que leur taupe ne soit mise en place. La taupe était maintenant une nécessité.

Il avait rédigé une page lorsqu'il se rendit compte qu'il allait devoir passer un coup de vernis — impossible d'écrire avec précision ce qui s'était passé à Variety International sans se décrire lui-même comme une mauviette ou un imbécile. Et donc il colla une belle couche de fard, et remplit une autre page d'avertissements destinés à Loew qui portaient sur son choix du régulateur — Buzz Meeks ; l'homme qui était peut-être à lui seul, privilège s'il en était, le flic le plus corrompu de toute l'histoire des services de police de Los Angeles — écrémeur d'héroïne, artiste de l'extorsion de fonds, fourgueur de came, et aujourd'hui mac reconnu pour Howard Hugues. Après sa deuxième page, il comprit que l'effort était futile ; si Meeks voulait être de la partie, c'était comme si il y était — Hugues avait contribué pour la plus grande part à la caisse noire du grand jury et c'était lui le patron de Meeks — ce qu'il dirait serait parole de prophète. Au bout de deux pages, il comprit pourquoi il était inutile de poursuivre la corvée : Meeks était tout à fait l'homme qu'il leur fallait. Et l'homme qu'il leur fallait avait peur de lui, tout comme lui avait peur de Dudley Smith. Même si les craintes n'étaient pas fondées.

Mal lança le mémo Meeks au panier et se mit à réfléchir à une taupe. Il avait déjà exclu l'académie du LAPD — des jeunots francs du bec et du collier, sans le moindre goût pour l'imposture. L'académie des Services du Shérif était peu probable — le foutoir Brenda Allen et le LASD qui acceptait Mickey Cohen sur son territoire rendaient très incertaine la probabilité d'y trouver une jeune recrue de talent que la Ville engagerait pour un temps. Leur meilleure chance, c'était encore un jeune agent de la ville, toujours dans les rangs : intelligent, beau gosse, ambitieux et accommodant, entre vingt-cinq et trente ans, un jeune homme malléable, sans cette dureté aux angles qui fait les bons flics.

Où ça ?

La division d'Hollywood, c'était exclu — la moitié de leurs hommes, mêlés à l'affaire Brenda Allen, avaient vu leurs photos dans les journaux et c'était aujourd'hui des êtres violents et aigris, que la peur rendait furieux — une rumeur circulait qui voulait que trois membres de la brigade criminelle soient derrière la fusillade de chez Sherry en août dernier — une tentative foirée pour descendre Mickey Cohen, qui s'était soldée par trois blessés et un mort, une gâchette de Cohen. Exclu.

Et Central était plein de bleus sans qualifications qui étaient entrés dans le Service grâce à leurs états de service pendant la guerre : la 77ème Rue, Newton et University recensaient dans leurs rangs des balèzes, légers du ciboulot, engagés pour contenir les citoyens nègres dans leurs limites. Hollenbeck vaudrait peut-être le coup qu'on y jette un coup d'œil. Mais L.A. Est était mex, Benavides, Lopes et Duarte avaient toujours des attaches dans le coin, et la couverture de leur taupe pourrait s'en trouver révélée au grand jour. Les différentes divisions d'inspecteurs étaient un terrain de chasse possible — s'ils réussissaient à mettre la main sur quelqu'un qui ne s'avérerait pas irrémédiablement blasé.

Mal attrapa son annuaire du LAPD et commença à le passer en revue, un oeil rivé à l'horloge du mur alors que 3 heures approchaient, l'heure pour Stefan de rentrer de l'école. Il était sur le point de commencer ses appels aux différents OC pour un tri supplémentaire purement verbal lorsqu'il entendit des pas dans le couloir ; il pivota dans son fauteuil, laissa tomber les bras, prêt à laisser son fils lui bondir sur les genoux pour s'y blottir.

C'était Celeste. Elle regarda les bras ouverts de Mal jusqu'à ce qu'il les laisse retomber ; elle dit :

— J'ai dit à Stefan de rester après l'école afin de pouvoir te parler.

— Oui ?

— L'expression de ton visage ne me rend pas la tâche facile.

— Accouche, nom de Dieu !

Celeste serra contre elle son sac à main, sac en perles pour l'opéra, relique précieuse du Prague de 1935.

— Je vais divorcer. J'ai rencontré quelqu'un de gentil, un homme cultivé qui nous donnera à Stefan et à moi un meilleur foyer.

Mal songea : calme parfait, elle sait l'effet qu'elle fait.

— Je ne te laisserai pas faire, dit Mal. Ne fais pas de mal à mon petit ou je te ferai du mal.

— Tu ne peux pas. A la mère, l'enfant appartient.

Mutile-la, fais-lui comprendre que la loi, c'est toi .

— Il est riche, Celeste ? S'il te faut baiser pour survivre, tu devrais baiser des hommes riches. Exact, Fräulein ? Ou des hommes puissants, comme

LE GRAND NULLE PART

Kempflerr.

— Tu reviens toujours à ça, tellement c'est laid et tellement ça t'excite.

Balle de match ; Mal sentit son respect chevaleresque des règles partir aux pelotes.

— J'ai sauvé ton cul de pitoyable fille de riche. J'ai tué l'homme qui avait fait de toi une putain. Je t'ai donné un foyer.

Celeste sourit, de son sourire habituel, lèvres minces s'ouvrant sur des dents parfaites.

— Tu as tué Kempflerr pour te prouver que tu n'étais pas un lâche. Tu voulais ressembler à un vrai flic, et tu étais prêt à te détruire pour y arriver. Tu n'as été sauvé que grâce à ta chance stupide. Et tu sais si mal garder tes secrets !

Mal se leva, les jambes flageolantes, comme un boxeur sonné.

— J'ai tué quelqu'un qui méritait de mourir.

Celeste caressa amoureusement son sac à main, les doigts glissant sur la broderie ouvragée de perles. Mal y vit un geste de scène, un peu de théâtre avant sa réplique choc.

— Alors, pas de réponse à ça ?

Celeste lui offrit son sourire d'iceberg le plus glacé.

— Herr Kempflerr était très gentil avec moi, et j'ai simplement inventé sa sexualité vicieuse, rien que pour t'exciter. C'était un amant tendre, et lorsque la guerre a été sur le point de se terminer, il a saboté les fours et sauvé des milliers de vies. Tu as eu de la chance que le gouverneur militaire t'aime bien, Malcolm. Kempflerr allait aider les Américains à rechercher d'autres Nazis. Et je ne t'ai épousé que parce que j'avais très honte de tous les mensonges avec lesquels je t'avais séduit.

Mal essaya de dire "Non" mais ne réussit pas à articuler le mot. Le sourire de Celeste se fit plus large. Mal le prit pour cible et courut sur elle. Il l'attrapa par le cou, la maintint contre le chambranle, et à coups de droites assénées d'une main dure, visa la bouche, et lui fit voler les dents en éclats jusqu'à percer les lèvres en se coupant les jointures. Il la frappa, il la frappa et la frappa encore ; il aurait continué à la frapper, mais "Mutti !" et des poings minuscules qui lui battaient les jambes le forcèrent à s'arrêter et à s'enfuir en courant, parce qu'il avait peur d'un petit garçon — le sien.

Chapitre 12

Le téléphone ne voulait pas s'arrêter de sonner.

Ce fut d'abord Leotis Dineen qui l'appela pour lui dire qu'Art Aragon avait mis Lupe Pimentel KO au second round, ce qui portait le total de sa dette à deux mille cent tout rond, avec un paiement d'intérêts prévu pour le lendemain. Ce fut ensuite l'agent immobilier du comté de Ventura. La joyeuse nouvelle : l'offre maxi pour les terres de Buzz, pourries de sécheresse, sans ombrages, caillouteuses, non irrigables, mal situées et en général totalement misanthropes, se montait à trente-cinq dollars l'hectare. La proposition émanait d'un pasteur de l'Eglise Première de la Divine Eminence de la Pentecôte, lequel désirait transformer les terres en cimetière pour les animaux de compagnie sanctifiés des membres de sa congrégation. Buzz dit cinquante mini ; dix minutes plus tard, le téléphone sonnait de nouveau. Pas de salutations, rien que : "Je n'ai rien dit à Mickey, parce que vous ne valez pas la peine qu'on aille à la chambre à gaz à cause de vous." Il suggéra un verre romantique quelque part ; Audrey Anders répliqua : "Allez vous faire foutre."

Jouer au p'tit bonheur la chance avec le geste stupide le plus stupide de son existence le rendait fanfaron, malgré ce que cachait l'avertissement de Dineen : mon pognon ou tes rotules. Buzz songea un instant à aller extorquer du fric — à tous les fourgues et les parasites d'hôtel qu'il avait passés à la casserole quand il était flic — avant de rejeter l'idée — il avait vieilli et pris du lard alors qu'eux étaient probablement devenus plus vicieux et mieux armés. Il était seul face à Mal Considine, 50-50 : le regard en voulait mais ça mis à part, Mal avait plutôt l'air fané. Il décrocha le téléphone et composa le numéro personnel de son patron à l'hôtel Bel-Air.

— Oui ? Qui est à l'appareil ?

— C'est moi. Howard, je veux être dans le coup pour le grand jury et son tir aux dindons. Le boulot tient toujours ?

Chapitre 13

Danny se donnait bien du mal pour respecter la limite de vitesse : il se traînait vers la juridiction d'Hollywood Ville avec l'aiguille du compteur à cheval sur soixante. Quelques minutes auparavant, un administrateur de l'Hôpital d'Etat de Lexington avait appelé le poste ; une lettre de Marty Goines postée quatre jours auparavant, venait d'arriver à l'hôpital. Elle était adressée à un patient qui y séjournait et ne contenait que du baratin innocent sur le jazz — ainsi qu'une information : Goines avait emménagé dans une piaule sur garage au 2307 Tamarind Nord. C'était une piste brûlante, à vous ébouillanter ; si l'adresse avait été sur le territoire du Comté, il aurait sauté à bord d'une voiture pie et foncé, avec sirènes et gyrophare.

Le 2307 se situait à huit cents mètres au nord du boulevard, au milieu d'un long bloc de maisons Tudor à ossature bois. Danny se rangea côté trottoir et vit que la fraîcheur de l'après-midi avait gardé les habitants chez eux — personne ne prenait le frais. Il s'empara de sa trousse, trotta jusqu'à la porte de la maison en façade et sonna.

Dix secondes, pas de réponse. Danny retourna vers le garage, vit qu'on avait bâti sur le dessus un semblant de cabane et emprunta les marches branlantes qui conduisaient à la porte. Il frappa trois fois au panneau — silence — sortit son couteau de poche et inséra la lame entre porte et chambranle. Quelques secondes à forcer et clac ! Danny balaya les alentours à la recherche de témoins, ne vit personne, poussa la porte et la referma derrière lui.

L'odeur le frappa en premier : métallique, acide. Danny posa sa trousse au sol au ralenti, sortit son arme et tâtonna sur le mur à la recherche d'un interrupteur. Son pouce en bascula un brutalement, avant qu'il ait eu le temps de se verrouiller les nerfs pour regarder. Il vit une turne, une seule piaule transformée en abattoir.

Du sang sur les murs. D'énormes traînées qui ne trompaient pas, des marques de crachures exemplaires, dignes d'un manuel ; le tueur avait expectoré à pleine bouche, faisant gicler le rouge au travers de ses dents, agrémentant le papier peint à fleurs bon marché de petits motifs répétés.

Sur quatre murs entiers — figures et fioritures en plongée et contreplongée et quelque chose qui ressemblait à la lettre G en plus travaillé. Du sang séché qui feutrait le couvre-lit usé jusqu'à la corde, du sang en vastes flaques coagulées sur le linoléum, du sang qui gorgeait le bourrage dégoulinant d'un canapé de couleur claire, du sang en éclaboussures sur la pile de journaux près d'une table qui portait plaque chauffante, casserole et boîte de soupe unique. Beaucoup, beaucoup trop de sang pour le corps dévasté d'un seul être humain.

Danny se mit en hyperventilation ; au bout du mur de gauche, il vit deux embrasures sans portes. Il rengaina son 45, enfonça les mains dans ses poches pour ne pas laisser d'empreintes et alla inspecter la première.

La salle de bains.

Des murs blancs couverts de lignes sanglantes, horizontales et verticales, parfaitement rectilignes, qui se coupaient à angles droits à mesure que le tueur attrapait le tour de main. Une baignoire, au fond et aux côtés glacés d'une matière brun rosâtre qui ressemblait à un mélange de sang et de mousse de savon. Une pile de vêtements masculins — chemises, pantalons, veste de sport à chevrons — le tout plié sur le siège des toilettes.

Danny tourna le robinet du lavabo du poing, baissa la tête, s'ébroua et but. En levant les yeux, il surprit son visage dans le miroir ; pendant une seconde, il se refusa à croire que c'était lui. Il revint dans la grande pièce, sortit des gants de caoutchouc de sa trousse, les enfila, retourna à la salle de bains et fouilla les vêtements en les jetant au sol au fur et à mesure.

Trois paires de pantalons. Trois maillots de peau. Trois paires de chaussettes roulées. Un chandail, un coupe-vent, une veste de sport.

Trois victimes.

Une autre embrasure de porte.

Danny quitta la salle de bains à reculons avant de pivoter vers une petite kitchenette, dans l'attente d'une gigantesque avalanche de pourpre. Tout ce qu'il obtint, ce fut une propreté parfaite : brosse à récurer, Ajax et savonnette alignés sur une tablette au-dessus d'un évier propre ; des assiettes propres dans un égouttoir en plastique ; un calendrier de 1949 épinglé au mur, les onze premiers mois arrachés, rien d'inscrit sur la page de décembre. Un téléphone sur une table de nuit placée contre le mur latéral et un réfrigérateur qui avait vu des jours meilleurs tout à côté de l'évier.

Pas de sang, pas de travail d'artiste dans l'horreur. Danny sentit son estomac s'apaiser et son pouls prendre le relais, chamades en secousses comme des câbles chargés. Deux autres macchabées largués quelque part ; une violation de domicile avec effraction sur les terres du LAPD — Division d'Hollywood, là où le foutoir Brenda Allen avait laissé le plus de traces, là où on haïssait les services du Shérif avec le plus d'ardeur.

Violation directe des ordres du capitaine Dietrich : ne pas jouer aux gros bras ou au jeune premier sur la ville. Impossible d'établir un rapport sur sa découverte. Une petite chance que l'assassin amène le numéro quatre sur place.

Danny but goulûment au lavabo, baignant son visage, laissant se détremper et ses gants et ses manches de veste. Il songea un instant à fouiller la piaule pour se trouver une bouteille ; son estomac se soulevait ; il décrocha le téléphone et appela le poste.

Karen Hiltscher répondit :

— Shérif, Hollywood Ouest. Que puis-je pour vous ?

La voix de Danny n'était pas la sienne.

— C'est moi, Karen.

— Danny ? Ta voix est bizarre.

— *Contente-toi d'écouter.* Je suis là où je ne devrais pas me trouver et j'ai besoin de quelque chose, j'ai besoin que tu me rappelles ici lorsque tu l'auras trouvé. Et personne ne doit savoir. *Personne.* Tu as compris ?

— Oui. Danny, s'il te plaît, ne sois pas aussi dur.

— *Contente-toi d'écouter.* Je veux ton verbal sur tous les cadavres signalés, enregistrés ville et comté, ces dernières quarante-huit heures, et je veux que tu me rappelles ici avec l'info, et *vite*. Laisse sonner deux fois, raccroche et rappelle. Pigé ?

— Oui. Mon loup, est-ce que tu...

— Nom de Dieu, *contente-toi d'écouter*. Je suis au 4619 — Hollywood, ce n'est *pas bien*, et je pourrais avoir de gros ennuis si on l'apprend, alors ne dis rien à personne. Est-ce que *tu comprends, bordel de Dieu* ?

— Oui, mon loup, murmura Karen en raccrochant la première.

Danny raccrocha à son tour, essuya la sueur qui lui coulait dans le cou et pensa à de l'eau glacée. Il vit le réfrigérateur, tendit le bras et ouvrit la porte, avant de bondir vers l'évier en voyant ce qui se trouvait à l'intérieur.

Deux globes oculaires glacés d'humeur gélatineuse dans un cendrier. Un doigt humain sectionné, posé sur un carton de haricots verts.

Danny vomit jusqu'à ce que la poitrine lui fasse mal et que ses nausées ne déchirent plus qu'un estomac vide ; il ouvrit le robinet et se baigna le visage jusqu'à ce que l'eau s'insinue à l'intérieur de ses gants avant de réaliser brutalement qu'un flic dégoulinant ne pouvait procéder aux examens de labo sur la scène d'un crime pour laquelle Vollmer et Maslick auraient été prêts à tuer. Il ferma le robinet et se sécha à moitié en s'ébrouant, les mains tendues à force sur le rebord de l'évier. Le téléphone sonna ; la sonnerie lui retentit aux oreilles comme un coup de feu, il dégaina son feu et aligna le néant.

Une autre sonnerie, silence, une troisième sonnerie. Danny décrocha le combiné.

— Oui ? Karen ?

Elle avait pris sa voix chantante de petite fille boudeuse.

— Trois MAA. Deux Blanches, un Nègre. Les deux femmes, un suicide aux pilules et un accident de voiture, le Nègre, un poivrot mort de froid, et tu me dois le Coconut Grove pour avoir été aussi méchant.

Huit murs de giclures sanglantes et une flicarde-à-venir qui voulait aller danser. Danny éclata de rire et ouvrit la porte du frigo pour une pinte de bon sang supplémentaire. Le doigt était long, blanc et mince et les yeux marron commençaient à se dessécher.

— Où tu veux, ma douce, où tu veux.

— Danny, tu es sûr que tu...

— Karen, ouvre bien grand tes oreilles. Je reste sur place pour voir si quelqu'un se pointe. Est-ce que tu fais double poste cette nuit ?

— Jusqu'à huit heures demain.

— Alors tu vas faire ceci. Je veux que tu gardes l'écoute sur les fréquences ville et comté pour toute info sur des cadavres de Blancs de sexe masculin. Reste à ton standard, mets la radio ville et comté en sourdine et tu prends tous les tuyaux d'homicides concernant des victimes blanches, de sexe masculin. Appelle-moi ici de la même manière que tout à l'heure si tu as quelque chose. Tu as compris ?

— Oui, Danny.

— Et, ma douce, personne ne doit savoir. Ni Dietrich, ni quiconque de la brigade, *absolument personne* .

Un long soupir, version Karen d'une Katharine Hepburn épuisée.

— Oui, adjoint Upshaw.

Puis un petit déclic. Danny raccrocha et passa à l'examen scientifique de la piaule.

Il racla des échantillons de poussière et de saletés *sur* le sol des trois pièces, et les plaça sous enveloppes individuelles étiquetées en papier cristal ; il sortit son Rolleiflex et fit des clichés des motifs sanguinolents, grand angle et gros plans. Il racla, étiqueta et mit sous tubes le sang de la baignoire, le sang du canapé, le sang du fauteuil, le sang du mur, le sang du couvre-lit et le sang du plancher ; il prit des échantillons de fibres des trois séries de vêtements en notant les marques sur les étiquettes.

Le crépuscule tomba. Danny resta dans la pénombre en travaillant à la lampe stylo qu'il serrait entre les dents. Il passa la poudre à empreintes, épousseta, épuisa toutes les surfaces d'appui, de prise et de contact pour n'obtenir qu'une série de doigts gantés de caoutchouc — très probablement l'assassin — ainsi qu'une main droite entière et une main gauche partielle, toutes deux inconnues — qui ne correspondaient en rien au modèle de Marty Goines. Sachant que les empreintes de Goines *devaient* apparaître, il continua et fut récompensé — une gauche étalée sur le rebord de l'évier de la cuisine. En reconstituant l'épisode où le tueur s'était nettoyé de son sang, il repassa toutes les surfaces de contact possibles dans la salle de bains — et fit naître des mains à un, deux, trois doigts, des mains entières, ouvertes, aux extrémités de caoutchouc chirurgical, les mains d'un homme de forte taille, largement espacées à l'endroit où il s'était tenu pour se pencher vers le mur de la douche-baignoire.

Minuit.

Danny sortit le doigt sectionné du frigo, le roula dans l'encre puis sur le papier. L'empreinte correspondait au majeur droit de la série inconnue. La section du doigt était irrégulière, juste au-dessus de la jointure, cautérisée par brûlure — visible aux chairs noires et calcinées qui la couvraient. Danny vérifia la plaque chauffante du salon et gagna le gros lot : de la peau friselée collait à la résistance en spirale ; l'assassin avait voulu conserver le doigt, choc supplémentaire pour quiconque découvrirait le carnage.

Ou bien envisageait-il de revenir sur les lieux avec une autre victime ?

Et gardait-il la piaule sous surveillance pour savoir quand cette possibilité-là serait foirée ?

Minuit quarante-cinq.

Danny passa une dernière revue d'inspection. Un seul placard et il était vide ; rien ne se cachait sous les tapis ; un balayage du mur à la lampe stylo fit progresser sa reconstitution d'un cran ; environ deux tiers du sang coagulé s'étendaient en couche uniforme et homogène — les victimes deux et trois avaient presque certainement été tuées au même endroit. En inspectant le plancher à quatre pattes, il récupéra un dernier fragment de preuve : une boulette durcie d'un résidu blanchâtre et pâteux, sans odeur particulière. Il l'étiqueta et l'ensacha, étiqueta et ensacha les globes oculaires de Marty Goines, s'assit sur le rebord du canapé vierge de sang, arme sortie sur les genoux — et attendit.

L'épuisement se fit insidieux. Danny ferma les yeux et vit des motifs sanglants s'imprimer sur ses paupières, blanc sur rouge, en couleurs inversées comme des négatifs photographiques. Ses doigts étaient gourds des heures passées à travailler en gants de caoutchouc ; il imagina l'odeur métallique de la pièce qui se changeait en odeur de bon whisky et se mit à la goûter avant de mettre l'idée au placard et de passer la revue des théories possibles afin de contenir le goût dans sa bouche.

Le 2307 Tamarind était à trente-cinq minutes en voiture des hauts lieux du Strip. Le tueur avait disposé d'un maximum de deux heures pour jouer avec le cadavre de Marty et décorer la piaule. Le tueur était d'une témérité monstrueuse, *suicidaire* pour tuer deux autres hommes — probablement en même temps — au même endroit. Le tueur manifestait probablement ce désir inconscient, partagé par de nombreux psychopathes, de se voir capturé ; c'était un exhibitionniste qui devait probablement souffrir beaucoup du fait que le meurtre de Goines n'ait reçu virtuellement aucune publicité. Les deux autres corps avaient probablement été abandonnés à un endroit quelconque où on les découvrirait, ce qui impliquait que les meurtres deux et trois s'étaient produits la nuit dernière ou hier. Question : les motifs sanglants des murs étaient-ils pertinents dans leur intention ou n'était-ce là que du sang craché sous un excès de furie ? Que signifiait la lettre G ? *Les trois victimes avaient-elles été choisies au hasard à partir de leur homosexualité ou de leur dépendance à la drogue, ou étaient-elles connues du tueur ?*

L'épuisement se fit plus intense, les circuits du cerveau claquaient, crevés par trop de renseignements et trop peu de liaisons communes. Danny se mit à consulter le cadran lumineux de sa montre pour rester éveillé ; 3 h 11 venait de passer lorsqu'il entendit qu'on titillait de l'extérieur le verrou de la porte.

Il se leva et avança sans bruit jusqu'aux rideaux près de l'interrupteur, la porte à trente centimètres de lui, le bras armé tendu devant lui et verrouillé de sa main gauche. Le mécanisme de fermeture lâcha avec un claquement ; la porte s'ouvrit ; Danny appuya sur l'interrupteur.

Figé par la lumière, apparut un gros homme d'une quarantaine d'années. Danny fit un pas en avant ; l'homme pivota pour se retrouver face au canon d'un revolver 45. Il porta les mains à ses poches d'un soubresaut ; Danny ferma la porte du bout du pied et lui cingla le visage du canon de son arme en l'envoyant s'écrouler contre le papier peint aux zigzags sanglants. Le gros homme laissa échapper un glapissement, vit cette fois pour de bon l'hémoglobine du mur et tomba à genoux, les mains serrées, prêt à supplier.

Danny s'accroupit à ses côtés, arme pointée sur la rigole de sang sur la joue. Le gros homme marmonna des "Je vous salue, Marie" ; Danny sortit ses menottes, mit son 45 à l'abri, fit jouer les bracelets et en encercla les poignets en prière. Les dents des menottes claquèrent ; l'homme regarda Danny comme si Jésus était devant lui :

— Flic ? Vous êtes flic ?

Danny le passa à la revue de détail. Teint pâle de tôlard, chaussures de prison, vêtements d'occasion, le regard reconnaissant d'avoir été pris en flag de violation de domicile par effraction par un policier, une violation de conditionnelle, dix piges minimum. L'homme regarda les murs, baissa les yeux, vit qu'il était agenouillé à cinq centimètres d'une flaque de sang avec, englué au milieu, un cafard mort.

— Nom de Dieu, dites-moi que...

Danny l'agrippa à la gorge et serra :

— Shérif. Baisse la voix, joue franc jeu et je te laisse partir d'ici.

De sa main libre, il palpa les poches et le ceinturon de Gras-Double, en sortit portefeuille, clés, couteau à cran d'arrêt et un étui plat en cuir, compact mais lourd, avec fermeture à glissière.

Il relâcha sa prise à la gorge et examina le portefeuille, laissant tomber au sol cartes et papiers. Il y avait là un permis de conduire de Californie, date d'expiration passée, au nom de Leo Theodore Bordoni, DDN 19/06/09 ; une fiche d'identification de la Conditionnelle du comté, rédigée au même nom ; une carte de donneur de sang stipulant que Leo Bordoni, type AB+, pourrait à nouveau vendre son sang à dater du 18 janvier 1950. Les cartes étaient des paperasses de parieur — bordereaux de paris annulés, reçus, pochettes d'allumettes avec noms de canassons de gros rapports et numéros des courses griffonnés au dos.

Danny lâcha le cou de Leo Theodore Bordoni, petite récompense au gros lard pour l'inciter à parler — sa réaction devant le sang, son groupe sanguin et sa description physique l'éliminaient comme suspect de l'assassinat. Bordoni lâcha un gargouillis et essuya le sang de son visage ; Danny fit coulisser la fermeture de l'étui de cuir et vit un nécessaire de première bourre : ciseau à froid, pince, mini diamant de vitrier, rossignol et pince monseigneur, soigneusement rangés en ligne sur fond de velours vert. Il dit :

— Violation de domicile, effraction, possession d'instruments de cambriolage, violation de conditionnelle. Tu es tombé combien de fois, Leo ?

— Trois fois, dit Bordoni en se massant le cou. Où est Marty ?

Danny montra les murs.

— Où crois-tu qu'il soit ?

— Oh ! Putain de Dieu !

— Exact. Ce vieux Marty dont personne ne sait grand-chose, excepté toi, peut-être. Tu connais l'édit du gouverneur Warren pour les récidivistes ?

— Euh !... Non.

Danny récupéra son 45, le remit dans son étui, aida Bordoni à se remettre debout et le poussa dans le seul fauteuil qui n'était pas détrempé de brun-rouge.

— La loi dit qu'à la quatrième récidive, tu en prends de vingt à perpète. Pas d'accords possibles, pas de marchés, pas d'appels, que dalle. Tu piques un simple putain de paquet de cigarettes, et ça fait deux fois dix balais. Alors, ou tu me racontes tout ce qu'il y a à savoir sur toi et Marty Goines, ou tu te farcis vingt mini à Quentin.

Bordoni laissa son regard errer autour de la pièce. Danny alla jusqu'aux rideaux, regarda les jardins et les maisons dans l'obscurité et songea à son tueur qui s'en était allé, prévenu du piège par la lumière allumée. Il appuya sur l'interrupteur mural. Bordoni laissa échapper une longue expiration.

— C'est vraiment moche pour Marty ? C'est la vérité ?

Danny voyait les enseignes au néon sur Hollywood Boulevard, à des kilomètres de là.

— Y'a pas pire, alors raconte.

Bordoni se mit à parler pendant que Danny contemplait au dehors les néons et les phares qui s'éloignaient.

— Je suis sorti de Quentin il y a deux semaines, sept ans sur sept pour braquages. J'ai connu Marty quand il a plongé pour son herbe, et on est devenu des potes. Marty connaissait ma date de conditionnelle, et aussi le numéro de ma soeur à Frisco. Y m'avait envoyé des lettres de temps en temps après sa sortie, avec un nom bidon, pas d'adresse d'expéditeur, pasqu'il avait grillé sa conditionnelle et y voulait pas que les censeurs lui mettent la main dessus.

Et alors, Marty, y m'appelle chez ma sœur, y'a cinq ou six jours de ça, p't'êt le trente ou le trente et un. Y dit qu'y se ramasse des cacahuètes à souffler dans son biniou et qu'y déteste ça, il a fait une cure, y touchera plus à la horse et y va faire des coups — des cambriolages. Y dit qu'y vient de se remettre avec un vieil équipier et qu'y z'avaient besoin d'un troisième pour casser une maison. Je lui ai dit que je passerais dans une semaine, et y m'a donné son adresse en m'disant que j'me débrouille pour entrer. Voilà, c'est moi et Marty.

La pièce battait comme un cœur dans les ténèbres. Danny dit :

— Comment s'appelait l'équipier en question ? D'où est-ce que Goines le connaissait ?

— Marty l'a pas dit.

— Est-ce qu'il l'a décrit ? Est-ce qu'il faisait équipe avec Marty quand il montait ses coups en 43 et 44 ?

— M'sieur, la conversation, elle a duré deux minutes, et je savais même pas qu'à l'époque, Marty montait déjà des coups.

— Est-ce qu'il a mentionné un équipier du bon vieux temps, le visage brûlé ou défiguré ? Aujourd'hui, y devrait avoir entre vingt-cinq et trente ans.

— Non. Marty a toujours su la boucler. J'étais son seul pote à Q, et ça m'a surpris quand y m'a dit qu'il avait un vieil équipier. Marty était pas vraiment du genre à faire équipe avec quelqu'un.

Danny changea de braquet.

— Quand Goines t'a envoyé ces lettres, d'où étaient-elles postées et que disaient-elles ?

Bordoni soupira comme s'il était mort d'ennui ; Danny songea un instant à lui payer un jeton sur les yeux de son vieux pote :

— Accouche, Leo.

— Elles venaient de tous les coins, et c'était que du baratin — des trucs de " ça, ah ! si t'étais là," les canassons, le base-ball.

— Marty a-t-il parlé des musiciens avec lesquels il jouait ?

Bordoni éclata de rire.

— Non, et je crois qu'il avait honte. Il faisait le musico dans tous les clubs paumés de la cambrousse, et tout ce qu'il disait, c'était "J'suis le meilleur trombone qu'y z'aient jamais vu", ça voulait dire que Marty savait qu'y valait pas grand chose mais que les matous avec qui il tournait, c'était vraiment des nullards.

— Est-ce qu'il a parlé de quelqu'un d'autre, à part son vieux partenaire avec qui vous alliez faire équipe ?

— Nix. Comme j'l'ai dit, ç'a été une conversation de deux minutes.

L'enseigne de Miller High Life* au sommet du Taft Building s'éteignit après un dernier clignotement, ce qui ébranla les nerfs de Danny.

— Leo, est-ce que Marty Goines était homosexuel ?

— Marty ? Vous êtes cinglé ! Il voulait même pas fourrer les chouchoutes quand il était à Q !

— Y'en a pas qui lui ont fait des avances ?

— Marty aurait préféré mourir plutôt que de laisser un pédé quelconque lui défoncer la cerise !

Danny appuya sur l'interrupteur, remit Bordoni debout en le tirant par la chaîne de ses menottes et lui tordit la tête pour qu'elle soit au niveau d'une longue traînée sanguinolente sur le mur.

— Voilà ton ami. Voilà pourquoi tu n'es jamais venu ici et que tu ne m'as jamais rencontré. Un feu comme celui-là aux fesses, t'en as pas besoin, alors tu te tiens à carreaux et tu repenses à ça comme à un mauvais rêve.

Bordoni hocha la tête ; Danny le lâcha et ouvrit les menottes. Bordoni

---

* Miller High Life : marque de bière.

ramassa ses affaires au sol, mettant un soin particulier à récupérer sa trousse. A la porte, il dit :

— Vous en faites une affaire personnelle, pas vrai ?

Buddy Jastrow disparu depuis longtemps, quatre verres tous les soirs qui commençaient à faire juste, ses manuels, ses cours qui ne faisaient pas vrai, Danny dit :

— C'est tout ce que j'ai.

* * *

A nouveau seul, Danny fixa son regard au dehors, à contempler les enseignes des cinémas qui s'éteignaient les unes après les autres, plongeant le boulevard dans l'obscurité pour en faire une longue rue sombre comme toutes les autres. Il ajouta "complicité de cambriolage" à "grand, cheveux gris", "entre deux âges", "homosexuel" et "lié à l'héroïne". Il rejeta les protestations de Bordoni — Marty n'était pas une lopette — non qu'elles n'étaient pas sincères, mais il se trompait, et il se demanda combien de temps il pourrait encore se coller à cette pièce sans devenir cinglé, sans courir le risque que le propriétaire ou quelqu'un de la maison de devant ne vienne faire un tour.

C'était puéril de chercher du regard des lumières qui seraient l'Autre le cherchant en retour ; l'œil qui rôde en quête de formes sinistres était un jeu de môme — le genre de petit jeu auquel il s'adonnait seul quand il était écolier. Danny bâilla, s'assit dans le fauteuil et essaya de dormir.

Il réussit à trouver quelque chose approchant le sommeil, où il court-circuita son épuisement sans perdre totalement conscience, sans pouvoir tout à fait formuler de pensées cohérentes ni voir des images qu'il ne se forgeait pas lui-même. Panneaux de rues, camions, un saxophoniste dont les doigts couraient sur les touches, des motifs floraux, un chien au bout d'un bâton. Le chien le fit tressauter ; il essaya d'ouvrir les yeux, les sentit englués et se laissa retomber vers les lieux où il se sentait emporté. Instruments d'autopsie bouillants au sortir de l'autoclave, Janice Modine, une Olds modèle 39 qui se balançait sur sa suspension, un regard à l'intérieur, Tim qui labourait Roxy Beausoleil, un chiffon détrempé d'éther collé sous le nez pour qu'elle glousse et prétende que c'était bon.

Danny s'en échappa d'un bond, et ses yeux s'ouvrirent au filet de lumière qui filtrait entre les rideaux. Il déglutit une salive pâteuse et sèche, entrevit une reprise de sa dernière image, se leva et alla à la cuisine pour boire au robinet. Il était au milieu d'une grosse lapée à plein gosier, lorsque le téléphone sonna.

Une deuxième sonnerie, stop, une troisième sonnerie. Danny décrocha.

— Karen ?

La fille était presque hors d'haleine.

— Radio Ville. Voir l'homme d'entretien, Griffith Park, le chemin pédestre qui remonte à partir du parc de stationnement de l'observatoire. Deux hommes morts, le LAPD roule. Mon loup, *savais*-tu que ça allait se produire ?

— Fais semblant, fais comme si rien ne s'était passé, dit Danny avant de reclaquer le combiné avec violence.

Il agrippa sa trousse à preuves et sortit de l'abattoir capitonné. Il s'obligea à ne pas courir vers sa voiture, les yeux en mouvement en quête de curieux ; il n'en vit aucun. Griffith Park était à moins de deux kilomètres. Il ôta ses gants de caoutchouc, se sentit des picotements dans les mains et démarra pleine bourre.

* * *

Il fut battu sur le fil par deux voitures pie du LAPD.

Danny se gara à côté d'elles au pied de la piste pédestre, dernière étendue d'asphalte avant les contreforts de la montagne qui constituaient le périmètre nord du parc. Il n'y avait pas d'autre voiture dans le parking ; il put voir quatre uniformes bleus devant lui sur la piste, là où elle se perdait dans les bois, havre de paix qui avait depuis longtemps les faveurs des poivrots et des amoureux sans le prix d'une chambre à payer.

Danny nota l'heure — 6 h 14 du matin — sortit son insigne et monta la pente. Les flics pivotèrent sur les talons, la main à l'étui, gestes tremblants et regards pas tranquilles. Danny montra sa quincaille :

— Shérif. Hollywood Ouest. Je travaille sur un larguage de cadavre et j'ai entendu ce que vous aviez sur les bras à la radio du poste.

Deux flics hochèrent la tête ; deux se détournèrent, comme si un inspecteur du comté était plus bas que terre. Danny déglutit sans salive ; l'annexe d'Hollywood Ouest était à une demi-heure mais les pedzouilles ne tiquèrent pas devant le foirage horaire. Ils s'écartèrent pour le laisser regarder ; Danny eut droit à un plan rapproché de l'enfer.

Deux cadavres d'hommes, nus, gisant sur le côté sur un lit de poussière entouré de petits buissons d'épine. La rigidité des corps, les couches de poussière et de débris de feuilles disaient qu'ils se trouvaient là depuis au moins vingt-quatre heures ; l'état des corps disait qu'ils étaient morts au 2307 Tamarind Nord. Danny tira en arrière une partie des buissons, s'agenouilla et fit plonger son Homme Caméra en cauchemar gros plan.

On avait placé les deux hommes en position 69 — tête à bas-ventre, les parties génitales étalées vers leurs bouches respectives. On leur avait placé les mains sur les genoux l'un de l'autre ; au plus fort des deux manquait l'index de la main droite. Les quatre yeux étaient intacts et grands ouverts ; les victimes avaient le dos complètement taillardé comme Marty Goines — ainsi que le visage. Danny examina les devants des deux corps pressés l'un contre l'autre ; il y vit du sang mêlé de résidus d'entrailles.

Il se redressa. Les agents de patrouille fumaient des cigarettes et battaient la semelle, réduisant à néant toute chance de trouver quelque chose au sol par quadrillage. L'un après l'autre, ils le regardèrent ; le plus âgé des quatre dit :

— Ces mecs sont comme le vôtre ?

— Presque exactement, dit Danny, songeant à l'apparcil photo bien récl dans sa trousse, à quelques instantanés pour son dossier avant que les bourres de la ville ne referment le couvercle de *leur* côté sur *son* affaire.

— Qui les a découverts ?

Le vieux flicard répondit :

— Un homme de l'entretien a vu un poivrot qui descendait la colline en hurlant, alors il est monté et il a vu. Il nous a appelés, il est remonté et s'est senti mal. On l'a expédié chez lui et quand la brigade sera là, ils vous renverront aussi chez vous.

Les autres flics se mirent à rire. Danny laissa filer et descendit au petit trot rechercher l'appareil photo. Il était presque arrivé à sa Chevy lorsqu'une voiture banalisée et le fourgon du coroner vinrent se ranger dans le parking en se collant tout près des voitures pie.

Un gros homme, le visage bovin, sortit de la banalisée et le regarda droit dans les yeux. Danny le reconnut à partir des photos parues dans les journaux : sergent inspecteur Gene Niles, premier pistolet à la brigade de la division d'Hollywood, mêlé jusqu'au cou à l'histoire Brenda Allen, pas d'inculpation, mais un grade de lieutenant aux pâquerettes et une carrière bloquée — là rumeur voulait qu'il ne touche pas de liquide mais de la marchandise des filles de Brenda. Les vêtements du personnage disaient tout le contraire : blazer bleu marine élégant, pantalons de flanelle grise avec pli rasoir, des fringues sur mesure qu'aucun flic honnête ne pouvait s'offrir.

Deux hommes du Coroner sortirent des chariots pliables ; Danny vit que Niles avait reniflé en lui le flic et qu'il s'avançait, l'air de plus en plus curieux en faisant de plus en plus la gueule : un gus inconnu sur son terrain, trop jeune pour être à la Criminelle centre ville.

Danny alla à sa rencontre ; arrivé à mi-chemin, il avait concocté une nouvelle histoire, un truc plausible pour satisfaire un flic au parfum. Face à face, il dit :

— Je suis avec le shérif.

Niles éclata de rire :

— On n'a pas les idées très claires sur les limites de sa juridiction, monsieur l'adjoint ?

"L'adjoint" était de pur mépris, comme un synonyme de "cancer". Danny dit :

— J'enquête sur un homicide identique aux deux que vous avez ramassés sur la colline.

Niles riva son regard sur lui.

— Vos vêtements, vous dormez avec, monsieur l'adjoint ?

Danny serra les poings.

— J'étais en planque.

— Z'avez déjà entendu dire qu'on pouvait se prendre un rasoir pour les nocturnes, *monsieur l'adjoint* ?

— Z'avez déjà entendu parler de courtoisie professionnelle, *Niles* ?

Le sergent Gene Niles consulta sa montre :

— Un homme qui lit les journaux ! Essayons ça, pour voir. Comment vous êtes-vous retrouvé ici vingt-deux minutes après qu'on ait logé le tuyau au poste ?

Danny savait que la seule façon de couvrir son mensonge, c'était de la faire au culot, avec des couilles grosses comme ça :

— J'étais dans un troquet à beignets sur Western, et il y avait une voiture pie avec sa radio branchée. Comment avez-*vous* fait pour mettre si longtemps ? Une petite pause manucure ?

— Il y a un an, je vous aurais défoncé pour ça.

— Il y a un an, vous aviez de l'avenir. Voulez-vous que je vous parle de mon homicide ou préférez-vous bouder ?

Niles ôta une peluche de son blazer.

— Le répartiteur au standard a dit que ça ressemblait à un boulot de pédé. Je déteste les boulots de pédés, alors si votre truc c'est encore une histoire de pédés, je ne veux pas en entendre parler. Allez, roulez, m'sieur l'*adjoint*. Et trouvez-vous des fringues correctes. Mickey le Youde a une chemiserie, et je sais qu'il fait toujours une ristourne à ses garçons de courses.

Danny voyait rouge en revenant à la Chevy. Il emprunta la route du parc jusqu'à Los Feliz et Vermont et une cabine téléphonique. Il appela Doc Layman et lui dit que deux autres macchabées modèle Marty Goines étaient en route, "mettez la main dessus pour l'autopsie à n'importe quel prix". Une minute plus tard, la voiture de Niles et le fourgon du Coroner passèrent direction sud, sans lumières ni sirènes, comme des péquenots qui tuaient le temps par une belle matinée d'hiver. Danny leur laissa cinq minutes d'avance, prit les raccourcis pour le centre ville et se gara dans l'ombre d'un entrepôt, face à la plate-forme de déchargement de la

Morgue Ville, de l'autre côté de la rue. Il s'écoula quatorze minutes avant que la caravane n'apparaisse ; Niles fit tout un numéro à bichonner les chariots tendus de draps jusqu'à la rampe ; Norton Layman sortit pour l'aider. Danny l'entendit enguirlander Niles pour avoir séparé les cadavres.

Il s'installa dans sa voiture pour attendre le résultat des découvertes de Layman ; il s'étira sur son siège, ferma les yeux et essaya de dormir, sachant qu'il faudrait quatre heures ou plus à Doc pour ses examens. Le sommeil ne voulait pas venir ; le jour commença à grésiller de chaleur, réchauffant l'intérieur de la voiture et rendant les sièges collants. Danny commençait à piquer une tête, puis ses mensonges lui revenaient à l'esprit : que pourrait-il dire, que ne pourrait-il pas dire, et à qui ? Il pourrait consolider son mensonge aux flics de patrouille, à jouer au timide dans l'embarras pour avoir été présent à 6 heures du matin à l'étal beignets, impliquant qu'il avait passé la nuit avec une femme ; il allait devoir cajoler Karen Hiltscher pour qu'elle la boucle sur son escapade au 2307 Tamarind. Il ne pouvait pas se permettre de montrer à quiconque le contenu de sa trousse ; il allait devoir tuyauter le LAPD à propos de la lettre qui l'avait branché sur la piaule de Marty Goines, en reculant l'événement dans le temps pour lui donner l'apparence de quelque chose d'anodin, et les laisser découvrir la boucherie par eux-mêmes. Leo Bordoni était une carte sans assurance mais il avait probablement assez de flair comme taulard pour rester tranquille ; il allait devoir fabriquer une histoire de toutes pièces pour rendre compte de ses allées et venues de la veille — un rapport bidon à Dietrich était sa meilleure chance. Restaient la grande peur et les grandes questions : si le LAPD quadrillait Tamarind, y aurait-il quelqu'un du coin qui ferait état de la Chevrolet beige 1947 qui était restée garée devant le 2307 toute la nuit ? Est-ce qu'il lui faudrait profiter de sa longueur d'avance, retourner tout le voisinage pour trouver des témoins à lui tout seul avant de faire état de la lettre, en espérant que le pire qu'ils pourraient lui coller sur le dos serait de *ne pas* avoir transmis l'info ? Si le LAPD décidait de mettre la pédale douce sur leurs deux homicides — Niles, le premier policier sur les lieux, avouant qu'il haïssait les "boulots de pédés" — est-ce qu'ils passeraient au quadrillage malgré tout ? C'était lui seul qui avait pris la communication en provenance de l'Hôpital d'Etat de Lexington, à partir du standard de Karen Hiltscher. Si les choses se mettaient à tourner mal, est-ce qu'elle cracherait le morceau vite fait pour sauver sa peau ? Est-ce que la rivalité LAPD/LASD réduirait toute l'histoire à quelque chose dont lui seul se souciait ?

La chaleur réfléchie par le pare-brise, les circuits de son cerveau qui disjonctaient l'un après l'autre devant la masse des possibilités bercèrent Danny jusqu'à le plonger dans le sommeil.

Il s'éveilla sous les crampes et la lumière violente, trempé de sueur et dévoré de démangeaisons ; son pied enfonça l'avertisseur et les ténèbres sans rêves se transformèrent en ondes sonores qui rebondissaient sur quatre murs ensanglantés. Il regarda sa montre, vit 12 h 10, donc au moins quatre heures d'inconscience ; le doc en avait peut-être fini avec ses morts. Danny sortit de la voiture, étira ses crampes et traversa la rue en direction de la morgue.

Layman se tenait près de la rampe en train de déjeuner sur une des tables d'examen avec un suaire comme nappe. Il vit Danny, avala une bouchée de sandwich et dit :

— Vous avez l'air mal.

— Tant que ça ?

— Vous avez aussi l'air effrayé.

Danny bâilla ; il en eut mal aux gencives.

— J'ai vu les corps et je ne pense pas que le LAPD s'en soucie. C'est ça qui m'effraie.

Layman s'essuya la bouche à un coin du drap.

— Alors voici quelques raisons supplémentaires de vous faire peur. Heure de la mort : vingt-six/trente heures de ça. Les deux hommes ont été violés analement — sperme sécrété O+. Les plaies de leur dos, c'est un pur travail de baguettes zazou, identiques en taille à celles de Martin Mitchell Goines, de même que les résidus fibreux. L'homme au doigt manquant est mort d'une plaie béante à la gorge, exécutée au moyen d'un couteau-scie affûté. Pas de cause visible de la mort pour le second, mais je serais prêt à parier sur une OD aux barbituriques. Sur notre ami sans doigt, j'ai découvert une capsule crevée, couverte de vomi, exactement sous la langue. J'ai fait des tests sur la poudre qu'elle contenait et j'ai obtenu un mélange maison — une partie secobarbital, une partie strychnine. Le secobarbital fait effet en premier, amenant un état inconscient, et la strychnine tue. Je crois que Doigt-qui-manque a eu une indigestion ; il a dégueulé une partie de son Mickey Finn et a lutté pour survivre — c'est là qu'il a perdu le doigt — en se battant avec l'homme au couteau. Une fois que j'aurai analysé le sang des deux hommes et examiné le contenu de leurs estomacs, j'aurai des certitudes. L'homme au doigt manquant était plus costaud — un volume sanguin plus important — ce qui fait que le mélange ne l'a pas tué de la même manière que l'autre.

Danny songea au 2307, aux traces de vomi noyées dans le sang.

— Et pour les morsures au ventre ?

— Pas humaines, mais humaines, dit Layman. J'ai trouvé de la salive O+ et des sucs gastriques humains sur les plaies, mais les morsures étaient trop déchiquetées et elles se chevauchaient trop pour en prendre des empreintes. Mais j'ai trois marques de dents distinctes — trop grandes pour qu'elles puissent correspondre à des empreintes de dentition humaine répertoriées, et trop en lambeaux vers le bas de la morsure pour qu'on les identifie sur un registre légiste de dents individuelles. J'ai également récupéré une boulette de ciment dentaire dans l'une des plaies. Il porte des fausses dents, Danny. Très probablement fixées sur sa propre dentition. Ça pourrait être de l'acier, ça pourrait être un autre matériau synthétique, ça pourrait être des dents fabriquées à partir de mâchoires animales. Et il a mis au point une méthode pour mutiler *et* avaler. Ce ne sont pas des dents d'humain, et je sais que ça ne fait pas très professionnel, mais je ne pense pas que ce fils de pute soit humain lui non plus.

Chapitre 14

Ellis Loew célébra la cérémonie dans son bureau, avec Mal et Dudley Smith comme témoins officiels. Buzz Meeks se tenait près de la table de conférence, debout, main droite levée ; Loew récita le serment : "Acceptez-vous, Turner Meeks, de jurer par la présente d'exécuter avec loyauté et conscience les devoirs d'Enquêteur Spécial, Division du Grand Jury au Bureau du Procureur de la Ville de Los Angeles, de faire respecter les lois de cette municipalité, de protéger les droits et la propriété de ses citoyens ? Que Dieu vous vienne en aide !"

Buzz Meeks dit "pour sûr". Loew lui tendit un étui d'identification complet avec photostat de licence et écusson du Bureau du Procureur. Mal se demanda combien Howard Hugues payait ce salopard, au moins trois bâtons, se dit-il.

Dudley se joignit à Meeks et Loew pour un concert de bourrades dans le dos ; Mal accorda quelque crédit à une vieille rumeur qui tenait bon : Meeks croyait que c'était lui qui était derrière la fusillade grâce à laquelle il avait aujourd'hui une pension, Jack D ayant lâché les grandes orgues avant d'oublier sa rancune lorsque le bouseux de l'Oklahoma avait cessé d'appartenir au LAPD. Qu'il continue à le croire — tout était bon pour maintenir son nouveau collègue à bonne distance, aussi loin qu'il était loisible de l'être à deux flics sur le même boulot.

Et Dudley. Et peut-être même, en plus, Loew, maintenant.

Mal observa le trio qui se partageait un toast, Glenlivet* en verres de cristal. Il emporta son calepin à l'extrémité de la table pendant que Meeks et Dudley échangeaient des plaisanteries à l'emporte-pièce alors qu'Ellis lui adressait un regard renfrogné qui disait " Au travail, maintenant." D'un hochement bref de la tête, Loew lui signifia que leur brouille n'était que temporaire. Mal se dit : "C'est avec moi qu'il devrait se sentir en dette, et maintenant, c'est moi qui suis en dette avec lui." Il prit son stylo

---

* Glenlivet : whisky pur malt.

pour ses griffonnages de hasard, le sang lui battait aux jointures du poignet, il savait que Loew avait raison.

* * *

Après l'épisode avec Celeste, il avait roulé sans but jusqu'à ce que sa main se mette à enfler, douleur violente qui émoussa tous ses projets effrénés pour se rabibocher avec son fils. Il se traîna jusqu'aux admissions de Central, joua de son insigne et y gagna un traitement spécial : une piqûre de quelque chose qui le fit planer plus haut que dix cerfs-volants, des débris de dents qu'on parvint à extraire de ses doigts avant nettoyage, points de suture et pansements. Il appela la maison et parla à Stefan en divaguant sur les raisons de sa conduite, sur Celeste et la manière dont elle l'avait blessé en lui faisant bien plus mal, la manière dont elle voulait les séparer tous les deux pour toujours. Le garçon avait eu l'air choqué, stupéfait, bredouillant des détails sur le visage ensanglanté de Celeste — mais il avait terminé la conversation en l'appelant "Papa" et en disant "Je t'aime".

Et cette petite dose d'espoir l'avait amené à réfléchir en policier. Il appela Ellis Loew, lui apprit ce qui s'était passé, que les avocats et une bataille pour la garde de l'enfant étaient à l'horizon, "ne laissez pas Celeste déposer sa plainte et y gagner un avantage." Loew prit les rênes : il se rendit à la maison et prit Celeste sous son aile jusqu'au Presbytérien d'Hollywood où l'attendait son avocat. Ce dernier prit des photographies de son visage meurtri et ensanglanté ; Loew réussit à le convaincre de ne pas laisser Celeste déposer de plainte criminelle contre un enquêteur gradé du Bureau du Procureur en le menaçant de représailles s'il passait outre, contre la promesse de ne pas intercéder pour la garde de l'enfant s'il acceptait. L'avoué accepta ; on remit en place le nez brisé de Celeste et deux chirurgiens dentistes se mirent au travail sur son bridge et ses gencives presque entièrement démolies. Loew, en furie, l'appela dans la cabine où il attendait, et dit :

—Débrouillez-vous tout seul pour le petit. Ne me demandez plus jamais aucun service.

Il retourna alors à la maison, y trouva Stefan endormi, l'haleine chargée d'un sédatif du vieux pays de Celeste — schnaps et lait chaud. Il embrassa le garçon sur la joue, emporta une valise pleine de vêtements et des dossiers de Lesnick jusqu'à un motel sur Olympic et Normandie, prit ses dispositions avec une femme flic qu'il connaissait pour qu'elle jette un coup d'oeil à Stefan une fois par jour, s'endormit sous les effets de l'analgésique sur un lit qui lui était étranger et s'éveilla en pensant à Franz Kempflerr.

Il ne pouvait s'empêcher de penser à lui, et il était incapable de mettre deux idées logiques bout à bout qui prouveraient que Celeste était une menteuse. Il passa néanmoins une série de coups de fil qui lui gagnèrent un avocat : Jake Kellerman, un pragmatiste pour qui les ajournements étaient de l'argent intelligent : reporter le procès sur la garde de l'enfant jusqu'à ce que le capitaine Considine soit un héros du grand jury. Kellerman lui conseilla de se tenir éloigné de Celeste et Stefan, lui dit qu'il l'appellerait pour une réunion stratégique — et le laissa avec une gueule de bois au Demerol*, des poings douloureux et la certitude qu'il devrait se prendre sa journée et rester loin de son patron.

Il n'arrivait toujours pas à se débarrasser de Kempflerr.

Il repassa en revue les fiches de Lesnick par pure distraction. Il commençait à avoir un dossier solide sur Claire De Haven, chaque renseignement supplémentaire sur elle le faisait tiquer ; il savait qu'un interrogatoire direct était hors de question pour l'instant, et que sa priorité numéro un restait de trouver un opérateur dans l'ombre. Et pourtant, reconstituer le passé de cette femme était fascinant, et lorsqu'il tomba sur une information qu'il avait laissé passer — Mondo Lopez qui se vantait devant le psy d'avoir volé à l'étalage une robe pour le trente-troisième anniversaire de Claire en mai 43, ce qui lui faisait exactement le même âge que lui — il emporta la femme et le nazi jusqu'à la bibliothèque municipale pour procéder à des recherches.

Il passa en revue des microfilms pendant des heures, évacuant l'Allemand pour se faire une image plus exacte de la femme.

La libération de Buchenwald, les procès de Nuremberg, les plus gros nazis qui déclaraient qu'ils s'étaient contentés d'obéir aux ordres. L'incroyable machine de la brutalité. Sleepy Lagoon, une cause juste dont des gens indignes s'étaient fait les champions. Un coup de flair : Claire De Haven dans la rubrique mondaine comme débutante ; confirmation en été 1929 : Claire De Haven, dix-neuf ans, au Bal de Las Madrinas, photo floue en noir et blanc qui suggérait difficilement qui elle était vraiment.

Kempflerr se retrouva éclipsé par Goering, Ribbentrop, Dönitz et Keitel et la femme en devint d'autant plus obsédante. Il appela le Service des cartes grises et obtint les coordonnées de son permis de conduire ; il roula jusqu'à Beverly Hills et resta à surveiller sa résidence espagnole. Deux heures d'attente : Claire quitta la maison — portrait exaucé de promesses de beauté prophétiques. Elle était impeccablement vêtue, les cheveux châtains à peine touchés de gris, un visage dont la beauté naturelle avait été épargnée grâce à tout ce que l'argent pouvait offrir de mieux — mais un visage *fort*. Il suivit sa Cadillac jusqu'à la Villa Frascati ; elle y retrouva Reynolds Loftis à déjeuner — incarnation du M. Dignité qu'il avait vu dans des dizaines de films. Il prit un verre au bar et regarda le duo : l'acteur à voile et à vapeur, et la Reine Rouge se tenaient par la main et échangeaient fréquemment des baisers au-dessus de la table ; ils étaient amants sans l'ombre d'un doute. Il se rappela les paroles

---

* Demerol : barbiturique.

de Loftis à Lesnick : "Claire est la seule femme que j'aie jamais aimée", et se sentit jaloux.

* * *

On reposa cendriers et verres sur la table ; Mal leva les yeux de son griffonnage — croix gammées et nœuds de pendus — et vit ses collègues chasseurs de Rouges qui le regardaient. Dudley fit glisser un verre propre et une bouteille vers lui. Mal la renvoya en disant :

— Lieutenant, vous avez fait foirer notre coup avec les Mexicains. Ce qui suit, je le dis officiellement. Je dis ceci : plus d'interrogatoires directs jusqu'à ce que Meeks nous dégotte des informations criminelles conséquentes que nous pourrons utiliser comme des menaces d'inculpations. Je dis : on cravate exclusivement les gauchos hors UAES, on les retourne pour en faire des témoins favorables et des informateurs et on met la taupe en place dès qu'on aura trouvé quelqu'un. Je dis : on couvre nos arrières avec les Mexicains en faisant passer quelques lignes dans les colonnes politiques. Ed Satterlee est pote avec Victor Reisel et Walter Winchell, ils haïssent les cocos, et l'UAES doit les lire, très probablement. Quelque chose du genre : "L'équipe du grand jury de L.A. Ville prévue pour enquêter sur l'influence Rouge à Hollywood a dû retarder sa prise de fonctions par manque de crédits et pour cause de luttes politiques intestines." Tous les socialos de l'UAES sont au courant de ce qui s'est passé à Variety International l'autre jour, et ce que je dis, c'est qu'on tire la couverture là-dessus et qu'on les promène jusqu'à ce qu'ils s'endorment.

Tous les regards étaient sur l'Irlandais ; Mal se demanda de quelle manière il allait relever le gant — deux témoins devant une logique irréfutable. Dudley dit :

— Je ne peux que vous présenter mes excuses pour la façon dont j'ai agi, Malcolm, vous avez été prudent, j'ai foncé bille en tête et j'avais tort. Mais je pense que nous devrions mettre la vis sur Claire De Haven avant de retirer nos billes et de jouer tout en douceur. Pour balancer toutes les grosses têtes du mouvement, c'est elle le pivot, le point d'équilibre, elle est vierge pour ce qui est des grands jurys, et si on parvient à la briser, on aura démoralisé tous ces hommes amoureux d'elle et leurs tristes excuses. Elle n'a jamais été mise sur le gril par la police, et nom de Dieu, je crois bien qu'elle pourrait s'effondrer.

Mal se mit à rire.

— Vous la sous-estimez. Et je suppose que vous voulez être celui qui va la mettre sur le gril ?

— Non, mon gars, je pense au contraire que ça devrait être vous. De nous tous ici présents, vous êtes le seul qui puisse encore apparaître vaguement idéaliste. Un flic en gants de velours, voilà ce que vous êtes, des gants de velours avec filets de cruauté. Vous allez l'épingler avec ce superbe crochet du droit qui fait votre célébrité, j'ai entendu dire.

Ellis Loew forma les mots "Pas moi", le regard dur sur Mal. Buzz Meeks sirota son Scotch. Mal fit la grimace, se demandant ce que pouvait savoir Dudley.

— C'est un jeu de cons, lieutenant. Vous avez foiré le coup et maintenant, vous me demandez de le récupérer. Ellis, une approche directe, c'est de la connerie. Dites-lui ça.

— Mal, dit Loew, surveillez votre langage, parce que je suis d'accord avec Dudley. Claire De Haven est une femme facile, ces femmes-là sont déséquilibrées, et je crois que nous devrions prendre le risque de l'attaquer de cette manière. Entre-temps, Ed Satterlee essaie de trouver quelqu'un pour coopérer avec nous, un homme qu'il a connu au séminaire, qui a infiltré les cellules communistes de Cleveland. C'est un pro, mais il n'est pas bon marché. Même si notre attaque sur De Haven échoue et si l'UAES est alertée à notre sujet, il sera capable de s'approcher d'eux avec tant de subtilité qu'il leur faudra une éternité avant qu'ils s'en aperçoivent. Et je suis sûr que nous pourrons trouver l'argent pour notre taupe grâce à M.Hugues. Exact, Buzz ?

Buzz fit un clin d'œil à Mal.

— Ellis, si cette nana a la cuisse légère, j'enverrais pas un ancien séminariste pour la travailler au corps. Howard en personne pourrait tenter le coup. Il aime bien la touffe, alors on pourra peut-être l'envoyer déguisé.

Loew leva les yeux au ciel ; Dudley Smith éclata de rire, comme s'il venait d'en entendre une bien bonne, à s'en taper les cuisses, au salon du Club des Elans. Meeks lui fit un nouveau clin d'œil, il tâtait le terrain — est-ce que c'est toi qui m'as foutu dans la merde en me tirant dessus en 46 ? Mal songea à la garde du petit, à toute cette énergie nécessaire qu'il allait devoir partager avec un clown réac amateur de vannes, un flic sans principes et un homme de loi qui bandait de réussir. Ce fut seulement lorsque Loew claqua la table pour mettre fin à l'entrevue qu'il prit conscience que ce serait à lui d'affronter la Reine Rouge face à face, ce pion qu'il lui appartiendrait en propre de manipuler.

Chapitre 15

Danny passa la matinée suivante dans son appartement à remettre *son* dossier à jour grâce aux nouveaux éléments sur les deux nouvelles victimes rattachées à *son* affaire. Vingt-quatre heures d'écoulées, et voici ce qu'il savait :

Pas d'identité sur les victimes deux et trois ; Doc Layman, en tant que pathologiste de la ville, avait accès aux rapports récapitulatifs de la Brigade d'Hollywood et il le rappellerait lorsque les corps auraient des noms, s'ils en avaient. Il avait déjà appelé pour lui dire que le sergent Gene Niles du LAPD qui avait la charge de l'enquête, estimait que c'était du gagne-petit ; il allait bâcler ça vite fait pour revenir bien vite à un cambriolage d'entrepôt de fourrures promettant de faire quelques colonnes en compensation de la boue de Brenda Allen qui lui avait coûté sa femme et ses gosses. Les flics en uniforme cravataient les poivrots de Griffith Park et n'arrivaient à rien ; Niles en personne avait passé à tabac deux poivrots amateurs d'alcool de bois et fichés pour agression sexuelle sur enfant. Le rapport d'autopsie de Layman — dix-sept pages qui effectivement établissaient que le plus petit des deux était mort d'une OD par barbiturique — fut totalement ignoré par Niles et la poignée de sous-fifres en uniforme qu'on avait détachés pour travailler sous ses ordres. Le doc était convaincu qu'on assistait à un "Syndrome du Dahlia Noir Inversé" — les trois macchabées découverts jusqu'à présent avaient eu droit à un total de quatre colonnes en page intérieure ; les rédacteurs en chef des canards de la ville se tenaient à carreaux parce que Marty Goines était une ordure de rien, et toute l'histoire des merdes de pédés qu'on ne pouvait pas imprimer sans que la Légion pour la Décence des Mères Catholiques Engagées ne vous tombe sur le paletot.

Le capitaine Dietrich l'avait entendu in extenso hier, faits, théories, omissions, mensonges et son mensonge géant — le bijou des bijoux, son étal à beignets pour couvrir le 2307 Tamarind, qu'on n'avait toujours pas signalé. Le capitaine avait hoché la tête avant de dire qu'il *essaierait* de faire démarrer le ballet inter-services avec le LAPD. Les inspecteurs du shérif étaient exclus — les trois autres hommes du poste étaient submergés et la Criminelle du comté estimerait sans doute que le meurtre de Goines était une histoire de rigolos trop foireuse maintenant que les flics de la ville y avaient mis les pieds. Un de ses copains travaillait de jour à Hollywood — un lieutenant du nom de Poulson qui était resté à la coule avec Mickey C malgré Brenda A. Il lui toucherait un mot sur la mise sur pied, par les deux services, d'une équipe Homicide, mais il rappela à nouveau que la clé de la réussite, c'était la qualité des victimes. Si le deux et le trois étaient des camés, anciens tôlards ou pédés — pas la peine d'insister. Si c'était des caves bien réglos, peut-être. Et à moins que l'affaire ne se ramasse un peu de pub, grâce à la formation d'une équipe LAPD/LASD, on lui enlevait l'affaire dans dix jours, Martin Mitchell Goines, DDD* 1/1/50, partant pour les affaires non classées.

Sur les preuves qu'il avait récupérées au 2307 Tamarind :

A deux exceptions près, des tuyaux qui se répétaient, ce que Hans Maslick appelait "doubles négatifs comme preuves d'un positif". Il avait obtenu une série d'empreintes inconnues qui coïncidaient avec le doigt manquant du plus grand des deux hommes ; Layman avait aussi encré les deux macchabées. Le résidu pâteux et blanchâtre qu'il avait ensaché était de toute évidence l'adhésif du dentier qui avait conduit Doc à sa théorie, sûre à 99%, des fausses dents. Leo Bordoni n'avait pas touché de surfaces retenant les empreintes pendant son séjour dans la pièce ; il lui avait fallu laisser les trois séries de vêtements au cas où l'on capturerait l'assassin qui avouerait les avoir abandonnés, pliés sur la cuvette des toilettes. Les parcelles de poussières et de saletés ne lui étaient d'aucune utilité, à moins qu'il n'ait un suspect pour établir des comparaisons. Ça ne lui laissait que deux étapes d'avance sur le LAPD et le tueur : ses photos des zébrures sanglantes et l'occasion pour lui de quadriller Tamarind Street en solo si les bourres de la ville mettaient la pédale douce à leur enquête. Cauchemars et grand péril.

Après avoir quitté la morgue la veille, Danny s'était rendu chez un marchand d'appareils photo et avait payé quadruple tarif pour qu'on lui développe ses pellicules immédiatement. L'homme au comptoir le regarda d'un air interrogateur devant son état de délabrement mais il accepta son argent ; il attendit pendant que le travail se faisait. Le photographe lui tendit épreuves et négatifs plus d'une heure plus tard, avec, pour commentaire :

— Vos murs, c'est c'qu'on appelle de l'art moderne ?

Il avait ri, ri encore, ri tout son soûl en rentrant chez lui — ses gloussements s'étaient éteints lorsqu'il avait agrafé les photos sur un panneau de liège, son tableau à preuves qu'il avait installé près de ses cartons de dossiers.

Le sang en noir et blanc luisant était détonant, surnaturel, jamais il ne pourrait montrer les photos à quiconque, même s'il réussissait à résoudre les trois homicides combinés. La pensée était réconfortante de savoir

---

* DDD : date de décès.

qu'ils étaient siens en propre ; il passa des heures à fixer les photos de tous ses yeux, motifs engendrant d'autres motifs. Les marques de coulures devinrent des appendices de corps étranges ; les giclures de sang pulvérisé, des couteaux qui les tranchaient. Les itinéraires de ses regards se firent tellement déraisonnables qu'il se tourna vers ses textes exemplaires : catégorisation des marques et giclures de sang. Les affaires recensées s'étaient toutes déroulées en Allemagne ou en Europe de l'Est : des psychopathes qui donnaient vie à leurs fantasmes, pulvérisant le sang de leurs victimes sur des objets appropriés, revendiquant leur folie en créant des images sans signification, ou si peu. Rien qui ressemblât à la formation d'un G ; rien qui se rapportât à des fausses dents.

Fausses dents.

La seule piste solide qui lui venait des victimes deux et trois.

Non humaines.

Ce pourrait être des dents d'acier, ce pourrait être des dents de plastique, ce pourrait être des dents arrachées à des mâchoires animales. L'étape suivante de l'enquête serait du travail sur dossier : hommes capables de fabriquer des fausses dents, recoupés avec "grand, entre deux âges", "cheveux gris", "groupe sanguin O+" et cadrage de temps correspondant.

Des aiguilles dans une botte de foin.

Hier, il avait fait le premier pas : il avait consulté en pages jaunes — ville de L.A.-comté, dix-sept au total — les listes de laboratoires de prothèse dentaire. Il en avait trouvé 349, plus, considérant la possibilité des mâchoires animales, 93 boutiques de taxidermistes. Un coup de fil à un labo pris au hasard et une longue conversation avec un contremaître compréhensif lui obtint l'information suivante : 349 était en-dessous de la vérité ; L.A. était en première division pour l'industrie du dentier. Certains labos ne faisaient pas de publicité dans les pages jaunes ; certains dentistes disposaient de prothésistes sur place, dans leur cabinet. Quelqu'un qui travaillait sur des dentiers humains pouvait exercer ses talents sur des dents plastique ou animales. Lui-même ne connaissait pas de labos spécialisés dans les croqueuses animales, bonne chance adjoint Upshaw, votre travail est simple, reste à le faire.

Ensuite, il se rendit au poste. Karen Hiltscher reprenait justement son travail ; il lui apporta fleurs et sucreries pour refroidir sa curiosité sur Tamarind et prévenir toute bouderie pour le plus gros déluge de travail merdique qu'il lui ait jamais collé sur le dos : *toutes* les fiches individuelles — poste et bureau du shérif — à contrôler, rechercher les individus porteurs d'appareils dentaires, plus les coups de fil aux labos de sa liste afin d'obtenir des informations sur les ouvriers de sexe masculin répondant aux mêmes caractéristiques. La fille accepta les petits cadeaux sous les éclats de rire d'un groupe de glandeurs, dans la salle de revue ; elle parut blessée et offensée, ne dit rien du 2307 et accepta, moue de garce aux lèvres version Bette Davis, de faire le travail à ses "moments de liberté". Il n'insista pas ; elle savait qu'elle venait de prendre le dessus sur lui.

Danny en termina avec ses dossiers, en songeant à Tamarind Street, territoire vierge à quadriller, et en se demandant si le partenaire en cambriole Leo Bordoni relevait bien de l'affaire, s'il avait un rapport ou non avec le gamin au visage brûlé du passé de Marty Goines. Ses écritures se montaient maintenant à cinquante feuillets : il avait passé quinze des dernières vingt-quatre heures à écrire. Il résista à l'impulsion d'aller battre le secteur de Tamarind, attendre, regarder, bavarder avec les gens du coin, et prendre une longueur d'avance sur le LAPD. Si Niles avait eu un filon sur l'endroit, Doc Layman l'aurait appelé ; il était plus probable de considérer que la rue se contentait d'exister, vaquant à ses petites affaires de tous les jours, pendant que ses habitants oubliaient les incidents mineurs qui pourraient l'aider à trouver la solution. Téléphoner la piste de l'hôpital de Lexington à Dietrich, faire comme si le coup de fil venait d'arriver à la maison, et ensuite, mettre Karen au parfum de son mensonge ? Ou alors faire ça ensuite, sans courir le risque que le patron refile le boulot à son pote du LAPD, belle opération inter-services que lui-même avait sollicitée ?

Pas de discussion. Danny se rendit à Hollywood, à Tamarind Street.

Sur tout le bloc, les affaires marchaient comme d'habitude : température plus douce que l'avant veille, passants sur les trottoirs, gens assis sous leurs vérandas en façade, en train de tondre les pelouses ou de tailler leurs arbustes. Danny se gara et entama son quadrillage, zéro pointé en ce milieu d'après-midi : pas d'incidents bizarres dans le voisinage, pas de véhicules inconnus, pas d'info sur Marty Goines, rien d'inhabituel à remarquer au 2307 Tamarind, appartement arrière sur garage. Pas de rôdeurs, pas de bruits bizarres, zéro — et personne ne fit état de sa Chevy beige garée côté rue. Il commençait à se sentir sûr de lui quant à sa manière de manœuvrer lorsqu'une vieille dame qui promenait un schnauzer miniature répondit à sa question de tête par "oui".

Trois soirs auparavant, aux environs de 10 h, elle promenait Wursti et avait vu un homme grand avec une belle chevelure grise qui s'en retournait vers le garage du 2307, un "ivrogne vacillant" sous chaque bras. Non, elle n'avait jamais vu aucun des trois hommes auparavant ; non, pas de bruits bizarres en provenance de l'appartement-garage par la suite ; non, elle ne connaissait pas la propriétaire de la maison en façade ; non, les hommes ne s'étaient pas parlé, et elle n'était pas sûre du tout de pouvoir identifier l'homme aux cheveux gris si elle le revoyait.

Danny laissa partir la femme, retourna à sa voiture et se planqua bien bas pour garder un œil sur le 2307. A l'instinct, ses déductions frappèrent un grand coup :

Oui, le tueur avait planqué à l'intérieur de la piaule. Oui, le largage des corps à Griffith Park était déjà planifié. Le nom de Goines n'était pas passé dans les journaux, ce n'était qu'un vagabond, le tueur savait que son choix des lieux du meurtre n'était pas compromis par la publicité sur Goines. Les seules relations connues de Goines qui étaient au courant du décès de Marty le Dingue étaient les jazzmen qu'il avait interrogés, ce qui éliminait les jazzos comme suspects — avec Goines identifié par la police, pas un tueur avec un peu de jugeote n'amènerait de futures victimes à l'appartement. Ce qui signifiait que si la flicaille ne débarquait pas en force à Tamarind Street, le tueur pourrait peut-être amener d'autres victimes ici. "Garde la piste au chaud, loin du LAPD, reste planqué, prie pour que le tueur n'ait pas assisté aux deux effractions, la tienne et celle de Bordoni, ni à ton quadrillage, pas de vagues, et il se pourrait qu'il vienne refaire un tour dans ta vie avec le numéro quatre sous le bras."

Danny tint bon, les yeux sur la maison, rétroviseur réglé pour cadrer l'allée à voitures. Les heures s'étirèrent ; un homme qui ne ressemblait pas au bon passa par là, puis deux vieilles dames poussant des chariots à provisions, et un troupeau de jeunes vêtus de leurs vestes aux initiales du lycée d'Hollywood. Une sirène bourdonna, se faisant plus proche ; Danny se dit qu'il y avait des ennuis code trois dans l'air côté boulevard.

Ensuite, tout alla très vite.

Une vieille dame ouvrit la porte de la maison en façade, numéro 2307 ; une voiture rôdeuse sans signe distinctif se planta dans l'allée. En sortit le sergent Gene Niles qui regarda de l'autre côté de la rue et l'aperçut — cible facile dans la voiture qui l'avait amené à Griffith Park hier matin. Niles commença à se diriger sur lui ; la vieille femme l'intercepta, en indiquant l'appartement-garage. Niles s'arrêta ; la femme lui agrippa les manches de sa veste ; Danny se débattit désespérément pour se trouver un mensonge. Niles se laissa conduire dans l'allée. Danny attrapa les chocottes — et s'éloigna en voiture vers le poste pour se trouver une couverture.

* * *

Dietrich se tenait près de l'entrée de la salle de brigade, en train d'engloutir sa cigarette à pleines bouffées ; Danny le prit par le bras et le conduisit vers un lieu plus privé, son propre bureau. Dietrich se laissa faire en se retournant dès que Danny eut fermé la porte :

— Le lieutenant Poulson vient de m'appeler. Gene Niles vient de l'appeler, parce qu'il a reçu un appel de la propriétaire de Marty Goines. Du sang, des vêtements ensanglantés à travers tout l'appartement de Goines, à moins de deux kilomètres de Griffith Park. Notre numéro un et les deux et trois du LAPD ont apparemment été zigouillés là-bas, on vous a vu planquer devant l'immeuble et vous avez eu les jetons. Pourquoi ? Et que ça tienne le coup, sinon je serai obligé de vous suspendre.

Danny avait sa réponse fin prête.

— Un homme de Lexington State m'a appelé chez moi ce matin et m'a dit qu'il avait reçu une lettre de Marty Goines, adressée à un autre patient. L'adresse de l'expéditeur était le 2307 Tamarind Nord. J'ai pensé à la discussion qu'on avait eue, arranger le coup avec Poulson, et nous, désireux de coopérer même si Niles faisait la gueule. Mais je n'ai pas eu confiance dans le LAPD pour faire un quadrillage correct, alors je l'ai fait moi-même. Je m'en prenais cinq dans la voiture lorsque Niles m'a vu.

Dietrich prit un cendrier et écrasa sa clope.

— Et vous ne m'avez pas appelé ? Pour une piste aussi brûlante ?

— J'ai démarré avant les violons, monsieur, je suis désolé.

— Je ne suis pas certain de gober votre histoire, dit Dietrich. Pourquoi n'êtes-vous pas allé voir la propriétaire avant de commencer votre quadrillage ? Poulson a dit que Niles lui avait raconté que la femme avait les jetons — c'est elle qui a découvert le foutoir.

Danny haussa les épaules, comme si la question n'avait pas grande importance.

— J'avais frappé chez elle un peu plus tôt, mais la vieille ne l'a probablement pas entendu.

— Poulson a dit que pour une vieille dame, elle était bien alerte. Danny, est-ce que vous étiez dans les environs en train de sauter une matinée ?

Il ne comprit pas la question.

— Qu'est-ce que vous voulez dire, un film ?

— Non, de la fesse. Votre pétasse a sa piaule pas très loin de l'étal à beignets où vous avez entendu l'information à la radio hier, et Tamarind n'est pas loin. Est-ce que vous vous envoyez en l'air aux frais du comté ?

Le ton de Dietrich s'était radouci ; Danny fut très clair dans ses mensonges :

— J'ai d'abord quadrillé, et après je me suis envoyé en l'air. Je me reposais dans ma voiture quand Niles s'est montré.

Dietrich sourit d'une grimace ; le téléphone de son bureau sonna. Il décrocha et dit :

— Oui, Norton, il est ici. Il écouta et ajouta :

— Une question. Avez-vous des tuyaux sur les deux hommes ?

Un long moment de silence. Danny gigota près de la porte ; Karen Hiltscher l'ouvrit du coude, laissa tomber une liasse de papiers sur le bureau du capitaine et sortit, les yeux baissés. Danny songea : ne laisse pas le patron lui apprendre que j'ai une femme ; ne la laisse pas lui dire que c'est elle qui a logé l'appel de Lex. Dietrich dit :

— Ne quittez pas, Norton. Je veux d'abord lui parler.

Il plaça une main sur le récepteur et s'adressa à Danny :

— Les deux corps ont été identifiés par le LAPD. C'est de la raclure, alors je vous apprends ceci : pas d'enquête inter-services, et vous avez encore droit à cinq jours sur Goines avant que je ne vous enlève de là. Le supermarché Sun-Fax a été attaqué ce matin, et je vous veux sur l'affaire si on ne réussit pas à la débrouiller d'ici là. Je vous laisse filer pour ne pas avoir signalé l'adresse de Goines, mais je vous préviens : ne marchez pas sur les plates-bandes du LAPD. Tom Poulson est un ami très proche, nous sommes restés amis malgré Mickey et Brenda, et je ne veux pas que vous foutiez ça en l'air. Venez ici, Norton Layman veut vous parler.

Danny s'empara du téléphone :

— Ouais, doc ?

— Ici votre tuyauteur amical en prise directe sur la ville. Vous avez un crayon ?

Danny réussit à extraire stylo et calepin de ses poches :

— Allez-y.

— Le plus grand des deux hommes est George William Wiltsie, DDN 14/9/13. Deux arrestations pour prostitution, viré de la marine en 43 pour turpitude morale. Le second, après vérification d'adresse, est l'associé connu de Wiltsie, peut-être même son gazier. Duane pas de second prénom Lindenaur, DDN 5/12/16. Une arrestation pour extorsion — juin 1941. L'inculpation n'est pas allée devant le tribunal — le plaignant a retiré sa plainte.

Pas de profession dans la fiche de Wiltsie ; Lindenaur travaillait comme dialoguiste-rewriter à Variety International Pictures. Les deux hommes habitaient au 11768, Ventura Boulevard, au Leafy Glade Motel. Le LAPD est en route, alors restez loin de ce coin-là. Est-ce que ça vous rend heureux ?

Danny fit le décompte de ses mensonges.

— Je ne sais pas, doc.

* * *

De son cagibi, Danny appela les Sommiers et le Service des cartes grises et obtint lecture des dossiers complets des victimes deux et trois. George Wiltsie avait été arrêté pour racolage à fins indécentes dans les salons à cocktails en 40 et 41 ; le procureur avait laissé tomber l'accusation chaque fois faute de preuves, et le bonhomme possédait une liste de contraventions à rallonge. Côté cartes grises, Duane Lindenaur avait le nez propre, et il n'avait à son actif qu'une seule accusation, pour extorsion, d'ailleurs abandonnée, comme l'avait signalé Doc Layman. Danny demanda à l'employé des Sommiers de lui donner la zone géographique des arrestations des deux victimes. Wiltsie s'était fait cravater dans la juridiction de la ville, et Lindenaur avait été agrafé dans la zone sud-est du comté, patrouillée par la Division de Firestone. Il demanda qu'on vérifie tout le tremblement sur Lindenaur et il y gagna le nom de l'officier qui avait procédé à l'arrestation — le sergent Frank Shakel.

Danny appela le Service du personnel du shérif et apprit que Shakel travaillait toujours à Firestone, au poste de l'après-midi. Il bigophona, obtint le standard qui lui passa la salle de brigade.

— Shakel, parlez.

— Sergent, adjoint Upshaw à l'appareil, Hollywood Ouest.

— Ouais, adjoint !

— J'enquête sur un homicide qui se rattache à deux autres 187 de la ville, et vous avez arrêté l'une des victimes en 41. Duane Lindenaur. Vous souvenez-vous de lui ?

— Ouais, dit Shakel. Il essayait de faire cracher un riche avocat nommé Hartshorn après lui avoir monté une arnaque de pédé. Je me souviens toujours des affaires friquées. Lindenaur s'est fait dessouder, hein ?

— Oui. Vous vous souvenez de l'affaire ?

— Assez bien. Le plaignant s'appelait Charles Hartshorn. Il aimait les garçons mais il était marié et avait une fille dont il était gaga. Lindenaur a rencontré Hartshorn grâce à un organisme de rencarts pour pédales, il a joué à l'inverti avec lui et a menacé de dénoncer Hartshorn pour pédérastie à la fille. Hartshorn nous a appelés sur le coup, on a agrafé Lindenaur, et puis Hartshorn a eu les foies de témoigner devant le tribunal et a retiré sa plainte.

— Sergent, est-ce qu'Hartshorn est grand avec des cheveux gris ?

Shakel éclata de rire.

— Non. Petit et chauve comme une coquille d'oeuf. Où ça en est ? Vous avez des pistes ?

— Lindenaur, c'est la ville qui s'en occupe et pour l'instant, il n'y a pas vraiment de piste. C'était quoi votre impression sur Hartshorn ?

— C'est pas un tueur, Upshaw. Il est riche, il a de l'influence et il refuserait de vous donner l'heure. En outre, les affaires de chochottes, ça vaut pas le coup, et Lindenaur était une tante. Je dirai *c'est la vie**, ne réveillons pas le pédé qui dort.

* * *

Retour vers la ville, gants de velours cette fois, rien qui puisse amener d'autres mensonges, d'autres ennuis. Danny se rendit à Variety International Pictures, en espérant que Gene Niles passerait un temps

---

* C'est la vie : en français dans le texte.

suffisant au Leafy Glade Motel. La piste Goines était dans une impasse, les victimes deux et trois avaient la main chaude et Lindenaur comme extorqueur-scribe de studio lui paraissait plus brûlant que Wiltsie pour faire la pute mâle.

Des factions rivales de syndicalistes fermaient le piquet près de la grille d'entrée ; Danny se gara de l'autre côté de la rue, baissa la tête et se faufila au milieu d'une mêlée de corps agitant des bannières. Le garde à la grille lisait un tabloïd à scandales qui donnait la vedette au compte rendu sensationnel de *ses* trois meurtres — avec détails sanguinolents obtenus d'une "source bien informée" à la morgue de L.A. Danny balaya du regard une demi-page pendant qu'il sortait son insigne devant le garde plongé dans la lecture et mâchonnant un cigare. Les deux affaires étaient maintenant liées dans le texte — même si ce n'était que le *L.A. Tattler* — et cela signifiait la possibilité d'encore plus d'encre, informations radio et télé, aveux bidons, pistes bidons et tout plein de conneries.

Danny frappa au mur ; le mâchonneur de cigare posa son journal et regarda l'insigne qu'on lui présentait.

— Ouais ? Qui vous cherchez ?

— Je veux parler aux gens qui ont travaillé avec Duane Lindenaur.

Le garde ne tiqua pas devant le nom ; le blaze de Lindenaur n'avait pas encore atteint les colonnes du tabloïd. Il vérifia une feuille sur un bloc à agrafes et dit : "Studio 23, le bureau à côté des intérieurs de *Massacre au Tomahawk*", avant d'appuyer sur un bouton et d'indiquer la direction. La grille s'ouvrit ; Danny se faufila le long d'une longue piste goudronnée au milieu d'acteurs costumés. La porte du studio 23 était grande ouverte ; tout de suite à l'intérieur, trois Mexicains essuyaient les peintures de guerre sur leur visage. Ils lancèrent à Danny des regards morts d'ennui ; il vit une porte marquée REWRITE, s'avança et frappa.

Une voix répondit "C'est ouvert."Danny entra. Un jeune gars dégingandé, portant tweed et lunettes d'écaille, bourrait une mallette de feuilles de papier. Il dit :

— C'est vous le mec qui remplace Duane ? Ça fait trois jours qu'il ne s'est pas montré et le metteur en scène a besoin de dialogues additionnels fissa.

Dan ne finassa pas.

— Duane est mort, son ami George Wiltsie aussi. Assassinés.

Le jeune homme laissa tomber sa mallette ; ses mains convulsées se portèrent à ses lunettes pour les ajuster.

— Ass-ass-assassinés ?

— C'est exact.

— Et v-v-vous êtes de la police ?

— Adjoint du shérif. Connaissiez-vous bien Lindenaur ?

Le jeunot ramassa sa mallette et s'affala dans un fauteuil.

— N-non, pas bien. Rien qu'ici au boulot, superficiellement.

— Le voyiez-vous en dehors du studio ?

— Non.

— Connaissiez-vous George Wiltsie ?

— Non. Je savais que lui et Duane habitaient ensemble, parce que Duane me l'avait dit.

Danny déglutit.

— Etaient-ils amants ?

— Je ne me hasarderais pas à spéculer sur leurs relations. Tout ce que je sais, c'est que Duane était quelqu'un de paisible, que c'était un bon rewriter et qu'il travaillait pour pas cher, ce qui est un grand plus dans ce camp de travaux forcés.

Un pied racla le sol à l'extérieur de la porte. Danny se retourna et vit une ombre qui battait en retraite. Il regarda au dehors et vit un homme de dos qui se dépêchait vers une batterie de caméras et de projecteurs. Il le suivit ; l'homme se tenait là, les mains dans les poches, pose classique du "je n'ai rien à cacher".

Danny l'accosta, déçu de constater qu'il était jeune, de taille moyenne, sans cicatrices de brûlures sur le visage, au mieux, il pourrait le tuyauter avec des infos de seconde main.

— Que faisiez-vous à écouter derrière cette porte ?

C'était plus un enfant qu'un homme — osseux, le teint acnéique, la voix haut perchée avec une trace de zozotement.

— Je travaille ici. J'installe les décors.

— Et ça vous donne le droit de venir écouter aux portes les détails d'une affaire de police officielle ?

Le môme bichonna sa coiffure. Danny dit :

— Je vous ai posé une question.

— Non, ça ne me donne pas...

— Alors pourquoi l'avez-vous fait ?

— J'ai entendu que vous disiez que Duaney et George étaient morts, et je les connaissais. Savez-vous...

— Non, je ne sais pas qui les a tués, sinon je ne serais pas ici. *Vous* les connaissiez bien. Jusqu'à quel point ?

Le garçon joua avec sa chevelure plaquée.

— Je déjeunais en compagnie de Duaney — Duane — et je connaissais assez George pour le saluer quand il passait prendre Duane.

— Je crois que vous aviez beaucoup de choses en commun, tous les trois. Je me trompe ?

— Non.

— Vous retrouviez-vous avec Lindenaur et Wiltsie en dehors d'ici ?

— Non.

— Mais vous bavardiez puisque, tous les trois, vous aviez toutes ces nom de Dieu de choses en commun. Est-ce exact ?

Le garçon contempla le plancher, dessinant du bout du pied des huits paresseux.

— Oui, monsieur.

— Alors vous allez me parler de ce qu'il y avait entre eux, et qui d'autre il y avait avec eux, parce que s'il y a quelqu'un ici qui doit le savoir, c'est bien vous. Est-ce que ce n'est pas exact ?

Le garçon s'arc-bouta contre un projecteur, dos tourné vers Danny.

— Ça faisait longtemps qu'ils étaient ensemble, mais ils aimaient bien se retrouver avec d'autres mecs. Georgie n'était pas commode, et la plupart du temps il vivait aux crochets de Duane, mais de temps en temps, il faisait une passe pour un organisme très classe de rencontres entre hommes. Je ne sais rien d'autre, alors est-ce que je peux partir, s'il vous plaît ?

Danny repensa à son coup de fil au poste de Firestone — Lindenaur avait rencontré l'homme qu'il avait fait chanter par l'intermédiaire "d'un organisme de rencarts pour pédales".

— Non. Comment s'appelait cet organisme ?

— Je ne sais pas.

— Qui d'autre Lindenaur et Wiltsie retrouvaient-ils à leurs soirées ? Donnez-moi quelques noms ?

— Je ne sais pas et je n'ai pas de noms.

— Arrêtez de gémir. Que savez-vous d'un homme grand, aux cheveux gris, entre deux âges ? Est-ce que Lindenaur ou Wiltsie ont parlé d'un homme comme ça ?

— Non.

— Y'a-t-il quelqu'un travaillant ici qui réponde à cette description ?

— Il y a un million d'hommes à L.A. qui répondent à cette description, alors, s'il vous plaît, vous voulez...

Danny agrippa le poignet du garçon comme dans un étau, vit ce qu'il faisait et le relâcha.

— N'élevez pas la voix en vous adressant à moi. Contentez-vous de répondre. Lindenaur, Wiltsie, un homme grand aux cheveux gris.

Le môme retourna son poignet en tous sens en le frottant.

— Je ne connais aucun homme qui ressemble à ça, mais Duane aimait les mecs âgés, et il m'a dit que les cheveux gris, ça le bottait. Vous êtes satisfait maintenant ?

Danny ne put affronter son regard.

— Est-ce que Duane et George aimaient le jazz ?

— Je ne sais pas, on ne parlait jamais musique.

— Ont-ils jamais parlé de cambriolage ou d'un homme, proche de la trentaine, avec des cicatrices de brûlures sur le visage ?

— Non.

— Est-ce qu'ils étaient l'un ou l'autre branchés sur les animaux ?

— Non, rien que sur les autres mecs.

— Sortez d'ici, dit Danny avant de se bouger le premier, le môme toujours perdu dans ses regards.

L'espace goudronné était désert, le crépuscule tombait. Il marcha jusqu'à la grille ; une voix en provenance de la cabane du garde l'arrêta :

— Dites, officier, vous avez une minute ?

Danny s'arrêta. Un chauve vêtu d'un polo et d'un pantalon de golf sortit de la cabane, la main tendue.

— Je suis Herman Gerstein. C'est moi qui dirige cet endroit.

Terrain de chasse de la ville. Danny serra la main de Gerstein.

— Je m'appelle Upshaw. Inspecteur des Services du shérif.

— J'ai entendu dire que vous cherchiez les mecs qui bossent avec un des tâcherons aux scripts. C'est vrai, ça ?

— Duane Lindenaur. Il a été assassiné.

— C'est vraiment dommage. J'aime pas lorsque mes gens me quittent sans me prévenir. Qu'est-ce qui se passe, Upshaw ? Ça vous fait pas rire ?

— Ce n'était pas drôle.

Gerstein s'éclaircit la gorge.

— A chacun son truc, je n'ai pas besoin de supplier pour qu'on rigole, j'ai des acteurs pour ça. Avant que vous partiez, je veux vous informer de quelque chose. Je coopère avec un grand jury qui enquête sur l'influence coco à Hollywood, et l'idée me déplaît de voir des flics de l'extérieur venir poser des questions ici. Vous pigez ? La sécurité nationale prend le pas sur un scribouillard mort.

Par principe, Danny lança une botte :

— Un scribouillard pédé mort.

Gerstein le regarda des pieds à la tête.

— Alors ça, ce n'est pas drôle du tout, parce que jamais je ne laisserais un homo travailler dans ma boutique sous n'importe quelle condition. *Jamais de la vie*. Est-ce que c'est clair ?

— Limpide.

Gerstein sortit trois longs cigares de son pantalon et les colla dans la poche de la chemise de Danny.

— Développez votre sens de l'humour et vous pourrez peut-être aller loin. Et si vous devez revenir par ici, voyez-moi d'abord. C'est compris ?

Danny laissa tomber les cigares au sol, les écrasa du pied et franchit la grille.

* * *

Vinrent ensuite la consultation des journaux locaux et encore du travail au téléphone.

Danny se rendit à Hollywood et Vine, acheta quatre quotidiens de L.A., se gara dans une zone de stationnement interdit et se mit à lire. Le *Times* et le *Daily News* ne disaient rien de son affaire ; le *Mirror* et le *Herald* lui consacraient un entrefilet en dernière page, sous les titres respectifs de "Des corps mutilés découverts à Griffith Park" et "Cadavres de clochards découverts à l'aube". Suivaient des descriptions aseptisées des mutilations ; Gene Niles claironnait le côté hasardeux de l'affaire. Il n'était fait aucune mention de l'identité des victimes et il n'y avait rien qui se rapportait à la mort de Marty Goines.

Près du kiosque se trouvait une cabine téléphonique. Danny appela Karen Hiltscher et obtint ce à quoi il s'attendait — ses recherches parmi les labos dentaires allaient très lentement, dix réponses négatives depuis qu'il lui avait confié le travail ; ses appels aux autres postes du LASD et à la Criminelle pour vérification des criminels avec un passé de mécaniciens dentaires lui donnaient un total de zéro — ça n'existait pas. Des coups de fil d'essai à deux taxidermistes lui avaient apporté un fait : tous les animaux empaillés portaient des dents en plastique ; les dents animales véritables ne rentraient pas dans la composition des râteliers, on ne les plaçait que dans les gueules des animaux sur pied. Danny pressa

Karen de continuer ses sondages, adressa des au-revoir accompagnés de bruits de baisers et composa le numéro du Moonglow Lounge.

Janice n'était pas de service cette nuit-là, mais John Lembeck buvait au bar. Danny fut très gentil avec l'homme auquel il avait épargné un passage à tabac ; le voleur de voitures/maquereau lui rendit ses gentillesses. Danny comprit qu'il était bon pour quelques renseignements à l'œil et lui demanda des tuyaux sur les macs homosexuels et les organismes d'accompagnateurs masculins. Lembeck lui dit que le seul service pédé qu'il connaissait était friqué, motus et bouche cousue, et dirigé par un homme du nom de Felix Gordean, recruteur de jeunes talents avec bureau sur le Strip et une suite au château Marmont. Gordean n'était pas personnellement pédé, mais il fournissait en garçons l'élite d'Hollywood et les vieilles fortunes de L.A.

Danny recommanda à Lembeck de se tenir à carreau et fit passer ses tuyaux aux lignes de nuit des Sommiers et des Cartes Grises. Deux appels, deux dossiers propres comme des sous neufs et trois adresses chics : 9817 Sunset pour le bureau, le château Marmont sur le Strip, appartement 7941, une maison sur la plage de Malibu : 16822, autoroute de la Côte Pacifique.

Il lui restait en poche une pièce de 10 cents et une de cinq et il tenta un coup de dés. Il appela le poste de Firestone, obtint le sergent Frank Skakel et lui demanda le nom du "service de rencarts pédés" où l'extorsionniste Duane Lindenaur avait rencontré l'extorqué Charles Hartshorn. Skakel grommela et dit qu'il rappellerait Danny à sa cabine ; dix minutes plus tard, il rappela et dit qu'il était parvenu à déterrer l'original du rapport de plainte. Lindenaur avait rencontré Hartshorn au cours d'une soirée organisée par un homme qui dirigeait un service d'accompagnateurs — Felix Gordean. Skakel termina par une recommandation : pendant qu'il fouillait dans les dossiers, un pote de la brigade l'avait un peu mis au rencard : pour continuer à opérer, Gordean reversait une grosse enveloppe aux Mœurs du shérif central.

Danny roula jusqu'au château Marmont, hôtel-résidence divisé en appartements, aménagé à l'esbroufe comme une forteresse Renaissance. Le bâtiment principal festonné de tourelles et de parapets, donnait sur une cour intérieure de bungalows décorés de manière identique et reliés par des allées — elles-mêmes entourées de hautes haies parfaitement taillées. Des lampadaires à gaz montés sur des poteaux de fer forgé illuminaient les plaques d'adresses ; Danny suivit un entrelacs sinueux de numéros qui le mena au 7941 ; il entendit des bouffées de musique de danse derrière la haie et s'engagea sur l'allée qui conduisait à la porte. A ce moment une rafale de vent chassa les nuages et le clair de lune surprit deux hommes en tenue de soirée en train de s'embrasser, vacillant dans la pénombre de la véranda.

Danny regarda ; le clair de lune fut éclipsé par la couverture nuageuse ; la porte s'ouvrit et les deux hommes entrèrent ; des rires, un crescendo brutal et quelques secondes de lumière brillante pour leur entrée. Danny se faufila, coincé entre la haie et le mur de façade et s'approcha à pas chassés d'une large baie tendue de draperies en velours. A l'endroit où se rejoignaient les rideaux bordeaux, un espace étroit d'où jaillissait la lumière lui permit de voir des smokings qui tourbillonnaient sur le parquet, des tapisseries murales, le pétillement des verres que des mains soulevaient. Danny appuya son visage contre la fenêtre et regarda à l'intérieur.

A cette distance, sa vision fut brouillée et distordue, l'Homme-Caméra n'était pas au point. Il se recula de sorte que son regard puisse cadrer plus large, vit smokings et nœuds pap qui dessinaient des entrelacs, tangos joue-contre-joue, rien que des hommes. Les visages étaient les uns contre les autres, impossible de les dissocier pour les reconnaître ; Danny passa de plans larges à des plans rapprochés, larges, rapprochés jusqu'à ce qu'il se trouve pressé contre le vitrage, le regard aiguisé à l'affût de plans moyens, de gros plans, de visages.

Encore des distorsions, entrecoupées d'éclairs de bras et de jambes, un chariot que l'on poussait et un homme en blanc portant un saladier de punch. Plan large, rapproché, large, meilleure mise au point, plus de visages puis Tim et Coleman-l'alto ensemble, à vaciller au son d'un jazz dur. Tim parti, un ingénu blond prit sa place. Puis plus rien, des ombres dans le champ, un pas en arrière pour éclaircir l'objectif — et un plan parfaitement cadré : deux gros lards très laids qui faisaient tapisserie en train de se faire des langues, peaux huileuses, feux du rasoir et cheveux luisants et pommadés.

Danny fonça à la maison, revoyant San Berdoo en 39, Tim et ses regards interrogateurs parce qu'il avait refusé de passer en second sur Roxie. Il trouva son reste d'IW Harper, descendit ses quatre verres habituels et vit bien pire, Tim plein de reproches qui lui disait : "Ouais, on a juste chahuté mais toi, t'as vraiment aimé ça." Deux verres encore, le château Marmont en Technicolor, avec plein de petits mignons qui avaient tous le corps de Tim.

Il s'attaqua alors directement à la bouteille, du whisky de qualité qui brûlait comme du tord-boyaux, jouant de son Homme-Caméra à faire défiler des femmes, des femmes et encore des femmes. Karen Hiltscher, Janice Modine, des effeuilleuses qu'il avait interrogées au sujet d'un braquage au Club Largo, cons et doudounes étalés au regard dans les vestiaires, insensibles aux hommes qui regardaient leurs trucs. Rita Hayworth, Ava Gardner, la nana du vestiaire à chapeaux chez Dave, à la Chambre Bleue, sa mère sortant de la baignoire avant qu'elle n'engraisse et ne se fasse Témoin de Jéhovah. C'était laid, tout ça, ce n'était pas bien, tout comme les deux qui faisaient tapisserie au Marmont.

Danny but debout jusqu'à ce que ses jambes lâchent sous lui. En s'écroulant, il réussit à lancer la bouteille sur le mur. Elle toucha un cliché des motifs sanglants du 2307 Tamarind qui s'y trouvait punaisé.

Chapitre 16

Mal révisa une dernière fois ses mensonges sur le seuil de la porte et sonna. L'écho de talons sur un bois dur retentit dans la maison ; il tira sur les pans de sa veste pour couvrir son pantalon flottant — trop de repas oubliés. La porte s'ouvrit et la Reine Rouge apparut, coiffure parfaite, vêtue avec élégance de soie et de tweed — à 9 h 30 du matin.

— Oui ? Etes-vous un vendeur ? Il y a une ordonnance pour Beverly Hills qui interdit le porte-à-porte, vous savez ?

Mal savait qu'elle savait qu'il en était autrement.

— Je suis du Bureau du Procureur.

— Beverly Hills ?

— Los Angeles ville.

Claire De Haven sourit — très sourire de star.

— Mes PV pour traverser hors des clous s'accumulent ?

Dissimulation très flic — Mal savait qu'elle l'avait repéré comme le gentil de l'interrogatoire Lopez-Duarte-Benavides.

— La ville a besoin de votre aide.

La femme gloussa — avec élégance — et ouvrit la porte en grand.

— Entrez et parlez-moi de ça, M... ?

— Considine.

Claire répéta le nom et se rangea sur le côté ; Mal pénétra dans un vaste salon meublé en style floral : divans avec motifs de gardénias, fauteuils capitonnés avec orchidées, petites tables et bibliothèques portant incrustées des pâquerettes de bois sculpté. Les murs s'ornaient d'affiches de cinéma de bon ton — films antinazis populaires de la fin des années 30 et du début des années 40. Mal s'avança, l'allure nonchalante, jusqu'à un truc aux couleurs tapageuses qui proclamait l'*Aube des Justes* — un noble Russki qui affrontait une Chemise Noire bavante brandissant un Luger. Le bon baignait dans un halo de soleil ; l'Allemand était plongé dans les ténèbres. Sachant que Claire De Haven l'observait, il contra :

— Subtil !

Claire éclata de rire.

— Astucieux. Etes-vous homme de loi, M. Considine ?

Mal se retourna. La Reine Rouge tenait à la main un verre rempli d'un liquide transparent sur de la glace. Il ne réussit pas à sentir l'odeur de gin et paria pour la vodka — plus élégant, pas de trace de gnôle dans l'haleine.

— Non, je suis enquêteur affecté à la division du grand jury. Puis-je m'asseoir ?

Claire indiqua deux fauteuils qui se faisaient face de chaque côté d'une table d'échecs.

— Je suis morte de curiosité. Voulez-vous du café ou un verre ?

— Rien, merci, dit Mal avant de s'asseoir.

Le fauteuil capitonné était en cuir ; les orchidées brodées, en soie. Claire De Haven prit le siège opposé et croisa les jambes.

— Vous êtes fou de supposer que je servirai jamais d'indicatrice. Je m'y refuse, mes amis s'y refusent et nous aurons les meilleurs avocats que l'argent puisse offrir.

Mal joua la carte des trois Mexicains.

— Melle De Haven, le mieux que je puisse espérer de cette entrevue, c'est de récupérer des restes. Mon collègue et moi-même avons approché vos amis à Variety International de la mauvaise manière, notre patron est très en colère et on nous a coupé les fonds. Lorsqu'à l'origine, nous nous sommes procuré les documents sur l'UAES — de vieux rapports de l'HUAC — il n'y était pas fait mention de votre nom, et tous vos amis nous paraissaient... disons... plutôt doctrinaires. J'ai décidé de jouer sur une intuition et de venir vous présenter l'affaire, en espérant que vous l'aborderez d'un esprit ouvert. Vous découvrirez ainsi qu'à certains égards ce que je vais vous dire présente des aspects sensés.

Claire De Haven sirota son verre et sourit :

— Vous parlez très bien pour un policier.

Mal songea : et tu descends la vodka dès le matin, et tu baises des vauriens de pachucos.

— Je suis allé à Stanford et j'ai été major de la police militaire en Europe. Ma tâche était de rassembler des preuves et d'en faire le tri afin d'inculper et condamner les criminels de guerre nazis, vous voyez donc que je ne suis pas totalement indifférent à ces affiches sur vos murs.

— Vous savez également très bien afficher votre souci de sympathie. Et aujourd'hui vous avez été engagé par les studios, parce qu'il est plus facile de voir Rouge que de payer des salaires décents. Vous allez diviser, conquérir, obtenir des gens qu'ils dénoncent et vous ferez venir des spécialistes. Et vous ne laisserez derrière vous que chagrin.

Passage du badinage à l'outrage glacé en une demi-seconde. Mal essaya de prendre un air de chien battu, en se disant qu'il pourrait se gagner la femme s'il se battait pied à pied avant de la laisser gagner.

— Melle De Haven, pour quelle raison l'UAES ne fait-elle pas grève afin d'obtenir satisfaction sur ses revendications de salaire ?

Claire but une gorgée avec lenteur.

— Les Camionneurs entreraient dans la place et y resteraient avec une clause d'emploi temporaire.

Une belle ouverture ; une dernière chance pour lui de jouer au gentil avant qu'ils ne se retirent de la partie, inondent les journaux de tuyaux fabriqués de toutes pièces et ne jouent la taupe.

— Je suis heureux que vous ayez fait état des Camionneurs, parce qu'ils me causent des soucis. Ce grand jury dût-il réussir — ce dont je doute — la prochaine étape logique serait la mise sur pied d'une force d'intimidation contre les Camionneurs. Ils comptent dans leurs rangs nombre d'éléments criminels qui les ont infiltrés, d'une manière comparable aux communistes qui ont infiltré la gauche américaine.

Claire De Haven resta immobile, se refusant à mordre à l'appât. Elle regarda Mal, les yeux traînant sur l'automatique agrafé à sa ceinture.

— Vous êtes quelqu'un d'intelligent, alors présentez vos arguments. Style soutenance de thèse, ainsi qu'on vous l'a enseigné dans les classes de sélection quand vous étiez bizuth à Stanford.

Mal songea à Celeste, bon carburant pour prendre l'air indigné.

— Melle De Haven, j'ai vu Buchenwald, et je sais ce que fait Staline, c'est aussi mal. Nous désirons remonter à la source de l'influence communiste *totalitariste* dans l'industrie du cinéma et au sein de l'UAES, *y mettre fin*, empêcher les Camionneurs de vous casser la gueule pendant les manifestations et établir, grâce à des témoignages concrets, une sorte de ligne de démarcation entre l'agression d'une propagande communiste *dure* et une activité politique de gauche légitime.

Une pause, un haussement d'épaule, les mains levées en signe de pseudo-frustration.

— Melle De Haven, je suis policier. Je rassemble des preuves afin de mettre à l'ombre voleurs et assassins. Je n'aime pas ce travail, mais je pense qu'il faut le faire et, nom d'un chien, je vais le faire au mieux de mes capacités. Ne pouvez-vous comprendre mon propos ?

Claire prit cigarettes et briquet sur la table et en alluma une. Elle fuma pendant que Mal lançait ses regards à travers toute la pièce, belle imitation de son dépit à s'être laissé emporter. Finalement, elle dit :

— Vous êtes très bon comédien, ou alors, vous êtes mêlé jusqu'au cou dans cette histoire avec des individus indignes. Que choisir des deux ? Honnêtement, je ne sais pas.

— Ne prenez pas vos grands airs avec moi !

— Je suis désolée.

— Non, vous ne l'êtes pas.

— Très bien, je ne le suis pas.

Mal se leva et se mit à arpenter la pièce, ouvrant la voie pour sa taupe. Il remarqua une bibliothèque où s'alignaient des photographies encadrées, en examina une rangée et vit une série d'hommes beaux et jeunes. Environ la moitié d'entre eux avaient le type beau ténébreux — mais Lopez, Duarte et Benavides étaient absents. Il se souvint du commentaire de Lopez devant Lesnick : Claire était la seule gringa qu'il ait rencontrée qui l'ait sucé, et il s'en sentait coupable parce que seules les putains faisaient ça, et elle était sa Madonna Communista. Sur une étagère séparée se trouvait une photo de Reynolds Loftis, et sa rectitude anglo-saxonne détonnait dans l'ensemble. Mal se retourna et regarda Claire :

— Vos conquêtes, Melle De Haven ?

— Mon passé et mon futur. Mes frasques et fredaines de jeunesse dans le même sac, et mon fiancé, à part.

Chaz Minear avait été explicite sur Loftis — ce qu'ils faisaient ensemble, jusqu'à la sensation de son désir pesant à l'entresol. Mal se demanda combien la femme en savait à leur sujet, si elle avait jamais deviné que Minear avait cafté son futur mari à l'HUAC.

— C'est un homme qui a de la chance.

— Merci.

— Est-ce qu'il n'est pas acteur ? Je crois que j'ai emmené mon fils voir un film dans lequel il jouait.

Claire écrasa sa cigarette, en alluma une nouvelle et lissa sa jupe.

— Si, Reynolds est acteur. Quand avez-vous vu le film, votre fils et vous ?

Mal s'assit, jonglant avec les dates de ses listes noires.

— Tout de suite après la guerre, je crois. Pourquoi ?

— C'est un point que je voudrais préciser, puisque nous parlons entre gens polis. Je doute que vous soyez aussi sensible que vous le dites, mais si vous l'êtes, j'aimerais illustrer par un exemple les souffrances dont les hommes comme vous sont la cause.

— Celui de votre fiancé ?

— Oui. Voyez-vous, vous avez probablement vu le film dans une salle de reprises. Dans les années 30, Reynolds était un comédien de cinéma très célèbre mais le Comité des Activités Antiaméricaines de l'état de Californie lui a fait du mal lorsqu'il a refusé de témoigner en 40. Beaucoup de studios n'ont plus voulu avoir affaire à lui à cause de ses opinions politiques, et les seuls emplois qu'il ait pu trouver ont été Rue de la Débine — à lécher les bottes d'un homme abominable du nom de Herman Gerstein.

Mal joua à l'obtus.

— Ça aurait pu être pire. L'HUAC de 47 a mis des gens directement sur liste noire. Ça aurait pu être le cas de votre fiancé.

Claire s'écria :

— Il *a été* mis sur liste noire, et je parie que vous le saviez !

Mal sursauta dans son fauteuil ; il pensait bien l'avoir maintenant convaincue qu'il n'était pas très au fait du passé de Loftis. Claire baissa la voix :

— Vous le saviez peut-être. Reynolds Loftis, M. Considine. Vous ne pouvez pas ne pas savoir qu'il est à l'UAES.

Mal haussa les épaules, nouvel écran de fumée pour un mensonge :

— Lorsque vous avez dit Reynolds, j'ai deviné qu'il s'agissait de Loftis. Je savais qu'il était acteur, mais je ne l'avais jamais vu en photo. Ecoutez, je vais vous dire la raison de ma surprise. Un vieux gaucho nous a déclaré, à mon collègue et à moi, que Loftis était homosexuel. Et maintenant, vous me dites qu'il est votre fiancé.

Les yeux de Claire se rétrécirent ; l'espace d'une demi-seconde, elle ressembla à une mégère en mal d'agir.

— Qui vous a dit cela ?

Mal haussa les épaules à nouveau.

— Un mec qui traînait aux pique-niques du comité de Sleepy Lagoon pour draguer les filles. J'oublie son nom.

De mégère en mal d'agir à loque à bout de nerfs ; les mains qui tremblaient, les jambes agitées de tics, qui éraflaient la table. Mal centra son regard sur ses yeux et crut y voir les pupilles se rétrécir en têtes d'épingles, comme si elle mélangeait vodka et médicaments. Les secondes s'étirèrent ; Claire retrouva son calme.

— Je suis désolée. J'ai été toute retournée qu'on puisse décrire Reynolds en ces termes.

Mal se dit : Non, ce n'est pas ça — c'est Sleepy Lagoon.

— Je suis désolé. Je n'aurais pas dû dire ça.

— Alors pourquoi l'avez-vous fait ?

— Parce qu'il a de la chance.

La Reine Rouge sourit.

— Et pas simplement à cause de moi. Voulez-vous me laisser terminer sur le point que je tenais à préciser ?

— Bien sûr.

— En 47, quelqu'un a dénoncé Reynolds au comité de la Chambre — des ouï-dire, des insinuations — et on l'a effectivement mis sur la liste noire. Il s'est rendu en Europe et il a travaillé comme acteur dans des films d'art et d'essai mis en scène par un Belge qu'il avait rencontré à L.A. pendant la guerre. Les acteurs portaient tous des masques, les films ont bien fait parler d'eux et Reynolds a gagné de quoi survivre en les interprétant. Il a même remporté la version française de l'Oscar de 48 et il a trouvé du travail régulier en Europe. Aujourd'hui les *véritables* studios d'Hollywood lui offrent de travailler pour de bon et pour du bon argent, ce qui s'arrêtera si l'on traîne Reynolds devant un nouveau comité ou un grand jury ou un tribunal bidon, quel que soit le terme que les gens comme vous lui donnent.

Mal se leva et regarda la porte. Claire dit :

— Reynolds ne citera jamais de noms, je ne citerai jamais de noms. Ne détruisez pas la belle vie qui s'offre à nouveau à lui. Ne me détruisez pas.

Elle suppliait même avec élégance. Mal fit un geste qui embrassa les capitonnages de cuir, les rideaux de brocart et la petite fortune en broderies de soie.

— Comment pouvez-vous prêcher la parole coco et justifier tout ceci ?

La Reine Rouge sourit, passant de suppliante à muse :

— Le bon travail que j'accomplis m'autorise la dispense de jolies choses.

* * *

Réplique de sortie digne d'une grande étoile.

Mal retourna à sa voiture et trouva un mot collé sous les essuie-glaces : "Capitaine — félicitations. Herman Gerstein a appelé Ellis pour se plaindre : un inspecteur du shérif fait des vagues à Variety International (homicide sur une lopette). Ellis en a touché un mot à son OC (cap. Al Dietrich) — nous sommes censés dire au gars de renoncer. Annexe d'Hollywood Ouest quand vous en aurez terminé avec C.D.H., s'il vous plaît — D.S."

Mal prit la route du poste en faisant la gueule devant cette course stupide alors qu'il aurait dû être occupé à orchestrer la prochaine action de l'équipe : spots radio et spots télévisés pour convaincre l'UAES que le grand jury était kaput. Il vit la Ford de Dudley Smith dans le parking, gara sa voiture à côté d'elle et marcha jusqu'à la porte d'entrée. Dudley se tenait près du renfoncement du standard à discuter avec un capitaine du shérif en uniforme. La fille derrière le standard essayait de surprendre la conversation de manière flagrante, en jouant avec le casque qu'elle avait autour du cou.

Dudley l'aperçut et lui fit signe du doigt ; Mal s'approcha et tendit sa main au gradé :

— Mal Considine, capitaine.

L'homme avait une poignée de main à vous broyer les os.

— Al Dietrich. Ça fait du bien de rencontrer deux garçons de la ville qui aient l'air humain. J'étais justement en train de dire au lieutenant Smith de ne pas juger l'adjoint Upshaw trop durement. Il a la tête farcie de nouvelles idées sur la procédure et tout le tremblement, et il est un peu bouillonnant, mais au fond des choses, c'est un sacré bon flic. Vingt-sept ans et déjà inspecteur, ça veut bien dire quelque chose, non ?

Dudley laissa retentir un rire de ténor :

— Jugeote et naïveté mêlées sont porteuses de promesses chez les jeunes. Malcolm, notre ami travaille sur une affaire du comté, un homo qui s'est fait dessouder, liée à deux autres affaires côté ville. Il paraît en être obsédé comme seul peut l'être un jeune flic idéaliste. Que diriez-vous de donner à ce jeune gars une gentille petite leçon sur l'étiquette et les priorités policières ?

— Rapidement alors, dit Mal avant de se tourner vers Dietrich.

— Capitaine, où se trouve Upshaw en ce moment ?

— Dans une salle d'interrogatoire dans le couloir. Deux de mes hommes ont capturé un suspect pour un cambriolage ce matin, et Danny est en train de le faire mijoter. Venez, je vais vous montrer — mais d'abord, laissez-le finir.

Dietrich les conduisit à travers la salle de revue jusqu'à un petit couloir avec, de chaque côté, des petits réduits vitrés de glaces sans tain. Les parasites crachotaient dans un haut parleur mural au-dessus de la dernière fenêtre sur la gauche. Le capitaine dit :

— Ecoutez un moment, le môme est doué. Et essayez d'y aller mollo avec lui, il a mauvais caractère et je l'aime bien.

Mal avança en premier à grandes enjambées devant Dudley jusqu'à la glace sans tain. Il regarda et reconnut un truand qu'il avait alpagué avant la guerre. Vincent Scoppettone, gâchette chez Jack Dragna, était assis à une table boulonnée au plancher, les mains menottées à une chaise soudée à demeure. L'adjoint Upshaw avait le dos à la fenêtre et tirait de l'eau d'une citerne murale. Scoppettone gigota sur sa chaise, ses bleus du comté trempés de sueur aux jambes et aux aisselles.

Dudley le rejoignit :

— Ah, sensas ! Vinnie le Rital. J'ai entendu dire que ce gars avait découvert qu'une de ses cailles distribuait ses faveurs ailleurs et il lui a enfoncé un calibre 12 dans son canal d'amour. Le procédé fait désordre, mais c'est rapide cependant. Connaissez-vous la différence entre une grand-mère italienne et un éléphant ? Dix kilos et une robe noire. C'est pas sensas ?

Mal l'ignora. La voix de Scoppettone arriva du haut-parleur, synchro d'une fraction de seconde après ses lèvres.

— Les témoins oculaires, c'est que de la merde. Y faut qu'y soient vivants pour témoigner. Pigé ?

L'adjoint Upshaw se retourna, un gobelet d'eau à la main. Mal vit un homme jeune, de taille moyenne, aux traits réguliers, les yeux marron foncé, les cheveux en brosse marron foncé et des coupures de rasoir sur une peau pâle fortement ombrée de barbe. Il avait l'air souple et musclé — et il avait en lui quelque chose qui faisait penser aux mignons en photo de Claire De Haven. La voix était égale, d'une tonalité de baryton.

— Au trou, Vincent. Communion. Confession. *Requiescat in Pace.*

Scoppettone avala goulûment son eau, recracha et se passa la langue sur les lèvres.

— Z'êtes catholique ?

Upshaw s'installa dans le fauteuil d'en face.

— Je ne suis rien du tout. Ma mère est Témoin de Jéhovah et mon père est mort, et c'est ce qui t'arrivera quand Jack D apprendra que tu lui chouraves des marchés pour ton propre compte. Pour ce qui est des témoins oculaires, ils témoigneront. Au centre ville, ne compte pas sur une libération sur caution, et Jack laissera pisser, il ne te connaît plus. T'es dans la panade avec Jack ou alors t'aurais pas fait tes braquages en premier lieu. Crache, Vincent. Tu me tuyautes sur tes autres boulots et le capitaine d'ici te recommandera pour bonne conduite à la ferme-prison.

Scoppettone toussa ; de l'eau lui coula sur le menton.

— Sans vos témoins, z'avez pas d'affaire.

Upshaw se pencha au-dessus de la table ; Mal se demanda à quel point le haut-parleur déformait sa voix.

— T'es que dalle pour Jack, un zéro, Vinnie. Au mieux, il te laissera filer pour le Sun-Fax, au pire y te fera descendre quand tu arriveras au pénitencier. Et ce sera Folsom. T'es connu pour tes liens avec la pègre, et c'est là qu'ils vont tous. Et le Sun-fax est sur le territoire de Cohen. C'est Mickey qui régale les paniers cadeaux pour graisser la patte des juges, et c'est sûr, nom de Dieu, qu'il va s'arranger pour que ce soit l'un d'eux à l'audience. A mon avis, t'es simplement trop stupide pout continuer à vivre. Seul un merdeux aussi con que toi irait braquer un boui-boui sur le territoire de Cohen. Est-ce que tu essaies de déclencher une putain de guerre ? Tu crois que Jack veut que Mickey vienne le chercher pour un braquage de rien du tout ?

Dudley donna un coup de coude à Mal :

— Ce garçon est très, très doué.

— Un vrai chef, dit Mal.

Il repoussa le coude de Dudley et se concentra sur Upshaw et son style verbal — en se demandant s'il savait manier l'argot coco aussi bien que celui des truands. Vincent Scoppettone toussa à nouveau ; des crépitements sortirent du haut-parleur avant de céder la place aux paroles.

— Y va pas y avoir de guerre. Jack et Mickey parlent d'une trêve, peut-être même qu'y vont faire des affaires ensemble.

— Ça te dirait de me parler de ça ? dit Upshaw.

— Vous me prenez pour un con ?

Upshaw se mit à rire. Mal perçut le faux-semblant, Scoppettone ne l'intéressait pas — c'était un boulot comme un autre. Mais c'était un rire bidon qui méritait vingt — et le môme savait y faire passer sa propre tension forcée.

— Vinnie, j'te l'ai déjà dit, je crois que t'es con ! C'est écrit sur ta tronche que tu as les chocottes, et je crois côté Jack que t'es bon pour un ticket de sortie. Laisse-moi deviner : tu as fait quelque chose qui a foutu Jack en rogne, t'as eu les foies, et t'as pensé à te casser vite fait. T'avais besoin d'oseille, alors t'as braqué le Sun-Fax. Je me trompe ?

Scoppettone suait à grosses gouttes maintenant — ça lui dégoulinait du visage. Upshaw dit :

— Tu sais ce que je crois d'autre ? Un braquage, ç'aurait pas suffi. Je pense qu'il y a d'autres coups qu'on peut te coller sur le paletot. Je crois que je vais aller vérifier tous les rapports de cambriolages ville et comté réunis, même le comté de Ventura et peut-être Orange et San Diego ; je te parie que si je fais diffuser ta tronche dans le coin, je me récupérerai quelques témoins oculaires supplémentaires. Est-ce que je me trompe ?

Scoppettone essaya de rire — un long chapelet de ha-ha-ha couinants.

Upshaw l'accompagna en l'imitant jusqu'à ce que son prisonnier la boucle. Mal pigea soudain : "Il est tendu comme un ressort à propos d'autre chose et il se défoule sur Vinnie parce qu'il l'a sous la main — *et très probablement sans même se rendre compte de ce qu'il est en train de faire.*"

Gigotant des bras, Scoppettone dit :

— J'vous propose un marché. J'en ai une belle.

— Dis-moi.

— Héroïne. Un pacson — la trêve dont je vous ai parlé, Jack et Mickey associés. De la brune mex de qualité, vingt-cinq livres. Tout ça pour négroville, à prix cassés pour couper l'herbe sous le pied des indépendants du coin. Par Dieu, c'est la vérité. J'me pends si je mens.

Upshaw singea la voix de Vinnie :

— Alors c'est que t'as planqué la corde sous ton matelas, parce que le Mick et Dragna associés, c'est de la connerie. Y'a six mois, c'était le Sherry, Cohen a perdu un homme, et des trucs comme ça, il oublie pas.

— C'était pas Jack, c'était le LAPD. Des tireurs du poste d'Hollywood, et y'a la moitié de cette putain de division qui y a mis le doigt au pot, dans c't'histoire de mec zigouillé, à cause de cette putain de Brenda. Mickey le Youde sait bien que Jack l'a pas fait.

Upshaw bâilla — bouche grande ouverte.

— Tu m'ennuies, Vinnie. Des négros qui se goinfrent à l'héroïne plus Jack et Mickey associés, putain, ça me fait dormir. A propos, tu lis les journaux ?

Scoppettone secoua la tête, faisant voler des gouttes de sueur.

— Quoi ?

Upshaw tira de sa poche revolver un journal roulé.

— C'était dans le *Herald* de mardi dernier : "Dans la soirée d'hier, une tragédie s'est produite dans un salon à cocktails très convivial du district de Silverlake. Un homme armé a fait irruption au Moonmist Lounge, un pistolet de gros calibre au poing dans cette atmosphère amicale. Il a obligé le barman et trois clients à s'allonger au sol, a défoncé la caisse enregistreuse et a volé bijoux, portefeuilles et sacs à main des quatre victimes. Le barman a tenté de s'emparer du voleur qui l'a assommé à coups de pistolet. Le barman est mort ce matin de ses blessures au crâne à l'hôpital de la Reine des Anges. Les victimes qui ont survécu au cambriolage ont décrit l'assaillant comme "un Blanc de type italien, pas loin de la quarantaine, un mètre soixante-quinze, quatre-vingt-cinq kilos." Vinnie, c'est toi.

Scoppettone hurla :

— C'est pas moi !

Mal tendit le cou et plissa les yeux pour déchiffrer le journal d'Upshaw : il réussit à piquer un jeton sur une page entière, la liste des combats à l'Olympic la semaine dernière. Il se dit : "Te retiens plus, joue-le au bluff, frappe-le, une fois, ne te laisse pas emporter et c'est dans la poche."

— *Putain, c'est pas moi, ça !*

Upshaw se pencha au-dessus de la table, dur et fort, en plein dans la figure de Scoppettone.

— Putain, mais je m'en fous ! Ce soir je te colle en ligne, et les trois caves du Moonmist Lounge vont te reluquer de près. Trois Blancs bien braves qui croient que tous les Ritals, c'est des Al Capone. Tu vois, je ne veux pas t'agrafer pour le Sun-Fax, Vinnie, je veux que tu plonges pour de bon !

— Je l'ai pas fait !

— Prouve-le !

— Je ne peux pas le prouver !

— Alors, putain, tu vas plonger!

Scoppettone rassembla son corps tout entier dans la seule partie qui en restait libre, sa tête. Il la secoua ; il la tordit ; il lança le menton en arrière puis en avant tel un bélier qui voudrait défoncer un enclos. Mal eut un éclair : le môme l'avait épinglé pour un braquage de rab cette nuit-là ; il avait orchestré tout son numéro pour placer sa botte finale, le coup du journal. Il donna un coup de coude à Dudley et dit : "Pour nous"; Dudley leva les pouces en réponse. Vinnie Scoppettone essaya d'arracher sa chaise du sol : Danny Upshaw l'attrapa par les cheveux et lui claqua le visage — paume, revers, paume, revers — jusqu'à ce que Vinnie s'affaisse et bafouille :

— Je marche, je marche, je marche.

Upshaw murmura à l'oreille de Scoppettone ; Vinnie bavassa une réponse. Mal se redressa sur la pointe des pieds pour mieux entendre le haut-parleur et n'obtint que des grésillements. Dudley alluma une cigarette et sourit ; Upshaw pressa un bouton sous la table. Deux adjoints en uniforme et une femme, bloc sténo à la main, déboulèrent dans le couloir. Ils ouvrirent la porte de la salle d'interrogatoire et fondirent sur leur pigeon ; Danny Upshaw sortit et dit :

— Oh, merde !

Mal étudia sa réaction.

— Beau travail, adjoint. Vous avez été sacrément bien !

Upshaw leva les yeux vers lui, puis vers Dudley :

— De la ville, exact ?

— Exact, dit Mal, Bureau du Procureur. Je m'appelle Considine et voici le lieutenant Smith.

— Et c'est à quel sujet ?

— Mon gars, dit Dudley, nous allions vous gronder pour avoir fait du remue-ménage chez M. Herman Gerstein, mais maintenant, c'est comme l'eau qui aura coulé sous le pont. Maintenant, nous venons vous proposer un travail.

— *Quel travail ?*

Mal prit le bras d'Upshaw et lui fit faire quelques pas.

— Nous voulons infiltrer une taupe dans le cadre d'une enquête pour le grand jury sur les activités communistes dans les studios de cinéma. Un procureur très bien placé dirige la partie, et il sera à même de régulariser un transfert temporaire avec le capitaine Dietrich. C'est un boulot à faire carrière, et je pense que vous devriez accepter.

— Non.

— Vous aurez votre transfert pour le Bureau sans problème après l'enquête. Et vous serez lieutenant avant l'âge de trente ans.

— Non. Ce n'est pas ce que je veux.

— Et que voulez-vous ?

— Le triple homicide sur lequel je travaille — je veux avoir officiellement la charge de l'enquête, conjointement ville *et* comté.

Mal songea à Ellis Loew qui tiquerait, à d'autres gros pontes de la ville dont il pourrait graisser la patte pour obtenir satisfaction.

— Je crois que je peux arranger ça.

Dudley s'approcha, allongea une tape dans le dos d'Upshaw et lui fit un clin d'œil.

— Il y a une femme qu'il va falloir approcher et serrer de près, mon gars. Il se pourrait bien que tu sois obligé de la baiser à couilles rabattues.

— Je sauterai sur l'occasion avec plaisir, dit l'adjoint Danny Upshaw.

DEUXIEME PARTIE

UPSHAW, CONSIDINE, MEEKS

Chapitre 17

Il était de nouveau flic, acheté, payé, en règle, à égalité avec des gens pointure supérieure qui jouaient le jeu sérieux. La prime d'Howard avait effacé son ardoise chez Leotis Dineen, et si le grand jury réussissait à virer l'UAES des studios, il serait riche, pointure inférieure. Il avait un trousseau de clés qui ouvraient la maison d'Ellis Loew, il pouvait utiliser les services des employés de la ville qui taperaient et classeraient à son domicile. Il avait une "liste de cibles", des socialos laissés vierges par les grands jurys précédents. Et il avait *la* liste : toutes les grosses têtes de l'UAES sur lesquelles coller les saloperies qu'il allait dégoter ; finies les attaques directes, maintenant qu'ils étaient passés en souterrain et que les journaux allaient diffuser leurs articles bidons en déclarant que leur enquête était morte. Une heure auparavant, il avait demandé à sa secrétaire de joindre par téléphone, à fins de renseignements, son contact local chez les Fédés, Cartes Grises et Sommiers, ville et comté, ainsi que les Sommiers criminels des états de Californie, Nevada, Arizona et Oregon, pour obtenir des informations sur les rapports d'arrestations de Claire De Haven, Morton Ziffkin, Chaz Minear, Reynolds Loftis et trois pachucos qui n'étaient pas en odeur de sainteté : Mondo Lopez, Sammy Benavides et Juan Duarte, dont les noms portaient un astérisque qui les signalait comme "membres connus de gangs de jeunes". Le patron de la brigade pour mineurs du poste d'Hollywood avait été le seul à répondre ; il avait dit que ces trois-là étaient de mauvais numéros — membres d'une bande de zazous au début des années 40 avant de se refaire une virginité et de "passer politiques". L.A. Est serait sa première étape — une fois que sa secrétaire aurait logé le reste des réponses à ses demandes d'infos.

Buzz regarda autour de lui dans son bureau à la recherche de quelque chose pour tuer le temps ; il vit le *Mirror* du matin sur le paillasson et le ramassa. Il passa à la page de l'éditorial et gagna le gros lot en la

191

personne de Victor Reisel et de son édito, moins de vingt-quatre heures après que Mal le cocu ait présenté son plan à Loew.

Le titre disait : "Rouges 1 — ville de Los Angeles O. Trois sorties. Pas de témoins à la base." Buzz se mit à lire :

> Tout revient à une question d'argent — grand égalisateur et dénominateur commun. Un grand jury était à pied d'œuvre, un grand jury important qui serait allé aussi loin que les audiences de 1947 devant le Comité dc la Chambre des Activités Antiaméricaines. Une fois encore, on allait s'attaquer par le détail à la mainmise communiste sur l'industrie cinématographique — cette fois dans le contexte des conflits de main-d'œuvre qui agitent la Cité des Anges.
>
> L'Alliance Unifiée des Figurants et Machinistes est actuellement sous contrat avec nombre de studios à Hollywood. Le syndicat regorge de communistes et de sympathisants. L'UAES a présenté des revendications exorbitantes pour la renégociation de ses contrats et une locale de Camionneurs, qui aimerait profiter de l'occasion pour arriver à un accord amiable avec les studios, mettre le pied dans la place et ainsi remplacer l'UAES pour des salaires et participations raisonnables, manifeste actuellement contre eux. *L'argent.* L'UAES prêche implicitement la fin du système capitaliste tout en voulant une plus grosse part du gâteau. Les Camionneurs, dont les préoccupations sont en dehors de toute idéologie, veulent prouver leur courage et leur esprit d'entreprise sur pièces, en travaillant pour des salaires que les anticapitalistes méprisent. Hollywood, le show-biz : c'est un monde de dingues.
>
> Dinguerie n°1 : la pléthore de films pro-russes réalisés au début des années quarante ont été produits à partir de scripts en majeure partie rédigés par les soi-disant Têtes Pensantes de l'UAES.
>
> Dinguerie n° 2 : les Têtes Pensantes de l'UAES appartiennent à un total de 41 organisations que le Bureau du Procureur de l'Etat a qualifiées de couvertures coco.
>
> Dinguerie n° 3 : l'UAES veut une plus grosse part de ce lucre capitaliste répugnant ; les Camionneurs veulent du travail pour leurs gens ; un certain nombre de patriotes au Bureau du Procureur de L.A. avaient été désignés pour rassembler des preuves pour un grand jury à venir, lequel avait pour tâche de déterminer jusqu'où s'étendait l'influence, dans le biz du cinéma, des membres de l'UAES adorateurs du billet vert. Regardons les choses en face :

Hollywood est un outil sans pareil pour la dissémination de la propagande, et les cocos sont l'ennemi le plus insidieux, à l'intelligence la plus cruelle, auquel l'Amérique ait jamais eu à faire face. Une fois la porte ouverte au médium subtil du film de cinéma qui pénètre au plus profond de notre vie quotidienne, il n'y aurait plus de limites aux semences cancéreuses de la trahison que les Rouges bien placés dans cette industrie pourraient répandre — satires et attaques larvées contre l'Amérique, forgées de toutes pièces, exposées de manière subliminale de sorte que le public et les gens de cinéma aux idées de droite n'aient même pas conscience de subir un lavage de cerveau. Les hommes du Procureur ont approché plusieurs éléments subversifs, et ils tentaient de leur faire admettre l'égarement de leur conduite lorsque l'argent — grand égalisateur et dénominateur commun — redressa la tête pour apporter aide et réconfort à l'ennemi.

Le lieutenant Mal Considine, du bureau des enquêtes du Procureur, a déclaré : "La ville nous avait promis de l'argent sur le budget, puis elle nous l'a retiré. Nous manquons de personnel et maintenant de fonds, avec un arriéré d'affaires criminelles qui entravent notre action et dévorent un temps précieux que l'on pourrait consacrer aux rôles du grand jury. Nous serons peut-être à même de reprendre la collation des preuves et témoignages à nouveau pour l'année fiscale 51 ou 52, mais d'ici là, combien de brèches les communistes auront-ils ouvertes dans notre culture ?"

Combien, en effet ? Le lieutenant Dudley Smith, des services de police de Los Angeles, partenaire éphémère du lieutenant Considine dans l'enquête malheureusement éphémère du Bureau du Procureur, a déclaré : "Oui, tout revient à l'argent. La ville en a si peu, et il serait immoral et illégal de chercher un financement extérieur. Les communistes ne regimbent pas à exploiter le système capitaliste, pendant que nous vivons en en respectant les règles. Voilà la différence entre eux et nous. La loi de la jungle guide leur existence tandis que nous aimons trop la paix pour condescendre à l'accepter."

Rouges 1, ville de Los Angeles et amateurs de cinéma 0.

C'est vraiment un monde de dingues.

Buzz reposa le journal en songeant à Dud le Dingue en 38 — il avait travaillé un camé nègre au coup de poing en laiton et l'avait laissé à moitié mort pour avoir bavoté sur un manteau de cachemire, cadeau de

Ben Siegel graisse-la-patte. Il appuya sur l'interphone.

— Mon chou, des résultats avec ces coups de fil ?

— Toujours en attente, M. Meeks.

— Je sors. Je vais à L.A. Est. Vous voulez laisser les messages sur mon bureau, s'il vous plaît ?

— Oui, monsieur.

* * *

La matinée était fraîche, la pluie menaçait. Buzz prit Olympic jusqu'au bout, les Avions Hugues jusqu'à Boyle Heights avec un minimum de feux rouges ; pas de joli décor mais du temps pour réfléchir. Le 38 qu'il portait agrafé faisait pendouiller bizarrement ses boudins de lard ; son mouchard d'identification et le *Journal des Courses* pesaient de traviole dans ses poches, comme du lest au popotin qui l'obligeait à se tripoter l'entre deux pour remettre les choses à leur place. Benavides, Lopez et Duarte étaient soit des White Fences, des Ist Flats ou des Apaches ; les Mex des Heights étaient de braves gens, toujours désireux de faire de la lèche en bons caves et d'être de bons Américains. Ils lui fourniraient de bons renseignements — et cette simple idée l'ennuyait à mourir.

Il savait pourquoi : il y avait des années qu'il n'avait pas eu de femme qui ne fût ou une putain ou une starlette qui voulait approcher Howard. Audrey Anders lui faisait cavaler la cervelle à son gré, il en avait la tête tellement farcie que même un arrangement comme celui qu'il venait de conclure avec le Bureau du Procureur, un vrai bijou pourtant, faisait un bide complet. Parier avec Leotis Dineen, c'était une connerie pure et simple ; courir après Audrey était une connerie qui signifiait quelque chose — une raison pour qu'il cesse de se gorger de chateaubriands, de gratinées et de tourtes aux pêches pour perdre une chiée de kilos de lard et rentrer enfin dans sa garde-robe bien garnie — même s'ils ne devaient jamais pouvoir être vus en public ensemble.

Le Centre ville passa comme il était venu mais la femme était toujours là ; Buzz essaya de se concentrer sur son boulot, prit au nord sur Soto et se dirigea vers les collines en terrasses qui constituaient Boyle Heights. Les Juifs avaient cédé le quartier aux Mexicains avant la guerre ; Brooklyn Avenue était passée des puanteurs de pastrami et de poulaillers aux puanteurs des galettes de maïs et du porc frit. La synagogue qui faisait face à Hollenbeck Park était maintenant une église catholique ; les vieillards en calotte qui jouaient aux échecs sous les poivriers avaient été remplacés par des pachucos en pantalons kaki fendus dans le bas — qui se pavanaient, qui se pomponnaient, arpentant la route comme des coqs rengorgés en parlant l'argot des prisons. Buzz fit le tour du parc, à les reluquer en les cataloguant : chômeurs, entre vingt et trente ans, ils fourguaient probablement des cigarettes d'herbe à cinquante cents et récoltaient le prix de la protection qu'ils extorquaient aux commerçants juifs trop pauvres pour déménager vers Casher Canyon à Beverly et Fairfax. White Fences, Ist Flats ou Apaches tout crachés, avec tatouages entre pouce et majeur gauches. Dangereux quand ils étaient chauffés mescal, marijeanne, cachets de speed ou connasse ; ne restant pas en place quand ils s'ennuyaient.

Buzz se gara et fourra son bidule dans son pantalon, au creux du dos, ce qui n'améliorait guère la tenue de ses fringues. Il s'approcha d'un groupe de quatre jeunes Mexicains ; deux d'entre eux le virent arriver et décollèrent, apparemment pour se débarrasser d'un joint brûlant dans l'herbe, partir en reconnaissance et voir ce que la pute de flic gros lard voulait. Les deux autres restèrent là à contempler des cafards en bagarre : deux bestioles dans un carton à chaussures placé sur un banc, gladiateurs d'une arène bruyante pour le droit de dévorer le congénère mort, gluant de sirop d'érable. Buzz jeta un coup d'œil au spectacle alors que les pachucos faisaient semblant de ne pas l'avoir remarqué ; il vit un tas de pièces de dix cents et de quarts de dollars sur le sol et y laissa tomber un bifton de cinq :

— Une thune sur le connard avec la tache dans le dos.

Les Mexicains réagirent coolos ; Buzz les reluqua vite fait ; tatouages des White Fences sur deux avant-bras musclés ; les deux vatos* secs et vicieux, à la limite des welters ; un T-shirt sale, un propre. Deux paires d'yeux marron qui le reluquaient pour le jauger.

— Je blague pas. Ce connard a du style. Il danse comme Billy Conn.

Les deux pachucos montrèrent la boîte.

— Billy muerto, dit Propret.

Buzz baissa les yeux et vit son cafard au dos taché ventre en l'air, collé au carton dans une flaque sirupeuse et ambrée. Crado gloussa, récupéra monnaie et thune ; Propret prit un bâtonnet de crème glacée, dégagea le vainqueur de la boîte et le posa sur l'écorce d'un poivrier tout à côté du banc. La bestiole s'y accrocha en se pourléchant les antennes.

— Quitte ou double sur un truc que j'ai appris dans l'Oklahoma, dit Buzz.

— C'est quoi, un nom de Dieu de truc de flic ? dit Propret.

Buzz dégagea sa trique et la laissa pendouiller, accrochée à la lanière.

— Ça pourrait se dire. J'ai quelques questions sur des garçons qui ont habité dans le coin, et vous pouvez peut-être m'aider. Je réussis mon truc, vous parlez. Personne à balancer, rien que quelques questions. Je rate mon coup, vous vous cassez. Comprende ?

Le vato au maillot propre commença à s'éloigner ; Crado l'arrêta et montra le bâton de Buzz :

---

* Vatos : mecs.

— Qu'est-ce que ça a à voir là-dedans ?

Buzz sourit et recula de trois pas, les yeux sur le tronc d'arbre.

— Fils, tu fous le feu aux fesses du cafard et tu verras.

Propret sortit un briquet, l'alluma et maintint la flamme sous la bestiole victorieuse. La bestiole se carapata le long de l'arbre. Buzz prit ses marques, leva la trique au-dessus de l'épaule. Elle toucha et tomba au sol avec fracas ; Crado la ramassa et dégagea du doigt la purée qui engluait le bout.

— C'est lui. Pute Dieu !

Propret fit le signe de croix, version pachuco, la main droite se caressant les couilles ; Crado se signa façon classique. Buzz balança son bidule en l'air, le fit rebondir au creux du coude, le rattrapa, le fit tourner derrière son dos et le laissa toucher le trottoir avant de le ramener en position repos d'une secousse sur la lanière. Les Mexicains le regardaient bouche bée ; Buzz plaça son attaque alors qu'ils béaient toujours de la mâchoire.

— Mondo Lopez, Juan Duarte et Sammy Benavides. Ils jouaient aux truands dans le coin. Crachez le morceau en douceur et j'vous montrerai d'autres trucs.

Crado cracha un chapelet d'obscénités en espagnol ; Propret traduisit.

— Javier déteste les Ist Flats pire que des chiens. Pire que des putains de chiens vicieux.

Buzz se demandait si Audrey Anders marcherait à son petit numéro de trique.

— Alors ces garçons-là fricotaient avec les Flats ?

Javier cracha sur le trottoir — un beau poumonneux bien parlant.

— Des traîtres, mec. C'tait p't-êt en 43-44, les Fences et les Flats ont fait un conseil de paix. Lopez et Duarte, y devaient en faire partie, mais y z'ont rejoint les putains de crevures nazis, les Sinarquistas, pis après, ces putains de crevures coco de Sleepy Lagoon, alors qu'y z'auraient dû combattre avec nous. Ces putains d'Apaches, y z'ont nettoyé les Flats et les Fences en leur piquant leur putain d'emblème. J'ai perdu mon cousin Caldo.

Buzz détacha deux thunes de plus.

— Qu'est-ce que vous avez de plus ? Vous gênez pas pour être salauds.

— Benavides, c'était un salaud, mec. Il a violé sa propre putain de petite sœur.

Buzz distribua l'argent.

— Mollo maintenant. Parlez-moi un peu de ça, tout ce que vous savez avec des tuyaux sur la famille. *Mollo.*

— C'est rien qu'une rumeur, dit Propret, à propos de Benavides, et Duarte, il a un cousin qui est pédé, alors p't-êt qu'il est pédé lui aussi. Les pédés, c'est un truc de famille, j'ai lu ça dans la revue *Argosy.*

Buzz renfonça son bidule dans son falzar.

— Et leurs familles ? Qui est-ce qui a encore de la famille par ici ?

— La mère de Lopez est morte, dit Javier, et il a P't-êt encore des cousins à Bakersfield, je crois. C'cepté pour la maricon, presque toute la famille de Duarte est repartie pour le Mexique, et je sais que cette pute de Benavides a ses parents qui vivent sur la 4ème et Evergreen.

— Une maison ? Un appartement ?

Propret y alla de son couplet :

— Une petite cahute avec plein de statues devant. (Il mit un doigt en vrille contre sa tempe.) La mère est dingue. Loca grande.

Buzz soupira.

— C'est tout ce que je m'ramasse pour quinze billets et mon p'tit numéro ?

— Tous les vatos des Heights haïssent ces cabrons, demandez-leur.

— On pourrait foutre un peu de bordel, dit Propret, vous pourriez nous payer.

— Essayez de rester en vie, dit Buzz avant de prendre la direction de la 4ème et d'Evergreen.

* * *

La pelouse était un autel.

Des statues de Jesus s'alignaient face à la rue. Derrière, on avait fabriqué une étable à partir de bûchettes de gamin, des Lincoln Logs, et un étron de chien reposait dans la mangeoire du petit Jésus. Buzz alla jusqu'au porche et appuya sur la sonnette ; il vit la Vierge Marie sur une table basse. Le devant de sa robe blanche flottante portait une inscription : "Baisez-moi". Buzz en déduisit instantanément que M. et Mme Benavides ne voyaient pas trop bien.

Une vieille femme ouvrit la porte :

— *Quién ?*

— Police, madame, dit Buzz. Et je ne parle pas espagnol.

La vieille tripota un collier qu'elle portait au cou.

— Je parle *Inglés.* C'est après Sammy ?

— Oui, madame. Comment le savez-vous ?

La vieille indiqua le mur au-dessus d'un âtre en briques ébréchées. On y avait dessiné un démon — costume rouge, corne et trident. Buzz s'approcha et le reluqua de près. La photo d'un môme mex était collée à l'emplacement du visage, et une rangée de statuettes de Jésus levaient les yeux vers lui à partir du rebord du manteau, d'un regard mauvais. La femme dit :

— Mon fils Sammy. Communisto. Diable incarné.

Buzz sourit.

— On dirait que vous êtes bien protégée, Madame. Vous avez mis Jésus au boulot, il veille.

Mama Benavides attrapa une liasse de papiers sur le manteau et les lui tendit. La feuille du dessus était l'œuvre des services de publicité du Département d'Etat de la Justice — par ordre alphabétique, la liste des façades communistes ayant leur siège en Californie. On y avait coché le comité de défense de Sleepy Lagoon, avec une ligne entre parenthèses qui disait : "Ecrivez Boîte Postale 465, Sacramento, 14, Californie, pour obtenir la liste des membres." La vieille femme s'empara de la liasse, la feuilleta et mit le doigt sur une colonne de noms. Benavides, Samuel Tomas Ignacio, et De Haven, Claire Katherine, étaient marqués d'une étoile rouge.

— Là. La vérité c'est, communista y communisto de l'Antéchrist.

La vieille avait les larmes aux yeux. Buzz dit :

— Vous savez, Sammy a son caractère, mais je n'irais pas jusqu'à dire que c'est le démon.

— Ça vrai ! *Yo soy la madre del diablo !* Arrêtez-le ! Communisto !

Buzz montra le signe qui accompagnait Claire De Haven.

— Mme Benavides, que savez-vous de cette femme ? Donnez-moi quelques renseignements solides et ce bougnoule vérolé aura droit à ma trique.

— *Communista* ! Droguée ! Sammy l'a pris avec dans *clinica* pour guérir, et elle...

Buzz vit là une ouverture de première :

— Où est cette clinique, madame ? Dites-le moi lentement.

— Près océan. Docteur démon ! Putain communista !

La mère de Satan commença à faire du raffut pour de bon. Buzz se cassa de L.A. et prit la direction de Malibu — de l'air marin, un docteur qui était en dette avec lui, pas de combats de cafards, pas de madonnas à la baisez-moi.

LE GRAND NULLE PART

* * *

Le Pacific Sanitarium se trouvait à Malibu Canyon, une ferme nichée au pied des collines à huit cents mètres de la plage, où l'on vous séchait de vos défonces, gnôle ou came. Le bâtiment principal, le labo et les baraques d'entretien étaient entourés de fil de fer barbelé électrifié ; le prix à payer pour larguer casse-gueule, horse et barbitos de drugstore était de douze cents dollars par semaine ; on fabriquait l'héroïne pour détox sur place — par accord amiable entre le Dr Terence Lux, patron de la clinique, et le bureau de surveillance du comté de Los Angeles — l'accord se fondant sur une clause entendue selon laquelle les politicos de L.A. en mal de cure pouvaient s'y cuiter et cuver gratis. Buzz roula jusqu'à la grille en songeant à tous ceux qu'il avait recommandés au docteur Lux : pochards de la RKO et camés à qui l'on avait épargné la tôle et la mauvaise pub parce que le Dr Terry, chirurgien esthétique des vedettes, les avait acceptés chez lui, lui refilant dix pour cent en retour. Un cas avait laissé des cicatrices : une fille s'était envoyé une OD lorsque Howard l'avait virée de ses baisodromes de première catégorie pour la renvoyer marner dans le pain de fesses des bars d'hôtels. Il avait failli foutre le feu aux trois cents sacs que Lux lui avait recrachés pour l'histoire.

Buzz klaxonna ; la voix du garde à la grille retentit dans le biniou :

— Oui, monsieur ?

Buzz parla dans le récepteur près de la clôture.

— Turner Meeks, pour le Dr Lux.

— Un moment, monsieur, dit le garde ; Buzz attendit. Puis : "Monsieur, suivez la route jusqu'au bout de l'embranchement de gauche. Le Dr Lux est dans le couvoir."

La grille s'ouvrit ; Buzz longea la clinique et les bâtiments de l'entretien puis il tourna pour emprunter une route qui s'engageait après un virage dans un canyon miniature couvert de broussailles. Tout au bout se trouvait une cabane : clôture basse en grillage et toit en tôle. Des poulets piaillaient à l'intérieur ; quelques-uns des volatiles hurlaient comme si on les égorgeait.

Buzz se rangea, sortit de la voiture et regarda à travers le grillage. Deux hommes en cuissards et blouses kaki abattaient des poulets en leur taillant le cou de lames de rasoir montées sur tasseaux — les baguettes zazou que les bourres de la Brigade Emeutes avaient l'habitude de porter au début des années 40, et dont ils usaient pour déviriliser les bons à rien de Mex en leur tailladant leurs frusques. Les manieurs de baguette étaient doués : un coup net sur le cou, et au suivant. Les quelques volatiles survivants essayaient de s'enfuir en courant : leur panique était telle qu'ils se jetaient à pleine vitesse dans les murs, le toit et les zazouteurs. Buzz se dit : "pas de poulet au marsala au Derby ce soir" et il entendit une voix derrière lui :

— Je fais d'une pierre deux coucous. La plaisanterie est mauvaise, mais c'est bon pour les affaires.

Buzz se retourna. Terry Lux se tenait là — belle élégance racée et grisonnante, ainsi que le définirait le dictionnaire sous le terme "médecin".

— Salut, doc !

— Vous savez que je préfère docteur ou Terry, mais je me suis toujours montré indulgent envers votre style sans recherche. Vous êtes là pour affaires ?

— Pas exactement. C'est quoi, ça? Vous assurez aussi votre propre ravitaillement?

Lux montra l'abattoir qui était redevenu silencieux. Les hommes-baguettes balançaient les poulets morts dans des sacs.

— "Une pierre, deux coucous." Il y a des années de cela, j'ai lu une étude qui affirmait qu'un régime très riche en poulet n'offrait que des avantages aux gens hypoglycémiques, ce qui est la caractéristique de beaucoup d'alcooliques et de drogués. Pierre numéro un. Ma pierre numéro deux, c'est ma cure spéciale pour consommateurs de stupéfiants. Mes techniciens les vident de tout le sang vicié qui circule dans leurs veines pour le remplacer par du sang frais et sain porteur de vitamines, de minéraux et d'hormones animales. Ainsi donc, j'ai un couvoir et un abattoir. La rentabilité est incontestable, et mes patients en tirent profit. Qu'y a-t-il, Buzz ? Si ce n'est pas pour affaires, c'est que vous avez besoin d'un service. En quoi puis-je vous aider ?

L'odeur de sang et de plumes le faisait suffoquer. Buzz remarqua un système de treuillage qui reliait les cabanes d'entretien à la clinique, ainsi qu'une cabine de tram sur un quai d'arrivée à environ dix mètres derrière le poulailler.

— Montons à votre bureau. J'aurais quelques questions au sujet d'une femme dont je suis presque sûr, nom d'un chien, qu'elle a été une de vos patientes.

Lux fronça les sourcils et se cura les ongles d'un scalpel.

— Je ne divulgue jamais de renseignements confidentiels sur mes malades. Vous le savez. C'est la raison première pour laquelle M. Hugues et vous-même vous réservez l'exclusivité de mes services.

— Rien que quelques questions, Terry.

— Je suppose que de l'argent en échange, c'est hors de question ?

— Je n'ai pas besoin d'argent, j'ai besoin de renseignements.

— Et si je ne fournis pas les renseignements en question, je ne pourrai plus compter sur votre clientèle ?

Buzz hocha la tête en direction de la cabine.

— Pas de bifton, pas de tickson ! Soyez gentil avec moi, Terry ! En ce moment, je travaille pour la ville de Los Angeles et il pourrait me prendre l'envie soudaine de cracher le morceau sur toute la came que vous produisez ici.

Lux se gratta le cou de son scalpel.

— Uniquement dans un but médical, et avec l'approbation des hommes politiques.

— Doc, vous voulez m'faire croire que vous ne refourguez pas de votre crème à Mickey C en remerciement pour tous ceux qu'il vous envoie ? La ville hait Mickey, vous savez ?

Lux fit un signe de tête en direction de la berline de tram ; Buzz ouvrit la marche et y entra. Le docteur appuya sur un interrupteur ; des étincelles jaillirent des cables ; ils se mirent à monter lentement et arrivèrent à quai sur une plate-forme en surplomb jouxtant un portique d'où la vue sur la mer était spectaculaire. Lux conduisit Buzz le long d'une série de couloirs blancs aseptisés jusqu'à une petite pièce encombrée de classeurs. Des affiches médicales s'alignaient sur les murs : abécédaire en images du chirurgien plastique, reconstitutions faciales sur le modèle de Thomas Hart Benton *.

— Claire Katherine De Haven, dit Buzz. C'est une coco, ou quelque chose dans ce genre-là.

Lux ouvrit un classeur, feuilleta les dossiers, en sortit un et en lut la première page :

— Claire Katherine De Haven, date de naissance 5 mai 1910. Alcoolisme chronique maîtrisé, se drogue sporadiquement au phénobarbital, utilisatrice occasionnelle de Benzédrine, se shoote à l'occasion à l'héroïne en intra-musculaires. Elle a suivi par trois fois la cure spéciale dont je vous ai parlé, en 39, 43 et 47. C'est tout.

— Que dalle, c'est pas suffisant. Y'a pas de détails dans le dossier ? Quelques bons ragots ?

Lux tint le dossier en l'air :

— Il y a pour l'essentiel des diagrammes médicaux et des fiches de comptabilité. Vous pouvez les lire si vous le désirez.

— Non merci. Vous vous souvenez d'elle, Terry, et pas qu'un peu. Je sens ça. Alors mettez-moi au parfum.

---

* Thomas Hart Benton : homme politique 1782-1858, pionnier du Missouri, démocrate et esclavagiste.

Lux remit le dossier en place et referma le classeur.

— Elle a séduit quelques-uns des autres patients pendant son séjour ici. Ça a causé du remue-ménage, alors, en 43, je l'ai isolée. Les deux fois, elle a donné dans le remords, et à son deuxième tour de manège, je lui ai proposé mon aide comme psychiatre.

— Vous êtes psy ?

— Non, dit Lux en riant, mais j'aime bien inciter les gens à me dire des choses. En 43, De Haven m'a déclaré qu'elle voulait changer parce qu'un de ses petits copains mexicains s'était fait tabasser au cours des émeutes zazou et qu'elle voulait travailler de manière plus efficace pour la Révolte du Peuple. En 47, les Audiences Rouges dans l'Est lui ont fait perdre la boule — un de ses potes s'est fait coincer le truc dans la moulinette. L'HUAC a fait du bon boulot, Buzz. Remords en pagaille, OD, tentatives de suicide. Les meilleurs cocos, c'est les cocos qui ont de l'argent, vous n'êtes pas d'accord ?

Buzz repassa en mémoire le reste de sa liste de cibles.

— Qui s'est fait coincer le zob dans la moulinette, un micheton de Claire ?

— Je ne m'en souviens pas.

— Morton Ziffkin ?

— Non.

— Un de ses espingos ? Benavides, Lopez, Duarte ?

— Non, ce n'était pas un Mex.

— Chaz Minear, Reynolds Loftis ?

En plein dans le mille avec "Loftis" — une crispation des muscles du visage de Lux, qui se transforma en sourire bidon.

— Non, pas ceux-là.

— Conneries, dit Buzz. Vous crachez le morceau. *Tout de suite.*

Lux haussa les épaules — du bidon.

— J'avais le béguin pour Claire, et Loftis aussi. J'étais jaloux. Quand vous avez cité son nom, tout m'est revenu d'un coup.

Buzz se mit à rire — dans son numéro breveté de traîne-la-merde.

— De la merde en barre, oui ! Vous n'avez jamais eu le béguin que pour le fric, alors, putain, essayez de faire mieux que ça !

Le docteur sortit son scalpel et s'en tapota la jambe.

— Okay, que dites-vous de ceci ? Loftis achetait l'héroïne pour Claire, et je n'aimais pas ça. Je voulais sa reconnaissance pour moi seul. Satisfait ?

Une matinée bien remplie : la femme camée et baiseuse de mex, Benavides peut-être violeur de gamine, Loftis qui livrait du H à une consœur Rouge.

— A qui il le piquait ?

— Je ne sais pas. *Vraiment.*

— Rien d'autre qui vaille le coup ?

— Non. Vous n'avez pas quelque jolie laissée-pour-compte par Howard qui pimenterait un peu mon ordinaire hospitalier ?

— On se verra à la messe, doc !

* * *

Une pile de messages l'attendait au bureau à son retour, premières réponses aux demandes de renseignements téléphoniques de sa secrétaire. Buzz les feuilleta. Surtout du baratin, des infractions au code de la route, accompagnées de vieux trucs réchauffés sur les espingos ; attroupement illégal, agression mineure et voies de fait avec pour conséquence la maison de correction, rien de bien sérieux. Pas de saloperies sexuelles sur Samuel Tomas Ignacio Benavides, le "diable incarné" ; rien de dégueulasse sur le passé politique des trois ex-membres des White Fences. Buzz passa au dernier message — en provenance des services de police de Santa Monica en réponse au coup de fil de sa secrétaire.

> M. Meeks — 3/44. R. Loftis et un autre homme — Charles (Edington) Hartshorn DDN 6/9/1897, interrogatoire de routine pendant descente des Mœurs dans un bar d'invertis SM (Le Chevalier en Armure — 1684 Lincoln St — SM). Origine : vérification dossier Fed. Cartes Grises/Sommiers sur Hartshorn : pas cas. jud. pas infrac. code route. Avocat. Adresse : 419 S S. Rimpau L.A. Espère vous avoir aidé. Lois.

Le 419 Sud Rimpau, c'était Hancock Park, le territoire des faisans sous cloche de verre, les grandes et vieilles familles de L.A. ; Reynolds Loftis avait le béguin pour Claire De Haven, et maintenant, on aurait dit qu'il était partout. Il se passa un coup de rasoir électrique sur le visage, s'aspergea les aisselles d'eau de cologne et brossa un morceau de croûte, un reste de tourte, de sa cravate. Les pourris de fric l'avaient toujours rendu nerveux ; pourri de fric et pédale, c'était une combine dans laquelle il n'avait encore jamais mis le doigt.

Audrey Anders ne le quitta pas de tout le trajet ; il joua à prétendre que son Old Spice*, c'était son Chanel N°5 juste aux bons endroits. Le 419 Sud Rimpau était une résidence espagnole avec, en façade, une pelouse

---

* Old Spice : marque célèbre d'eau de toilette.

immense parsemée de parterres de roses ; Buzz se gara, appuya sur la sonnette et eut l'espoir de jouer le coup en solo ; pas de témoins si ça devenait méchant.

Un judas s'ouvrit, puis la porte. Une blonde faite au moule d'environ vingt-cinq ans avait la main sur la poignée, odalisque en kilt et chemise rose à pointes boutonnées.

— Bonjour. Etes-vous le monsieur des assurances qui vient voir papa ?

Buzz rabattit un pan de sa veste sur la crosse de son 38.

— C'est moi en effet. En privé, s'il vous plaît. Personne n'aime discuter d'affaires de cette importance en présence de sa famille.

La fille acquiesça, conduisit Buzz à travers l'entrée jusqu'à un bureau aux murs garnis de livres et le laissa là, porte entrouverte. Il remarqua un buffet à alcools et pensa à s'en jeter un petit — un remontant de milieu d'après-midi qui ne pourrait qu'ajouter à sa séduction. Puis : "Phil — qu'est-ce que c'est que cette histoire d'entretien en privé ?" l'empêcha d'aller plus loin.

Un homme petit et trapu, chauve avec une couronne de cheveux, avait ouvert la porte. Buzz montra son insigne ; l'homme dit :

— Qu'est-ce que ça veut dire ?

— Bureau du Procureur, M. Hartshorn. Je voulais simplement ne pas mêler votre famille à tout ceci.

Charles Hartshorn referma la porte et s'y adossa.

— Est-ce que ceci concerne Duane Lindenaur ?

Le nom ne disait rien à Buzz. Il se souvint alors de la dernière édition de la ville du *Tatler* : Lindenaur était l'une des victimes des meurtres d'homos dont lui avait parlé Dudley Smith — l'affaire que l'inspecteur du shérif qu'ils venaient de co-opter voulait à tout prix diriger.

— Non, monsieur. J'appartiens à la section du grand jury, et nous enquêtons sur la police de Santa Monica. Nous cherchons à savoir s'ils ont fait usage de la force lorsqu'ils ont fait une descente au Chevalier en Armure en 44.

Des veines palpitaient sur le front de Hartshorn ; sa voix avait la froideur d'un avocat en salle de conseil.

— Je ne vous crois pas. Duane Lindenaur a tenté de m'extorquer de l'argent il y a neuf ans — des allégations fallacieuses qu'il a menacé de faire transpirer auprès de ma famille. A l'époque, j'avais réglé cette affaire en faisant intervenir la loi, et il y a quelques jours, j'ai lu qu'il avait été assassiné. Je m'attendais à recevoir la visite de la police, et maintenant vous voici. Suis-je suspecté de la mort de Lindenaur ?

— Je ne sais pas et je m'en fiche, dit Buzz. Ceci concerne la police de

Santa Monica.

— Non, c'est inexact. Ceci se réfère aux allégations fallacieuses qu'avait faites Duane Lindenaur à mon encontre ainsi qu'à ma présence inopportune et imprévisible dans un salon à cocktails fréquenté par quelques individus peu respectables lorsque la police y a effectué une descente. J'ai un alibi pour l'heure à laquelle les journaux estiment que la mort de Duane Lindenaur et de l'autre homme se sont produites et je veux que vous le corroboriez sans mêler ma famille à cette histoire. Si vous en touchez, ne fût-ce qu'un seul mot, à ma femme et à ma fille, j'aurai votre insigne et votre tête. Me suis-je bien fait comprendre ?

Le ton de l'homme de loi s'était radouci ; son visage n'était plus qu'une immense grimace. Buzz tenta à nouveau la diplomatie :

— Reynolds Loftis, M. Hartshorn. On l'a agrafé en même temps que vous. Dites-moi ce que vous savez de lui, et je dirai à l'inspecteur du shérif qui a la charge de l'affaire Lindenaur de vous laisser tranquille, vous avez fourni un alibi. Ça vous plaît comme ça ?

Hartshorn croisa les bras sur sa poitrine.

— Je ne connais aucun Reynolds Loftis et je ne passe pas de marché avec de petits policiers crasseux qui puent l'eau de cologne bon marché. Quittez cette maison, tout de suite !

Le "Reynolds" de Hartshorn sonnait faux. Buzz alla jusqu'au cabinet à alcools, se remplit un verre de whisky et s'avança vers l'avocat, le verre à la main.

— Pour tes nerfs, Charlie. Je n'ai pas envie que tu me claques entre les doigts d'une crise cardiaque.

— *Sortez de ma maison, espèce de petit vermisseau crasseux !*

Buzz laissa tomber le verre, agrippa Hartshorn par le cou et le plaqua contre le mur.

— C'est pas le bon mec que tu houspilles, maître ! Le seul et dernier avec lequel il faut essayer de jouer au plus con. Alors, écoute bien, voici le topo : toi et Reynolds Loftis ou bien je vais dans le salon et je raconte à ta petite fille que papa suce les pines dans les toilettes pour hommes de Westlake Park et qu'il se fait ramoner le cul sur Selma et Las Palmas. Et si jamais tu souffles mot à quiconque que je t'ai forcé la main, tu vas te retrouver grâce à moi dans *Confidential Magazine* en train de bourrer des chouquettes négros déguisées en gonzesses. *Est-ce que je me fais bien comprendre ?*

Hartshorn était rouge comme une betterave, et les larmes lui coulaient sur le visage. Buzz lâcha son cou, vit l'empreinte de sa paluche et serra le poing. Hartshorn marcha en tremblant jusqu'au cabinet à alcools et prit la carafe de whisky. Buzz envoya un crochet au mur, en retenant son bras à la dernière seconde.

— Crache le morceau sur Loftis, nom de Dieu. Et me complique pas la vie, que je puisse foutre le camp d'ici.

Il y eut un tintement de verre contre verre suivi d'une respiration haletante avant le silence. Buzz contempla le mur. Hartshorn parla, d'une voix éteinte et creuse.

— Reynolds et moi, ça n'a été qu'une passade. Nous nous sommes rencontrés au cours d'une soirée qu'un metteur en scène, un Belge, avait organisée. L'homme était *très au courant**, et il organisait beaucoup de soirées en clubs pour les gens de notre... de son espèce. Ça n'est jamais devenu sérieux avec Reynolds parce qu'il voyait un scénariste, et il y avait un troisième homme dans l'histoire qui les inquiétait tous les deux. J'étais la pièce rapportée, aussi, il n'y a jamais...

Buzz se retourna et vit Hartshorn affalé dans un fauteuil, à se chauffer les mains autour d'un verre de whisky.

— Que savez-vous encore ?

— Rien. Je n'ai jamais revu Reynolds après cette fois-là au Chevalier en Armure. A qui allez-vous ...

— A personne, Charlie. Personne saura rien. Je dirai juste que j'ai appris que Loftis était ...

— Oh Seigneur, c'est de nouveau la chasse aux sorcières ?

Buzz sortit, accompagné par les sanglots du triste salopard.

* * *

Pendant qu'il appliquait ses poucettes, la pluie avait éclaté — en rideaux d'aiguilles très fines, le genre de déluge qui menaçait d'emporter les contreforts des collines jusqu'à l'océan et d'égoutter la moitié du bassin de L.A. comme au travers d'une passoire. Buzz paria trois contre un que Hartshorn la bouclerait ; deux contre un que de devoir à nouveau affronter les flics le rendrait complètement cinglé ; un contre un qu'un dîner au Nickodell et une soirée à la maison à rédiger son rapport sur les boues déterrées dans la journée, c'était exactement ce qui collait. Il sentait sur son propre corps la sueur du pédé qui tournait à l'aigre, mêlée à sa propre sueur ; il sentit approcher une grosse poussée de cafard, le blues de l'entubeur de poires. A mi-chemin de son bureau, il entrebâilla la vitre pour avoir un peu d'air, que la pluie le requinque, avant de changer de direction et de rentrer chez lui.

Chez lui, c'était les Appartements Longview sur Beverly et Mariposa, quatre pièces au sixième étage, exposition sud, une crèche meublée avec les laissés-pour-compte des décors de RKO. Buzz s'engagea dans le garage, largua sa tire et prit l'ascenseur. Assise près de sa porte, en robe

---

* En français dans le texte.

du soir lamé or à paillettes, éclaboussée de pluie, un vison mouillé sur les genoux, il trouva Audrey Anders. Le vison lui servait de cendrier ; lorsqu'elle vit Buzz, elle dit :

— C'est le modèle de l'année dernière. Mickey m'en offrira un nouveau. Et elle écrasa sa cigarette sur le col.

Buzz aida Audrey à se remettre debout et lui tint les mains un temps de trop.

— Ma chance a tourné à ce point-là ?

— Ne vendez pas la peau de l'ours. Lavonne Cohen est partie en excursion avec son club de mah-jong et Mickey croit que la chasse est ouverte avec moi pour gibier. Ce soir, ça devait être le Mocambo, le Grove et pour finir, un verre chez les Gerstein. J'ai piqué une rogne et je me suis taillée.

— Je croyais que vous et Mickey, c'était le grand amour.

— L'amour a son revers. Savez-vous que vous êtes le seul Turner Meeks dans les pages blanches de Central ?

Buzz déverrouilla la porte. Audrey entra, laissa tomber son vison au sol et passa le salon en revue. Le mobilier comprenait canapés et fauteuils en cuir de *Vacances à Londres* et têtes de zèbres montées sur trophées au mur sorties de *Jungle Bwana* ; les portes battantes qui conduisaient à la chambre avaient été récupérées dans le décor de saloon de *Fureur sur le Rio Grande*. La moquette était vert citron à rayures bordeaux ; le couvre-lit, un de ceux sur lesquels l'Amazone chasseresse de *La Chanson des Pampas* s'était fait faire une douceur. Audrey dit :

— Meeks, avez-vous *payé* pour tout ça ?

— Cadeaux d'un oncle fortuné. Vous voulez un verre ?

— Je ne bois pas.

— Pourquoi ?

— Mon père, ma soeur et mes deux frères sont ivrognes, alors je me suis dit que je m'en passerais.

Buzz se disait qu'elle avait sacrée allure — mais pas autant que lorsqu'elle n'était pas maquillée, vêtue d'une chemise de Mickey qui lui descendait aux genoux.

— Et vous êtes devenue effeuilleuse ?

Audrey s'assit, se débarrassa de ses chaussures et se réchauffa les pieds sur le vison.

— Oui, et ne me demandez pas de vous faire le numéro des pompons, parce que je ne le ferai pas. Meeks, qu'est-ce qui vous arrive ? Je croyais que vous seriez content de me voir.

— J'ai étendu un mec à froid aujourd'hui. C'était merdique.

Audrey tortilla des orteils, faisant sautiller le vison.

— Et alors ? C'est bien ce que vous faites pour vivre.

— Les mecs à qui je fais ça d'habitude se défendent un peu plus.

— Alors vous voulez dire que tout ça n'est qu'un jeu ?

Il avait dit une fois à Howard que les seules femmes qui en valaient la peine, c'était celles qui savaient à quoi vous marchiez.

— Y doit quand même y avoir queq'chose pour quoi on est plus doué que de casser des têtes et de se poser des questions.

La Fille Va-Va-Voom remonta le vison sur ses genoux d'un coup de pied.

— La chambre, ça vous paraîtrait excessif ?

Buzz se mit à rire.

— *Casbah Nocturne* et *Rose est le Paradis*. Ça vous dit quelque chose ?

— Ça, c'est un autre problème. Demandez-moi quelque chose qui donne à réfléchir.

Buzz ôta sa veste, dégrafa son étui et le lança sur un fauteuil.

— Okay. Est-ce que Mickey vous fait filer le train ?

Audrey secoua la tête.

— Non. Je l'ai fait cesser. J'avais l'impression d'être une moins que rien.

— Où est votre voiture ?

— A trois blocs d'ici.

Feux verts sur toute la ligne pour transformer ses conneries en épopée.

— Vous avez pensé à tout.

— Je ne pensais pas que vous diriez non. — Elle agita son vison — Et j'ai apporté ma serviette pour demain matin.

Buzz songea, RIP Turner Prescoff Meeks, 1906-1950. Il prit une profonde inspiration, rentra son lard, poussa les portes de saloon et commença à se désaper. Audrey entra à son tour et rit en voyant le lit — courtepointe en satin rose, baldaquin rose, gargouilles brodées de rose en guise de pieds. Elle fut nue en un claquement de boucle ; Buzz sentit ses jambes qui lâchaient en voyant ses seins se mouvoir libres. Audrey vint jusqu'à lui et fit glisser sa cravate, déboutonna sa chemise, dégrafa sa ceinture. Il se défit de ses chaussures et chaussettes debout ; sa chemise tomba au sol pendant que son corps tout entier était pris de tremblements. Audrey rit et suivit les marques de chair de poule sur ses bras avant de laisser courir ses mains sur ces parties de lui-même qu'il ne pouvait supporter : sa brioche en pointe, ses poignées d'amour, les cicatrices de coups de couteau qui remontaient jusqu'aux poils de sa poitrine. Lorsqu'elle se mit à le lécher à cet endroit, il sut que ce serait impec ; il la souleva pour lui montrer combien il était fort — ses jambes faillirent tout faire foirer — et la reposa sur son lit. Il se dégagea de son pantalon et de ses caleçons, tout seul, comme un grand, et s'allongea près d'elle — et en une demi-seconde, elle fut tout autour de lui, de ses bras et de ses jambes, visage contre visage et bouche ouverte, le poussant de tout son corps comme s'il était tout ce qu'elle avait jamais désiré.

Il l'embrassa — tendre, brutal, tendre ; il frotta le nez au creux de son cou et sentit le savon Ivory Soap — et non le parfum dont il avait prétendument joué. Il lui prit les seins dans les mains et en pinça les tétons, en se souvenant du moindre détail dont le moindre flic lui ait parlé à propos de la tête d'affiche du Burbank Burlesque. Audrey émit des bruits différents pour chaque partie d'elle qu'il touchait ; il l'embrassa entre les jambes, y joua de la langue et y gagna un grand bruit. Le grand bruit se fit de plus en plus grand ; les bras et les jambes d'Audrey s'animèrent en soubresauts incontrôlés. De la voir monter en plein délire faillit le faire partir tout de suite et il la pénétra afin de pouvoir être du partage. Les hanches d'Audrey qui repoussaient les couvertures le firent exploser dès son entrée ; il la serra, elle le serra, et il lui donna toute sa force afin d'apaiser leurs soubresauts en contrecoup. Elle pesait moitié moins, et réussissait malgré tout à le soulever de ses coups de butoir tout en continuant à jouir — il lui agrippa la tête, enfouit sa tête dans ses cheveux jusqu'à ce que son corps s'affaisse et qu'elle cesse de le combattre.

Ils étaient unis de sueur et de draps de satin rose. Buzz roula sur le côté, crochant le poignet d'Audrey d'un doigt pour que le contact de leurs peaux ne s'interrompe pas pendant qu'il reprenait son souffle. Huit ans sans une cigarette et il haletait comme un chien de piste — alors qu'elle était étendue, calme et immobile, avec une veine à l'arrière du bras battant contre son doigt, qui seule trahissait la course folle qui se poursuivait en elle. La poitrine de Buzz se souleva ; il essaya de trouver quelque chose à dire ; Audrey retraça de ses doigts les cicatrices de couteau.

— Ça pourrait devenir compliqué, dit-elle.

Buzz retrouva son souffle.

— Ça veut dire que tu penses déjà à la manière d'arranger le coup ?

Audrey fit de ses ongles des serres animales et fit semblant de le griffer.

— J'aime simplement savoir où j'en suis.

L'instant lui fuyait entre les doigts — comme si le danger n'en valait pas la peine. Buzz saisit les mains d'Audrey :

— Alors, ça veut dire que nous pensons à une prochaine fois ?

— Ce n'était pas la peine de poser la question. Je te l'aurais dit dans une minute.

— Moi aussi, j'aime savoir où j'en suis.

Audrey se mit à rire et dégagea ses mains.

— C'est toi le coupable, Meeks. Tu m'as fait réfléchir l'autre jour. Alors, quoi qu'il advienne, c'est toi le coupable.

— Ma douce, ne sous-estime pas Mickey. Avec les femmes, il est tout sucre, avec les gosses, tout feu tout flamme, mais les gens, il les tue.

— Il sait que je le quitterai tôt ou tard.

— Non. Il se dit que tu es une ex-effeuilleuse, une shiksa*, t'as trente ans passés et nulle part où aller. Tu lui fais une petite crasse, ça le fera peut-être bander un p'tit coup. Mais tu te casses, et c'est une aut' paire de manches.

Elle n'arrivait pas à croiser son regard. Buzz dit :

— Ma douce, où irais-tu ?

Audrey s'empara d'un oreiller et le serra dans ses bras, lui offrant un jeton sur ses deux quinquets marrons.

— J'ai de l'argent de côté. Un paquet. Je vais m'acheter une propriété avec des orangers dans la Vallée et je vais investir dans le financement d'un centre commercial. C'est un truc d'avenir, Meeks. Encore dix mille et je pourrai démarrer avec quinze hectares comme garantie.

Comme son terrain à lui : trente cinq dollars l'hectare pour quelque chose qui devait faire sa fortune à coup sûr.

— Où as-tu eu l'argent ?

— J'l'ai économisé.

— Avec ce que te refile Mickey ?

Audrey le surprit en envoyant balader son oreiller pour lui frapper la poitrine du doigt.

— Es-tu jaloux, *mon doux* ?

Buzz lui attrapa le doigt et le mordit tendrement.

— Peut-être un chouïa.

— Eh bien, y'a pas de raison. Mickey, il est jusqu'au cou dans son histoire de syndicats et son machin de drogue avec Jack Dragna, et je sais comment jouer cette partie. Ne te fais donc pas de bile.

---

* Shiksa : toute femme non juive.

— Ma douce, vaudrait mieux. Pasqu'y a pas de doute, c'est pas de la frime.

— Meeks, j'aimerais bien que tu arrêtes de parler de Mickey. Dans une minute, si tu continues, je vais regarder sous le lit.

Buzz songea au 38 dans la pièce d'à côté et à la chouquette d'avocat au cou meurtri et aux joues bouffies de larmes.

— Ça me plaît bien que ce soit dangereux d'être avec toi. J'aime ça.

Chapitre 18

Responsable en charge : Upshaw.

Patron de l'unité spéciale.

Seul maître à bord.

Danny se tenait dans la salle de revue vide du poste d'Hollywood, attendant de pouvoir s'adresser à *ses* trois hommes sur *son* affaire d'homicide — en train d'énumérer son catalogue de détails *à l'endroit même* où l'affaire Brenda Allen avait fait le plus de dégâts. Un dessin humoristique épinglé au tableau d'affichage était on ne peut plus parlant : Mickey Cohen portant la kippa sur laquelle était attaché le symbole du dollar, faisait danser deux adjoints du shérif en uniforme comme des pantins au bout de leurs ficelles. Une bulle donnait le détail de ses pensées : *Ben mon gars, qu'est-ce que je leur ai foutu au LAPD ! Heureusement que j'ai les flics du comté pour me torcher le cul à ma place !* Danny vit que le visage de Mickey était percé de petits trous ; on s'était servi du truand numéro un de L.A. comme d'une cible à fléchettes.

A l'avant de la pièce se trouvaient un pupitre et un tableau noir. Danny trouva de la craie et écrivit "Adjoint D Upshaw, LASD" en lettres bien grasses. Il se plaça derrière le pupitre comme Doc Layman devant les élèves de son cours de médecine légale et s'obligea à penser à son autre mission, afin de ne pas se sentir des fourmis dans tout le corps lorsque viendrait le moment d'étaler les articles de la loi devant *ses* hommes, trois inspecteurs plus âgés et plus expérimentés que lui. Ce boulot-là lui tombait dessus comme un petit somme ou une ronflette, mais c'était peut-être aussi une dose de potion magique pour garder au rancart ses pensées malheureuses et poursuivre le travail ; c'était la raison pour laquelle il se tenait triomphant en un lieu où l'on haïssait la police du comté plus que les violeurs de bébés. Ce marché, c'était comme un pincement que l'on se donne pour s'assurer que les grandes choses en marche ne sont pas de simples rêves — et il se pinça pour la dix-millionième fois depuis que le lieutenant Considine lui avait fait sa proposition.

Dudley Smith l'avait appelé chez lui hier après-midi, interrompant ainsi une longue journée passée à travailler sur ses dossiers en faisant durer ses whiskies noyés d'eau. L'Irlandais lui avait dit de le retrouver ainsi que Considine au poste d'Hollywood Ouest ; la magouille était en place via Ellis Loew, avec détachement temporaire contresigné à la fois par le chef Worton et le shérif Biscailuz. Il s'était brossé les dents, gargarisé et forcé à avaler un sandwich avant leur rencontre — anticipant une question précise, il avait pris les devants et bâti son mensonge pour y répondre. Puisqu'ils lui avaient déjà dit que ses activités de taupe s'exerceraient du côté de Variety International Pictures, qu'ils savaient qu'il y avait déjà encouru la colère de Gerstein, il lui avait fallu les convaincre que seuls le garde à la grille, le remanieur de dialogues et Gerstein l'avaient vu dans l'exercice de ses fonctions de flic. Ce fut la *première* question de Considine — et un reste de bourbon l'aida à se payer d'effronterie. Smith avait avalé le morceau tout cru, Considine après quelques bouchées, lorsqu'il leur avait sorti son boniment tout préparé sur la manière dont il modifierait complètement sa coupe de cheveux et sa tenue pour entrer dans la peau de son personnage, celui d'un idéaliste coco. Smith lui avait donné une pile de paperasses de l'UAES à emporter et étudier chez lui avant de lui faire parcourir une fournée de rapports psychiatriques en leur présence ; on passa ensuite au fait, dans toute sa brutalité.

Son travail, c'était de s'approcher du maillon tenu pour le plus faible de l'UAES — une femme facile du nom de Claire De Haven —, de gagner ses entrées aux réunions stratégiques du syndicat et découvrir ainsi leurs plans d'avenir. Pourquoi n'avaient-ils pas appelé à la grève ? Prêche-t-on au cours des réunions un recours effectif à la révolte armée ? Envisage-t-on de modifier avec des visées subversives le contenu des films de cinéma ? Est-ce que les têtes pensantes de l'UAES étaient tombées dans le panneau de Considine et de sa tactique secrète — monter de toutes pièces articles de journaux et communiqués radio déclarant que l'enquête du grand jury était enterrée ? Quelle était au juste la force des liens qui unissaient l'UAES au parti communiste ?

Un boulot à faire carrière.

— Vous serez lieutenant avant l'âge de trente ans.

— Il y a une femme qu'il va falloir approcher et serrer de près, mon gars. Il se pourrait bien que tu sois obligé de la baiser à couilles rabattues.

Une matraque à écrabouiller ses cauchemars.

Il s'était senti sûr de lui en quittant le briefing, ses dossiers sous le bras à l'exclusion des dossiers psychiatriques, avec la promesse de revenir se présenter au rapport l'après-midi même, pour une seconde réunion informelle à l'Hôtel de ville. Il retourna à son appartement, appela une douzaine de labos dentaires que Karen Hiltscher n'avait pas contactés et obtint que dalle, lut une douzaine de récits d'homicides d'homosexuels sans boire ou penser au château Marmont. C'est alors qu'il se sentit devenir *très* sûr de lui : il emporta ses raclures de sang du 2307 Tamarind jusqu'au bâtiment de chimie de l'USC* et soudoya un condisciple aux cours de médecine légale afin qu'il en détermine le groupe, espérant ainsi associer aux photos des giclures sur les murs les noms des victimes, bâtir sa reconstitution et obtenir de nouvelles coordonnées sur son homme. Son compagnon d'études ne tiqua même pas devant ce qu'il lui présenta et procéda aux tests ; Danny emporta chez lui ses données qu'il juxtaposa à ses photographies.

Trois victimes, trois groupes sanguins différents — le risque de révéler au grand jour des pièces à conviction obtenues de manière illégale valait la peine d'être couru. Le sang AB+ de Marty Goines correspondait aux giclures murales les moins soignées ; il avait été la première victime et l'assassin n'avait pas encore perfectionné sa technique de décoration intérieure. George Wiltsie et Duane Lindenaur, groupes O- et B+, avaient vu leurs sangs respectifs recrachés *séparément*, celui de Wiltsie en motifs moins recherchés, moins finis. Conclusions confirmées et conclusions nouvelles : Marty Goines avait été une victime sur-l'inspiration-du-moment, et le tueur s'était attaqué à lui avec une furie totale. Bien que plein d'un sentiment de défi suicidaire — comme en témoignaient les victimes deux et trois qu'il avait ramenées à l'appartement de Goines — il lui avait fallu une raison obligée de première grandeur pour porter son choix sur Marty le Dingue, raison qui pouvait être l'une de ces trois :

Il connaissait l'homme et voulait le tuer par haine — motivation personnelle bien définie.

Il connaissait l'homme, qui lui paraissait une victime satisfaisante, compte tenu de la commodité de la chose et/ou de sa soif lubrique de sang.

Il ne connaissait pas Marty Goines auparavant, mais il était parfaitement renseigné sur les boîtes à jazz du quartier des bronzés, pour savoir en confiance qu'il pourrait s'y trouver une victime.

Que *ses* hommes requadrillent le secteur.

Sur Wiltsie et Lindenaur :

L'assassin avait mordu et rongé et avalé avant de faire gicler le sang de Wiltsie en premier, parce que c'était celui qui l'attirait le plus. Le relatif raffinement des motifs du sang Lindenaur dénotait de la part du tueur satisfaction et assouvissement ; Wiltsie, prostitué mâle connu, était sa fixation sexuelle première.

Ce soir, avec la caution de deux services, il s'attaquerait à Felix Gordean, recruteur de talent et pourvoyeur, incidemment lié à la lopette de Wiltsie, Duane Lindenaur — pour essayer de comprendre qui étaient ces deux hommes.

---

* USC : université de Californie du sud.

Danny consulta l'horloge : 8.h 53 ; les autres policiers devraient arriver à 9 h. Il décida de rester derrière le pupitre, sortit son calepin et passa en revue le détail des tâches à affecter. Un moment plus tard, il entendit un discret raclement de gorge et leva les yeux.

Un blond trapu, la trentaine bien avancée, approchait dans sa direction. Danny se souvint de quelque chose que Dudley Smith lui avait dit : un de ses "protégés" de la Criminelle ferait partie de "l'équipe" pour mettre de l'huile dans les rouages et s'assurer que les autres "restent dans les rangs". Il se colla un sourire sur la figure et tendit la main ; l'homme la lui serra vigoureusement.

— Mike Breuning. Vous êtes Danny Upshaw ?

— Oui. C'est sergent ?

— Je suis sergent mais appelez moi Mike. Dudley vous transmet le bonjour et ses regrets — le patron du poste d'ici dit que Gene Niles doit travailler sur l'affaire avec nous. Il a été le premier sur les lieux, et il n'y a pas d'autre homme disponible à la Criminelle. C'est la vie, c'est ce que je dis toujours.

Danny fit la grimace, en se rappelant ses mensonges à Niles.

— Qui est le quatrième ?

— Un de nos gars, Jack Shortell, un sergent de brigade de l'annexe de San Dimas. Ecoutez, Upshaw, je suis désolé au sujet de Niles. Je sais qu'il déteste les hommes du shérif et il pense qu'il faudrait larguer tout le côté ville de l'affaire, mais Dudley m'a dit de vous dire : "N'oubliez pas, c'est vous le patron." A propos, Dudley vous aime bien. Il pense que vous irez loin.

Ce que *lui* avait flairé de Smith, c'était qu'il aimait faire du mal aux gens.

— C'est chic de sa part. Remerciez le lieutenant pour moi.

— Appelez-le Dudley et remerciez-le vous-même — vous êtes collègues maintenant sur cette histoire de cocos. Regardez, voilà les autres.

Danny regarda. Gene Niles ouvrait la marche direction l'avant de la salle ; venait derrière lui, portant des lunettes à monture d'acier, un homme grand, que Niles maintenait à distance respectueuse comme si tout le personnel du shérif était porteur de maladies. Il s'installa au premier rang sur une chaise et sortit calepin et stylo — pas de politesses, pas de reconnaissance de grade. L'homme de grande taille s'avança et salua Breuning et Danny d'une poignée de mains brève.

— Je suis Jack Shortell, dit-il.

Il avait au moins cinquante ans. Danny indiqua son propre nom au tableau noir.

— C'est un plaisir, sergent.

— Le plaisir est pour moi, adjoint. Votre première grosse affaire ?

— Oui.

— J'ai déjà participé à une demi-douzaine d'affaires de ce genre, alors n'ayez pas honte de pousser une gueulante si vous êtes coincé.

— Je n'aurai pas honte.

Breuning et Shortell se choisirent une rangée de chaises à l'opposé de Niles ; Danny indiqua une table devant le tableau — trois piles de papiers du LAPD/LASD sur les trois zigouillés, Goines/Wiltsie/ Lindenaur. Rien de conjectural en provenance de son dossier personnel ; rien sur la piste de Felix Gordean ; rien sur Duane Lindenaur, ancien extorqueur de fonds. Cigarettes et allumettes firent leur apparition, ils en grillèrent une ; Danny plaça le pupitre entre eux et lui et empoigna son premier commandement.

— A peu près tout ce que nous savons se trouve ici, messieurs. Rapports d'autopsie, main courante, mes résumés personnels comme officier responsable et premier sur les lieux pour la première victime. Le LAPD n'a pas jugé bon de faire passer le labo dans l'appartement où les victimes ont été assassinées, ce qui fait que des pistes potentielles ont été foirées. De tous les policiers qui ont travaillé sur les deux affaires séparément, j'ai été le seul à dénicher des pistes solides. J'ai rédigé séparément une chronologie des événements et j'ai joint les copies carbone aux paperasses officielles. Je vais passer maintenant en revue les points clés à votre intention.

Danny s'arrêta et fixa Gene Niles droit dans les yeux, Niles qui n'avait cessé de le tisonner de regards incandescents depuis qu'il avait cassé le LAPD pour avoir bousillé l'examen légal des lieux. Niles ne baissa pas les yeux ; Danny colla ses jambes au pupitre pour donner à sa voix encore plus de glace.

— La nuit du premier janvier, j'ai quadrillé Central Avenue Sud, le quartier où avait été volée la voiture qui a servi au transport du corps de Martin Goines. Des témoins oculaires ont logé Goines en compagnie d'un homme grand, entre deux âges, aux cheveux gris, et nous savons grâce aux rapports d'autopsie et à l'analyse de son sperme que le tueur est du groupe O+. Goines a été tué par une dose massive d'héroïne, Wiltsie et Lindenaur ont été empoisonnés par un mélange de barbituriques et de strychnine. Les trois victimes ont été mutilées de la même manière, lacérées de coupures au moyen d'un instrument connu sous le nom de baguette zazou, la région abdominale couverte de morsures occasionnées par les fausses dents que portait le tueur. Il est impossible que les dents en question soient des imitations de dents humaines. Soit qu'il portait des dents en plastique ou des imitations de dents animales ou des dents en acier, mais en aucun cas humaines.

Danny quitta Niles des yeux et embrassa du regard ses trois hommes.

Breuning fumait nerveusement ; Shortell prenait des notes ; le Grand Gene s'amusait à faire des trous de cigarette sur sa tablette. Danny ne regarda plus que lui et laissa tomber son premier mensonge :

— Nous avons donc un homme grand, entre deux âges, aux cheveux gris, capable de se dégoter de la horse et des barbitos, qui connaît un peu de chimie et qui sait chauffer une bagnole. Lorsqu'il a balancé à Goines sa dose de horse, il lui a fourré une serviette dans la bouche, ce qui signifie qu'il savait que les artères cardiaques du pauvre connard allaient péter et qu'il vomirait du sang. Donc il a peut-être quelques connaissances médicales. Je prends le pari qu'il sait fabriquer les dentiers, et hier j'ai eu un tuyau de l'un de mes indics : Goines était en train de rassembler une bande de cambrioleurs. Lorsque vous lirez mes condensés de rapports, vous verrez que j'ai interrogé un vagabond du nom de Chester Brown, un musicien de jazz. Il a connu Marty Goines au début des années 40 et il a déclaré qu'à l'époque, Goines était cambrioleur. Brown a fait état d'un jeune gars au visage brûlé qui était l'AC* de Goines, mais je ne crois pas qu'il trouve sa place dans le tableau. Donc si l'on ajoute "cambrioleur possible" à notre scénario, voici ce que nous allons faire.

Sergent Shortell, vous allez enquêter par téléphone sur la piste des fausses dents. J'ai une très longue liste de labos dentaires et je veux que vous les appeliez pour contacter la personne qui s'occupe du fichier des employés. Vous disposez d'arguments solides au départ pour faire le tri : groupe sanguin, signalement, dates des meurtres. Renseignez-vous également sur les prothésistes qui ont pu éveiller le moindre soupçon sur les lieux de leur travail, et si votre instinct vous dit que quelqu'un est suspect mais que vous n'avez pas son groupe sanguin, demandez copie de son casier judiciaire, de son dossier militaire au Centre de Recrutement ou de son dossier médical — ou appelez tous les endroits possibles où vous pourrez obtenir l'information.

Shortell avait tout noté, en acquiesçant au fur et à mesure ; Danny lui fit un petit signe de tête et piqua droit sur Niles et Breuning.

— Sergent Breuning et sergent Nilcs, vous allez me vérifier tous les dossiers Mœurs et Crimes Sexuels, ville, comté et municipalité par municipalité, pour relever tous les cas d'aberrations par morsures et éliminer les suspects potentiels grâce au signalement et au groupe sanguin de notre homme. Je veux que l'on contrôle tous les dossiers de tous les obsédés sexuels répertoriés dans la zone de L.A. Je veux une enquête plus poussée sur le passé de Wiltsie et de Lindenaur. Je veux qu'on me ressorte le registre des arrestations de Wiltsie pour prostitution, avec toutes ses coordonnées et ses AC. Je veux que vous recoupiez les renseignements d'ordre sexuel avec les casiers d'hommes blancs entre deux âges arrêtés pour cambriolages, territoires de la ville et du comté. Recherchez également les rapports d'arrestations de jeunes cambrioleurs

---

* AC : associé connu.

portant au visage des marques de brûlures en remontant jusqu'en 43. Pour chaque suspect possible, je veux les photos anthropométriques.

J'ai laissé de côté une approche possible de l'affaire à cause des problèmes de juridiction, et c'est là que les photos interviennent. Je veux que l'on montre ces photos à tous les refourgueurs d'héroïne et de barbitos connus sur la place — et pas de gants avec eux, du travail musclé, en particulier chez les bougnoules. Je veux que vous secouiez les puces à *vos propres* indics pour avoir des renseignements, appelez tous les commandants de toutes les brigades des Mœurs, et dites-leur de demander à leurs hommes des tuyaux auprès de leurs indics pour tout ce qui se daube sur les bars de tantouzes. Quelqu'un de grand, grisonnant, entre deux âges, fétichiste des morsures. Et je veux aussi que vous appeliez les Conditionnelles du Comté et de l'Etat pour tous les rambours possibles sur les mecs libérés sur parole, violents et bons pour l'asile. Je veux un re-quadrillage poussé de Griffith Park, Central Sud ainsi que de la zone où a été largué le corps de Goines.

Breuning grommela ; Niles parla pour la première fois.

— Vous voulez beaucoup de choses, Upshaw. Vous savez ça ?

Danny se pencha au-dessus de son pupitre.

— C'est une affaire importante, et vous aurez votre part des honneurs après l'arrestation.

Niles renâcla.

— C'est des conneries de pédés, on ne l'attrapera jamais, et si on l'attrape, y se passe quoi ? Ça vous tracasse de savoir combien de chochottes il aura viandées ? Moi pas.

Danny tiqua devant "pédés" et "chochottes" ; à fixer Niles, son regard vacilla et il se rendit compte qu'il n'avait pas utilisé le mot "homosexuel" dans le profil qu'il avait tracé du tueur.

— Je suis policier, alors ça me tracasse. Et cette affaire servira nos carrières.

— *Ta* carrière, fiston. T'as une affaire qui marche avec un petit procureur juif du centre.

— Niles, la ferme !

Danny regarda autour de lui pour savoir qui avait crié. Il se sentit un vibrato dans la voix et constata que ses doigts étaient bleus à force de serrer le pupitre. Niles lui lança un regard féroce qu'il ne réussit pas à contrer. Il pensa au reste de son topo et poursuivit, une trace de chevrotement dans la voix.

— Notre dernière approche n'est pas très claire. Les trois hommes ont été tailladés au moyen de baguettes zazou, qu'utilisaient, selon Doc Layman, les flics de la Brigade Emeutes. Il n'y a pas trace dans les archives d'homicides de ce type, et la plupart des agressions à la baguette zazou ont été le fait de Blancs sur des Mexicains et n'ont jamais été déclarées. Encore une fois, vérifiez ce point auprès de vos informateurs et faites le tri par confrontation avec le signalement et le groupe sanguin.

Jack Shortell gribouillait toujours ; Mike Breuning le regardait d'un air étrange, les yeux rétrécis en fentes. Danny se tourna vers Niles.

— Vous avez noté, sergent ?

Niles avait une nouvelle cigarette en route ; et il en cramait le dessus de son pupitre.

— Vous êtes comme les doigts de la main avec les Juifs, hein, Upshaw ? Mickey le Youde, y vous paie combien ?

— Plus que ce que vous a payé Brenda.

Shortell éclata de rire ; l'étrange regard de Breuning s'élargit en sourire. Niles jeta sa cigarette au sol et l'écrasa du pied.

— Pourquoi n'avez-vous pas communiqué votre piste sur la crèche de Marty Goines, monsieur le grand bonnet ? Putain, mais qu'est-ce qui pouvait bien se passer là-bas ?

Les mains de Danny firent sauter un éclat de bois du pupitre.

— Rompez, dit-il d'une voix qui était celle d'un autre homme.

* * *

Considine et Smith l'attendaient dans le bureau d'Ellis Loew ; Dudley le mastar raccrochait un téléphone sur les paroles de "Merci, mon gars." Danny s'assit à la table de conférence de Loew, avec la sensation que le "gars" en question, c'était Mike Breuning, le valet de son maître, au rapport sur son briefing.

Considine était occupé à écrire sur un bloc-notes ; Smith s'approcha et le salua avec force chaleur.

— Alors mon gars, et cette première matinée comme galonnard de la Criminelle ?

Danny savait qu'il savait — mot pour mot.

— Ça s'est bien passé, lieutenant.

— Appelle-moi Dudley. Dans quelques années tu me dépasseras en grade, et il faudrait que tu t'habitues à parler en supérieur à des hommes beaucoup plus âgés que toi.

— Okay, Dudley.

Smith éclata de rire.

— Mon gars, t'es un bourreau des cœurs. Pas vrai que c'est un bourreau des cœurs, Malcolm ?

Considine fit glisser son fauteuil près de Danny.

— Espérons que Claire De Haven pensera la même chose. Comment allez-vous, monsieur l'adjoint ?

— Je vais bien, lieutenant, dit Danny, sentant dans l'air que quelque chose n'allait pas entre ses supérieurs — mépris ou tension pure et simple, qui marchaient dans les deux sens — avec Dudley à la réception.

— Bien. Le briefing s'est bien passé alors ?

— Oui.

— Avez-vous lu les papiers que nous vous avons donnés ?

— J'ai pratiquement tout mémorisé.

Considine tapota son bloc.

— Excellent. En ce cas, nous commençons.

Dudley Smith s'installa à l'extrémité de la table ; Danny prépara son cerveau à écouter et *réfléchir* avant de parler. Considine dit :

— Voici quelques règles qu'il vous faudra suivre. Un, vous utilisez votre voiture de civil partout, à la fois dans votre travail de taupe *et* dans votre affaire d'homicide. Nous sommes en train de vous bâtir une identité, et nous aurons un premier scénario prêt tard ce soir. Vous allez devenir un petit gaucho qui habite New York depuis des années, c'est pour ça que nous avons des plaques de New York pour votre voiture, et nous vous avons élaboré tout un passé personnel qu'il vous faudra mémoriser. Lorsque vous ferez la tournée des postes de police pour y vérifier des rapports ou quoi que ce soit, garez-vous dans la rue à une distance d'au moins deux blocs, et lorsque vous partirez d'ici, descendez chez le coiffeur. Al, le barbier du maire Bowron, va vous débarrasser de cette coupe en brosse et vous taillera les cheveux de manière à ce que vous ressembliez un peu moins à un flic. J'ai besoin de connaître la taille de vos vêtements : pantalon, chemise, veste, chandail et chaussures, et je veux que vous veniez me retrouver au poste d'Hollywood Ouest à minuit. Votre nouvelle garde-robe et votre scénario coco seront prêts, et nous mettrons la touche finale à la manière d'opérer votre approche. C'est compris ?

Danny acquiesça, arracha un feuillet au bloc de Considine et nota les tailles de ses vêtements. Dudley Smith dit :

— Ces vêtements, tu les portes partout, mon gars. Même pour ton affaire pédé. Nous ne voulons pas que tes nouveaux amis socialos te voient dans la rue sous l'aspect d'un jeune flic tout pimpant. Malcolm, donnez donc à notre sémillant Daniel quelques répliques à contrer, des répliques à la De Haven. Voyons un peu comment il réagit.

Considine s'adressa directement à Danny.

— Adjoint Upshaw, j'ai rencontré Claire De Haven, et je crois que pour une femme, ça va être un morceau difficile à jouer. Elle est de mœurs légères, il se peut bien qu'elle soit alcoolique et qu'elle prenne de la drogue. Un de nos hommes est en train de vérifier son passé ainsi que le passé de quelques autres Rouges, comme ça, nous en saurons bientôt un peu plus sur elle. Je lui ai parlé une seule fois, et j'ai eu l'impression que les vannes et l'art de faire mieux que les autres, ça prenait bien avec elle. Je crois que ça l'excite sexuellement, et je sais qu'elle est attirée par les hommes qui ont votre apparence physique. Nous allons donc essayer un petit exercice maintenant. Je vous donne des répliques dont je pense qu'elles sont caractéristiques de Claire De Haven, vous, vous essayez de les contrer, prêt ?

Danny ferma les yeux pour mieux se concentrer.

— Allez-y.

— Mais certaines personnes nous qualifient de communistes. Cela ne vous gêne pas ?

— Ce vieux baratin sur la marque infamante, ça ne prend pas avec moi.

— Bien. On continue sur le même sujet. "Oh, vraiment ? Les politiciens fascistes ont ruiné nombre de gens politiquement éclairés en les calomniant de subversifs."

Danny s'empara d'une réplique d'une comédie musicale qu'il avait vue en compagnie de Karen Hiltscher :

— J'ai toujours eu un faible pour le rouge, mais chez les rouquines, poupée !

Considine éclata de rire.

— Bien, mais n'appelez pas De Haven "poupée", elle prendra ça pour une attitude condescendante. En voici une bonne : "Je conçois difficilement que vous puissiez abandonner les Camionneurs pour nous."

— Facile : "Les petits numéros comiques de Mickey Cohen feraient fuir n'importe qui."

— Bien, mais dans votre rôle de taupe, jamais vous n'auriez pu vous approcher de Cohen, et donc c'est quelque chose que vous ne sauriez pas.

Tempête sous un crâne chez Danny : les listes de plaisanteries sales et les romans à sensation que les gardiens se repassaient entre eux lorsqu'il travaillait à la prison principale du comté.

— Donnez-moi quelques vannes de sexe, lieutenant.

Considine passa à la page suivante de ses notes.

— Mais j'ai treize ans de plus que vous !

Danny prit un ton satirique :

— Un grain de sable dans la mer de notre passion.

Dudley Smith éclata d'un rire énorme ; Considine gloussa et dit :

— Vous pénétrez dans ma vie au moment même où je dois me marier. Je ne sais si je peux vous faire confiance.

— Claire, il n'y a qu'une seule raison *pour* me faire confiance. Et c'est que je ne réponds pas de moi lorsque je suis près de vous.

— Grande réplique, Upshaw. Et maintenant, une balle travaillée. "Vous êtes ici pour moi ou pour la cause ?"

Super facile : le héros d'un livre de poche qu'il avait lu en poste de nuit :

— Je veux tout. C'est tout ce que je sais, c'est tout ce que je veux savoir.

Considine repoussa ses notes de côté.

— Un peu d'improvisation là-dessus. "Comment pouvez-vous avoir une vision des choses aussi simpliste ?"

Les rouages de son cerveau cliquetaient à plein régime ; Danny cessa de se creuser la tête pour des répliques et vola en solo.

— Claire, il y a les fascistes et nous, et il y a vous et moi ? Pourquoi compliquez-*vous* toujours les choses ?

Considine, donnant dans la femme fatale :

— Vous savez que je suis capable de ne faire qu'une bouchée de vous.

— J'aime vos dents.

— J'aime vos yeux.

— Claire, combattons-nous les fascistes ou sommes-nous auditeurs libres en Physiologie 101 ?"

— Lorsque vous aurez quarante ans, j'en aurai cinquante-trois. Voudrez-vous toujours de moi alors ?

Danny, singeant le contralto de vamp de Considine :

— Nous danserons ensemble dans les bals à Moscou, ma douce.

— Moins forte, la satire sur les trucs politiques, je ne suis pas sûr de pouvoir compter sur son sens de l'humour dans ce domaine. Passons aux choses cochonnes. "C'est si *bon* avec toi."

— Les autres, ce n'était que des filles, Claire. Tu es ma première femme.

— Combien de fois as-tu déjà servi cette réplique ?

Zut alors, à la rigolade — à la manière d'un adjoint qu'il connaissait, très coureur de jupons :

— Chaque fois que je couche avec une femme de plus de trente-cinq ans.

— Et il y en a eu beaucoup ?

— Rien que quelques milliers.

— La cause a besoin d'hommes comme toi.

— S'il y avait plus de femmes comme toi, nous serions des millions.

— Et je dois en penser quoi ?

— Que je t'aime vraiment beaucoup, Claire.

— Pourquoi ?

— Tu bois comme un vrai mec, tu connais Marx, livre, chapitre et verset, et tu as des jambes superbes.

Dudley Smith se mit à applaudir ; Danny ouvrit les yeux et sentit qu'ils s'embuaient. Mal Considine sourit.

— Elle a effectivement des jambes superbes. Allez-vous faire couper les cheveux, monsieur l'adjoint. Je vous reverrai à minuit.

* * *

Le barbier du maire Bowron retailla la brosse un peu longue de Danny pour lui plaquer les cheveux en ailes de corbeau, ce qui lui modifia complètement le visage. Auparavant, il ressemblait à ce qu'il était : un Anglo-Saxon, cheveux sombres, yeux sombres, un policier qui portait des complets ou des ensembles pantalon-veste de sport partout où il allait. Maintenant il avait l'air vaguement bohémien, vaguement latin, un peu plus l'allure d'un gommeux. La nouvelle coupe de cheveux compensait par son côté désinvolte et crâne la tenue ; n'importe quel flic ne le connaissant pas, qui repérerait le renflement de son arme sous l'aisselle gauche, le harponnerait sur place en le prenant pour quelque gros bras en marge de la loi. Il se sentait tout flambard sous sa nouvelle allure après sa séance de vannes improvisées, comme si le château Marmont n'avait été qu'un hasard extraordinaire qu'il réfuterait une fois pour toutes en épinglant Claire De Haven. Danny retourna au poste d'Hollywood afin de se préparer à son deuxième assaut du Marmont et sa première attaque de Felix Gordean.

Il se dirigea droit vers la salle de brigade. Mickey Cohen s'y trouvait vilipendé sur les murs : des dessins humoristiques le représentaient en train de fourrer des billets dans les poches du shérif Biscailuz, de claquer du fouet à l'intention d'une meute de chiens de traîneau en uniformes du LASD, et de bourrer le cul de citoyens innocents à coups du cran d'arrêt qui dépassait de sa kippa. Danny contra tout un assortiment de regards interrogateurs, trouva le recoin aux archives et s'attaqua aux dossiers des obsédés sexuels — en tête à tête avec la bête —, ses munitions pour l'interrogatoire de Gordean.

Il y en avait six classeurs pleins : chemises moisies bourrées de rapports événementiels, avec photos agrafées en première page intérieure. Le classement n'était pas par ordre alphabétique, et il n'y avait aucune logique dans la répartition par infraction au code — les épisodes homosexuels s'entassaient au milieu de cas d'exhibitionnisme pur et simple et d'agressions sexuelles sur enfants ; écarts de conduite, infractions et crimes voisinaient côte à côte. Danny passa en revue les deux premiers dossiers du classeur supérieur et comprit soudain la raison d'un boulot saboté à ce point : les hommes de la brigade voulaient chasser toutes ces pitoyables informations de leur vue et de leur esprit. Sachant qu'il lui *fallait* regarder, il plongea.

Presque toute la doc concernait les homos.

Le grand magasin Broadway sur Hollywood et Vine avait, au quatrième, des toilettes pour hommes connues sous le nom de "Paradis des Suceurs de Pines". Des invertis entreprenants avaient foré des trous dans les parois, offrant ainsi la possibilité aux occupants de chiottes adjacents d'une copulation orale. Si vous vous gariez dans l'une des allées de Griffith Park, un mouchoir bleu attaché à l'antenne de votre voiture, vous étiez pédé. Au coin de Selma et Las Palmas se réunissaient les anciens tôlards ayant un penchant pour le viol anal et les jeunes garçons. Le slogan en latin au dos des paquets de cigarettes Pall Mall — "In Hoc Signo Vinces" — traduit par "De ce signe nous vaincrons" — était un moyen timide de reconnaissance — qui perdait toute sa timidité lorsqu'il s'associait à une chemise verte le jeudi. Le travesti mexicain musclé qui taillait des pipes aux marins derrière le Chinois de Grauman était connu sous le nom de "Dan Le Bourrin" ou de "Danielle La Bourrique" parce qu'il/elle possédait une pine de trente centimètres. La Compagnie de Taxis E-Z était dirigée par des homos, et ils vous livraient un garçon, des films porno pédés, de la vaseline KY qualité extra, des barbitos, ou votre marque de gnôle favorite vingt-quatre heures sur vingt-quatre.

Danny poursuivit sa lecture, les genoux flageolants et l'estomac retourné, il faisait son apprentissage. Lorsqu'il voyait une date de naissance entre 1900 et 1910, ou 1m80 et plus sur la feuille jaune d'un Blanc, il allait vérifier les photos anthropo ; tous ceux auxquels il rivait son regard étaient trop laids ou trop pathétiques pour être *son* homme — ce qui s'avérait toujours par la suite lorsqu'il parcourait les rapports d'arrestations à la recherche des groupes sanguins.Thomas (PDN*) Milnes, 1m85, 4/11/07, s'exhibait devant les petits garçons avant de supplier les agents qui l'avaient arrêté de le passer à tabac ; Cletus Wardell Hanson, 1m82, 29/4/04, transportait toujours une perceuse électrique afin d'ouvrir de nouvelles voies dans les territoires à pompiers, avec comme spécialité les toilettes pour hommes des restaurants. Une fois à l'ombre, il mettait son cul aux enchères : enfilades par groupes

---

* PDN : pas de deuxième nom.

entiers, un paquet de cigarettes par homme. Willis (PDN) Burdette, 1m92, 1/12/1900, était une pute de rue syphilitique, qui s'était fait tabasser à en perdre la cervelle par une demi-douzaine de caves auxquels il avait refilé la maladie. Darryl Wishnick "Bleu Lavande", 1m80,10/3/03, organisait des orgies dans les collines entourant le Panneau d'Hollywood et aimait fourrer les jolis garçons revêtus de l'uniforme des forces armées des Etats-Unis.

Quatre heures de passées, quatre classeurs en moins. Danny sentit que son estomac se calmait pour crier sa faim et son envie de boire un verre, comme à son habitude au milieu de l'après-midi. C'était réconfortant ; tout comme la nouvelle coiffure qu'il ne se lassait pas de caresser de ses doigts en peigne, et les nouvelles améliorations sur sa nouvelle identité dont il ferait part à Considine ce soir : rien d'apparence définitive dans son appartement — il arrivait de New York ; il faudrait qu'il laisse son calibre, ses menottes et son boîtier d'identification à la maison lorsqu'il ferait le coco. Tout ce qu'il y avait dans les quatre premiers tiroirs ne convenait pas à son homme, et ne s'appliquait pas aux mauvais moments passés devant la fenêtre de Felix Gordean. C'est alors qu'il passa au classeur cinq.

Il y avait un semblant d'ordre dans les dossiers — chaque dossier portait tamponné "Pas de poursuites", "Abandon de l'accusation" ou "Verif. avec arrestations futures". Danny se plongea dans la lecture de la première poignée et obtint du sexe pur et dur, mâle-sur-mâle, avec arrestation mais pas de tribunal : coïtus interruptus dans les voitures en stationnement ; caftage de mecs vivant à la colle par des proprios choqués ; des toilettes rendez-vous dénoncées par le propriétaire du cinéma avant qu'il ait les foies par peur de mauvaise publicité. Du sexe pur et dur en phraséologie flic : abréviations, termes techniques pour l'acte en question et quelques apartés humoristiques de la part de flics des Mœurs facétieux.

Danny sentit que ses tremblements revenaient. Les dossiers comportaient deux feuillets jaunes jumeaux — deux séries de clichés anthropo, les deux participants en noir et blanc. Il parcourait les pages à la recherche des dates de naissance et des signalements, mais revenait sans cesse aux photos, les superposant les unes aux autres, jouant avec les visages — les faisant plus jolis, moins tôlards. Au bout d'une demi-douzaine de dossiers, il trouva sa synchro : un coup d'oeil aux photos, un rapide regard au rapport d'arrestation, retour aux clichés et mise en images de la scène avec versions enjolivées des deux bourreurs-laiderons agrafés en première page. Bouches sur bouches ; bouches en entrejambes ; sodomie, fellation, soixante-neuf, Homme-Caméra porno, avec une petite voix qui disait : "C'est pour l'enquête", lorsqu'un détail le frappait avec tant de force que son estomac chavirait au point de sentir ses intestins lâcher. *Rien* sur un grand mec entre deux âges pour l'arrêter et le faire réfléchir ; rien que des images, à feu nourri, comme dans les films muets des nickelodéons.

Des couvre-lits moites de baise.

Un homme blond et nu reprenant son souffle, des veines palpitant sur ses jambes.

Gros plans rapprochés de pénétrations atroces.

"'C'est pour l'enquête".

Danny rompit le chapelet d'images — et transforma tous ses mignons en quadra-quinquagénaires grisonnants ; tous étaient son tueur. Savoir que le tueur n'avait des rapports sexuels que pour faire mal l'aida à mettre un frein à ses fantasmes ; Danny retrouva ses jambes et vit qu'il s'était arraché du crâne une longue mèche de sa nouvelle coiffure à force de tirer dessus. Il reclaqua le classeur avec force ; il se rappela quelques termes du jargon pédé et les plaça au milieu des questions qu'il poserait à Felix Gordean — lui-même dans le rôle du jeune inspecteur brillant qui arrivait fin prêt, capable de parler franc et clair à n'importe qui — même si c'était de sexe tordu à un maquereau de pédés.

De flic à voyeur et on recommence.

Danny rentra chez lui, se doucha et inspecta son placard pour se trouver le meilleur costume qui irait avec sa nouvelle coiffure ; il se décida pour un complet noir en laine peignée que lui avait offert Karen Hiltscher — trop raffiné, trop cintré aux épaules, aux revers trop minces. Lorsqu'il le revêtit, il constata qu'il lui donnait un air dangereux — et les épaules étroites faisaient ressortir son revolver 45. Après deux verres qu'il fit passer par un bain de bouche, il se rendit au château Marmont.

La nuit était humide et fraîche, porteuse de pluie. La cour intérieure résonnait d'échos de musique — crescendo de cordes, rythmes boogie et trémolos de vieilles ballades. Danny emprunta l'allée qui menait au 7941, empêtré par la coupe du costume de Karen. Le 7941 était illuminé, les rideaux de velours grands ouverts, ces mêmes rideaux qu'il avait percés de ses regards ; la piste de danse vieille de trois soirs luisait derrière une vaste baie vitrée. Danny se trémoussa dans sa veste et sonna.

Un carillon retentit ; la porte s'ouvrit. Un homme de petite taille se tenait devant lui, portant barbe courte et sombre et cheveux dégarnis soigneusement dégradés. Il était vêtu d'un smoking avec ceinture en tartan et tenait négligemment un ballon de cognac contre sa jambe. Danny sentit cette même fine Napoléon de cinquante ans d'âge qu'il s'offrait une fois l'an en récompense pour avoir passé Noël en compagnie de sa mère. L'homme dit :

— Oui ? Vous êtes du shérif ?

Danny remarqua qu'il avait déboutonné sa veste, laissant apparaître son arme.

— Oui. Etes-vous Felix Gordean ?

— Oui, et je n'apprécie guère les *faux pas** de la bureaucratie. Entrez.

Gordean s'écarta ; Danny entra et fit courir son regard autour de la pièce où il avait entrevu des hommes qui dansaient et s'embrassaient. Gordean alla jusqu'à une bibliothèque et tendit la main derrière l'étagère supérieure pour y récupérer une enveloppe. Danny réussit à apercevoir l'adresse : 1611 Sud Bonnie Brae, là où se conduisaient toutes les opérations Mœurs des Services du shérif pour Central, là où les books récalcitrants se faisaient passer au gant de fer, là où les racoleuses récalcitrantes passaient à la révision, là où se pointaient les enveloppes pour services rendus. Gordean dit :

— Je la mets toujours au courrier. Dites au lieutenant Matthews que je n'apprécie guère les visites en personne avec ce qu'elles impliquent de menaces d'extorsions supplémentaires.

Danny laissa la main de Gordean se suspendre devant ses yeux — ongles polis, une émeraude au doigt qui devait valoir près d'un bâton en liquide.

— Je ne porte pas les valises, je suis inspecteur et j'enquête sur un triple homicide.

Gordean sourit et laissa pendre l'enveloppe au bout de son bras.

— En ce cas, permettez-moi de vous initier aux rapports qui m'unissent à votre Service, M...

— Adjoint Upshaw.

— M. Upshaw, je coopère totalement avec les Services du shérif, en échange de certaines courtoisies, dont la première est que l'on me contacte par téléphone lorsque l'on désire obtenir quelques renseignements. Comprenez-vous ?

Danny eut une étrange sensation : la glace de Gordean le rendait glacé à son tour.

— Oui, mais puisque je suis sur place...

— Puisque vous êtes sur place, dites-moi en quoi je puis vous être utile. Jamais encore on ne m'a interrogé sur un triple homicide, et je suis curieux.

Danny lâcha les noms de ses trois victimes à toute vitesse.

— Marty Goines, George Wiltsie et Duane Lindenaur. Morts ; violés et mutilés à mort.

La réaction de Gordean fut encore plus de glace.

— Je n'ai jamais entendu parler de Marty Goines. Au fil des années, par mon entremise, George Wiltsie a été présenté à certaines personnes, et je

---

* Faux pas : en français dans le texte.

crois que George a fait état devant moi de Duane Lindenaur.

Danny eut la sensation de fouler un iceberg ; il savait que l'effet de choc et de dégoût ne marcherait pas.

— Duane Lindenaur était un extorqueur de fonds, M. Gordean. Il a fait la rencontre d'un dénommé Charles Hartshorn et tenté de lui extorquer de l'argent — au cours d'une soirée prétendument organisée par vous-même.

Gordean lissa les revers de son smoking.

— Je connais Hartshorn, mais je ne me souviens pas d'avoir effectivement rencontré Lindenaur. Et j'organise beaucoup de soirées. Quand se situait cette prétendue soirée ?

— En 40 ou 41.

— Cela fait bien longtemps. Vous me dévisagez d'un regard pénétrant, M. Upshaw. Y a-t-il une raison à cela ?

Danny toucha ses propres revers, s'aperçut de ce qu'il faisait et arrêta.

— D'habitude, j'ai au moins droit à un "mon Dieu !" ou une crispation du visage lorsque je déclare à quelqu'un qu'une personne de sa connaissance a été assassinée. Vous n'avez pas eu un cillement.

— Et vous trouvez cela consternant ?

— Non.

— Curieux ?

— Oui.

— Suis-je effectivement suspect de ces meurtres ?

— Non, vous ne correspondez pas au signalement de mon tueur.

— Exigez-vous que je vous fournisse des alibis afin d'établir mon innocence plus avant ?

Danny comprit en un éclair qu'un expert était en train de le jauger.

— Très bien. Nuit de la Saint-Sylvestre et nuit du quatre janvier. Où étiez-vous ?

Pas une seconde d'hésitation.

— J'étais ici, maître d'hôte de soirées courues. S'il vous faut vérifier, demandez, je vous prie, au lieutenant Matthews de le faire pour vous — nous sommes de vieux amis.

Danny vit des éclairs de *sa* soirée : tangos noir-sur-noir encadrés de velours. Il tressaillit et fourra les mains dans ses poches ; le regard de Gordean tiqua devant cet étalage de nerfs. Danny dit :

— Parlez-moi de George Wiltsie.

Gordean alla jusqu'au cabinet à alcools, emplit deux verres et revint, les verres à la main. Danny sentit que c'était du bon et fourra les mains plus profond pour ne pas tenter de s'en saisir.

— Parlez-moi de George Wiltsie.

— George Wiltsie avait cette image masculine que nombre d'hommes trouvent séduisante. Je le payais pour qu'il assiste à mes soirées, s'habille correctement et se conduise en civilisé. Il faisait des rencontres ici, et les hommes en question me versaient des honoraires. J'imagine que Duane Lindenaur devait être son amant. C'est tout ce que je sais sur George Wiltsie.

Danny prit le verre que lui offrait Gordean — il aurait ainsi les mains occupées.

— Auprès de qui avez-vous arrangé le coup avec Wiltsie ?

— Je ne m'en souviens aucunement.

— Vous *quoi* ?

— Je suis le maître d'hôte de mes soirées, les invités arrivent et rencontrent les jeunes hommes que je fournis, l'argent m'est adressé de manière discrète. Beaucoup de mes clients sont des hommes mariés avec charge de famille, et le fait de garder ma mémoire vide est un service supplémentaire que je leur fournis.

Le verre tremblait dans la main de Danny.

— Et vous espérez que je vais croire ça ?

Gordean sirota son cognac.

— Non, mais j'espère que vous accepterez cette réponse comme étant tout ce que vous obtiendrez de moi.

— Je veux voir vos livres, et je veux voir une liste de vos clients.

— Non. Je ne rédige rien. Voyez-vous, d'aucuns pourraient y voir un désir d'exploiter les bassesses humaines.

— Alors donnez-moi des noms.

— Non, et ne me posez plus cette question.

Danny s'obligea à ne toucher que le verre ; à ne goûter le cognac que du bout des lèvres. Il fit tournoyer le liquide et le huma, enserrant la tige de verre de deux doigts — et s'arrêta en se rendant compte qu'il imitait Gordean.

— M. Gor...

— M. Upshaw, nous sommes arrivés à une impasse. Alors permettez-moi de suggérer un compromis. Vous avez déclaré que je ne correspondais pas au signalement de votre tueur. Très bien, décrivez-moi votre tueur, et j'essaierai de me souvenir si George Wiltsie a été en contact avec un homme de ce type. Si tel est le cas, je transmettrai l'information au lieutenant Matthews, et il en fera ce que bon lui semblera. Cela vous satisfait-il ?

Danny éclusa son verre — de la réserve personnelle à trente dollars, disparue en une goulée. Le cognac le brûla en descendant ; sa voix se fit râpeuse sous le feu de l'alcool.

— Le LAPD est derrière moi sur cette affaire, ainsi que le Bureau du Procureur. Ils n'apprécieraient peut-être pas que vous vous cachiez derrière un flic des Mœurs corrompu.

Gordean sourit — très légèrement.

— Je ne dirai pas au lieutenant Matthews que vous avez dit cela, de même que je ne dirai rien à Al Dietrich la prochaine fois que je lui adresserai, ainsi qu'au shérif Biscailuz, des laissez-passer pour venir jouer au golf dans mon club. J'ai également de *bons* amis au LAPD comme au Bureau. Un autre verre, M. Upshaw ?

Danny compta mentalement — un, deux, trois, quatre — mettant le holà à sa fougue. Gordean emporta son verre, alla jusqu'au bar, versa une deuxième dose, et revint, arborant un nouveau sourire — le grand frère qui essaie de mettre le petit jeune à l'aise.

— Vous connaissez les règles du jeu, M. l'adjoint. Pour l'amour du ciel, cessez de réagir comme un boy-scout indigné !

Danny ignora le cognac et se concentra sur le regard de Gordean pour y lire des signes de crainte.

— Blanc, quarante-cinq à cinquante ans, plus d'un mètre quatre-vingts, avec une impressionnante masse de cheveux gris.

Pas de crainte ; un plissement songeur du front. Gordean dit :

— Je me souviens d'un homme grand, à la chevelure sombre, du consulat mexicain, qui est sorti avec George, mais il avait la cinquantaine pendant la guerre. Je me souviens de plusieurs autres hommes plutôt rondelets qui trouvaient George séduisant, et je sais qu'il sortait régulièrement avec un homme très grand aux cheveux roux. Cela vous aide-t-il ?

— Non. Et des hommes répondant à ce signalement en général ? Y en a-t-il qui fréquentent vos soirées ou qui utilisent régulièrement vos services ?

Un air toujours aussi songeur. Gordean dit :

— C'est cette impressionnante masse de cheveux qui détruit tout. Les seuls hommes grands, entre deux âges, avec lesquels j'ai affaire, sont quasiment chauves. Je suis désolé.

Danny se dit : "Non, tu ne l'es pas — mais tu dis probablement la vérité."

— Que vous a dit Wiltsie au sujet de Lindenaur ?

— Uniquement qu'ils vivaient ensemble.

— Saviez-vous que Lindenaur avait tenté d'extorquer de l'argent à Charles Hartshorn ?

— Non.

— Avez-vous entendu parler d'autres tentatives d'extorsion de la part de Wiltsie ou de Lindenaur ?

— Non, je n'ai rien entendu.

— Et de chantage en général ? Des hommes tels que vos clients y sont certainement prédisposés.

Felix Gordean se mit à rire.

— Mes clients viennent à mes soirées et utilisent mes services justement parce que je les protège de dangers de ce type.

Danny rit.

— Vous n'avez pas protégé Charles Hartshorn si bien que cela.

— Charles n'a jamais eu de chance. Ce n'est pas non plus un tueur. Interrogez-le si vous ne me croyez pas, mais soyez courtois, Charles tolère très mal les brutalités et légalement parlant, il est très puissant.

Gordean lui tendait son verre de cognac ; Danny le prit et en sécha le contenu d'un seul coup de coude.

— Et pour ce qui est des ennemis de Wiltsie et de Lindenaur, leurs relations connues, les mecs qu'ils fréquentaient ?

— Je ne sais strictement rien à ce sujet.

— Pour quelle raison ?

— J'essaie de bien circonscrire les choses et de ne pas mélanger les genres.

— Pourquoi ?

— Pour éviter des situations de ce genre.

Danny sentait que le cognac faisait son effet, en se cumulant avec les verres pris chez lui.

— M. Gordean, êtes-vous homosexuel ?

— Non, M. l'adjoint. Et vous ?

Danny rougit, leva son verre et s'aperçut qu'il était vide. Il remit au goût du moment une plaisanterie du briefing avec Considine.

— Ce vieux baratin sur la marque infamante, ça ne prend pas avec moi.

— Je ne saisis pas tout à fait l'implication, M. l'adjoint .

— Cela signifie que je suis un professionnel, et que je ne me choque pas.

— En ce cas, ne rougissez pas avec autant de facilité — votre teint vous trahit et fait de vous un *naïf**.

Le verre vide lui fit l'effet d'un projectile prêt à être lancé ; Danny préféra revenir à l'attaque sur "naïf".

— Nous parlons de trois hommes qui sont morts. Découpés en lanières avec une putain de baguette zazou, les yeux arrachés, les intestins déchiquetés. Nous parlons de chantage et de cambriolage et de jazz et de mecs au visage brûlé, et vous croyez que pouvez me faire mal en me qualifiant, *moi*, de naïf ? Vous croyez que vous...

Danny s'interrompit lorsqu'il vit les mâchoires de Gordean se serrer. L'homme baissa les yeux au sol ; Danny se demanda s'il avait touché un nerf à vif ou si l'autre avait réagi par simple révulsion.

— Qu'y a-t-il ? Dites-moi.

Gordean leva les yeux.

— Je suis désolé. J'ai un seuil de tolérance très faible pour ce qui est des jeunes policiers impertinents et des descriptions de violence, et je n'aurais pas dû vous qualifier...

— Alors aidez-moi. Montrez-moi votre liste de clients.

— Non. Je vous ai déjà dit que je ne gardais pas de liste.

— Alors dites-moi ce qui vous a troublé à ce point.

— Je vous l'ai déjà dit.

— Et moi, je ne vous imagine pas aussi sensible. Alors parlez.

— Lorsque vous avez parlé de jazz, dit Gordean, cela m'a fait penser à un client, un joueur de trombone, que j'avais l'habitude de mettre en contact avec des hommes du genre vachard. A l'époque, il m'avait fait l'impression de quelqu'un de versatile, mais il n'est ni grand ni entre deux âges.

— Et c'est *tout* ?

— Cy Vandrich, M. l'adjoint. Vous avez fait en sorte que je vous expose, grâce à vos manœuvres, bien plus que je n'aurais en d'autres circonstances accepté de vous révéler, alors soyez reconnaissant.

— Et c'est *tout* ?

Le regard de Gordean était vide, ne laissant rien paraître.

---

* Naïf : en français dans le texte.

— Non. A l'avenir, faites passer toutes vos demandes de renseignements par l'intermédiaire du lieutenant Matthews et apprenez à déguster le cognac lentement — vous ne l'en apprécierez que plus.

Danny balança son ballon à cognac en cristal sur un fauteuil Louis XIV et sortit.

* * *

Une heure et demie à tuer avant sa réunion avec Considine ; plus question de boire. Danny roula jusque chez Coffee Bob et s'obligea à avaler un hamburger et de la tarte, en se demandant quelle part de son interrogatoire de Gordean lui avait filé entre les doigts : motif, ses propres nerfs, les relations policières et le savoir-faire du maquereau. La nourriture le calma, mais ne répondit pas à ses questions ; il se trouva une cabine et eut les tuyaux sur Cy Vandrich.

Il n'y avait qu'un seul nom enregistré aux Sommiers/Cartes Grises : Cyril "Cy" Vandrich, BM*, DDN 24/7/18, six arrestations pour vol non qualifié ; chapitre domicile et profession : "vagabond" et "musicien". Actuellement à son sixième séjour d'observation de quatre-vingt-dix jours au quartier des dingues de Camarillo. La femme du standard dit à Danny que Vandrich s'y trouvait en détention lors des deux nuits des meurtres ; qu'il s'y rendait utile en enseignant la musique aux fêlés. Danny lui dit qu'il risquait de passer pour interroger le personnage ; la femme répondit que Vandrich ne serait peut-être pas tout à fait maître de ses facultés — personne à l'asile n'avait jamais été capable de se faire une idée sur lui — s'il jouait au simulateur ou s'il était cinglé pour de bon. Danny raccrocha et roula jusqu'au poste d'Hollywood pour y retrouver Mal Considine.

L'homme l'attendait dans son cagibi, en train de contempler l'agrandissement de la photo de Buddy Jastrow. Danny s'éclaircit la gorge ; Considine pivota sur les talons et le passa à la revue de détail.

— J'aime bien le costume. Il n'est pas tout à fait à votre taille mais ça ressemble à ce qu'un jeune gaucho pourrait affectionner. L'avez-vous acheté pour ce travail précis ?

— Non, lieutenant.

— Appelle-moi Mal. Je veux que tu perdes l'habitude d'utiliser les grades. *Ted.*

Danny s'installa derrière son bureau et indiqua le fauteuil libre à Considine.

— Ted ?

Considine prit le siège et étira ses jambes.

---

* BM : blanc, masculin.

— A partir d'aujourd'hui, tu es Ted Krugman. Dudley est passé à ton immeuble et il a parlé au concierge, et lorsque tu rentreras chez toi ce soir, tu trouveras Ted Krugman sur ta boîte aux lettres. Ton téléphone est maintenant enregistré sous le nom de Theodore Krugman, et nous avons sacrément du bol que tu l'aies gardé sur la liste rouge jusque-là. Il y a un sac en papier qui t'attend chez le concierge — ta nouvelle garde-robe, quelques fausses pièces d'identité et des plaques de New York pour ta voiture. Ça te plaît ?

Danny songea à Dudley Smith à l'intérieur de son appartement, mettant peut-être la main sur son dossier personnel.

— Sûr que ça me plaît, lieut... Mal.

Considine se mit à rire.

— Non, ce n'est pas vrai — tout ça arrive trop vite. Tu es un galonnard des Homicides, tu es une taupe coco, tu as toutes les chances de réussir, et bien. On t'a *fabriqué*, môme, j'espère que tu sais ça.

Danny sentit une bouffée d'allégresse se dégager de l'homme du Procureur ; il décida de cacher ses cartons à dossiers et ses clichés de sang giclé derrière le tapis roulé dans le placard du couloir.

— Je le sais, mais je ne veux pas faire de lard à attendre. Quand est-ce que je fais mon approche ?

— Après demain. Je crois qu'on a réussi à endormir l'UAES avec nos infos montées à la radio et dans les journaux, et Dudley et moi allons nous concentrer sur les gauchos extérieurs au syndicat — RC* des têtes pensantes —, des individus vulnérables que nous devrions réussir à convaincre de cafter. Nous étudions les dossiers des SNI* pour jouer sur la menace d'expulsion, et Ed Satterlee essaie de nous obtenir quelques photos bien brûlantes du SLDC grâce à un groupe d'élimination rival. Appelle ça une guerre sur deux fronts. Dudley et moi pour toutes les pièces à conviction extérieures, toi à l'intérieur.

Danny s'aperçut que Considine n'était plus qu'une boule de nerfs à vif ; il vit que *son* costume lui allait comme une toile de tente, les manches de sa veste remontées sur des manchettes sales et des bras longs et osseux.

— Comment j'entre à l'intérieur ?

Considine montra une chemise posée sur la corbeille "Out" du cagibi.

— Tout est là-dedans. Tu es Ted Krugman, DDN 16/6/23, machiniste socialo de New York. En réalité tu as été tué dans un accident de voiture à Long Island il y a deux mois de ça. Les Fédés du coin ont étouffé le coup et revendu l'identité à Ed Satterlee. Ton histoire passée, toutes tes RC, tout est là. Il y a des photos des RC des cocos obtenues après

* RC : relation connue.
* SNI : Services de Naturalisation et d'Immigration.

surveillance, ainsi qu'une bonne vingtaine de pages de foutaises marxistes, une petite leçon d'histoire à mémoriser.

Donc, après-demain, aux environs de deux heures, tu te rends à Gower Street à la manif, dans la peau d'un socialo qui a perdu la foi. Tu dis au chef du piquet des Camionneurs que la boîte d'embauche à la journée du centre ville t'envoie, comme gros bras à un sac de l'heure. L'homme sait qui tu es, et il t'enverra à la manif avec deux autres gars. Au bout d'à peu près une heure, tu vas avoir une discussion politique violente avec ces deux mecs — suivant le scénario que je t'ai rédigé. Une troisième discussion se terminera à coups de poing avec un vrai boxeur — un moniteur d'éducation physique à l'académie du LAPD. Il retiendra ses coups, mais tu te battras pour de bon. Tu vas te ramasser quelques pains, mais on s'en fout. Un autre membre des Camionneurs va hurler des obscénités à ton sujet au responsable du piquet UAES, qui, espérons-le, te contactera et te mènera à Claire De Haven, chargée du filtrage des adhérents à l'UAES. Nous avons bien travaillé, et nous n'arrivons pas à placer Krugman directement au contact d'un membre de l'UAES. Tu lui ressembles vaguement, au pire on aura entendu parler de toi par ouï-dire. Tout se trouve dans cette chemise, même. Des photos des hommes avec lesquels tu vas mener ce coup à bien, tout, quoi.

Une journée pleine pour travailler aux homicides ; une nuit entière pour devenir Ted Krugman. Danny dit :

— Parlez-moi de Claire De Haven.

Considine contra.

— Est-ce que tu as une petite amie ?

Danny commença à dire non, puis se souvint de la maîtresse bidon qui lui avait permis de se sortir de Tamarind en crânant.

— Rien de sérieux. Pourquoi ?

— Eh bien, je ne sais pas si tu es très sensible aux femmes, mais De Haven a une présence. Buzz Meeks vient de déposer un rapport selon lequel c'est une camée de longue date — H et médicaments — mais elle est toujours impressionnante — et elle est sacrément douée pour obtenir ce qu'elle veut des hommes. C'est pour ça que je veux m'assurer que c'est toi qui vas la séduire et non pas l'inverse. Est-ce que ça répond à ta question ?

— Non.

— Veux-tu une description physique?

— Non.

— Les chances que tu auras de la sauter ?

— Non.

— Veux-tu connaître son passé sexuel ?

Danny lâcha sa question avant même de pouvoir se retenir.

— Non. Je veux savoir pourquoi un policier de votre grade a le béguin pour une coco bien en vue dans la haute.

Considine en eut le rose aux joues — de la manière que Felix Gordean lui avait dit que *lui* rougissait ; Danny essaya de lire sur son visage et y vit : *Il m'a eu*. "Appelle-moi-Mal" se mit à rire, fit glisser son alliance de son doigt et la balança dans la poubelle. Il dit :

— D'homme à homme ?

— Non, de galonnard à galonnard.

Considine fit le signe de la croix sur le devant de sa veste :

— De poussière, retourne en poussière, et ce n'est pas mal pour un fils de pasteur. Disons simplement que je suis sensible aux femmes dangereuses, et que ma femme est en train de demander le divorce, ce qui fait que je ne peux pas draguer et lui donner des munitions qu'elle utilisera contre moi devant le tribunal. Je veux obtenir la garde de mon fils, et je ne lui offrirai pas la moindre parcelle de preuve pour me gâcher mon affaire. Et ce n'est pas non plus mon habitude de me confesser à des policiers plus jeunes et moins gradés.

Danny songea : "Cet homme est dans une position tellement délicate qu'on peut lui dire ce qu'on veut, il ne bougera pas — parce qu'à 1h du matin, il n'a pas un seul putain d'endroit où aller."

— Et c'est pour *cette raison-là* que vous prenez un tel pied à manipuler De Haven ?

Considine sourit et tapota le premier tiroir du bureau.

— Je parierais qu'il y a une bouteille là-dedans, tu sais pourquoi ?

Danny se sentit rougir.

— Parce que vous êtes intelligent.

La main continuait à tapoter.

— Non, parce que tes nerfs sont à cran tout comme les miens, et parce que tu pues toujours le Lavoris. Parole de galonnard à jeune bleusaille, prends ça comme une leçon : les flics qui sentent le bain de bouche sont des licheurs. Et les flics licheurs qui réussissent à garder leur mesure sont habituellement de sacrés bons flics.

Les "sacrés bons flics" firent passer le feu au vert. Danny repoussa d'un coup de coude la main de Considine, ouvrit le tiroir et en sortit une pinte et deux gobelets en carton. Il versa des quadruples doses et fit passer. Considine accepta d'un signe de tête ; ils levèrent leurs verres ; Danny dit :

— A nos deux affaires.

Considine trinqua :

— A Stefan Heisteke Considine.

Danny but, se réchauffa des orteils à la racine des cheveux, but ; Considine sirota et crocha un pouce direction Harlan "Buddy" Jastrow dans son dos.

— Upshaw, qui c'est ce mec ? et pourquoi tes nom de Dieu de meurtres homos te démolissent-ils à ce point-là ?

Danny verrouilla son regard sur celui de Jastrow.

— Buddy, avant, c'était le mec que je voulais attraper, c'était lui le pire, le plus dur des durs-à-cuire parce qu'il n'était nulle part, tout simplement. Et aujourd'hui, y a cet autre truc, et c'est une terreur pure et simple. C'est incroyablement brutal, et je pense que ça pourrait être du hasard, même si je n'en suis pas tout à fait convaincu. Je crois que ce que j'ai sur les bras, c'est une vengeance. Je pense que toutes les méthodes du tueur sont des re-mises en œuvre, toutes ces mutilations sont le symbole de ses tentatives pour essayer de remettre en ordre le passé dans sa tête. Je n'arrête pas d'y réfléchir, et je reviens toujours à une revanche sur de vieilles injustices. Pas le petit traumatisme d'enfance, les conneries quotidiennes, quoi, mais LE truc, le gros truc.

Danny s'arrêta, but et fixa son regard sur le panneau d'identité autour du cou de Jastrow : Prison du comté de Kern, 4/3/38.

— Parfois je me dis que si un jour je sais qui est ce mec et pourquoi il fait ça, alors je saurai quelque chose de tellement gros que je serai capable de résoudre la petite routine quotidiennne comme un rien du tout. Je sais que je pourrai alors continuer, faire carrière et attraper des galons à me contenter d'un ordinaire de banalités, parce que toutes les intuitions que j'aurais toujours eues sur ce que les gens sont capables de faire se seront toutes vérifiées d'un seul coup, sur une seule affaire. Et que j'en aurais épinglé les *raisons*. Le *pourquoi*. Ce putain de *pourquoi*.

— Et le "pourquoi tu fais ce que toi-même tu fais ?" dit Considine d'une voix très douce. Danny se détourna de Jastrow et sécha son verre.

— Ouais, y'a ça aussi. Et pourquoi on vous fait planer si haut, Claire De Haven et moi. Et ne venez pas me dire que c'est par patriotisme.

Considine éclata de rire.

— Môme, tu avalerais l'excuse du patriotisme si je te disais que le grand jury me garantit un grade de capitaine, le poste de chef enquêteur auprès du procureur et le prestige de garder mon fils ?

— Ouais, mais y'a quand même De Haven et...

— Ouais, et moi. Alors disons les choses de la façon suivante : moi aussi, il faut que je sache pourquoi, seulement j'aime bien m'y attaquer à tête reposée. Satisfait ?

— Non.

— Je ne croyais pas non plus que tu le serais.

— Et vous *savez* pourquoi ?

— Ce n'était pas très difficile à imaginer, dit Considine en sirotant son bourbon.

— Je volais des voitures, lieut... Mal. C'était moi le champion des voleurs de voitures de tout le comté de San Berdoo* juste avant la guerre. Et vous, vous me dites ?

Le lieutenant Mal Considine étendit une longue jambe et crocheta la poubelle pour l'approcher de son fauteuil. Il fourragea à l'intérieur, retrouva son alliance et la repassa à son doigt.

— J'ai un brin de causette prévu avec mon avocat demain, pour cette histoire de garde de l'enfant, et je suis sûr qu'il voudra que je continue à porter cette saloperie.

Danny se pencha en avant.

— Et vous, vous me dites, capitaine ?

Considine se leva et s'étira.

— Mon frère avait l'habitude de me faire chanter, il menaçait de me cafarder au vieux chaque fois que je disais quelque chose de culotté sur la religion. Et puisque dix coups de canne étaient la punition du vieux pour blasphème, ce bon vieux Desmond arrivait très souvent à ses fins, c'est-à-dire que je me retrouvais à pénétrer chez les gens par effraction pour lui voler des trucs qu'il voulait. Disons les choses de la manière suivante : j'ai vu des tas de choses qui étaient de première, et certaines à faire plutôt froid dans le dos, et j'ai aimé ça. J'avais à choisir, par conséquent, devenir cambrioleur ou espion, et policier me paraissait un bon compromis. Et infiltrer les espions m'attirait plus que de le faire moi-même, genre Desmond.

Danny se leva :

— Je vais vous épingler De Haven, vous pouvez me faire confiance.

— Je n'en doute pas, Ted.

— In vino veritas, exact ?

— Ça, c'est sûr, et encore une chose. Je serai chef de la police ou quelque chose d'aussi important avant longtemps, et je te prends avec moi.

---

* San Berdoo : diminutif de San Bernardino.

Chapitre 19

Mal s'éveilla en pensant à Danny Upshaw.

Il roula hors du lit et regarda les quatre murs de la chambre 11 du motel Shangri-Lodge. Une couverture de revue encadrée par mur — témoignages d'une vie de famille heureuse, vus par Norman Rockwell. Une pile de ses complets sales près de la porte — et pas de Stefan pour les emporter au nettoyage. Le panneau de liège qu'il avait érigé, destiné à afficher les mémos, avait encore une fiche de renseignements qui ressortait : localiser Doc Lesnick. Le psy cafteur restait injoignable que ce soit à son domicile ou à son bureau, et il fallait une explication pour les blancs de 1942 à 1944 dans le dossier de Reynolds Loftis ; il avait besoin d'un passage en revue psycho des têtes pensantes maintenant que leur taupe était sur le point d'être mise en place, et tous les dossiers se terminaient à la fin de l'été de l'année dernière — pourquoi ?

Les rideaux étaient de la gaze d'étamine ; le tapis était aussi mince et usé qu'une tortilla ; la porte de la salle de bains était barbouillée de noms et de numéros de téléphone — "Cindy la Pécheresse — DU-4927 — 95-60-95 — j'aime baiser et sucer" — ça valait un coup de grelot — si jamais il faisait de nouveau des descentes aux Mœurs. Dudley Smith devait arriver dans vingt minutes — sur la planche aujourd'hui, le bon et le méchant : deux scénaristes socialo qui avaient évité les citations à comparaître de l'HUAC parce qu'ils écrivaient toujours sous pseudonymes et qu'ils s'étaient taillés du pays lorsque la merde avait commencé à pleuvoir en 47. Ils avaient été repérés par les agents d'Ed Satterlee — des privés qui émargeaient aux Rouges Souterrains — et les deux hommes avaient intimement connu les gros pontes de l'UAES, fin des années 30, début quarante.

Et faire copain-copain avec un sous-fifre était bizarre. Quelques verres en partage et les voilà qui se vidaient mutuellement leurs sacs — mauvais exemple d'autorité hiérarchique — des policiers ambitieux devraient savoir la boucler pendant qu'ils grimpent les échelons.

Mal se doucha, se rasa, s'habilla, en jouant au book — De Haven contre Upshaw, à égalité de chances, c'était son meilleur pari. A 8 h 30 exactement, un avertisseur de voiture retentit ; il sortit et vit Dudley appuyé contre sa Ford :

— Bonjour, Malcolm ! Ce n'est pas une journée sensationnelle, ça ?

* * *

Ils prirent à l'ouest sur Wilshire, Mal silencieux, Dudley parlant politique :

— ... j'ai mis en parallèle le mode de vie communiste avec le nôtre, et je reviens toujours à la famille comme point d'appui de la vie américaine. Croyez-vous que ce soit vrai, Malcolm ?

Mal savait que Loew l'avait mis au courant pour Celeste — et que, pour ce qui était du partenaire, il aurait pu tomber plus mal — comme Buzz Meeks.

— Elle a sa place.

— Je serais quant à moi un peu plus emphatique là-dessus, vu les désagréments que vous supportez pour récupérer votre fils. Est-ce que tout se passe bien avec votre avocat ?

Mal songea à son rendez-vous de l'après-midi avec Jake Kellerman.

— Il va essayer de m'obtenir un report, jusqu'à ce que le grand jury entre en session, et battre le fer pendant qu'il est chaud. J'ai l'audience préliminaire dans deux jours, et nous commencerons à freiner des quatre à ce moment-là.

Dudley alluma une cigarette et dirigea la voiture du petit doigt.

— En effet, un capitaine en croisade pourrait peut-être parvenir à convaincre le juge que les liens du sang ne sont pas toujours les plus forts. Vous savez, mon gars, que j'ai une épouse et cinq filles. Elles remplissent bien leur office afin que je ne donne pas, bride sur le cou, libre cours à certains aspects turbulents de ma personnalité. Lorsqu'il sait la garder en juste perspective, une famille est un facteur essentiel dans la vie d'un homme.

Mal descendit sa vitre.

— Je n'ai aucune perspective en ce qui concerne mon fils. Mais si vous, je parviens à vous garder en bonne perspective jusqu'à la réunion du grand jury, alors, je serai moi dans une forme *sensas* !

Dudley Smith laissa échapper rire et fumée.

— J'ai de l'affection pour vous, Malcolm — même si ce n'est pas réciproque. En parlant de famille, j'ai une petite course à faire — ma nièce a besoin que je lui parle. Un petit détour jusqu'à Westwood vous dérangerait-il ?

— Un détour bref, lieutenant.

— Très bref, lieutenant.

Mal acquiesça ; Dudley prit au nord sur Glandon et se dirigea vers le campus de l'UCLA* ; il se gara devant un parcmètre sur Sorority Row, Allée des Communautés Sororales. En tirant le frein à main, il dit :

— Mary Margaret, la fille de ma soeur Brigid — vingt-neuf ans, et poursuivant sa troisième maîtrise parce qu'elle a peur de sortir et de voir le monde. Triste, non ?

— Tragique, dit Mal en soupirant.

— Exactement ce que je pensais, mais sans votre accent sur le sarcasme. Et puisque nous parlons de jeunes, quelle est votre opinion sur notre jeune collègue Upshaw ?

— Je pense qu'il est brillant et qu'il ira loin. Pourquoi ?

— Eh bien, mon gars, des personnes de mes amis me disent qu'il n'a aucun sens de sa juste place, et l'impression que j'ai de lui, c'est un mélange de faiblesse et d'ambition que je considère comme dangereux chez un policier.

Et de voir se lever en Mal sa toute première pensée : il n'aurait jamais dû se confier au môme, parce que la moitié de sa pêche n'était qu'une façade qui n'attendait que de se fissurer.

— Dudley, qu'est-ce que vous voulez ?

— Voir le communisme vaincu. Mais pourquoi ne venez-vous pas apprécier le spectacle de charmantes étudiantes pendant que je parle à ma nièce ?

Mal suivit Dudley qui gravit les marches d'une résidence espagnole avec, en façade, une pelouse où s'affichaient des symboles grecs montés sur pieux de bois que l'herbe submergeait. La porte était ouverte ; le coin salon bourdonnait d'activité : filles qui fumaient, parlaient et gesticulaient devant leurs manuels. Dudley indiqua le premier étage et dit : "Toot sweet"*; Mal vit une pile de revues sur une table basse et s'assit pour lire, rendant aux étudiantes les regards curieux qu'elles lui lançaient. Il feuilleta rapidement un *Collier's*, un *Newsweek*, et deux *Life* et s'arrêta lorsqu'il entendit l'accent irlandais de Dudley, chargé de furie, retentir dans le couloir du deuxième étage.

Les échos se firent plus forts, à vous coller une trouille de plus en plus grande, ponctués par les suppliques gémissantes d'une voix de soprano. Les filles regardèrent Mal ; il s'empara d'une autre revue et essaya de lire. Le rire de Dudley prit le relais — encore plus effrayant que ses

---

* UCLA ; université de Californie Los Angeles.
* Toot sweet : transcription phonétique américaine du français "tout de suite".

beuglements. Les étudiantes le fixaient maintenant. Mal laissa tomber son *Weekly Sportsman* et monta l'escalier pour prêter l'oreille.

Le couloir était long et s'alignaient, de chaque côté, d'étroites portes de bois ; Mal suivit "ha ! ha ! ha !" jusqu'à une porte portant une plaque au nom de "Conroy". La porte était entrouverte de quelques centimètres ; il jeta un oeil à l'intérieur sur le mur du fond décoré de photos de boxeurs latinos. Dudley et la soprano étaient hors de vue ; Mal tendit l'oreille :

— "... taureaux tirelires, pinatas et espingos poids coq — c'est une fixation, ma belle. Ta mère manque peut-être d'estomac pour te remettre dans le droit chemin, mais pas moi !

La soprano s'aplatissant à ses pieds :

— Mais Ricardo est un garçon charmant, oncle Dud. Et je ...

Une main énorme traversa comme un éclair le champ de vision étroit de Mal, une gifle se transforma en caresse, une tête à la chevelure rousse et bouclée apparut d'une secousse avant de disparaître à nouveau.

— Tu n'as pas à dire que tu l'aimes, ma belle. Pas en ma présence. Tes parents sont des faibles, et ils attendent de moi que j'aie mon mot à dire sur les hommes de ta vie. J'exercerai toujours ce droit, ma belle. Rappelle-toi simplement les ennuis que je t'ai déjà épargnés et tu me remercieras.

Une fille femme rondelette réapparut, mains sur le visage, en sanglots. Dudley Smith l'entoura de ses bras ; elle serra les poings pour l'empêcher de l'enlacer complètement. Dudley lui murmura des bêtises à l'oreille ; Mal retourna à la voiture et attendit. Son partenaire réapparut cinq minutes plus tard :

— Toc, toc, qui va là ? Dudley Smith ! Alors, coco, prends garde à toi ! Mon gars, que diriez-vous d'aller impressionner M. Nathan Eisler par la justesse de notre cause ?

* * *

Le dernier domicile connu d'Eisler se situait au 11681 Presidio à une courte distance du campus de l'UCLA. Dudley fredonnait des airs de comédies musicales en conduisant ; Mal n'arrêtait pas de voir sa main sur le point de frapper, la nièce recroquevillée de peur devant le contact de l'oncle chaleureux. Le 11681 était un petit préfa rose au bout d'un long bloc de préfas ; Dudley se rangea en double-file, Mal ressortit en vrac les faits tirés du rapport de Satterlee :

Nathan Eisler — quarante-neuf ans — Juif allemand, avait fui Hitler et compagnie en 34 ; membre du PC de 36 à 40, puis membre d'une demi-douzaine d'organisations, autant de façades coco. Co-scénariste d'une tapée de navets pro-Russki avec comme co-rédacteur Chaz Minear ; copain de poker avec Morton Ziffkin et Reynolds Loftis. A écrit sous pseudonymes pour préserver sa vie professionnelle ; a glissé entre les doigts des enquêteurs de l'HUAC ; vivait sous le pseudonyme de Michael Kaukenen, nom du héros de *Tempête sur Leningrad*. Actuellement scénariste de westerns de série B pour la RKO, encore sous un autre pseudonyme, travaille sous couverture d'un scribouillard politiquement acceptable qui empoche au passage trente-cinq pour cent de commission. Meilleur ami : Lenny Rolff, compatriote écrivain expatrié, aujourd'hui second interrogé.

Ancien amant de Claire De Haven.

Ils empruntèrent une allée jonchée de jouets qui conduisait au perron ; Mal regarda à travers la porte moustiquaire et vit le parfait salon de préfa : meubles en plastique, sol en linoléum, papier rose à paillettes. Des enfants piaillaient à l'intérieur ; Dudley cligna de l'oeil et appuya sur la sonnette.

Un homme grand, non rasé, avança jusqu'à la moustiquaire, flanqué par deux marmots, garçon et fille. Dudley sourit ; Mal observa le petit garçon qui se colla le pouce dans la bouche, et parla le premier :

— M.Kaukenen, nous appartenons au Bureau du Procureur et nous aimerions vous parler. En privé, s'il vous plaît.

Les gamins se pressèrent dans les jambes de l'homme ; Mal vit des yeux bridés effrayés — deux petits sang-mêlé glacés d'effroi par deux grands croquemitaines — Eisler/Kaukenen appela : "Michiko !"; une Japonaise se matérialisa et emmena vivement les enfants ; Eisler dit :

— Vous avez trois ans de retard.

Mal entra derrière Dudley, stupéfait devant l'aspect bon marché de l'appartement — la crèche d'un petit Blanc de rien — le foyer d'un homme qui se faisait trois bâtons par semaine pendant la Dépression. Il entendit les enfants qui chialaient derrière les murs épais comme des feuilles de papier à cigarettes ; il se demanda si Eisler devait aussi encaisser les mêmes conneries de langue étrangère que lui — avant de piger que ça devait plutôt le botter par principes généraux coco. Dudley dit :

— C'est une maison charmante que vous avez là, M.Kaukenen. En particulier dans le choix des couleurs.

Eisler/Kaukenen ignora le commentaire et leur indiqua une porte au bout du salon. Mal entra et vit un petit espace carré qui avait l'air chaleureux et vivable : des livres du sol au plafond, des fauteuils autour d'une table basse ouvragée et un grand bureau dominé par une machine à écrire modèle géant. Il prit le siège le plus éloigné des couinements des petites voix, Dudley s'assit en face de lui. Eisler ferma la porte et dit :

— Je suis Nathan Eisler, au cas où vous ne le sauriez pas déjà.

Mal se dit : pas de gentil cette fois, pas de "j'ai beaucoup aimé votre film *La Marque au Fer Rouge* ".

— Alors vous savez pourquoi nous sommes ici.

Eisler verrouilla la porte et prit le fauteuil restant :

— La chienne est de nouveau en chaleur, malgré ce qu'on en disait, qu'elle avait fait une fausse couche.

— En aucun cas, vous ne devrez dire à quiconque que nous vous avons interrogé. Les conséquences seraient terribles, dussiez-vous nous désobéir sur ce point.

— Lequel est, Herr...

Mal intervint :

— Mort Ziffkin, Chaz Minear, Reynolds Loftis et Claire De Haven. Nous nous intéressons à leurs activités, pas aux vôtres. Si vous coopérez pleinement avec nous, nous pourrions peut-être vous laisser témoigner par déposition. Pas de salle de tribunal, et probablement très peu de publicité. Vous vous en êtes tiré avec l'HUAC, vous vous en tirerez avec celui-ci.

Il s'arrêta et songea à Stefan, parti avec sa cinglée de mère et le nouvel homme de sa vie.

— Mais nous voulons des faits solides. Des noms, des dates, des lieux et des aveux. Vous coopérez, vous vous en tirez. Vous refusez, et c'est une citation à comparaître avec interrogatoire public par un procureur que je décrirai comme un véritable cauchemar. A vous de choisir.

Eisler recula légèrement son fauteuil pour s'éloigner d'eux. Les yeux baissés, il dit :

— Je n'ai pas vu ces gens depuis des années.

— Nous le savons, dit Mal, ce qui nous intéresse, ce sont leurs activités *passées.*

— Et ce sont les seules et uniques personnes sur lesquelles vous voulez des renseignements ?

Mal mentit, songeant à Lenny Rolff.

— Oui. Rien qu'eux.

— Et quelles sont les conséquences terribles dont vous parlez ?

Mal ponctua ses réponses de coups sur la table.

— Harcèlement en audience publique. Votre photo dans les...

Dudley l'interrompit :

— M.Eisler, si vous refusez de coopérer, j'informerai Howard Hugues que c'est vous qui êtes en fait l'auteur des films de la RKO dont un autre recueille actuellement le crédit. L'homme en question, votre sauf-conduit pour un emploi rentable d'écrivain, sera éliminé. J'informerai également les SNI que vous avez refusé de coopérer avec un organisme municipal légalement approuvé qui enquêtait sur les traîtres, et je presserai leur Bureau d'Enquête de plonger dans *vos* activités subversives avec l'idée de vous expulser comme étranger ennemi, et expulser également votre épouse et vos enfants comme étrangers et ennemis potentiels. Vous êtes allemand et votre épouse est japonaise, et puisque ces deux nations ont été responsables du conflit mondial récent, je me hasarderais à penser que les SNI auraient beaucoup de plaisir à vous voir l'un et l'autre retourner dans vos patries respectives.

Nathan Eisler était assis, penché en avant, les coudes aux genoux, le menton sur les mains, la tête basse. Les larmes roulaient sur son visage. Dudley fit craquer ses jointures et dit :

— Une simple réponse par oui ou par non nous suffira.

Eisler acquiesça.

— Sensas ! dit Dudley.

Mal sortit calepin et stylo.

— Je connais la réponse, mais répondez malgré tout. Etes-vous actuellement ou avez-vous jamais été membre du parti communiste des Etats-Unis ?

Eisler hocha la tête.

— Répondez par oui ou par non, dit Mal, ceci est officiel.

Un faible "oui".

— Bien. Où se trouvait votre cellule du parti ?

— Je... je suis allé à des réunions à Beverly Hills, Los Angeles Ouest et Hollywood. Nous... nous retrouvions aux domiciles des différents membres.

Mal nota les renseignements en sténo, mot à mot.

— De quand à quand êtes-vous resté membre du parti ?

— D'avril 36 jusqu'à ce que Staline ...

— Ne vous justifiez pas, l'interrompit Dudley, contentez-vous de répondre.

Eisler sortit un Kleenex de la poche de sa chemise et s'essuya le nez.

— Jusqu'à début 40.

— Voici quelques noms, dit Mal. Vous me direz lesquelles parmi ces personnes vous étaient connues comme membres du parti communiste : Claire de Haven, Reynolds Loftis, Chaz Minear, Morton Ziffkin, Armando Lopez, Samuel Benavides et Juan Duarte.

— Toutes, dit Eisler.

Mal entendit les gamins qui beuglaient dans le salon et il éleva la voix.

— Vous et Chaz Minear avez écrit les scénarios de *l'Aube des Justes, Front Oriental, Tempête sur Leningrad*, et *Les Héros de Yakustok*. Tous ces films épousaient la cause du sentiment nationaliste russe. Des membres haut placés du parti communiste vous ont-ils ordonné d'y insérer de la propagande pro-russe ?

— La question est naïve, dit Eisler.

— Pas de commentaires, contentez-vous de répondre ! dit Dudley en claquant la table.

Eisler avança son fauteuil plus près de Mal.

— Non-non-non. On ne m'a pas ordonné ça.

Mal eut un geste rapide, deux doigts sur la cravate, à destination de Dudley : *il est pour moi.*

— M. Eisler, niez-vous que ces films contiennent de la propagande russe ?

— Non.

— Etes-vous arrivés, M.Chaz Minear et vous, à la décision de répandre cette propagande de votre propre chef ?

Eisler se tortilla dans son fauteuil.

— Chaz était responsable des tirades philosophiques, alors que je soutenais que le récit lui-même était le défenseur le plus éloquent des arguments qu'il voulait faire passer.

— Nous avons des copies de ces scénarios, dit Mal, avec les passages de propagande évidente annotés. Nous reviendrons pour que vous nous indiquiez noir sur blanc les parties du dialogue où Minear a semé la bonne parole du parti.

Pas de réaction.

— M. Eisler, dit Mal, diriez-vous que vous possédez une bonne mémoire ?

— Oui, c'est ce que je dirais.

— Est-ce que vous et Minear travailliez ensemble dans la même pièce sur vos scénarios ?

— Oui.

— Et lui est-il arrivé, par moments, de dire des choses du type "Ça, c'est de la grande propagande" ou bien "Ça, c'est pour le parti" ?

Eisler continua à se tortiller, à remuer bras et jambes.

— Oui, mais il était simplement ironique, c'était des plaisanteries. Il ne...

— Pas d'interprétations, contentez-vous de répondre ! hurla Dudley.

— Oui ! oui ! oui ! cria Eisler en retour. Oui, nom de Dieu !

Mal fit signe à Dudley d'arrêter ; il offrit à Eisler sa voix la plus apaisante.

— M. Eisler, teniez-vous un journal à l'époque où vous travailliez avec Chaz Minear ?

L'homme se tordait les mains, le Kleenex en lambeaux entre des doigts blancs à force de serrer.

— Oui.

— Contient-il des chapitres se référant à vos activités au parti communiste et à votre travail de scénariste avec Chaz Minear ?

— Oh Seigneur, oui.

Mal songea au rapport des DP* de Satterlee : Eisler voyait Claire De Haven aux environs de 38-39.

— Ainsi que des chapitres se référant à votre vie privée ?

— Oh ! *Gott in himm...* oui, oui.

— Et possédez-vous encore ce journal ?

Silence, puis :

— Je ne sais pas.

Mal claqua la table.

— Si, vous l'avez encore, et il faudra que vous nous laissiez y jeter un coup d'oeil. Seules les références politiques pertinentes seront placées dans le compte rendu officiel.

Nathan Eisler sanglota en silence.

— Vous nous donnerez ce journal, dit Dudley, sinon, vous recevrez une assignation à comparaître et des agents en uniforme viendront démolir votre pittoresque petite demeure pierre par pierre, ce qui ne manquera pas de grandement perturber votre pittoresque petite famille, je le crains.

Eisler acquiesça d'un hochement bref de la tête ; Dudley se réinstalla confortablement dans son fauteuil, les pieds craquant sous son poids. Mal vit une boîte de Kleenex sur le rebord de fenêtre ; il l'attrapa et la plaça sur les genoux d'Eisler. Eisler serra la boîte dans ses bras.

— Nous emporterons le journal avec nous, dit Mal, et nous laisserons Minear de côté pour l'instant. Voici une question d'ordre général : avez-

---

* DP : détective privé.

vous jamais entendu l'une des personnes qui nous intéressent se faire l'apôtre d'un renversement armé du gouvernement des Etats-Unis ?

Deux secousses négatives, la tête d'Eisler à nouveau très basse, les larmes séchant sur son visage.

— Non pas en ces termes, de manière formelle, mais dans cet ordre d'idée. Chacun de nous a dit ça sous la colère, mais ça ne voulait jamais rien dire.

— Ce sera au grand jury de décider ce que vous vouliez dire. Soyez précis. Qui a dit cela, et quand ?

Eisler s'essuya le visage.

— Claire disait : "La fin justifie les moyens" au cours des réunions et Reynolds disait qu'il n'était pas violent mais qu'il prendrait le shillelagh, le gourdin irlandais, si on en venait à affronter les patrons. Les Mexicains l'ont dit un million de fois dans un million de contextes différents, en particulier à l'époque de Sleepy Lagoon. Mort Ziffkin l'a crié à la face du monde. C'était un homme courageux.

Mal combla son retard avec sa sténo, en pensant à l'UAES et aux studios.

— Et l'UAES ? Comment se rattachait-elle au parti et aux groupes façades auxquels vous et les autres apparteniez ?

— L'UAES a été fondée alors que je n'étais pas dans le pays. Les trois Mexicains avaient trouvé du travail comme machinistes et ils recrutaient de nouveaux membres, tout comme Claire De Haven. Son père avait servi comme conseil juridique pour des investissements dans les milieux du cinéma et elle disait qu'elle avait l'intention d'exploiter et... et...

Mal avait la tête qui bourdonnait.

— Et *quoi* ? Allez-y !

Eisler se remit à se tordre les doigts.

— Allez-y ! *Dites-moi*, "Exploiter" et *quoi d'autre* ?

— Séduire. Elle avait grandi au milieu des gens du cinéma et elle connaissait des acteurs et des techniciens qui la convoitaient depuis qu'elle était petite fille ! Elle les a séduits pour en faire les membres fondateurs avant d'obtenir d'eux qu'ils lui servent d'agents recruteurs ! Elle disait que c'était sa pénitence pour n'avoir pas reçu d'assignation à comparaître par l'HUAC !

Joli triplé, et du gros gibier.

Mal s'obligea à garder une voix aussi maîtrisée que celle de Dudley.

— Qui précisément a-t-elle séduit ?

Eisler piochait, tirait, déchirait sa boîte.

— Je ne sais pas, je ne sais pas, honnêtement je ne sais pas.

— Beaucoup d'hommes, quelques hommes, combien ?

— Je ne sais pas. A mon avis, seuls quelques acteurs et techniciens influents dont elle savait qu'ils pourraient aider son syndicat.

— Qui d'autre l'aidait à recruter ? Minear, Loftis ?

— Reynolds était en Europe à l'époque ; Chaz, je ne sais pas.

— Quels étaient les sujets de discussion aux premières réunions de l'UAES ? Existait-il une sorte de charte ou d'engagement général à partir de quoi ils travaillaient ?

La boîte de Kleenex n'était plus qu'un tas de carton déchiqueté ; Eisler se brossa les genoux des débris.

— Je n'ai jamais assisté à leurs réunions.

— Nous le savons, mais nous avons besoin de savoir qui s'y trouvait en dehors des fondateurs ainsi que les sujets de discussion.

— Je ne sais pas !

Mal lui lança une balle avec effet.

— Claire vous fait toujours bander, Eisler ? Est-ce que vous la protégez ? Vous savez qu'elle épouse Reynolds Loftis. Ça vous fait quoi ?

Eisler lança la tête en arrière et éclata de rire :

— Notre liaison fut brève, et je soupçonne le beau Reynolds de continuer à préférer les jeunes garçons.

— Chaz Minear n'a rien d'un jeune garçon.

— Lui et Reynolds, ça n'a pas duré.

— Jolies fréquentations que vous avez là, camarade !

Le rire d'Eisler se fit plus grave, guttural — et suprêmement germanique.

— Je les préfère à vous, Obersturmbahn Führer.

Mal réussit à se contenir en regardant Dudley ; M. Méchant lui retourna son signe de "tout couper".

— Nous laisserons ce commentaire de côté eu égard à votre coopération, étant entendu que cette entrevue ne sera que la première d'une série. Mon collègue et moi-même allons examiner vos réponses, les comparer au contenu de nos dossiers et vous renvoyer une liste détaillée de nouvelles questions, sur des points précis concernant vos activités au sein des organismes de couverture communistes ainsi que les activités des membres de l'UAES dont nous avons parlé. Un haut fonctionnaire de la municipalité dirigera cette opération, et un sténographe de justice prendra votre déposition. A l'issue de cette entrevue, à la condition que vous répondiez maintenant à quelques questions supplémentaires et que vous nous autorisiez à emporter votre journal, il vous sera donné le statut de témoin favorable, donc l'immunité totale pour ce qui est des poursuites.

Eisler se leva, alla de ses jambes caoutchouteuses jusqu'à son bureau et déverrouilla le tiroir du bas. Il fouilla à l'intérieur, en sortit un agenda relié cuir, le ramena et le posa sur la table.

— Posez vos quelques questions et partez.

Dudley fit lentement le geste d'appuyer de la main ouverte, paume vers le sol : *Mollo.*

— Nous avons une seconde entrevue cet après-midi, dit Mal, et je pense que vous allez pouvoir nous aider.

— Qu...quoi, qui...qui ? bredouilla Eisler.

Dudley dans un murmure :

— Leonard Hyman Rolff.

L'interrogé ne dit qu'un seul mot, d'une voix âpre :

— Non.

Dudley regarda Mal ; Mal plaça la main gauche au-dessus de son poing droit : *on ne cogne pas.* Dudley dit :

— *Si,* et nous ne souffrirons pas la moindre discussion, la moindre contradiction. Je veux que vous réfléchissiez à quelque chose de scandaleux, de compromettant et de spécifique à l'encontre de votre vieil ami Lenny, quelque chose que d'autres que vous connaissent également, de sorte que nous pourrons toujours rejeter la faute de la dénonciation sur eux. *Vous dénoncerez*, je vous le garantis, aussi je vous conseille de réfléchir à quelque chose de conséquent, quelque chose qui déliera la langue de M. Rolff et vous épargnera une visite supplémentaire de votre serviteur — sans mon collègue qui sait si bien me retenir.

Nathan Eisler était devenu d'une blancheur de marbre. Il était assis, en état de choc, immobile, l'air d'être au-delà de tout, larmes, choc ou indignation. Mal se dit qu'il lui paraissait familier ; quelques secondes à le dévisager et le déclic se fit : les Juifs de Buchenwald qui avaient échappé à la chambre à gaz pour se retrouver très vite dans la tombe pour cause d'anémie virale. Le souvenir le fit se lever et aller fouiner sur les étagères. Le silence de mort se poursuivait. Il promenait ses regards sur une étagère consacrée à l'économie marxiste lorsque le murmure de Dudley refit son apparition :

— Les conséquences, camarade. Camps de réfugiés pour vos petits morveux de sang-mêlé. M. Rolff se verra la possibilité d'accéder au statut de témoin favorable, aussi, s'il est du genre récalcitrant, vous lui rendrez service en nous fournissant quelques renseignements pour le convaincre de dénoncer. Songez à Michiko avec à peine de quoi subsister de retour au Japon, à toutes les offres de service tentantes qu'elle recevra.

Mal essaya de revenir à la scène, mais n'y arriva pas ; il se concentra sur *Das Kapital, Essai d'harmonisation ; Les Théories de Marx sur le commerce et la répression* et *La parole est au prolétariat*. Le silence se fit pénétrant derrière lui. Des doigts pesants tapotèrent la table. Puis la voix monocorde de Nathan Eisler :

— Des filles jeunes. Des prostituées. Lenny a peur que sa femme découvre qu'il les fréquente.

— Insuffisant, soupira Dudley. Essayez encore.

Il garde des photos pornographiques de celles...

— Trop mielleux, camarade.

— Il triche sur ses revenus.

Et Dudley et ses "ha ! ha ! ha !"

— Moi aussi, tout comme mon ami Malcolm, et tout comme notre grand sauveur Jésus-Christ s'il lui venait à l'idée de revenir s'installer en Amérique. Vous en savez plus que vous ne dites, alors, s'il vous plaît, faites en sorte que la situation change avant que je ne perde patience et révoque votre statut de témoin favorable.

Mal entendit les petits qui gloussaient à l'extérieur, la petite fille couinant en japonais.

— Nom de Dieu, vous allez parler ! dit-il.

Eisler toussa, prit une profonde inspiration, toussa à nouveau :

— Lenny ne dénoncera pas avec autant de facilité que moi. Il n'a pas tant à perdre.

Mal se retourna, vit une tête de mort et se détourna à nouveau ; Dudley fit craquer ses jointures.

— J'essaierai toujours de penser que j'ai fait ça pour le bien de Lenny et je saurai toujours que je me mens, dit Eisler.

L'inspiration qui suivit fut sifflante ; il relâcha l'air très vite, en même temps qu'il crachait le morceau.

— Je voyageais en Europe avec Lenny et sa femme Judith en 48. Paul Doinelle faisait ses séries masquées avec Reynolds Loftis et il avait donné une réception afin de se procurer de nouveaux soutiens financiers pour son prochain film. Il voulait solliciter Lenny et avait amené, pour se gagner ses faveurs, une jeune prostituée. Judith n'assista pas à la réception, et Lenny attrapa une blennorragie avec la prostituée. Judith tomba malade et retourna en Amérique, et Lenny eut une liaison avec la plus jeune sœur de Judith, Sarah, à Paris. Il lui transmit sa blennorragie.

Sarah dit à Judith qu'elle avait la maladie, mais pas que Lenny la lui avait transmise. Lenny se refusa à faire l'amour à Judith pendant de nombreuses semaines après son retour en Amérique et suivit un traitement, en invoquant diverses excuses. Il a toujours eu la crainte que Judith ne fasse le lien logique entre les deux événements et ne se rende compte de ce qui s'était passé. Lenny se confia à moi et à Reynolds, et à notre ami David Yorkin que vous connaissez, j'en suis certain, à partir de vos merveilleuses listes d'organisations de couverture. Puisque Reynolds semble vous soucier à ce point, pourquoi n'en feriez-vous pas votre informateur ?

— Dieu vous bénisse, camarade, dit Dudley.

Mal attrapa le journal d'Eisler, espérant y trouver assez de matière à trahison pour que ses deux barrettes argentées et son gamin en vaillent le prix.

— Allons épingler Lenny.

* * *

Ils le trouvèrent seul, tapant à la machine à une table de jeu au fond de sa cour ; les clac-clac les conduisirent sur le côté de la maison jusqu'à un gros homme en chemise hawaïenne et pantalon de toile qui tapait sur une antique Underwood. Mal le vit lever les yeux et sut à son regard que ce mec-là ne se laisserait pas bousculer facilement.

Dudley lui fit le coup de l'insigne :

— M. Leonard Rolff ?

L'homme mit des lunettes et examina l'écusson :

— Oui. Vous êtes policiers ?

— Nous sommes du Bureau du Procureur, dit Mal.

— Mais vous êtes policiers ?

— Nous sommes enquêteurs au Bureau du Procureur.

— Oui, vous êtes policiers en tant qu'opposés à hommes de loi. Vos noms et vos grades ?

Mal songea à leurs communiqués dans les journaux — et sut qu'il n'avait d'autre recours.

— Je suis le lieutenant Considine, voici le lieutenant Smith.

Rolff eut un large sourire.

— Récemment décrits comme regrettant le décès du grand jury municipal prévu, et que je dois à nouveau considérer, si je ne me trompe, comme une affaire qui marche. La réponse est non, messieurs.

Mal joua à l'imbécile.

— Non quoi, M. Rolff ?

Rolff regarda Dudley, comme s'il savait que c'était lui qu'il fallait impressionner.

— *Non*, je ne dénoncerai pas les membres de l'UAES. *Non*, je ne répondrai à aucune question relative à mon passé politique ou au passé d'amis ou autres relations. S'il me faut comparaître devant une cour, je serai témoin défavorable et je m'en tiendrai au Cinquième Amendement, et je suis prêt à aller en prison pour mépris devant le tribunal. Vous ne pouvez m'obliger à citer des noms.

Dudley sourit à Rolff.

— Je respecte les hommes de principe, quelque égarés qu'ils soient. Messieurs, veuillez m'excuser un instant ? J'ai oublié quelque chose dans ma voiture.

Le sourire aurait glacé n'importe qui. Dudley sortit ; Mal joua à l'ingérence.

— Vous pouvez très bien ne pas me croire, mais notre position effective se situerait du côté de la gauche américaine légitime et non-communiste.

Rolff indiqua la feuille de papier dans le rouleau de la machine :

— Dussiez-vous échouer en tant que policier, il vous restera toujours une seconde carrière comme comédien. Tout comme moi. Les fascistes ont brisé ma carrière de scénariste ; aujourd'hui, j'écris des romans historiques à l'eau de rose sous le nom de plume d'Erica St Jane. Et mon éditeur connaît mes positions politiques et s'en fiche. Tout comme l'employeur de mon épouse, laquelle est titulaire à Cal State. Vous ne pouvez pas nous faire de mal, ni à l'un, ni à l'autre.

La vérité sort de la bouche des enfants.

Mal observa Lenny Rolff qui reprenait son travail à la page 399 de *Sur la piste des doublons perdus*. Le claquement des touches emplit l'air ; il regarda la modeste maison de pierre de l'écrivain et se dit d'un air songeur qu'au moins, il avait économisé plus d'argent qu'Eisler et qu'il avait eu assez de jugeote pour ne pas épouser une Jap ; clac-clac-clac ; la page 399 devint 400 puis 401 — Rolff vous débitait ça en série. Puis l'accent irlandais mélodieux de Dudley, le plus théâtral qu'il eût jamais entendu :

— Pardonnez-moi mon père, parce que j'ai péché. Ma dernière confession remonte à jamais, parce que je suis juif. Je m'en vais de ce pas rectifier la chose, Monsignori Smith et Considine seront mes confesseurs.

Mal se retourna et vit Dudley qui tenait une liasse de photographies ; Rolff finit de taper un paragraphe et leva les yeux. Dudley lui colla un instantané dans la figure ; Rolff dit "non", calmement. Mal fit le tour de la table et regarda la photo de près.

C'était, en noir et blanc un peu flou, une adolescente nue, les jambes écartées. Dudley lut l'inscription au dos : "A Lenny. Tu étais le meilleur. Amitiés de Maggie, à la Casbah de Minnie Robert, 19 janvier 1946."

Mal retint son souffle ; Rolff se leva, regarda Dudley les yeux dans les yeux, impassible et dit d'une voix ferme :

— *Non*. Ma femme et moi, nous nous sommes pardonné nos petites faiblesses. Croyez-vous que je laisserais autrement les photos dans mon bureau ? *Non — Voleur — Parasite fasciste — Porc d'Irlandais*.

Dudley balança les photos sur l'herbe ; Mal lui fit signe de ne pas cogner ; Rolff s'éclaircit la gorge et cracha à la figure de Dudley. Mal eut un mouvement de recul ; Dudley sourit, attrapa une feuille de manuscrit et en essuya le crachat.

— *Si*, parce que la belle Judith ne sait rien de la belle Sarah et de la chtouille que vous lui avez refilée, et je viens sur un coup de flair de trouver où vous avez fait votre cure. Terry Lux garde des registres en parfait état, et il a promis de coopérer au cas où vous décideriez, sait-on jamais, de vous y refuser.

Rolff, la voix toujours ferme :

— Qui vous a dit ?

Dudley qui lui disait par gestes : *"Transcription mot à mot."*

— Reynolds Loftis, pourtant soumis à une contrainte bien moins forte que celle que vous venez de subir.

Mal examina le coup de bluff en détail : si Rolff contactait Loftis, tous leurs interrogatoires à la dérobée étaient compromis ; l'UAES pourrait mettre le holà aux nouvelles recrues — par peur panique de l'infiltration, bousillant l'approche de Danny Upshaw. Il sortit stylo et calepin, attrapa un fauteuil et s'assit ; Dudley renchérit sur son propre bluff :

— Oui ou non, M. Rolff. Donnez-moi votre réponse.

Des veines battaient à travers le visage de Leonard Rolff.

— Oui, dit-il.

— Sensas, dit Dudley.

Mal nota *L. Rolff 8/1/50* en tête d'une feuille vierge. Leur interrogé carra ses lunettes sur son visage.

— Témoignage en audience publique ?

Mal prit la question comme signal :

— Plus probablement par déposition écrite. Nous commencerons par...

Dudley, élevant la voix pour la première fois :

— Permettez-moi de prendre ce témoin, maître. Cela ne vous dérange pas ?

Mal secoua la tête et fit pivoter son fauteuil, bloc sténo appuyé contre la barre du haut.

— Vous savez pourquoi nous sommes ici, dit Dudley, alors, allons-y. L'influence communiste dans l'industrie du cinéma. Noms, dates, lieux, les paroles séditieuses prononcées. Puisque je suis sûr qu'il est en ce moment très présent à votre esprit, nous commencerons par Reynolds Loftis. L'avez-vous jamais entendu se faire l'avocat d'un renversement armé du gouvernement des Etats-Unis ?

— Non, mais...

— Ne vous gênez pas pour fournir des renseignements de votre propre gré, à moins que je ne vous dise le contraire. Avez-vous quelques petits ragots sensass sur Loftis ?

Le ton de Rolff bouillait de colère.

— Il taillait ses rôles de policiers sur mesure pour donner de la police une image défavorable. Il dit qu'il apportait sa contribution à saper le système américain de jurisprudence. — Une pause, puis : si je témoigne au tribunal, aura-t-il l'occasion de parler de Sarah et de moi ?

Mal répondit, mi-mensonge mi-vérité :

— Il est très improbable qu'il soit cité comme témoin à la barre, et s'il essaie de donner ces renseignements de son propre chef, le juge ne lui laissera pas deux secondes. Vous êtes couvert.

— Mais en dehors du tribunal ...

— En dehors du tribunal, dit Dudley, vous vous débrouillez seul, et il vous faudra compter sur le fait que Loftis apparaîtra répugnant s'il répète l'histoire.

— Si Loftis vous a dit ça, dit Rolff, c'est qu'il devait se montrer coopératif, d'un point de vue général. Pourquoi avez-vous besoin de renseignements pour les utiliser contre lui ?

Dudley, à qui rien n'échappait :

— Loftis vous a dénoncé il y a des mois de cela, lorsque nous pensions que notre enquête allait se centrer en dehors de l'UAES. Franchement, avec les récents problèmes de main-d'œuvre, l'UAES offre une beaucoup plus belle cible. Et franchement, vous et les autres, vous êtes bien trop insignifiants pour que l'on se soucie de vous.

Mal regarda Rolff qui avalait le coup : les épaules qu'il avait carrées se relâchèrent et ses mains cessèrent de se nouer. Sa question suivante tombait pile :

— Comment puis-je être sûr que vous ne ferez pas la même chose avec moi ?

— Le grand jury est officiellement en exercice, dit Mal, et vous aurez l'immunité contre toute poursuite, quelque chose que nous n'avons jamais proposé à Loftis. Ce qu'a dit le lieutenant Smith au sujet des conflits de main-d'oeuvre est exact. C'est maintenant ou jamais, et nous sommes ici pour battre le fer pendant qu'il est chaud.

Rolff le dévisagea intensément :

— Vous faites l'aveu de votre opportunisme avec un tel détachement que cela vous donne une crédibilité effroyable.

Dudley ricana.

— Il existe une différence entre nos deux factions — nous avons raison, vous avez tort. Et maintenant revenons à Reynolds Loftis. Il a délibérément incarné des policiers américains comme détestant leurs semblables, correct ?

Mal retourna à ses notes.

— Oui, dit Rolff.

— Vous souvenez-vous quand il a dit ça ?

— Au cours d'une partie quelque part, je crois.

— Oh ! Une partie *pour* le Parti ?

— Non, non, je crois que c'était une partie pendant la guerre, une partie de campagne, l'été.

— Certaines des personnes suivantes étaient-elles présentes et faisaient-elles des commentaires séditieux : Claire De Haven — Chaz Minear — Mort Ziffkin — Sammy Benavides — Juan Duarte et Mondo Lopez ?

— Je crois que Claire et Mort étaient présents, mais Sammy, Juan et Mondo étaient très occupés par le SLDC à cette époque-là, et donc ils n'étaient pas là.

— C'était donc l'été 43, dit Mal, à peu près à l'époque où le Comité de Défense de Sleepy Lagoon était à son apogée ?

— Oui, oui, je crois que c'est ça.

— Réfléchissez camarade, dit Dudley. Minear partageait le lit de Loftis. Etait-il présent et donnait-il de la voix lui aussi ?

Mal remit ses notes à jour, raccourcissant la perspicacité de Dudley à des questions simples ; Rolff mit fin à une longue pause :

— Ce dont je me souviens à propos de cette partie de campagne, c'est que ce fut mon dernier contact, socialement parlant, avec les personnes que vous avez mentionnées, jusqu'à ce que je me lie à nouveau d'amitié avec Reynolds en Europe, il y a quelques années. Je me souviens que Chaz et Reynolds étaient en bisbille et que Reynolds ne l'avait pas amené à cette soirée. La soirée terminée, j'ai vu Reynolds debout près de sa voiture en train de parler à un jeune homme au visage couvert de pansements. Je me souviens aussi que mon cercle d'amis politiques s'était engagé dans la défense de Sleepy Lagoon et qu'ils ont été très en colère lorsque j'ai pris un emploi à New York qui excluait pour moi la possibilité de me joindre à eux.

— Parlons de Sleepy Lagoon, dit Dudley.

Mal songea à son mémo à Loew : rien de cette affaire-là ne devait arriver devant le grand jury — c'était du poison politique qui donnait des socialos une belle image.

— Je croyais que vous deviez m'entendre sur Reynolds, dit Rolff.

— Digressez quelque peu — Sleepy Lagoon — Bel événement, non ?

— Les garçons que vos services de police ont arrêtés étaient innocents. Des citoyens apolitiques, soucieux de justice, ont rejoint la gauche de Californie du Sud et obtenu leur libération. *Ça,* ce fut effectivement un bel évènement, oui.

— C'est votre interprétation, camarade. La mienne diffère, ce qui explique pourquoi les paris et les courses de chevaux existent toujours.

— Que voulez-vous savoir ? dit Rolff en soupirant.

— Parlez-moi de vos souvenirs de cette époque-là.

— J'étais en Europe pour le procès, les appels et la mise en liberté des garçons. Je me souviens du meurtre lui-même, l'été précédent — 42, je crois. Je me souviens de l'enquête de police et de l'arrestation des garçons, et Claire De Haven qui est devenue furieuse et qui a organisé des collectes de fonds. Je me souviens avoir pensé qu'elle cherchait à se gagner les faveurs de ses nombreux soupirants latins, que c'était là une des raisons qui faisaient qu'elle s'était laissée emporter si loin pour la cause.

Mal mit son grain de sel, se disant qu'il pourrait toujours se trouver quelques faits à partir de la tangente foireuse de Dudley, en se demandant *pourquoi* la tangente ?

— A ces collectes de fonds, est-ce que les grosses huiles du PC étaient présentes ?

— Oui.

— Nous allons obtenir quelques clichés de surveillance du SLDC. On vous demandera votre aide pour identifier les gens sur les clichés.

— Ça veut dire que tout ceci n'est pas fini ?

Dudley alluma une cigarette et fit signe à Mal d'arrêter d'écrire.

— Ceci est une entrevue préliminaire. Un fonctionnaire municipal et un sténographe de justice passeront dans quelques jours avec une liste détaillée de questions spécifiques sur des gens spécifiques. Le lieutenant Considine et moi-même préparerons les questions, et si nous sommes satisfaits de vos réponses, nous vous adresserons par courrier un acte officiel d'immunité.

— En avez-vous terminé maintenant ?

— Pas tout à fait. Revenons un instant à Sleepy Lagoon.

— Mais je vous ai dit que j'étais à New York à ce moment-là. J'étais absent pour la plupart des manifestations de protestation.

— Mais vous connaissiez effectivement les acteurs principaux du SLDC. Duarte, Benavides et Lopez par exemple.

— Oui. Et alors ?

— Et alors, c'est bien eux qui ont prétendu haut et fort que les pauvres jeunes Mex persécutés s'étaient fait entôler, n'est-ce pas un fait ?

— Si. Sleepy Lagoon a été le déclencheur des émeutes zazou, avec *vos* services de police complètement déchaînés. Un certain nombre de Mexicains ont été pratiquement battus à mort, et Sammy, Juan et Mondo étaient impatients et soucieux d'exprimer leur solidarité par le Comité.

Mal fit pivoter son fauteuil et observa. Dudley était parti pour la pêche au gros, allant jusqu'à absorber une *grosse* dose de rhétorique en route — ce n'était pas le style du bonhomme.

— Si cela vous paraît doctrinaire, dit Rolff, je suis désolé. C'est tout simplement la vérité.

Dudley émit un petit bruit, genre pooh-pooh-pooh :

— Un fait m'a toujours surpris, les cocos comme vos soi-disant citoyens soucieux de justice n'ont jamais placé en avant un assassin convenu ou des assassins de leur choix pour leur faire porter le chapeau dans l'affaire José Diaz. Vous êtes pourtant, vous autres, les rois du bouc émissaire. Lopez, Duarte et Benavides faisaient partie d'un gang et ils connaissaient probablement des tas de tarés de Blancs sur lesquels rejeter le blâme. A-t-on jamais discuté de ça ?

— Non. Ce que vous dites est incompréhensible. Dudley envoya à Mal un petit clin d'œil.

— Mon collègue et moi savons qu'il en est autrement. Essayons ceci. Est-ce que les trois Mex ou un membre quelconque du SLDC ont jamais avancé des théories sincères quant à celui qui avait tué José Diaz ?

— Non, dit Rolff en grinçant des dents.

— Et le PC lui-même ? A-t-il offert des boucs émissaires potentiels ?

— Je vous *ai dit* que non, je vous *ai dit* que j'étais à New York le plus gros de l'époque du SLDC.

Dudley, remettant en place sa cravate d'un doigt, indiqua la rue :

— Malcolm, encore quelques questions à M. Rolff pour terminer ?

— Non.

— Oh ? Rien sur notre belle Claire ?

Rolff se leva ; il n'arrêtait pas de se passer la main dans le cou comme s'il n'en pouvait plus d'attendre pour larguer ses inquisiteurs et prendre un bain ; Mal renversa sa chaise en se mettant debout. Il se creusa la tête pour trouver quelque plaisanterie à envoyer et revint sans rien.

— Non.

Dudley resta assis, souriant.

— M. Rolff, j'ai besoin des noms de cinq sympathisants, des gens qui connaissent bien les têtes pensantes de l'UAES.

— Non, dit Rolff. Non, sans équivoque.

— Je me contenterai des noms maintenant, quels que soient les souvenirs personnels et intimes que vous serez à même de nous fournir dans quelques jours, après qu'un de nos collègues aura procédé à quelques contrôles. Les noms, s'il vous plaît.

Rolff enfonça ses pieds dans l'herbe, les poings serrés à ses côtés.

— Dites à Judith ce qu'il y a eu entre Sarah et moi. Elle ne vous croira pas.

Dudley sortit un morceau de papier de la poche intérieure de sa veste.

— 11 mai 1948. "Mon très cher Lenny. Tu me manques et je te veux en moi, malgré ce que tu portais en toi. Je n'arrête pas de me dire que, bien sûr, tu ne savais pas que tu l'avais et que tu avais rencontré cette prostituée avant que nous nous connaissions. Les traitements sont douloureux, mais ils continuent à me faire penser à toi, et n'était la peur que Judith apprenne la vérité à notre sujet, je parlerais de toi à tous mes instants de veille." Les Armbuster 304 sont les coffres-forts muraux les moins chers du marché, camarade. Un homme dans votre position ne devrait pas être aussi chiche.

Lenny Rolff tomba à genoux dans l'herbe. Dudley s'agenouilla à côté de lui et à force de cajoleries, l'amena à lâcher un chapelet de noms à peine audibles. Le dernier nom dans un sanglot fut "Nate Eisler". Mal alla à sa voiture à pas redoublés en se retournant une seule fois. Dudley était plongé dans la contemplation de son témoin favorable qui balançait pêle-mêle machine à écrire, manuscrit, table et fauteuils.

* * *

Dudley reconduisit Mal à son motel, sans un mot de tout le trajet, Mal ayant gardé le poste de radio sur une station classique : un truc pompeux qui s'écoutait à forte puissance. En guise d'au revoir, Dudley lui dit :

— Vous avez plus d'estomac pour ce boulot que je ne m'y attendais.

Mal entra et passa une heure sous la douche, jusqu'à ce que toute l'eau chaude du boui-boui soit épuisée et que le patron vienne frapper à sa porte pour se plaindre. Mal le calma avec son insigne et un bifton de dix, mit son dernier costume propre et partit en direction du centre voir son avocat.

Le bureau de Jake Kellerman était dans la Tour Oviatt sur la Sixième et Olive. Mal arriva avec cinq minutes d'avance, et balaya du regard la pièce de réception totalement dénudée, en se demandant si Jake sacrifiait une secrétaire à cause du loyer exorbitant d'un des immeubles les plus classe de tout L.A. Leur première entrevue avait été un tour d'horizon rapide, celle d'aujourd'hui, il fallait que ce soit la revue de détail, fromage et dessert.

Kellerman ouvrit la porte intérieure de son bureau à 3 h tapantes ; Mal entra et s'installa dans un fauteuil de cuir marron uni. Kellerman lui serra la main avant de rester debout derrière un bureau de bois marron uni.

— Audience préliminaire, après-demain, Tribunal Civil salle 32. Greenberg est en vacances, et nous nous récupérons un pète-sec de goy du nom de Hardesty. Désolé pour ça, Mal. Je voulais vous trouver un Juif qui aurait été impressionné par votre travail comme MP outremer.

Mal haussa les épaules, en songeant à Eisler et Rolff ; Kellerman sourit :

— Ça vous dirait d'éclairer ma lanterne sur une rumeur ?

— Bien sûr.

— J'ai entendu dire que vous aviez étendu pour le compte un salopard nazi en Pologne.

— C'est vrai.

— Vous l'avez tué ?

On commençait à étouffer dans le petit bureau tout dégarni.

— Oui.

— Mazel tov, dit Kellerman avant de consulter son calendrier d'audiences et quelques papiers sur son bureau. A la préliminaire, je commencerai par tout freiner pour obtenir un report et essayer de dégoter un moyen de vous faire passer chez Greenberg. Putain, il va positivement vous adorer. Comment ça marche, votre numéro de grand jury ?

— Ça marche bien.

— Alors pourquoi avez-vous l'air aussi sinistre ? Ecoutez, y a-t-il la moindre chance que vous obteniez votre promotion avant que le grand jury se réunisse ?

— Non, dit Mal. Jake, quelle est votre stratégie après le report ?

Jake crocha ses deux pouces dans les poches de son gilet.

— Mal, il faut descendre Celeste. Elle a abandonné le petit...

— Elle ne l'a pas abandonné, ces putains de nazis l'ont ramassée, elle et son mari, et les ont balancés dans ce putain de Buchenwald.

— Chut. Du calme, mon ami. Vous m'avez dit que l'enfant avait subi des violences, conséquence directe de son abandon par sa mère. Elle a vendu son cul pour rester en vie. Votre bataillon de MP a toujours les photos de son entrevue de libération — elle ressemble à Betty Grable comparée aux autres femmes qui s'en sont sorties vivantes. Avec ça, je la tuerai devant le tribunal — Greenberg ou pas Greenberg.

Mal défit sa veste et desserra sa cravate.

— Jake, je ne veux pas que Stefan entende des choses pareilles. Je veux que vous obteniez une ordonnance du tribunal qui lui interdise d'entendre les témoignages. Un ordre d'exclusion.Vous pouvez faire ça.

Kellerman se mit à rire.

— Pas étonnant que vous ayez largué la fac de droit. Les ordonnances dispensant les enfants mineurs d'assister aux témoignages dans les affaires de garde n'ont de sanction légale que si les avocats des deux parents les approuvent — ce que l'avocat de Celeste n'acceptera jamais. Si je la démolis devant le tribunal — et c'est ce que je ferai — il voudra que Stefan soit présent, avec l'espoir que le petit coure vers maman, pas vers papa. Ce n'est plus de notre ressort.

Mal vit Stefan Heisteke, Prague 45, qui sortait d'une orgie de trois années où il s'était défoncé à coups de viols et de bouffe en boîte pour chiens.

— Vous tirez votre carotte, ou vous trouvez des choses qui se sont passées après-guerre pour les coller sur le dos de Celeste.

— Comme les heures qu'elle passait consciencieusement à enseigner le tchèque à Stefan ? Mal, elle ne boit pas, elle ne couche pas, elle ne bat pas le petit. Vous n'arrachez pas une garde d'enfant à la mère naturelle parce que la femme vit dans le passé.

Mal se leva, le sang lui cognait à la tête.

— Alors, dans ce cas, vous faites de moi le plus grand putain de héros depuis Lindy le Chanceux. Vous me bâtissez une putain d'image tellement bien que la maternité à côté de ça, ça ressemblera à de la merde.

Jake Kellerman indiqua la porte.

— Ramenez-moi une belle cargaison de cocos et je ferai de mon mieux.

* * *

Mal roula jusqu'au Wagon-Restaurant Pacific. L'idée générale, c'était de se dorloter tout seul, faire la fête pour oublier Eisler, Rolff et Dudley Smith — la purge nécessaire qu'une heure d'eau bouillante n'était pas parvenue à accomplir. Mais aussitôt que la nourriture fit son apparition, il perdit tout intérêt, attrapa le journal d'Eisler et le feuilleta jusqu'en 1938-1939, période que l'écrivain avait passée avec Claire De Haven.

Pas de détails explicites, rien que de l'analyse.

La femme haïssait son père, baisait des Mexicains pour encourir son courroux ; elle avait le béguin pour son père et obligeait ses consorts gauchos de race blanche à s'habiller traditionnel collet-monté comme lui — de manière à pouvoir leur arracher leurs vêtements et faire un jeu de l'humiliation des substituts de son père. Elle haïssait l'argent de son père et ses appuis politiques, elle violait ses comptes en banque pour prodiguer ses cadeaux à des hommes dont le vieux détestait les opinions politiques ; elle alla jusqu'au bout de son rouleau, par la gnôle, les drogues opiacées et le sexe, elle se trouva des causes qui furent ses pénitences et finit par se modeler en une Jeanne d'Arc gauchiste exemplaire : elle organisait, planifiait, recrutait, finançait de son propre argent et de dons qu'elle garantissait souvent de son propre corps. L'efficacité politique de cette femme atteignait à de tels sommets que jamais elle ne fut écartée comme simple sympathisante ou dilettante ; au pis, seules son âme et ses motivations étaient jugées fallacieuses. La fascination d'Eisler pour Claire se poursuivit même après la fin de leur liaison ; il resta son ami à travers ses liaisons diverses — brutes pachucos, sécheurs à la clinique de Terry Lux — son grand numéro de pénitence à propos de Sleepy Lagoon : un petit ami mex passé à tabac au cours des émeutes zazou, une période de séchoir chez Doc Terry et ensuite une saison entière, d'une sobriété exemplaire, à donner dans le social avec le SLDC. Impressionnant. Mis à part la fixation de cinglé qu'en faisait Dudley Smith, les dix-sept mômes accusés d'avoir descendu José Diaz étaient à tous égards innocents. Et Claire Katherine De Haven — coco, fille de riche et salope — fut une des forces vives qui conduisit à les faire libérer.

Mal feuilleta le journal ; les références à De Haven se mirent à diminuer comme il arrivait à 44 et 45. Il picora sa nourriture et repartit en marche arrière à travers une foison de pages d'où Eisler ressortait comme un être intelligent, analytique, un bienfaitnik conduit sur les voies de la facilité par des professeurs d'université socialo et le spectre de Hitler qui menaçait l'Allemagne. Jusqu'ici, preuves à conviction zéro — si l'on présentait le journal à un grand jury, Eisler y apparaîtrait en fait d'un héroïsme un peu bizarre. Se rappelant que l'homme était ami de Reynolds Loftis et compagnon de travail de Chaz Minear, Mal balaya les pages à la recherche de leurs noms.

Minear lui fit l'impression d'un faiblard, la chouquette des deux, le crampon qui s'accroche. Mal parcourut les comptes rendus de Chaz et Eisler rédigeant ensemble les dialogues de *Front Oriental* et de *Tempête sur Leningrad* aux alentours de 1942-1943 ; il y découvrit Eisler faisant la gueule devant le travail saboté par Minear, faisant la gueule devant les rêveries de Chaz dont Loftis était l'objet ; faisant la gueule contre lui-même parce qu'il méprisait l'homosexualité de ses amis — qu'il tolérait chez Reynolds parce qu'au moins, ce n'était pas une lopette. On pouvait voir aussi grandir au fil des pages la furie impuissante de Minear aux jours de Sleepy Lagoon — ses pleurs sur l'épaule d'Eisler à cause d'une petite passade que s'offrait Loftis — "Mon Dieu, Nate, ce n'est qu'un gamin, et il a été défiguré" — avant de refuser d'aller plus loin sur le sujet. Information rétrospective intéressante : en 47, Chaz Minear avait rendu coup pour coup à son amant infidèle — la balance à l'HUAC qui avait fait mettre Reynolds Loftis sur liste noire. Mal prit mentalement note d'une chose : si Danny Upshaw ne réussissait pas à infiltrer les têtes pensantes de l'UAES, alors, Chaz Minear, homosexuel, chouquette et faiblard, pourrait se trouver à point pour une attaque directe — la menace de révéler au grand jour ses activités de balance devrait le convaincre de balancer à nouveau.

Le reste du journal était d'un ennui mortel : réunions, comités, rassemblements et des noms que Buzz Meeks aurait à vérifier en même temps que ceux arrachés à Lenny Rolff par Dudley. Mal finit le travail pendant que son steak refroidissait et que sa salade se fanait dans le bol ; il se rendit compte qu'il aimait bien Nathan Eisler. Et qu'avec le journal épuisé et sa tentative de dîner, il n'avait nulle part où aller, excepté retour au Motel Shangri-Lodge, il n'avait rien qu'il voulait faire excepté parler à Stefan — en violation directe des ordres de Jake Kellerman. Tout ce que le motel avait à lui offrir, c'était des noms de femmes barbouillés sur la porte de la salle de bains, et s'il appelait Stefan, il aurait probablement Celeste au bout du fil, et ce serait leurs premières civilités depuis qu'il lui avait remodelé la figure. Ne sachant que faire, il régla l'addition, et s'engagea au milieu des contreforts en cul-de-sac dans l'obscurité totale : "Allée de la Cordite", l'endroit où la bleusaille LAPD de sa génération se faisait griller la cervelle à la gnôle de dessous-de-table, en racontant des conneries au milieu de tirs à la cible, de grands bouquets d'armoise jouant le rôle des méchants.

Le sol était recouvert d'une épaisse couche de douilles ; baissant ses phares, Mal vit que les générations de flics suivantes avaient fait voler les armoises en mille morceaux et s'étaient attaquées aux pins rabougris : l'écorce des arbres avait disparu et les troncs étaient couverts de trous d'impacts. Il sortit de la voiture, dégaina son revolver de service et lâcha six coups au jugé dans les ténèbres ; l'écho lui fit mal aux oreilles et la puanteur de la cordite lui fut agréable aux narines. Il rechargea et vida à nouveau le 38 ; de l'autre côté de la colline, chez les paumés de Pasadena Sud, d'autres coups de feu retentirent, comme un chapelet de chiens aboyant à la lune. Mal rechargea, tira, rechargea et tira jusquà ce que sa boîte de Remington soit vide ; il entendit des applaudissements, des hurlements, des cris et puis plus rien.

Le canyon bruissait sous le vent chaud. Mal s'appuya contre la voiture et songea au Service des Mœurs, aux opérations montées, à son refus d'être membre de la Brigade Spéciale, là où l'on entrait arme au poing en premier, là où des flics comme Dudley Smith vous respectaient. Aux Mœurs, il avait sauté une chaîne de bordels à Chinatown dont on estimait que c'était infaisable — il y envoyait de jeunes recrues fraîches émoulues se faire tailler une plume, qu'il faisait suivre cinq minutes plus tard par des bourres en uniforme qui défonçaient la porte pour ouvrir la voie aux techs du labo avec leurs appareils photo. Les filles, c'était du tout venant, elles vivaient à la maison, chez mama-san et papa-san, qui croyaient qu'elles faisaient double poste à la fabrique de chemises Shun-Wong ; il se fit accompagner par un cordon de flics musclés jusqu'au magasin-bureau de l'Oncle Ace Kwan, chef maquereau chinetoque, premier sur la place de L.A. ; il informa Oncle Ace que s'il n'emmenait pas ses putes sur le territoire du comté, il montrerait les photos aux papas-san — dont beaucoup avaient des liens chez les Tong — en portant à leur connaissance que Kwan-san se remplissait les poches grâce au régime de fifille-san, la pine caucasienne. Oncle Ace fit une courbette, dit, oui, s'exécuta et ne manqua jamais de se montrer prévenant ; il lui envoyait toujours un canard au caramel et une petite carte pour Noël, en pensant toujours à faire transmettre ses voeux à son frère — tant qu'il lui adressait encore la parole.

Lui

Desmond

Le Grand Des.

Desmond Confrey Considine, qui l'avait contraint à l'obscurité des demeures, qui avait fait de lui un flic, un manipulateur.

Plus vieux de trois ans. Plus grand de sept centimètres. Un athlète doué pour feindre la piété afin d'impressionner le Révérend. Le Révérend l'avait attrapé en train de faucher à l'étalage un paquet de chewing-gum au bazar du coin, le Cochon Siffleur, et lui avait tanné la peau du cul avec tant de force que le Grand Des s'était pété les tendons en essayant de se libérer de ses liens pour se retrouver sur la touche pour le reste de la saison de football. Un première ligne défensif avec un cerveau de troisième zone et une manie de première classe, cette kleptomanie qu'il était maintenant terrifié d'accepter : plus de jambes et plus de couilles, une gracieuseté de Liam Considine, calviniste de première ligne.

Et donc Desmond recruta son jeune frangin monté en graine en se disant que sa minceur de furet lui permettrait d'aller en ces lieux où il avait aujourd'hui bien trop peur de pénétrer par effraction, afin qu'il lui rapporte ce qu'il voulait : la raquette de tennis de Joe Stinson, le poste de radio à galène de Jimmy Harris, le chapelet de dents d'élan de Dan Klein et tous les autres trucs chouettes qu'il ne supportait pas de voir appréciés par les autres. Petit Malcolm, qui ne pouvait s'empêcher de blasphémer même si le Révérend lui avait dit que la punition en serait, maintenant qu'il avait quatorze ans, une séance de fouet, et non plus la bouche au savon de pin et le dîner d'huile de ricin auxquels il était habitué. Petit Mally deviendrait son voleur, ou bien le Révérend en aurait plein les oreilles de Jésus qui s'envoyait en l'air avec Rex le Chien Prodige ou de Marie-Madeleine qui sautait Willy, le vieux négro qui venait livrer la glace dans leur bloc sur son canasson ensellé — des trucs dont le Révérend savait que Des n'avait pas suffisamment d'imagination pour les concocter.

Alors *il* vola, dans la peur de Desmond, dans la peur du Révérend, dans la peur de se confier à mère de crainte qu'elle ne le dise à son mari et qu'il ne tue Des, pour terminer sur l'échafaud et les laisser tous à la merci du Conseil Charitable de l'Eglise presbytérienne et ses mesquineries merdiques. Un mètre quatre-vingts et à peine cinquante kilos, il devint le Fantôme de San Francisco, escaladant les descentes de gouttière et faisant sauter les verrous des fenêtres, volant pour Desmond les articles de sport qu'il avait trop peur d'utiliser, les livres qu'il était trop stupide pour lire, les vêtements trop petits pour sa taille. Il savait qu'aussi longtemps que Des conserverait ses trucs, il aurait l'avantage sur lui — mais il continua à jouer le jeu.

Parce que Joe Stinson avait une chouette frangine du nom de Cloris et qu'il aimait bien se retrouver seul dans sa chambre. Parce que Dan Klein avait un perroquet qui vous mangeait les biscuits dans la bouche. Parce que la sœur de Jimmy Harris, une Marie-couche-toi-là, l'avait surpris en train de vider le garde-manger sur le chemin de la sortie et lui avait dit qu'il en avait une grosse après lui avoir fait sauter son pucelage. Parce qu'*en route** pour aller carotter les *National Geographic* de Bill Rice, il avait découvert son petit frère encore bébé sorti de son berceau, en train de mâchonner un câble électrique — et qu'il l'avait remis en place, lui avait donné du lait condensé et ainsi, peut-être, lui avait sauvé la vie, en faisant comme si c'était son petit frère à lui qu'il sauvait des griffes de Des et du Révérend. Parce que d'être le Fantôme de San Francisco, c'était un répit qui le changeait de sa peau de bon élève bûcheur, mince comme un coup de trique, petit animal effrayé avec son givré de père, sa chiffe molle de mère et son idiot de frère !

Jusqu'au 1er octobre 1924.

Desmond l'avait envoyé en seconde visite chez Jimmy Harris ; il se faufila à l'intérieur de la maison, sachant qu'Annie-couche-toi-là était chez elle. Elle était effectivement là, mais elle n'était pas seule : un flic, le pantalon de serge bleue sur les talons, était en train de la bourrer sur la

---

* En route : en français dans le texte.

moquette du salon. Lui eut un sursaut, trébucha et tomba ; le flic lui flanqua une dérouillée à le démolir, lui lacérant le visage en lambeaux de ses chevalières. Il nettoya ses plaies, essaya de se trouver assez de tripes pour pénétrer chez Bill Rice et voir si le bébé allait bien, mais il ne parvint pas à trouver le cran nécessaire ; il rentra à la maison, cacha le butin de Desmond et lui dit que les rôles étaient inversés : tendons arrachés ou non, le chef de la bande allait voler pour le voleur, sinon il cracherait le morceau au Révérend. Il n'y avait qu'une seule chose qui l'intéressait : un des déshabillés de Annie Harris — et ensuite, ils seraient tous deux quittes — mais ce serait *lui* qui dirait à quel moment faire le coup.

Et ce fut *lui* qui planqua devant chez les Harris, pour apprendre qu'Annie entretenait l'agent John Rokkas tous les mardis après-midi, lorsque le reste de la famille travaillait au stand des produits Harris à Oakland. Par un froid mardi de novembre, il crocheta la serrure pour Des ; Des entra et ressortit vingt minutes plus tard, réduit à l'état de purée. Ce fut encore *lui* qui vola le trésor de guerre et le mit en sûreté dans un coffre de dépôt, établissant ainsi entre les deux frères Considine une parité de crainte. Desmond laissa tomber le séminaire de l'Union Théologique et devint un gros ponte dans le marché de la voiture d'occasion. Mal alla à Stanford, obtint son diplôme et glanda une année en fac de droit en rêvant d'aventures d'arrière-cour, chassant les femmes faciles sans jamais véritablement apprécier leur capture. Lorsque la fac de droit devint d'un ennui insupportable, il s'engagea dans les Services de Police de Los Angeles, ne sachant pas combien de temps il tiendrait comme flic — ou même s'il réussirait à tenir. Puis il rentra à la maison pour Noël, vingt-trois ans, jeune bleusaille morte de trouille dans le négroville de L.A. Il mit son uniforme pour le dîner de Noël : ceinture Sam Browne, sifflet plaqué argent, revolver calibre 38. Desmond, le roi de la bagnole, portant toujours visibles les traces de sa dérouillée par l'agent John Rokkas, fut terrifié par son nouveau personnage. *Il* sut qu'il resterait policier jusqu'à sa mort.

Mal passa de son frère à Danny Upshaw, toujours entouré des ténèbres du canyon, les douilles vides gisant sous ses pas. Etait-il vraiment bon ? Que verrait-il ? — Ellis Loew régnant sur les chambres de grands jurys drapés dans le drapeau américain ?

— Vous avez plus d'estomac pour ce boulot que je ne m'y attendais.

Dudley avait raison.

Mal ramassa une poignée de douilles vides, les lança vers le néant et rentra chez lui, au motel Shangri-Lodge.

Chapitre 20

Pas de places assises à la planque de Mickey Cohen.

Le Mick et Davey Goldman travaillaient à la mise au point d'un nouveau numéro pour la boîte de nuit, avec un calibre 12 à pompe en guise de micro fixe. Johnny Stompanato jouait au rummy avec Morris Jahelka, à passer et repasser en revue des plans possibles pour le grand sommet-came Cohen-Dragna mais vu côté employés. Buzz, de son côté, interviewait les Camionneurs casseurs de Mickey en notant ragots et calomnies de piquets de manif avant que Considine n'infiltre son agent dans la place.

Jusque-là, que du baratin coco à mourir d'ennui :

La pétasse De Haven et Mort Ziffkin échangeaient des clichés sur le renversement de "l'autocratie de studio". Fritzie Kupferman "Pic à Glace" avait repéré un employé aux écritures des Camionneurs comme étant une taupe de l'UAES — ils lui avaient laissé la charge de la camionnette à déjeuner en face du piquet de Variety International et lui refilaient au compte-gouttes, depuis des semaines, ce qu'ils voulaient bien qu'il entende. Mo Jahelka avait une sensation bizarre : les piquets de l'UAES ne réagissaient pas à la provocation physique ou verbale — ils avaient l'air pénard, comme s'ils jouaient la montre et attendaient leur heure, jusqu'aux vieux gauchos casseurs de têtes qui ne perdaient pas leur sang-froid. Moey semblait croire que l'UAES cachait quelque chose dans sa manche. Buzz avait un peu gonflé la masse des déclarations pour qu'Ellis Loew croit qu'il travaillait plus qu'en réalité, se sentant tout à fait comme un gentil petit chrétien bien goûteux dans le repaire du lion, attendant que la bête commence à avoir faim et le remarque.

Johnny Stomp le Lion.

Mickey le Lion.

Johnny le regardait d'un air interrogateur depuis qu'il avait franchi la porte, ça faisait dix jours qu'il avait mis le holà aux poucettes sur Lucy

Whitehall et acheté le silence du beau Rital super sapé avec cinq billets de cent refilés par Mickey. "Salut, Buzz", "Salut, Johnny", rien d'autre. Il avait vu Audrey trois fois, la nuit entière passée chez lui, deux petits coups rapides au baisodrome de Howard dans les collines d'Hollywood. Si Mickey faisait surveiller Audrey d'une manière quelconque, c'était par Johnny ; s'il venait à être au parfum, c'était ou remettre sa vie entre les mains du connard ou le descendre, pas de juste milieu. Si Mickey était au parfum, ce serait le Grand Adios, quand on lui faisait des crasses, le petit mec devenait vicieux ; il avait trouvé la gâchette qui avait effacé Hooky Rothman, lui avait collé deux balles à charge creuse dans les rotules et offert une soirée de souffrances avant le coup de grâce de Fritzie Kupferman : le pic à glace dans l'oreille, mais Fritzie joua à Toscanini dirigeant Beethoven, petits piqués et tourbillons de baguette, avant de transpercer le cerveau du pauvre connard.

Mickey le Lion, dans sa tanière, cette cabane en bambou.

Buzz repoussa son bloc-notes en jetant un dernier regard aux quatre noms que lui avait fournis Dudley Smith peu de temps auparavant : des Rouges dont il fallait vérifier le passé, encore du travail merdique, et encore probablement de la gonflette en perspective. Mickey le Lion et Johnny le Lion se taillaient une bavette près de la cheminée, avec une photo d'Audrey la Lionne, culotte, paillettes et p'tites plaquettes sur le mur au-dessus d'eux. Le Mick crocha le doigt dans sa direction ; il s'approcha.

Le comédien avait des petites histoires prêtes :

— Un mec s'avance et me demande : "Mickey, ça va le business ?" J'lui dis : "Mon pote, c'est comme le show-business, y'a pas de business." J'fais des avances à cette gisquette, elle m'dit :"J'couche pas avec n'importe qui, qu'ce soit Tom, Dick ou Harry !" J'lui dis :"Ben et moi? J'm'appelle Mickey !"

Buzz se mit à rire et montra la photo d'Audrey, le regard dur fixé sur Johnny Stomp.

— Il faudrait la mettre dans votre numéro. La Belle et la Bête. Vous feriez exploser la salle.

Peau de balle de la part de Johnny ; Mickey, visage tordu par l'effort, comme s'il envisageait réellement la suggestion. Buzz tentant le coup à nouveau.

— Trouvez-lui un bougnoule balèze comme faire-valoir, faites comme s'il la sautait. Les négros, ça paie toujours quand on veut rigoler.

Toujours rien.

— Les Schvartzes, j'ai pas besoin, et les Schvartzes, j'ai pas confiance. Qu'est-ce qu'on obtient quand on croise un Négro et un Juif ?

— Je ne sais pas, dit Buzz en jouant au débile. Quoi ?

Mickey baptisa les environs de son rire.

— Un concierge qui est proprio de l'immeuble.

Johnny gloussa et s'excusa ; Buzz reluqua la fille Va-Va-Voom à vingt balais et se fit un petit pari rapide : cent contre un qu'il en savait moins que rien à leur sujet.

— Tu devrais rire plus souvent, dit Mickey. J'ai pas confiance dans les mecs qui ont pas le sens de l'humour.

— Tu n'as confiance en personne, Mick.

— Ouais, question confiance, qu'est-ce que tu dis de ça : huit février, à la chemiserie, mon marché avec Jack D — vingt-cinq livres de brune mexicaine, on partage le liquide, nourriture et gnôle. Tous mes hommes, tous ceux de Jack. Personne chargé. Ça, c'est de la confiance.

— Je ne te crois pas, dit Buzz.

— Le marché, tu veux dire ?

— Le personne chargé. Putain, mais t'es devenu cinglé ?

Mickey passa le bras autour des épaules de Buzz.

— Jack veut quatre gâchettes neutres. Il a deux pieds-plats de la ville, j'ai un inspecteur du shérif qui a gagné les Gants d'Or l'année dernière, et y me manque un gars. Tu veux la place ? Cinq cents pour la journée ?

Il dépenserait le fric pour Audrey ; des chandails en cachemire moulants rouges et roses et verts et blancs, une taille en dessous pour bien voir son avant-scène.

— Ça me va, Mick.

La prise de Mick se resserra :

— J'ai une couverture dans le Quartier Sud, un magasin. J'arrose le Comté, un peu de prêts à l'arnaque, un peu de paris. Une demi-douzaine d'employés qui bossent. Audrey tient les registres pour moi, et elle dit que je me fais bouffer tout cru.

— Les employés ?

— Tout concorde au poil, mais les entrées par jour, ça fait un peu court. Je paie le salaire, les mecs refilent leur propre camelote. A moins de leur secouer les puces, y'a aucun moyen de savoir.

Buzz se libéra du bras de Mickey, en songeant aux petits larcins de Lionne Audrey avec un crayon qui lui brûlait les doigts et un cerveau ramollo.

— Tu veux que j'me renseigne en douce dans le coin ? Que je demande au chef de brigade de Firestone de secouer les puces aux mecs du coin pour savoir qui parie quoi ?

— La confiance, Buzzchik. Tu me cravates celui qui m'entube, et t'auras pas à t'en plaindre.

Buzz s'empara de son manteau.

— Un rencart brûlant ? dit Mickey.

— Y'a pas plus brûlant.

— Quelqu'un qu'je connais ?

— Rita Hayworth.

— Ouais ?

— Ouais, fais-moi confiance.

— Elle est rouquine à l'entresol ?

— Que les mèches, les racines sont noires. Y'a rien de tel que le show-biz.

* * *

Son rencart était à 10 h à la crèche d'Howard près du Hollywood Bowl. Mickey, Johnny l'Air-de-rien et l'histoire de l'écrémage lui avaient filé les jetons, il était à crans, chacune de ses minutes à l'heure d'Audrey, Audrey qui occupait toutes ses pensées : essayer de tuer une heure quelque part, c'était de la connerie. Buzz roula jusqu'à la maison de la femme lion, se gara derrière sa décapotable Packard et sonna à la porte.

Audrey ouvrit la porte, pantalon, chandail et pas de maquillage.

— Tu as dit que tu ne voulais même pas savoir où je vivais.

Buzz traîna des pieds, pareil à un jeune soupirant avec un rencart pour le bal de fin d'année.

— J'ai regardé ton permis de conduire pendant que tu dormais.

— Meeks, c'est pas des choses à faire à quelqu'un avec qui on couche.

— Tu couches bien avec Mickey, non ?

— Oui, mais qu'est-ce que...

Buzz passa près d'Audrey et avança jusqu'à la pièce de devant, équipée et meublée d'occase.

— On économise sur les meubles pour se payer son petit centre commercial?

— Oui, si tu veux le savoir, oui.

— Ma douce, tu sais ce que Mickey a fait au petit connard qui a tué Hooky Rothman ?

Audrey reclaqua la porte et serra les bras autour de sa poitrine.

— Il a tabassé le gars comme une brute, et il a demandé à Fritzie Je-sais-plus-quoi de le conduire au-delà des limites de l'état en le prévenant de ne jamais revenir. Meeks, qu'est-ce qu'il y a ? Je ne supporte pas de te voir comme ça.

Buzz la repoussa contre la porte, l'y épingla et mit les mains sur son visage pour la faire tenir immobile ; ses mains se firent tendres lorsqu'il vit qu'elle n'allait pas le combattre.

— Tu écrèmes Mickey, tu le fauches pasque tu crois qu'y s'en apercevra pas, et qu'y te ferait pas de mal si jamais y s'en rendait compte, et maintenant, ça retombe sur moi, putain, mais c'est à moi de te protéger pasque, putain, t'es tellement conne avec tous ces putains de mecs que tu baises, et ma putain de tête, elle est tellement pleine de toi, alors, putain, t'as intérêt à prendre de la cervelle pasque si Mickey te fait du mal, je le tue, lui et toutes ses putains de conneries de youpin friqué...

Il s'arrêta lorsque Audrey commença à chialer en essayant de sortir quelques mots. Il lui caressa les cheveux, en se penchant pour écouter mieux, pour se retrouver tout chose et tout ramollo lorsqu'il entendit :

— Moi aussi, je t'aime.

* * *

Ils firent l'amour sur le plancher du salon meublé d'occase et dans la chambre et dans la douche où Buzz arracha le rideau pour entendre Audrey admettre qu'elle avait aussi raclé sur les équipements de salle de bains. Il lui dit qu'il verrait un comptable, ancien mec de chez Dragna qu'il connaissait, pour qu'il lui montre, à elle, comment retruander les livres de Mickey — ou trouver un moyen pour tirer son épingle du jeu en faisant retomber le blâme sur quelque gugusse inexistant ; elle lui dit qu'elle arrêterait d'écrémer pour redevenir réglo et à la coule, pour jouer à la bourse comme n'importe quelle cavette qui ne baisait pas de gangsters ou de porte-valoches de la Brigade Rouge. Il lui dit "Je t'aime" cinquante fois pour rattraper le fait qu'elle l'ait dit la première ; il prit ses mensurations, comme ça il pourrait claquer tout son fric en ristourne à lui acheter des fringues ; ils descendirent l'un sur l'autre et se prirent en bouche pour sceller un pacte : ni l'un ni l'autre n'était censé mentionner Mickey sauf absolue nécessité, leur futur à tous les deux, ou plutôt son absence, nul ne devrait en parler ; deux rencarts par semaine, c'était leur limite, en alternance dans les différents baisodromes de Howard, chez elle ou chez lui, une fois de temps en temps comme occasion spéciale, avec leurs bagnoles bien planquées, là où les méchants ne les verraient pas. Pas de rencarts à l'extérieur, pas de voyages ensemble, pas de racontars à des amis sur ce qu'il y avait entre eux. Buzz demanda à Audrey de lui faire son numéro de pompons ; elle s'exécuta ; elle poursuivit par un défilé de mode de ses costumes d'effeuilleuse, puis de tous les vêtements de la garde-robe. Buzz se dit que s'il consacrait ce qu'il gagnait au jeu à lui acheter des fringues dans lesquelles il aimerait la voir, il n'en aurait jamais assez de rester enfermé avec elle ; il pourrait lui enlever ses vêtements, lui faire l'amour et la regarder se rhabiller. Il songea que s'ils restaient enfermés à jamais, il lui dirait tout sur lui, même les trucs merdiques, mais il ferait ça tout doucement, pour qu'elle puisse apprendre à le connaître, pour qu'elle n'ait pas la trouille, pour qu'elle ne s'enfuie pas. Il parla beaucoup ; elle parla beaucoup ; il laissa chapper l'épisode du doberman qu'il avait tué en cambriolant un marchand de bois à Tuloa en 1921, et elle s'en ficha complètement. L'aube approchant, Audrey commença à tomber de sommeil et lui commença à penser à Mickey et à avoir peur. Il songea à aller bouger sa voiture, mais ne voulut pas déranger la manière parfaite dont sa lionne avait niché sa tête contre sa clavicule. Sa peur alla grandissant, il tendit la main vers le sol, agrippa son 38 et le fourra sous l'oreiller.

Chapitre 21

La salle d'attente du quartier des givrés offrait tables et canapés en vinyle aux couleurs apaisantes : vert menthe, bleu glace, jaune pâle. On avait collé au mur des œuvres d'art des fêlés : peintures au doigt et dessins infantiles — chiffres et nombres à relier entre eux par des traits, représentant Jésus-Christ, Joe Di Maggio et Franklin D Roosevelt. Danny était assis ; il attendait Cyril "Cy" Vandrich, vêtu des fringues de Ted Krugman : pantalons en toile, maillot de corps, bottes de moto à bouts acier et blouson bombardier en cuir. Il était resté éveillé une grande partie de la nuit à étudier le scénario de Mal Considine ; il avait passé la journée d'hier à conduire sa propre enquête sur Duane Lindenaur et George Wiltsie en allant fouiner du côté de la Vallée dans les coins où ils traînaient tous les deux, pour n'y gagner que la sensation nauséeuse d'un duo d'homos répugnants. Il s'était glissé dans la peau de Ted avec soulagement et lorsqu'il s'était avancé jusqu'à la grille de Camarillo, le garde s'y était repris à deux fois devant ses frusques et ses plaques de New York : ouvertement, il avait refusé de le prendre pour un flic, vérifiant identité et insigne et allant jusqu'à téléphoner au poste d'Hollywood Ouest pour avoir le feu vert. Jusqu'ici, Upshaw en Krugman était une réussite — mais le test décisif, ce serait cet après-midi au piquet de manif.

Un surveillant fit entrer dans la pièce un homme d'une trentaine d'années vêtu de kaki — un mec plutôt petit, osseux, les hanches larges, des yeux gris enfoncés dans les orbites et une coiffure de mec à la coule — une mèche de cheveux marrons bien graisseux lui couvrait parfaitement le front. Le surveillant dit : "Lui" et sortit ; Vandrich soupira :

— Qu'est-ce que c'est que cette fumisterie ? J'ai des relations au standard, la fille a dit que c'est à propos de meurtres, et je ne suis pas un meurtrier. Les musiciens de jazz, c'est de la roupie de sansonnet pour des petits rigolos comme vous. Ça fait des années que vous essayez de crucifier Bird, et maintenant c'est mon tour.

Danny laissa filer, jaugeant Vandrich qui était en train de le jauger.

— Faux. Ceci concerne Felix Gordean, Duane Lindenaur et George Wiltsie. Je sais que tu n'es pas un assassin.

Vandrich s'affala dans un fauteuil.

— Felix, il faut se le faire, Duane je sais plus quoi, je ne le connais ni d'Eve ni d'Adam, et George Wiltsie, y se rembourrait coquette pour impressionner toutes les chochottes friquées au cours des soirées de Felix. Et pourquoi êtes-vous habillé comme un vachard, un dur à cuire ? Vous croyez que vous me ferez parler de cette manière-là ? Cette image-là est dépassée, et il y a bien longtemps que je l'ai laissé tomber.

Danny se dit : pas con, au parfum, probablement très à la coule. La vanne sur le dur à cuire accrocha bien ; il tripota les manches de son blouson, trouvant très agréable la sensation du cuir sous ses doigts.

— Tu les as tous entortillés, Cy. Ils ne savent pas si tu es cinglé ou non.

Vandrich sourit ; il se trémoussa dans son fauteuil et se déhancha en direction de Danny.

— Vous croyez que je suis un simulateur ?

— Je sais que tu l'es, et je connais des juges de Correctionnelle que ça fatigue de toujours coller quatre-vingt-dix jours ici aux mêmes têtes, alors qu'ils pourraient requérir pour récidive de vol non qualifié et leur offrir un peu plus que des peines mineures, pas de la prison mais du pénitencier, comme à Quentin. Là-bas, on ne te demande pas la permission, on te prend.

— Et je suis sûr que vous savez de quoi vous parlez, avec votre allure cuir et tout ça.

Danny croisa les mains derrière sa tête et le col en fourrure du blouson lui frôla le cou.

— J'ai besoin de savoir ce que tu sais au sujet de George Wiltsie et de Felix Gordean, et peut-être ce que Gordean sait ou ne sait pas au sujet de certaines choses. Coopère et tu t'en tireras toujours avec quatre-vingt-dix jours. Essaie de me baiser, et le juge se reçoit une lettre où on lui apprend que tu as fait obstruction à la justice dans une affaire de triple homicide en cachant des preuves à conviction.

Vandrich gloussa.

— Felix s'est fait assassiner ?

— Non, Wiltsie, Lindenaur et un trombone du nom de Marty Goines qui avait pris comme nom de scène "la Corne d'Abondance". As-tu entendu parler de lui ?

— Non, mais je suis trompette et on me connaissait comme "les Lèvres d'Extase". C'est à double sens, au cas où vous n'auriez pas deviné.

Danny chassa d'un rire la tentative de drague.

— Cinq secondes, ou bien je me taille et je vais asticoter le juge.

Vandrich sourit.

— Je joue le jeu, M. Policier. Et je vais même vous faire part gratis d'une observation en guise de préambule. Mais, d'abord, j'ai une question. Est-ce Felix qui vous a parlé de moi ?

— Oui.

Vandrich fit un petit numéro à croiser et décroiser les jambes en jouant de ses mains en gestes affectés. Danny y reconnut l'enfoiré en train de jouer à la tapette et de montrer qu'il s'écrasait devant l'autorité ; il se sentit envahi de bouffées de sueur, sa tenue, c'était trop, il avait trop chaud dans ses fringues de gaucho.

— Ecoute, contente-toi de répondre.

Vandrich se calma.

— J'ai connu Felix pendant la guerre, lorsque je mettais au point mon numéro de cinglé pour couper au service militaire. J'ai fait ce numéro-là *partout*. Je vivais à l'époque grâce à un héritage, et c'était la *belle* vie. Je suis allé aux soirées de Felix et j'ai fait le bourrichon une fois avec Georgie, et Felix a pensé que j'étais *non compos mentis*, c'est pour ça qu'il vous a adressé à moi, il vous faisait probablement une blague. C'était ça ma petite observation en guise de préambule.

Et ce qu'il avait senti chez Gordean se confirmait : le maquereau était incapable de même respirer sans essayer de monter le coup — ce qui voulait dire qu'il ne disait *effectivement* pas tout.

— Tu es doué, dit Danny avant de sortir son calepin et de jeter un œil à la liste de questions qu'il avait préparée.

— Cambriolage, Vandrich. Savais-tu si George Wiltsie y était impliqué, ou connaissais-tu quelqu'un qui monte des fric-frac et qui gravite autour de Felix Gordean ?

Vandrich secoua la tête.

— Non, comme j'ai dit, George Wiltsie, je me l'suis fait une fois ; le baratin, c'était pas son fort, alors on s'est contenté de faire affaire. Il a jamais mentionné le mec Lindenaur. Je suis désolé qu'il se soit fait tuer, mais moi, je fais que prendre les trucs jolis dans les magasins, je ne m'associe pas avec les cambrioleurs.

Danny écrivit "non".

— Même chose pour les dentistes et prothésistes, des gens capables de faire des dentiers.

Vandrich lui lança un éclair de dents parfaites.

— Non. Et je ne suis pas allé voir un dentiste depuis le lycée.

— Un jeune homme, disons même un gamin — avec un visage brûlé, couturé de cicatrices et couvert de pansements. C'était un cambrioleur, et la période remonterait à pendant la guerre.

— Non. Beurk ! Horrible.

Deux autres "non". Danny dit :

— Une baguette zazou. C'est un long bâton avec une ou plusieurs lames de rasoir attachées à un bout. C'est une arme qui remonte à la guerre, et qui servait à découper les costards zazou que portaient à l'époque les Mexicains.

— Double Berk et un beurk pour les pachucos en costard zazou en général.

Non, non, non, non, soulignés. Danny posa sa question championne :

— Grands, cheveux gris. Des hommes qui doivent avoir aujourd'hui entre quarante et cinquante ans. Une belle chevelure argentée, des mecs qui connaissent les coins à jazz, assez à la coule pour se procurer de la came. Des homosexuels qui fréquentaient les soirées de Gordean lorsque tu y assistais.

— Non, dit Vandrich.

Danny passa à une nouvelle feuille :

— C'est ici que tu brilles, Cyril : Felix Gordean. Tout ce que tu sais, tout ce que tu as entendu, tout ce que tu as pensé de lui.

— Felix Gordean, il... faut... se... le...faire, dit Vandrich en étirant sa phrase jusqu'à en zézayer. Il ne débourre avec personne, homme, femme ou bête, et son seul pied, c'est d'amener les mecs au grand jour et parvenir à leur faire admettre ce qu'ils sont, et ensuite... de satisfaire leurs besoins. Il a une agence de jeunes talents tout à fait légale, et il rencontre des tas d'hommes jeunes, des personnes vraiment sensibles... et... eh bien, il y a de fortes chances pour que ce soit...

Danny voulut hurler PEDE, TANTOUZE, LOPETTE, HOMO, PEDERASTE, DEFONCE, CHOUCHOUTE, SUCEUR DE PINE et faire rentrer dans la gorge de Vandrich toutes les ordures des rapports de la Brigade d'Hollywood pour l'obliger à les recracher, là, à l'air libre, là où *lui* pourrait enfin cracher dessus. Danny tortilla les manches de son blouson et dit :

— Il prend son panard à faire admettre aux mecs qu'ils sont homosexuels, exact ?

— Euh, oui.

— Tu peux le *dire*, Vandrich. Voilà cinq minutes, tu essayais de jouer à la coquette avec moi.

— C'est... c'est difficile à dire. Tellement c'est laid, c'est clinique et c'est froid.

— Ainsi donc Gordean amène ces *homosexuels* à la lumière, il leur fait voir le jour. Et ensuite ?

— Ensuite, il adore les montrer au cours de ses soirées et leur monter des coups. Il leur procure du boulot comme acteurs avant de leur prendre leur argent pour les présentations qu'il arrange. Parfois, il fait ses soirées à sa maison sur la plage et il regarde à travers ses miroirs. Lui, il peut regarder, mais les mecs dans la chambre ne le voient pas.

Danny se souvint de son premier passage, sa première avance au Marmont à faire le voyeur, son truc écrasé contre la fenêtre, prenant son pied à se repaître du spectacle.

— Alors comme ça, Gordean c'est qu'un salopard de voyeur de pédés ; les homos en train de baiser et de sucer, il aime bien ça ; alors essayons quand même : *conserve-t-il des dossiers de son service de présentations* ?

Vandrich avait repoussé son fauteuil contre le mur.

— Non. Tout au moins à l'époque. Selon la rumeur, il avait une mémoire fantastique et il était terrifié à l'idée de noter quelque chose noir sur blanc... il avait peur de la police. Mais...

— Mais quoi ?

— M-M-Mais j'-j'ai-j'ai entendu dire qu'il adorait garder tout ça dans sa tête, et une fois, je l'ai entendu, et il disait que son plus beau rêve, c'était d'avoir quelque chose sur tous ceux qu'il connaissait et la manière d'en tirer profit.

— Comme le chantage ?

— Ou-Oui, j'ai pensé à ça.

— Crois-tu que Gordean en soit capable ?

Pas de zézaiement, de bégaiement ou d'hésitation :

— Oui.

Danny sentit la doublure fourrée de son col poisseuse de sueur.

— Sors d'ici.

* * *

Gordean qui ne disait pas tout.

Son agence de jeunes talents égale un bel outil qui alimentait son voyeurisme.

Chantage.

Pas de réactions suspectes de Gordean sur Duane Lindenaur, extorqueur de fonds ; Charles Hartsthorn — "Petit, le crâne comme une coquille d'oeuf "— éliminé comme suspect sur son physique, fait corroboré par le Sergent Frank Skakel dans son évaluation du personnage et la manière dont lui-même avait logé Hartsthorn, son fric et sa puissance — de toute façon, l'homme de loi était irréprochable pour le moment. S'il s'avérait que Gordean était lui aussi une sorte d'extorqueur, le lien avec Lindenaur ne pourrait être que coïncidence — Tous deux gravitaient dans des milieux où maîtres-chanteurs et maîtres chantés étaient monnaie courante. Le point de départ, c'était l'agence artistique.

Danny prit l'ACP* pour rentrer chez lui, toutes vitres baissées de manière à pouvoir garder son blouson boutonné jusqu'au col. Suivant les ordres de Considine, il se gara à trois blocs du poste d'Hollywood et fit le reste du chemin à pied, direction la salle de revue où il arriva pile à l'heure à la réunion qu'il avait prévue à midi.

Ses hommes étaient déjà là, assis sur la première rangée de chaises ; Mike Breuning et Jack Shortell bavardaient en fumant. Gene Niles était quatre sièges plus loin, en train de reclasser une pile de papiers posés sur ses genoux. Danny attrapa une chaise et s'installa face à eux.

— Vous ressemblez encore à un flic, dit Shortell.

Breuning acquiesça d'un signe de tête.

— Ouais, mais les cocos n'y verront que du feu. S'ils en avaient vraiment dans le ciboulot, ce serait pas des cocos, pas vrai ?

Danny éclata de rire ; Niles dit :

— On traîne pas, hein, Upshaw ? J'ai plein de boulot.

— Moi aussi, dit Danny en sortant calepin et stylo. Sergent Shortell, à vous la parole.

— Net, clair et sans bavures, dit Shortell. J'ai appelé quatre-vingt-onze labos dentaires, j'ai transmis les signalements aux responsables et j'ai obtenu un total de seize sacs de nœuds ; des bizarros, des mecs à feuille jaune*. J'en ai éliminé neuf par leur groupe sanguin, quatre sont actuellement sous les verrous et j'ai parlé aux trois autres en personne. L'étincelle a pas jailli et en plus, les mecs avaient des alibis pour les heures des meurtres. Je continue et je vous contacterai si y a quelque chose qui mord.

— Assurez-vous que ce soit bien une morsure de dentier, dit Danny avant de se tourner vers Breuning. Mike, vous et le sergent Niles, qu'avez-vous obtenu ?

Breuning consulta un gros carnet à spirales.

---

* ACP : autoroute de la côte pacifique.
* Feuille jaune : couleur du casier judiciaire.

— Ce qu'on a obtenu, c'est peau de balle. Sur le MO des morsures, on a vérifié les dossiers du LAPD, Comté et municipalités. On a trouvé une pédale négro qui a tranché le zob de son petit copain d'un coup de dents, un gros mec blond avec casier comme violeur de mômes et qui aime mordre les petites filles, et deux mecs qui correspondent à notre description — ils sont tous deux à Atascadero pour agressions avec violences. Sur les racontars de bars à pédés, zéro. Les mordeurs ne se pointent pas dans les bars à cocktails homos en disant : "Je mords. Ça te dit ?" Les flics spécialistes de pédés à qui j'en ai parlé m'ont ri au nez. Rien par éliminations sur dossiers Mœurs et obsédés sexuels. Cambriolages, idem. J'ai procédé par recoupements, rien n'est sorti. Rien sur un môme avec des cicatrices de brûlures. Six possibles pour les mecs entre deux âges à cheveux gris — en tôle les nuits des meurtres ou avec des alibis — confirmés par des témoins réglos. Pour le requadrillage — nada — c'est trop vieux maintenant. Négroville, Griffith Park, le coin où on a largué Goines, rien. Personne a rien vu, tout le monde s'en tape. Quant aux vérif auprès des indics, faites une croix dessus. Ce mec est un solitaire, je parierais ma pension qu'il ne se mêle pas aux pedzouilles criminels. J'ai personnellement travaillé les trois seuls possibles que j'aie obtenus de la Conditionnelle d'Etat et du Comté — deux tantouzes plus un vrai minet mignon — le genre pasteur grand et grisonnant, il avait enculé trois Marines pendant la guerre et y se lubrifiait la queue à la pâte dentifrice. Tous les trois étaient rentrés pour le couvre-feu à la Mission de Minuit — avec, pour alibi, la sœur Marie Eckert en personne, c'est pas rien.

Breuning s'arrêta hors d'haleine, et alluma une cigarette. Il dit :

— Gene et moi, on a travaillé au corps tous les mecs à horse du quartier sud sur lesquels on a pu mettre la main, ce qui fait pas lourd — tout est à sec dans le coin. On raconte que Jack D et/ou Mickey C se préparent à en faire entrer un paquet, à prix réduit. Rien. On a tenté le coup côté musiciens de jazz, rien qui réponde au signalement de notre homme. Idem pour les barbitos. Rien. Et on n'y est pas allé de main morte.

Niles gloussa ; Danny regarda ses petits griffonnages distraits : une page de zéros concentriques.

— Mike, et du côté des baguettes zazou ? — dossiers d'agressions et tuyaux d'indics ?

Les yeux de Breuning se rétrécirent.

— Peau de balle pareil. Et c'est du vieux truc de Mex, du réchauffé qui remonte à loin. Je sais que pour les blessures dans le dos, Doc Layman a mis ça sur le compte de la baguette zazou, mais vous ne croyez pas qu'il pourrait se tromper ? En ce qui me concerne, c'est un truc qui coince.

Un fantoche de Dudley Smith qui se permet de le prendre de haut avec Doc Layman, docteur en médecine, titulaire d'une thèse d'état. Danny se chercha un peu de glace à mettre dans la voix.

— Non. Layman est le meilleur, et il a raison.

— Dans ce cas, je ne crois pas que ce soit une piste valable. Je crois que notre mec a dû tout simplement lire un truc sur ces fichues baguettes ou alors il a été spectateur d'une émeute zazou et il a pris son pied. C'est qu'un putain de psycho, ces mecs-là, ils ont plus leur tête.

Quelque chose dans l'appréciation de Breuning sur les baguettes ne collait pas ; Danny haussa les épaules pour masquer ses pensées.

— Je crois que vous avez tort. Je crois que les baguettes zazou sont un élément essentiel dans la manière de réfléchir du tueur. Mes instincts me disent qu'il se venge du mal qu'on lui a fait par le passé, et ces mutilations bien particulières en sont une grosse partie. Aussi je veux que vous et Niles passiez au peigne fin les dossiers du poste sur les quartiers mex pour vérifier les rapports sur les évènements de 42-43 — dans ces eaux-là, les émeutes zazou, Sleepy Lagoon — à l'époque où les Mex avaient la flicaille aux fesses.

Breuning fixa Danny. Niles grommela et marmonna :

— "Mes instincts".

— Sergent, dit Danny, si vous avez des commentaires à faire, adressez-les-moi.

Niles lui décocha un large sourire.

— Okay. Un, je n'aime pas les Services du Shérif du Comté de Los Angeles et leur bon copain Mickey le Youde, et j'ai un pote du Comté qui dit que vous n'êtes pas le blanc-bleu que vous prétendez être. Deux, j'ai un peu travaillé de mon côté, et j'ai discuté avec deux libérés sur parole de Quentin ; ils m'ont dit : tout à fait exclu que Marty Goines soit pédé — et je les crois. Et trois, je pense que vous m'avez personnellement baisé en ne signalant pas Tamarind Street, et je n'aime pas ça.

Pas de Bordoni. Pas de Bordoni. Pas ce foutu Bordoni. Danny, calme !

— Je me fiche de ce que vous aimez ou de ce que vous pensez. *Et qui étaient les deux libérés sur parole* ?

Deux regards durs verrouillés l'un à l'autre ; Niles qui jette un regard à son calepin.

— Paul Arthur Koenig et Lester George Mazmarian. Et quatre, je ne vous aime pas.

Cartes sur table, pour voir. Danny regarda Niles et s'adressa au sergent Shortell du LASD.

— Jack, il y a une affiche sur le tableau qui chie sur notre Service. Allez l'arracher.

Voix de Shortell, admirative :

LE GRAND NULLE PART

— Ce sera un plaisir, patron.

* * *

Ted Krugman.

Ted Krugman.

Theodore Michael Krugman.

Teddy Krugman, Coco, Rouge, Socialo, Subversif, Machiniste.

Ami de Jukey Rosensweig des Jeunes Acteurs contre le Fascisme, et de Bill Wilhite, chef de cellule au PC de Brooklyn ; ex-amant de Donna Patrice Cantrell, gauchiste et fauteuse de troubles à l'université de Columbia aux alentours de 43, suicidée par le vide en 47 — un plongeon du pont George Washington en apprenant la nouvelle que son socialiste de père avait tenté de mettre fin à ses jours après son assignation à comparaître devant le HUAC : il s'était transformé en légume permanent par l'ingestion d'un cocktail de poudres décapantes qui lui avait décapé le cerveau pour le laisser moins intelligent qu'un idiot. Ancien membre de AFL-CIO, du PC de Long Island North Shore, du Comité de Défense des Travailleurs de l'Habillement, des Américains Engagés contre l'Intolérance, des Amis de la Brigade Abraham Lincoln, et de la Ligue de Soutien-Justice pour Paul Robeson*. Camps d'été socialistes quand il était môme, a laissé tomber ses études universitaires au New York City College, refusé à l'incorporation à cause de ses idées politiques subversives, aimait travailler comme homme à tout faire dans les théâtres à cause de tous les engagés politiques qu'on y rencontrait et pour la fesse. Avait travaillé sur toute une série de spectacles à Broadway, plus une poignée de films de série B tournés en extérieur à Manhattan. Grande gueule pour les slogans, bagarreur, dur à cuire. Adorait participer aux réunions et aux manifestations, signer des pétitions et discuter dans le jargon coco. Actif sur la scène gauchiste new yorkaise jusqu'en 48 — puis plus rien.

Photographies.

Donna Patrice Cantrell était jolie mais dure, version adoucie de son père, le biberonneur d'Ajax. Jukey Rosensweig était un grand mec obèse aux yeux exorbités — sa thyroïde — et des verres épais ; Bill Wilhite était beau comme le pain blanc. La troupe de personnages qu'on lui avait donnée en soutien, sur les clichés de surveillance des Fédés, n'étaient que des visages attachés à des corps portant pancartes : noms, dates et causes défendues au dos, pour lui regarnir son passé d'un peu d'histoire.

Garé sur Gower juste au nord de Sunset, Danny repassa en détail scénario et album photo. Les visages de ses partenaires, il les connaissait au poil : le chef de la manif des Camionneurs, celui auprès de qui il était

---

* Paul Robeson : chanteur noir communiste assigné à résidence.

censé se présenter, les gros bras au milieu desquels il défilerait, ceux qu'il prendrait à partie, le monsieur muscle de l'académie du LAPD qu'il devrait combattre — et finalement — si le scénario de Considine se déroulait à la perfection — Norman Kostenz, chef du piquet de l'UAES, celui qui l'emmènerait auprès de Claire De Haven. En respirant profondément, il verrouilla revolver, insigne, menottes et papiers d'identité de Daniel Thomas Upshaw dans la boîte à gants avant de glisser les photostats du permis de Theodore Michael Krugman dans les soufflets de son portefeuille. Conversion Upshaw — Krugman terminée ; Danny s'approcha, prêt à agir.

Le spectacle était un tohu-bohu bruyant qui se divisait en deux rangées de corps qui serpentaient : UAES, Camionneurs, bannières au vent, cris et huées, un mètre de trottoir séparant les factions rivales, un ruisseau plein de déchets et les murs du studio qui encadraient les deux files sur quatre cents mètres, la longueur de tout un bloc. Journalistes debout près de leurs voitures de l'autre côté de Gower ; camionnettes-repas offrant café et beignets ; un groupe de flics, des vieux de la vieille, en train de s'empiffrer tout en gardant un œil sur les journaleux qui se payaient un craps, avec comme tapis de jeu, un bout de carton posé sur le capot d'une voiture pie du LAPD. Duels de mégaphones qui bombardaient la rue de leurs éclaboussures sonores et des répétitions de "LES ROUGES DEHORS" et "DES SALAIRES JUSTES, TOUT DE SUITE" ponctuées de crachotements d'électricité statique.

Danny trouva le chef du piquet des Camionneurs, comme sur la photo ; l'homme lui adressa un clin d'oeil en douce et lui tendit une planchette de pin avec "UAES — UNION AMERICAINE DES ENRAGES EN SUBVERSION" imprimé sur carton fort, au bout du manche. Il lui fit tout un cirque sur la lettre de la loi et lui demanda de remplir une fiche de présence ; Danny vit que le mec qui avait la charge du camion-repas des Camionneurs reluquait la transaction — de toute évidence, c'était lui l'espion de l'UAES dont faisait état Considine dans son dossier couverture. Les cris gagnèrent en force ; le chef du piquet dépêcha Danny en direction de ses potes en train de défiler, Al et Jerry, très ressemblants dans leurs tenues de travail minables. Saluts de durs à la redresse, comme dans le scénario : trois durs qui ne s'attardaient pas sur des conneries quand y fallait se mettre au boulot. Et lui enfin — Ted Krugman — l'étoile de sa propre épopée hollywoodienne, entouré de figurants, une rangée de bons, une de méchants, tous en mouvement, deux files séparées qui allaient en directions opposées.

Ils défilèrent à trois de front, Al, Jerry et lui — des pros qui connaissaient leur boulot ; des pancartes lui arrivèrent dessus : "JUSTICE FISCALE TOUT DE SUITE ! FINISSONS-EN AVEC LA DICTATURE DES STUDIOS ! DES NEGOCIATIONS POUR DES SALAIRES JUSTES !" Des coudes de Camionneurs s'enfoncèrent dans des côtes de l'UAES ; les méchants grimacèrent, sans jouer des coudes en retour, et continuèrent défilé et hurlements. C'était comme si on avait rajouté Son-et-Vision à l'Homme-Caméra. Aux yeux de Danny, c'était comme autant de robots mélangeurs, hachoirs à viande, scies électriques et moteurs alternatifs à l'oeuvre, sans répit, sans vous laisser réfléchir ou vous fixer sur une image précise. Il ne cessait de répéter les paroles de diatribes de son rôle, soufflant à Jerry, au quart de poil dans les temps avec le signal de départ de Considine :

— Mon pote, c'que tu racontes, putain, ça vient de Moscou direct. Putain, mais t'es de quel côté ?

Lui, en reprise :

— Le côté qui me paie un putain de sac de l'heure, *mon pote* !

Jerry lui attrapant le bras alors que ceux de l'UAES s'écartaient et regardaient :

— C'est pas suffisant...

Il se libéra et continua à marcher et à crier selon le scénario ; selon le scénario, le chef du piquet s'approcha et lui donna un avertissement sur le travail en équipe, traînant Al et Jerry jusque-là pour les obliger tous trois à se serrer la main comme des mômes au milieu d'une cour de récréation, devant un groupe de spectateurs gauchos anémiques qui n'en perdaient pas une miette. Tous les trois jouèrent le coup à la bouderie ; le chef du piquet fit fissa jusqu'au camion-repas ; Danny le vit qui parlait au bonhomme café — un dormant de l'UAES — en indiquant du pouce la petite altercation où il avait fait l'arbitre.

— Va pas te la couler douce, Krugman, dit Al.

Jerry marmonna des épithètes antirouges ; Danny démarra sur son baratin, "Moi, ch'suis comme ça", du baratin Krugman le vrai de vrai, au cas où les méchants auraient une oreille à la traîne, pas loin des trucs que Considine avait déterrés d'un vieux rapport de la Brigade Rouge du NYPD* : les syndicalistes de l'habillement fracassaient les crânes comme de vrais dingues pendant que les "chefs" des deux côtés baisaient allègrement la valetaille. Et lui qui *plaidait* avec Al et Jerry, ses deux philistins, pour comprendre la *raison* derrière tout ce qu'il disait ; et eux qui secouaient la tête pour aller défiler plus loin, pleins de dégoût à l'idée de faire le même rang qu'un rat, un putain de traître coco.

Danny défila, pancarte au vent, criant "DEHORS LES ROUGES", avec tout son cœur mais en savourant le biais qu'il venait de faire prendre à la tournure des événements. Son Homme-Caméra se mit à l'œuvre, tout lui parut maîtrisé et sous contrôle comme s'il venait de s'envoyer ses quatre doses sans en vouloir une cinquième, comme s'il était né pour faire ça, comme si les trucs de pédés à la crèche de Gordean ne l'avaient pas vraiment allumé. Il éprouvait la sensation d'un chaos dans le vide,

---

* NYPD : Services de police de New York.

comme si on le fourrait dans un hachoir à viande où il riait en se faisant couper menu. Le temps passa ; Al et Jerry le frôlèrent : une fois, deux fois, trois fois, lui envoyant en aparté des trucs dégueulasses, ramenant le gros bras du LAPD avec eux à leur quatrième passage, une vraie baraque à merde, et du solide, qui lui bloquait le passage, les doigts sur sa poitrine, une montagne qui *improvisait* sur le script de Considine :

— Ce mec, c'est un coco et c'est un dur ? A le voir, on dirait plutôt une fillette !

A ce moment-là, les mots à ne pas dire, "Fais qu'ça ait l'air vrai, espèce de foireux du Comté", murmurés de tout près. Danny improvisa, tordant les doigts du tas de merde en arrière pour en faire sauter les dernières phalanges. L'homme hurla et balança un crochet gauche téléphoné ; Danny entra dans l'attaque avec un une-deux en contre au plexus. L'homme du LAPD se cassa en deux ; Danny lui allongea un pied droit caréné d'acier dans les couilles en l'envoyant s'écraser dans un groupe de manifestants de l'UAES.

Des cris tout autour ; des coups de sifflets. Danny ramassa une planchette abandonnée et s'apprêta à la balancer à la tête de celui qui partageait l'affiche avec lui. Il se vit alors entouré d'uniformes bleus et de matraques qui le jetèrent au sol, rompu de coups, soulevé, rompu de coups, soulevé, relâché et caressé à coups de pieds. Il tomba dans les pommes comme un caillou dans l'eau — avant de goûter le sol et le trottoir ; il sentit alors des mains qui le soulevaient jusqu'à ce qu'il se trouve face à face avec Norman Kostenz, portrait craché du cliché de surveillance de Mal Considine, un mec amical qui lui disait :

— Ted Krugman, hein ? Je crois que j'ai entendu parler de vous.

* * *

L'heure qui suivit passa en avance rapide — tout en accéléré.

Norm le gentil l'aida à se nettoyer et l'emmena jusqu'à un bar sur le Boulevard. Danny reprit rapidement ses esprits après sa tabassée, élancements sourds dans le bas du dos, dents branlantes et côtes douloureuses. Les bleus devaient faire partie du plan de Considine — petite improvisation qui jouait en sa faveur — sinon ils lui auraient défoncé la tête pour de bon. Le scénario voulait qu'ils interviennent pour faire cesser une bagarre à coups de poing en séparant les combattants, avec quelques coups de rien en passant, avant de les relâcher. De toute évidence, ils avaient démarré à partir de son impro, avec en aparté coups de pied et tête dans le ruisseau, parce qu'il avait abîmé en beauté l'un des leurs. La question était maintenant de savoir si "Appelle-moi Mal" allait avoir la main lourde avec lui pour les dégâts qu'il avait causés — lui aussi était un ex du LAPD.

Au bar, ce ne fut que questions, retour sur Ted Krugman, pas le temps de penser aux conséquences.

Norm Kostenz prit sa photo pour garder trace de l'agression et se mit à faire le lèche-cul tant il vénérait les durs de durs. Danny se glissa dans la peau de Ted, à bichonner une bière et un double de raide, jouant celui qui picolait rarement, c'était rien que pour relâcher un peu ses pauvres os douloureux labourés par les fascistes. L'alcool l'aida effectivement — ses douleurs se firent moins mordantes et il réussit à remuer les épaules en essayant de deviner les petits trucs bizarres qui viendraient plus tard. Le raide descendu, il commença à se sentir bien, fier de son exploit ; Kostenz commença à baratiner sur la manière dont Jukey Rosensweig parlait de lui et de Donna Cantrell ; Danny sortit son numéro de pleureuse sur Donna et en profita pour poursuivre sur ses années d'absence : le Prof Cantrell un légume, sa Donna bien-aimée morte, les fascistes responsables, mais lui bien trop paralysé par le chagrin pour jouer à l'organisateur, aller aux manifs ou, en règle générale, rendre coup pour coup. Kostenz insista pour savoir ce qu'il avait fait depuis le suicide de Donna ; Danny lui servit une assiette variée, mélange Upshaw/Krugman : des histoires de la vraie vie de son passé de voleur de voitures sous l'égide de Ted le Rouge, dans des juridictions bidons de la Côte Est. Norm le gentil avala tout d'une bouchée, servi sur un plateau, à prendre son pied par personne interposée. Il commanda une seconde tournée et l'interrogea sur les guerres de secteurs dans l'industrie de l'habillement, la Ligue Robeson, des trucs dont Jukey lui avait parlé. Danny répondit, les doigts dans le nez, sûr de son fait : des noms, des photos du topo de Considine, du baratin ampoulé qui vantait les mérites de divers gauchos, empruntant le détail à des personnages réels qu'il avait connus, habitants de San Berdoo et adjoints du Shérif. Kostenz avala tout, torcha jusqu'au fond de l'assiette d'une bonne léchée et en redemanda ; Danny ne se sentait plus, planant très haut, toutes ses douleurs évanouies, à tirebouchonner les manches de son blouson comme une seconde peau. Il concocta des récits de toutes pièces, à partir de rien et du matériau de Considine : une longue tchatche sur la perte de ses convictions politiques, ses chasses aux femmes tel un rapace effréné, brodant à partir de la poulette coco, clichés de surveillance de Mal, sa longue odyssée à travers le pays et enfin la façon dont il s'était retrouvé , poussé par un profond mépris de lui-même, membre du piquet des Camionneurs à vouloir reluquer la partie en cours. Mais il savait maintenant qu'il ne pourrait jamais jouer au gros bras fasciste — son seul désir, c'était d'œuvrer, de combattre, d'organiser, d'aider l'UAES à mettre fin à la tyrannie des vampires, l'empire des patrons de studio. Presque sans mot, Norm Kostenz digéra tout le topo, se leva et dit :

— Peut-on se retrouver demain, il y aura moi et notre passe-au-crible qui contrôle les adhésions. Au El Coyote sur Beverly à midi ?

Danny se leva, il vacillait, mais ce n'était pas tant à cause de la gnôle et de la tabassée que de son numéro d'acteur digne d'un oscar.

— J'y serai, dit-il avant de saluer comme Tonton Joe Staline dans une bande d'actualités qu'il avait vue.

* * *

Danny rentra chez lui, s'assura que ses dossiers et photos se trouvaient toujours intacts dans leur cachette, prit une douche chaude et passa du liniment sur les hématomes qui commençaient à se former dans son dos. Nu, il répéta son numéro devant le miroir de sa salle de bains, les phrases d'ouverture qu'il destinait à Claire De Haven, avant de revêtir sa tenue gaucho : pantalons de lainage avec ceinture mince, T-shirt, bottes de travail et blouson de cuir. Il s'admira dans le miroir, Ted Krugman mais flic malgré tout, avant de prendre la route du Strip.

Le crépuscule tombait, la lumière du jour finissant disparaissait derrière des nuages de pluie bas sur l'horizon : Danny se rangea sur Sunset en face de l'agence Felix Gordean et se fit petit sur son siège, armé de jumelles qu'il braqua sur l'immeuble.

C'était un bâtiment à un étage, grisâtre, style français provincial, fenêtres à persiennes, entrée en voûte, et plaque de bronze au-dessus de la boîte aux lettres avec inscription calligraphiée en style déco. S'y trouvait intégré un parc de stationnement dont l'entrée était illuminée par des lampadaires sur le toit. Trois voitures y étaient garées ; Danny plissa les yeux et nota trois numéros minéralogiques, sur plaques de l'état de Californie, année 49 : DB 6841 — GX 1167 — QS 3334.

La nuit se fit noire ; Danny garda les yeux sur l'entrée. A 5 h 33, un Blanc, d'environ vingt-cinq ans, sortit, monta dans une Ford verte coupé GX 1167 et s'éloigna. Danny nota le signalement de l'homme et de la voiture avant de revenir à sa surveillance stricte. A 5h 47, une La Salle blanche d'avant guerre, CAL 49 TR 4191 vint se ranger ; un jeune et beau gars de type latin, vêtu d'une veste de complet et de pantalons serrés aux chevilles en sortit, actionna la sonnette et entra dans l'agence. Danny nota vite fait ses coordonnées, continua à regarder et vit partir deux hommes plus âgés, aux cheveux sombres, en complet d'affaires ; ils allèrent jusqu'au parking avant de monter dans la DB 6841 et la QS 3334, de faire marche arrière et de s'éloigner sur Sunset dans des directions opposées. Le gars de type latin partit dix minutes plus tard ; Danny mit noir sur blanc les signalements des hommes en question — aucun d'eux ne correspondait à son suspect.

Le temps s'étira ; Danny resta rivé à son siège, dans une odeur de liniment, à sentir ses douleurs musculaires réapparaître. A 6 h 14, une Rolls-Royce vint se ranger sur le parking ; un homme en uniforme de chauffeur sortit, appuya sur la sonnette de l'agence, parla dans l'interphone et traversa la rue avant de disparaître. Les lumières à l'intérieur de l'agence s'éteignirent — ne laissant qu'une seule fenêtre illuminée.

Danny se dit : le chauffeur de Gordean quitte la voiture, on n'attend probablement plus de "clients". Il repéra une cabine téléphonique au coin, alla jusque-là, y alla de sa pièce et appela le Service des cartes grises — Ligne de la Police.

— Oui ? Qui demande ?

Danny garda les yeux sur la seule lumière qui brillait encore.

— Adjoint Upshaw, brigade d'Hollywood Ouest, et faites vite.

— Nous avons un peu de retard sur les immatriculations de voitures, dit le standardiste, mais...

— C'est la Police en ligne, pas les Cartes Grises de Central. Je suis inspecteur de la Criminelle, alors vous me faites une place !

L'homme marqua le coup.

— Nous aidons aux imm... Excusez-moi, M. l'adjoint. Donnez-moi les noms.

— J'ai les numéros et les signalements des véhicules, et c'est à *vous* de *me* donner les noms. Quatre Californie de 49 : DB 6841 — GX 1167 — QS 3334 — TR 4191. Faites ça vite.

— Oui, monsieur, dit le standardiste.

La ligne bourdonna ; Danny regardait toujours l'agence Felix Gordean. Les secondes s'étirèrent ; l'homme des Cartes Grises revint en ligne ;

— J'les ai, M. l'adjoint.

— Allez-y, dit Danny en appuyant son calepin contre la paroi.

— DB 6841, c'est Donald Willis Wachtel, 1638 Franklin Street, Santa Monica — GX 1167, Timothy James Costigan, 11692 Saticoy Street, Van Nuys. Pour la QS 3334, nous avons Alan Brian Marks avec K-S 209 4ème Avenue, Venice et la TR 4191, c'est L-U-I-S-Duarte, 1890 North Vendome, Los Angeles. Voilà.

Les noms ne lui disaient rien — excepté le "Duarte" qui lui parut vaguement familier. Danny raccrocha au moment où la lumière de la fenêtre s'éteignait ; il retourna à la voiture en courant, s'installa derrière le volant et attendit.

Felix Gordean sortit quelques instants plus tard. Il vérifia la serrure, actionna un interrupteur qui éteignit les lumières du parking, sortit la Rolls en marche arrière et effectua un demi-tour avant de prendre la direction de l'ouest sur Sunset. Danny compta jusqu'à cinq et entama la poursuite.

La Rolls était facile à filer. Gordean roulait prudemment et restait dans la file du milieu. Danny laissa une voiture se mettre devant lui et garda les yeux sur l'antenne radio de Gordean, une longue tige de métal ornée à son sommet de l'Union Jack* qui se détachait comme un repère dans la

---

* Union Jack : drapeau britannique.

lueur des phares en sens inverse.

Ils roulèrent plein ouest, vitesse de croisière, avant de s'engager dans les Collines d'Hollywood. A Linden, la voiture qui les séparait vira à droite et se dirigea vers le nord ; Danny se rapprocha de Gordean jusqu'à toucher le pare-chocs de la Rolls de ses phares, avant de se laisser à nouveau distancer. Les Collines d'Hollywood cédèrent la place aux Collines de Holmby et à Westwood ; la circulation devint quasiment inexistante. Brentwood, Pacific Palisades, masses de verdure en surplomb parsemées de maisons de style espagnol et de terrains vagues — Sunset Boulevard et ses lacets se perdant dans les ténèbres d'un vert profond. Danny surprit des reflets de pleins phares dans son dos.

Il laissa filer ; les phares se firent plus puissants avant de disparaître. Il regarda dans le rétroviseur, vit des lumières de code à trois voitures de distance derrière lui et personne d'autre sur la route ; il mit pleins gaz et bondit en avant jusqu'à ce que la Rolls de Gordean soit à moins d'un jet de pierre du museau de sa Chevy. Un deuxième coup d'oeil au rétro ; la voiture lui collait aux fesses.

Une filoche.

Surveillance mobile, lui dans le collimateur.

Une planque en balade, une planque de trois voitures.

Danny déglutit et aperçut une série de terrains vagues avec accotements de terre, sur le côté droit de la route. Il rétrograda, braqua sec à droite, toucha le bas-côté et dérapa sur terre et cailloux en raclant le bas de caisse de la Chevy. Il vit sur Sunset la voiture de filature qui s'approchait, tous phares éteints ; il coupa à gauche à fond, rétrograda en première, quitta le bas-côté terreux pour du bon goudron bien ferme. Pleins phares ; seconde, troisième, pied au plancher. Une berline marron d'après guerre qui perdait du terrain sur lui ; lui collé au cul de la bagnole aux plaques arrière éclaboussées de boue, aveuglant le conducteur de la lueur de ses phares.

A ce moment-là, la berline tourna à droite toute pour s'engager dans la montée d'une rue latérale à peine éclairée. Danny rétrograda, pila et foira son coup en calant, en plein face à la circulation. Des phares se dirigeaient droit sur lui ; il remit le contact, enfonça embrayage et accélérateur, sauta la bordure avec fracas et remonta la rue accompagné d'un concert d'avertisseurs sur Sunset.

De chaque côté de la rue, s'alignaient des bungalows ; un panneau indiquait "La Paloma Dr, 1900 N". Danny accéléra, la pente se fit plus raide, pas d'autre voiture à l'horizon. Il y voyait un peu grâce aux lumières des bungalows ; La Paloma Drive se transforma en crête, qui donnait sur un plat — avec, rangée sur le côté, sa berline marron, porte ouverte côté conducteur.

Danny se rangea derrière elle, éteignit ses loupiotes, et dégaina son feu.

Il sortit et s'avança, arme au poing. Il regarda sur le siège avant et ne vit rien que du capitonnage en velours bien propret ; il recula d'un pas et reconnut une Pontiac Super Chief de 48, abandonnée en pleine rue d'un lotissement inachevé entouré des ténèbres des collines avoisinantes.

Son cœur battait à rompre ; il avait la gorge sèche et les jambes en coton ; la main qui tenait l'arme était animée de soubresauts. Il prêta l'oreille et n'entendit rien, rien que lui-même ; il balaya les alentours à la recherche d'une issue possible et vit une douzaine d'allées qui conduisaient à des arrière-cours et les contreforts des Montagnes de Santa Monica.

Danny se dit : *pense procédure, va doucement, t'es un galonnard de la Criminelle en mission inter-services.* Le "galonnard" le calma ; il fourra le 45 dans sa ceinture, s'agenouilla et inspecta le siège avant.

Rien sur le revêtement des sièges ; plaquette d'identité et d'immatriculation attachée à la colonne de direction — là où elle devait être. Danny défit l'attache plastique sans toucher de surfaces planes, la mit à la lueur de ses phares et lut :

Wardell John Hascomb, 98161/4 South Iola, Los Angeles — Numéro d'immatriculation Cal 416893-H ; numéro de permis Cal JQ 1338.

L.A. Sud Central, le quartier où le voleur avait dérobé la voiture qui avait servi à transporter Marty Goines.

L'AUTRE.

Danny se repaya une nouvelle dose de tremblote, retourna sur Sunset et prit à l'ouest jusqu'à ce qu'il repère une station service avec cabine téléphonique. De ses mains tremblantes, il glissa un nickel dans la fente et composa SCG Renseignements Police.

— Ouais ? Qui demande ?

— Ad-adjoint Upshaw, brigade d'Hollywood Ouest.

— Le mec d'y a une demi-heure ?

— Nom de Dieu — oui— et vérifiez-moi la liste des chauffées : une berline Pontiac Super Chief de 1948, Cal.JQ 1338. Si on l'a chauffée, je veux l'adresse où on l'a piquée.

— Compris.

Silence. Danny resta dans la cabine, pris de bouffées de chaleur une seconde, de frissons la seconde suivante. Il sortit son calepin et son stylo, prêt à noter ce qu'on lui dirait ; il vit "Augie Luis Duarte" et comprit soudain pourquoi le nom lui paraissait familier : dans les infos UAES qu'il avait potassées, il y avait un Juan Duarte — ça ne voulait rien dire — Duarte était un nom mex aussi courant que Garcia ou Hernandez.

Le standardiste revint en ligne.

— On l'a chauffée, elle a été piquée au 9945 South Normandie cet après-midi. Le propriétaire est un certain Wardell J. Hascomb, sexe masculin, nègre, 9816 South...

— Ça, je l'ai.

— Vous savez, monsieur l'adjoint, votre collègue a été beaucoup plus gentil que vous.

— *Quoi* ?

Le standardiste prit un ton exaspéré, comme s'il parlait à un crétin.

— Adjoint Jones, de votre brigade. Il a appelé et je lui ai redonné les quatre noms, ceux que je vous avais donnés ; l'a dit que z' aviez perdu vos notes.

Il sentit son corps se glacer dans la cabine. Il n'existait pas d'adjoint de ce nom ; quelqu'un — L'AUTRE probablement — l'avait surveillé pendant qu'il planquait devant le bureau de Gordean, d'assez près pour pouvoir entendre sa conversation avec l'employé et piger la coupure — comme quoi il demandait les noms de propriétaires de véhicules. Danny frissonna et dit :

— Décrivez-moi sa voix.

— Celle de votre collègue ? Trop cultivée pour appartenir à un inspecteur en civil du Comté, je...

Danny raccrocha avec violence, fila à l'appareil sa dernière pièce et composa le numéro de la ligne directe — poste d'Hollywood. Une voix répondit :

— Inspecteurs d'Hollywood.

— Sergent Shortell, dit Danny. Dites-lui que c'est urgent.

— Okay.

Un petit clic, suivi du bâillement du vieux briscard :

— Oui, c'est qui ?

— Upshaw. Jack, le tueur me filait dans une tire chauffée.

— Que d...

— Ecoutez. Je l'ai repéré, il a eu les foies et il a abandonné la voiture. Notez ça : Pontiac Super 48, marron, La Paloma Drive, en bordure de Sunset côté Palisades, là où il y a un replat en haut de la côte. Un mec pour les empreintes, vous au quadrillage. Il est parti à pied et y'a que des collines dans le coin, je suis pratiquement sûr qu'il n'est plus là, mais faites-le malgré tout. Et vite — je ne serai pas là pour faire le chien de garde.

— Putain de Dieu !

— On ne peut pas mieux dire. Y me faut aussi ça : vérification de casiers sur les quatre noms qui suivent — Donald Wachtel, 1638 Franklin, Santa Monica — Timothy Costigan, 11692 Saticoy, Van Nuys — Alan Marks, 209 4ème Avenue, Venice — et Augie Duarte, 1890 Vendome. Vous avez noté ?

— C'est comme si c'était fait, répondit Shortell.

Danny raccrocha et partit traîner à SA recherche. Il retourna à La Paloma et trouva la voiture exactement comme il l'avait laissée ; il passa sa torche à la fenêtre et en éclaira les bungalows, les allées, les arrière-cours et les contreforts des collines. Des maris, des épouses, monsieur et madame tout le monde, qui sortaient les poubelles ; des chiens, des chats, un coyote effrayé, cloué sur place à voir l'éclair de son regard. Pas le moindre homme grand, entre deux âges, à la belle crinière grise, en train de prendre tranquillement la voie des champs pour échapper à un Vol Qualifié d'Automobile. Danny revint sur Sunset qu'il emprunta lentement jusqu'à la plage, en balayant du regard les deux côtés de la route ; arrivé à l'autoroute de la Côte Pacifique, il fouilla dans sa mémoire à la recherche de l'adresse de Felix Gordean, retrouva le 16882 ACP et roula jusque-là.

C'était le côté plage de la route, une Coloniale blanche en bois, bâtie sur pilotis enfoncés dans le sable ; avec "M. Felix Gordean" en paraphes déco près de la boîte aux lettres. Danny se rangea juste devant et sonna ; retentit un carillon comme celui du Marmont ; un garçon mignon en kimono répondit. Danny lui colla son insigne.

— Services du Shérif. Je viens voir Felix Gordean.

Le garçon ne bougea pas de l'embrasure de la porte.

— Felix est indisposé en ce moment.

Danny le regarda des pieds à la tête, et son estomac se souleva devant les cheveux blonds sortis tout droit d'une bouteille d'eau oxygénée. En arrière-plan du garçon, le salon était ultra moderne, un mur entier était couvert de miroirs — en verre teinté comme les miroirs sans tain dans les cagibis réservés aux interrogatoires de police. Vandrich sur Gordean : pervers voyeur, mecs avec mecs. Danny dit :

— Dites-lui que c'est l'adjoint Upshaw.

— Ça va bien, Christopher. Je vais recevoir ce policier.

Le garçon mignon sursauta en entendant la voix de Gordean ; Danny entra et vit le personnage, élégant en peignoir de soie, les yeux rivés au miroir sans tain. Il continua à regarder.

— Allez-vous me regarder ? dit Danny.

Gordean pivota lentement.

— Bonjour, adjoint. Avez-vous oublié quelque chose l'autre soir ?

Christopher s'avança et se tint au côté de Gordean ; il balança un coup de mirettes au miroir et gloussa.

— Quatre noms, dit Danny, j'ai besoin de savoir qui ils sont. Donald Wachtel, Alan Marks, Augie Duarte et Timothy Costigan.

— Ces hommes sont mes clients et mes amis, dit Gordean. Ils sont tous venus à mon bureau cet après-midi. M'auriez-vous espionné ?

Danny fit un pas en direction du duo, se posant en biais par rapport au miroir.

— Soyez précis. Qui sont-ils ?

Gordean haussa les épaules et mit les mains aux hanches.

— Ainsi que je l'ai dit, des clients et des amis.

— Comme j'ai dit, soyez précis.

— Très bien. Don Wachtel et Al Marks sont des comédiens de radio, Tim Costigan était jadis chanteur de charme dans un grand orchestre et Augie Duarte est un acteur en herbe auquel j'ai trouvé du travail dans la publicité. En fait, vous l'avez peut-être vu à la télévision. Dans ce que je lui ai trouvé, il joue un ramasseur de fruits dans un spot publicitaire pour l'Association des Producteurs d'Agrumes de Californie.

Petit Mignon se pelotonnait sur lui-même, fasciné par le miroir. Danny sentit une odeur de peur sur Gordean.

— Vous vous souvenez du signalement de mon suspect de l'autre soir ? Grand, cheveux gris, entre quarante et cinquante ans ?

— Oui. Et alors ?

— Alors, avez-vous vu quelqu'un comme ça traîner du côté de votre bureau ?

Visage impassible de Gordean ; Christopher qui se détourne du miroir, la bouche qui commence à s'entrouvrir. Une pression rapide de la main, de mac à Petit Mignon ; visage impassible du môme. Danny sourit.

— Voilà, c'est tout. Désolé de vous avoir dérangé.

Deux hommes entrèrent dans le salon. Ils étaient vêtus de slips en soie rouge ; l'un d'eux ôtait un masque pailleté. L'un comme l'autre étaient jeunes, d'une musculation outrancière, jambes rasées et torses luisants, enduits de quelque substance huileuse. Ils reluquèrent les trois présents ; le plus grand fit une grimace de baiser à l'intention de Danny. Son partenaire fit la moue, crocha les doigts dans la couture du slip et l'entraîna dans le couloir avant de disparaître à leur vue. Ils laissèrent un sillage de gloussements ; Danny eut envie de vomir et se dirigea vers la porte.

La voix de Gordean s'éleva dans son dos.

— Pas de questions sur ce sujet-là, monsieur l'adjoint ?

— Non, dit Danny en se retournant.

— Ne seriez-vous pas d'accord pour dire que tout ceci est contraire à votre sens de la vie ? Je suis sûr que vous avez une gentille famille. Une épouse ou une petite amie, une gentille famille qui trouverait cela choquant. Aimeriez-vous me parler d'eux autour d'un verre de cette délicieuse fine Napoléon que vous appréciez tant ?

Une fraction de seconde, Danny se sentit terrifié ; Gordean et Petit Mignon devinrent des silhouettes de papier, des bandits bons pour le tir à la cible. Il fit demi-tour et sortit en reclaquant la porte ; il dégueula dans la rue, trouva un tuyau d'arrosage accroché à la maison voisine, but et s'aspergea le visage d'eau. Rasséréné, il déplaça sa Chevy de l'autre côté de l'ACP et se gara, tous phares éteints, pour attendre.

Petit Mignon quitta la maison vingt minutes plus tard et se dirigea vers une passerelle qui conduisait à la plage. Danny le laissa atteindre les marches, compta cinq secondes supplémentaires d'avance et se mit à courir. Ses bottes de moto résonnèrent sur le ciment ; le môme regarda aux alentours et s'arrêta. Danny ralentit et s'avança jusqu'à lui.

— Salut, dit Christopher. Voulez-vous apprécier le paysage avec...

Danny lui envoya un crochet dans le bide, agrippa une poignée de tifs blonds oxygénés et lui cingla le visage jusqu'à ce qu'il sente ses jointures moites de sang. La lune éclaira son visage : pas de larmes, des yeux grands ouverts, soumis. Danny laissa le garçon s'agenouiller sur le ciment et le regarda à ses pieds qui s'enveloppait dans son kimono.

— Tu as bien vu cet homme dans le bureau de Gordean. Pourquoi n'as-tu rien dit ?

Christopher essuya le sang sur son nez.

— Felix ne voulait pas que je vous en parle, dit-il — pas de gémissements, pas de bravade, rien de rien dans une voix vide.

— Fais-tu tout ce que Felix te dit de faire ?

— Oui.

— Alors, tu as bien vu un homme comme ça ?

Christopher se remit debout et s'appuya sur la balustrade, tête pendante.

— L'homme avait une chevelure très belle, des vrais cheveux de vedette de cinéma. Je fais du classement de dossiers à l'agence, et je l'ai beaucoup vu à l'arrêt de bus sur Sunset ces derniers jours.

Danny fit jouer les jointures de ses doigts pour les dégourdir avant de les frotter sur la manche de son blouson.

— Qui est-ce ?

— Je ne sais pas.

— L'as-tu vu avec une voiture ?

— Non.

— L'as-tu vu parler à quelqu'un ?

— Non.

— Mais tu as parlé de lui à Felix ?

— Ou-oui.

— Et comment a-t-il réagi ?

— Je ne sais pas, dit Christopher en haussant les épaules. Il n'a pas beaucoup réagi à vrai dire.

Danny se pencha au-dessus de la balustrade, poings serrés.

— Oh , putain que si, il a réagi, et putain, t'as intérêt à parler.

— Felix n'aimerait pas que je parle.

— Non, mais tu parles, sinon, tu vas avoir mal.

Le garçon se recula, déglutit et parla très vite, balance retournée de frais qui voulait en finir au plus vite.

— Au début, il a paru effrayé, puis après, ça l'a fait réfléchir, on dirait, et il m'a demandé de lui indiquer l'homme par la fenêtre la prochaine fois que je le verrais.

— L'as-tu revu ?

— Non. C'est vrai, je ne l'ai pas revu.

Danny se dit : et tu ne le reverras jamais, maintenant que je suis au parfum de sa planque.

— Est-ce que Gordean garde des registres pour son officine de rencontres ?

— Non. Non, ça lui fait peur de faire ça.

Danny envoya un coup de coude au garçon.

— Les gens comme toi, ça aime bien jouer, alors voici un jeu intéressant. Je vais te dire quelque chose, tu mets ça en parallèle avec Gordean car je suis sûr que tu le connais *vraiment* bien. Et tu me regardes, comme ça je saurai si tu me mens.

Le môme se tourna, passant de profil à pleine face, de mignon à tabassé, les traits défaits. Danny essaya de le regarder d'un oeil méchant ; des lèvres tremblantes lui firent choisir de regarder l'océan.

— Est-ce que Gordean connaît des musiciens de jazz, des mecs qui traînent dans les clubs de jazz du quartier des bronzés ?

— Je ne crois pas, ce n'est pas le style de Felix.

— Réfléchis vite. Baguette zazou. C'est un bâton avec des lames de rasoir au bout, une arme.

— Je ne sais pas de quoi vous parlez.

— Un homme qui ressemble à celui que tu as vu près de l'arrêt de bus, un homme qui utilise les services de Gordean.

— Non. Je n'ai jamais vu l'homme du bus avant, et je ne connais pas de ...

— Des dentistes, des prothésistes, des hommes qui fabriquent des fausses dents.

— Non. C'est trop mouisard pour Felix. Seigneur, mais c'est tellement bizarre tout ça !

— L'héroïne. Les mecs qui la fourguent, ceux qui aiment bien ça, ceux qui peuvent s'en procurer.

— Non, non, *non*. Felix, il déteste les enragés de l'aiguille, il pense qu'ils sont vulgaires. Est-ce qu'on pourrait se dépêcher, s'il vous plaît ? Jamais je ne reste dehors si longtemps pour mes promenades, et Felix pourrait se faire du souci.

Danny eut une forte envie de le frapper à nouveau ; il fixa l'eau avec plus d'intensité encore, imaginant des ailerons de requin qui en coupaient les vagues.

— *La ferme et contente-toi de répondre.* Passons à la petite entreprise de Felix. Felix prend son pied à lancer de jeunes talents, exact ?

— Oh Seigneur, oui !

— Parmi les quatre hommes que j'ai cités, y avait-il des pédés qu'il aurait lancés ?

— Je-je ne sais pas.

— Des pédés tout simplement ?

— Donald et Augie, oui. Tim Costigan et Al Marks sont simplement clients.

— Est-ce qu'il est arrivé à Augie ou Don de faire des passes pour le service de Gordean ?

— Augie, oui, c'est tout ce que je sais.

— Christopher ! Tu es tombé et tu t'es noyé !

Danny déplaça son regard du barattage des vagues à la plage. Felix Gordean se tenait sur son perron arrière, minuscule silhouette éclairée par un chapelet de lanternes en papier. Une porte de verre était à moitié ouverte derrière lui ; les corps des deux musclés entremêlés sur le sol étaient à peine visibles à l'intérieur.

— Puis-je partir maintenant ? dit Christopher.

Danny reporta ses regards sur ses requins.

— Ne t'avise pas de parler à Gordean de tout cela.

— Et qu'est-ce que je devrais lui dire pour mon nez ?

— Dis-lui que tu t'es fait mordre par un putain de requin.

— Christopher ! Tu rentres !

* * *

Danny retourna à La Paloma Drive. Une lampe à arc illuminait la Pontiac abandonnée ; Mike Breuning était assis sur le capot d'une banalisée du LAPD, en train d'observer l'homme aux empreintes passer et épousseter sa poudre. Danny coupa le moteur et appuya brièvement sur l'avertisseur ; Breuning s'approcha et se pencha à la fenêtre.

— Pas d'empreintes, mis à part celles du type à qui la voiture appartient — on l'a éliminé à partir d'une série d'empreintes qui sont fichées au poste, celles de sa déclaration de détention d'arme. Pas de casier pour les quatre noms que vous avez donnés à Shortell, il est en train de quadriller en ce moment. Qu'est-ce qui s'est passé ? Jack a dit que vous aviez dit que le tueur vous filait le train.

Danny sortit de la voiture, en faisant la gueule parce que Breuning tirait au cul.

— Je planquais sur le Strip — une agence artistique dirigée par un mec qui fait le mac à pédés en douce. J'ai eu quelques numéros de plaques et j'ai appelé le SCG, et quelqu'un les a appelés en se faisant passer pour flic et les a eus aussi. On m'a filoché jusqu'ici, et le mec a eu les foies quand je l'ai repéré. La bagnole a été volée chez les bronzés — tout près de l'endroit où la voiture qui a servi pour Goines a été piquée. J'ai un témoin oculaire qui a logé un homme ressemblant au signalement du tueur, il traînait aux alentours du bureau du mac, ce qui signifie qu'il faut placer ces quatre hommes sous surveillance. *Et tout de suite.*

Breuning émit un sifflement ; l'homme aux empreintes appela :

— Rien, à part celles du mec éliminé.

— Vous et Jack, dit Danny, vous continuez à secouer les bons citoyens. Je sais que c'est pousser le bouchon un peu loin, mais faites-le quand même. Quand vous aurez fini, vérifiez les feuilles de route des compagnies de taxis pour tous les clients ramassés dans Palisades et Santa Monica Canyon et remuez-moi les conducteurs de bus qui font Sunset. Il a bien fallu qu'il se casse du coin d'une manière ou d'une autre.

Peut-être qu'il a volé une autre voiture, alors vérifiez auprès des permanences, Poste de L.A. Ouest, hôtel de police de Samo et shérif de Malibu. Je fais un saut jusqu'à la maison, et après, je vais dans le Quartier Sud pour inspecter le coin où la Pontiac a été chauffée.

Breuning sortit son calepin.

— Ça ira, mais où croyez-vous qu'on va trouver des hommes supplémentaires pour faire la planque sur nos quatre noms ? Gene, Jack et moi, on a déjà du boulot jusque-là, et Dudley m'a dit qu'y vous avait mis à plein temps sur le truc coco.

Danny pensa à Mal Considine.

— On aura les hommes, ne vous en faites pas.

La lampe à arc s'éteignit ; la chaussée redevint obscure.

— Upshaw, dit Breuning, c'est quoi, ce nom, Augie Luis Duarte ? Le tueur, c'est pas un Mex et y'a pas une victime qui soit mex, alors pourquoi vous l'avez relevé ?

Danny décida de cracher le morceau sur Gordean.

— C'est une partie de piste que j'ai suivie de mon côté. Le mac, c'est un homme du nom de Felix Gordean, et il dirige une officine de rencontres très classe pour homos. George Wiltsie a travaillé pour lui, le tueur avait mis son bureau sous planque, Duarte était l'un des noms que j'ai donnés à l'employé du SCG, et c'est aussi une des ex-putes de Gordean. Satisfait ?

Breuning siffla à nouveau.

— Peut-être que Dudley pourra nous trouver les hommes en rab. Il est doué pour ça.

Danny se glissa au volant de sa voiture, surpris par l'ironie de ce brusque renversement de situation — le larbin de Dudley Smith se rangeait maintenant à son avis.

— Vous et Jack, vous vous mettez au boulot, et si vous tombez sur quelque chose de brûlant, vous m'appelez chez moi.

Il fit demi-tour et descendit La Paloma jusqu'à Sunset, en pensant à un sandwich, un whisky-soda léger et un quadrillage de bougnoule-ville. Sunset regorgeait de voitures en cette fin de soirée ; Danny prit à l'est et rejoignit un flot de phares en mouvement. Son cerveau se vida, très gentiment ; les kilomètres défilèrent. Puis, arrivé sur le Strip, il se sentit terrifié comme pendant cette demi-seconde à la maison sur la plage — cette fois-ci, devant les prises de vue de son Homme-Caméra.

Cy Vandrich qui le vampait.

Breuning qui devenait bizarre sur le sujet des baguettes zazou, comme si l'une d'elles était en train de le cingler.

Niles et ses deux libérés sur parole ; son "J'ai un pote au Comté qui dit que vous n'êtes pas le blanc-bleu que vous prétendez être."

"Faut qu'ça ait l'air vrai, espèce de foireux du Comté" et un homme du LAPD ensanglanté à ses pieds.

La chasse, comme un numéro de voleur de tires à l'envers ; ça ne pouvait être que lui, ça ne pouvait pas être lui, c'était trop mal pour que ce soit lui et trop juste pour que ce ne soit pas lui.

Gordean qui jouait comme s'il lisait les pensées.

Jouer au gros bras sur un homo pathétique.

Les prises de vue vinrent se dissoudre dans un désir glacé d'alcool qui le fit tenir le reste du chemin jusqu'à la maison. Danny ouvrit la porte et cligna des yeux devant la lumière inattendue qui inondait son salon ; il vit la bouteille sur la table basse et se crut le jouet d'une hallucination. Il dégaina son arme, pigea tout de suite que c'était là un geste de cinglé et la remit en place ; il alla jusqu'à la table, vit un mot appuyé contre le carafon et lut :

Ted,

Tu as été brillant à la manif aujourd'hui. J'étais campé sur De Longpre à un endroit d'où je surveillais tout et j'ai tout vu. A propos, c'est moi qui ai dit au mec de l'académie de te traiter de "foireux du comté" en espérant que ça te donnerait une motivation supplémentaire pour lui rentrer dans le lard. Tes capacités ont dépassé mes espérances, et je suis en dette maintenant avec ce policier, mais de bien plus qu'une bouteille de whisky — tu lui as brisé tous les doigts et tu lui as gentiment fait gonfler les noisettes. J'ai réussi à lui dégoter une citation, et ça l'a calmé pour le moment. D'autres bonnes nouvelles. Le capitaine Will Bledsoe est mort ce matin d'une attaque et le procureur Mc Pherson m'a promu au rang de Capitaine en me nommant chef des enquêtes du Procureur. Bonne chance avec les gens de l'UAES (j'ai vu que Kostenz t'avait approché). Il faut les épingler, quelque chose de bien. Après le grand jury, je te recommanderai pour le grade de sergent en intérim au LASD et je vais commencer à tirer les ficelles pour te faire entrer au Bureau. J'ai besoin d'un bon second, et les barrettes de lieutenant qui vont avec la promotion feront de toi le plus jeune galonnard de toute l'histoire de la ville et du Comté. Retrouve-moi demain soir à minuit au Wagon-Restaurant Pacific — on fêtera ça et tu me mettras au courant des derniers événements.

Bien à toi.

Mal.

Danny se mit à sangloter, des sanglots déchirants qui ne voulaient pas éclater en larmes. Il continua à sangloter, à en oublier jusqu'à son alcool.

Chapitre 22

Chef des Enquêtes du Procureur.

Deux Barrettes d'Argent, un rab de trois bâtons et demi par an et le prestige en plus dans la bataille pour la garde du petit. Vingt-quatre hommes sous ses ordres, tous inspecteurs arrachés aux autres services de police sur la base de leur intelligence et de leurs capacités à constituer un dossier de pièces à conviction qui tienne devant un tribunal. Son mot à dire — et un mot conséquent — dans le processus effectif de décision : quand demander une inculpation pour crime majeur ? En piste dans la hiérarchie interne pour devenir Chef des Inspecteurs du LAPD et Grand Chef. Pouvoir : y compris un grade de plus que Dudley Smith et cette *noblesse oblige** qui lui rendait acceptable un après-midi de travail merdique en compagnie de Buzz Meeks.

Mal entra dans le bureau de Los Angeles des SNI, les Services de Naturalisation et d'Immigration des Etats-Unis. Ellis Loew l'avait appelé très tôt ; lui et Meeks devaient se retrouver aux SNI —"essayez d'enterrer la hache de guerre, quelle qu'elle soit "— afin de vérifier les dossiers du service sur les sympathisants de l'UAES nés à l'extérieur des Etats-Unis avec pour objectif les menaces d'expulsion. Loew avait présenté cela comme un ordre : capitaine ou pas, il n'avait pas le choix. Le procureur avait également exigé un mémo détaillé sur ses interrogatoires à l'extérieur de l'UAES et une mise au point globale de l'enquête — sur laquelle il avait du retard — de reluquer le numéro d'acteur de Danny Upshaw lui avait coûté un après-midi — il avait joué au petit chef du groupe d'infiltration pendant que Dudley passait à la casserole les socialos que Lenny Rolff avait caftés.

Mal s'installa dans la pièce aux archives que le responsable avait mise à leur disposition. Il consulta sa montre et vit qu'il était en avance : il attendait Meeks pour 9 h ; il avait quarante minutes de libres pour

---

* Noblesse oblige : en français dans le texte.

travailler avant que le gros mec visqueux ne vienne insinuer son lard dans le coin. On avait disposé, sur une longue table métallique, des piles de dossiers ; Mal les repoussa vers le coin le plus éloigné, s'assit et commença à écrire :

Mémo : 10/1/150
à : Ellis Lœw
de : Mal Considine

Ellis,

Mon premier mémo en tant que Chef des Enquêtes du Procureur — s'il n'était pas confidentiel, vous pourriez l'encadrer.

Premier point : Upshaw a réussi son approche d'hier. Je n'ai pas eu l'occasion de vous le dire au téléphone, mais il a été terrible. J'ai observé la scène et j'ai vu le responsable des adhésions de l'UAES le contacter. J'ai laissé un mot à Upshaw lui demandant de me retrouver au rapport tard ce soir au Wagon-Restaurant, et je parierais qu'il aura établi le contact avec Claire de Haven d'ici là. Je vous rappellerai demain matin pour un rapport verbal sur ce qu'il a à nous dire.

Il y a deux jours, Dudley et moi avons approché Nathan Eisler et Leonard Rolff, deux scénaristes qui n'avaient pas comparu devant l'HUAC. L'un comme l'autre ont confirmé que Minear et Loftis, membres de l'UAES, ont le projet de subvertir le contenu des films de cinéma par la doctrine communiste ; tous deux ont accepté de témoigner comme témoins favorables. Eisler nous a remis un journal intime qui confirme clairement que Claire De Haven est une femme facile — bonne nouvelle pour Upshaw. Eisler a déclaré que De Haven avait initialement recruté les premiers membres de l'UAES en usant de ses charmes — bon à savoir pour une audience publique, eût-elle l'audace de chercher à témoigner. Rolff nous a renseignés sur quatre gauchistes au total qui n'appartiennent pas l'UAES. Dudley en a interrogé deux hier et m'a téléphoné les résultats hier soir : ils ont accepté de comparaître comme témoins de l'accusation, lieu, date et place confirmés pour Ziffkin, De Haven, Loftis, Minear et les 3 Mexicains comme ayant fait des déclarations virulentes en faveur d'un renversement du gouvernement des Etats-unis par le parti communiste. Ils nous ont également renseignés sur 19 autres sympathisants. Je travaille à la mise au point d'un questionnaire détaillé à soumettre ultérieurement à tous nos témoins favorables, des faits concrets que vous pourrez utiliser lors de votre présentation à l'ouverture du jury. Je veux que la distribution et la collecte des questionnaires soit effectuée par des fonctionnaires de laVille qui ne soient pas connus. La raison, c'est que Dudley est un personnage par trop effrayant — tôt ou tard, ses tactiques d'intimidation vont lui sauter à la figure. Le succès du grand jury dépendra de la manière dont l'UAES sera tenue dans le noir. Nous sommes parvenus à les endormir, c'est une raison pour serrer les rênes de Dudley. Si l'un de nos favorables regimbe et va couiner auprès de ses chefs sur notre dos, nous sommes foutus.

Quelques réflexions en désordre :

1- Cette chose se transforme en avalanche, et bientôt ce sera une avalanche de papier. Faites venir les employés chez vous ; je vais soumettre rapports, questionnaires et modèles d'interrogatoires élaborés à partir du détail du journal Eisler. Dudley, Meeks et Upshaw vont venir déposer leurs rapports. Je veux qu'on classe toutes ces infos par entrées multiples pour recoupements et raisons de clarté.

2- La couverture d'Upshaw vous tracassait. Ne vous en faites pas. Nous avons vérifié et revérifié. "Ted Krugman" n'a été directement au contact d'aucun membre de l'UAES, au mieux, c'est une relation au second degré, mais uniquement une relation. Upshaw est un policier *très* intelligent, il sait s'adapter aux circonstances et je le soupçonne de prendre plaisir à ce nouveau rôle.

3- Où est le Dr Lesnick? J'ai besoin de lui parler, de vérifier auprès de lui des questions d'évaluation psycho et d'avoir son avis sur certains passages du journal d'Eisler. Aussi le fait que ses dossiers s'arrêtent à l'été 49. Pourquoi? Il y a un blanc (42-44) dans le dossier Loftis, c'est la clé de sa période enragée, au moment de ses élucubrations coco, lorsqu'il donnait des flics qu'il interprétait à l'écran une image néfaste afin de "miner de l'intérieur le système de jurisprudence américain". J'espère qu'on n'a pas un mort sur les bras — il avait presque l'air d'un cadavre il y a dix jours. Demandez au Sgt Bowman de le localiser et assurez-vous qu'il m'appelle, vous voulez bien ?

4- Lorsque nous aurons rassemblé et trié toutes nos pièces à conviction, il faudra passer un sacré bout de temps à décider quels favorables nous allons faire passer à la barre des témoins. Certains vont trembler de peur, d'autres seront furieux grâce à Dudley et ses attaques bille en tête. Comme je l'ai dit déjà, il viendra un moment où ses méthodes vont lui revenir à la figure. Une fois que nous serons satisfaits du nombre de témoins à notre disposition, je veux reprendre les interrogatoires en solo avec eux, en gants de velours — plus pour des raisons de sécurité de l'enquête que pour autre chose.

5- Dudley est obsédé par tout ce qui touche à l'affaire de Sleepy Lagoon, et il n'arrête pas de remettre ça sur le tapis au cours de nos interrogatoires. En tout état de cause, les défendeurs étaient innocents, et je pense qu'il faudrait mettre l'étouffoir sur tous les témoignages relatifs au SLDC devant le tribunal — à moins que l'un d'eux ne débouche sur un témoignage valide. Grâce à cette affaire, la gauche de L.A. avait la cote, et nous ne pouvons pas nous permettre de faire des membres de l'UAES (et ils sont nombreux) qui appartenaient aussi au SLDC, des martyrs. Je suis maintenant supérieur en grade à Dudley, et je vais lui faire la leçon sur ce point, et en règle générale lui demander d'y aller plus en douceur avec les témoins. A la lumière de ce qui précède et dans l'esprit de ma récente promotion et de mon nouveau grade, je vous demande de me nommer officier commandant en titre de cette enquête.

Bien à vous.

Capitaine M. E. Considine,

Chef des Enquêteurs du Procureur.

Rédiger l'intitulé de son nouveau titre lui donna le frisson ; il songea à s'acheter un stylo baroque pour commémorer l'événement. Il s'attaqua à ses piles de dossiers, entendit "Réfléchissez vite" et vit un petit objet bleu qui se dirigeait vers lui sur une trajectoire en lobe avec Buzz Meeks au lancer. Il l'attrapa par réflexe — une boîte à bijoux en velours.

— Un gage de paix, patron, dit Meeks. Que le diable m'emporte si je vais passer la journée avec un mec qui a p't-êt réussi à me faire tirer d'sus sans s'bouger l'cul.

Mal ouvrit la boîte et vit une paire de barrettes de capitaine en argent brillant. Il regarda Meeks ; le gros homme dit :

— J'demande pas une poignée de mains ou un "Ouais ! merci, mon pote !", mais c'qu'y a de sûr, c'est qu'j'voudrais bien savoir si c'est vous qui m'avez envoyé ces torpédos.

Quelque chose chez Meeks n'était pas à sa place ; son charme habituel, un peu visqueux, un peu gluant, n'était pas au diapason et il devait bien savoir que ce qui s'était passé en 46 n'avait plus rien à voir avec le moment présent. Mal reclaqua la boîte et la renvoya à Meeks.

— Merci quand même, mais pas question.

Meeks rempocha le cadeau.

— C'est le dernier coup que j'essaie d'être poli, patron. Quand je suis passé à l'action avec Laura, je ne savais pas que c'était la femme d'un flic.

Mal lissa le plastron de son gilet ; face à Meeks, il éprouvait toujours la sensation qu'il avait besoin d'un passage au pressing et d'un bon nettoyage.

— Prenez les chemises du bout. Vous savez ce que demande Ellis.

Meeks haussa les épaules et s'exécuta, un vrai pro. Mal plongea dans son premier dossier, parcourut un long rapport du SNI en quête de détails sur les origines et les antécédents — et sentit qu'il avait affaire à un brave gars, le bon citoyen engagé sur une voie politique foireuse née des gros problèmes d'inflation en Europe ; il écarta le dossier. Les chemises deux et trois, c'était de la même eau ; il ne cessait de lancer des regards à Meeks qui grattait comme un malade en se demandant bien ce que ce dingue cherchait. Quatre, cinq, six, sept, huit, rien que des trucs de réfugiés qui avaient fui Hitler, du vrai poison auprès duquel un virage à gauche paraissait justifié. Meeks accrocha son regard et lui fit un clin d'oeil ; Mal vit qu'il avait l'air heureux ou que quelque chose l'amusait. Neuf et dix heures passèrent, puis on cogna à la porte de la pièce à archives :

— Toc ! Toc ! Qui va là? Dudley Smith, si t'es Rouge, prends garde à toi !

Mal se leva ; Dudley s'approcha et lui allongea une rafale de tapes retentissantes dans le dos.

— Mon cadet de six ans, et vous voilà capitaine ! C'est sensass ! Mon gars, je vous présente mes plus sincères félicitations.

Mal se surprit à vouloir reclaquer le beignet de l'Irlandais, à lui en faire bouffer, qu'il s'écrase jusqu'à lui en lécher les bottes.

— Félicitations acceptées, lieutenant.

— Et avec ça, un esprit assez pervers pour aller avec votre nouveau grade ! Vous n'êtes pas de mon avis, Turner ?

Meeks pivota dans son fauteuil.

— Dudley, y'a pas moyen de lui faire dire quoi que ce soit, à ce garçon !

Dudley éclata de rire.

— Je soupçonne entre vous deux quelque vieille fureur qui remonte à loin. D'où tire-t-elle son origine, je ne sais pas, et cependant, je parierais bien sur *"cherchez la femme"**. Malcolm, puisque je suis ici, que j'en profite pour vous demander quelque chose à propos de notre ami Upshaw. Est-ce qu'il fourre son nez dans notre enquête à côté de son travail de taupe ? Le reste des hommes sur l'affaire homo ne l'encaissent

---

* Cherchez la femme : en français dans le texte.

pas et ils ne sont pas loin de penser qu'il touche un peu trop à tout.

"Puisque je suis ici" retentit en écho ; "cherchez la femme" gronda comme un tonnerre. Mal savait que Dudley était au courant pour Meeks et lui.

— Vous avez la subtilité d'un train de marchandises, lieutenant. Qu'est-ce que c'est que cette histoire entre vous et Upshaw ?

Dudley y alla de ses "ha ! ha !" Meeks dit :

— Mike Breuning a aussi cassé du sucre sur le gamin. Il m'a appelé hier soir et m'a donné une liste de noms, quatre mecs qu'Upshaw voulait mettre en filoche. Il m'a demandé si les mecs étaient pour le grand jury ou l'affaire des pédés. Je lui ai répondu que je ne savais pas, que je n'avais jamais rencontré le môme et que tout ce que je savais sur lui, c'était des tuyaux de troisième main.

Mal s'éclaircit la gorge, agacé qu'on le mène à la laisse.

— Quelle troisième main, Meeks ?

Le gros homme sourit.

— Je travaillais sur une coupure possible à propos de Reynolds Loftis, et je suis tombé sur une piste aux Moeurs des Services de Police de Samo. Loftis s'est fait piquer dans un bar à pédés en 44, en duo avec un homme de loi du nom de Charles Hartshorn, un gros ponte du centre. J'ai travaillé Hartshorn et il a d'abord cru que j'étais inspecteur à la Criminelle, pasque l'une des victimes homo dans l'affaire Upshaw était de ses connaissances. J'ai pas pris de gants avec lui, avant de me couvrir pour qu'y ne me moucharde pas en lui disant que je me débrouillerais pour tenir à l'écart les poulagas du Comté.

Mal se rappela le mémo de Meeks à Ellis Loew : leur première confirmation extérieure de l'homosexualité de Loftis.

— Vous êtes sûr que Hartshorn n'était pas une pièce essentielle dans l'affaire d'Upshaw ?

— Patron, le seul crime de ce mec-là, c'est d'être homo avec fric et famille.

Dudley éclata de rire.

— Ce qui est préférable à être homo, sans fric et sans famille. Vous êtes père de famille vous-même, Malcolm. Ce n'est pas vrai ?

Mal sentit qu'on tirait sa laisse d'un coup sec.

— Dudley, bordel, vous voulez quoi ? C'est moi qui dirige ce boulot et Upshaw travaille pour moi, alors dites-moi simplement pourquoi vous vous intéressez tant à lui.

Dudley fit un maître numéro de vaudeville : le jeunot qu'on vient de réprimander en train de traîner des pieds, épaules tombantes, air de chien battu et moue boudeuse.

— Mon gars, vous me faites de la peine. Tout ce que je voulais, c'est célébrer votre bonne fortune et porter à votre connaissance qu'Upshaw a encouru la vindicte de ses collègues policiers, des hommes qui ne sont guère accoutumés à prendre leurs ordres auprès d'un dilettante amateur de vingt-sept ans.

— Le courroux d'un porteur de valoches de Dragna qui en veut aux hommes du Shérif, et votre protégé, si je comprends bien.

— C'est une interprétation, oui.

— Mon gars, Upshaw est *mon* protégé. Je suis capitaine et vous êtes lieutenant. N'oubliez pas ce que cela implique. Je vous prierai maintenant de partir, laissez-nous travailler.

Dudley salua sèchement et sortit ; Mal vit que ses mains étaient restées fermes et que sa voix n'avait pas tremblé ; Meeks se mit à applaudir. Mal sourit, se rappela l'individu auquel le sourire s'adressait et cessa.

— Meeks, vous, vous voulez quoi ?

Meeks se balança dans son fauteuil.

— Un bon steak à déjeuner au Wagon-Restaurant, et peut-être quelques jours de congé à Arrowhead.

— Et ?

— Et je ne suis pas fou de joie à la perspective de ce boulot, et je n'aime pas l'idée que vous allez me lancer des regards de zombie jusqu'à ce que ce soit fini, et j'ai bien aimé ça quand vous avez tenu tête à Dudley Smith.

— Continuez, dit Mal dans un demi-sourire.

— Vous aviez peur de lui et vous lui avez taillé un costume malgré tout. J'ai bien aimé.

— J'ai maintenant un grade supérieur. Il y a une semaine de ça, j'aurais laissé filer.

Meeks bâilla, comme si tout ça l'ennuyait à mourir.

— Mon pote, avoir peur de Dudley Smith signifie deux choses : que vous avez de la cervelle et que vous êtes sain d'esprit. Il m'est arrivé une fois de laisser pisser alors que j'étais son supérieur en grade, parce que c'est un salopard intelligent qui n'oublie jamais. Alors, félicitations, capitaine, et un bon steak à déjeuner, ça m'irait toujours.

Mal songea aux deux barrettes d'argent.

— Meeks, vous n'êtes pas du genre à changer de ligne de conduite.

Buzz se leva.

— Comme j'l'ai dit, je ne suis pas fou de joie à l'idée de ce boulot, mais j'ai besoin d'argent. Alors disons tout simplement que ça m'a fait réfléchir sur les petits agréments de l'existence.

— Je ne suis pas fou de joie non plus à l'idée de ce boulot, mais j'en ai besoin.

— Je suis désolé pour Laura, dit Meeks.

Mal essaya de se rappeler son ex-femme nue, sans y parvenir.

— Ce n'est pas moi qui vous ai fait tirer dessus. J'ai entendu dire que c'était les gâchettes à Dragna.

Meeks balança la boîte en velours à Mal.

— Prenez-la pendant que je me sens d'humeur généreuse. Je viens d'acheter à ma nana pour deux cents sacs de chandails.

Mal empocha les insignes et tendit la main ; Meeks lui écrasa les phalanges.

— Déjeuner, patron ?

— Y a intérêt, sergent.

Ils prirent l'ascenseur qui les descendit au rez-de-chaussée et sortirent dans la rue. Deux policiers des Patrouilles étaient en train de siroter leur café, debout devant une voiture pie ; Mal saisit quelques mots dans leur conversation : "Mickey Cohen, bombe, méchant ".

Meeks y alla de son insigne, dur et ferme.

— Bureau du Procureur. Qu'est-ce que vous venez de dire sur Cohen ?

Le plus jeune des deux flics, une bleusaille aux joues de pêche et de duvet, dit :

— Monsieur, nous venons de l'entendre à la radio. La maison de Mickey Cohen vient de sauter dans une explosion par bombe, et ça a l'air méchant.

Meeks démarra en courant ; Mal le suivit jusqu'à une Caddy vert menthe et y monta — un seul regard au visage du gros homme lui signifiant que "pourquoi" était une question inutile. Meeks se paya un demi-tour avec crissements de pneus pour se plonger dans la circulation de Westwood et prendre à l'ouest, traverser l'ensemble administratif des Anciens Combattants et rattraper San Vincente. Mal songea à la maison de Mickey Cohen sur Moreno ; Meeks garda le pied au plancher, zigzaguant au milieu des voitures et des piétons en marmonnant : "Putain, putain, putain, putain". A Moreno, il tourna à droite ; Mal vit des camions à incendie, des unités des Patrouilles et de longs panaches de fumée au-dessus du bloc. Meeks s'arrêta en dérapage près des cordages délimitant les lieux et sortit ; Mal se mit sur la pointe des pieds et vit une belle maison espagnole qui se consumait, avec, sur la pelouse, le truand numéro un de L.A., sans la moindre égratignure, en train de tempêter devant une brochette de gradés. Les badauds bloquaient les rues, les trottoirs et les pelouses avoisinantes ; Mal chercha Meeks sans réussir à le trouver. Il se retourna et jeta un coup d'œil derrière lui — et aperçut son complice au grand jury, le flic le plus corrompu de toute l'histoire de L.A., en plein acte suicidaire de la plus belle eau.

Meeks était juste au-delà de l'agitation, en train de dévorer de baisers une blonde à vous casser la baraque. Mal la reconnut à partir de ses photos dans la rubrique des potins : Audrey Anders, la fille Va-Va-Voom, l'épouse main-gauche de Mickey Cohen. Buzz et Audrey s'embrassaient. Mal reluqua la scène de loin, se retourna et inspecta les lieux de part et d'autre des amoureux, à la recherche de témoins possibles, des gorilles de Cohen qui iraient casser le morceau à leur maître. La foule, contenue par les cordages des lieux du crime, était tout entière occupée par la tirade de Mickey. Mal continua à fouiller du regard. Il sentit une tape sèche sur son épaule ; Buzz Meeks était là à essuyer le rouge à lèvres sur son visage.

— Patron, je suis à votre merci. Alors, on se le fait, ce steak ?

Chapitre 23

— Et Norm dit que vous savez vous battre. C'est un grand amateur de boxe, alors il doit savoir ce qu'il dit. La question qui se pose maintenant, c'est si vous êtes décidé à combattre d'une autre manière — et pour nous.

Danny regarda, face à lui, de l'autre côté de la table, Claire De Haven et Norman Kostenz. Première audition, cinq minutes de passées ; la femme, jusqu'ici très service-service, figeait à coups de petites tapes Norm le gentil dans la même attitude en glaçant son enthousiasme à propos du chambard au piquet de grève. Une belle femme qui ne cessait de toucher quelque chose ou quelqu'un : ses cigarettes et son briquet, Kostenz lorsqu'il déblatérait sans finesse ou disait quelque chose qui lui faisait plaisir. Cinq minutes de passées, et il savait au moins ceci sur le rôle de l'acteur : une grande part de l'astuce consistait à intégrer ce qui vous arrivait en réalité dans votre performance. Il avait passé toute la nuit à quadriller bougnoule-ville en sortant droit d'une crise de sanglots, étrange et effrayante : il n'avait rien déniché sur la Pontiac volée, mais il avait eu la sensation que l'AUTRE l'observait ; le quadrillage de La Paloma Drive avait donné zéro, idem pour la ligne de bus et les vérifs aux compagnies de taxis, et Mike Breuning l'avait appelé pour lui dire qu'il essayait de dégoter quatre agents pour filer les hommes sur la liste de surveillance. Il se sentait fatigué et à cran, il savait que ça se voyait ; il était tout entier dans *SON* affaire et pas dans cette merde coco, et si De Haven insistait pour avoir des précisions sur son passé, il allait lui jouer le numéro du mec qui fait la gueule en ramenant la couverture à l'essentiel, le B.A.BA, le retour de ses convictions politiques et ce que l'UAES avait à lui offrir pour qu'il y fasse ses preuves.

— Melle De Haven...

— Claire.

— Claire, je veux me rendre utile. Je veux agir à nouveau. Je suis complètement rouillé, je ne sais plus me servir que de mes poings et il va falloir que je trouve du travail très bientôt, mais je veux me rendre utile.

Claire De Haven alluma une cigarette et, d'un geste de son briquet, renvoya vaquer à ses affaires une serveuse qui leur traînait autour.

— Je crois que pour l'instant, vous devriez vous faire l'apôtre d'une philosophie de non violence. J'ai besoin de quelqu'un pour m'accompagner lorsque j'irai faire ma cour auprès de ceux qui contribuent à notre cause. Je suis sûre à vous voir, que votre aide me sera précieuse auprès des veuves de l'UAES, lorsqu'il s'agira d'obtenir d'elles une contribution financière.

Danny prit "les veuves de l'UAES" comme un signal et se renfrogna sous la blessure, brutalement rouverte, du souvenir de Donna Cantrell — son amour passionné mort noyé dans l'Hudson River.

— Quelque chose qui ne va pas, Ted ? demanda Claire De Haven.

Norm Kostenz lui toucha la main comme pour dire "Des histoires d'homme". Danny fit la grimace, en s'aidant pour l'occasion de douleurs réelles, ses muscles endoloris.

— Non, vous m'avez rappelé quelqu'un que j'ai beaucoup connu.

— Est-ce que c'est moi ou mes paroles qui vous ont rappelé ce quelqu'un ? dit Claire d'un sourire.

Danny accentua sa grimace.

— Les deux, Claire.

— Vous pourriez préciser ?

— Pas vraiment pour l'instant.

Claire appela la serveuse.

— Un pichet de Martini.

La fille fit la révérence et s'éloigna en rédigeant sa commande.

— Alors, finis les manifs et les piquets de grève ? dit Danny.

— Le moment est mal choisi, dit Kostenz, mais bientôt, le couperet va tomber.

Claire le fit taire — d'un simple regard de ses yeux de militante farouche.

— Quel "couperet"? De quoi parlez-vous ?

Claire joua de son briquet :

— Norm a en lui une certaine tendance à précipiter les choses, et pour un amateur de boxe, il a beaucoup lu Gandhi. Ted, il est impatient et je suis impatiente. Une enquête par grand jury était en train de se constituer, un genre d'HUAC petit modèle, mais pour l'instant, on dirait que c'est tombé à l'eau. Mais ça fait encore peur. Et j'ai écouté la radio en venant ici. On a essayé une nouvelle fois d'attenter à la vie de Mickey Cohen. Tôt ou tard, ça va lui monter à la tête et ses sbires du piquet vont nous tomber sur le dos. Il faudra que l'on ait des appareils pour prendre ça en photo.

Elle n'avait pas vraiment répondu à sa question, et son baratin de résistance passive sonnait à ses oreilles comme un subterfuge. Danny s'apprêta à lui lancer une réplique dragueuse ; le retour de la serveuse l'en empêcha.

— Rien que deux verres, s'il vous plaît, dit Claire.

— Je suis au régime sec, dit Norm Kostenz et il partit en les saluant de la main.

Claire versa deux doses conséquentes ; Danny leva son verre et porta un toast :

— A la cause !

— A toutes choses bonnes ! dit Claire.

Danny but, avec un rictus de satisfaction, en picoleur d'occasion qui essaierait d'en remontrer à une biberonneuse de première ; Claire but du bout des lèvres et dit :

— Voleur de voitures, révolutionnaire et chéri de ces dames. Je suis tout à fait impressionnée.

Casse-lui son baratin relax, qu'elle avance ses pions, *elle*, laisse-la s'embobiner.

— Y'a pas de quoi, parce que c'était bidon.

— Oh ? Ce qui veut dire ?

— Ce qui veut dire que j'étais une petite crapule de révolutionnaire et un voleur de voitures qui avait la trouille.

— Et pour le chéri de ces dames ?

Elle avait mordu à l'hameçon.

— Disons simplement que j'essayais de faire revivre une image perdue.

— Et y êtes-vous jamais parvenu ?

— Non.

— Parce que c'était quelqu'un de tellement spécial ?

Danny avala une longue gorgée ; la gnôle qui venait s'ajouter au manque de sommeil lui donnait l'esprit brumeux.

— C'était quelqu'un de spécial.

— C'était ?

Danny savait qu'elle était au courant par Kostenz, mais il joua le jeu.

— Ouais, c'était. Je dois mon veuvage à l'HUAC, Claire. Toutes les autres femmes n'étaient pas...

— Pas elle, dit Claire.

— Pas elle, effectivement. Elles n'avaient pas sa force, son engagement, son ...

— Pas elle, quoi.

Danny se mit à rire.

— Non, pas elle du tout. Merde, j'ai l'impression d'être un disque rayé.

Claire se mit à rire.

— Je vous enverrais volontiers une réplique bien sentie sur les coeurs rayés, mais vous me frapperiez.

— Je ne tape que sur les fascistes.

— Vous ne jouez jamais du muscle avec les femmes ?

— Je ne suis pas du genre.

— Ça peut être le mien à l'occasion.

— Je suis outré.

— J'en doute.

Danny sécha son verre.

— Claire, je veux travailler pour le syndicat, et pas seulement en allant mettre un peu d'huile dans les rouages pour que les vieilles rombières crachent au bassinet.

— L'occasion viendra. Et ce ne sont pas de vieilles rombières, sauf si vous considérez que les femmes de *mon* âge sont vieilles.

Ouverture de première.

— Quel âge avez-vous ? Trente-et-un, trente-deux ans ?

Claire laissa filer le compliment dans un éclat de rire.

— Et diplomate avec ça. Quel âge avez-vous ?

Danny chercha l'âge de Krugman, et le retrouva avec peut-être un petit temps de retard.

— J'ai vingt-six ans.

— Eh bien, disons que je suis trop vieille pour les garçons et trop jeune pour les gigolos. Cela vous convient comme réponse ?

— Un peu évasive.

Claire rit et caressa son cendrier.

— J'aurai quarante ans en mai. Alors merci pour la soustraction.

— Elle était sincère.

— Non, elle ne l'était pas.

C'est maintenant qu'il faut ferrer, tu arriveras au port plus vite.

— Claire, suis-je crédible à vos yeux, politiquement parlant ?

— Oui.

— Alors, que diriez-vous si, pour changer, je vous proposais ceci : j'aimerais vous revoir en dehors de votre travail pour le syndicat.

Le visage de Claire devint toute douceur ; Danny eut l'envie violente de claquer la gueule à cette salope pour la rendre folle de rage et s'en faire un ennemi digne de ce nom.

— Je suis sérieux, dit-il, très Jojo le Réglo, carré et sans détours, modèle coco.

— Ted, je suis fiancée, dit Claire.

— Ça m'est égal, dit Danny.

Claire fouilla dans son sac, en sortit une carte de convocation parfumée et la posa sur la table.

— Le moins que nous puissions faire, c'est d'essayer de nous connaître mieux. Nous sommes quelques uns du syndicat à nous réunir chez moi ce soir. Pourquoi ne viendriez-vous pas pour la fin de la réunion et ainsi saluer tout le monde ? Ensuite, si vous le désirez, nous pouvons aller faire un tour en voiture et parler.

Danny prit la carte et se leva :

— Quelle heure ?

— 8 h 30.

Il serait là en avance ; un pur flic pour du pur boulot de flic.

— J'attends ce soir avec impatience, dit-il.

Claire De Haven était redevenue elle-même, le visage digne et figé.

— Moi aussi.

* * *

De Krugman à Upshaw, une fois encore.

Danny roula jusqu'au poste d'Hollywood, se gara à trois blocs de distance et fit le reste à pied. Dans l'embrasure de la porte qui ouvrait sur la salle de revue, il tomba sur un Mike Breuning tout sourire.

— Vous m'en devez un, adjoint !

— Pour quelle raison ?

— Ces mecs de votre liste, ils ont maintenant quelqu'un qui les filoche. Dudley a donné son autorisation, et vous lui en devez un à lui aussi.

Danny sourit.

— Putain, c'est bath ! Qui sont ces gars ? Est-ce que vous leur avez donné mon numéro ?

— Non. Ce sont c'que vous pourriez appeler des garçons à Dudley. Vous savez, des mecs de la Criminelle que Dudley a formés depuis qu'ils étaient de la bleusaille. Ils en ont dans le ciboulot, mais y ne feront leur rapport qu'à Dud.

— Breuning, ceci est mon enquête.

— Upshaw, je le sais. Mais vous avez un bol de tous les diables de disposer de ces mecs-là, et comme Dudley travaille aussi sur l'affaire du grand jury, alors il fait tout pour que vous soyez content. Nom de Dieu, montrez-y un peu de reconnaissance. Vous n'êtes même pas gradé et vous dirigez sept hommes à plein temps. Quand j'avais votre âge, je cravatais les tasseurs de pissoires rue de la dèche.

Danny pénétra dans la salle de revue en passant près de Breuning ; il savait que ce dernier avait raison mais il faisait la gueule quand même. Policiers en civil et flics en uniforme bleu tournaient en rond sans but précis, à glousser entre eux à propos de quelque chose sur le panneau d'affichage. Il regarda au-dessus de leurs épaules et vit un nouveau dessin humoristique, pire que celui que Jack Shortell avait arraché.

Mickey Cohen, crocs sortis et kippa sur le crâne, était en train de fourrer d'une énorme pine bandante le cul d'un mec en uniforme du LASD. Les poches de l'adjoint du shérif débordaient de dos verts* ; la bulle dans la bouche de Cohen disait : "Souris, mon joli ! Mickey C te refile ça casher !"

Danny repoussa une rangée de bleus sur le côté et arracha l'obscénité du mur ; il pivota, face à tout un contingent de flics ennemis et déchira le bout de carton en morceaux sous les yeux des hommes du LAPD d'abord ébahis. Un frémissement parcourut la troupe et ils le fixèrent ; Gene Niles se fraya un chemin parmi eux et se mesura à Danny d'un regard de vainqueur.

---

* Dos verts ; dollars.

— J'ai parlé à un mec du nom de Leo Bordoni, dit-il. Il n'a pas voulu cracher le morceau tout de suite, mais ça se voyait que quelqu'un l'avait déjà interrogé. Je pense que vous l'avez cravaté, et je pense que c'était dans la piaule à Goines. Quand j'ai décrit l'endroit, bordel, on aurait dit qu'y y avait déjà foutu les pieds !

A l'exception de Niles, le reste de la salle était dans le brouillard.

— Pas maintenant, sergent, dit Danny, très chef, l'autorité plein la bouche.

— Allez vous faire foutre, pas maintenant ! Je pense que vous avez commis une violation de domicile avec effraction dans ma juridiction, je sais que ce n'est pas à l'étal à beignets que vous avez eu le tuyau-radio, et j'ai une sacrée bonne piste sur l'endroit où vous l'avez eu. Si je peux le prouver, vous êtes...

— *Niles, pas maintenant.*

— Allez vous faire foutre, pas maintenant ! J'avais une bonne affaire, un bon cambriolage avant que vous ne vous pointiez avec vos saloperies merdiques d'homos. Les pédés, c'est une fixation chez vous, ça vous rend loufdingue et peut-être que vous êtes un putain de pédé vous-même.

Danny lui envoya une bordée de coups de poing, des gauches et des droites rapides, qui touchèrent Niles de volée et lui déchirèrent le visage sans pourtant faire reculer son corps d'un pouce. Les flics ennemis se dispersèrent ; Danny lança un crochet au bide ; Niles feinta et contra d'un uppercut violent qui envoya Danny s'écraser contre la paroi. Il resta là, cible immobile épinglée au mur, feignant d'avoir son compte ; Niles téléphona une énorme droite à l'estomac. Danny esquiva juste avant le contact ; le poing de Niles frappa le mur ; il poussa un hurlement qui accompagna le bruit des os qui s'écrasaient. Danny, après un pas de côté, fit pivoter Niles et lâcha ses deux poings en rafale contre son estomac ; Niles se plia en deux ; Danny sentit que les flics ennemis faisaient mouvement sur lui. Quelqu'un hurla : "Arrêtez !" ; des bras solides lui encerclèrent la poitrine pour le soulever. Jack Shortell se matérialisa devant ses yeux, en murmurant : "Tout doux, tout doux" dans l'oreille du propriétaire des bras qui lâchèrent prise ; quelqu'un d'autre hurla : "Le commandant de jour !" Danny se sentit devenir tout mou et laissa le vieux briscard de flic le faire sortir par une porte latérale.

De Krugman à Upshaw à Krugman.

Shortell ramena Danny à sa voiture, en parvenant à lui faire promettre qu'il essaierait de dormir. Danny rentra chez lui, une seconde des vertiges plein la tête, les nerfs à fleur de peau la seconde suivante. Finalement, il se sentit anéanti de fatigue et ne dut qu'au jeu des réparties entre Claire et Ted de réussir à garder les yeux ouverts. Il se retrouva au lit, toujours filant sa parodie de dialogue, après détour par la bouteille de Mal Considine. Avec le blouson de cuir de Krugman en guise de drap, il s'endormit immédiatement.

Et fut rejoint par des femmes étranges et l'AUTRE.

1939, la sauterie des terminales du lycée de San Berdoo. Glenn Miller et Tommy Dorsey dans les haut-parleurs de l'école, Susan Leffert le fait sortir du gymnase pour l'emmener dans les vestiaires des garçons avec une cruche de schnaps comme appât. Une fois à l'intérieur, elle défait maladroitement les boutons de sa chemise, elle lui lèche la poitrine, elle lui en mordille les poils. Il essaie de battre le rappel d'un soupçon d'enthousiasme en contemplant son propre corps dans le miroir, mais il ne cesse de penser à Tim ; la sensation est agréable, mais douloureuse aussi, et à vouloir tout et son contraire, il n'est pas bien. Il dit à Susan qu'il a rencontré une femme plus âgée à laquelle il veut rester fidèle, elle lui rappelle Donna Suicide qui lui a acheté un beau blouson d'aviateur en cuir, un truc digne d'un vrai héros de la guerre. Susan dit : "Quelle guerre ?"; tout disparaît, la vision s'efface, parce qu'il sait que quelque chose n'est pas à sa place, Pearl Harbor ne se produira pas avant deux ans. Et puis, cet homme, grand, sans visage, aux cheveux d'argent, qui est là, nu, l'encerclant dans toutes les directions, et plissant les yeux pour mieux voir son visage le fait se ramollir dans la bouche de Susan.

Viennent ensuite un couloir de miroirs, lui en train de poursuivre l'AUTRE, Karen Hiltscher, Roxy Beausoleil, Janice Modine et une harde de connasses fendues du Sunset Strip fondant sur lui pendant qu'il se confond en excuses lancées à la hâte :

— Je ne peux pas aujourd'hui, il faut que je travaille.

— Je ne danse pas, ça m'intimide.

— Un autre moment, okay ?

— Ma douce, on ne va pas en faire un drame. On travaille ensemble.

— Je ne veux pas de ça.

— Non.

— Claire, vous êtes la seule vraie femme que j'aie rencontrée depuis Donna.

— Claire, je veux vous baiser, tant et si fort, comme je baisais jadis Donna et toutes les autres. Elles ont toutes aimé ça, parce que moi, j'aimais tellement ça.

Il gagnait du terrain sur l'AUTRE, sa vision se faisait plus précise, de la carrure d'armoire à glace de l'homme aux cheveux gris. L'apparition tournoya sur elle-même ; elle n'avait pas de visage, mais le corps de Tim et un manche plus gros encore que celui de Don Eversall le Démon, qui se baladait dans les douches, une réserve d'eau dans son prépuce d'éléphant, à offrir sa chose aux regards en roucoulant : "Venez boire à ma coupe d'amour." Des baisers violents ; des corps qui s'écrasent, tous les deux pénétrés l'un de l'autre, Claire qui sort du miroir en disant : "C'est impossible."

Puis un coup de feu, puis un autre et encore un autre.

Danny s'éveilla d'un sursaut. Il entendit une quatrième sonnerie, vit qu'il avait trempé les draps de sueur, eut envie de pisser et rejeta le blouson pour s'apercevoir que son pantalon était humide. Il arriva à tâtons près du téléphone et lâcha :

— Oui ?

— Danny, c'est Jack.

— Ouais, Jack.

— Fils, je vous ai blanchi auprès du commandant adjoint, ce lieutenant qui se nomme Poulson. Il est pote avec Al Dietrich, et c'est quelqu'un de raisonnable en ce qui concerne notre département.

Danny se dit : et Dietrich est pote avec Felix Gordean qui a des potes au LAPD et au Bureau du Procureur, et Niles est pote avec Dieu sait qui du shérif.

— Et Niles ?

— On l'a viré de notre équipe. J'ai dit à Poulson qu'il n'arrêtait pas de vous chercher et que c'était lui qui avait provoqué la bagarre. Je pense que ça ira pour vous — Une pause, puis : Vous allez bien ? Vous avez dormi ?

Le rêve revenait ; Danny étouffa une vision rapide de l'AUTRE.

— Ouais, j'ai dormi. Jack, je ne veux pas que Mal Considine apprenne ce qui s'est passé.

— C'est votre patron pour le grand jury ?

— Exact.

— Eh bien, moi, je ne dirai rien, mais quelqu'un parlera probablement.

Mike Breuning et Dudley Smith prirent la place de l'AUTRE.

— Jack, il faut que je travaille un peu pour mon autre boulot. Je vous appellerai demain.

— Une chose encore, dit Shortell. On a eu un petit coup de bol dans nos recherches sur les tires chauffées — on a piqué une vieille Olds à deux blocs de La Paloma. Abandonnée à la jetée de Samo, pas d'empreintes, mais je rajoute "vols de voiture" à nos listes de vérifications. Pour ce qui est des labos dentaires, on en a cent quarante-et-un de moins. Ça avance doucement, mais j'ai comme le pressentiment qu'on l'aura.

L'AUTRE.

Danny se mit à rire, douleurs des plaies d'hier, accompagnées de brûlures nouvelles, celles des os meurtris de ses jointures.

— Ouais, on l'aura.

* * *

Danny repassa à Krugman dans la foulée grâce à une douche et des vêtements frais, Ted le Rouge l'étalon en veste sport offerte par Karen Hiltscher, pantalon fuseau de flanelle et chemise de soie sortie du trousseau de déguisement de Mal Considine. Il alla jusqu'à Beverly Hills, lentement, dans la file du milieu, contrôlant son rétroviseur toutes les dix secondes à la recherche de voitures qui lui fileraient le train de trop près et d'un homme sans visage perçant la nuit de regards trop intenses, l'éclairant de phares trop lumineux parce qu'au fond de lui-même, il voulait qu'on le capture, il voulait que tout le monde sache POURQUOI. Pas le moindre suspect plausible n'apparut dans le rétroviseur ; par deux fois, à se traîner comme il le faisait, il faillit froisser de la tôle. Il arriva au domicile de Claire De Haven avec quarante-cinq minutes d'avance ; il vit des Caddy et des Lincoln dans l'allée, des lumières voilées derrière les rideaux des fenêtres et une lucarne latérale étroite entrouverte pour laisser passer l'air, moustiquaire et store en place — mais ouverte. La lucarne faisait face à une allée piétonne en pierre et à de hauts massifs qui séparaient la propriété De Haven de la maison voisine ; Danny s'approcha, s'accroupit et écouta.

Des mots arrivèrent jusqu'à lui, filtrés par des quintes de toux et des interruptions incompréhensibles. Il réussit à en extraire les paroles d'un homme fort en gueule : "Cohen et ses valets farstunkener, il faudrait qu'ils deviennent cinglés d'abord." La voix de Claire : "Ce qui est primordial, c'est de savoir à quel moment accentuer la pression." Un accent doux et traînant d'Atlanta : "Il faut offrir aux studios une porte de sortie pour sauver la face, c'est pourquoi il est tellement important de savoir le moment exact. Il faut que ça fasse mouche au quart de poil."

Danny ne cessait de scruter son angle mort en quête d'éventuels témoins ; il entendit une longue digression sur l'élection présidentielle de 52 — qui serait candidat, qui ne le serait pas — qui dégénéra en compétition de gueulantes infantiles pour finalement céder la place à l'opinion de Claire sur Stevenson et Taft, deux larbins fascistes dont seules les professions de foi étaient différentes. Il y eut quelque chose sur un metteur en scène du nom de Paul Doinelle et ses classiques "à la Cocteau" ; puis un duo presque intégral : l'homme à la voix douce gloussait à propos de "vieilles flammes" et une voix de stentor à l'accent du sud lui donnait la réplique en contrepoint, "Mais moi, j'ai Claire." Danny se rappela les dossiers psychiatriques ; Reynolds Loftis et Chaz Minear avaient été amants il y avait des années de cela ; Considine lui avait dit qu'aujourd'hui, Claire et Loftis étaient sur le point de se marier. Son estomac se mit à jouer à la retourne et il consulta sa montre : 8 h 27. C'était l'heure de rencontrer l'ennemi.

Il fit le tour de la maison et sonna. Claire ouvrit la porte.

— Exactement à l'heure, dit-elle.

Danny vit que son maquillage et son ensemble-pantalon atténuaient ses rides et révélaient les courbes de son corps bien mieux que le petit coup de poudre et la robe au restaurant.

— Vous êtes très belle, Claire, dit-il.

— Gardez ça pour plus tard, murmura Claire avant de lui prendre le bras et de l'emmener au salon, lieu d'esbroufe subtile et recherchée que venaient casser quelque peu les affiches de cinéma encadrées : des films socialo extraits du lot du grand jury. Trois hommes s'y tenaient debout, le verre à la main : un mec à l'aspect sémite vêtu de tweed, un petit numéro pimpant arborant chandail de tennis et cheveux blancs en queue de canard, et un composé craché trait pour trait de l'AUTRE — la cinquantaine qui approchait, une crinière d'argent, dépassant le mètre quatre-vingts d'au moins deux bons doigts, aussi dégingandé que Mal Considine mais dix fois plus beau. Danny fixa le visage, en se disant que la ligne des yeux avait quelque chose de familier, avant de détourner ses regards — pédé, ex-pédé ou quoi que ce soit, ce n'était qu'une image — celle d'un coco, pas d'un tueur.

Claire fit les présentations.

— Messieurs, Ted Krugman. Ted, de gauche à droite, voici Mort Ziffkin, Chaz Minear et Reynolds Loftis.

Danny échangea des poignées de main obtenant en retour de Ziffkin "Hé, bravo pour la cogne", de Minear, "c'est un plaisir" et de Loftis un sourire désabusé porteur d'un message tacite : j'autorise ma fiancée à badiner avec les jeunes mecs. C'est à l'homme de haute taille qu'il réserva sa poignée la plus ferme, retrouvant avec force la peau de Ted K.

— Tout le plaisir est pour moi, et je suis impatient de me mettre au travail avec vous tous.

Minear sourit.

— Bien, mon garçon, dit Ziffkin.

— Mettez bien au point votre stratégie, vous et Claire, dit Loftis, mais qu'elle soit rentrée tôt, vous m'avez compris — un accent sudiste, mais pas de mièvrerie et un second message : c'est avec lui que Claire passait la nuit.

Danny rit, sachant qu'il venait de graver dans sa mémoire les traits de Loftis.

— Allons-y, Ted, soupira Claire. La stratégie n'attend pas.

Ils sortirent. Danny songea à une bagnole en filature et dirigea Claire vers sa propre voiture.

— Où voulez-vous que nous allions jouer aux stratèges ? dit Claire, sa manière à elle de passer le message, sa parodie de Loftis jouant au petit futé.

Danny ouvrit la porte passager et eut une idée : rôder dans le quartier des bronzés, sous la protection d'une femme dans son sillage qui lui servirait de couverture. Il y avait pratiquement deux semaines qu'il était descendu dans le coin pour jouer à l'homme fort, il était peu probable qu'on le reconnaisse aujourd'hui dans sa tenue, l'antithèse même du flic, et l'AUTRE était encore passé dans le Quartier Sud la veille.

— J'aime le jazz. Et vous ?

— J'adore ça, et je connais un endroit super à Hollywood.

— Je connais quelques endroits sur Sud Central où ça bouge bien. Qu'en dites-vous ?

Claire hésita avant de dire :

— D'accord, on va bien s'amuser.

* * *

Est sur Wilshire, sud sur Normandie. Danny roulait vite, en pensant à sa réunion de minuit et aux moyens de refroidir Considine à propos de Niles et de son chambard ; il ne cessait de consulter le rétroviseur en se forçant à avoir l'air naturel et en gratifiant Claire d'un sourire à chaque fois pour qu'elle puisse croire que c'était à elle qu'il pensait. Rien d'étrange n'apparut dans le rétro ; le visage de Reynolds Loftis restait gravé dans sa mémoire, visage sans visage qui obligerait le visage de l'AUTRE à sortir du néant pour venir le mordre. Claire fumait cigarette sur cigarette et jouait de ses ongles en tambourin sur le tableau de bord.

Le silence était au diapason, deux idéalistes plongés dans leurs pensées. Est sur Slauson, sud sur Central, toujours des coups d'œil au rétro maintenant qu'ils se trouvaient sur le terrain de chasse de l'AUTRE. Danny se rangea en face du Club Zombie.

— Ted, de quoi avez-vous peur ? demanda Claire.

La question le surprit alors qu'il vérifiait son ceinturon à la recherche de la matraque qu'il emportait toujours au cours de ses visites en service à négroville ; il s'arrêta et agrippa le volant, Ted le Rouge, le grand copain du Nègre persécuté.

— Des Camionneurs, je crois. Je me sens rouillé.

Claire posa une main sur sa joue.

— Vous êtes fatigué, vous êtes seul, votre mission vous porte. Vous voulez faire plaisir, vous voulez faire les choses si juste et si fort que j'en ai le cœur qui se brise.

Danny se pencha en se prêtant à la caresse, la gorge serrée comme lorsqu'il avait vu la bouteille de Considine. Claire ôta sa main et embrassa l'endroit qu'elle venait de toucher.

— Les chiens perdus, ça me fait fondre. Allez, venez, grand silencieux. Nous allons écouter de la musique en nous tenant la main, et nous ne parlerons *pas* de politique.

La gorge toujours serrée, le baiser encore tiède sur la peau, Danny ouvrit le chemin et se dirigea vers la porte ; le videur du jour de l'An était là et le reluqua comme un autre de ces Blancs à la coule. Claire le rattrapa à l'instant où la fraîcheur de l'air le ramenait à son état normal : Krugman le coco en plein rencart brûlant, Upshaw flic de la Criminelle en heures supplémentaires. Il la prit par le bras et la fit entrer.

L'intérieur du Zombie était identique à ce qu'il était deux semaines auparavant, avec, sur la scène, un groupe dont les miaulements étaient encore plus puissants et plus discordants. Cette fois, la clientèle était entièrement composée de Nègres : un océan de visages noirs décalés sous les lumières de couleur, tapisserie de lueurs vacillantes d'où jaillirait un visage blanc et gris pour hurler, "C'est moi !" Danny refila une thune au maître d'hôtel et demanda une table contre le mur avec vue sur la piste ; l'homme les mena jusqu'à des sièges près de la sortie de derrière, prit leur commande, un double légal et un Martini sec, et fit une courbette avant de faire signe à une serveuse. Danny aida Claire à s'installer dans le fauteuil le plus proche de l'estrade d'orchestre ; il en attrapa un qui faisait face au public et au bar.

Claire enlaça ses doigts dans ceux de Danny et se mit à battre la mesure de leurs mains réunies, une mesure tout en douceur, en contrepoint au be-bop grinçant qui emplissait la pièce. Les consommations arrivèrent ; Claire paya, un talbin de cinq à l'adresse de la serveuse, une belle mulâtresse, sa main libre levée pour lui signifier qu'elle pouvait garder la monnaie. La fille s'éloigna en chaloupant ; Danny sirota le bourbon —un truc maison bon marché qui brûlait. Claire lui serra la main ; il lui rendit sa pression, reconnaissant à la musique d'être si bruyante qu'elle rendait tout bavardage impossible. En regardant la foule, il eut la sensation que la présence de l'AUTRE était tout aussi impossible en ces lieux — il devait maintenant savoir que la police l'avait repéré comme voleur de bagnoles chez les bronzés — il éviterait Sud Central comme la peste.

Mais on se sentait bien là, en sécurité dans l'obscurité. Danny ferma les yeux et écouta la musique pendant que la main de Claire sur la sienne continuait à battre la mesure. Le groupe en scène avait une rythmique complexe : le batteur lançait une mélodie au sax, le sax s'en emparait et s'envolait en digressions pour revenir à des accords de plus en plus simples ; ensuite venait le thème central avant l'envol de la trompette et de la basse qui devenaient cinglés à s'essayer à des riffs de plus en plus compliqués. Il se sentait hypnotisé par l'écoute des passages de relais ; la moitié des sons étaient si laids et si bizarres qu'ils lui faisaient souhaiter le retour des thèmes simples et jolis. Danny écouta, ignorant son verre, essayant de comprendre l'organisation mélodique et d'en prévoir le déroulement. Il avait l'impression qu'il commençait à saisir la synchronisation lorsqu'un crescendo jaillit de nulle part, les musiciens arrêtèrent de jouer, un tonnerre d'applaudissements crépita et une lumière crue illumina tout.

Claire laissa tomber sa main et se mit à applaudir ; un mulâtre traîne-guêtres en habitué des lieux vint se couler près de la table en disant :

— Bonjour, ma belle. Ça fait une éternité que je t'ai pas vue.

Claire détourna les yeux ; Danny se leva.

— Oublie les vieux amis, tu vois bien que je m'en fous, dit le mulâtre en continuant à se couler entre les tables.

Claire alluma une cigarette d'un briquet tremblotant.

— Qui était-ce ? demanda Danny.

— Oh, un ami d'un ami. J'avais un faible jadis pour les musiciens de jazz.

Le mulâtre était remonté jusqu'à l'estrade d'orchestre ; Danny le vit glisser quelque chose dans la main du bassiste, avant de récupérer en même temps un éclair de papier vert — Considine sur De Haven : elle se piquouzait en sous-cutanées et c'était une adepte fervente de la défonce pharmaco.

Danny s'assit ; Claire écrasa sa cigarette et en alluma une nouvelle. Les lumières s'étaient tamisées ; la musique reprit — un slow, une ballade romantique. Danny essaya la même manoeuvre qu'elle, un lent tempo à rythmer, mais la main de Claire refusait de bouger. Ses yeux lançaient des regards en flèche tout autour de la salle ; il vit s'ouvrir la porte de sortie qui leur faisait face, illuminant comme d'un projecteur Carlton W Jeffries, le fourgueur d'herbe qu'il avait serré pour qu'il lui cafte des fourgueurs de H. L'embrasure de la porte laissa courir jusqu'à Claire De Haven ses rais de lumière, éclairant la riche Blanche au regard d'animal effrayé, au goût marqué pour la vie canaille, pleine de crainte à l'idée qu'un nouvel importun ne vienne mettre par terre son rencart avec un flic infiltré et manipulateur dont le seul but était de l'inculper pour trahison. La porte se referma ; Danny se sentit assailli par la peur de Claire, une peur qui changea cet endroit sombre, sûr et agréable en un lieu de dangers, plein de Nègres sauvages et cinglés prêts à le bouffer tout cru pour venger tous les Nègres qu'il avait malmenés.

— Claire, on s'en va ? d'accord ? dit-il.

— D'accord, dit Claire.

* * *

Le retour, ce ne fut qu'elle, une Claire aux nerfs à fleur de peau, déblatérant sur ce qu'elle avait accompli, avec quelles organisations —

litanie qui paraissait bien innocente et qui ne devait probablement pas contenir la moindre bribe d'information intéressante aux yeux de Considine et de Loew. Danny laissa ses paroles couler sur lui pendant que son esprit réfléchissait à sa réunion en s'interrogeant sur ce que Leo Bordoni avait dit à Gene Niles, si Niles disposait effectivement d'une source de renseignements au Comté qui pourrait le loger à l'intérieur du 2307, et s'il pouvait le prouver, y aurait-il quelqu'un pour s'en soucier ? Est-ce qu'il lui faudrait graisser la patte à Karen Hiltscher par principe, puisqu'elle était la seule à pouvoir *cafter* de fait, même s'il était tout à fait improbable qu'elle pût même soupçonner l'existence de Niles ? Et comment devrait-il s'y prendre pour sortir innocent de la bagarre ? Comment faire pour que Considine voie dans son futur adjoint en train de démolir un de ses propres hommes quelqu'un de casher, alors même que l'homme en question le tenait peut-être à pleines couilles ?

Danny tourna en direction de l'immeuble de Claire en réfléchissant à des répliques de sortie valables.Lorsqu'il ralentit avant de s'arrêter, il en tenait deux toute prêtes. Il sourit, fin prêt pour son numéro d'interprète ; Claire lui toucha la joue, plus doucement encore que la première fois.

— Je suis désolée, Teddy. Comme grande première, ce rendez-vous a été un four complet. J'ai droit à une nouvelle entrée ?

— Bien sûr, dit Danny, le corps baigné de chaleur, la gorge à nouveau serrée.

—Demain soir, ici ? Rien que nous, en purs stratèges et pour tout ce qu'il nous semblera bon de faire ?

Sa main s'était tournée en revers qui dessinait de ses jointures la ligne de sa mâchoire.

— Bien sûr, chérie.

Elle s'arrêta alors, paupières closes et lèvres entrouvertes. Danny s'avança ; jusque dans le baiser, il voulait la main douce et non cette bouche dévoreuse peinturlurée de rose. A l'instant où ils se touchèrent, il se figea, glacé, et faillit battre en retraite. La langue de Claire glissa quêteuse et fouilleuse sur ses dents. Il pensa à Reynolds Loftis, abandonna son visage à la femme et s'exécuta.

Chapitre 24

Mal regardait Buzz Meeks qui mangeait en songeant que l'amour suicide devait être une bonne chose pour l'appétit : le gros homme avait dévoré une assiette de crevettes farcies, deux côtelettes de porc double épaisseur avec rondelles d'oignons et il était en train de mettre à mal une énorme part de tourte à la pêche noyée de crème glacée. C'était leur second repas ensemble, avec en partage leur boulot commun sur les dossiers du SNI et son passage au bureau de Jake Kellerman ; au déjeuner, Meeks avait englouti un chateaubriand garni de frites et une triple ration de gâteau de riz. Mal picora distraitement une assiette de salade de poulet et secoua la tête.

— Un garçon en pleine croissance, y faut qu'ça mange. A quelle heure y doit arriver, Upshaw ? demanda Meeks.

Mal consulta sa montre.

— Je lui ai dit minuit. Pourquoi, vous avez des projets ?

— Un plan tardif avec ma douce. Howard utilise sa crèche près de Bowl, alors on se retrouve chez elle. Je lui ai dit que je serais là à une heure au plus tard, et j'ai l'intention d'être ponctuel.

— Meeks, est-ce que vous prenez des précautions ?

— Nous utilisons la méthode des rythmes. Chez elle quand le rythme de Howard nous fait bouger.

Il fouilla dans les poches de sa veste et y dénicha une enveloppe.

— J'ai oublié de vous dire. Quand vous étiez chez votre avocat, Ellis est passé. Je lui ai donné votre mémo, il l'a lu et vous en a rédigé un à son tour. Apparemment, votre gamin a échangé des coups avec un inspecteur quelconque du LAPD. Ellis m'a dit qu'il fallait le lire et s'y conformer.

Mal ouvrit l'enveloppe et en sortit une feuille de papier couverte de l'écriture d'Ellis Loew. Il lut :

M.C.

Je suis d'accord sans réserve avec tout, mis à part votre évaluation des méthodes de Dudley. Ce dont vous n'avez pas conscience, c'est que Dudley est d'une telle efficacité que ses méthodes minimisent les chances pour que des témoins potentiels regimbent et aillent renseigner l'UAES à notre sujet. En plus, il m'est impossible de vous confier le commandement de l'enquête, au vu de l'antipathie évidente qui existe entre vous et Dudley. Cela nous gagnerait l'animosité d'un homme qui, jusqu'à hier, avait en partage avec vous le même grade avec un nombre d'années de service bien plus élevé. Vous êtes à égalité l'un avec l'autre dans cette enquête, et une fois que nous serons passés au tribunal, vous n'aurez plus jamais à travailler avec lui.

Nous avons appris certaines choses sur l'adjoint Upshaw. Un certain sergent Breuning du LAPD m'a appelé pour me dire qu'Upshaw s'était colleté à coups de poings avec un autre policier de la ville (Sgt G. Niles) cet après-midi, à cause d'une remarque stupide faite par Niles sur les "pédés". Cet incident, à la lumière du commandement inter-services que nous avons arrangé pour Upshaw, est intolérable. Breuning a dit également qu'Upshaw avait exigé quatre agents de police pour du travail de surveillance et que Dudley, qui ne voulait pas lui gâcher son plaisir, lui avait trouvé les hommes. Ceci est également intolérable. Upshaw est un jeune policier sans expérience qui, quels que puissent être ses dons, n'a aucun droit à faire état de telles exigences. Je veux que vous l'informiez avec sévérité que nous ne tolérerons plus de sa part ni bagarres, ni conduite de prima donna.

Le Sgt Bowman est à la recherche du Dr Lesnick. J'espère qu'il ne nous claquera pas entre les doigts — sa contribution à notre équipe est très importante.

E.L.

PS : Bonne chance au tribunal demain. Votre promotion ainsi que les fonctions qui vous incombent actuellement devraient vous aider à obtenir un report. Je pense que la stratégie de Jake Kellerman est sans faille.

Mal fit une boulette de la lettre et la lança à l'aveuglette ; elle rebondit sur le dossier de la banquette et atterrit dans le beurre de Meeks.

— Whoa ! collègue ! dit Buzz.

Mal leva les yeux et vit Danny Upshaw qui attendait.

— Assieds-toi, dit-il, un peu à cran jusqu'à ce qu'il remarque que les mains du môme tremblaient.

Danny se glissa dans le box sur la banquette à côté de Meeks.

— Turner Meeks, dit Buzz en lui serrant la main.

Danny acquiesça et se tourna vers Mal.

— Mes compliments, capitaine. Et merci pour la bouteille.

Mal jeta un coup d'œil à son agent d'infiltration, en se disant qu'en cet instant, il ne ressemblait pas à un flic pour un centime.

— Merci, tout le plaisir était pour moi. Et avant de passer aux choses sérieuses, que s'est-il passé avec le sergent Niles ?

Danny serra les doigts autour d'un verre à eau vide.

— Il est cinglé, il s'est mis dans la tête que j'avais pénétré par effraction dans les lieux mêmes où l'on a découvert les seconde et troisième victimes. Pour l'essentiel, je crois qu'il tique surtout parce que les ordres viennent de moi. Jack Shortell m'a dit que le commandant l'a viré de l'enquête, je suis bien content de ne plus l'avoir dans les pattes.

La réponse avait l'air préparée.

— Et c'est tout ? dit Mal.

— Oui.

— Et tu es entré par effraction ?

— Bien sûr que non.

Mal songea à la remarque sur le "pédé" mais il laissa filer.

— Très bien. Alors considère que ceci est un blâme, de la part d'Ellis Loew et de moi-même. Je ne veux plus de ça, *point final*. Débrouille-toi pour que ça ne se reproduise plus. Tu as compris ?

Danny leva le verre, un air de chagrin sur le visage en voyant qu'il était vide.

— Oui, capitaine.

— C'est toujours "Mal". Tu veux manger quelque chose ?

— Non, merci.

— Un coup à boire ?

— Non, dit Danny en repoussant le verre.

— Gardez vos têtes de turc pour les Gants d'Or de la police, dit Buzz. Je connais un mec qui est devenu sergent en tapant sur des mecs que son commandant détestait.

Danny éclata de rire ; Mal regretta de ne pas lui avoir commandé un verre pour lui calmer les nerfs.

— Parle-moi de tes manœuvres d'approche. As-tu rencontré De Haven ?

— Ouais, deux fois.

— Et alors ?

— Et alors, elle essaie de m'embobiner.

Son agent d'opération était en fait en train de rougir.

— Parle-moi de ça, dit Mal.

— Il n'y a pas grand-chose à dire pour l'instant. Nous avions rencart ce soir, nous en avons un deuxième pour demain soir. J'ai écouté devant chez elle, il y avait une réunion en cours, et j'ai ramassé quelques tuyaux. Plutôt vagues comme trucs, mais suffisants pour m'indiquer qu'ils ont un plan d'extorsion qui marche contre les studios ; ils prévoient de mettre ça en synchro avec les Camionneurs pris d'un coup de dinguerie dans leur piquet de manif. Alors dites à Mickey de bien tenir les rênes à ses mecs. Je peux vous dire que le plan en question joue un rôle important dans leur stratégie, et lorsque je verrai De Haven demain, je vais la pousser un peu pour obtenir plus de détails.

Mal retourna l'info en tous sens, en se disant que ça collait juste avec l'opinion qu'il s'était faite des têtes pensantes du syndicat : ils étaient de mauvaise foi, ils parlaient beaucoup, et ils se bichonnaient le moment choisi pour agir en laissant les événements extérieurs leur donner le la.

— Qui as-tu rencontré à part Kostenz et De Haven ?

— Loftis, Minear et Ziffkin, mais très brièvement.

— Quelle impression en as-tu retiré ?

Danny fit le geste de tendre les mains grand ouvertes.

— Ils ne m'ont pas vraiment fait grande impression, pas du tout. Je leur ai seulement parlé une minute ou deux.

Buzz gloussa et relâcha sa ceinture de quelques crans.

— Vous avez eu de la chance que ce bon vieux Reynolds ne vous saute pas sur le paletot à la place de De Haven. Un mec avec une jolie petite gueule comme la vôtre, ça doit le faire triquer dur comme un malade, ce vieux dragueur !

Danny rougit à nouveau. Mal songea à lui en se disant qu'il menait deux affaires de front, vingt-quatre heures sur vingt-quatre chacune, en les tassant pour qu'elles tiennent toutes les deux dans les vingt-quatre heures d'une journée.

— Dis-moi comment avance ton autre affaire, dit Mal.

Les yeux de Danny dardaient des regards acérés, quelques éclairs fugaces sur les box environnants et qui allaient s'appesantissant sur les hommes au bar avant de revenir à Mal.

— Lentement, mais ça avance, je crois, dit-il. Je me suis constitué mon propre dossier à la maison, toutes les preuves, les pièces à conviction et mes propres impressions, et ça m'aide beaucoup. J'ai toute une tapée de vérifications sur dossiers qui marchent, et pour l'instant ça ne va pas vite, mais le boulot se fait. Là où je crois que je touche au but, c'est sur les victimes, à force de les mettre en parallèle. Ce n'est pas un tueur psycho qui tape au hasard, ça, je le *sais*. Quand je toucherai au but, j'aurai peut-être besoin d'une chèvre pour m'aider à le faire sortir. Serait-il possible d'avoir un homme supplémentaire ?

— Non, dit Mal.

Il observa les yeux de Danny qui suivaient du regard deux hommes qui passaient près de leur box.

— Non, pas après ta petite cascade avec Niles. Tu disposes de ces quatre agents que Dudley Smith a réussi à te dégoter...

— Ce sont les hommes de Dudley, pas les miens ! Ils refuseront de me faire leur rapport, et Mike Breuning commence à tirer sur sa laisse ! Pour autant que je sache, il fait tout ce qu'il peut pour faire tout foirer en se tirant des pattes !

Mal plaqua ses mains sur la table avec force, et le regard de Danny revint se poser sur le sien.

— Regarde-moi et ouvre tes oreilles. Je veux que tu te calmes et que tu prennes les choses en douceur. Tu fais tout ce que tu peux sur les deux affaires qui t'occupent, et Niles mis à part, tu te débrouilles comme un chef. Tu te retrouves maintenant avec un homme en moins, mais tu as tes agents de filature, alors, nom de Dieu, fais le compte de tes profits et pertes, écrase un peu et comporte-toi en professionnel. *Comporte-toi en policier.*

Le regard de Danny, les yeux brouillés, soutint celui de Mal.

— Adjoint, dit Buzz, vous avez des pistes solides sur vos victimes, des c'que vous appelez dénominateurs communs ?

Le manipulé s'adressa à son manipulateur.

— Un homme du nom de Felix Gordean. Il est entremetteur et fournit des homosexuels, et il est lié à l'une des victimes, et je *sais* que le tueur est branché sur lui d'une manière ou d'une autre. Je ne l'ai pas encore vraiment travaillé au corps, parce qu'il crache aux Mœurs du Comté Central et il dit qu'il a des relations au LAPD et au Bureau.

— Ben, moi, je n'ai jamais entendu parler de lui, dit Mal, et je suis le patron, c'est moi le chef du Bureau. Buzz, vous connaissez ce mec ?

— Sûr qu'j'le connais, patron ! Du répondant, et bien, côté ville, et c'est rien à côté du Comté. Une fiotte vicieuse, sec comme une trique, y joue au golf avec le shérif Eugene Biscailuz, et y vous colle quelques roupies dans les sabots d'Al Dietrich quand arrive Noël.

A l'écoute de ses propres paroles, Mal sut que c'était l'un des plus beaux moments de sa vie :

— Travaille-le, Danny. Je porterai le chapeau et je tiendrai le coup, et si on te fait des crosses, sache que tu as derrière toi le Chef des Enquêtes du Procureur pour toutc la ville de Los Angeles.

Danny se leva, avec, sur le visage, un air de reconnaissance à vous fendre le cœur.

— Rentre chez-toi et va dormir, Ted, dit Mal. Et bois un coup à ma santé.

La taupe partit en saluant ses collègues policiers ; Buzz souffla lentement.

— Ce garçon, l'est sur la branche tout en haut de son vieil arbre et qu'est-ce qu'y regarde, un bon vieux gars avec sa bonne vieille scie, prêt à trancher. Et vous, vous avez plus de couilles que de cervelle.

C'était à peu de chose près la chose la plus gentille qu'on lui ait jamais dite.

— Mon gars, reprenez une tranche de ce gâteau, dit Mal. L'addition, c'est pour moi.

Chapitre 25

La fenêtre du couloir qui racle sur les montants, trois pas étouffés sur le plancher de la chambre.

Buzz remua, roula loin d'Audrey, mit la main sous l'oreiller et empoigna son 38, en camouflant ses gestes d'un soupir ensommeillé. Deux pas encore, un ronflement d'Audrey, un rai de lumière par la fente des rideaux en brève éclipse. Une forme qui s'approche de son côté du lit ; le bruit d'un chien qu'on arme.

— Mickey, tu es mort !

Buzz, de ses bras tendus, repoussa Audrey au sol, loin de la voix ; un bruit étouffé de silencieux, un éclair en bout de canon qui illumine un gros homme en pardessus sombre. Audrey hurla ; Buzz sentit le matelas se déchirer à deux centimètres de ses jambes. D'un geste coulé, il agrippa son bidule sur la table de nuit et balaya l'espace en direction des genoux de l'homme ; des os craquèrent sous le bois enchâssé d'acier ; l'homme trébucha vers le lit. Audrey hurla, "Meeks !" ; une balle déchiqueta le mur du fond ; une demi-seconde d'éclair au sortir du canon permit à Meeks de prendre ses marques. Il empoigna le manteau et tira en dirction du lit, étouffa la tête de l'homme sous un oreiller et tira deux balles à bout portant dans le visage.

Le bruit des explosions fut amorti ; Audrey hurlait avec une intensité de sirène. Buzz roula vers elle et l'enlaça de ses grosses pattes d'ours en étouffant la violence des frissons d'Audrey par ses propres tremblements.

— Va dans la salle de bains, murmura-t-il, laisse la lumière éteinte et baisse la tête. Ça, c'était destiné à Mickey, et s'il y a un homme en couverture dehors, il ne va pas tarder. Alors, bordel, tu baisses la tête, et putain, tu t'affoles pas.

Audrey battit en retraite à quatre pattes ; Buzz alla au salon, écarta les rideaux de façade et regarda à l'extérieur. Une berline se trouvait garée immédiatement de l'autre côté de la rue, une berline qui n'était pas là lorsqu'il était entré ; c'était la seule voiture rangée en bordure du trottoir.

Il passa en revue la succession probable des événements.

De loin, *il* ressemblait à Mickey ; *il* conduisait une Eldo verte de 48. La maison de Mickey avait été bombardée hier ; Mickey, femme et bouledogue avaient survécu. *Il* s'était rangé à la distance habituelle, à trois blocs de là ; une surveillance foireuse et vite torchée avait convaincu le flingueur que c'était *lui*, Mickey : un bouseux dodu de l'Oklahoma, court sur pattes, pour un Juif dodu court sur pattes.

Buzz ne quittait pas la berline des yeux ; elle ne bougeait pas, pas de rougeoiement de cigarette qui indiquerait une présence. Cinq minutes s'écoulèrent ; pas de flic, pas d'homme en couverture à l'horizon. Buzz se dit que le mec avait joué le coup en solo ; il retourna à la chambre et alluma le plafonnier.

La chambre puait la cordite ; le lit était trempé de sang ; l'oreiller n'était plus qu'une masse de pourpre figée. Buzz l'ôta et souleva la tête du mort. Il n'avait plus de visage, les balles n'étaient pas ressorties. Un sang rouge suintait des oreilles. Il vida les poches du cadavre — et c'est alors que la trouille le prit, un méchant traczir qui lui fila la tremblote.

Un insigne du LAPD, un vibreur d'appel avec identification : sergent inspecteur Eugene J Niles, brigade d'Hollywood. Une carte de l'Automobile Club avec fafiots du véhicule en bas à gauche — Berline Ford Crown Victoria de 46 — couleur bordeaux — Cal 49 JS 1497. Permis de conduire au nom de Eugene Niles, adresse 3987 Melbourne Avenue, Hollywood. Clés de voiture, encore des clés, des bouts de papier avec l'adresse d'Audrey et un bleu d'architecte détaillant le rez-de-chaussée d'une maison qui ressemblait à la crèche de Mickey à Brentwood.

Vieilles rumeurs et faits nouveaux, un meurtrier saisi de tremblements.

Le LAPD était derrière la fusillade de chez Sherry ; Jack D et Mickey avaient enterré la hache de guerre ; Niles travaillait à la division d'Hollywood, l'oeil du cyclone déclenché par Brenda Allen. Buzz traversa la rue au pas de course, la peur lui donnait des ailes ; il vit que la berline était une Vicky de 46, JS 1497, et il déverrouilla le coffre avant de retourner à la maison toujours courant. Il sortit une grosse courte-pointe, y enveloppa Niles et son arme, se balança le paquet sur l'épaule avant de l'emmener jusqu'à la Vicky et de mettre le tout sous clé dans le coffre, en pliant le cadavre en deux à côté de la roue de secours. Haletant, trempé de sueur et toujours tremblant, il retourna à la maison pour requinquer Audrey.

Elle était assise sur la cuvette des toilettes, nue, en train de fumer. Une demi-douzaine de mégots jonchaient le sol ; la salle de bains n'était qu'un nuage de fumée. Audrey ressemblait à une extra-terrestre : les larmes avaient fait fondre son maquillage et son visage était tout barbouillé de rouge à lèvres, restes de leurs jeux amoureux.

Buzz s'agenouilla devant elle :

— Chérie, je m'occuperai de tout. C'était Mickey qui était visé, et je crois que ça va aller. Mais il faudra que je reste à distance pendant un moment, sans te voir, rien que pour le cas où ce mec aurait des complices — on ne va pas les laisser deviner que c'était toi et moi au lieu de toi et Mickey.

Audrey laissa tomber sa cigarette au sol et l'écrasa de ses pieds nus sans faire montre de la moindre douleur.

— Très bien, dit-elle, d'un coassement rauque de fumeur.

— Tu défais le lit complètement et tu brûles tout dans l'incinérateur. Il y a des balles dans le matelas et dans le mur, tu les extrais et tu les balances. Et tu ne dis rien à *personne*.

— Dis-moi que tout ira bien, dit Audrey.

Buzz lui embrassa les cheveux à l'endroit de la raie, en les voyant tous les deux attachés à leurs fauteuils dans la chambre à gaz.

— Chérie, y'a pas de doute, tout ira bien.

* * *

Buzz conduisit la voiture de Niles vers les Collines d'Hollywood. Il trouva des outils de jardinage sur le siège arrière, une pièce nivelée de terre poussiéreuse aux abords de la route d'accès qui menait au Panneau d'Hollywood, et il enterra celui qui s'était voulu l'assassin de Mickey Cohen en creusant une tombe d'un bon mètre de côté avec une pelle et une pioche. Il tassa la terre serrée et compacte pour que les coyotes ne reniflent pas l'odeur de chair en décomposition et ne se sentent pas une petite faim ; il recouvrit l'endroit de branchages et pissa dessus : digne épitaphe pour un collègue flic pourri qui l'avait foutu dans la plus belle emmerde d'une vie qui en était pourtant riche. Il enterra l'arme de Niles sous un buisson d'épineux, emmena la voiture dans la vallée, en essuya toutes les surfaces, arracha le distributeur et la laissa dans un garage abandonné au sommet de la Colline aux Suicidés — un baisodrome en plein air d'un quelconque gang de jeunes près de l'hôpital des Anciens Combattants de Sepulveda. Impossible à déplacer, la Vicky se retrouverait à l'état de pièces détachées en moins de vingt-quatre heures.

Il était 4 heures et demie du matin.

Buzz descendit jusqu'à Victory Boulevard, prit un taxi jusqu'à Hollywood et Vermont et parcourut les huit cents mètres restants jusqu'à Melbourne Avenue. Il trouva une cabine téléphonique, repéra "Eugene Niles" dans les pages blanches, composa le numéro et laissa sonner vingt fois — pas de réponse. Il localisa le 3987 — appartement gauche au rez-de-chaussée d'un immeuble de quatre étages en stuc rose — et y pénétra en s'aidant des clés de Niles, rôdeur à l'affût d'une seule et unique chose : des preuves que d'autres personnes étaient impliquées dans l'attentat contre Mickey.

C'était une turne de célibataire typique : salon-chambre avec lit banquette, salle de bains, kitchenette. Un bureau faisait face à une ancienne fenêtre murée de planches ; Buzz s'y dirigea tout droit, en protégeant ses mains de tout ce qu'il touchait avec les pans de sa chemise. Dix minutes plus tard, il avait en sa possession une série de preuves indirectes mais solides :

Un certificat de l'Ecole de Démolition de l'Armée de Terre, Camp Polk, Louisiane, établissant que le caporal Eugene Niles avait suivi avec succès une formation d'artificier en décembre 1931 — ce putain de salopard, c'était lui qui avait collé la bombe sous la maison de Mickey !

Des lettres de l'ex-femme de Niles, le condamnant pour avoir sauté les radasses de Brenda Allen. Elle avait lu les minutes du grand jury et elle savait que son mari avait fait sa part des séances de jambes en l'air dans les cellules du poste d'Hollywood — le mobile de Niles pour vouloir la mort de Mickey.

Un répertoire d'adresses qui comportait les noms et numéros de téléphone de quatre gros-bras, et pas des demi-sels, de Jack Dragna, des références à trois autres garçons de courses de Dragna — des flics qu'il avait connus quand il était au LAPD — et une notation bizarre "Karen Hiltscher, shérif Hollywwod Ouest", avec "!!!!" en griffonnages d'un rouge vif. Cela mis à part, des confirmations supplémentaires de la haine de Niles à l'égard de Mickey avant la trêve avec Jack D. L'un dans l'autre, ça ressemblait à un numéro en solo mal interprété, avec un Niles désespéré lorsque sa bombe n'avait pas envoyé chier Mickey en petits morceaux.

Buzz éteignit les lumières et essuya les deux côtés de la poignée en sortant. Il marcha sur Sunset et Vermont, laissa tomber dans une bouche d'égout les clés de Niles, domicile et voiture, et se mit à rire, d'un rire sauvage qui lui déchirait les flancs. Il venait de sauver la vie de l'homme le plus dangereux et le plus généreux qu'il ait jamais rencontré, et il n'existait aucun moyen pour qu'il puisse lui en faire part. Le rire empira, jusqu'à ce que Buzz se plie en deux et doive s'asseoir à un arrêt de bus. Il rit, jusqu'à ce que sa sortie en fanfare lui en file soudain un coup de traître — et il se transforma en glace.

Danny Upshaw avait frappé Gene Niles. Les flics de la ville haïssaient les flics du comté. Lorsqu'on s'apercevrait de la disparition de Niles, le LAPD tomberait, comme une meute de mouches autour d'un tas de merde, sur un môme en herbe qui était déjà dans la merde jusqu'au cou.

Chapitre 26

Danny essayait de se ménager un tête-à-tête avec Felix Gordean.

Il avait commencé sa planque dans le parc de stationnement du château Marmont ; Gordean avait déjoué ses projets en allant à son bureau en voiture, avec Christopher Petit Mignon à la traîne. La pluie était tombée à verse pendant les trois heures entières qu'il avait passées à ne pas quitter des yeux la porte d'entrée de l'agence ; aucune voiture ne s'était arrêtée sur l'aire de stationnement, la rue était inondée et il était garé dans une zone à stationnement interdit — enlèvement demandé ; il avait laissé identification, insigne et 45 à la maison car il était ce soir Ted Krugman le Rouge. Le blouson de cuir de Ted et l'approbation de Considine lui tenaient chaud et sec au coeur et au corps, malgré la vitre entrouverte. Danny décida que si Gordean ne quittait pas son bureau d'ici 1 h, il le travaillerait au corps sur place.

A 12 h 35, la porte s'ouvrit. Gordean sortit, ouvrit son parapluie et traversa Sunset en trottinant. Danny enclencha ses essuie-glaces et le regarda qui pénétrait, tête dans les épaules, au Cyrano, où le portier fut à ses petits soins comme si c'était le plus gros client de la boîte. Il accorda trente secondes à Gordean pour se trouver une table, remonta son col et plongea dans l'averse au pas de course.

Le portier le regarda d'un drôle d'air mais le laissa entrer ; Danny cligna des yeux pour en chasser la pluie et vit des murs de velours doré et rouge, un long bar en chêne et Felix Gordean qui dégustait un Martini à une table latérale. Il se faufila au milieu d'un groupe à l'allure d'hommes d'affaires et s'assit face à lui ; Gordean faillit en avaler le cure-dent qu'il grignotait.

— Je veux savoir ce que vous savez, dit Danny. Je veux que vous me disiez tout sur les hommes que vous avez lancés, et je veux un rapport sur tous vos clients et vos pistonnés. Et je veux ça tout de suite.

Gordean joua de son cure-dent.

— Demandez au lieutenant Matthews de m'appeler. Peut-être pourrai-je arriver avec lui à un compromis ?

— Qu'il aille se faire foutre, le lieutenant Matthews. Allez-vous me dire ce que je veux savoir ? Immédiatement ?

— Non, je refuse.

— Vous avez quarante-huit heures pour changer d'avis, dit Danny dans un sourire.

— Sinon ?

— Sinon, je divulgue aux journaux tout ce que je sais à votre sujet.

Gordean claqua des doigts ; un serveur s'approcha. Danny sortit du restaurant pour replonger dans la pluie. Il se souvint de sa promesse de rappeler Jack Shortell, entra dans la cabine téléphonique qui faisait face à l'agence, composa le numéro de la salle de brigade du poste d'Hollywood et entendit :

— Oui ?

Shortell en personne avait décroché, la voix tendue.

— C'est Upshaw, Jack. Qu'est-ce que vous avez sur...

— Ce qu'on a, c'est un nouveau sur les bras. Le LAPD l'a découvert la nuit dernière, sur une des berges qui remontent de la Rivière de L.A. Doc Layman est dessus en ce moment, ce qui...

Danny laissa pendre le combiné pendant que Shortell hurlait : "Upshaw !" ; il se rendit à toute blinde au centre ville, se gara face au quai de déchargement de la morgue — côté ville — et faillit s'emmêler les pieds en se cognant sur un macchabée à roulettes qu'on se dépêchait de rentrer. Jack Shortell était déjà là, en sueur, son insigne épinglé au revers de son manteau ; il vit Danny, bloqua le passage qui menait à la salle d'examen et à Layman et dit :

— Serrez les dents !

— Pour quoi faire ? dit Danny en reprenant haleine.

— C'est Augie Luis Duarte, dit Shortell, un des mecs sur votre liste de filoches. Les bleus qui l'ont trouvé l'ont identifié grâce à son permis de conduire. Le LAPD a le macchab depuis minuit trente la nuit dernière — le mec à la brigade qui a pris le morceau n'était pas au courant pour notre équipe. Breuning était ici et tout ce qu'il a fait, c'est de remuer beaucoup d'air pour dire que Duarte l'avait semé, la nuit précédente. Danny, je sais que c'est des conneries. La nuit dernière, j'ai téléphoné un peu partout, je vous cherchais pour vous dire que les questions sur notre voleur de voitures et les baguettes zazou, ça a été un bide complet. J'ai parlé à une employée de bureau du poste de Wilshire et elle m'a dit que Breuning était resté là toute la soirée avec Dudley Smith. J'ai rappelé plus tard, et l'employée m'a dit qu'ils étaient toujours là. Breuning a dit que les trois autres hommes étaient toujours sous surveillance, mais je le crois pas.

La tête de Danny se mit à résonner ; les effluves de la morgue lui retournèrent l'estomac et lui piquèrent le visage à l'endroit de ses coupures de rasoir. Il se dirigea droit sur une porte marquée "Norton Layman MD", l'ouvrit d'une poussée et vit le meilleur pathologiste en médecine légale de tout le pays en train d'écrire sur un bloc. Une forme nue était étendue sur la table d'autopsie derrière lui ; Layman fit un pas de côté, comme en une invite pour lui dire "Mets t'en plein les yeux ! "

Augie Duarte, le beau Mexicain qui avait franchi la porte de l'agence Gordean deux soirs auparavant, était allongé sur le dos, sur une table en acier inoxydable. Il ne portait pas de traces de sang ; l'estomac était couvert de marques de morsures qui laissaient échapper les viscères ; d'autres marques de morsures remontaient le long de son torse sans chevauchement dans le motif qu'elles dessinaient. Les joues étaient tailladées, laissant à nu mâchoires et gencives et le pénis avait été sectionné, inséré dans la plus profonde des entailles et placé replié de sorte que la tête arrivait jusqu'à la bouche dont on avait resserré les dents sur le prépuce. La rigidité cadavérique avait gardé intacte toute l'obscénité de la chose.

— Oh ! Putain de Dieu ! Non ! lâcha Danny.

— La pluie a rincé le corps et l'a vidé de son sang, dit Layman. Ce qui fait que les plaies sont restées fraîches. J'ai trouvé un débris de dent dans l'une d'elles et j'en ai pris une empreinte. Il ne fait pas de doute qu'elle soit animale, et l'un des aides est allé la montrer à un orthodontiste en médecine légale du Museum d'Histoire Naturelle. On est en train de l'examiner en ce moment.

Danny arracha ses regards du cadavre ; il sortit sur le quai à la recherche de Jack Shortell, le souffle court après la puanteur du formaldéhyde, les poumons avides d'air frais. Un groupe de Mexicains, l'air et l'allure d'une famille endeuillée, se tenait près de la rampe d'accès, le regard fixé sur l'intérieur de la morgue ; un mec à l'allure de pachuco le dévisagea d'un regard plus que dur. Danny scrutait les alentours à la recherche de Shortell lorsqu'il sentit une main sur son épaule.

C'était Norton Layman.

— Je viens de parler à l'homme du musée, dit-il, et il a identifié mon spécimen. Le tueur porte des dents de glouton.

Danny vit un G de sang sur du papier peint bon marché. Il vit des G en noir et blanc, des G qui s'imprimaient en lettres de feu dans le visage de Felix Gordean, des G qui s'étalaient sur tous les dos mouillés, leurs mains enchâssées dans leurs chapelets, serrés les uns contre les autres en cette heure de chagrin. Il vit des G jusqu'à ce que Jack Shortell remonte le quai et lui attrape le bras. Il s'entendit lui dire :

— Trouvez-moi Breuning. Je ne me fais pas assez confiance pour le faire moi-même.

Alors, il ne vit plus que du sang.

Chapitre 27

En planque pour son propre fils.

Mal était assis sur les marches, devant la Section 32, Tribunal civil de Los Angeles. Il était flanqué d'avocats qui fumaient leur cigarette ; il leur tournait le dos pour se garder d'un échange de banalités et se consacrer à la recherche de Stefan, Celeste et son bavard. Lorsqu'il les verrait, ce serait l'affaire de quelques minutes dans les toilettes, une discussion entre hommes : ne crois pas toutes les choses méchantes que tu entends à mon sujet ; lorsque le mec qui me défend dira des saloperies sur ta mère, essaie de ne pas écouter.

Moins dix ; pas de Stefan, pas de Celeste, pas d'avocat. Mal entendit une explosion soudaine de paroles qui s'échangeaient dans son dos.

— Vous connaissez Charlie Hartshorn ?

— Bien sûr. Un brave mec, même s'il est un peu pot de colle. Il a été avocat de la défense dans l'affaire de Sleepy Lagoon et il n'a pas pris un centime.

— Eh bien, il est mort. Suicide. Il s'est pendu chez lui cette nuit. Une belle maison, tout près de Wilshire et Rimpau. Ils l'ont dit à la radio. Je suis allé chez lui une fois, à une soirée.

— Pauvre Charlie ! Ça ne devrait pas être permis, nom de Dieu.

Mal se retourna ; les deux hommes étaient partis. Il se souvint de Meeks en train de lui raconter qu'il existait des liens entre Reynolds Loftis et Hartshorn, à la suite d'une descente dans une boîte à pédés. Mais il n'avait fait aucune mention de Hartshorn associé au Comité de Défense de Sleepy Lagoon. On ne trouvait aucune référence à Hartshorn dans aucun des dossiers du grand jury, psychiatrique ou autre, et Meeks avait également déclaré que l'homme de loi avait refait surface — sans qu'il soit en rien suspect — dans l'enquête de Danny Upshaw sur les homicides.

La coïncidence Hartshorn se mit à faire des petits : Mal se demanda comment Meeks encaisserait le suicide — il lui avait dit qu'il avait touché le mec aux tripes en lui collant ses penchants pédés dans la figure. En jetant un regard côté rue, il vit Celeste, Stefan et un jeune mec avec serviette qui sortaient d'un taxi ; son fils leva les yeux, son regard s'illumina et il démarra en courant.

Mal le retrouva à mi-chemin de l'escalier, le balaya de ses bras dans un grand rire et le fit tourner comme un moulin en le tenant cul par-dessus tête. Stefan hurla ; Celeste et m'sieur serviette accélérèrent le pas ; Mal bascula son fils sur l'épaule, entra vivement à grands pas à l'intérieur du tribunal et vira sec, direction les toilettes pour hommes. Hors d'haleine, il posa Stefan par terre et dit :

— Ton papa est capitaine — avant de fouiller dans sa poche pour en sortir une des barrettes que Buzz lui avait donnée. Tu es capitaine aussi à présent. Ne l'oublie pas. N'oublie pas ça si l'avocat de ta mère commence à me démolir en morceaux.

Stefan serra les barrettes d'argent ; Mal vit qu'il avait cette allure de gros gamin égaré, qui lui venait lorsque Celeste le bourrait de nourriture tchèque à base de féculents.

— Comment ça va ? Comment se comporte ta mère avec toi ?

Stefan parla d'une voix hésitante, comme si on l'avait abreuvé de force à la source du vieux pays depuis la rupture.

— Mutti... veut que nous déménagions. Elle a dit que nous... devons déménager avant qu'elle se décide à épouser Rich-Richard.

Richard.

— Je... je n'aime pas Richard. Il est gentil avec Mutti, mais il est mé-méchant avec son ch-chien.

Mal enlaça le petit garçon de ses bras.

— Je ne la laisserai pas faire. C'est une cinglée, et je ne la laisserai pas t'emmener.

— Malcolm...

— Papa, Stefan.

— Papa, s'il te plaît, ne plus frappe Mutti encore. *S'il te plaît.*

Mal serra Stefan plus fort, essayant par son étreinte de chasser ses paroles grossières, pour l'entendre dire "je t'aime". La sensation de l'enfant qu'il enlaçait lui venait mal, trop de mollesse entre ses bras, tout comme lui-même jadis était mal, en môme dégingandé qu'il était.

— Ch-chut. Je ne la frapperai plus jamais, et je ne la laisserai jamais t'emmener loin de moi. Chut.

La porte s'ouvrit derrière eux ; Mal entendit la voix d'un vieil huissier de la ville qui travaillait à la Section 32 depuis une éternité.

— Lieutenant Considine, la cour se réunit et je suis censé amener le garçon devant le tribunal.

Mal serra Stefan une dernière fois.

— Je suis capitaine, maintenant. Stefan, tu accompagnes cet homme et je te retrouverai à l'intérieur.

Stefan le serra en retour — très fort.

La cour fit son entrée dix minutes plus tard. Mal s'installa avec Jake Kellerman à une table qui faisait face au bureau du juge ; Celeste, son avocat et Stefan étaient installés dans leurs fauteuils respectifs placés en diagonale, devant la barre des témoins. Le vieil huissier commença sa litanie :

— Oyez ! oyez ! La session du tribunal est ouverte, sous la présidence de l'Honorable Arthur F Hardesty.

Mal se leva. Jake Kellerman murmura :

— Dans une seconde, le vieux jeton dira : "Que les avocats s'approchent ! " Je lui collerai tout de suite ma demande de rejet à un mois, en arguant de vos fonctions au grand jury. Ensuite, nous obtiendrons un autre report jusqu'à l'ouverture du jury et alors, ce sera dans la poche ! Alors seulement nous vous trouverons Greenberg.

Mal agrippa le bras de Kellerman.

— Jake, faites que ça se réalise.

Kellerman murmura d'une voix encore plus basse.

— Ça se réalisera. Contentez-vous de prier pour qu'une rumeur que j'ai entendue soit fausse.

Le juge Arthur F Hardesty fit retentir son marteau :

— Que les avocats s'approchent !

Jake Kellerman et l'avocat de Celeste s'approchèrent en se serrant autour d'Hardesty ; Mal tendit l'oreille pour entendre et ne réussit à saisir que des bribes confuses — Jake donnait l'impression de s'agiter. La concertation prit fin d'un coup de marteau ; Kellerman revint, furieux.

— M. Considine, dit Hardesty, la requête de votre avocat pour un ajournement d'un mois a été rejetée par la cour. En dépit de vos fonctions policières, je suis sûr que vous trouverez un moment pour conférer avec M. Kellerman. Tous les intéressés se retrouveront en mon cabinet dans dix jours d'ici, le lundi 22 janvier. Les deux parties devront être prêtes à témoigner. M. Kellerman, M. Castleberry, assurez-vous que vos témoins soient informés de la date et apportez tous documents dont vous souhaitez qu'ils soient admis comme preuves. Cette audience préliminaire est close.

Le juge abattit son marteau ; Castleberry fit sortir Celeste et Stefan. Le garçonnet se retourna et fit signe de la main ; Mal lui fit un signal, un V pour victoire, essaya de sourire mais ne put s'y résoudre. Son fils avait disparu en l'espace d'un rien.

— J'ai entendu que Castleberry avait été mis au courant de votre promotion et ça l'a rendu dingue. J'ai entendu dire qu'il avait fait filtrer des photos de l'hôpital à l'un des employés d'Hardesty, qui est allé le raconter au juge. Mal, je suis désolé et je suis furieux. Je vais dire à Ellis ce qu'a fait Castleberry, et je vais m'assurer que ce blanc-bec s'en prenne plein la gueule.

Mal avait toujours le regard rivé sur l'endroit d'où son fils lui avait fait signe au revoir.

— C'est à elle qu'il faut en foutre plein la gueule. Plus de limites, finis les pouces ! Si Stefan doit entendre, il entendra. Putain, tout ce que je veux, c'est la voir mise en pièces.

Chapitre 28

En regardant autour de lui, dans le salon d'Ellis Loew, Buzz se mit à calculer les chances et établir les cotes.

Vingt contre un que le grand jury rendrait un nombre élevé de mises en accusation parmi les membres de l'UAES ; vingt contre un que les studios vireraient ces derniers en arguant de la clause de traîtrise avant même que la chose soit officielle, avec les Camionneurs qui signeraient pour prendre leurs places avant même vingt-quatre heures. S'il pouvait convaincre Mickey de faire le book pendant le déroulement des débats, il pourrait engager un beau paquet sur le coup et s'en sortir à l'aise en plus de la prime d'Howard. Parce que le petit poste de commandement de Loew était très parlant : tout semblait y indiquer que les socialos étaient en train de s'acheter des allers simples pour la Grande Carambouille.

A l'exception de tables et de chaises réservées aux employés, on avait ôté tous les meubles que l'on avait largués dans l'arrière-cour. La cheminée était occupée par des classeurs remplis de dépositions favorables ; cloué à la fenêtre de devant, il y avait un tableau de liège où s'épinglaient les rapports des quatre enquêteurs de l'équipe : M. Considine, D Smith, T Meeks et D Upshaw. La liasse du capitaine Mal était épaisse, formulaires d'interrogatoires portant le détail de questions choisies, individualisées, adaptées à la personnalité de chacun des gauchistes auxquels les huissiers de la ville les avaient remis après authentification devant notaire. Les résumés de terrain de Dudley dépassaient de cinq fois la largeur des feuillets — il avait jusqu'alors retourné quatorze réfractaires en larves cafteuses favorables à leur cause, ramassant dans l'opération des tas d'ordures et d'immondices sur plus d'une centaine de mouchardés. Ses propres rapports comportaient six pages : Sammy Benavides qui avait sauté sa frangine, Claire De Haven et ses sous-cutanées de H, et Reynolds Loftis, dragueur de bars homos ; le reste, du baratin de remplissage, le tout juste bon à piquer une ronflette comparé aux contributions de Mal et Dudley. Le topo de Danny Upshaw ne faisait que deux pages — hypothèses, indiscrétions et pelotage avec Claire la socialo — lui et le môme, on ne pouvait pas dire qu'ils faisaient des étincelles dans leur effort pour détruire la Conspiration Communiste. Des tables portaient des corbeilles "In" et "Out" pour les échanges de renseignements, d'autres étaient chargées des preuves photographiques que ce cinglé d'Ed Satterlee accumulait ; il y avait aussi un énorme carton rempli de documents : noms, dates, organisations politiques et confessions documentées, cocos, socialos et sympathisants embrassant la foi de Mère Russie et appelant à la fin des USA par tous les moyens possibles, du plus juste au plus immonde — le tout, classé par entrées multiples pour les recoupements. Et — sur toute la surface du plus grand mur — le diagramme des conspirations selon Ed Satterlee, ses poucettes pour le grand jury.

Sur une ligne horizontale, les têtes pensantes de l'UAES ; sur une autre, les noms des organisations communistes de couverture auxquelles ils appartenaient ; dans une colonne verticale au sommet du graphique, les noms des témoins favorables et leur "potentiel de mise en accusation" indexé au moyens d'étoiles, avec des lignes de recoupement qui descendaient flécher les cerveaux et les organismes de couverture. Chaque étoile correspondait à l'évaluation par Ed Satterlee du nombre de journées à consacrer au témoignage du favorable en question, en se fondant sur le seul critère du lieu, du moment et des on-dit : tel socialo s'était rendu en tel lieu, avait dit telle chose, et tel Rouge qui avait abjuré depuis était là pour écouter — une surabondance de renseignements absolument stupéfiante, si riche que le cerveau en éclatait comme gavé d'un trop plein de directions à suivre qu'il était impossible de contredire.

Et il ne pouvait s'empêcher de voir Danny au beau milieu, en plein dans tout ça, à patauger dans la merde, même si le môme dans cette affaire se trouvait du côté des anges.

Buzz sortit sous la véranda arrière. Il avait le cerveau en ébullition à chercher depuis des heures des échappées possibles sous le couvert de rapports à rédiger ; trois coups de fil avaient réglé son sort à la petite escapade en emberlificotage d'Audrey. Le premier à Mickey, lorsqu'il lui avait refilé un récit épique et tarabiscoté comme quoi un parieur avait réussi à écrémer le fric à un des mecs de la boîte à paris qui baisait sa frangine, il ne savait pas qui, et ne pouvait donc pas le balancer aux flics — il avait quand même réussi à lui faire cracher les six bâtons qu'il s'était mis dans la fouille, à savoir le montant exact de ce qu'Audrey avait chouravé au Mick. Son deuxième coup de fil fut pour Petey Skouras, un des responsables de la boîte qui savait la boucler : il avait accepté de jouer le rôle du cave énamouré qui finalement se refait une virginité devant son patron, le tout pour un bâton tout rond — sachant très bien que Johnny Stompanato viendrait fourrer son nez dans le coin pour connaître le nom que Buzz ne voulait pas donner, avant de lui filer une avoine pour qu'il avoue — vu que le pognon avait été rendu, ce serait là

sa seule punition. Le troisième coup de fil fut pour un shylock*
indépendant : sept mille dollars à 20 pour cent, 8400 dollars dus le 10
avril — sa nana sortie des ennuis, son cadeau à lui pour le chagrin qu'il
lui avait offert en faisant sauter la cervelle de Gene Niles dans son lit.
Sept qui devenaient onze,* que Dieu soit remercié pour la vache à lait
coco. S'ils ne succombaient pas aux feux qui les brûlaient, lui et sa lionne
réussiraient probablement à survivre.

Le môme restait toujours la carte majeure qu'il ne savait pas comment
jouer.

Ça faisait douze heures qu'il avait fouiné dans la piaule de Niles. Est-ce
qu'il ne ferait pas bien d'y retourner et de s'arranger pour qu'on ait
l'impression que Niles avait mis les bouts ? Est-ce qu'il aurait dû monter
le coup en y planquant des choses compromettantes ? Lorsqu'on
s'apercevrait que ce connard n'était plus dans les parages, est-ce que le
LAPD le logerait comme quelqu'un qui touchait de Dragna avant de
laisser filer ? Est-ce qu'ils lui colleraient le coup de la bombe sur le dos
avant d'aller travailler Mickey ? Est-ce qu'ils se diraient que Niles était
bon comme la romaine avant de faire feu des quatre fers pour trouver son
assassin ?

Buzz vit Dudley Smith et Mike Breuning au bout de la cour, debout près
du canapé qu'Ellis avait laissé dehors sous la pluie, parce que monsieur le
Procureur faisait passer les affaires avant le confort. Un soleil
crépusculaire brillait toujours. Dudley riait en le montrant du doigt. Buzz
observa des nuages sombres qui s'avançaient en rouleaux de l'océan. Il se
dit : arrange le coup, arrange-le. Magouille. Sois ce que le capitaine Mal
a dit au môme qu'il devait être.

Comporte-toi en policier.

---

* Shylock : avare et usurier, d'après un personnage du *Marchand de Venise* de
Shakespeare.
* Onze : point gagnant au craps.

Chapitre 29

Danny déverrouilla sa porte et appuya sur l'interrupteur. Les G sanglants qu'il voyait depuis la morgue disparurent pour faire place à la pièce de devant, monacale et rangée, avec quelque chose qui y détonnait. Il cadra la pièce comme au travers d'une grille jusqu'à ce qu'il trouve : le tapis faisait des plis près de la table basse — il le retendait toujours du bout du pied avant de sortir.

Il essaya de se rappeler s'il l'avait fait *ce* matin-*là*. Il se souvint d'avoir revêtu la tenue de Ted Krugman, nu sous son cuir face au miroir de la salle de bains ; il se souvint d'être sorti en pensant à Felix Gordean, et le "Travaille-le, Danny" de Mal Considine lui résonnait encore aux oreilles. Il ne se souvint pas d'avoir accompli son rituel méthodique avec le tapis, probablement parce que Teddy K n'était pas du genre méticuleux. Rien d'autre dans la pièce n'était de guingois ; il était totalement impensable que l'AUTRE ait pu pénétrer dans l'appartement d'un policier...

Danny songea à son dossier, courut jusqu'au placard du couloir et en ouvrit la porte. Tout était là, paperasses et photos intactes, sous une boursouflure de la moquette avec les plis au bon endroit. Il inspecta salle de bains, cuisine et chambre, vit que rien n'y avait été touché, et s'installa dans un fauteuil près du téléphone pour feuilleter le livre qu'il venait d'acheter.

La Famille des Belettes — Physiologie et Coutumes, tout chaud, à peine sorti d'un fond de rayonnage à la librairie de Stanley Rose.

Chapitre 6, page 59 : Le Glouton.

Membre de la famille des belettes, d'un poids de 20 à 25kg, il se rencontre au Canada, dans le nord-ouest côté Pacifique et dans la zone septentrionale du Midwest ; rendu à son poids, l'animal le plus vicieux de toute la terre. Ignorant totalement la peur, connu pour attaquer des animaux largement supérieurs en taille ; connu pour faire fuir ours et cougars qui lui abandonnent leurs proies. Un animal qui ne supporte pas de voir d'autres créatures jouir d'un bon repas — il les attaque souvent par surprise rien que pour s'emparer du restant de leur nourriture. Son système digestif est d'une efficacité redoutable : le glouton mange vite, il digère vite, il chie vite et il a toujours faim ; il a un appétit énorme qui fait pendant à sa totale méchanceté. Tout ce que ce petit salopard vicieux aime faire, c'est tuer, manger et, à l'occasion, baiser d'autres congénères de son espèce misanthrope.

G

G

G

G

G

G

G

G

Le Glouton.

L'alter-ego d'un tueur qui mord, qui déchiquette, qui lacère, viole et dévore les chairs, un tueur à l'appétit immense, sexuel et émotionnel à la fois, un homme possédé, identifié totalement à un animal rapace et vorace, une identité qu'il a faite sienne absolument, comme une revanche sur les blessures de jadis en usant de moyens spécifiques, de mutilations animales, sa reconstruction spécifique et personnelle, dans les profondeurs de son être , pour ce qu'on lui avait fait subir.

Danny se reporta aux illustrations à la fin du livre, arracha trois photos de glouton, alla fouiller dans son dossier à la recherche des clichés de giclures et composa un collage au-dessus du lit. Il épingla l'abomination vivante, le glouton, au beau milieu ; il orienta son lampadaire pour éclairer son assortiment d'images, se leva, prit sa distance, regarda et réfléchit.

Une créature dodue, aux pattes lourdes et malhabiles, les yeux en amande, revêtue d'une épaisse fourrure marron qui la protége du froid. Une queue discrète, un museau court et pointu, de longues griffes, et de longues dents acérées mises à nu devant l'objectif. Un enfant laid qui savait qu'il était laid et qui compensait sa laideur en faisant mal aux gens qu'il rendait responsables de son état. Et soudain, des éclairs d'images rapides au fur et à mesure que l'animal et le 2307 fusionnaient l'un avec l'autre : le tueur devait être défiguré d'une manière ou d'une autre, ou être convaincu de l'être ; puisque les témoins oculaires l'avaient catalogué sans déformations faciales particulières, la déformation se situait peut-être en un endroit donné de son corps. Le tueur se croyait laid et il rattachait sa laideur aux choses du sexe, d'où le visage d'Augie Duarte, aux joues lacérées jusqu'à l'os, avec son truc lui dépassant de la bouche. Un éclair énorme, rien qu'une intuition à l'instinct, mais qu'il savait solide parce qu'elle le prenait aux tripes : l'AUTRE connaît le visage brûlé, le gamin-cambriolo trop jeune pour être l'assassin en personne ; l'AUTRE tire ses aspirations ou ses satisfactions sexuelles de sa laideur de défiguré — d'où les lacérations faciales. On était en train de répertorier toutes les agressions à la baguette zazou dans les différents postes de police de la ville ; on rassemblait les *modus operandi* des voleurs de voitures ; il avait dit à Jack Shortell de commencer à appeler les éleveurs d'animaux sauvages, les fournisseurs de zoos, les trappeurs et les grossistes en fourrures, de recouper les renseignements avec les détails techniques des dentiers, et de *foncer*. Cambrioleur, fêlé de jazz, fourgueur de H, fabricant de fausses dents, voleur de voitures, adorateur d'animaux, pédé, homo, chouquette et adepte avoué des putes mâles. Tout était là, à les attendre, quelque part, un détail dans un dossier de police, quelque mécanicien dentaire un peu perplexe qui dirait : "Ouais, j'me souviens d'ce mec..."

Danny coucha sur le papier ses nouvelles impressions, en songeant à Mike Breuning qui lui avait raconté des craques sur la filoche d'Augie Duarte, et se disant que les autres filatures devaient être autant de conneries. La seule motivation possible de Breuning était de satisfaire ses caprices — pour qu'il soit tout content de son affaire d'homicide, de manière à ce qu'il continue à bien faire dans son rôle de manipulateur coco et pour que Dudley Smith soit content lui aussi dans sa croisade anti-Rouges. Shortell avait appelé les trois autres hommes en les avertissant d'un possible danger ; il essayait aussi de mettre sur pied des entrevues avec eux : Jack était le seul flic en qui il pouvait avoir confiance, il allait donc essayer de tirer les vers du nez des "garçons" de Dudley pour savoir si les trois "amis" de Gordean étaient effectivement jamais passés sous surveillance active. Danny s'était personnellement collé devant l'agence de Gordean à essayer de pêcher d'autres numéros de plaques, d'autres noms de victimes potentielles, des renseignements supplémentaires et peut-être aussi de se payer Gordean en tête à tête pour une séance de poucettes — mais l'aire de stationnement était restée vide, le mec ne s'était pas montré et sa porte était restée close, sans l'ombre d'une visite — la pluie avait probablement fait déserter les lieux à ses "clients" et "amis". Et il avait dû mettre fin à sa planque à cause de son rencart avec Claire De Haven.

Un bruit sourd retentit à l'extérieur de la porte — le bruit du livreur de journaux qui balançait l'*Evening Herald*. Danny sortit pour le ramasser, balaya du regard la page de titre sur Truman et les embargos commerciaux, l'ouvrit en seconde page pour le cas hasardeux où il y aurait quelque chose sur son affaire. Un autre rapide coup d'oeil lui apprit qu'il n'y avait rien ; mais son attention fut attirée par un entrefilet en bas à droite :

> Suicide de l'avocat Charles Hartshorn — Il avait défendu
> l'Elite autant que les Démunis de la société.

Ce matin, Charles E (Eddington) Hartshorn, 52 ans, défenseur célèbre de la haute société, qui ne dédaignait pas de se faire l'avocat de grandes causes sociales, a été découvert mort dans le salon de sa résidence de Hancock Park. Tout porte à croire à un suicide par suffocation. Le corps de Hartshorn a été découvert par sa fille Betsy, 24 ans, qui rentrait de voyage. Elle a déclaré à notre reporter des affaires métropolitaines Bevo Means : "Papa était dépité. Il n'avait le cœur à rien. Un homme était venu lui rendre visite — Papa avait la certitude que sa visite concernait une enquête de grand jury dont il avait entendu parler. Des tas de gens ne cessaient de venir l'ennuyer parce qu'il avait travaillé bénévolement pour le Comité de Défense de Sleepy Lagoon ; ils trouvaient étrange qu'un homme riche veuille aider de pauvres Mexicains."

Le lieutenant Walter Reddin du LAPD, poste de Wilshire, a déclaré : "C'est un suicide par pendaison, pur et simple. La victime n'a pas laissé de lettre. Hartshorn s'est trouvé une corde et une poutre au plafond, et il est passé à l'acte. Il est triste que ce soit sa propre fille qui ait découvert le corps."

Hartshorn, associé principal de l'étude Hartshorn, Welborn et Hayes, laisse derrière lui sa fille Betsy et son épouse Margaret, 49 ans. La date des obsèques n'a pas encore été fixée.

Danny reposa son journal, assommé par la nouvelle.

Hartshorn était l'homme que Lindenaur avait tenté de faire chanter en 41 ; Felix Gordean avait déclaré qu'il fréquentait ses soirées et qu'il "n'avait de chance ni en amour ni en politique". Il n'avait jamais interrogé cet homme pour trois raisons : il ne correspondait pas physiquement au signalement du tueur ; la tentative d'extorsion remontait à près de neuf ans ; et le sergent Frank Skakel, le policier chargé de l'enquête sur les suites à donner à la plainte de Hartshorn, avait déclaré que Hartshorn refuserait toute déclaration à la police concernant l'incident — et il avait mis l'accent sur des précédents. Hartshorn n'était qu'un nom de plus dans le dossier, un nom accessoire qui conduisait à Gordean. Rien de bizarre ne détonnait chez l'homme de loi ; mis à part la référence à "la politique" que lui avait faite Gordean au passage, rien en lui ne le cataloguait comme ayant un penchant marqué pour les bonnes causes ; dans le dossier du grand jury, il n'apparaissait même pas — en dépit de la masse d'informations se rapportant à Sleepy Lagoon. *Mais un membre de l'équipe du grand jury l'avait interrogé.*

Danny composa le numéro de Mal Considine au Bureau du Procureur, n'obtint pas de réponse et appela la maison d'Ellis Loew. Trois sonneries puis :

— Ouais ? C'est qui ? — Buzz et son accent traînant de l'Oklahoma.

— Ici, adjoint Upshaw. Est-ce que Mal est là ?

— Il n'est pas ici, adjoint. C'est Meeks à l'appareil. Vous avez besoin de quelque chose ?

La voix était basse, sans vivacité.

— Savez-vous si quelqu'un a interrogé un avocat du nom de Charles Hartshorn ? demanda Danny.

— Ouais, moi. La semaine dernière. Pourquoi ?

— Je viens de lire dans le journal qu'il s'est suicidé.

Un long silence, un long soupir.

— Oh ! merde, dit Meeks.

— Que voulez-vous dire ?

— Rien, môme. Ça entre dans votre affaire d'homicide ?

— Ouais. Comment vous saviez ça ?

— Eh bien, j'ai asticoté Hartshorn, et il a dû croire que j'étais un flic de la Criminelle, pasqu'un mec qui avait essayé de le faire cracher à cause qu'il était pédé venait de se faire dessouder. Ça se passait exactement au moment où vous avez rejoint l'équipe, et j'me souviens de queq'chose sur ce minable de Lindenaur dans les journaux. Môme, j'ai été flic pendant des années, et ce mec Hartshorn, il a rien caché sauf qu'il aime les garçons, c'est pour ça que je vous ai rien dit sur lui — je me suis dit qu'il avait pas la tête d'un suspect.

— Meeks, vous auriez malgré tout dû me le dire.

— Upshaw, grâce à vos tuyaux, j'ai pu faire un marché avec cette vieille tante. Et pour ça, je vous dois, pasqu'y a fallu que j'le secoue un peu, et je m'en suis tiré en lui racontant que je garderais les flics de la Criminelle loin de ses basques. Et, môme, ce pauvre gugusse aurait pas pu tuer une mouche.

— Merde ! Pourquoi êtes-vous allé lui parler en premier lieu ? Parce qu'il avait des liens avec le Comité de Sleepy Lagoon ?

— Non. J'étais parti pour dégoter un peu de saloperies supplémentaires sur les cocos qui viendraient corroborer ce qu'on avait et j'ai eu une note qui disait qu'Hartshorn avait été agrafé en compagnie de Reynolds Loftis dans un bar de tantes à Santa Monica en 44. Je voulais voir si je ne pouvais pas me ramasser quelques crasses de plus sur Loftis grâce à lui.

Danny mit le téléphone contre sa poitrine pour que Meeks ne l'entende pas, qu'il n'entende pas son cerveau remuer en tous sens avec fracas les faits qu'on venait de lui servir et la manière dont ils *pourraient s'agencer avec le reste* :

Reynolds Loftis était grand, entre deux âges, le cheveu gris.

Il était en relation avec Charles Hartshorn, aujourd'hui suicidé, victime d'un chantage de la part de Duane Lindenaur, son homicide numéro trois.

Il avait été l'amant homosexuel de Chaz Minear au début des années 40 — dans les dossiers psychiatriques du grand jury, Sammy Benavides avait fait état de Chaz "la pute" qui s'offrait du sexe par l'intermédiaire d'un "service pédé mec à mec" — référence possible à l'officine de rendez-vous de Felix Gordean, qui avait employé George Wiltsie et Augie Duarte, aujourd'hui refroidis.

La nuit dernière, dans le quartier des bronzés, Claire De Haven n'avait été qu'une boule de nerfs ; le tueur avait levé Goines dans le bloc et un fourgueur de drogues avait fait des offres de service à Claire au Zombie. Elle l'avait envoyé balader, mais elle était connue de l'équipe du grand jury comme une droguée notoire de longue date. Etait-ce elle qui s'était procuré la dose de came qui avait tué Marty Goines ?

De ses mains agitées de spasmes, Danny décolla le combiné de sa poitrine ; il entendit Meeks au bout du fil :

— Eh môme, vous êtes là ? Vous êtes toujours là, môme ?

Il parvint à coincer l'appareil contre son menton.

— Ouais, j'suis là.

— Y'a queq'chose que vous voulez pas m'dire ?

— Oui — non — bordel ! je ne sais pas...

La ligne resta silencieuse pendant de longues secondes ; Danny fixa son regard sur les photos de glouton épinglées.

— Adjoint, vous voulez pas dire que Loftis est suspect des meurtres ? dit Meeks.

— Tout ce que je dis, c'est que c'est une *possibilité*. C'est peut-être même du solide. Il répond au signalement du tueur et il... concorde avec le reste.

— Putain de Dieu ! dit Buzz Meeks.

Danny raccrocha en songeant qu'il avait embrassé Reynolds en esprit — et qu'il avait aimé ça.

* * *

De Krugman à Upshaw, un vrai flic de la Criminelle, pur et dur.

Danny se rendit à Beverly Hills ; dans le rétro, personne ne lui colla au train. Il cadra Reynolds Loftis en glouton déchiqueteur de son Homme-Caméra : la combinaison de clichés du 2307, du corps d'Augie et du beau visage de Loftis baignés de sang dégoulinant le poussa à jouer de l'embrayage et à changer de vitesse même sans nécessité, dans le seul but d'essayer de garder les images à distance respectueuse. En se garant, il vit la maison éclairée comme en plein jour — gaie et joyeuse, comme si les gens qui y habitaient n'avaient rien à cacher ; il avança jusqu'à la porte et trouva un petit mot sous le marteau : "Ted — Je serai de retour dans quelques minutes. Faites comme chez vous. C."

Encore moins à cacher. Danny ouvrit la porte, entra et vit un secrétaire contre le mur à côté de la cage d'escalier, éclairé par un lampadaire de sol. Le buvard était couvert de documents éparpillés, avec un maroquin dessus en guise de presse-papier, comme un néon intermittent qui proclamerait "rien à cacher". Il s'avança, prit le maroquin et l'ouvrit : la page de garde portait, tapé proprement à la machine : "COMPTES RENDUS ET ETATS DE PRESENCE, COMITE EXECUTIF DE L'UAES, REUNIONS DE 1950."

Danny ouvrit à la première page. Une frappe encore plus parfaite : Réunion et soirée de la Saint-Sylvestre — 31/12/49 — Etaient présents — au vu de leurs signatures griffonnées — C De Haven, M Ziffkin, R Loftis, S Benavides, M Lopez, avec un nom rayé, illisible. Les sujets de discussion comprenaient "Affectations aux Piquets", "Rapport du Secrétaire", "Rapport du Trésorier" ainsi que la question de savoir s'il fallait ou non engager des détectives privés afin d'enquêter sur les casiers judiciaires des manifestants des Camionneurs. La soirée avait commencé à 11 h du soir et s'était terminée à 6 h du matin ; Danny fit la grimace devant le plus important : le grand portefeuille pouvait s'interpréter comme un alibi pour Reynolds Loftis — c'est ici qu'il se trouvait à l'heure où Marty Goines se faisait enlever et tuer — et les comptes rendus ne contenaient absolument rien de subversif.

Si peu à cacher, c'était trop peu.

Danny feuilleta les pages plus avant, trouva une réunion le 4/1/50, les mêmes présents pendant le laps de temps correspondant aux meurtres Wiltsie-Lindenaur, la même biffure bizarre, les mêmes sujets ennuyeux à l'ordre du jour. Et Loftis se trouvait avec Claire la nuit dernière lorsque Augie Duarte se faisait étaler pour le compte — il faudrait qu'il vérifie auprès de Doc Layman l'heure présumée de la mort. Des alibis de groupe parfaits, pas de trahison à espérer, Loftis ne pouvait pas être l'AUTRE, à moins que toutes les têtes pensantes ne soient derrière les meurtres — ce qui était absurde.

Danny cessa de s'interroger, replaça le registre et enfonça dans la chaleur des poches de son blouson de cuir ses mains qui le démangeaient. Si peu à cacher, c'était trop peu, parce qu'il n'y avait rien à cacher, parce qu'aucune des têtes pensantes ne savait qu'il était flic à la Criminelle. Loftis aurait pu faire un faux sur son nom, un alibi avec cinq témoins pour le corroborer tiendrait devant le tribunal, un alibi blindé même si les répondants étaient tous des traîtres cocos, rien de tout ça n'avait de sens, débrouille-toi pour être sûr de tes faits, de tes identités et comporte-toi en policier.

Il commençait à faire chaud dans la maison. Danny largua son blouson, l'accrocha au portemanteau, entra dans le salon et fit semblant d'admirer l'affiche de *Tempête sur Leningrad*. Ça lui rappela les navets débiles auxquels Karen Hiltscher parvenait à le traîner ; il était en train de se dire qu'il allait falloir l'amadouer à propos du 2307 lorsqu'il entendit :

— Ted, par le diable, comment allez-vous ?

L'AUTRE.

Danny se retourna. Reynolds Loftis et Claire ôtaient leurs manteaux dans l'entrée. Elle avait l'air tendue, prête à bondir ; lui était beau, comme un connaisseur cultivé des sports de sang.

— Salut. C'est bon de vous voir, dit Danny, mais j'ai de mauvaises nouvelles.

— Oh ! dit Claire.

Loftis se frotta les mains avant de souffler sur ses doigts.

— Bouh ! Quelles mauvaises nouvelles?

Danny s'avança pour bien cadrer leurs réactions.

— C'était dans les journaux. Un avocat du nom de Charles Hartshorn s'est suicidé. Les journaux disent qu'il avait travaillé pour le SLDC, en sous-entendant qu'il a été harcelé par des fachos de flics du Procureur.

Nettes et claires comme réactions : Claire brossa son manteau en disant :

— Nous sommes au courant. Charlie était un bon ami de notre cause.

Loftis manifesta un peu de tension, pas grand chose — peut-être parce qu'il y avait quelque chose entre eux, quelque chose de sexuel.

— Le grand jury est tombé, mais il a emporté Charles dans sa chute. C'était un homme fragile, un homme bon, une proie facile pour les fascistes.

Danny eut un éclair : c'est de lui-même qu'il parle, il est faible, c'est Claire sa force. Il avança pour les cadrer en gros plan et porta sa botte carrément :

— J'ai lu dans un canard qu'on avait interrogé Hartshorn au sujet d'une série de meurtres. Un cinglé de pédé qui tuait des gens qu'il connaissait.

Loftis lui tourna le dos en prétendant une quinte de toux honteusement feinte ; Claire joua son rôle d'actrice de soutien en se penchant vers lui, visage détourné, en marmonnant :

— C'est mauvais pour ta bronchite.

Danny resta en gros plan et son cerveau commença à faire défiler les images que ses yeux ne voyaient pas ; Claire qui donnait à son fiancé les tripes qu'il n'avait pas ; Loftis l'acteur, qui savait que les visages ne mentent pas et qui gardait le sien caché.

Danny alla à la cuisine et remplit un verre d'eau au robinet, une pause qui permettrait aux comédiens de reprendre leurs esprits. Il revint en prenant son temps et vit qu'ils jouaient la nonchalence : Claire fumait, Loftis était appuyé contre l'escalier, l'air contrit, en gentilhomme sudiste qui trouve qu'une quinte de toux fait déclassé.

— Pauvre Charlie. Il aimait à s'adonner aux délices grecques de temps à autre, et je suis sûr que ceux qui nous gouvernent auraient aimé pouvoir le crucifier pour cela également.

Danny lui tendit le verre d'eau.

— Ils vous crucifieront pour tous les motifs imaginables. C'est très triste, pour Hartshorn, mais personnellement, j'aime les femmes.

Loftis but, attrapa son manteau et lui adressa un clin d'œil.

— Moi aussi.

Il embrassa Claire sur la joue et sortit.

— Nous n'avons pas eu de chance jusqu'à présent, dit Danny. La nuit dernière, votre ami Charlie...

Claire balança son sac sur la table, le registre des réunions à la main — l'air un peu trop détaché. Son regard, un chouïa trop étudié, lui disait que le décor qu'elle avait agencé avec soin — l'alibi de Loftis — lui était destiné — *bien qu'il soit impossible qu'ils sachent qui il est*. La trame qui se tissait, qui est qui, qui connaît qui, qui sait où les fils se mêlent en nœuds, Danny la chassa de son esprit d'un clin d'oeil salace.

— Si on restait là, hein ?

— C'était aussi mon intention. Ça vous dirait un film ? dit Claire.

— Vous avez une télévision ?

— Mais non, gros bêta. J'ai une salle de projection.

Danny sourit, l'air timide d'un Ted prolétaire impressionné par les coutumes d'Hollywood. Claire le prit par la main et lui fit traverser la cuisine pour le conduire à une pièce aux murs couverts de livres, avec un écran de projection sur la paroi de face. Devant l'écran, on avait installé un long canapé en cuir ; juste derrière, se trouvait un trépied avec projecteur prêt à diffuser la bobine de film engagée. Danny s'assit ; Claire manœuvra les interrupteurs, éteignit les lumières et vint se nicher tout contre lui, jambes repliées sous le renflement des jupes. Un flot de lumière envahit l'écran, le film commença.

Un début comme un bout d'essai ; plan rapproché en noir et blanc flou ; une blonde grassouillette, et un Mexicain coiffé en queue de canard qui se déshabillent, sur fond de chambre de motel : lit, murs en stuc ébréché, lampes sombrero et affiche de torero sur la porte du placard. Tijuana, purement et simplement.

Danny sentit la main de Claire en suspens. La blonde roula des yeux vers le plafond ; elle venait de voir la pine de son partenaire — énorme, veinée, recourbée au milieu comme une canne à pêche qui plie sous la proie. Elle la salua en sala-am d'adoration, tomba à genoux et se mit à la sucer. La caméra dévoilait les cicatrices d'acné de la fille et les traces de piqûres de son partenaire. Elle suçait pendant que le camé faisait pivoter ses hanches ; il se dégagea de sa bouche et cracha son jus.

Danny détourna les yeux ; Claire lui toucha la cuisse. Danny tressaillit, essaya de se décontracter sans parvenir à arrêter ses tressaillements ; Claire toucha du doigt une crête de muscles tendus près de son truc. Camé baisait Points-noirs par derrière avec gros plan sur la pénétration. L'estomac de Danny se mit à gronder — pire que lorsqu'il relevait d'une biture sans nourriture. La main de Claire continuait ses explorations. Danny se sentit devenir tout ratatiné — comme après une douche froide qui vous retrouve réduit à rien du tout.

La blonde et le Mexicain baisaient sans retenue ; Claire pétrissait des muscles qui ne voulaient pas s'abandonner. Danny commença à sentir une crampe, agrippa la main de Claire et la serra pour la poser sur son genou, comme s'ils étaient de retour au club de jazz et que c'était lui qui menait la danse. Claire se dégagea ; le film se termina sur un gros plan de la blonde et du Mex qui se faisaient des langues.

La pellicule se désengagea du rouleau ; Claire se leva, ralluma et changea de bobine. Danny se libéra de sa crampe, Ted Krugman au plus beau de sa forme, version décontractée — mains nonchalamment croisées derrière la nuque. Claire se retourna et dit :

— Je réservais ça pour après le lit, mais je crois que nous pourrions peut-être en avoir besoin maintenant.

Danny lui fit un clin d'œil — d'un spasme de la tête tout entière — Ted, le tombeur de ces dames. Claire alluma le projecteur et éteignit les lumières ; elle revint se nicher contre lui sur le canapé. La seconde moitié de leur séance spéciale — deux grands films — débuta sur l'écran.

Pas de musique, pas de générique, pas de bancs-titres comme dans les vieux muets — rien que du noir — saupoudré de grisaille, seul signe visible qu'une bobine de film se déroulait. L'obscurité laissa place à quatre coins de lumière qui vinrent prendre forme sur l'écran, une forme qui se précisa bientôt, une tête de chien, un pit-bull, un masque sur la gueule. Le chien claqua des mâchoires vers la caméra, le noir reprit possession de l'écran avant de se dissoudre lentement et de céder la place au blanc.

Danny se rappela l'éleveur de chiens et ce qu'il lui avait dit sur des mecs d'Hollywood achetant des chiens pour les filmer ; son esprit rebondit jusqu'aux hommes masqués chez Felix Gordean ; il se rendit compte qu'il avait fermé les yeux et retenait sa respiration, afin de mieux percevoir qui savait quoi, qui disait quoi, qui mentait sur quoi. Il ouvrit les yeux, vit deux chiens qui se déchiraient de leurs crocs, rouge animé qui éclaboussait de motifs surréels le Celluloïd noir et blanc, avant de disparaître et de colorer de sa couleur réelle le sang réel en giclures de brume sur l'objectif de la caméra, un instant grisaille, rouge de dessin animé l'instant suivant. Il songea à un Walt Disney qui serait devenu complètement fou ; comme en réponse à ses pensées, un Donald Duck à l'allure méchante apparut sur l'écran, un phallus emplumé pendouillant jusqu'à ses pattes palmées. Le canard se mit à sautiller de colère devant son impuissance, tout comme le vrai Donald ; Claire se mit à rire ; Danny observa les deux chiens, crocs sortis, qui tournaient en rond avant de charger ; le plus sombre de poil des deux trouva prise sur le râble du chien tacheté pour y plonger de tous ses crocs. Et il sut que son tueur, quel qu'il fût, était devenu fou lorsqu'il avait vu ce film.

Ecran noir ; vertiges chez Danny à force de retenir sa respiration, avec toujours la sensation des yeux de Claire sur lui. Puis un écran de couleur, des hommes nus qui se tournaient autour, pareils aux chiens, allant à la rencontre l'un de l'autre, des bouches en succion, gros plans de 69, recul de la caméra et cadrage sur Felix Gordean en costume de diable rouge, se pavanant et gambadant. Danny se sentit durcir ; la main de Claire se porta à cet endroit précis — comme si elle *savait*. Danny gigota, essaya de fermer les yeux, *sans y parvenir*, et continua à regarder.

Une coupure rapide ; puis Petit Mignon Christopher, nu et dur, en train de diriger vers la caméra son truc dont la tête éclipsait l'écran comme un bélier d'assaut géant au milieu des bordures blanches du décor ; on aurait dit une bouche aux lèvres et aux dents écartées maintenant l'image prisonnière pour la garder immuable dans sa rigidité cadavérique.

Danny bondit, se dirigea vers l'avant de la maison, trouva une salle de bains et s'y enferma. Il apaisa ses tremblements d'une litanie glacée : "COMPORTE-TOI EN POLICIER COMPORTE-TOI EN POLICIER COMPORTE-TOI EN POLICIER" ; il s'obligea à penser *faits*, ouvrit l'armoire à pharmacie et s'en trouva un immédiatement : un flacon obtenu sur ordonnance de secobarbital, aller simple mortel pour Wiltsie et Lindenaur sous la forme d'une fiole, et somnifères de Reynolds Loftis prescrits par D Waltraw, docteur en médecine, 14/11/49. Il farfouilla parmi les étagères d'onguents, d'embrocations et de boîtes de pilules et ne trouva rien d'autre ; il remarqua une seconde porte, entrouverte, près du renfoncement de la douche.

Il la poussa et découvrit une petite pièce refuge, arrangée confortablement, encore des livres sur les murs, des fauteuils disposés autour d'une ottomane en cuir, un autre bureau et un autre buvard encombré de choses diverses qu'il alla vérifier, des copies ronéotées de scénarios de films, annotées de gribouillis manuscrits dans les marges ; il ouvrit les tiroirs et découvrit des piles de papier à lettres de Claire De Haven : enveloppes, carnets de timbres et vieux portefeuille en cuir. En les feuilletant, il tomba sur les pièces d'identité périmées de Reynolds Loftis : carte de bibliothèque, carte de membre de diverses organisations socialo, un permis de conduire de 36 — délivré en Californie — avec une étiquette collée au dos — Informations Médicales d'Urgence : allergie à la pénicilline, crises passagères d'arthrose, *groupe sanguin O+*.

L'AUTRE ?

Danny ferma les tiroirs, déverrouilla la porte de la salle de bains, s'essuya le visage d'une serviette et revint à pas lents vers la salle de projection. Les lumières étaient toujours allumées, l'écran était vide et Claire était assise sur le canapé.

— Je ne pensais pas qu'un dur comme vous aurait des réactions de midinette, dit Claire.

Danny s'assit à côté d'elle. Leurs jambes s'effleurèrent. Claire se recula avant de se pencher vers l'avant. Danny se dit : *Elle sait, elle ne peut pas savoir.*

— Je ne me sens pas très esthète, dit Danny.

Claire posa une main qui lui fit chaud au visage ; son visage à elle était froid.

— Voyez-vous ça ? Tous mes amis du parti de New York sont fanas du Nouveau Théâtre, du Kabuki et des choses du même genre. Le film ne vous a pas fait penser à Cocteau, avec simplement un peu plus d'humour ?

Il ne savait pas qui était Cocteau.

— Cocteau ne m'a jamais botté vraiment. Salvador Dali non plus, ni les mecs du même genre. Je ne suis qu'un Américain banal de Long Island.

Les mains de Claire continuaient leurs caresses. La sensation de chaleur était là, mais la douceur de la veille, cette douceur à mourir, était absente.

— Je passais mes étés à Rastham lorsque j'étais petite. C'était très joli.

Danny se mit à rire, bien content d'avoir lu le dépliant touristique de Considine.

— On ne peut pas dire qu'Easthampton et Huntington soient exactement la même chose, ma douce.

Claire eut un recul devant le petit mot tendre, commença à laisser fuir sa main avant de revenir pour d'autres caresses.

— Qui a filmé ça ? dit Danny.

— Quelqu'un de brillant, du nom de Paul Doinelle.

— Pour ne le projeter qu'aux amis ?

— Pourquoi dites-vous ça ?

— Parce que c'est porno. Il est impossible de diffuser des films comme ça. C'est contre la loi.

— Vous dites ça avec tant de véhémence, comme quelqu'un qui se soucie des lois bourgeoises qui restreignent la liberté artistique.

— C'était laid. Je me demandais simplement quel type d'homme peut apprécier une chose comme ça.

— Pourquoi parlez-vous "d'homme" ? Je suis une femme, et j'apprécie l'art de cette nature. Vos vues me paraissent bien étroites, Ted. C'est là une caractéristique peu favorable chez les gens de notre cause. Et je *sais* que ce film vous a excité.

— Ce n'est pas vrai.

Claire se mit à rire.

— Ne soyez donc pas aussi évasif. Dites-moi ce que vous voulez. Dites-moi ce que vous voulez faire de moi.

Elle allait le baiser rien que pour apprendre ce qu'il savait, ce qui voulait dire qu'elle savait, ce qui voulait dire...

Danny fit de Claire une image vide et l'embrassa dans le cou et sur les joues ; elle soupira — du bidon — du soupir d'une fille du Club Largo qui essaierait de faire croire que le déshabillage, c'est l'extase. Elle lui toucha le dos, la poitrine, les épaules — des mains qui le pétrissaient — et il eut la sensation qu'elle essayait de se retenir pour ne pas lui arracher les muscles. Il essaya de l'embrasser sur les lèvres, mais elle garda la bouche pincée ; elle lui mit la main entre les jambes. Il se sentait gelé et tout rabougri, et la main ne fit qu'empirer les choses.

Danny eut l'impression que son corps tout entier l'étouffait. Claire détacha ses mains de lui, les posa dans son dos et ôta chandail et soutien-gorge en un mouvement. Ses seins étaient parsemés de taches de rousseur — dont certaines avaient l'air cancéreuses — le gauche plus gros, pendant bizarrement, les tétons sombres et plats entourés de peau fripée. Danny songea aux traîtres et aux Mexicains qui les avaient sucés ; Claire murmura, "Ici, petit", d'une voix de berceuse qui le maternerait afin qu'il lui révèle tout ce qu'il savait, tous ceux qu'il connaissait, tous les mensonges qu'il avait faits. Elle joua de ses seins en caresses vers son visage ; il ferma les yeux ; il ne put s'y résoudre ; il pensa à des garçons, il pensa à Tim, il pensa à l'AUTRE et ne put s'y résoudre...

— Grand séducteur ? dit Claire. Oh Teddy, comment avez-vous jamais été capable de faire avaler ça à quiconque ?

Danny la repoussa avec violence, quitta la maison en claquant les portes et rentra avec une seule pensée en tête : "ELLE NE PEUT PAS SAVOIR QUI JE SUIS". Une fois chez lui, il alla tout droit vers son exemplaire du dossier du grand jury, parcourut les pages pour y trouver la preuve définitive, et vit "Juan Duarte — tête pensante de l'UAES, figurant et machiniste à Variety Int/Picts" en annotation personnelle sur une feuille à part. Un éclair : Augie Duarte, étouffé par sa propre pine sur une dalle de la morgue. Un éclair : trois Mexicains sur le plateau de *Massacre au Tomahawk* le jour où il était passé se renseigner sur les RC de Duane Lindenaur. Un autre éclair : Norm Korstenz qui le prenait en photo après l'échauffourée du piquet de manif. Eclair, lumière, éclair, lumière, pour aboutir finalement à deux derniers éclairs : le Mex à la morgue qui l'avait reluqué d'un drôle d'air était un acteur mex présent sur le plateau, ça ne pouvait être qu'un parent d'Augie Duarte, Juan Duarte, l'espingo-coco acteur et machiniste. Le nom biffé sur le registre ne pouvait être que le sien, ce qui signifiait qu'il avait vu la photo de Kostenz et dit à Loftis et Claire que Ted Krugman était inspecteur de police et qu'il enquêtait sur le meurtre d'Augie.

Ce qui signifiait que le registre était un alibi monté de toutes pièces.

Ce qui signifiait que le film n'était destiné qu'à tester ses réactions et découvrir ce qu'il savait.

Ce qui signifiait que la Salope Rouge essayait de lui faire exactement le coup que Mal Considine avait mis sur pied pour lui, avec elle comme objectif.

CE QUI SIGNIFIAIT QU'ILS SAVAIENT QUI IL ETAIT.

Danny alla jusqu'à l'étagère au-dessus du réfrigérateur, l'endroit où il planquait son identité en tant qu'adjoint D Upshaw. Il prit son insigne et ses menottes et les tint serrés contre lui ; il dégaina son revolver calibre 45 et le pointa sur le monde.

Chapitre 30

Thad Green, Chef des Inspecteurs, salua de la tête, d'abord Mal, ensuite Dudley Smith.

— Messieurs, je ne vous aurais pas convoqués de si bon matin si l'affaire n'était pas urgente. Ce que je vais vous révéler n'a pas encore filtré, et j'entends qu'il en reste ainsi.

Mal regarda son mentor du LAPD. L'homme, que l'on voyait rarement l'air solennel, était presque funèbre aujourd'hui.

— Qu'y a-t-il, monsieur ?

Green alluma une cigarette.

— Les pluies ont occasionné des glissements de terrain dans les collines. Il y a environ une heure de cela, on a découvert un corps sur la route d'accès qui mène au Panneau d'Hollywood. Le sergent Eugene Niles, brigade d'Hollywood. Enterré, abattu par balles dans le visage. J'ai appelé Nort Layman pour les premiers tuyaux, et il a sorti deux balles de 38 de la boîte crânienne.

On les a tirées avec un Special Police Iver-Johnson. Je ne vous apprends rien en vous disant que c'est l'arme réglementaire du LAPD/LASD. La dernière fois que Niles a été aperçu, c'était avant-hier au poste d'Hollywood, où il s'est colleté à coups de poing avec votre petit copain du grand jury, l'adjoint Daniel Upshaw. Tous les deux, vous travaillez avec Upshaw, et je vous ai convoqués pour avoir vos opinions. Mal, à vous en premier.

Mal s'obligea à digérer le choc et réfléchir avant de parler :

— Monsieur, je ne pense pas qu'Upshaw soit capable de tuer un homme. Je lui ai adressé un blâme à propos de Niles il y a deux nuits, et il a encaissé le coup comme un bon flic. Il m'a paru soulagé d'apprendre que le détachement de Niles à la Criminelle était rapporté et que ce dernier ne faisait plus partie de son équipe, et nous savons tous que Niles était plongé jusqu'au cou dans l'histoire Brenda Allen. J'ai entendu dire qu'il faisait le garçon de courses pour Jack Dragna, et j'irais d'abord voir chez Jack et Mickey avant d'accuser un collègue.

Green acquiesça.

— Lieutenant Smith.

— Monsieur, dit Dudley, je ne suis pas d'accord avec le capitaine Considine. Mike Breuning, qui est également détaché à la Criminelle et travaille avec Upshaw, m'a dit que Niles avait peur du bonhomme et qu'il était convaincu qu'Upshaw avait commis une violation de domicile avec effraction sur le territoire du LAPD pour se procurer des preuves. Niles a dit au sergent Breuning qu'Upshaw avait menti sur la manière dont il avait eu vent des deuxième et troisième victimes, et que lui, Niles, allait essayer d'étoffer son dossier et convaincre Upshaw d'activités criminelles. En outre, Niles était convaincu qu'Upshaw faisait une fixation très bizarre sur ces meurtres d'invertis qui le préoccupent tant, et c'est Niles qui a déclenché leur bagarre en traitant Upshaw de "pédé". Un de mes informateurs m'a déclaré qu'on avait vu Upshaw qui menaçait un mac à pédés connu du nom de Felix Gordean, quelqu'un dont on sait qu'il crache lourdement au bassinet du shérif, aux Mœurs de Central. Gordean a dit à mon indic qu'Upshaw est cinglé, obsédé par l'idée d'une quelconque conspiration homo, et qu'il a essayé de le faire chanter — il l'a menacé de tout révéler aux journaux s'il ne lui fournissait pas de renseignements spécifiques — des renseignements dont Gordean affirme qu'ils n'existent même pas.

Mal digéra l'accusation implicite.

— Qui est votre informateur, Dudley ? Et pourquoi vous-même et Breuning êtes-vous tellement concernés par Upshaw ?

Dudley sourit — mielleux comme un requin.

— Je ne voudrais en aucun cas que le comportement violent de ce petit gars instable vienne déranger notre travail pour le grand jury, et je ne serais pas plus désireux de divulguer les noms de mes indics que vous ne le seriez vous-même, capitaine.

— Non, mais vous seriez prêt à entacher la réputation d'un collègue. Un homme dont j'estime qu'il est un jeune policier brillant et dévoué à son métier.

— J'ai toujours entendu dire que vous aviez un faible pour vos agents infiltrés, Malcolm. Vous devriez vous montrer plus circonspect, néanmoins, que ce soit un peu moins visible. Surtout maintenant que vous êtes capitaine. J'estime personnellement Upshaw capable d'aller jusqu'au meurtre. La violence est souvent le recours des faibles.

Mal se dit qu'avec un verre de trop et des circonstances favorables, le môme était capable de tirer de sang froid.

— Chef, dit-il, Dudley se montre très persuasif, mais, dans le cas présent, je n'arrive pas à voir en Upshaw un coupable possible.

Thad Green écrasa sa cigarette.

— L'un comme l'autre, vous êtes trop directement concernés. Je mettrai quelques policiers impartiaux sur cette affaire.

Chapitre 31

Le téléphone sonna. Danny tendit la main vers le poste sur la table de chevet et vit qu'il s'était effondré ivre-mort sur le plancher ; il trébucha sur des cadavres de bouteilles et des chemises de dossiers pour aller décrocher.

—Ouais ?Jack ?

— C'est moi, dit Jack Shortell. Vous écoutez ?

Danny chassa la lumière malfaisante en clignant des yeux, et attrapa papier et crayon.

— Allez-y.

— Pour commencer, toutes les filoches de Breuning, c'était du bidon. On était en dette avec moi à la Criminelle du LAPD, je suis passé me la faire régler : j'ai consulté les fiches de service des hommes que Dudley utilise habituellement et j'ai découvert qu'ils étaient tous affectés à des boulots réguliers et à plein temps. J'ai cherché Gene Niles pour voir si je ne pouvais pas le baratiner là-dessus pour qu'il me refile quelques infos, mais ce salopard est introuvable. Le LAPD a quadrillé le secteur où on a découvert le corps de Duarte — c'est eux qui ont pris l'appel et c'est un inspecteur de brigade, une bleusaille de Central, qui a sauté sur le coup. Rien pour l'instant. Doc Layman passe l'endroit au peigne fin, centimètre par centimètre, jusqu'aux plus petites traces — il veut que l'examen de labo de Duarte soit aussi complet que possible pour pouvoir le mettre dans son prochain manuel de référence. Il pense que la pluie va mettre fin à ses recherches, mais il essaie quand même. Pour l'autopsie, c'est le même topo que pour les trois premiers : sous sédatifs avant étranglement, mutilations après la mort. J'ai appelé les autres hommes qui étaient sur votre liste de filatures, et ils vont tous aller se mettre au vert jusqu'à ce que ça se tasse. Danny, vous saviez que le mec dont vous m'avez parlé, Hartshorn, s'est tué ?

— Ouais, et je ne sais pas si ça a quelque chose à voir avec notre affaire ou pas.

— Ben, moi, je suis passé au poste de Wilshire et j'ai contrôlé le rapport — ça a l'air net et sans bavures — pas d'effraction, pas de lutte. La fille de Hartshorn dit que votre histoire de grand jury, ça avait déprimé Papy.

Danny se sentit devenir nerveux ; la scène avec De Haven lui revenait : elle savait, ils savaient, fini Ted le Rouge.

— Jack, avez-vous une piste qui chauffe un peu ?

— Peut-être même bien qu'elle brûle ! dit Shortell. Je suis resté debout toute la nuit sur cette histoire de dents de glouton, et j'ai une piste solide sur un vieil homme du nom de Thomas Cormier — C-O-R-M-I-E-R. C'est un naturaliste amateur, et je crois qu'on peut dire qu'il est célèbre. Il habite sur Bunker Hill et il loue des animaux de la famille des belettes — pour les besoins du cinéma ou d'expositions animales. Il a une fournée de gloutons en niches individuelles, c'est le seul endroit de L.A. où il y en ait. Et maintenant, ouvrez vos oreilles, parce que ça devient intéressant.

La nuit dernière, je suis passé à l'annexe d'Hollywood Ouest pour bavarder avec un de mes potes qui vient d'être transféré là-bas. J'ai entendu la fille du standard qui vous mettait en boîte avec le sergent de garde, et je l'ai baratinée gentil-gentil pour lui tirer les vers du nez : elle m'a dit qu'elle faisait durer le plaisir pour son enquête sur les labos dentaires parce qu'elle croyait que vous ne faisiez que vous servir d'elle. Elle m'a donné une liste qui portait des annotations — négatives pour le signalement du tueur, mais positives pour les dents d'animaux — Labo Dentaire Joredco sur Beverly et Beaudry. Ils font des râteliers d'animaux pour les taxidermistes, et c'est le seul labo de L.A. à travailler effectivement sur des dents d'animaux réelles — votre tuyau comme quoi tous les taxidermistes utilisent des dents plastique était faux. Et Beverly et Beaudry, c'est à sept blocs de distance de la maison de Thomas Cormier — 343 South Corondelet.

Brûlant comme un fer rouge, comme une morsure.

— Ça roule, dit Danny avant de raccrocher.

Il abandonna l'idée d'aller travailler Felix Gordean au corps, nettoya la pièce et rangea ses dossiers, se nettoya lui-même et s'habilla en Daniel T Upshaw, policier, sans que rien n'y manque, insigne, arme et papiers officiels d'identité. Ted Krugman mort et enterré, il prit la direction de Bunker Hill.

* * *

Le 343 South Corondelet était une maison victorienne — toit en avancée et pignons — prise en sandwich entre des terrains vagues sur le versant ouest de la colline. Danny se rangea devant la maison et entendit des jappements d'animaux ; il se dirigea au bruit le long de l'allée à voiture jusqu'à la cour arrière en terrasses qui ouvrait sur une vue de carte postale du Vol de l'Ange. Des appentis aux toits de tôle ondulée étaient disposés en L, un par niveau de terrasse engazonnée ; chaque bâtisse était grillagée sur le devant d'un fil de fer solide, et sur l'arrière de l'appentis le plus long, on avait bâti ce qui ressemblait à un groupe électrogène. La cour tout entière puait, une odeur de pisse animale, une odeur de merde animale.

— L'odeur vous prend à la gorge, officier ?

Danny se retourna. Celui qui avait lu en lui à livre ouvert était un vieil homme grisonnant, vêtu de bleus de travail et de cuissardes, qui s'avançait vers lui en brandissant un gros cigare dont l'odeur se mêlait admirablement à la puanteur de merde pour la rendre encore plus insupportable. Il sourit, ajoutant aux effluves environnants sa mauvaise haleine.

— Etes-vous du Service des Réglementations Animales ou du Département de la Santé ?

Danny sentit que le soleil et l'odeur se mettaient à l'oeuvre sur son corps imbibé de gnôle, lui irritant la peau comme au papier de verre.

— Je suis inspecteur du shérif — Criminelle — Etes-vous Thomas Cormier ?

— Je suis en effet Thomas Cormier, et je n'ai jamais tué personne et je n'ai pas de tueurs parmi mes relations. J'ai quelques mustelidés tueurs, mais ils ne tuent que les rongeurs dont je les nourris. Si c'est là un crime, j'en prends la responsabilité. Je garde mes mustélidés en captivité, et s'il leur prend l'envie de jouer la fille de l'air, je paierai les pots cassés.

L'homme avait l'air trop intelligent pour être fêlé.

— M. Cormier, dit Danny, j'ai entendu dire que vous êtes un expert sur les gloutons.

— Devant Dieu, c'est la Vérité. J'en ai actuellement onze en captivité, mon petit ensemble de réfrigération les garde bien au frais, à bonne température, juste comme ils aiment.

Danny se sentit nauséeux devant la fumée de cigare et la mauvaise haleine ; il s'obligea à se conduire en pro.

— Voici la raison de ma présence, M. Cormier. Entre la Nouvelle Année et aujourd'hui, quatre hommes ont été tués. Leurs corps ont été mutilés par un homme portant un dentier auquel on avait fixé des crocs de glouton. A quelques blocs d'ici, il y a un labo de prothèse — le seul à L.A. à fabriquer effectivement des râteliers à partir de dentitions animales. Je pense que la coïncidence est étrange, et j'ai pensé que vous pourriez peut-être m'aider.

Thomas Cormier moucha son cigare et empocha le mégot.

— Ça doit être la chose la plus bizarre qu'il m'ait été donné d'entendre depuis le temps que je fréquente cette planète, et ça remonte à 1887. Que savez-vous d'autre sur votre tueur ?

— Il est grand, entre deux âges, les cheveux gris. Il connaît le monde du jazz, il a la possibilité d'acheter de l'héroïne, il sait comment y faire avec les prostitués mâles.

Il s'arrêta en pensant à Reynolds Loftis, se demandant s'il réussirait à lui trouver autre chose que des preuves indirectes.

— Et c'est un homosexuel, dit Danny.

Cormier se mit à rire.

— Joli gaillard, à vous entendre. Désolé de ne pouvoir vous aider. Je ne connais personne qui ressemble à ça, et si c'était le cas, je crois que je me collerais le dos au mur, avec mon fidèle fusil à portée de main, s'il venait à me rendre visite. Et c'est ce gaillard-là qui s'est pris de passion pour *Gulo luscus* ?

— Si vous entendez par là les gloutons, alors, oui.

— Seigneur. Eh bien, disons que j'admire son goût pour les mustélidés, sinon la manière dont il affiche son appréciation.

Danny soupira.

— M.Cormier, savez-vous quelque chose du labo dentaire Joredco ?

— Bien sûr, c'est en bas de la rue. Je crois qu'ils fabriquent des quenottes animales.

Propre et sans bavures. Danny revit des prises de vue du film de Claire De Haven, se représenta l'AUTRE en train de regarder, de se sentir devenir excité et en redemander.

— J'aimerais voir vos gloutons.

— J'ai cru que vous ne le demanderiez jamais, dit Cormier.

Il ouvrit la marche jusqu'à l'abri de réfrigération. L'air, de tiède, se fit brutalement glacé ; les jappements se firent grondements ; des formes sombres jaillirent comme des coups de fouet pour venir s'écraser contre les grillages à l'avant de leurs tanières.

— *Gulo luscus*, dit Cormier — Carcajou — l'esprit du mal — pour les Indiens. Le carnivore le plus insatiable de tous les carnivores existants et, parvenu à son poids, le mammifère le plus vicieux qui soit. Comme je l'ai déjà dit, j'admire le goût de votre tueur.

Danny se trouva une bonne position par rapport au soleil — la lumière donnant à plein sur la tanière du milieu ; il s'accroupit et regarda, le nez contre le grillage. A l'intérieur, une créature élancée arpentait le sol à tourner en rond, en montrant les dents aux murs. Les crocs luisaient ; les griffes raclaient le sol ; on aurait dit un muscle lové sur lui-même qui ne cesserait de se lover encore et encore, avant de se détendre pour tuer et dormir à satiété — ou mourir. Danny observa la bête de près, sentant sa puissance, sentant l'AUTRE qui la sentait lui aussi. Cormier se mit à parler :

— Le *Gulo luscus* a deux caractéristiques : il est intelligent et intraitable. J'en ai connu qui avaient pris goût à la viande de daim : ils se cachaient dans les arbres et jetaient de la nourriture, des petits morceaux d'écorce, pour attirer le daim vers eux avant de lui sauter sur le dos et de lui arracher la jugulaire jusqu'à la trachée. Une fois qu'ils ont reniflé l'odeur du sang, il n'y a plus moyen de les arrêter. J'ai entendu parler de gloutons qui avaient traqué des cougouars blessés au cours de bagarres au moment du rut. Ils les attaquent par derrière, crocs en avant, leur arrachent quelques lambeaux de chair et s'enfuient, un petit bout de viande par-ci, par-là, jusqu'à ce que le cougouar soit presque saigné à blanc. Lorsque le pauvre animal est presque mort, le *Gulo* attaque de face, il lui arrache les yeux à coups de griffe et les avale comme des boules de gomme.

Danny fit la grimace en transposant la métaphore : Marty Goines, l'AUTRE, la créature qu'il observait.

— J'ai besoin de consulter vos registres. Tous les gloutons que vous avez loués pour des films ou des expositions d'animaux.

— Inspecteur, dit Cormier, on ne peut pas prêter ou louer des *Gulos*, j'aimerais bien pourtant, ça me ferait de l'argent. Ils sont ma passion, une passion qui m'est personnelle, je les aime et je les garde avec moi parce que ça consolide ma réputation de spécialiste en mustélidés. Vous prêtez des *Gulos*, et ils s'attaquent à tout ce qui est à portée de crocs, animal ou humain. Il y a cinq ou six ans de cela, on m'en a volé un dans son enclos, et ma seule consolation, c'est que le voleur — et nom de Dieu, j'en prends le pari — a dû se faire déchiqueter.

Danny leva les yeux.

— Parlez-moi un peu de ça. Qu'est-ce qui s'est passé ?

Cormier ressortit son mégot de cigare et se mit à le tripatouiller.

— L'été 42, je travaillais de nuit au zoo de Griffith Park, zoologiste pensionnaire qui faisait des recherches sur les habitudes nocturnes des mustélidés. J'avais un groupe de gloutons à l'époque et ils engraissaient vraiment beaucoup. Je savais que quelqu'un devait les nourrir, et j'ai commencé à trouver des carcasses supplémentaires de souris et de hamsters dans les enclos. Quelqu'un soulevait les couvercles des mangeoires et nourrissait mes *Gulos*, et je m'étais dit que c'était un gamin du voisinage qui était au courant de ma réputation et qui préférait voir par lui-même. A vrai dire, ça ne me tracassait pas, et ça m'a donné une sensation d'intimité en me disant, ah! il y en a un autre qui aime aussi les *Gulos*, vous voyez. Puis, à la fin de juillet, ça s'est arrêté. J'ai su que ça s'était arrêté parce qu'il n'y avait plus d'ossements supplémentaires dans les cages et mes *Gulos* avaient repris leur poids normal. Une année et demie s'écoula, ou à peu près, et une nuit, on m'a volé mon *gulo* Otto. J'ai rigolé à m'en faire crever. Je me suis dit que mon nourrisseur inconnu voulait absolument avoir un *Gulo* à lui et avait volé Otto. Otto était un sacré pistolet. Si le voleur s'en est tiré et a réussi à le garder, je suis sûr qu'Otto a dû le mordre quelque chose de bien. J'ai appelé les hôpitaux des environs pour savoir s'ils avaient recousu une victime de morsures, mais ça a donné zéro, pas d'Otto.

Le mordre quelque chose de bien.

Danny songea aux sédatifs — un glouton à qui l'on administre un Mickey Finn avant de le voler — L'AUTRE avec sa mascotte du démon, à lui, en propre — *l'histoire pourrait se tenir*. Il reporta ses regards dans l'enclos ; le glouton remarqua quelque chose et cingla le grillage de grincements perçants comme des G sanglants. Cormier éclata de rire et dit :

— June, toi, t'es un sacré pistolet.

Danny mit le visage tout contre le grillage jusqu'à goûter l'haleine de l'animal.

— Merci, M. Cormier, dit-il avant de se redresser et de se rendre au labo dentaire Joredco.

* * *

Il s'attendait presque à trouver une façade avec enseigne au néon, une gueule d'animal grande ouverte où les dents porteraient les références de l'adresse. Il se trompait : le labo n'était qu'un bâtiment de stuc beige dont la seule enseigne était une petite pancarte en petites lettres au-dessus de la porte.

Danny se gara devant le labo et pénétra dans une minuscule zone de réception : une secrétaire derrière son bureau, un standard et des calendriers artistiques sur les murs — 1950 se répétait une douzaine de fois et janvier était représenté par de beaux animaux sauvages pour les ateliers de taxidermistes du coin. La fille lui sourit et dit :

— Oui ?

Danny présenta son insigne.

— Services du shérif. Je voudrais parler au responsable.

— A quel sujet ?

— Au sujet de dents d'animaux.

La fille appuya sur l'interphone et dit :

— Un policier voudrait vous voir, M. Carmichaël.

Danny regarda les photos d'élans, d'ours, de loups et de bisons ; il remarqua un félin des montagnes au corps élancé et il pensa à un glouton en train de le traquer avant de le mettre à mort à force de persévérance pure, simple et horrible.

Une porte de communication s'ouvrit ; un homme en blouse blanche ensanglantée entra.

— M. Carmichaël ? dit Danny.

— Oui. Monsieur ?

— Adjoint Upshaw.

— Et c'est à quel sujet, adjoint ?

— C'est au sujet de dents de glouton.

Aucune réaction excepté l'impatience — de toute évidence, l'homme était impatient de se remettre au travail.

— Alors, je ne peux pas vous aider. Joredco est le seul labo de Los Angeles à fabriquer des râteliers pour animaux, et nous n'en avons jamais fabriqué pour un glouton.

— Pourquoi ?

— Pourquoi ? Parce que les taxidermistes ne naturalisent pas les gloutons — ce n'est pas le genre d'article que les gens aiment à voir monté sur socle chez eux ou dans leur chalet. Il y a treize ans que je travaille ici et jamais je n'ai pris de commande pour des dents de glouton.

Danny réfléchit à ce qu'il venait d'apprendre.

— Quelqu'un qui aurait appris les rudiments de la fabrication des râteliers d'animaux chez vous pourrait-il les faire lui-même ?

— Oui, mais ce serait sanglant comme travail et le boulot serait bâclé sans les outils adaptés.

— Bien. Parce que l'homme que je cherche aime le sang.

Carmichaël s'essuya les mains sur sa blouse.

— Adjoint, à quoi tout ceci se rapporte-t-il ?

— Un quadruple homicide. Jusqu'où remontent vos fichiers de personnel ?

Le "quadruple homicide" fit mouche chez Carmichaël — il eut l'air secoué, sous ses dehors brusques.

— Mon Dieu ! Nos archives remontent à 40, mais Joredco emploie surtout des femmes. Vous ne croyez pas...

Danny songeait que Reynolds Loftis ne viendrait pas souiller ses mains en un endroit comme celui-ci.

— Je crois que c'est possible. Parlez-moi des hommes qui ont travaillé ici.

— Il n'y en a pas eu beaucoup. Franchement, les femmes acceptent des salaires inférieurs. Nos employés actuels sont là depuis des années et lorsque nous avons des commandes urgentes, nous engageons des clodos dans les organismes de journaliers et des mômes des lycées de Lincoln et de Belmont pour faire le boulot qui ne demande pas d'expérience. Pendant la guerre, nous avons engagé des tas d'intérimaires de cette manière.

La filière Joredco donnait l'impression — étrange — de se mettre en place dans le tableau alors que Loftis sortait du cadre.

— M. Carmichaël, possédez-vous les dossiers médicaux de vos employés permanents ?

— Oui.

— Puis-je voir vos fichiers ?

Carmichaël se tourna vers la réceptionniste.

— Sally, laissez l'adjoint Machin ici présent consulter les dossiers.

Danny laissa filer la remarque ; Carmichaël repassa la porte de communication. Sally indiqua le classeur.

— Quel sale con, si vous voulez bien excuser ma franchise. Les dossiers médicaux, c'est le tiroir du bas, hommes et femmes mélangés. Vous ne croyez tout de même pas qu'un vrai tueur a pu travailler ici ?

Danny rit.

— Non, mais peut-être qu'un vrai monstre bien vivant a séjourné ici.

* * *

Il lui fallut une heure pour consulter tous les dossiers médicaux.

Depuis novembre 39, on avait engagé seize hommes comme techniciens dentaires. Trois étaient japonais, et avaient été engagés immédiatement après la fin des internements forcés de Japonais en 44 ; quatre étaient de race blanche, qui avaient aujourd'hui la trentaine ; trois étaient blancs, maintenant entre deux âges ; six étaient mexicains. Tous les seize avaient, à un moment ou un autre, donné leur sang lors du passage annuel de la Croix Rouge. Cinq sur les seize étaient O+, le groupe sanguin le plus fréquent chez les humains. Trois d'entre eux étaient mexicains, deux japonais — mais Joredco continuait à sonner juste.

Danny retourna à l'atelier et passa l'heure suivante à baratiner les techs, à leur parler pendant qu'ils extrayaient les dents de morceaux de gencives prises sur des crânes d'élans, de daims ou d'ours de l'Ile Catalina. Il posa des questions sur des hommes grands aux cheveux gris et au comportement bizarre ; sur le jazz, l'héroïne, les mecs avec des fixations sur les gloutons. Il respira le sang, les dents animales infectées et mit l'accent sur les comportements bizarres parmi les intérimaires qui allaient et venaient ; il posa des colles sur un bel acteur d'Hollywood qui aurait pu se pointer dans le coin. Les techs restèrent impassibles, en lui balançant des "non" à répétition tout en continuant à travailler avec lui au beau milieu ; tout ce qu'il obtint, c'était des tuyaux à éliminer les possibles : la plupart des intérimaires étaient des Mex qui fréquentaient Belmont et Lincoln sans carte verte*, des vétérans des abattoirs de Vernon, où le travail était deux fois plus sanglant et le salaire encore pire que les gages de coolie qu'offrait M. Carmichaël. Danny les quitta en songeant que Reynolds Loftis tomberait dans les pommes à la seconde où il mettrait le pied à Joredco ; l'acteur n'était peut-être qu'un élément indirect. Mais Joredco/Cormier continuait à sonner juste ; l'AUTRE aurait adoré l'odeur de sang et de pourriture.

La journée commençait à se réchauffer ; une chaleur d'autant plus désagréable qu'elle venait après de fortes pluies. Danny s'installa dans la voiture et laissa se dissiper en sueur la beuverie de la nuit précédente ; il pensa à éliminer ses suspects en se disant que les bouis-bouis à journaliers ne gardaient pas de registre afin d'échapper aux impôts et que les bureaux d'offres d'emplois des lycées, c'était chercher bien loin mais qu'il fallait essayer malgré tout. Il roula jusqu'à Belmont, eut un entretien avec la conseillère pour l'emploi, apprit que ses dossiers ne remontaient qu'à 45 et vérifia les références à Joredco — vingt-sept en tout — que des Mex et des Japs. Même en sachant que la tranche d'âge ne correspondait pas, il répéta le même processus à Lincoln : Mex, Japs et un Blanc débile mental qu'on avait engagé parce qu'il était assez costaud pour transbahuter deux carcasses de daim à la fois. Peau de balle. Mais de sonner toujours aussi juste, ça n'arrêtait pas de le tarauder.

Danny se rendit dans un bar de Chinatown. Après deux doses de légal du patron, il sut que c'était sa dernière journée comme galonné de la Criminelle : lorsqu'il dirait à Considine que Ted Krugman était balancé, on le balancerait lui aussi, retour à la brigade d'Hollywood Ouest, avec un gros pacson de responsabilité dans ses bagages si jamais Ellis Loew estimait qu'il avait compromis ses chances de réussir son grand jury. Il pourrait continuer à chercher l'AUTRE à ses heures de liberté — mais il y avait de fortes chances que Felix Gordean discute avec ses copains golfeurs, le shérif Biscailuz et Al Dietrich, et il se retrouverait bazardé, retour à la case départ, uniforme ou service de prison. Il s'était fait un ennemi de Gene Niles, et Dudley Smith et Mike Breuning lui faisaient la gueule ; Karen Hiltscher refuserait dorénavant de se faire entuber par lui ; si Niles pouvait prouver qu'il était entré par effraction au 2307, il aurait de sérieux ennuis.

Deux verres de plus ; des volutes de chaleur pour chasser le cafard en douceur. Il avait un ami, avec du grade et du répondant — s'il réussissait à se rattraper pour avoir foiré sa couverture de taupe, il pourrait réussir

---

* Carte verte : carte de séjour.

en se collant aux basques de Considine. Un dernier coup : à nouveau l'AUTRE, l'AUTRE, comme une abstraction pure, comme si le temps où il n'existait pas n'avait jamais été, bien qu'ils ne soient ensemble que depuis quelques semaines seulement. Il songea à l'AUTRE indépendamment de Reynolds Loftis et de la nuit dernière avec Claire, reprenant les événements dans l'ordre chronologique pour s'arrêter au cadavre d'Augie Duarte étendu sur une dalle d'acier inoxydable.

Les coupures au visage. Un bond en avant sur les dossiers de la nuit dernière. Son instinct : le tueur connaissait le pote de Marty Goines — le jeunot au visage en pansements — et tirait de lui ses inspirations sexuelles. Un bond jusqu'à Thomas Cormier, dont les gloutons avaient été trop nourris — par adoration ? — l'été 42, l'été de Sleepy Lagoon, l'époque où les baguettes zazou avaient été le plus en usage. Interprétation de Cormier : un môme du voisinage ; un bond jusqu'à Joredco : ils engageaient des jeunes, peut-être des jeunes dans la dèche, à la journée, là où on n'en gardait pas trace. Le garçon brûlé était blanc ; toutes les références du lycée portaient sur des Mex et des Japs, sauf pour le débile, et celui-là, ça marchait pas. Peut-être que les ouvriers auxquels il avait parlé n'avaient jamais rencontré le gamin parce qu'il n'avait travaillé là que très peu de temps, peut-être qu'ils l'avaient oublié, peut-être qu'ils ne l'avaient même pas remarqué. Un bond en avant jusqu'à maintenant — le garçon au visage brûlé était un cambrioleur. Chester Brown Listerine l'avait situé comme cambrio avec Goines vers 43-44, le visage en pansements. Si c'était lui qui avait volé le glouton de Thomas Cormier quelques dix-huit mois après sa période d'adoration de l'été 42, et si c'était un gamin du coin, il avait peut-être commis d'autres cambriolages dans la zone de Bunker Hill cet été là.

Danny se rendit au poste de Rampart, la division du LAPD responsable du secteur de Bunker Hill et de ses forfaits. Il utilisa le nom de Mal Considine et se gagna l'attention du lieutenant de brigade ; quelques minutes plus tard, il se trouvait dans une pièce d'archives à l'odeur rance, en train de consulter des boîtes contenant les rapports de main courante sans suites.

Les boîtes étaient marquées par années ; Danny trouva deux cartons d'épicerie marqués "1942". A l'intérieur, les dossiers étaient en vrac, et les rapports de plus d'un feuillet étaient agrafés, sans carbones pour les séparer. Ils étaient rangés sans rime ni raison — vols de sac à l'arrachée, agressions, vols non qualifiés, cambriolages, attentats à la pudeur et racolages voisinaient sans distinction. Danny s'assit sur un carton de rapports de 48 et fouilla.

Il passa en revue les coins supérieurs droits pour repérer le code attribué au crime — Cambriolage, 459-1. Les deux boîtes de 42 lui en donnèrent trente et un ; étape suivante de sa recherche : la localisation géographique des forfaits. Il emporta les rapports dans la salle de brigade, s'installa à un bureau vide face à une carte murale de la division de Rampart et se mit en quête des noms de rues de Bunker Hill qui correspondaient. Après quatre rapports, il en eut une ; encore six rapports, trois de plus. Il mémorisa les dix blocs nord-sud et les huit blocs est-ouest de Bunker Hill, feuilleta rapidement le reste des pages et se retrouva avec onze cambriolages, onze affaires non résolues pour l'année 42. Et les onze adresses étaient toutes accessibles à pied à partir du domicile de Thomas Cormier et du labo dentaire Joredco.

Vinrent ensuite les dates.

Danny feuilleta à nouveau les rapports à la va-vite ; heure et date étaient tapées en bas de chaque page de garde — 16 mai 1942 — 27 mai 1942 — 9 mai 1942 — 16 juin 1942, plus six autres qui faisaient onze : belle escapade en cambriolages, tous non résolus, du 9 mai au 1er août 1942. La tête bourdonnante, il lut "Articles dérobés" — et comprit pourquoi Rampart n'avait pas dégagé beaucoup d'hommes pour attraper le cambrioleur.

Bibelots, portraits de famille, bijoux fantaisie, argent liquide de sacs à main et de portefeuilles. Une horloge murale style art déco. Un humidificateur à cigares en bois de cèdre. Une collection de figurines en verre. Un faisan à col empaillé, un lynx empaillé monté sur bois de rose.

L'AUTRE toujours un peu plus, et toujours un peu plus Loftis qui n'était pas l'AUTRE. Il fallait que ce soit ça.

Danny sentit des picotements, comme si on le manipulait au bout de fils chargés d'électricité. Il retourna à la pièce d'archives, trouva les boîtes 43 et 44, les fouilla et obtint zéro — pas un seul coup pour des babioles sur tout Bunker Hill — les seuls rapports de cambriolages déclarés pour ces années-là étaient de vrais 459-1 avec vols d'objets précieux ; les rapports de cambriolages qui s'étaient terminés par des arrestations avaient déjà été contrôlés ville et comté. Danny en termina et donna un coup de pied dans les boîtes. Deux détails le frappèrent.

Le tueur avait été identifié comme étant entre deux âges ; il fallait qu'il y ait un lien entre lui et le cambrioleur adorateur des gloutons — un jeune garçon — qui émergeait des recherches d'aujourd'hui. Chester Brown lui avait dit que Marty Goines et son complice au visage brûlé avaient cambriolé la Vallée de San Fernando de 43 à 44 ; les postes de police du coin auraient peut-être encore les rapports de main courante — il pourrait toujours s'y rendre après avoir travaillé au corps un machiniste coco de sa connaissance. En outre, l'été 42 avait connu le black-out du temps de guerre à son apogée, le couvre-feu était contrôlé avec rigueur et des fiches d'interrogatoires de terrain étaient rédigées à l'encontre des gens surpris dans les rues après 10 h du soir — heure des plus favorables pour l'amoureux des gloutons en maraude. Si on avait gardé les fiches...

Danny mit la pièce d'archives sens dessus-dessous, en balançant les boîtes vides ; la gnôle du déjeuner s'évacua en suées, il se retrouva couvert de toiles d'araignées, de moisissures et de crottes de souris. Il trouva une boîte marquée "IT* 41-43", fit défiler sous le pouce les premières cartes et vit qu'elles étaient — chose stupéfiante — classées par ordre chronologique. Il continua à faire défiler ; fin printemps 42 et été 42 lui fournirent huit noms ; huit hommes de race blanche, âgés de dix-neuf à quarante-sept ans, avaient été arrêtés pour être sortis après le couvre-feu, interrogés puis relâchés.

Les cartes avaient été remplies à la va-vite ; toutes portaient le nom, la race et la date de naissance de l'interrogé ; la moitié seulement portaient l'adresse du domicile — dans la plupart des cas, des motels du centre ville. Cinq des hommes en question seraient aujourd'hui entre deux âges, des possibles pour l'AUTRE ; les trois autres étaient des mômes qui pourraient être le garçon au visage brûlé avant brûlures — ou — si *lui* n'était qu'un accessoire dans l'affaire — le gamin de Thomas Cormier, l'adorateur des gloutons.

Danny empocha les cartes, roula jusqu'à une cabine publique et appela Jack Shortell à la salle de brigade d'Hollywood. Le lieutenant de brigade le mit en communication ; Shortell vint en ligne ; à sa voix, on entendait qu'il était à cran.

— Ouais ? Danny ?

— C'est moi. Qu'est-ce qui ne va pas ?

— Rien, sauf que tous les pieds-plats de la ville me lancent de drôles de regards, comme si tout d'un coup j'étais *pire* que poison. Qu'est-ce que vous avez trouvé ?

— Des noms, avec peut-être un bien brûlant au milieu du paquet. J'ai parlé au mec Cormier et je suis passé à Joredco, et j'ai pas pu faire directement le lien entre les deux et notre gars, mais nom de Dieu, je suis sûr que notre mec est à portée de baiser des gloutons de Cormier. Vous vous souvenez du vieux complice des cambriolages de Marty Goines dont je vous avais parlé ?

— Ouais.

— Je crois que j'ai quelque chose sur lui, et je suis pas loin de penser qu'il colle avec le reste. Il y a eu un paquet de cambriolages non résolus sur Bunker Hill, de mai à août 1942. On a piqué des trucs de rigolo ; tout près de chez Cormier et de Joredco. C'est le LAPD qui était chargé du contrôle du couvre-feu à l'époque, et j'ai trouvé huit IT possibles dans cette zone-là — de mai à fin août. J'ai comme l'impression, un coup de flair, que les meurtres prennent leur origine à cette époque-là. Le meurtre de Sleepy Lagoon et l'époque du SLDC — et j'ai besoin de vous pour du travail d'élimination de suspects — adresse actuelle, groupe sanguin, formation de prothésiste, casier judiciaire et le reste.

— Allez-y, je note.

---

* IT : interrogatoire de terrain.

Danny sortit ses cartes.

— Certaines ont des adresses, d'autres non. Un, James George Whitacre, DDN 5/10/03, hôtel Havana, Neuvième et Olive — Deux, Ronald PDN* Deunisson, 30/06/20, pas d'adresse. Trois, Coleman Masskie, 9/5/23, 236 Beaudry Sud. Quatre, Lawrence Thomas Waznicki avec KI, 29/11/08, 641 1/4 Bunker Hill Avenue. Cinq, Leland PDN Hardell, 4/6/24, hôtel American Eagle, Quatrième et Hill Streets Six, Loren Harold Nadick, 2/3/02, pas d'adresse. Sept, David PDN Villers, 15/1/04, pas d'adresse. Et Bruno Andrew Gaffney, 29/7/06, pas d'adresse.

— Tout noté, dit Shortell. Fils, vous vous rapprochez ?

Une nouvelle décharge électrique : les cambriolages de Bunker Hill s'étaient terminés le 1er août 1942 ; le meurtre de Sleepy Lagoon — *les vêtements de la victime tailladés à la baguette zazou* — s'était produit le 2 août.

— Presque, Jack. Quelques bonnes réponses et un peu de chance, et ce salopard est à moi.

* * *

Danny arriva à Variety International Pictures comme le crépuscule tombait, et les deux piquets de manifestants se séparaient, la journée finie. Il se gara au vu de tous, mit un disque sur son pare-brise "Véhicule de Police Officiel" et épingla son insigne au revers de son manteau ; il alla jusqu'à la cabane de garde, pas un visage connu, il fit la gueule parce qu'on l'ignorait. L'homme à la grille actionna son vibreur et le fit entrer ; il retourna tout droit jusqu'au plateau 23.

La pancarte sur le mur indiquait qu'on y tournait toujours *Massacre au Tomahawk* ; la porte était ouverte. Danny entendit une fusillade, jeta un coup d'oeil et vit un cow-boy et un Indien qui échangeaient des coups de feu dans un décor de collines en papier mâché. Les projecteurs les éclairaient de tous leurs feux ; les caméras tournaient ; le Mexicain qu'il avait vu devant la morgue balayait de la fausse neige devant un autre décor : des bisons en train de brouter, peints sur carton.

Danny s'approcha en se collant au mur ; le Mex leva les yeux, laissa tomber son balai et prit les jambes à son cou, juste en face des caméras. Danny courut derrière lui en glissant sur les flocons de neige ; le tournage s'arrêta. Quelqu'un hurla :

— Juan, nom de Dieu ! Coupez ! Coupez !

Juan sortit en courant par une porte latérale qu'il reclaqua ; Danny traversa le décor au pas de course, ralentit et ouvrit la porte en douceur. On la lui reclaqua à la figure, le métal renforcé l'envoya voler en arrière, glissant sur la neige bidon ; il se traîna dehors et vit Duarte qui courait

---

* PDN : pas de second prénom.

sur une allée en direction d'une clôture en grillage.

Danny sprinta ; Juan Duarte atteignit la clôture et commença à l'escalader. Il accrocha son pantalon, donna des coups de pied, tira et se contorsionna pour se libérer. Danny le rattrapa, le fit descendre en le crochetant à la ceinture avant de se prendre une main droite et dure dans la figure. Etourdi, il lâcha prise ; Duarte s'effondra sur lui.

Danny leva le genou, une secousse plus qu'un coup ; Duarte frappa, rata son coup, et s'écrasa le poing sur le trottoir. Danny roula sur le côté, réapparut dans le dos de Duarte et l'épingla au sol de tout son poids ; le Mex haleta.

— Putain de merde de flic fasciste, putain de fasciste de merde !

Danny dégagea ses menottes à tâtons, enserra le poignet gauche de Duarte et attacha le bracelet libre à un maillon de la clôture. Le Mex s'étala sur le ventre et essaya d'arracher la clôture tout en crachant des mots doux en espagnol ; Danny reprit son souffle, laissa Duarte se débattre et s'épuiser par ses cris avant de s'agenouiller à ses côtés.

— Je sais que tu as vu ma photo, et que tu m'as vu à la morgue et que tu m'as balancé à Claire. Je m'en fiche et je me branle complètement de l'UAES et de la putain de Menace Rouge. Je veux trouver l'assassin d'Augie et j'ai comme l'intuition que ça remonte à Sleepy Lagoon. Maintenant, ou tu acceptes de discuter avec moi, ou je te colle sur le dos Voies de Fait sur la personne d'un officier de police dans l'exercice de ses fonctions. A toi de choisir, tout de suite.

Duarte secoua la chaîne de ses menottes.

— Deux à cinq minimum, dit Danny, et je me fous pas mal de l'UAES.

Une foule commençait à se rassembler dans l'allée ; Danny leur fit signe de reculer, ils battirent en retraite avec regards en coin et hochements de tête paisibles.

— Enlevez-moi ces trucs, et peut-être que j'accepterai de discuter.

Danny déverrouilla les menottes. Duarte se frotta le poignet, se leva, les jambes en coton, avant de se laisser glisser en position assise, dos contre la clôture.

— Pourquoi une gâchette engagée par les studios ne se foutrait pas comme de l'an quarante de la mort de mon cousin pédé ? dit-il.

— Lève-toi, Duarte.

— Je parle mieux le cul par terre. Répondez-moi. Comment ça se fait que vous vous intéressez tant que ça à un maricon* qui voulait devenir une pute-vedette comme toutes les autres putes de cette pute de ville ?

---

* Maricon : Homme efféminé.

— Je ne sais pas. Mais je veux épingler le mec qui a tué Augie.

— Et qu'est-ce que ça a à voir avec vous quand vous avez essayé d'approcher Claire De Haven ?

— Je t'ai dit que je me fichais pas mal de ça.

— Norm Kostenz dit que c'est tout le contraire. Quand je lui ai appris que vous étiez une putain de flicaille, il a dit que vous mériteriez un putain d'oscar pour votre interprétation aux petits oignons de Ted Krug...

Danny s'accroupit à côté de Duarte en se tenant à la clôture.

— Tu vas cracher le morceau ou pas ?

— Je vais cracher, pendejo*. Vous avez dit qu'à votre avis, Augie s'est fait descendre et que ça remontait à Sleepy Lagoon, et ça, ça m'intéresse. Charlie Hartshorn pensait la même chose, lui aussi.

La main de Danny ébranla la clôture ; il banda son corps tout entier sur sa prise pour se stabiliser.

— Qu'est-ce que tu as dit ?

— J'ai dit que Charlie Hartshorn pensait peut-être bien la même chose, alors p't-être que parler à une pute de flic, c'est pas tout du poison.

Danny se laissa glisser le long de la clôture de manière à reluquer Duarte de près.

— Raconte-moi toute l'histoire, doucement, sans te presser. Tu es au courant, Hartshorn s'est tué ?

— Y s'est p't-êt tué. A vous de me le dire.

— Non. A toi de me le dire, parce que je ne le sais pas et il faut que je sache.

Duarte riva son regard sur Danny, les yeux mi-clos, comme s'il n'arrivait pas à se faire une opinion.

— Charlie était avocat. C'était un maricon, mais c'était pas une chouchoute ou rien de tout ça. Il a travaillé pour Sleepy Lagoon, à classer les dossiers et régler les merdes, à l'œil.

— Je sais ça.

— Okay, v'là ce que vous ne savez pas, quel genre de mec c'était. Quand vous m'avez vu à la morgue, c'était la deuxième fois que j'y passais. J'avais eu un coup de fil d'un pote qui travaille là-bas, y'était peut-être une heure du matin, et il m'a parlé d'Augie — le charcutage zazou, et tout le reste. Je suis allé chez Charlie. Il avait une sacrée patte comme avocat, et je voulais savoir s'il pouvait remuer la flicaille pour qu'ils fassent une

_____
* Pendejo : crétin.

enquête sérieuse sur le meurtre d'Augie. Il m'a dit qu'il s'était fait voler dans les plumes par un flic sur la mort d'un mec du nom de Duane Lindenaur, même si le flic prétendait qu'il s'en fichait complètement. Charlie avait lu dans un torchon à scandales que Lindenaur et un gugusse du nom de Wiltsie s'étaient fait charcuter à la baguette zazou, et mon copain de la morgue m'a dit qu'Augie s'était fait taillader pareil. Je l'ai dit à Charlie, et l'idée lui est venue que ces trois mecs descendus remontaient à Sleepy Lagoon. Il a appelé les flics et il a parlé à un mec, un sergent, Bruner ou quelque chose comme ça...

Danny l'interrompit.

— Breuning ? Le sergent Mike Breuning ?

— Ouais, c'est lui. Charlie a dit à Breuning ce que je viens de vous dire et Breuning a dit qu'il passerait le voir tout de suite là où il créchait pour discuter de ça. C'est alors que je suis parti. Alors si Charlie pensait lui aussi qu'il y avait quelque chose dans cette théorie de Sleepy Lagoon, peut-être bien que vous êtes pas aussi cabron* que ça.

Le cerveau de Danny passa la surmutipliée :

Breuning tellement curieux à propos des baguettes zazou, et sa manière de les prendre à la légère. Sa réaction étrange devant les quatre noms à mettre sous surveillance — Augie Duarte sorti du lot — parce qu'il était Mex, ou une RC d'un membre du Comité Sleepy Lagoon ? Mal qui lui avait dit que Dudley Smith avait demandé à faire partie de l'équipe du grand jury, même si, en tant que lieutenant de la Criminelle au LAPD, il n'avait aucune raison logique d'être affecté à ce travail-là. Le récit de Mal : *Dudley avait interrogé avec brutalité Duarte / Sammy Benavides / Mondo Lopez, en mettant en avant l'affaire de Sleepy Lagoon et la culpabilité des dix-sept adolescents accusés du crime à l'origine — bien que l'objet de ses questions n'ait rien eu à voir avec l'UAES.*

Hartshorn avait fait état de "baguettes zazou" au téléphone à Breuning.

Rapport verbal de Jack Shortell : on avait vu Dudley Smith et Breuning traîner au poste de Wilshire deux nuits auparavant — la nuit où Hartshorn s'était donné la mort. Avaient-ils fait un petit saut jusqu'au domicile de Hartshorn — un bon kilomètre, depuis le poste — pour tuer ce dernier avant de retourner à la salle de brigade de Wilshire en espérant que personne ne les ait vus partir puis revenir — un alibi parfait de flic ?

Et puis pourquoi ?

Juan Duarte le regardait comme s'il venait d'une planète étrange ; Danny laissa s'apaiser les rumeurs de son cerveau jusqu'à ce qu'il puisse parler.

— Réfléchis et vite. Les musiciens de jazz, les cambriolages, les gloutons, l'héroïne, les services d'escorte pour pédés ?

---

* Cabron : salaud.

Duarte se recula en glissant sur le sol.

— Je pense que tout ça, c'est de la saloperie. Pourquoi ?

— Un môme qui adore les gloutons.

Duarte mit un doigt sur sa tempe et le vrilla.

— *Loco mierda*. Un glouton, c'est un putain de rat, non ?

Danny vit les griffes de June qui cinglaient l'air.

— Essaie ça, Duarte. Sleepy Lagoon, le Comité de Défense, 42 à 44 et Reynolds Loftis. Réfléchis, prends ton temps, vas-y doucement.

— Facile, dit Duarte. Reynolds et son jeune frangin.

Danny commença à dire, "Quoi ?", s'arrêta et réfléchit. Il avait lu l'intégralité du dossier du grand jury par deux fois au départ et deux fois la nuit dernière ; il avait lu les dossiers psychiatriques deux fois avant que Considine ne les remporte. Dans toutes ces paperasses réunies, il n'était fait aucune mention d'un frère de Loftis. Mais il y avait un blanc — 42 à 44 — dans le dossier psy de Loftis.

— Parle-moi du frangin, Duarte. Tranquille et en douceur.

Duarte parla rapidamente.

— C'était un taré, il n'était pas net. Reynolds a commencé à l'amener avec lui à l'époque où le SLDC battait son plein. J'ai oublié le nom du môme, mais c'était un môme, dix-huit, dix-neuf ans, dans ces eaux-là. Il avait le visage couvert de pansements. Il avait été pris dans un incendie et il avait été brûlé et bien. Quand ses brûlures se sont cicatrisées, quand il a pu enlever toutes ses saloperies, ses bandages et ses pansements, toutes les filles du Comité ont trouvé qu'il était mignon tout plein. Il ressemblait beaucoup à Reynolds, mais en plus beau encore.

Tous ces nouveaux faits qui lui arrivaient se mirent à faire toc-toc-toc, comme des coups frappés à une porte qui était encore loin de s'ouvrir. Un frère de Loftis, le visage brûlé, remettait l'acteur en course pour le rôle de l'AUTRE, mais c'était en contradiction avec son instinct qui lui disait que le tueur tirait son inspiration sexuelle du visage défiguré du gamin ; ça cadrait avec Rôdeur-aux-gloutons et Visage-brûlé ne faisant qu'une seule et même personne et ça ouvrait une possibilité supplémentaire : celle d'en faire un complice des meurtres — une manière comme une autre d'expliquer le nouveau fatras de contradictions sur les âges.

— Parle-moi du gamin, dit Danny. Pourquoi as-tu dit que c'était un taré ?

— Il passait son temps à lécher les bottes des Mexicains, dit Duarte. Il racontait une histoire à la noix comme quoi c'était un Blanc, un grand costaud, qui avait tué José Diaz, comme si on allait tous l'aimer parce qu'il disait que le tueur n'était pas mexicain. Tout le monde savait que le tueur était mexicain — les flics ont simplement entôlé les mauvais

Mexicains. Il racontait son histoire de dingue comme quoi il avait assisté au meurtre, mais il avait pas vraiment de détails, et lorsque les mecs insistaient, il se fermait comme une huître. Le SLDC a reçu des lettres anonymes disant que c'était un Blanc le responsable, et ça se voyait que c'était le petit frère qui les avait envoyées — c'était des trucs de cinglé. Le môme disait qu'il fuyait le tueur, et une fois j'ai dit : "Pendejo, si le tueur te cherche, pourquoi bordel tu viens traîner tes guêtres à ces mouvements de foule, là où il pourrait te choper comme un cinglé que tu es ?" Le môme a répondu qu'il avait des protections spéciales, mais il a pas voulu m'en dire plus. Comme je l'ai dit, c'était un taré. S'il avait pas été le frère de Reynolds, personne l'aurait toléré dans le coin.

Toc, toc, toc, toc, toc.

— Qu'est-ce qu'il est devenu ? dit Danny.

Duarte haussa les épaules.

— Je ne sais pas. Je l'ai pas revu depuis le SLDC, et je crois pas que quelqu'un d'autre l'a revu depuis. Reynolds parle peu de lui. C'est bizarre. Je crois pas avoir entendu Chaz ou Claire ou Reynolds parler de lui depuis des années.

— Et Benavides et Lopez ? Où sont-ils maintenant ?

— En extérieurs sur un autre putain de navet de film cow-boy. Vous croyez que tous ces trucs sur le frère de Reynolds, ça a quelque chose à voir avec Augie ?

Danny chassa la question de son cerveau en pleine ébullition. Le frère de Reynolds Loftis était le gamin cambrioleur au visage brûlé, le complice en cambriole de Marty Goines, et très probablement le rôdeur amoureux des gloutons de Bunker Hill. Les vols avec effraction de Bunker Hill s'étaient arrêtés le 1er août 1942 ; le lendemain soir, José Diaz se faisait tuer à Sleepy Lagoon, à cinq kilomètres au sud-est de la colline. Le frangin prétendait qu'il avait été témoin du meurtre de José Diaz par "un Blanc, un grand costaud".

Toc, toc, toc. Un bond, un autre bond, encore un autre.

Dudley Smith était blanc, grand et costaud, avec des tendances à la cruauté ancrées profond. Il avait rejoint l'équipe du grand jury parce qu'il voulait continuer à mettre l'étouffoir sur les témoignages compromettants de Sleepy Lagoon : il devait se dire qu'ayant accès aux témoins et aux paperasses concernant l'affaire, il pourrait toujours garder une longueur d'avance sur les preuves et pièces à conviction préjudiciables sur le point de sortir au grand jour. Le coup de fil de Hartshorn sur les baguettes zazou lui avait fichu la trouille ; lui et Breuning, ou seulement l'un des deux, étaient partis du poste de Wilshire pour parler au bonhomme ; Hartshorn avait commencé à suspecter quelque chose. Soit de façon préméditée, soit sous l'impulsion du moment, Smith et/ou Breuning l'avaient assassiné, camouflant le meurtre en suicide. Toc, toc, toc — des bruits de tonnerre — mais la porte refusait de s'ouvrir devant la question la plus importante : *De quelle manière Smith et son assassinat de José Diaz, ses tentatives d'étouffer toutes les preuves possibles et son assassinat de Charles Hartshorn se rapportaient-ils aux meurtres Goines/Wiltsie/Lindenaur/Duarte ? Et pourquoi Smith avait-il assassiné Diaz ?*

Danny regarda autour de lui les portes qui laissaient entrevoir les décors : l'Ouest sauvage, des marécages de jungle, les arbres d'une forêt.

— *Vaya con Dios*, dit-il.

Il laissa Duarte assis là et retourna chez lui pour s'attaquer au dossier du grand jury, en se disant que, finalement, il était devenu inspecteur aux yeux de Maslick et Vollmer. Il pénétra dans son immeuble, léger comme l'air ; il appuya sur le bouton de l'ascenseur et entendit des bruits de pas derrière lui. Il se retourna et vit deux costauds arme au poing. Il essaya de dégainer son propre revolver, mais un gros poing cerclé de laiton le frappa en premier.

* * *

Il s'éveilla menotté à un fauteuil. Il avait la tête qui tournait, ses poignets étaient engourdis et il avait la sensation d'une langue énorme. Ses yeux vinrent se fixer sur un cagibi d'interrogatoire, trois hommes un peu flous assis autour d'une table, avec, au beau milieu, un gros revolver noir. Une voix dit :

— Les 38 sont les armes réglementaires de votre service, Upshaw. Pourquoi portez-vous un 45 ?

Danny cligna des yeux et cracha un glaviot sanguinolent ; il cligna à nouveau et reconnut l'homme à la voix : Thad Green, Chef des Inspecteurs du LAPD. Les deux hommes qui flanquaient Green lui apparurent avec netteté : c'était les flics en civil les plus costauds qu'il ait jamais vus.

— Je vous ai posé une question, adjoint.

Danny essaya de se souvenir de la dernière fois où il avait pris un verre, retrouva Chinatown dans sa mémoire et sut qu'il n'avait pas pu devenir cinglé en se beurrant au légal. Il toussa sans cracher et dit :

— Je l'ai vendu quand je suis devenu inspecteur.

Green alluma une cigarette.

— C'est une violation des règlements inter-services. Vous considérez-vous au-dessus de la loi ?

— Non !

— Votre amie Karen Hiltscher n'est pas de cet avis. Elle dit que vous l'avez manipulée pour qu'elle vous rende des services particuliers depuis que vous êtes devenu inspecteur. Elle a dit au sergent Eugene Niles que vous étiez entré par effraction au 2307 Tamarind et que vous saviez que deux victimes de meurtres avaient récemment été assassinées là-bas. Elle a dit au sergent Niles que votre histoire de petite amie près de l'étal à beignets sur Franklin et Western est un mensonge, que c'est elle qui vous a téléphoné le renseignement qu'elle a capté sur les ondes de la ville. Niles allait vous dénoncer, adjoint. Le saviez-vous ?

La tête de Danny lui tournait. Il déglutit du sang ; il reconnut l'homme à la gauche de Green comme le manieur de laiton.

— Ouais. Oui, je le savais.

— A qui avez-vous vendu votre 38 ? demanda Green.

— A un mec dans un bar.

— C'est un délit majeur, adjoint. Un délit criminel. Vous ne vous souciez guère de la loi, on dirait ?

— Si, si, je m'en soucie. Nom de Dieu, c'est quoi, tout ça ?

Le poing en laiton parla :

— On vous a vu vous disputer avec un entremetteur homo bien connu du nom de Felix Gordean. Vous touchez des enveloppes de lui ?

— Non !

— Des enveloppes de Mickey Cohen ?

— Non !

Green prit le relais.

— On vous a offert le commandement d'une équipe de la Criminelle, une carotte pour votre travail pour le grand jury. Le sergent Niles et le sergent Mike Breuning ont trouvé très étrange qu'un jeune et brillant policier se sente aussi concerné par une série de pédés qui se font zigouiller. Voudriez-vous nous en donner la raison ?

— Non ! Putain, mais c'est quoi tout ça ! Je suis entré par effraction à Tamarind ! Mais putain, vous voulez quoi de moi ?

Le troisième flic, un énorme gaillard genre culturiste, dit :

— Pourquoi vous êtes-vous colleté avec Niles ?

— Il me pompait avec Tamarind Street, il menaçait de me cafter.

— Alors, ça vous a rendu fou furieux ?

— Oui.

— Au point de vous battre ?

— Oui !

— Nous avons entendu une version différente, adjoint, dit Green. Nous avons entendu dire que Niles vous avait traité de pédé.

Danny se transforma en glace, chercha à reprendre le dessus pour se glacer plus encore. Il songea à cafter Dudley et mit l'idée au rancart — jamais ils ne le croiraient — *pour l'instant.*

— Si Niles a dit ça, je ne l'ai pas entendu.

— Piqué au vif, fiston ? dit le flic laiton dans un éclat de rire.

— Allez vous faire foutre.

Le flic manieur de fonte le claqua d'un revers de main ; Danny lui cracha à la figure.

— Non ! hurla Green.

L'homme laiton passa les bras autour du leveur de fonte pour le contenir ; Green alluma une nouvelle cigarette au mégot de la précédente. Danny dit en haletant :

— *Dites-moi de quoi il s'agit.*

Green fit signe aux gros bras de se reculer au fond du cagibi, tira sur sa clope et l'écrasa.

— Où étiez-vous il y a deux nuits entre 2h et 7h du matin ?

— J'étais chez moi, dans mon lit. Je dormais.

— Seul, adjoint ?

— Oui.

— Adjoint, pendant ce laps de temps, le sergent Niles se faisait tuer à coups de feu avant qu'on l'enterre dans les Collines d'Hollywood. Est-ce vous qui avez fait ça ?

— Non !

— Dites-nous qui est responsable.

— Jack ! Mickey ! Niles, c'était un putain de pourri !

Le flic laiton fit un pas en avant ; le flic leveur de fonte l'agrippa en marmonnant :

— Crache seulement sur ma chemise Hathaway, espèce de minable qui en pince pour les pédés. Gene Niles était mon pote, un bon copain de l'armée, monsieur l'amoureux des pédés.

Danny planta ses pieds au sol et bascula son fauteuil contre le mur.

— Gene Niles, c'était un bon à rien de fils de pute, juste bon à faire le garçon de courses.

Leveur-de-fonte chargea, droit sur la gorge de Danny. La porte du cagibi s'ouvrit et Mal Considine se rua à l'intérieur ; Thad Green hurla des ordres impossibles à entendre. Danny leva les genoux, et fit basculer son fauteuil ; les mains du flic monstre n'enserrèrent que du vent. Mal s'écrasa contre lui, battant l'air d'uppercuts faiblards ; le flic laiton le tira en arrière et l'entraîna de force dans le couloir. Des cris de "Danny" résonnèrent ; Green se posta entre le fauteuil et le monstre en disant "Non, Harry, non", comme s'il grondait un chien monstrueux qui refusait de se tenir tranquille. Danny alla mordre le linoléum et les mégots de cigarettes, entendit "Mettez Considine en cellule", se sentit soulevé, fauteuil y compris, et remis debout. L'homme laiton passa derrière lui et dégagea ses menottes ; Thad Green tendit la main vers son 45 sur la table.

Danny se leva, vacillant ; Green lui tendit son arme :

— Je ne sais pas si vous l'avez fait ou non, et il n'y a qu'une seule manière de savoir. Présentez-vous ici à l'Hôtel de ville, salle 1003, demain à midi. Vous passerez au détecteur de mensonges avec injection de Penthotal, et vous serez interrogé dans le détail au sujet des homicides sur lesquels vous travaillez, ainsi que sur vos rapports avec Felix Gordean et Gene Niles. Bonne nuit, adjoint.

Danny vacilla jusqu'à l'ascenseur, descendit au rez-de-chaussée et sortit du bâtiment. Ses jambes lui revenaient lentement. Il traversa la pelouse en direction de la station de taxis de Temple Street avant de s'arrêter devant une voix douce.

— Mon gars.

Danny se figea ; Dudley Smith sortit de son coin d'ombre.

— C'est une nuit sensass, pas vrai ? dit-il.

Bavarder avec un assassin.

— Vous avez tué José Diaz, dit Danny. Vous et Breuning avez tué Charles Hartshorn. Et je vais le prouver.

Dudley Smith sourit.

— Je n'ai jamais mis ton intelligence en doute, mon gars. Ton courage, si. Ton intelligence, jamais. Et je dois admettre que j'ai sous-estimé ta persévérance. Je ne suis qu'un homme, tu sais.

— Oh que non ! Vous n'êtes pas que ça.

— Je suis fait de chair et d'os, mon gars. Eros et poussière comme nous tous, fragiles mortels. Comme toi, mon gars. A ramper dans la fange pour trouver des réponses dont tu pourrais très bien te passer.

— Vous êtes fini.

— Non, mon gars. C'est toi qui es fini. J'ai discuté avec mon vieil ami Felix Gordean, et il m'a fait une peinture très parlante de ta découverte de toi-même. Mon gars, moi mis à part, Felix a l'œil le plus infaillible qu'il m'ait été donné de rencontrer pour détecter les faiblesses humaines. Il sait, et lorsque tu passeras au détecteur de mensonges demain, le monde entier saura.

— Non, dit Danny.

— Si, dit Dudley Smith, avant de l'embrasser à pleines lèvres et de s'éloigner en sifflotant une chanson d'amour.

* * *

Des machines qui savent.

Des drogues qui ne vous laissent pas mentir.

Danny prit un taxi pour rentrer. Il déverrouilla la porte et se dirigea droit vers ses dossiers : des faits à rassembler pour établir la vérité, Dudley, Breuning et l'AUTRE épinglés pour 11 h 59, sauvetage de dernière minute comme au cinéma. Pas de cartons à dossiers, les couvertures qui les couvraient soigneusement pliées sur le sol.

Danny déchira la moquette du couloir et regarda en dessous, retourna le classeur de la chambre et vida les tiroirs, défit le lit pour le mettre à nu et arracha l'armoire à pharmacie du mur de la salle de bains. Il mit tous les meubles du salon cul-par-dessus-tête, regarda sous les coussins et balança tous les tiroirs de la cuisine jusqu'à ce que tout le sol ne soit plus qu'un tapis de couverts et de vaisselle en miettes. Il vit une bouteille à moitié pleine près de la radio, l'ouvrit, s'aperçut que les muscles de sa gorge étaient trop crispés et il lança la bouteille qui fit dégringoler les stores vénitiens sous l'impact. Il marcha jusqu'à la fenêtre, regarda au dehors et vit Dudley Smith dans le halo d'un lampadaire.

Et il sut qu'il savait. Et demain ils sauraient tous.

Gibier de chantage.

Son nom dans les dossiers de sexe.

Son nom qui reviendrait au milieu des cancans de pédés du château Marmont.

Des machines qui savent.

Des drogues qui ne vous laissent pas mentir.

Les aiguilles du détecteur de mensonges effleurant le papier chaque fois qu'ils lui demanderaient les raisons de son engouement pour une série de pédés tantes homos chochottes qui s'étaient fait refroidir.

Pas de sauvetage de dernière minute.

Danny dégaina son arme et fourra le canon dans sa bouche. Le goût d'huile lui donna un haut-le-cœur et il vit à quoi ça ressemblerait, il vit les flics qui le découvriraient en train de plaisanter sur les raisons qui l'avaient poussé à faire ça comme ça. Il reposa le 45 et alla dans la cuisine.

Des armes à foison.

Danny ramassa un couteau-scie à découper. Il en tâta le tranchant, le trouva conséquent et dit au revoir à Mal, à Jack, à Doc. Il demanda pardon pour les voitures qu'il avait volées, pour les mecs qu'il avait tabassés et qui ne le méritaient pas, qui se trouvaient simplement là au moment où il avait envie de cogner. Il pensa à son tucur, et se dit qu'il avait assassiné parce que quelqu'un avait fait de lui ce que lui-même était. Il leva le couteau et lui pardonna ; il posa la lame contre son cou et s'ouvrit la gorge d'une oreille à l'autre jusqu'à la trachée, en un seul geste bien net.

TROISIEME PARTIE

GLOUTON

Chapitre 32

Une semaine plus tard, Buzz alla sur sa tombe, sa quatrième visite depuis que le LASD s'était dépêché de mettre le môme dans le trou. L'emplacement choisi était une concession bon marché au cimetière de L.A. Est ; la pierre tombale disait :

Daniel Thomas Upshaw

1922-1950

Aimé et chéri de personne.

Fils de personne.

Pas de crucifix gravé dans le tableau, pas de RIP. Rien de parlant pour attirer l'attention d'un passant, comme "Tueur de Flic" ou "Presque Galonnard au Bureau du Procureur". Pas la moindre parcelle de vérité pour celui qui lirait la demi-colonne, joli boulot d'étouffoir sur la mort accidentelle du môme — une chute malencontreuse d'une chaise et un plongeon nez en avant sur un râtelier de couteaux de cuisine.

Le pigeon.

Buzz se pencha et arracha une touffe de chiendent ; la crosse du revolver qui avait servi à tuer Gene Niles lui entra dans les côtes. Il se redressa et donna un coup de pied à la tablette ; il se dit que "Profiteur", "Fricoteur" et "Coup de Bol pour un Bouseux d'Okie" auraient l'air pas mal aussi, suivis par un monologue sur les derniers jours de l'adjoint Danny Upshaw, toute une flopée de détails sur une pierre tombale haute comme un gratte-ciel, pareille à celles que s'offraient les macs nègres fervents de vaudou. Parce que l'adjoint Danny Upshaw lui faisait le coup du vaudou en plantant de petites aiguilles dans une petite figurine vaudou un peu dodue le représentant, lui, Buzz Meeks.

Mal l'avait appelé pour lui apprendre la nouvelle. La pluie avait dégagé le corps de Niles, le LAPD avait chopé Danny comme suspect avant de le travailler à la dure et de le remettre en liberté en lui ordonnant de se présenter pour une série de tests, détecteur de mensonges et Penthotal, et un interrogatoire, le lendemain. Lorsque le môme ne s'était pas montré, les pieds-plats de la ville avaient débarqué en force dans son appart pour trouver son cadavre gisant sur le sol, gorge ouverte, et l'appart sens dessus dessous. Nort Layman, bouleversé, avait fait l'autopsie, et il aurait donné sa chemise pour en faire un 187 ; tous les indices s'y refusaient : les empreintes digitales sur le couteau, l'angle de la plaie et la chute disaient "auto-mutilation", affaire classée. Doc qualifia la plaie mortelle de stupéfiante — pas une marque d'hésitation, Danny Upshaw la voulait, sa porte de sortie, il la voulait fort, à cet instant-là précisément.

Le LASD fit fissa pour coller le môme sous terre ; quatre personnes assistèrent aux funérailles : Layman, Mal, un flic du comté du nom de Jack Shortell et lui. L'équipe qui enquêtait sur les homos fut immédiatement dispersée et Shortell partit en vacances dans les fins fonds du Montana ; le LAPD ferma le ban sur Gene Niles avec le suicide d'Upshaw comme aveu suffisant pour un voyage à la chambre à gaz. Les relations policières ville-comté étaient toujours aussi mauvaises — et il s'était retrouvé dans la panade au milieu de tout ça, en essayant de trouver une coupure pour leur sauver la peau à tous les deux — pas de bol, trop tard, il ne pouvait plus rien pour le môme.

Profiteur.

Ce qui ne cessait de le tarabuster, c'est qu'il avait avant toute chose, arrangé le coup d'Audrey sur ce qu'elle avait écrémé. Peter Skouras avait rendu à Mick le pognon que la Lionne avait chouravé. Mickey se montra généreux et le laissa partir après une tabassée : Johnny Stomp lui avait un peu travaillé les rognons à la matraque. Peter était alors parti pour Frisco — même si le Mick, impressionné par son repentir, était prêt à le garder avec lui. Peter avait tenu son rôle dans l'arnaque en se taillant vite fait ; Mickey, M. Gros-coeur en personne, avait remonté la part de Buzz à un bâton en paiement de son numéro de garde du corps pour la réunion came-au-sommet, en ajoutant qu'il y aurait aussi le charmant lieutenant Dudley Smith comme seconde gâchette de garde. Du pognon en plus dans les poches — pendant que Danny Upshaw montait à l'échafaud.

Coup de Bol pour un Bouseux d'Okie.

Mal avait mal encaissé : il n'avait pas dessoûlé de deux jours, avant de reprendre ses esprits par une attaque directe de face sur la Menace Rouge. Un gaucho que Dudley Smith avait travaillé au corps lui avait déclaré que Claire De Haven avait catalogué "Ted Krugman" comme flic ; Mal piqua une furie, mais le consensus de l'équipe voulait qu'ils aient maintenant assez de témoignages d'indics à leur disposition pour abattre l'UAES sans même utiliser les saloperies dénichées par Upshaw la taupe. On mettait sur pied les audiences à venir : si tout allait bien, le grand jury se réunirait dans deux semaines. Mal avait perdu la boule à crucifier des Rouges dans le but de se requinquer la pêche pour sa propre bataille devant le tribunal. Il avait passé le journal de Nathan Eisler au crible à la recherche de noms et avait retourné en indics quatre des hommes auxquels Claire De Haven avait offert ses faveurs, ceux-là mêmes qui avaient fondé le syndicat. Sa piaule au Shangri-Lodge Motel ressemblait maintenant au salon d'Ellis Loew : graphiques, cartes, rumeurs dont les références se recoupaient, ode de Mal à la mémoire de Danny Upshaw, et tout ça pour prouver quoi ? Une seule chose : que les cocos n'en avaient jamais fini avec leurs discours. Et lorsque les membres du grand jury les entendraient, ces fameux discours, ils n'auraient probablement pas assez de cervelle pour voir plus loin que le bout de leur nez : ces tristes connards bercés d'illusions ne parlaient que parce qu'ils n'avaient pas assez de couilles pour faire autre chose.

Buzz tapa la pierre tombale du pied une nouvelle fois : il songea que le capitaine Mal Considine avait presque réussi à se convaincre tout seul que l'UAES était une nom de Dieu de menace bien brûlante pour la sécurité intérieure de l'Amérique — et qu'il lui fallait en être convaincu afin de pouvoir conserver son fils et continuer à se considérer comme un brave mec. Quelle cote pour que les cocos d'Hollywood parviennent à subvertir le pays au moyen de leurs navets et de leur propagande infantile à la gomme, leurs rassemblements, leurs manifs et leurs bringues ? : négatif à trente milliards contre un, autant viser la lune. Toute cette combine n'était qu'un coup facile, les doigts dans le nez, une mise en scène pour que les studios se gagnent encore plus d'argent et pour faire d'Ellis Loew un Procureur et le Gouverneur de Californie.

Garçon de courses.

Magouilleur.

Il se défilait depuis l'instant où Mal l'avait appelé pour le mettre au courant. Ellis lui avait dit de vérifier le passé des noms relevés dans le journal d'Eisler ; il avait appelé les Sommiers, et une fois les tuyaux ramassés, il avait laissé tomber. Mal lui avait demandé d'interroger par téléphone des dénonciateurs de l'HUAC de la côte Est ; il passa un tiers des coups de fil, vite fait vite bâclé, en posant la moitié des questions qu'il était censé poser et mit les réponses au propre, deux pages maxi par homme, que sa secrétaire n'ait pas trop de difficultés à taper ça. Son gros travail était de localiser Paul Lesnick, balance en chef du grand jury ; il s'était complètement tiré des pattes sur cette gâche-là — et en gros, il continuait à se défiler. Et sa défile le menait toujours dans la même direction — vers Danny Upshaw.

Lorsqu'il sut que l'étouffoir avait été mis, il se rendit jusqu'à San Bernardino pour un coup d'œil rapide au passé du petit. Il bavarda avec sa mère veuve, une bobonne sans couleur qui survivait grâce à la Sécu ; elle lui déclara qu'elle n'avait pas assisté aux funérailles parce que Danny s'était montré cassant avec elle au cours de ses dernières visites et qu'elle lui reprochait son goût pour la boisson. Il réussit à la faire parler ; elle lui dépeignit Danny comme un enfant intelligent et froid, un adolescent qui lisait, étudiait et s'occupait de ses affaires. Lorsque son père mourut, il ne fit pas montre de chagrin ; il aimait les voitures, les trucs à réparer et les livres de sciences ; il n'avait jamais couru les filles et tenait sa chambre impeccable. Depuis qu'il était devenu policier, il ne lui rendait visite qu'à Noël et le jour de son anniversaire, jamais plus, jamais moins. Au lycée, il avait Bien partout et Très Bien en premier cycle universitaire. Il ignorait les petites traînées qui lui couraient après ; il bricolait des gros cubes. Il avait un ami proche : un garçon du nom de Tim Bergstrom, aujourd'hui prof de gym au bahut de San Berdoo.

Buzz roula jusqu'au lycée et joua de son insigne devant Bergstrom. L'homme avait vu l'entrefilet bidon sur la mort d'Upshaw dans le journal ; il déclara que Danny était né pour mourir jeune et s'expliqua plus avant autour de quelques bières dans un bar proche. Il dit que Danny aimait à comprendre les choses comme les machines, les moteurs ou l'arithmétique, qu'il volait les voitures parce qu'il adorait le danger, qu'il essayait toujours de se prouver sa propre valeur, mais sans en parler autour de lui. Ça se voyait qu'au dedans, il était cinglé, mais impossible de savoir comment et pourquoi ; ça se voyait qu'il avait vraiment quelque chose dans le crâne, mais on ne savait jamais ce qu'il finirait par faire de toute cette intelligence. Les filles l'aimaient parce qu'il était mystérieux et qu'il jouait au difficile ; c'était un bagarreur de rues fantastique. Des années auparavant, complètement ivre, Danny lui avait raconté une histoire comme quoi il avait été témoin d'un meurtre ; c'est ce qui l'avait accroché et il était devenu flic, complètement accro à tout ce qui était médecine légale et travail scientifique de labo. Il avait l'alcool glacé : la gnôle le fermait encore un peu plus au monde, en plus mystérieux et plus obstiné, et tôt ou tard, vous saviez qu'il s'obstinerait avec le mauvais mec et se ferait descendre — ce qui l'avait surpris, c'est que Danny ait trouvé la mort accidentellement. Buzz laissa filer sans répondre et dit :

— Est-ce que Danny était pédé ?

Bergstrom s'empourpra, assailli de tics soudains, bredouilla dans son verre de bière et dit :

— Ah non ! alors !

Deux secondes plus tard, il se dépêchait de sortir des photos de sa femme et de ses mômes.

Buzz retourna à L.A., appela un pote au comté, apprit que la fiche "Personnel" de Danny Upshaw avait été fauchée et qu'en fait, le môme n'avait virtuellement jamais fait partie des Services du shérif-comté de Los Angeles. Il alla faire un tour du côté de l'annexe d'Hollywood Ouest, parla aux mecs de la brigade et apprit que Danny n'avait jamais accepté de se laisser acheter par le pognon comme par la fesse ; jamais il n'avait tenté le coup avec son indic Janice Modine ou Karen Hiltscher du standard — l'une comme l'autre mouraient d'envie de se laisser faire. Quant aux collègues de Danny, les autres adjoints, soit ils respectaient son intelligence, soit ils se désintéressaient complètement de lui comme de quelqu'un de stupidement idéaliste aux tendances vicieuses ; selon la rumeur, le capitaine Al Dietrich l'aimait bien parce que c'était quelqu'un de méthodique, dur à la besogne et ambitieux. Buzz pensa à lui comme à un môme qui aurait eu son diplôme en passant des machines aux hommes au mauvais moment, à la pêche des POURQUOI dans une rivière de merde, pour se retrouver face à la pire réponse que pouvaient lui offrir deux affaires détestables et finir par se donner la mort parce qu'il ne pouvait pas se mentir à lui-même.

Daniel Thomas Upshaw 1922-1950 — Pédé.

Turner Prescott Meeks 1906 — ? — Profiteur parce que le môme n'avait pas su encaisser le coup.

"Le coup" ne pouvait pas être autre chose. Danny Upshaw n'avait pas tué Gene Niles. Mal avait dit que Thad Green et deux mastars l'avaient passé sur le gril ; ils avaient probablement raconté que Niles l'avait traité de pédé avant de reprendre ce que Dudley Smith avait déclaré à Mal et Green : qu'on avait vu Danny en train de secouer les puces à Felix Gordean. Avec le détecteur et le sirop à bavasser qui l'attendaient au tournant, Green avait laissé le môme rentrer chez lui avec son arme, en espérant qu'il épargnerait au LAPD la honte d'un procès où Niles serait apparu au grand jour comme garçon de courses pour Jack Dragna. Danny avait été obligeant — mais pas pour la bonne raison et pas avec son arme.

Un bouc émissaire.

A qui revenait le dernier mot, le dernier rire, en quelque sorte.

Il n'arrivait pas à dormir avec toute cette merde ; lorsqu'il réussissait à se faire trois ou quatre heures d'affilée, il rêvait à tous les coups foireux et merdiques qu'il avait montés : filles de ferme collées de force dans le lit d'Howard ; héroïne piquée et revendue à Mickey, l'argent dans la fouille, la came qui finissait de détours en détours dans le bras d'un défoncé quelconque. Coucher avec Audrey était la seule manière pour lui de s'en guérir — elle avait tenu son rôle depuis Niles et serré les dents comme un vrai petit soldat. De la toucher, de la savoir en sécurité gardait le môme à distance. Mais leurs quatre nuits d'affilée chez Howard s'avéraient également dangereuses, et chaque fois qu'il la laissait, il prenait peur et savait qu'il devrait y faire quelque chose.

Ce qu'il avait pigé de Danny, il se le gardait pour lui, que Mal n'en sache rien, et c'était déjà un moyen. Le flic n'arrivait pas à croire que le môme ait pu tuer Niles, et il était suffisamment perspicace pour coller le meurtre sur le dos des tueurs de Cohen — il avait observé Danny qui interrogeait une canaille de Dragna du nom de Vinnie Scoppettone, et le mec avait craché le morceau sur la fusillade du Sherry's : les tireurs étaient du LAPD. Mais la reconstitution de Mal n'allait pas plus loin, et il idéalisait toujours Upshaw comme un jeune flic brillant en route pour les galons et la gloire. Pour commencer, il fallait garder le secret du môme.

Buzz arma un doigt en direction de la pierre tombale et mit les choses au clair sur deux faits précis. Un, lorsque le LAPD avait débarqué dans la piaule d'Upshaw, les flics avaient trouvé tout retourné ; Nort Layman avait procédé aux examens de labo, trouvé les empreintes de Danny sur une chiée de meubles retournés et déclaré que Danny était devenu cinglé dans les derniers instants de sa vie. Le rapport de propriété du LAPD — l'inventaire du contenu de l'appartement — ne portait aucune mention des paperasses du grand jury *ou* du dossier personnel de Danny sur les homicides. Il entra dans les lieux par effraction et retourna la piaule dans les règles : dans aucune des quatre pièces, aucun dossier n'était caché nulle part. Mal se trouvait sur les lieux lorsque le corps avait été découvert ; il avait dit que le LAPD avait scellé la carrée bien étanche pour n'en laisser sortir que Danny et le couteau. Deux, la nuit qui avait précédé sa mort, Danny l'avait appelé : il était stupéfait que ses deux affaires se soient croisées à la jonction de Charles Hartshorn et Reynolds Loftis.

— Adjoint, vous voulez pas me dire que Loftis est suspect des meurtres ?

— Tout ce que je dis, c'est que c'est une possibilité. C'est peut-être même du solide. Il répond au signalement du tueur et il... concorde avec le reste.

Pas moyen de voir en Danny Upshaw la victime d'un meurtre. Pas moyen que ce soit le voleur du dossier qui ait mis le chambard dans l'appart. Dudley Smith faisait une fixation étrange sur le môme, mais il n'y avait pas de raison pour qu'il vole les dossiers, et s'il l'avait fait, il aurait simulé un cambriolage.

Un ou plusieurs inconnus — bon point de départ pour commencer à payer ses dettes.

* * *

Buzz retrouva Mal dans l'arrière-cour d'Ellis Loew, assis sur un canapé blanchi de soleil, à feuilleter ses papiers. Il avait l'air décharné au-delà de toute minceur, comme s'il était en train de s'affamer pour faire la limite des poids coq.

— Salut, patron !

Mal hocha la tête et continua à travailler.

— Je veux vous parler, dit Buzz.

— A quel sujet ?

— Pas au sujet d'un complot coco, nom de Dieu, ça, c'est sûr !

Mal connecta une série de noms par des lignes tracées au crayon.

— Je sais que vous ne prenez pas cette affaire au sérieux, mais c'est important.

— Comme magouillage et fric facile, c'est important, je vous l'accorde. Et pour sûr que j'en veux ma part. C'est juste que j'ai en tête d'autres croquemitaines pour l'instant.

— Comme qui donc ?

— Comme Upshaw.

Mal reposa papier et crayon.

— C'est le croquemitaine du LAPD, pas le nôtre.

— Je suis sûr qu'il n'a pas tué Niles, patron.

— On a déjà discuté de ça, Buzz. C'est Mickey ou Jack, et même si on avait un million d'années devant nous, on ne réussirait jamais à le prouver.

Buzz s'assit sur le canapé — lequel puait le moisi, et quelque chasseur de Rouges avait écrasé ses mégots sur les accoudoirs.

— Mal, vous vous souvenez quand Upshaw nous a parlé de son dossier sur les pédés refroidis ?

— Bien sûr.

— Quelqu'un l'a volé dans son appartement, ainsi que son exemplaire du dossier du grand jury.

— Quoi ?

— Je suis sûr de ce que je dis. Vous avez dit que le LAPD avait mis les scellés sans rien emporter, et j'ai vérifié le bureau d'Upshaw au poste d'Hollywood Ouest. Des tas de vieilles paperasses, mais que dalle sur les 187 et le grand jury. Vous avez été tellement pris par votre chasse aux socialos que nous n'avez probablement même pas pensé à ça.

Mal tapota Buzz de son crayon.

— Vous avez raison, je n'y ai pas pensé, et dans quoi vous mettez les pieds ? Le môme est mort et enterré, il avait des ennuis à cause de sa violation de domicile avec effraction ; comme flic, il était probablement fini. Il aurait pu devenir le meilleur, et il me manque. Mais il a creusé sa propre tombe.

Buzz plaqua sa main sur celle de Mal.

— Patron, c'est *nous* qui avons creusé sa tombe. Vous l'avez trop poussé à la roue pour De Haven et moi... eh ! bordel !

Mal libéra sa main.

— Et vous quoi ?

— Le môme faisait une fixette sur Reynolds Loftis. On s'est parlé au téléphone la nuit avant sa mort. Il avait appris le suicide de Charles Hartshorn par le journal, l'article disait qu'il avait été avocat pour Sleepy Lagoon. Pour Upshaw, c'était l'une de ses pistes sur les homicides — l'une des victimes avait fait chanter Hartshorn. Je lui ai dit que Loftis avait été alpagué avec Hartshorn au cours d'une rafle dans un bar de pédés en 44, et le môme en est devenu dingue. Il ne savait pas que Hartshorn était mêlé à Sleepy Lagoon, et y'a pas de doute que c'est ça qui l'a fait décoller. Je lui ai demandé si Loftis était suspect, et il a dit : "C'est peut-être même du solide."

— Est-ce que vous avez discuté avec Shortell, du comté, de tout ça ?

— Non, il est en congé dans le Montana.

— Mike Breuning ?

— Je n'ai pas confiance dans le mec, il ne répond pas franchement. Vous vous souvenez quand Danny nous a dit que Breuning faisait traîner le boulot et passait son temps à l'asticoter ?

— Meeks, y'a pas à dire, vous avez pris votre temps pour me dire tout ça.

— Ça fait un moment que je réfléchis là-dessus, et il m'a fallu du temps pour décider ce que j'allais faire.

— Et c'est quoi ?

Buzz sourit.

— Peut-être que Loftis a toutes ses chances comme suspect, peut-êt' pas. En tout cas, je vais me le faire, le viandeur de pédés, quel qu'il soit.

Mal sourit.

— Et après ?

— Après, je l'arrête ou je le tue.

— Vous avez perdu la tête, dit Mal.

— J'étais comme qui dirait en train de penser d'vous demander d'vous joindre à moi. Un capitaine qui a perdu la boule a quand même plus de poids qu'un flic d'emprunt et d'occasion avec quelques cases en moins.

— J'ai le grand jury, Meeks. Et après-demain, le procès en divorce.

Buzz fit craquer ses jointures.

— Ça vous dit?

— Non. C'est complètement dingue. Et je ne vous vois pas non plus dans le rôle dramatique du mec qui fait un beau geste.

— Je suis en dette avec lui. *Nous* sommes en dette avec lui.

— Non, c'est faux.

— Pensez à toutes les coupures, patron ! Loftis comme tueur psycho ! Vous le cravatez pour ça avant que le grand jury ne se réunisse et l'UAES sera bonne pour les chiottes, et quand on tirera la chasse, ça s'entendra jusqu'à Cleveland.

Mal éclata de rire ; Buzz éclata de rire et dit :

— On se donne disons une semaine. On rassemble tout ce qu'on aura pu tirer du dossier grand jury, on discute avec Shortell et on voit ce qu'on a. On se fait Loftis, et si ça foire, eh bien, ça foire.

— Il y a le grand jury, Meeks.

— Un coco comme Loftis qui se fait cravater pour quatre 187, ça vous donnera une envergure telle qu'y a pas un juge dans cet état qui osera vous baiser pour la garde de votre gamin. Pensez-y !

Mal cassa son crayon en deux morceaux.

— J'ai besoin d'un report, *maintenant, tout de suite,* et je me refuse à entôler Loftis.

— Ça veut dire que vous êtes partant ?

— Je ne sais pas.

Buzz porta l'estocade.

— Eh ben, merde, *Capitaine.* Je me disais qu'à vous parler de votre carrière, ça marcherait, mais je dois dire que je m'étais trompé. Pensez un petit peu à Danny Upshaw, tout ce qu'il aurait donné pour y arriver, et dites-vous que vous avez perdu la boule quand vous l'avez envoyé chasser Claire De Haven. Pensez un petit peu à la manière dont y z'ont joué tous les deux, elle et Loftis, avec ce petit puceau, avant que le môme ne se tranche la gorge. Alors vous...

Mal gifla Buzz, une gifle dure et sèche.

Buzz s'assit sur ses mains pour ne pas frapper en retour.

Mal jeta sa liste de noms sur l'herbe et dit :

— Je suis partant. Mais si ça doit faire foirer mon coup pour le grand jury, alors c'est vous et moi, pour de bon. Et ce sera pas du bidon.

— Bien, chef capt'aine, dit Buzz dans un sourire.

Chapitre 33

Claire De Haven dit :

— Dois-je comprendre que les faux semblants ne sont plus de mise ?

Faiblard comme intro — il savait qu'elle avait catalogué Upshaw et qu'elle était au parfum pour le grand jury.

— Ceci concerne quatre meurtres, dit Mal.

— Oh ?

— Où est Reynolds Loftis ? Je veux lui parler.

— Reynolds est sorti, et je vous ai déjà dit une fois que ni lui ni moi ne citerions de noms.

Mal entra dans la maison. Il vit sur un fauteuil la une du *Herald* du mercredi précédent ; il savait que Claire avait lu l'entrefilet sur la mort de Danny, avec photo de l'académie du shérif. Elle ferma la porte — sa façon à elle de marquer la fin des faux semblants — elle voulait savoir ce que *lui* savait. Mal dit :

— Quatre assassinats — pas de baratin politique, sauf si vous y tenez vraiment.

— Je vous répondrai que je ne sais pas de quoi vous parlez, dit Claire.

Mal montra le journal.

— Qu'y a-t-il donc de tellement intéressant dans les informations de la semaine dernière?

— Une petite notice nécrologique bien triste sur un jeune homme que je connaissais.

Mal entra dans le jeu.

— Quel genre de jeune homme ?

— Je dirai qu'effrayé, impuissant et traître sont les termes qui le décrivent le mieux.

L'épitaphe toucha au vif ; pour la dix millionième fois, Mal se demanda ce que Danny Upshaw et Claire De Haven avaient bien pu se faire l'un à l'autre.

— Quatre hommes violés et tailladés. Rien de politique là-dedans pour que vous le preniez de haut. Vous voulez bien descendre de vos grands chevaux coco pour me dire ce que vous savez là-dessus ? Ce que Reynolds Loftis sait là-dessus ?

Claire s'avança jusqu'à lui en lui envoyant son parfum à la figure.

— C'est vous qui avez envoyé ce garçon pour qu'il m'arrache des renseignements après m'avoir baisée, et maintenant *vous* vous faites l'avocat de la décence ?

Mal l'agrippa par les épaules et serra ; il avait clairement en tête le travail d'une nuit passée à étudier les rapports.

— 1er janvier : Marty Goines, enlevé à South Central, shooté à l'héroïne, mutilé et assassiné. 4 janvier : George Wiltsie et Duane Lindenaur, mis sous secobarbital, mutilés et assassinés. 14 janvier : Augie Luis Duarte, même chose. Wiltsie et Duarte étaient des putes mâles, nous savons que certains des membres de votre syndicat fréquentent les putes homos, et le signalement du tueur, c'est le portrait craché de Loftis. Vous voulez toujours jouer à la plus fine ?

Claire commença à se tortiller ; Mal la vit comme quelque chose qu'il était mal de toucher et de lâcher ensuite. Elle pivota sur les talons en direction d'un bureau près de la cage d'escalier, s'empara d'un registre et le lui fourra dans les mains.

— Le premier janvier, le quatre et le quatorze, Reynolds se trouvait ici au vu et au su de moi-même et d'autres personnes. Vous êtes malade de croire qu'il pourrait tuer quelqu'un, et ceci le prouve.

Mal prit le registre, le feuilleta en vitesse et le lui fourra dans les bras pour le lui rendre.

— C'est un faux. Je ne sais pas ce que signifient les ratures, mais seules votre signature et celle de Loftis sont vraies. Les autres ont été ajoutées, et le détail des minutes, c'est comme si le Club des Cinq demandait sa carte du Parti. C'est un faux, et vous le teniez prêt au cas où. Alors maintenant, vous vous expliquez, ou je vais me faire établir un avis de recherche pour Loftis comme témoin matériel.

Claire serra le registre contre sa poitrine.

— Je ne crois pas en cette menace.Je pense que ça doit être une sorte de vendetta personnelle de votre part.

— Consentez-vous à me répondre ?

— Ma réponse, c'est que votre jeune adjoint Ted n'a pas cessé de me harceler de questions sur l'emploi du temps de Reynolds pendant les trois nuits en question, et lorsque j'ai découvert qu'il était policier, j'ai pensé qu'il avait réussi à se convaincre lui-même que Reynolds avait dû commettre quelque chose d'abominable. Reynolds était ici alors, il assistait aux réunions, alors j'ai laissé traîner ce registre pour que le garçon le voie et qu'il ne déclenche pas un pogrom atroce à partir de preuves indirectes.

Exemple parfait de bonne réponse.

— Vous ne saviez pas qu'un graphologue ne ferait qu'une bouchée de ce registre devant un tribunal ?

— Non.

— Et à votre avis, qu'est-ce que Danny Upshaw essayait de prouver contre Loftis ?

— Je ne sais pas ! Une trahison quelconque, mais certainement pas des meurtres sexuels !

Mal se sentit incapable de dire si elle avait élevé la voix pour masquer un mensonge.

— Pourquoi n'avez-vous pas montré votre véritable registre à Upshaw ? Vous couriez le risque de le voir repérer un faux.

— Je n'ai pas pu. Un policier considérerait probablement que les minutes de notre registre relèvent de la haute trahison.

"Trahison", c'était la meilleure ; voilà qu'une marie-couche-toi-là qui écartait les cuisses devant n'importe quel mignon en pantalon se mettait à faire dans le profond ! Mal se surprit à éclater de rire et s'arrêta.

— Je pourrais savoir ce qu'il y a de tellement drôle ? dit Claire.

— Rien.

— Ne prenez pas vos grands airs.

— Changeons de sujet. Danny Upshaw avait constitué un dossier sur les meurtres, et ce dossier a été volé dans son appartement. Savez-vous quelque chose à ce sujet ?

— Non. Je ne suis pas une voleuse. Ni une faiseuse de bons mots.

La fureur qui l'habitait enlevait dix ans à son visage.

— En ce cas, ne vous faites pas meilleure que vous n'êtes.

Claire leva la main, avant de retenir son coup.

— Si vous ne nous prenez pas au sérieux, mes amis et moi, pourquoi dans ce cas essayez-vous de salir et de ruiner nos existences ?

Mal se retint de lui envoyer une vanne facile.

— Je veux parler à Loftis, dit-il.

— Vous n'avez pas répondu à ma question.

— C'est moi qui interroge. Quand Loftis rentre-t-il ?

Claire se mit à rire.

— Oh mein policeman ! Tout ce que votre visage vient de révéler ! Vous savez très bien que tout ceci n'est qu'une parodie grotesque, n'est-ce pas ? Vous pensez que nous manquons par trop d'efficacité pour représenter un danger véritable, ce qui est à peu près aussi faux que de penser que nous sommes des traîtres.

Mal songea à Dudley Smith ; il songea à la Reine Rouge en train de dévorer Danny Upshaw tout vif.

— Que s'est-il passé entre vous et Ted Krugman ?

— Vous ne vous trompez pas dans vos noms ? Vous voulez dire adjoint Upshaw, si je ne me trompe ?

— *Contentez-vous de répondre.*

— Je vous dirai que c'était un naïf qui ne demandait qu'à rendre service, mais pour ce qui était des femmes, ce n'était que du bluff ! Et je vous dirai aussi que vous n'auriez jamais dû envoyer un patriote américain aussi fragile à nos trousses. Fragile et maladroit. Est-ce qu'il est *vraiment* tombé sur un râtelier à couteaux ?

Mal frappa en arc d'une main ouverte ; Claire accusa le coup et le gifla en retour, pas de larmes, rien que le rouge à lèvres qui la barbouillait et une ecchymose qui se formait sur sa joue. Mal se retourna et serra la rampe, corps tendu, effrayé lui-même par son attitude.

— Vous pourriez simplement laisser tout tomber, dit Claire. Vous pourriez dénoncer la malfaisance de votre entreprise, dire que nous ne présentons aucun danger, que nous ne valons pas l'argent et les efforts investis, et ça n'enlèverait rien au grand flic pur et dur que vous êtes.

Mal avait un goût de sang sur les lèvres.

— Je veux aller jusqu'au bout.

— Pour quelle raison ? La gloire ? Vous êtes trop intelligent pour être patriote.

Mal vit Stefan qui lui faisait signe au revoir.

— Pour votre fils ? dit Claire.

— Qu'avez-vous dit ? dit Mal en tremblant.

— Nous ne sommes pas aussi stupides que vous voulez bien le croire, monsieur le policier récemment promu capitaine. Nous savons engager des détectives privés et eux savent comment procéder pour fouiller les dossiers et vérifier les vieilles rumeurs. Vous savez, je suis très impressionnée par le nazi que vous avez tué et quelque peu surprise que vous soyez incapable de voir les parallèles entre ce régime-là et le vôtre.

Mal continuait à détourner ses regards ; Claire s'approcha de lui.

— Je comprends ce que vous ressentez à l'égard de votre fils. Et je pense que nous savons l'un comme l'autre que tout est joué, la combine est déjà en place.

Mal lâcha la rambarde et regarda Claire :

Ouais, la combine est en place, et cette conversation n'a jamais eu lieu. Et je veux toujours parler à Reynolds Loftis. Et s'il a tué ces quatre hommes, je le fais tomber.

— Reynolds n'a tué personne.

— Où est-il ?

— Il sera de retour ce soir, dit Claire, et vous pourrez lui parler à ce moment-là. Il vous convaincra, et je vais faire un marché avec vous. Je sais que vous avez besoin d'un ajournement de votre procès pour la garde de votre fils, et j'ai des amis au barreau qui pourront vous l'obtenir. Mais je ne veux pas que l'on salisse Reynolds devant un grand jury.

— Vous n'êtes pas sérieuse !

— Ne passez donc pas votre temps à me sous-estimer ! On a fait du mal, beaucoup de mal à Reynolds en 47, et je crois qu'il ne serait pas capable de tenir le choc une nouvelle fois. Je ferai tout ce qui sera en mon pouvoir afin de vous aider vous et votre fils, mais je ne veux pas qu'on fasse de mal à Reynolds.

— Et vous là-dedans ?

— J'encaisserai les coups.

— C'est impossible.

— Reynolds n'a tué personne.

— C'est peut-être vrai, mais il a été cité comme élément subversif trop souvent.

— Alors détruisez les dépositions en question et ne faites pas venir ces témoins-là à la barre.

— Vous ne comprenez pas ! Son nom se retrouve partout dans nos dossiers, nom de Dieu, il est cité un bon millier de fois !

Claire tint les bras de Mal.

— Alors dites-moi seulement que vous ferez tout ce qui est en votre pouvoir pour empêcher qu'on lui fasse trop de mal. Dites oui et je passe mes coups de fil, et ce ne sera pas la peine que vous alliez au tribunal demain.

Mal se vit en train de maquiller les dépositions, déplaçant les noms et réalignant ses graphiques pour que ses flèches indiquent des cocos différents, un duel mano a mano : ses talents de rédacteur contre la mémoire de Dudley Smith.

— Faites-le. Que Loftis soit ici à 8 h et dites-lui que ça va être dégueulasse.

Claire enleva ses mains.

— Ce ne sera pas pire que votre grand jury chéri.

— Ne le prenez pas de haut avec moi parce que je sais qui vous êtes.

— Ne me trompez pas, parce que je me servirai de mes amis pour vous détruire.

Un marché avec un diable rouge en personne : l'ajournement lui faisait gagner du temps, du temps pour désagrafer un élément subversif du tableau, agrafer un tueur et s'agrafer lui-même comme héros. Et puis aussi peut-être, contrecarrer un peu les plans de Claire De Haven.

— Je ne vous tromperai pas, dit Mal.

— Il faudra que je vous fasse confiance. Et puis, je peux vous demander quelque chose ? Rien qu'entre nous ?

— Quoi ?

— Votre opinion sur ce grand jury.

— C'est du gâchis, nom de Dieu, c'est du gâchis et c'est une honte, dit Mal.

Chapitre 34

Mickey Cohen piquait une rogne : Johnny Stompanato lui fournissait les munitions ; Buzz était spectateur — mort de trouille à en faire dans le froc.

Ils se trouvaient à la planque de Mick, entourés de gros bras. Après l'explosion de la bombe sous sa maison, Mickey avait renvoyé Lavonne dans l'est avant de s'installer dans le bungalow de Samo Cañon, en se demandant qui pouvait vouloir sa mort, bordel de Dieu. Jack D avait appelé pour dire que ce n'était pas lui — Mickey l'avait cru. Brenda Allen était toujours sous les verrous, les flics de la ville faisaient la gueule au ralenti et les flics poseurs de bombes, c'était pour l'instant une idée aussi fêlée qu'un film de SF. Mickey décida que c'était les cocos. Un socialo quelconque spécialiste en explosifs avait eu vent que c'était lui derrière les Camionneurs : il en avait pété un joint et collé une bombe qui avait détruit trente-quatre de ses costards sur mesure. C'était un complot coco — ça ne pouvait pas être autre chose.

Buzz était toujours spectateur, dans l'attente d'un coup de fil de Mal Considine. Davey Goldman et Mo Jahelka patrouillaient les alentours ; un groupe de truands était en train de huiler les fusils de chasse planqués derrière le faux panneau entre salon et chambre. Mickey avait commencé à gueuler et râler une demi-heure auparavant, sur des sujets aussi divers qu'Audrey qui faisait ceinture, la résistance passive dans les piquets de manifs ou la manière dont il allait régler le coup de la charrette rouge de l'UAES. De la petite comédie jusqu'à ce que débarque Johnny Stomp et qu'il ne commence à baratiner sur *sa* mystification.

L'Adonis rital était porteur de mauvaises nouvelles : lorsque Peter Skouras s'était taillé pour Frisco, il avait emporté avec lui la caisse d'une semaine — c'est Audrey qui le lui avait dit lorsqu'il était passé collecter le fade en liquide de l'officine du quartier sud. Buzz prêta l'oreille à la conversation, en songeant que sa Lionne n'était quand même pas assez stupide pour essayer de profiter de Peter et de sa carapate — Peter avait dû faire ça tout seul — une petite prime en plus de sa dérouillée à mille dollars. Les renseignements de Johnny se firent encore plus désagréables : il avait rendu visite, batte de base-ball à la main, à un mec sur la liste des mauvais payeurs, et le mec lui avait dit que Peter n'était pas le genre à écrémer ; jamais Peter ne protégerait le frère de sa petite amie parce que Peter aimait les garçons — de la viande jeune et bien bronzée — une habitude qui remontait à un séjour en Alabama lorsqu'il était au trou dans une prison de l'armée — c'est à ce moment-là que Mickey perdit la boule : il se mit à cracher comme un chien enragé, éructant des obscénités en yiddish qui fichaient la tremblote à ses gros bras. Johnny devait bien se rendre compte que son récit contredisait le récit de Buzz ; fait confirmé par un détail : pas moyen que Johnny le regarde droit dans les yeux. Lorsque Mickey arrêterait de délirer pour se mettre à réfléchir sérieusement, ça lui sauterait à la figure aussi — il se mettrait alors à poser des questions et ce serait à nouveau toute une épopée pleine de circonvolutions pour expliquer le mensonge, quelque chose du genre : c'est le frère *du petit ami* que Skouras essayait de protéger parce qu'il ne voulait pas que ce pauvre Grec de Peter soit sali parce qu'il se faisait fourrer à la grecque. Mickey le croirait — probablement.

Buzz sortit son calepin et rédigea un mémo à l'intention de Mal et d'Ellis Loew — des tuyaux en abrégé de la part de trois gâchettes qui bossaient au noir comme gros bras au piquet de manif. Leur consensus : l'UAES gagnait toujours du temps, la valetaille des Camionneurs avait le feu quelque part, prêts à casser des gueules, le seul pépin dans tout ça, c'était une camionnette à l'allure suspecte garée sur Gower avec à l'arrière un homme et sa caméra. L'homme, l'allure studieuse avec ses lunettes à la Trotski, avait été vu en train de bavarder avec Norm Kostenz, le chef du piquet UAES. Conclusion : l'UAES voulait que les Camionneurs passent à l'action de manière à pouvoir enregistrer le cassage de gueules sur pellicule.

Une fois sa BA accomplie, Buzz prêta l'oreille aux divagations de Mickey et vérifia ses véritables notes — les dossiers grand jury et psy passés en revue et recoupés par quelques détails piochés aux Sommiers et une brève conversation avec le collègue de Jack Shortell à l'annexe de San Dimas. Shortell rentrerait du Montana le lendemain : il pourrait toujours aller l'asticoter à ce moment-là pour une revue de détail sur l'affaire d'Upshaw. Le collègue lui avait dit que, selon Jack, Danny semblait croire que les assassinats remontaient à l'époque du meurtre de Sleepy Lagoon et du SLDC — c'était la dernière chose dont le môme ait parlé avant que le LAPD ne lui mette la main au collet. Avec tout ça en tête, Buzz essaya de faire coller la théorie aux faits tirés de ses dossiers.

Et il obtint ceci :

Danny lui avait dit que Reynolds Loftis correspondait au signalement du suspect — et qu'en général — "il collait bien dans le tableau". Charles Hartshorn, suicidé de fraîche date, s'était fait épingler avec Loftis dans un bar à tantes du coin en 44.

Deux noms identiques et une vérification aux Sommiers SCG lui donnèrent Augie Duarte, le refroidi numéro quatre, et son cousin, le gros ponte du SLDC/UAES Juan Duarte, actuellement employé par Variety International Pictures — il travaillait dans un studio proche de la pièce où Duane Lindenaur, la victime numéro trois, travaillait comme rewriter. L'avocat du SLDC, Charles Hartshorn, avait été soumis à un chantage par Lindenaur des années auparavant — une vérification du rapport criminel l'avait conduit jusqu'à un sergent du LASD du nom de Skakel, qui avait également parlé à Danny Upshaw. Skakel lui dit que Lindenaur avait rencontré Hartshorn au cours d'une soirée organisée par un imprésario de la jaquette Felix Gordean, l'homme dont Danny disait qu'il avait éveillé chez l'assassin une véritable fixation.

La première victime, Marty Goines, était morte d'une trop forte injection d'héroïne. La fiancée de Loftis, Claire de Haven, se shootait en sous-cutanées ; elle avait suivi la cure du Dr Terry par trois fois. Terry avait déclaré que c'était Loftis qui lui procurait sa came.

A partir du rapport de Mal sur les interrogatoires, Sammy Benavides/ Mondo Lopez/ Juan Duarte :

Benavides avait crié quelque chose sur Chaz Minear : la tante qui avait fait serrer Loftis s'était payé des garçons auprès d'un "organisme d'escorte de putes mecs" — celui de Gordean ?

Sur Minear encore : dans son dossier psy, Chaz s'était justifié d'avoir balancé Loftis à l'HUAC en désignant le troisième homme du triangle amoureux — "Si vous saviez qui il était, vous comprendriez pourquoi j'ai fait ça."

Deux faits bizarroïdes :

Les pages couvrant les faits de 42 à 44 manquaient au dossier psy de Loftis et Doc Lesnick était introuvable. Au cours de l'interrogatoire des trois mecs, l'un d'eux avait marmonné en aparté — le SLDC avait reçu des lettres qui désignaient un "Blanc costaud" comme responsable du meurtre de Sleepy Lagoon.

Bizarroïde mis à part, il ne restait que de l'indirect — mais trop conséquent pour n'être qu'une coïncidence.

Le téléphone sonna, coupant la tirade de Mickey sur les cocos. Buzz décrocha ; Johnny Stomp ne le quitta pas du regard.

— Ouais, cap. C'est vous ?

— C'est moi, Turner, mon gars.

— Z'avez l'air heureux, patron.

— Je viens de m'avoir un ajournement à quatre-vingt-dix jours, alors je suis heureux. Vous avez bien fait vos devoirs ?

Stompanato regardait de tous ses yeux.

— Sûr que je les ai faits, dit Buzz. Que de l'indirect, mais ça tient le coup. Z'avez causé à Loftis ?

— Retrouvez-moi au 463 Cañon Drive dans une heure. On se le prend comme témoin favorable.

— Sans dec ?

— Sans dec.

Buzz raccrocha. Johnny Stomp lui fit un clin d'oeil avant de se retourner vers Mickey.

Chapitre 35

Des lueurs de phares rebondirent sur le pavé de la rue avant d'accrocher son pare-brise et de disparaître. Mal entendit une porte de voiture qu'on reclaquait et repassa en codes ; Buzz s'approcha et dit :

— Et vous, vos devoirs, y sont faits ?

— Ouais. Comme vous dites, que de l'indirect. Mais c'est là.

— Et comment vous allez goupiller ça, cap ?

Mal garda sous le coude son marché avec De Haven.

— Danny n'a pas tellement finassé en interrogeant Claire sur l'emploi du temps de Loftis les jours des meurtres, alors elle a établi un carnet de bord bidon pour leurs réunions — fournissant ainsi à Loftis un alibi pour les trois nuits. Elle dit qu'ils se sont réunis et qu'il était présent, et qu'ils ont mis sur pied des projets séditieux — c'est pour cette raison qu'elle a trafiqué le machin pour le passer à l'eau de rose. Elle dit que Loftis a le nez propre.

— Vous y croyez ?

— Peut-être bien, mais je sens quelque part avec mes tripes qu'ils sont tous partie prenante dans ce truc. Cet après-midi, j'ai vérifié le compte en banque de Loftis en remontant jusqu'en 40. Par trois fois, au printemps et pendant l'été 44, il a fait des retraits en liquide d'un montant de dix bâtons. La semaine dernière, il en a fait un autre. Intéressant, non ?

Buzz poussa un sifflement.

— Ça remonte à l'époque où y a pas de dossiers sur ce bon vieux Loftis. Ça peut-être que du chantage, tout ce boxon, y sent le chantage. Comment vous voulez lui jouer ça, à la sucette et à la trique ?

Mal sortit de la voiture.

— Vous faites le méchant. Je vais me débrouiller pour nous débarrasser de De Haven, et on va le travailler.

Ils avancèrent jusqu'à la porte et sonnèrent. Claire De Haven vint ouvrir.

— Trouvez-vous un endroit où aller pour une paire d'heures, dit Mal.

Claire regarda Buzz, en s'appesantissant sur son blouson de nylon luisant tout râpeux et son flingue.

— Vous n'avez pas le droit de le toucher.

Mal lui désigna la rue, d'un pouce par-dessus l'épaule.

— Trouvez-vous un endroit.

— Pas de merci pour ce que j'ai fait ?

Mal surprit Buzz qui avait pigé.

— Trouvez-vous un endroit, Claire.

La Reine Rouge les frôla avant de s'éloigner, en se maintenant à distance respectueuse de Buzz. Mal murmura :

— Le signal. Trois doigts sur la cravate et vous le frappez.

— Vous avez les tripes pour faire ça ?

— Oui. Et vous ?

— J'en dois un au petit, patron.

— Je n'arrive toujours pas à me faire à l'idée d'un geste sentimental de votre part.

— Disons que même les vieux singes apprennent un jour. Qu'est-ce qui s'est passé au juste, entre vous et la princesse ?

— Rien.

— J'ai rien dit, patron.

Mal entendit une quinte de toux dans le salon.

— J'le démarre brutal, dit Buzz.

Une voix retentit.

— Messieurs, pouvons-nous en avoir fini au plus vite ?

Buzz entra le premier, et poussa un sifflement devant le mobilier ; Mal suivit, regardant Loftis en détail. L'homme était grand, les cheveux gris, exactement comme dans la description du suspect par Danny Upshaw ; à l'âge de cinquante ans ou à peu près, il était d'une beauté tapageuse ; tout dans son maintien et son allure trahissait une nonchalance apprêtée qui ne trompait personne — déguisé qu'il était en pantalons de tweed et cardigan, affalé de décontraction sur le divan, une jambe ballante, croisée sur l'autre.

Mal s'assit tout près de lui ; Buzz souleva un fauteuil qu'il laissa retomber au sol assez près pour pouvoir respirer l'haleine de Loftis.

— Comme ça, toi et cette petite chérie de Claire, vous vous mariez, pas vrai ?

— Oui, c'est vrai, dit Loftis.

Buzz sourit, affable et doux.

— C'est gentil, ça. Elle va te laisser enfourrer les garçons comme petit supplément ?

— Je n'ai pas à répondre à cette question, dit Loftis dans un soupir.

— Des queues, tu n'as pas à répondre ! Tu réponds, et tu réponds tout de suite.

Mal intervint.

— M. Loftis a raison, sergent. Cette question n'est pas pertinente. M. Loftis, où vous trouviez-vous les nuits du premier, du quatre et du quatorze janvier de cette année ?

— J'étais ici, j'assistais à des réunions du Comité Exécutif de l'UAES.

— Et quel était le sujet à l'ordre du jour de ces réunions ?

— Claire a dit que je n'avais pas à discuter de ce point avec vous.

Buzz vanna.

— Tu reçois des ordres d'une femme ?

— Claire n'est pas une femme ordinaire.

— Sûr qu'elle n'est pas ordinaire. Une riche salope, coco en plus, à la colle avec une tante, pour moi, c'est pas vraiment un truc de tous les jours.

Loftis soupira à nouveau.

— Claire m'a dit que tout ceci serait très laid, et elle était dans le vrai. Elle m'a dit également que votre unique but était de vous convaincre que je n'avais tué personne, et que je n'avais donc pas à discuter des affaires de l'UAES qui se sont traitées ces trois soirs-là.

Mal savait que Meeks comprendrait le marché conclu avec Claire avant longtemps ; il passa dans le camp de son partenaire, côté trique.

— Loftis, je ne pense pas que vous ayez tué quiconque. Mais je pense que vous êtes mêlé jusqu'au cou à d'autres affaires, et je ne parle pas de politique. Nous voulons le tueur, et vous allez nous aider à le capturer.

Loftis se passa la langue sur les lèvres et noua les doigts de ses mains. Mal toucha sa barrette de cravate : *fonce.*

— Quel est ton groupe sanguin ? dit Buzz.

— O positif, dit Loftis.

— C'est le groupe sanguin du tueur, patron. Tu savais ça ?

— C'est le groupe sanguin le plus fréquent chez les personnes de race blanche, et votre ami vient à l'instant de dire que je n'étais plus suspect.

— Mon ami a de ces faiblesses ! Tu connais un trombone du nom de Marty Goines ?

— Non.

— Duane Lindenaur ?

— Non.

— George Wiltsie ?

Tilt : Loftis qui croise et décroise les jambes, en se passant la langue sur les lèvres.

— Non.

— Putain de bordel que non. *Accouche !*

— J'ai dit que je ne l'avais jamais rencontré.

— Alors, pourquoi tu en parles au passé ?

— Oh ! mon Dieu ! ...

Mal fit jaillir un éclair de deux doigts avant de couvrir son poing droit de sa main gauche ; *il est pour moi, on ne frappe pas.*

— Augie Duarte, Loftis. Qu'est-ce que tu sais de lui ?

Buzz fit craquer ses jointures — haut et clair. Loftis eut un recul. Mal dit :

— George Wiltsie était un prostitué mâle. Avez-vous jamais traficoté avec lui ? Dites la vérité ou bien mon partenaire va se mettre en colère.

Loftis baissa les yeux.

— Si.

— Qui a arrangé le coup ? dit Mal.

— Personne n'a rien arrangé ! C'était juste... un rencart.

— Un rencart qui t'a coûté du fric, chef ?

— Non.

— C'est Felix Gordean qui vous a arrangé le coup avec lui, exact ? dit Mal.

— Non.

— Je ne vous crois pas.

— Non !

Mal comprit qu'un aveu direct était hors de question ; il frappa Loftis à l'épaule d'un direct dur et sec.

— Augie Duarte ! Est-ce que ça n'a été qu'un rencart d'une nuit ?

— Non.

— Dites la vérité ou je vous laisse seul en compagnie du sergent.

Loftis serra les genoux et courba les épaules.

— Oui.

— Oui quoi ?

— Oui. Nous avons eu un rencart.

— A t'entendre, t'as connu que des coups d'une nuit. Un rencart avec Wiltsie, un rencart avec Duarte, dit Buzz. Où as-tu rencontré ces mecs-là ?

— Nulle part... dans un bar.

— Quel bar ?

— Le Salon de Chêne du Biltmore, Le Macombo, je ne sais pas.

— Tu commences à m'exciter, mon garçon. Duarte, c'était un Mex, et ces bouis-bouis, y servent pas les espingos. Alors essaie de faire mieux. Tu t'es collé dans les draps avec deux victimes de meurtres, deux nom de Dieu de pédés qui se sont fait étriper. Où les as-tu rencontrés ?

Reynolds Loftis se mura dans son silence, rabougri et tout fripé.

— Tu les as payés, exact ? dit Buzz. C'est pas un péché. J'ai payé aussi pour avoir de la chatte, alors pourquoi quelqu'un de ton engeance ne paierait pas pour avoir du garçon ?

— Non. Non. Non, ce n'est pas vrai.

— Felix Gordean, dit Mal, la voix très douce.

Loftis tremblait.

— Non non non non non.

Buzz crocheta un doigt et lissa sa cravate — signal pour passer le tour : on changeait de sujet.

— Charles Hartshorn. Pourquoi s'est-il tué ?

— Il était torturé par des gens comme vous !

A Mal pour le passe-tour.

— Vous avez fourgué de la horse à Claire. Par qui l'avez-vous eue ?

— Qui vous a dit ça ? — dit Loftis d'un air sincèrement indigné.

Buzz se pencha en avant et murmura :

— Felix Gordean.

Loftis sursauta en arrière et se cogna la tête contre le mur.

— Duane Lindenaur travaillait à Variety International, dit Mal, là où vos amis Lopez, Duarte et Benavides travaillent actuellement. Juan Duarte est le cousin d'Augie Duarte. Vous avez joué dans des films de Variety International. Duane Lindenaur faisait chanter Charles Hartshorn. Pourquoi ne pas essayer de me recoller tous ces morceaux ensemble ?

Loftis transpirait ; Mal perçut un tressaillement au mot de *chantage*.

— Trois fois en 44 et une fois la semaine dernière, vous avez retiré dix bâtons de votre compte bancaire. Qui est-ce qui vous fait chanter ?

La sueur perlait sur Loftis. L'éclair d'un poing de Buzz à l'instant pile. Refus de la tête de Mal qui lui fit son signe de passe-tour.

— Parle-nous un peu du Comité de Défense de Sleepy Lagoon, dit Buzz. Y'a des trucs bizarres qui se sont passés, pas vrai ?

Loftis essuya la sueur de son front.

— Quels trucs bizarres ? dit-il d'une voix qui craquait.

— Des trucs comme les lettres qu'a reçues le Comité, qui disaient que c'était un balèze de race blanche qui avait descendu José Diaz. Un adjoint du shérif, un de nos potes, semblait penser que tous ces meurtres remontaient à Sleepy Lagoon — à l'époque de la baguette zazou. Toutes les victimes ont été tailladées à la baguette zazou.

Loftis se tordit les mains, exsudant encore plus de sueur ; le regard était vitreux. Mal voyait bien que Meeks avait lancé un petit coup en douceur — un petit truc sans importance, pêché dans ses notes d'interrogatoires — mais le petit coup s'était transformé en coup de massue. Buzz avait l'air sidéré ; Mal y alla plus fort côté trique.

— Loftis, qui est-ce qui vous fait chanter ?

— Non... dit Loftis d'un gémissement aigu.

Mal vit que ses vêtements étaient détrempés de sueur.

— Que s'est-il passé avec le SLDC ?

— Non !

— Est-ce que Gordean vous fait chanter ?

— Je refuse de répondre, en me fondant sur le fait qu...

— Vous n'êtes qu'une merde visqueuse de sale coco. Quel genre de trahison préparez-vous à vos réunions ? Crachez le morceau !

— Claire a dit que je n'avais pas à le faire !

— C'est qui le morceau de chair fraîche pour lequel vous vous battiez pendant la guerre, Chaz Minear et vous ? C'est qui ce morceau de choute ?

Loftis se mit à sangloter, à gémir comme une pleureuse avant de sortir une litanie couinante :

— Je refuse de répondre en me fondant sur le fait que mes réponses pourraient m'incriminer, mais je n'ai jamais fait de mal à personne et mes amis non plus, alors, s'il vous plaît, ne nous faites pas de mal.

Mal serra le poing, chevalière de Stanford sortie, pierre dure à l'extérieur pour faire le maximum de dégâts. Buzz posa la main sur son propre poing et serra, nouveau sémaphore : *ne le cogne pas ou c'est moi qui te cogne*. Mal eut la trouille et alla se chercher sa grosse artillerie : Loftis ne savait pas que Chaz Minear l'avait cafté à l'HUAC.

— Vous voulez protéger Minear ? Vous ne devriez pas, parce que c'est lui qui vous a balancé aux Fédés. C'est grâce à lui que vous vous êtes retrouvé sur la liste noire.

Loftis se roula en boule sur lui-même ; il continua à murmurer sa litanie du Cinquième Amendement, comme si l'interrogatoire était légal et que son défenseur allait fondre à la rescousse.

— Espèce de connard taré, dit Buzz, on aurait pu l'avoir.

Mal se retourna et vit Claire De Haven qui se tenait là. Elle ne cessait de répéter "Chaz".

Chapitre 36

Le feu couvait dans les piquets de manifs.

Buzz observait en spectateur de la passerelle de Variety International, trois étages plus haut. Jack Shortell et Mal étaient censés appeler ; Ellis Loew lui avait téléphoné à la maison en l'arrachant à un autre de ses cauchemars centrés sur Danny Upshaw. Ordre du Procureur : convaincre Herman Gerstein de cracher cinq bâtons de rab dans les coffres de guerre du grand jury. Herman était sorti — probablement pour aller bouffer la chatte de Betty Grable — et il n'y avait rien que lui pût faire, sinon de se laisser mijoter en songeant au foirage de Considine et de cadrer plein champ les prémices du massacre en bas dans la rue.

Ça se voyait comme un nez au milieu de la figure :

Un des nervis des Camionneurs, batte de base-ball à la main, traînait des guêtres du côté de la camionnette-caméra de l'UAES ; quand la merde se mettrait à voler et que les bobines tourneraient, il serait là, pépère, à pied d'oeuvre, pour neutraliser le cinéaste et lui bousiller son matériel. Les piquets des Camionneurs portaient doubles et triples bannières et bâtons avec poignées passées à l'adhésif, de la bonne trique. Quatre gros-bras rôdaient en cachette du côté de la camionnette-repas des socialos — tout à fait le nombre qu'il fallait pour vous la retourner et ébouillanter le mec à l'intérieur avec son café. Une minute auparavant, il avait vu une gâchette de Cohen qui venait faire sa livraison en loucedé : des fusils antiémeutes avec adaptations pour balles caoutchouc, enveloppés et emmaillotés comme le Petit Jésus. Plus loin sur De Longpre, l'équipe de prise de vues des Camionneurs se tenait prête ; acteurs/manifestants viendraient résolument mettre leur grain de sel, avec juste ce qu'il fallait de provocation pour être sûr que quelques membres de l'UAES leur sauteraient sur le rable à coups redoublés ; trois mecs et leur caméra à l'arrière d'un pick-up, sous une bâche goudronnée. La bagarre finie, les garçons de Mickey survivraient sur le Celluloïd comme les bons de l'histoire.

Buzz ne cessait de superposer Mal à l'action qui se préparait. Le pitaine avait presque craché le morceau sur les dossiers psy confidentiels de Doc Lesnick — en vendant la mèche sur Minear qui avait balancé Loftis — juste au moment où ils mettaient le doigt sur le côté chantage de l'affaire et Felix Gordean. Il l'avait poussé au train pour qu'ils se tirent fissa de la maison et pour l'empêcher de continuer à foutre en l'air la couverture de l'équipe — s'ils avaient de la chance, De Haven et Loftis allaient s'imaginer qu'un indic de l'HUAC leur avait fourni les tuyaux sur Minear. Pour un flic intelligent, le capitaine Malcolm Considine n'arrêtait pas de faire des actions stupides ; vingt contre un qu'il avait passé un marché avec Claire la Rouge pour obtenir l'ajournement dans son affaire de garde d'enfant ; dix contre un que son attaque sur Loftis avait été bien près de tout envoyer aux pâquerettes. La vieille choute n'avait rien d'un tueur, mais le trou de 42 à 44 dans son dossier psy — une époque dont le souvenir le terrifiait — en disait des tonnes, et lui avec De Haven apparaissaient comme les suspects numéro un dans l'affaire du dossier du môme timbré. Et Doc Lesnick, introuvable, commençait à détonner dans le tableau autant que Mal qui foutait en l'air son propre rêve jouissif.

Les hommes des Camionneurs se passaient des bouteilles à la cantonade ; l'UAES défilait et criait ses tristes refrains vieillots : "Des Salaires Décents Aujourd'hui", "A bas la Tyrannie des Studios". Buzz songea à un chat sur le point de bondir sur une souris en train de grignoter du fromage au bord d'une falaise ; il décida de laisser tomber son après-midi enfantine et pénétra dans le bureau d'Herman Gerstein.

Toujours pas de pacha ; la fille du standard à l'usine devait faire transférer ses appels sur la ligne privée d'Herman. Buzz s'installa derrière le bureau de Gerstein, renifla son humidificateur à cigares, admira les photos de starlettes sur le mur. Il était en train de spéculer sur sa prime de grand jury, lorsque le téléphone sonna.

— Allô.

— Meeks ?

Pas Mal, pas Shortell — et pourtant la voix était familière.

— C'est moi. Qui c'est ?

— Johnny.

— Stompanato ?

— Ah ! Qu'on a la mémoire courte !

— Johnny, pourquoi tu m'appelles ?

— Comme on oublie vite ses bonnes actions ! Je te dois, tu te souviens ?

Buzz se souvint du coup Lucy Whitehall — à croire que ça remontait à un million d'années.

— Vas-y, Johnny.

— Je paie ma dette, espèce de connard taré. Mickey sait que c'est Audrey l'écrémeuse. Je ne lui ai pas dit, et je l'ai même bouclé sur le coup que tu as monté avec Peter S. C'est la banque. Audrey a déposé le résultat de sa raclette dans la banque d'Hollywood où Mick dépose le pognon de sa boîte à paris. Le directeur a eu des doutes et l'a appelé. Mickey va envoyer Fritzie pour qu'il la ramène. T'es plus près, comme ça, on est quittes.

Buzz vit Fritzie Pic-à-glace dans ses oeuvres de découpage.

— T'étais au courant pour nous deux ?

— J'avais l'impression qu'Audrey se montrait agitée ces temps derniers, alors je l'ai filée jusqu'à Hollywood et elle t'a retrouvé. Mickey n'est pas au courant pour elle et toi, alors tiens-toi à carreau.

Buzz envoya un gros baiser mouillé dans le combiné, raccrocha et appela Audrey ; la ligne sonna occupée. Il se dépêcha vers le parking de derrière et sa voiture. Il grilla les feux rouges, il grilla les feux orange, il prit tous les raccourcis qu'il connaissait en quatrième vitesse ; il vit la Packard d'Audrey dans l'allée, monta la bordure du trottoir pour finir par un dérapage sur la pelouse. Il laissa le moteur tourner, dégaina son 38, courut jusqu'à la porte et l'ouvrit d'un coup d'épaule.

Audrey était installée sur son siège d'occase, bigoudis dans les cheveux et crème sur le visage. Elle vit Buzz et essaya de se couvrir ; Buzz se dirigea droit sur elle et commença à l'embrasser pour se retrouver tout gluant.

— Mickey sait que c'est toi qui l'as raclé, dit-il entre deux baisers.

— C'est pas juste, couina Audrey... Tu n'es pas censé me voir dans cet état-là !

Buzz songea à Fritzie K qui gagnait du terrain : il agrippa la Lionne et la tira jusqu'à sa voiture.

— Ventura, près de l'autoroute de la Côte Pacifique, dit-il d'un halètement, et je serai juste derrière toi. C'est pas le Beverly Wilshire, mais c'est sûr.

— Cinq minutes pour mes bagages ? dit Audrey.

— Non, dit Buzz.

— Oh, merde ! J'aimais vraiment bien L.A.

— Dis-lui au revoir.

Audrey fit sauter une poignée de bigoudis et s'essuya le visage.

— Au revoir, L.A.!

* * *

La caravane de deux voitures fit le parcours jusqu'à Ventura en une heure dix. Buzz colla Audrey dans la cahute en limite de ses terres, cacha sa Packard dans un bouquet de pins, lui laissa tout son pognon sauf un billet de dix sacs et un dollar et lui dit d'appeler un de ses amis en poste chez le shérif de Ventura pour qu'il lui trouve une planque — l'homme en question lui devait presque autant que tout ce qu'il devait à Johnny Stompanato. Audrey éclata en larmes lorsqu'elle se rendit compte que c'était au revoir L.A. pour de bon, au revoir la maison, le compte en banque, les vêtements et tout le reste, excepté son porteur de valises d'amant ; Buzz élimina le reste de sa crème à force de baisers, lui dit qu'il appellerait son pote pour mettre de l'huile dans les rouages et qu'il l'appellerait, elle, chez le gars en question le soir-même. La Lionne le laissa partir dans un soupir, les yeux secs.

— Mickey était facile de la thune, mais il valait rien au lit. Je me débrouillerai pour qu'il ne me manque pas.

* * *

Buzz alla plein sud jusqu'à Oxnard, la ville suivante. Il trouva une cabine téléphonique, appela Dave Kleckner au tribunal de Ventura, prit ses dispositions avec lui pour qu'il aille récupérer Audrey et composa le numéro de sa ligne privée aux Avions Hugues. Sa secrétaire lui dit que Jack Shortell avait téléphoné ; elle avait transféré l'appel au bureau d'Herman Gerstein, jusqu'au poste de Mal Considine. Buzz changea son dollar en pièces de dix cents et demanda à l'opératrice d'appeler Madison 4609 ; Mal répondit :

— Oui ?

— C'est moi.

— Où êtes-vous ? J'ai essayé de vous joindre toute la matinée.

— Ventura. Une petite course.

— Eh bien, vous avez raté le plus beau. Mickey est devenu fêlé. Il a donné carte blanche à ses hommes de Gower Gulch, et ils font exploser les crânes pendant que nous parlons. Je viens d'avoir au bout du fil un lieutenant de la brigade antiémeutes, et il a dit qu'il n'avait jamais rien vu de pire. Ça vous dirait de parier ?

Ses chances de sortir la Lionne du pays : à égalité.

— Patron, Mickey est fêlé d'Audrey, c'est pour ça qu'il a probablement pété un joint. Il a découvert que c'était elle qui l'écrémait dans sa boîte de prêts.

— Seigneur ! Est-ce qu'il est au cour...

— Que dalle et je veux que ça reste comme ça. Elle est en planque ici pour l'instant, mais ça ne pourra pas durer toujours.

— On arrangera quelque chose. Toujours partant pour repayer vos dettes ?

— Plus que jamais. Z'avez parlé à Shortell ?

— Y'a dix minutes. Vous avez de quoi écrire ?

— Non, mais j'ai de la mémoire. Envoyez le topo.

— La dernière chose sur laquelle Danny ait travaillé, c'est sur un lien possible entre le labo dentaire Joredco de Bunker Hill — ils fabriquent des râteliers d'animaux— et un naturaliste qui élève des gloutons à quelques blocs de là. Nort Layman a identifié les marques de morsures sur les victimes comme provenant de dents de glouton — c'est ça le cœur du problème.

Buzz siffla.

— Christ en béquilles !

— Ouais, et ça devient encore plus bizarre. Un, Dudley Smith n'a jamais collé de filatures aux hommes que Danny voulait voir sous surveillance. Shortell l'a découvert, et il ne sait pas si ça signifie quelque chose ou non. Deux, la fixation de Danny sur le meurtre de Sleepy Lagoon et le SLDC est directement liée à un complice de Marty Goines pour ses cambriolages — c'était un môme au début des années 40 — un môme au visage brûlé. L'été 42, il y a eu un paquet de vols avec effraction non résolus dans le secteur de Bunker Hill, et Danny a donné à Shortell huit noms relevés à partir des fiches d'IT — c'est la police qui veillait au respect du couvre-feu à l'époque, et il y avait des tas de fiches. Shortell a procédé par éliminations sur ses noms et il s'est retrouvé avec un homme, groupe sanguin O+ — Coleman Masskie, DDN 9/5/23, 236 Sud Beaudry, Bunker Hill. Shortell pensait que les chances sont bonnes pour que ce soit le pote cambrio de Goines.

Buzz nota les indications chiffrées.

— Patron, ce mec Masskie, il a même pas vingt-sept ans, y'a comme qui dirait une contradiction avec la théorie du tueur entre deux âges.

— Je sais, ça me tracasse aussi, dit Mal. Mais Shortell pense que Danny était sur le point de tout résoudre — et selon Danny, le plus brûlant de l'affaire, c'était cette histoire de cambriolages.

— Patron, faut qu'on se prenne le Felix Gordean. On n'était pas loin la nuit dernière, quand vous...

Silence, puis la voix écœurée de Mal.

— Ouais, je sais. Ecoutez, vous suivez la piste Masskie, moi, je vais secouer Juan Duarte. J'ai mis quatre gars du Bureau sur la piste de Doc Lesnick, et s'il est toujours vivant et trouvable, il est à nous. On se retrouve ce soir devant le château Marmont, 5 h 30. On se fera Gordean.

— On se le fait, dit Buzz.

— Vous aviez compris pour De Haven et moi ?

— Ça m'a pris deux secondes. Vous ne croyez pas qu'elle va vous rouler ?

— Non, j'ai le plus gros atout en main. Vous et la nana de Mickey Cohen, Seigneur !

— Vous êtes invité au mariage, patron.

— Essayez de rester en vie jusque-là, mon gars.

* * *

Buzz emprunta l'autoroute de la Côte Pacifique jusqu'à L. A., puis Wilshire vers l'est jusqu'à Bunker Hill. Le ciel était brassé de nuages sombres qui menaçaient de déverser leur déluge et de détremper les terrains de toute la Californie sud pour y déterrer peut-être quelques macchabées de plus et expédier quelques têtes de cochon de plus sur le sentier de la guerre pour repayer leurs dettes. Le deux-cent-trente-six Beaudry Sud était une bâtisse victorienne peu reluisante, le moindre bardeau en était fendillé et dégradé par les intempéries ; Buzz se gara et aperçut une vieille femme qui râtissait des feuilles mortes sur une pelouse de façade aussi jaunâtre que la crèche.

Il sortit et s'approcha d'elle. De plus près, elle révéla les restes fanés d'une beauté véritable : une peau pâle, presque transparente sur des pommettes mannequin de haute-couture, des lèvres pleines et la chevelure la plus seyante qu'il ait jamais vue, grise mêlée de brun. Seuls les yeux ne suivaient pas avec le reste — ils étaient trop brillants et trop protubérants.

— M'dame ? dit Buzz.

La vieille s'appuya sur son râteau ; une seule et unique feuille se trouvait prise entre les dents — et c'était la seule feuille de toute la pelouse.

— Oui, jeune homme ? Venez-vous apporter votre contribution à la croisade de sœur Aimée ?

— Il y a un moment déjà que sœur Aimée n'exerce plus, m'dame.

La femme tendit la main — flétrie, tordue d'arthrite à la voir — une patte de mendiante. Buzz y laissa tomber quelques pièces.

— Je cherche un homme du nom de Coleman Masskie. Est-ce que vous le connaissez ? Il habitait ici il y a sept ou huit ans de ça.

La vieille eut un sourire.

— Je me souviens bien de Coleman. Je suis Delores Masskie Tucker Kafesjian Luderman Jensen Tyson Jones. Je suis la mère de Coleman. Coleman a été l'un des esclaves les plus dévoués de tous ceux que j'ai

418

portés en mon sein pour qu'ils prêchent la bonne parole pour sœur Aimée.

Buzz déglutit.

— Des esclaves, m'dame ? Y'a pas à dire, vous portez beaucoup de noms.

La femme éclata de rire.

— L'autre jour, j'ai essayé de me souvenir de mon nom de jeune fille, et je n'y suis pas arrivée. Voyez-vous, jeune homme, j'ai eu beaucoup d'amants comme éleveuse d'enfants pour sœur Aimée. Dieu m'avait faite belle et féconde de sorte que je puisse, si je le désirais, fournir à sœur Aimée Semple Mc Pherson nombre de disciples, et le comté de Los Angeles n'a pas été avare de subsides en dollars pour que je puisse nourrir mes petits. Certains cyniques me considèrent fanatique et profiteuse des biens publics, mais le diable parle par leur bouche. Ne pensez-vous pas que d'engendrer de la bonne progéniture blanche pour sœur Aimée soit une noble vocation ?

— Très certainement, dit Buzz, et je m'disais que j'pourrais p't'être m'y mettre moi-même. M'dame, où se trouve Coleman aujourd'hui ? J'ai de l'argent à lui remettre, et j'm'dis qu'il vous en refilerait bien un p'tit peu.

Delores racla l'herbe de son râteau.

— Coleman a toujours été généreux. J'ai eu au total neuf enfants — six garçons, trois filles. Deux des filles sont devenues disciples de sœur Aimée, la troisième, j'ai honte à le dire, est devenue prostituée. Les garçons se sont enfuis à l'âge de quatorze ou quinze ans — huit heures de prières et de lecture de la Bible par jour, c'était trop exiger d'eux. Coleman est celui qui est resté le plus longtemps — jusqu'à l'âge de dix-neuf ans. Je lui ai accordé une dispense — pas de prière ni de lecture de la Bible parce qu'il se chargeait des corvées du voisinage et me donnait la moitié de l'argent gagné. Combien d'argent devez-vous à Coleman, jeune homme ?

— Beaucoup, dit Buzz. Où se trouve Coleman, m'dame ?

— En enfer, j'en ai peur. Ceux qui rejettent sœur Aimée sont condamnés à bouillir pour l'éternité dans un chaudron brûlant plein de pus et de sperme de Nègre.

— M'dame, quand avez-vous vu Coleman pour la dernière fois ?

— Je crois bien que la dernière fois que je l'ai vu, c'était à la fin de l'automne de 1942.

Réponse à moitié sensée — qui cadrait avec les prévisions d'Upshaw.

— Qu'est-ce qu'il faisait à l'époque, ce bon vieux Coleman, m'dame ?

Delores ôta la feuille de son râteau et la réduisit en poussière.

— Coleman commençait à découvrir le monde. Il écoutait des disques de jazz sur un Victrola, il allait traîner le soir et il a laissé tomber le lycée prématurément, ce qui m'a mise en colère, parce que sœur Aimée préfère que ses esclaves aient leur diplôme d'études secondaires. Il s'est trouvé un travail abominable dans un laboratoire dentaire, et très franchement, il s'est mis à voler. Je trouvais toujours des babioles bizarres dans sa chambre, mais je l'ai laissé faire lorsqu'il a confessé ses actes de transgressions contre la propriété individuelle et fait promesse d'abandonner dix pour cent de ses gains à sœur Aimée.

Le labo dentaire, Coleman cambrioleur — la théorie d'Upshaw commençait à prendre forme.

— M'dame, c'était bien en 42 que Coleman s'adonnait à ses vols ?

— Oui. L'été avant qu'il quitte la maison.

— Et est-ce que Coleman avait le visage brûlé ? Etait-il défiguré d'une manière ou d'une autre ?

La vieille fêlée en resta bouche bée.

— Coleman était le modèle personnifié de l'esclave mâle dans toute sa beauté. Il était aussi beau que les idoles de cinéma !

— Désolé d'avoir dénigré le physique du garçon. M'dame, qui était Masskie ? C'est lui le père du petit garçon ?

— Je ne peux pas dire que je me souvienne. Au début des années vingt, je ne comptais plus mes hommes, je n'ai gardé que les noms de ceux que la nature avait favorisés de manière conséquente — ça me facilitait les choses lorsque je déclamais mes incantations à la fertilité. Combien d'argent exactement devez-vous à Coleman ? Vous savez, il est en enfer. En me donnant l'argent, vous pourriez aider au salut de son âme.

Buzz lui tendit au bout de deux doigts son dernier bifton de dix.

— M'dame, vous avez dit que Coleman avait pris la poudre d'escampette à l'automne de 42 ?

— Oui , c'est vrai et sœur Aimée vous remercie.

— Pourquoi est-il parti ? Où est-il allé ?

Delores eut l'air effrayé — la peau des ses pommettes s'affaissa plus encore et ses yeux exorbités sortirent de quelques centimètres supplémentaires.

— Coleman est parti à la recherche de son père quel qu'ait pu être ce dernier. Un homme méchant à l'accent chantant et à la voix méchante est passé par ici, il était à sa recherche et Coleman a été pris de terreur et s'est enfui. L'homme à l'accent chantant est revenu poser des questions sur Coleman et ce qu'il était devenu, mais j'ai continué à invoquer le pouvoir de sœur Aimée et il a abandonné.

L'époque du meurtre de Sleepy Lagoon ; Dudley Smith qui demandait à faire partie de l'équipe du grand jury ; Dudley qui bandait sans rime ni raison pour le meurtre de José Diaz et le SLDC.

— Madame, est-ce que vous voulez parler d'un accent irlandais ? Un homme costaud, pas loin de la quarantaine à l'époque, le visage rougeaud, les yeux et les cheveux bruns ?

Delores fit des signes, les mains à la poitrine avant de les porter au visage, comme si elle essayait de repousser des vampires dans un vieux film d'horreur.

— Derrière moi, Satan ! Sentez le pouvoir de l'Eglise des Quatre Carrés, du Temple de l'Angélus et de sœur Aimée Semple Mc Pherson, et je ne répondrai plus à une seule question si vous ne payez pas le tribut qui convient en liquide. Derrière-moi ou craignez l'Enfer !

Buzz retourna ses poches pour des clous ; il savait reconnaître un mur quand il en voyait un.

— M'dame, vous direz à sœur Aimée de retenir ses légions — je reviendrai.

* * *

Buzz rentra à la maison, arracha une photo de Dudley Smith, alors agent aux Patrouilles, de son annuaire de l'académie du LAPD, et fit route vers le château Marmont. Le crépuscule tombait accompagné d'une pluie fine lorsqu'il se gara sur Sunset près de l'entrée principale ; il commençait à se faire du mauvais sang à propos de la Lionne lorsque Mal tapota le pare-brise et monta dans la voiture.

— C'est du gâteau. Vous ?

— Deux fois du gâteau.

— Patron, ce truc arrête pas de ricocher, et c'est en contradiction avec "le mec entre deux âges".

Mal étendit les jambes.

— Tout comme le mien. Nort Layman a appelé Jack Shortell, qui m'a appelé. Doc a passé au peigne fin la Rivière de L.A. près de l'endroit où l'on a découvert le corps d'Augie Duarte — il veut des examens de labo complets, c'est pour un bouquin qu'il est en train d'écrire. Ecoutez ça : il a trouvé des cheveux de perruque gris argent avec du sang O+ — de toute évidence d'une égratignure à la tête — à l'endroit exact où le tueur a dû escalader une clôture pour s'échapper. Voilà pourquoi votre jeu de ricochet tient le coup.

— Et pas Loftis, dit Buzz. Patron, vous croyez que quelqu'un essaie d'entôler la vieille tante ?

— J'y ai pensé, oui.

— Qu'est-ce que vous avez obtenu de Juan Duarte ?

— Des trucs à faire peur, bien pire que ces nom de Dieu de dents de glouton. Danny a parlé à Duarte, vous saviez ça ?

— Non.

— C'était juste avant qu'il se fasse alpaguer par le LAPD. Duarte a dit à Danny qu'à peu près à l'époque du SLDC, Reynolds Loftis avait un de ses frères avec lui qu'il traînait partout, beaucoup plus jeune que lui — et qui lui ressemblait comme deux gouttes d'eau. Au début, le môme avait le visage couvert de pansements, parce qu'il avait été brûlé dans un incendie. Personne n'était au courant de sa ressemblance frappante avec Loftis jusqu'à ce qu'il enlève ses pansements. Le môme avait la langue facile : aux rassemblements du SLDC, il racontait partout qu'un Blanc costaud avait tué José Diaz — mais personne ne le croyait. Il était censé fuir et se cacher du tueur, mais lorsque Duarte a dit : "Comment ça se fait que tu te montres ici, le tueur pourrait te voir ?", le frère a répondu : "J'ai une protection spéciale." Buzz, il n'y a pas la moindre mention, dans aucun des dossiers du grand jury, d'un jeune frère de Loftis. Et ce n'est pas tout, le meilleur arrive.

Buzz se dit : je le sais bien ; il se demandait qui prononcerait "Dudley Smith" en premier.

— Continuez. Mes tuyaux cadrent en plein.

— Duarte est allé rendre visite à Charles Hartshorn juste avant le prétendu suicide de ce dernier, pour voir s'il n'y aurait pas moyen de remuer un peu les flics dans leur enquête sur le meurtre d'Augie. Hartshorn a dit qu'il avait été mis au parfum du meurtre de Duane Lindenaur — par vous, collègue — et il avait lu dans une feuille à scandales que les autres victimes avaient été mutilées à la baguette zazou ; il pensait que les mecs dessoudés avaient peut-être un rapport avec le SLDC. Hartshorn a alors appelé le LAPD et il a parlé d'un sergent Breuning, qui lui a dit qu'il arrivait sur le champ. Duarte est parti, et le lendemain, on a découvert le corps de Hartshorn. Bingo !

Buzz fut le premier à le dire.

— Dudley Smith. C'était lui le grand Blanc costaud et il s'est mis dans l'équipe pour pouvoir faire le chien de garde sur les témoignages du SLDC. C'est pour cette raison-là qu'il s'intéressait à Upshaw. Danny était obsédé par les mutilations à la baguette zazoue et Augie Duarte — le cousin de Juan — était sur sa liste de surveillance. C'est pour ça que Dudley a fait foirer les filoches. Il est allé voir Hartshorn avec Breuning , et quelqu'un a dit ce qu'il ne fallait pas. Un petit numéro de cravate de chanvre, salut, Charlie.

Mal frappa le tableau de bord.

— Putain, je ne peux pas le croire.

— Moi, je peux. Et voici maintenant une bonne question. Z'avez traîné vos guêtres avec Dudley beaucoup plus que moi ces temps-ci. Est-ce qu'il est lié aux pédés descendus ?

— Non, dit Mal en secouant la tête. Je me suis creusé la cervelle là-dessus, et je n'arrive pas à le voir là-dedans. Dudley voulait qu'Upshaw se joigne à l'équipe, et il se fichait complètement d'homos assassinés. C'est quand Danny a poussé à la roue sur "baguette zazou" et "Augie Duarte" que Dudley a commencé à avoir peur. Est-ce que José Duarte n'était pas un zazou ?

— On lui a tailladé les fringues à la baguette zazou, dit Buzz. Je crois me souvenir de ça. Vous avez un mobile pour que Dudley tue Diaz ?

— Peut-être bien. Je suis allé avec Dudley rendre visite à sa nièce. Apparemment, elle a un faible pour les Mex et Dudley ne peut pas le supporter.

— Un peu mince, patron.

— Dudley est fou à lier ! Bordel, qu'est-ce qu'il vous faut de plus ?

Buzz pressa le bras de son collègue.

— Whoa, garçon, écoutez un peu ce que j'ai. J'ai eu une petite conversation avec la mama cinglée de Coleman Masskie. Elle a eu des tas de mômes différents, elle sait pas qui est à qui. Coleman a quitté la maison à la fin de l'automne 42. C'était un cambrioleur, il adorait le jazz, il a travaillé dans un labo dentaire. Tout ça cadre très bien avec le scénario d'Upshaw. Et maintenant, gobez-moi ça ! automne 42, un costaud à l'accent marqué se pointe et pose des questions sur Coleman. Je décris Dudley, la vieillasse se prend une trouille et se ferme comme une huître. Je dis que Coleman, c'est le mec qui fuit le grand costaud, costaud qui est Dudley et qui a buté José Diaz — et Coleman l'a vu faire. Je dis qu'on se prend Gordean maintenant — après on s'en retourne auprès de la vieille avec notre cargaison de questions pour essayer de la rattacher à Reynolds Loftis.

— Je fais tomber Dudley, dit Mal.

Buzz secoua la tête.

— Réfléchissez-y à deux fois. Pas de preuves, pas de pièces à conviction sur Hartshorn, un homicide vieux de huit ans sur un espingo, un flic avec l'influence de Dudley. Vous êtes aussi fêlé que lui si vous croyez que ça va marcher.

Mal imita une voix de ténor aux accents bien cadencés.

— Alors, je le tuerai, *mon gars*.

— Mon cul, oui !

— J'ai déjà tué un homme, Meeks. Je peux le refaire.

Buzz vit qu'il était bien partant — il profitait déjà du spectacle, un pied dans le vide de la falaise.

— Collègue, un nazi pendant la guerre, c'est pas la même chose.

— Vous étiez au courant ?

— Pourquoi vous croyez que j'ai toujours eu la trouille que c'soit vous au lieu de Dragna qui m'ait fait le coup ? Un mec comme vous, un gentil aux bonnes manières, ça tue une fois, et ça *peut* le refaire.

Mal éclata de rire.

— Vous aviez déjà tué quelqu'un ?

— Je m'appuie sur le Cinquième Amendement, patron. Et maintenant, vous voulez aller vous le faire, le mac à pédés ?

Mal acquiesça d'un signe de tête.

— L'adresse, c'est le 7941 — je crois que c'est à l'arrière, côté bungalows.

— Vous ferez le méchant ce soir. Vous êtes doué pour le rôle.

— Après vous, mon gars.

Buzz ouvrit la marche. Ils traversèrent le hall d'entrée et sortirent par une porte latérale dans la cour intérieure ; il faisait sombre et de hautes haies masquaient les bungalows individuels. Buzz suivit les numéros marqués sur des poteaux en fer forgé, vit 7939 et dit :

— Ça doit être le suivant.

Des coups de feu.

Un, deux, trois, quatre — proches, côté numéros impairs de l'allée piétonne. Buzz dégaina son 38 ; Mal dégaina le sien et l'arma. Ils coururent jusqu'au 7941, se collèrent au mur de chaque côté de la porte et prêtèrent l'oreille. Buzz entendit des bruits de pas à l'intérieur qui s'éloignaient de la porte ; il regarda Mal, compta un, deux, trois sur les doigts, pivota et ouvrit la porte d'un coup de pied.

Deux balles firent sauter des éclats de bois au-dessus de sa tête ; une flamme vacilla dans l'obscurité d'une pièce du fond, éclairant un embout de canon. Buzz tomba au sol ; Mal s'écroula sur lui et fit feu par deux fois à l'aveuglette ; Buzz vit un homme les bras en croix sur la moquette, le peignoir de soie jaune détrempé de sang du col à la ceinture. Des liasses de billets attachées de bandes de la banque entouraient le corps.

Mal trébucha et chargea. Buzz le laissa aller, entendit des bruits sourds, une collision, un fracas de verre brisé mais plus de coups de feu. Il se remit debout et fouilla le macchab — un beau micheton, la barbe taillée bien net, les doigts nets et manucurés et plus grand-chose en guise de torse. Les liasses portaient marqué Fédérale de Beverly Hills et il y avait au moins trois mille dollars en paquets d'un demi-bâton à portée de main. Buzz résista ; Mal revint, haletant. Il dit d'une voix sifflante :

— Une bagnole attend. Dernier modèle, berline blanche.

Buzz donna un coup de pied dans une liasse de dos verts ; elle atterrit sur un "FG" brodé sur la manche du mort.

— La Fed de Beverly Hills. C'est là que Loftis a retiré son argent ?

— C'est bien l'endroit.

Des sirènes au loin.

Buzz fit un signe d'adieu à tout le pognon.

— Loftis, Claire, le tueur, qu'est-ce que vous en pensez ?

— On va chez eux tout de suite. Avant que les Shérifs nous demandent ce que nous...

— Chacun sa voiture, dit Buzz avant de décoller au pas de course aussi vite qu'il le pouvait.

* * *

Mal arriva le premier.

Buzz l'aperçut en face de la maison de De Haven, de l'autre côté de la rue ; il fit demi-tour et coupa le moteur. Mal se pencha à la vitre.

— Qu'est-ce qui vous a retenu ?

— Je cours lentement.

— Quelqu'un vous a vu ?

— Non. Et vous ?

— Je ne crois pas. Buzz, nous n'avons pas été là-bas.

— Vous faites chaque jour des progrès à ce jeu-là, patron. Qu'est-ce que vous avez trouvé ici ?

— Deux voitures, le moteur froid. J'ai regardé par une fenêtre et j'ai vu De Haven et Loftis qui jouaient aux cartes. Ils ont le nez propre. Vous voyez le tueur faire ça ?

— Nix, dit Buzz. Ça cadre pas. C'est un putain de psycho, et il adore les rats, et après avoir mûrement réfléchi, j'en conclus que les psychos adorateurs de rats ne portent pas d'armes à feu. Je pense, moi, à Minear. Il colle bien avec Loftis, et il y avait une phrase sur lui dans les dossiers, ça disait qu'il aimait bien se payer des garçons.

— Vous pourriez avoir raison. La femme Masskie ensuite ?

— 236 Beaudry Sud, patron.

— On y va.

* * *

Buzz arriva le premier ; il sonna et se trouva nez à nez avec Delores en long peignoir blanc.

— Avez-vous apporté votre contribution en bon argent pour la sœur ?

— Mon porteur arrive dans une minute, dit Buzz.

Il sortit la photo de Dudley Smith.

— M'dame, est-ce que c'est bien le gars qui se renseignait sur Coleman ?

Delores cligna des yeux devant la photographie et se signa.

— Derrière-moi, Satan. Oui, c'est lui.

Après le sept, c'est le onze qui sort, un de plus pour Danny Upshaw.

— M'dame, connaissez-vous le nom de Reynolds Loftis ?

— Non. Je ne crois pas.

— Quelqu'un qui s'appellerait Loftis ?

— Non.

— Une possibilité quelconque que vous ayez fricoté avec un homme du nom de Loftis à l'époque où Coleman est né ?

La vieille eut un sursaut :

— Si par "fricoté" vous entendez engagée dans des activités de procréation pour sœur Aimée, la réponse est non.

— M'dame, vous m'avez dit que Coleman était parti à la recherche de son père lorsqu'il vous a quittée en 42. Si vous ne saviez pas vous-même qui était son papa, comment votre garçon savait-il où chercher ?

— Vingt dollars pour sœur Aimée, dit Delores, et je vous montrerai.

Buzz fit glisser de son doigt sa chevalière du lycée.

— Elle est à vous, ma belle, contentez-vous de me montrer.

Delores examina la bague, l'empocha et s'éloigna ; Buzz resta sous le porche en se demandant où était passé Mal. Les minutes s'étirèrent ; la femme revint avec un vieil album de photos en cuir.

— La généalogie de ma progéniture d'esclaves, dit-elle. J'ai pris des photos de tous les hommes qui m'ont donné leur semence, avec les commentaires appropriés au dos. Lorsque Coleman a décidé qu'il lui fallait retrouver son père, il a regardé dans ce livre les photos des hommes auxquels il ressemblait le plus. J'ai caché le livre quand l'homme à l'accent est passé, et je veux toujours vingt dollars pour le renseignement.

Buzz ouvrit l'album, vit qu'on avait agrafé sur les pages les photographies de douzaines d'hommes, le souleva à la lumière de la lampe du porche et commença à regarder. Au bout de quatre pages, une photo attira son regard : un Reynolds Loftis d'une jeunesse ensorceleuse, d'une beauté ensorceleuse, en pantalons-knickers et veste en tweed. Il détacha la photo et lut ce qu'elle portait au dos :

"Randolph Lawrence (*un nom de guerre* ?*) acteur de théâtre d'une troupe itinérante, spectacle historique de Ramona*, 30 août 1922. Un vrai gentilhomme du Sud. De la bonne souche blanche. J'espère que sa semence sera fertile."

1942 : cambrioleur, prothésiste dentaire, amoureux des rats, Coleman est témoin du meurtre de José Diaz par Dudley Smith, il voit cette photo-ci ou d'autres et retrouve Papa Reynolds Loftis. 1943 : Coleman, le visage brûlé dans un incendie (???), traîne dans les meetings du SLDC avec son père-frère bidon, parle sans cesse du Blanc costaud, personne ne le croit. 1942 à 1944 : le dossier psy de Loftis manquant. 1950 : Coleman le tueur. Est-ce que le psycho essayait de faire porter le chapeau à Papa Reynolds pour les meurtres de pédés, déguisé en Loftis — avec, comme bouquet final, les fragments de perruque de Doc Layman ?

Buzz lui tendit la photo.

— C'est Coleman, m'dame ?

Delores sourit.

— Ça se rapproche bien. Quel bel homme ! C'est dommage, je n'arrive pas à me rappeler avoir frayé avec lui.

Une porte de voiture claqua ; Mal sortit et monta les marches au petit trot. Buzz le prit à part et lui montra la photo.

— Loftis, 1922. Alias Randolph Lawrence, acteur saisonnier, spécialiste de la saison d'été. C'est le père de Coleman, et non son frère.

Mal tapota la photo.

— Je me demande bien comment le gamin s'est fait brûler et pourquoi toute cette mascarade du frère. Et vous aviez raison pour Minear.

— Qu'est-ce que vous voulez dire ?

— J'ai appelé le SCG. Minear est propriétaire d'une berline Chrysler New Yorker blanche de 49. Je suis passé près de chez lui à Chapman

---

* Un nom de guerre : en français dans le texte.
* Ramona : femme indienne célèbre, personnage central de reconstitutions sur le folklore indien.

Park en venant ici. Elle était dans le garage de son immeuble, encore chaude, et elle ressemblait tout à fait à la voiture du Marmont.

Buzz passa un bras autour des épaules de Mal.

— Ça en fait des cadeaux dans la crèche, et en voici un autre. Cette cinglée à sa porte a identifié Dudley sur une photo que j'ai. C'est bien l'homme à l'accent.

Mal porta son regard sur Delores.

— Vous croyez que Dudley a piqué les dossiers de Danny ?

— Non, je crois qu'il aurait fait passer ça pour un cambriolage. Tout ce qui nous reste à faire, c'est de le trouver.

— Merde. Loftis et Claire ne parleront pas. Je le sais.

Buzz enleva son bras.

— C'est vrai, mais je parie qu'on pourrait passer un peu les poucettes à Chaz la belle. Il était comme deux doigts de la main avec Loftis en 43, 44, et je connais un bon artiste en poucettes pour nous aider. Donnez à cette dame deux biftons de dix pendant que je vais lui passer un coup de fil.

Mal sortit son porte-billets ; Buzz entra dans la maison et trouva un téléphone près de la porte de cuisine. Il appela les Renseignements, obtint le numéro qu'il désirait et le composa ; la voix doucereuse de baryton rital de Johnny Stompanato vint emmieller la ligne.

— Allez-y, parlez.

— C'est Meeks. Ça te dit de te faire un peu d'argent ? Premier gros bras pour un travail au corps, s'assurer que mon pote ne devienne pas cinglé et ne blesse quelqu'un ?

— Tu es un homme mort, dit Johnny Stomp. Mickey a tout découvert pour toi et Audrey. Les voisins t'ont vu quand tu l'as fait partir en vitesse, et j'ai de la chance qu'il ait pas compris que je t'avais tuyauté. Heureux de t'avoir connu, Meeks. J'ai toujours pensé que tu avais de la classe.

Bouge-toi, Danny Upshaw, fais un peu de place, le gros arrive. Buzz regarda Mal en train de régler la mère du tueur de rats ; il eut une idée — ou l'idée s'empara de lui.

— Le contrat est ouvert ?

— Dix bâtons. Quinze s'ils vous prennent vivant pour que Mickey puisse prendre son pied.

— De la roupie de sansonnet. Johnny, tu veux te faire vingt bâtons pour deux heures de boulot ?

— Tu me tues. Et ensuite, tu vas m'offrir un rencart avec Lana Turner ?

— Je suis sérieux.

— Où tu vas te procurer toute cette oseille ?

— Je l'aurai dans moins de deux semaines. Ça marche ?

— Qu'est-ce qui te fait croire que tu vivras aussi longtemps ?

— T'es pas joueur ?

— Et merde ! Ça marche.

— Je te rappellerai, dit Buzz avant de raccrocher.

Mal se tenait debout à ses côtés : il secouait la tête.

— Mickey est au courant ?

— Ouais, Mickey est au courant. Vous avez un canapé ?

Mal donna un léger coup de poing au bras de Buzz.

— Mon gars, je crois que les gens commencent à piger qui vous êtes.

— Ça veut dire quoi ?

— J'ai compris quelque chose aujourd'hui.

— Quoi ?

— C'est vous qui avez tué Gene Niles.

Chapitre 37

Cadrage de Mal sur Johnny Stompanato : pour deux parts, charme à l'huile d'olive, deux parts, mec à la redresse, six parts, gueule d'empeigne. Cadrage de la situation globale : Buzz était condamné, et sa voix au téléphone lorsqu'il parlait à Audrey disait qu'il le savait. L'arrestation de Coleman pour quatre meurtres sexuels plus les inculpations par le grand jury s'additionnaient avec pour résultat Stefan sur le pas de sa porte comme un balluchon de Noël qu'on y aurait déposé. Le *Herald* et le *Mirror* en rajoutaient sur le meurtre de Gordean, pas de suspects, rien que du boniment sur la victime comme dénicheur de vedettes parfaitement réglo, aucune mention faite de l'argent — les flics les premiers sur les lieux s'étaient probablement engraissés. Les journaux faisaient de l'UAES l'instigatrice de l'émeute qu'avaient déclenchée les Camionneurs ; Buzz avait été impressionné par son coup à l'aveuglette sur Gene Niles et il croyait en sa promesse de ne pas cracher le morceau. Le gros homme allait entreprendre la nièce de Dudley pendant que lui et Stompanato allaient serrer Chaz Minear ; lorsqu'ils auraient repéré Coleman, il passerait un coup de fil à ses contacts dans la presse pour qu'ils soient partie prenante dans la capture : premières interviews du capitaine Malcolm E Considine à l'origine de l'arrestation du Monstre Glouton. Et ensuite à Dudley Smith.

Ils étaient installés dans la voiture de Stompanato, à 8 heures du matin, à planquer en duo flic-truand. Mal connaissait son scénario, Buzz avait mis Johnny au parfum sur le sien et il avait graissé la patte du concierge de l'immeuble de Minear. L'homme lui avait dit que Chaz partait prendre son petit déjeuner tous les matins vers 8 h 10 : il traversait Mariposa jusqu'au Wilshire Derby et revenait avec son journal vers 9 h 30. Buzz lui donna un billet de cent pour qu'il s'absente de 9 h 30 à 10 h ; pendant cette demi-heure, la voie serait libre.

Mal observait la porte ; Stompanato se faisait une manucure avec un canif en fredonnant des airs d'opéra. A 8 h 09, un homme de petite taille en chandail et pantalons de tennis franchit le seuil des appartements

430

Conquistador ; le concierge leur donna son signal. Stompanato trancha une petite peau et sourit ; Mal se laissa submerger par son envie de se battre.

Ils attendirent.

A 9 h 30, le concierge inclina sa casquette, monta en voiture et s'éloigna ; à 9 h 33, Chaz Minear pénétra dans l'immeuble, un journal à la main. Stompanato rangea son couteau ; Mal dit :

— Maintenant.

Ils pénétrèrent dans le hall d'un pas cadencé rapide. Minear inspectait sa boîte aux lettres ; Johnny Stomp partit en avant à grandes enjambées jusqu'à l'ascenseur et ouvrit la porte. Mal lambina du côté d'un miroir, à rectifier sa cravate, en observant l'image inversée de Mincar se saisissant de son courrier et de Stompanato qui gardait la porte de l'ascenseur ouverte du pied, souriant en bon voisin. Chaz le Petit s'avança dans le piège ; Mal s'approcha par derrière, repoussa le pied de Johnny et laissa la porte se refermer.

Minear appuya sur le bouton du troisième. Mal vit qu'il tenait déjà la clé de sa porte à la main ; Mal l'agrippa et lui fit le coup du lapin. Minear laissa tomber journal et courrier et se plia en deux ; Johnny l'épingla contre le mur d'une main contre la gorge. Minear passa du violacé au bleu ; on aurait dit que ses yeux allaient jaillir de ses orbites. Mal s'adressa à lui, dans une imitation de Dudley Smith :

— Nous savons que tu as tué Felix Gordean. On était associés pour l'affaire Loftis et tu vas tou-out nous dire sur Reynolds et son fils. Absolument tou-out, *mon gars !*

La porte coulissa ; Mal vit "311" sur la clé et un couloir désert. Il sortit, repéra l'appartement quatre portes plus loin, déverrouilla la serrure et fit un pas en arrière. Stompanato obligea Minear à entrer et le lâcha ; Chaz tomba au sol en se raclant la gorge pour une bouffée d'air.

— Tu sais ce qu'il faut lui demander, dit Mal. Vas-y pendant que je cherche les dossiers.

Minear toussa quelques mots ; Johnny mit le pied sur son cou. Mal ôta sa veste, remonta ses manches et commença sa fouille.

L'appartement comportait cinq pièces : salon, chambre à coucher, cuisine, salle de bains, cabinet de travail. Mal s'attaqua au cabinet en premier : c'était la pièce la plus éloignée de Stompanato. Une radio se mit en marche, et les stations défilèrent, jazz, jingles publicitaires et informations, pour s'arrêter sur un opéra, un baryton et une soprano qui s'interpellaient au-dessus des tonnerres de l'orchestre. Mal crut entendre hurler Minear ; on augmenta le volume de la musique.

Mal se mit au travail.

Le cabinet de travail — bureau, classeur et commode — révéla piles de scénarios de films, copies carbone de lettres politiques de Minear, correspondance qui lui était adressée, documents variés et un revolver calibre 32, barillet vide et canon avec traces de cordite. La chambre était décorée en tonalités pastel et remplie de piles de livres ; un placard garde-robe était bourré de vêtements de prix et de rangées de chaussures disposées sur des embauchoirs. Un meuble à tiroirs, une pièce d'antiquité, dégorgeait ses tracts de propagande ; il n'y avait rien sous le lit que des chaussures, encore.

L'opéra poursuivait ses plaintes ; Mal consulta sa montre, vit 10 h 25, déjà une heure d'écoulée et deux pièces sans rien. Il fouilla la salle de bains sans s'attarder ; la musique s'arrêta ; Stompanato passa la tête dans l'embrasure de la porte.

— La choute a craché, dit-il. Dites à Meeks qu'y vaut mieux qu'y reste en vie, que j'puisse toucher mon pognon.

Le grand dur avait l'air d'avoir les foies.

— Je passe à la cuisine et je vais lui parler.

— Oubliez ça. Loftis et Claire Machin ont les dossiers. Venez, y faut que vous entendiez ça.

Mal suivit Johnny dans le salon. Chaz était installé, l'air très guindé dans un fauteuil de bambou ; ses joues portaient des marques d'ecchymoses et il avait du sang coagulé sous les narines. Sa tenue de tennis toute blanche était toujours immaculée, le regard était flou et Chaz arborait le rictus épuisé de quelqu'un qu'on aurait presque roué de coups. Mal regarda Stompanato.

— Je lui ai fait avaler un quart de litre de Beefeater, dit-il.

Il tapota la matraque passée à sa ceinture.

— In vino veritas, capice ?

Danny Upshaw lui avait dit la même chose — la seule fois où ils avaient bu ensemble. Mal prit une chaise et s'installa face à Minear.

— Pourquoi as-tu tué Gordean ? Réponds.

— Fierté, dit Minear, d'un accent emprunté, mi-anglais, mi-américain.

La voix était fière.

— Que veux-tu dire ? dit Mal.

— Fierté. Gordean tourmentait Reynolds.

— Il a commencé à le tourmenter en 44. Il t'en a fallu du temps pour te décider à te venger.

Le regard de Minear se fixa sur Mal.

— Des policiers ont dit à Reynolds et à Claire que j'avais dénoncé Reynolds au Comité de la Chambre. Je ne sais pas comment ils l'ont su, mais ils le savaient. Ils m'ont confronté, et j'ai bien vu que ce pauvre Reynolds en avait le coeur brisé. Je savais que Gordean le faisait à nouveau chanter, alors j'ai fait pénitence. Claire, Reynolds et moi étions à nouveau devenus si proches, et j'imagine que vous pourriez soutenir dans mon cas que j'ai agi dans mon propre intérêt. C'était bon d'avoir des amis, et ce fut horrible lorsqu'ils ont commencé à me haïr.

C'était à lui de payer les pots cassés — lui qui avait mouchardé le mouchard.

— Pourquoi n'as-tu pas pris l'argent ?

— Oh Seigneur, je n'ai pas pu. Ç'aurait détruit le geste. Et Claire a tout l'argent du monde. Elle le partage si généreusement avec Reynolds... et avec tous ses amis. Vous n'êtes pas un véritable criminel, ou je me trompe ? Vous ressemblez plus à un avoué ou un comptable.

Mal rit — un homo romantique et kamikase avait tout compris.

— Je suis policier.

— Allez-vous m'arrêter ?

— Non. Veux-tu être arrêté ?

— Je veux que tout le monde sache ce que j'ai fait pour Reynolds, mais...

— Mais tu ne veux pas qu'on sache pourquoi, pourquoi Gordean faisait chanter Loftis ?

— Non. C'est vrai.

Mal lança son pavé, passant du coq à l'âne.

— Pourquoi Reynolds et Claire ont-ils dérobé les dossiers d'Upshaw ? Pour vous protéger tous autant que vous êtes du grand jury ?

— Non.

— A cause du jeune frère de Reynolds ? Son *fils* ? Qu'est-ce qui les intéressait le plus ? Le dossier *homicide* d'Upshaw ?

Minear resta silencieux ; Mal fit signe à Stompanato de se reculer vers le fond de l'appartement.

— Chaz, tu l'as dit une fois. Maintenant, c'est à moi qu'il faut que tu le dises.

Pas de réponse.

— Chaz, je vais faire un marché avec toi. Je vais faire en sorte que tout le monde sache que tu as tué Gordean, mais je ne veux plus qu'on fasse de mal à Reynolds. Tu n'auras que ce que tu auras cherché. Reynolds saura que tu as fait preuve de courage et que tu as payé ta dette. Il t'aimera à nouveau. Il te pardonnera.

"Aimer" et "pardonner" firent venir les larmes aux yeux de Minear, des larmes qu'il sécha des manches de son chandail.

— Reynolds m'a quitté pour lui, dit-il. C'est pour ça que je l'ai dénoncé à l'HUAC.

Mal se pencha plus près encore.

— T'a quitté pour qui ?

— Pour *lui*.

— Qui, "lui"?

— Le petit frère de Reynolds était en réalité son fils, dit Minear. Sa mère était une cinglée de religion avec laquelle Reynolds avait eu une liaison. Elle a obtenu de l'argent de Reynolds et elle a gardé le garçon. Lorsque Coleman a eu dix-neuf ans, il a quitté la femme et s'est enfui pour retrouver Reynolds. Reynolds l'a pris chez lui et est devenu son amant. Il m'a quitté pour être avec son propre fils.

Mal repoussa sa chaise, la confession lui résonnait dans la tête comme un film d'horreur qu'il aurait voulu fuir en hurlant.

— Toute l'histoire, dit-il, avant qu'il ne se sauve pour de bon à toutes jambes.

Minear éleva la voix, comme s'il avait peur que son confesseur ne s'enfuie en courant ; il accéléra son débit, comme s'il était très désireux d'être absous ou puni.

— Felix Gordean faisait chanter Reynolds en 44. Il avait réussi d'une manière ou d'une autre à comprendre ce qu'il y avait entre Reynolds et Coleman, et il a menacé de tout dire à Herman Gerstein. Gerstein hait les hommes de notre espèce, et il aurait ruiné Reynolds. Lorsque ce policier est venu interroger Gordean sur les trois premiers meurtres, Felix a mis les points sur les I. George Wiltsie était sorti avec Reynolds, et Marty Goines et Coleman étaient tous deux des jazzmen. Ensuite, c'est Augie Duarte qui a été tué, et des détails supplémentaires sont apparus dans les journaux. Le policier avait laissé filtrer certaines informations par inadvertance et Felix a compris que le tueur ne pouvait être que Coleman. Il a renouvelé ses exigences de maître chanteur et Reynolds lui a donné dix mille dollars supplémentaires.

Claire et Reynolds se sont confiés à moi, et j'ai su que je pouvais racheter ma dénonciation. Ils savaient après les trois premiers meurtres que ça ne pouvait être que Coleman — ils ont lu dans un journal les détails des mutilations, et ils ont compris d'après les noms des victimes. Ils étaient déjà au courant avant que le policier n'essaie d'infiltrer les rangs de l'UAES, et ils étaient à la recherche de Coleman pour essayer de l'arrêter. Juan Duarte a vu Upshaw à la morgue lorsque le corps d'Augie s'y trouvait, et il l'a reconnu à partir d'une photo que Norm Kostenz avait prise. Il a dit à Claire et Reynolds qui était en réalité Upshaw, et tous deux ont pris peur. Ils avaient lu que la police cherchait un homme qui ressemblait à Reynolds, et ils ont pensé que Coleman devait essayer de faire porter le chapeau à son père. Ils ont laissé des indices pour disculper Reynolds et j'ai suivi Upshaw jusqu'à son domicile depuis la maison de Claire. Le lendemain, Claire a obtenu de Mondo Lopez qu'il crochette la serrure et cherche ce qu'il avait sur les meurtres — des choses qui les aideraient à retrouver Coleman. Mondo a trouvé les dossiers et les a apportés à Claire. Elle et Reynolds étaient prêts à tout pour arrêter Coleman et garder le...

A tout prix empêcher cette épopée d'horreur de ruiner Reynolds Loftis pis que tous les grands jurys du monde.

Mal songea à Claire — terrifiée par une remarque innocente sur Sleepy Lagoon à leur première conversation ; il songea au visage brûlé de Coleman, le mit de côté dans sa mémoire et alla droit sur la femme.

— Claire et Coleman. Qu'y a-t-il entre eux ?

Le rédempteur pédé rayonna :

— Claire s'était occupée de Coleman à l'époque du SLDC. Il était amoureux d'elle, et il lui a dit qu'il pensait toujours à elle lorsqu'il était avec Reynolds. Elle écouta jusqu'au bout tous ses fantasmes, détestables et violents. Elle leur a pardonné d'être ensemble. Elle a toujours été d'une telle force, d'une telle compréhension. Les meurtres ont commencé quelques semaines après que les journaux ont diffusé l'annonce de leur mariage. Lorsque Coleman a appris que Reynolds allait avoir Claire pour toujours, il a dû en devenir complètement fou. Allez-vous m'arrêter maintenant ?

Mal ne put se résoudre à répondre non et à briser ainsi ce qui restait de Chaz Minear. Il ne put se résoudre à la moindre parole, parce que Johnny Stompanato venait de pénétrer dans la pièce, rayonnant à nouveau de tout son charme olivâtre. Tout ce qui lui vint à l'esprit, c'est que jamais il ne pourrait épargner l'horreur à Stefan.

Chapitre 38

Mary Margaret Conroy lui faisait de plus en plus l'effet d'une Mexophile de première.

Buzz l'avait filée depuis la résidence de son club d'étudiantes jusqu'à une réunion du syndicat étudiant de l'UCLA, café, baratin et mains tenues en chaîne ; elle minaudait, frêle et fragile, en compagnie d'un beau rouleur de saucisses du nom de Ricardo. Leur conversation se déroulait entièrement en espagnol, et tout ce qu'il réussit à reconnaître, ce fut des mots comme "corazon" et "felicidad", des trucs d'amoureux qu'il connaissait grâce à la musique de juke-box des restaurants mexicains. De là, la nièce au teint pâlot de Dudley Smith se rendit à une réunion de la Ligue des Etudiants Panaméricains, un cours sur l'histoire argentine, puis déjeuner et à nouveau tripotage avec Ricardo. Ça faisait plus d'une heure qu'elle se trouvait enfermée dans une salle de classe sur "l'Art des Mayas" et lorsqu'elle sortirait, il lui lâcherait la question — oui ou merde, ou on arrête là avec les petits boudins.

Il ne cessait d'inspecter ses arrières, il voyait des méchants partout, comme Mickey avec les cocos. Seulement ses méchants étaient réels : Mickey lui-même, les nervis de Cohen armés de pics à glace, de matraques, de garrots et de flingues à silencieux qui pouvaient vous laisser pour mort au milieu d'une foule, victime d'une attaque cardiaque, pendant que les caves faisaient venir une ambulance et que les flingueurs s'éloignaient tranquillement. Il ne cessait d'observer les visages et s'obligeait à ne pas faire de paris, pour se laisser une chance valable ainsi qu'à Audrey.

Et il avait une gueule de bois monstre.

Et son dos lui faisait mal des petits sommes engnôlés sur le plancher de Mal Considine.

Ils étaient restés debout la majeure partie de la nuit, à tirer des plans. Il avait appelé Dave Kleckner à Ventura — Audrey était planquée en toute sécurité dans sa crèche. Il avait appelé Johnny Stomp pour l'informer de manière plus détaillée sur la partie de poucettes avec Minear et il avait mis Mal au parfum sur Gene Niles. Mal lui dit qu'il avait pigé que c'était lui l'assassin, au pif — de se sentir en dette envers Danny était tellement à l'antithèse de son style qu'il savait que la dette devait être énorme. Mal se sentit la larme à l'oeil en pensant au môme avant de devenir complètement fêlé à propos de Dudley Smith. Dudley responsable pour José Diaz et Charles Hartshorn, suppression de pièces à conviction et une chiée d'accusations pour conspiration, de quoi envoyer Dudley têter le gaz au grand Q. Jamais il ne passa à l'étape suivante : les pouvoirs en place ne laisseraient jamais Dudley Smith comparaître devant un tribunal pour quoi que ce soit — son rang, son influence et sa réputation étaient son immunité diplomatique.

Ils discutèrent ensuite d'itinéraires de fuite possibles. Buzz garda son idée pour lui — elle aurait eu l'air aussi cinglée que Mal essayant de faire tomber Dudley. Ils discutèrent de planques sur la Côte Est, de navires en route pour la Chine, de contrats en Amérique Centrale comme soldats de fortune, là où les gros bras du cru payaient les gringos en bons pesos pour qu'ils maintiennent la Menace Rouge à distance. Ils soupesèrent le pour et le contre, emmener Audrey, laisser Audrey, planquer la Lionne un ou deux ans dans un endroit sûr. Ils en arrivèrent à une seule conclusion : il consacrerait encore quarante-huit heures au remboursement de sa dette avant de se coller dans un trou quelque part.

Une cloche d'école retentit ; Buzz fit la gueule ; Mary Margaret Conroy ne cracherait jamais le morceau, seules ses réactions la trahiraient — tout ce qu'il faisait, c'était de faire plaisir à Mal en allant vérifier ses idées noires concernant Dudley. L'"Art des Mayas" se termina dans un tourbillon d'étudiants, Mary Margaret la plus vieille du lot d'une bonne dizaine d'années. Buzz la suivit au dehors, lui tapota sur l'épaule et dit :

— M'selle Conroy, pourrais-je vous parler une seconde ?

Mary Margaret se retourna, serrant entre ses bras sa cargaison de livres. Elle inspecta Buzz sans plaisir et dit :

— Vous ne faites pas partie de l'université, n'est-ce pas ?

Buzz s'obligea à ne pas rire.

— Non, effectivement. Ma jolie, est-ce que vous ne seriez pas d'accord pour dire qu'oncle Dudley est allé un peu loin en allant prévenir José Diaz de ne plus traîner autour de vous ?

Margaret devint blanche comme un linge et s'évanouit sur l'herbe.

* * *

Dudley pour Diaz.

Buzz laissa Mary Margaret sur l'herbe avec un pouls régulier et la compagnie d'étudiants. Il quitta le campus en vitesse et se rendit au domicile d'Ellis Loew pour jouer un coup de flair : l'absence de Doc

Lesnick pendant que la dinguerie des membres de l'UAES faisait rage sur tous les fronts tombait bien à propos. Les quatre inspecteurs du Bureau qui essayaient de le trouver rédigeaient leurs rapports dans la maison d'Ellis, et il y trouverait peut-être quelque chose, une étincelle qui s'ajouterait au coup de flair et illuminerait la lueur vacillante qui l'avait fait naître : tous les dossiers psy se terminaient à l'été 49, même si les têtes pensantes continuaient à aller voir Lesnick. Ça puait le foirage.

Buzz se rangea sur la pelouse de façade de Loew, déjà encombrée de voitures. Il entendit des bruits de voix en provenance de la cour de derrière, fit le tour et vit Ellis qui tenait cour ouverte dans le patio. Le champagne était mis à rafraîchir sur un chariot de service ; Loew, Herman Gerstein, Ed Satterlee et Mickey Cohen levaient leurs verres. Deux des gars de Cohen montaient la garde et lui tournaient le dos ; personne ne l'avait encore vu. Il se baissa derrière un treillage et écouta.

Gerstein exultait ; on rendait l'UAES responsable des bagarres au piquet de la veille ; l'équipe de tournage des Camionneurs avait fait passer sa version de l'émeute à Movietone News, qui lui donnerait pour titre "Les Rouges saccagent et secouent Hollywood" avant de la refiler à tous les cinémas du territoire. Ellis fit part de ses bonnes nouvelles : les membres du grand jury que désignait le Conseil Municipal avaient l'air mucho simpatico, sa maison regorgeait de preuves et de pièces à conviction de première, mucho inculpations paraissaient imminentes. Satterlee ne cessait de répéter que le climat du moment était parfait, que le grand jury était du gâteau, un vrai cadeau que le Ciel lui-même avait pré-ordonné pour cet endroit-ci, et ce moment-ci, une occasion qui ne se représenterait jamais plus. On aurait dit que ce taré était à deux doigts de leur demander de s'agenouiller en prières ; Mickey lui dit de la boucler et, sans trop de subtilité, il commença à poser des questions sur Turner "Buzz" Meeks, Enquêteur Spécial, et l'endroit où on pouvait le trouver.

Buzz alla sur le devant de la maison et entra. Des dactylos tapaient à la machine ; des employés au classement classaient ; il y avait assez de documents dans le salon pour faire des confettis pour un millier de défilés arrosés de serpentins. Il alla jusqu'au tableau des rapports et vit qu'on l'avait remplacé par un mur tout entier de photographies.

Elles portaient attachées à leurs bords les timbres fédéraux de pièces à conviction ; Buzz vit "SLDC" une douzaine de fois et s'approcha pour y regarder de plus près. Les clichés étaient de toute évidence les instantanés de surveillance qu'Ed Satterlee essayait de racheter à un groupe rival de liquidation ; un deuxième passage en revue et il remarqua que *chaque* photo était marquée SLDC, avec 43 et 44 comme dates indiquées dans le bas ; les photos étaient disposées dans l'ordre chronologique, en attente probablement de quelque travail d'artiste, comme encercler les têtes des cocos connus. Buzz se dit : Coleman, et il se mit à la recherche d'un visage emmailloté de pansements.

La plupart des photos étaient des clichés de groupes pris en plongée ;

certaines étaient des agrandissements de détails où les visages étaient reproduits plus distinctement. La qualité des clichés était excellente — les Fédés connaissaient leur boulot. Buzz vit quelques visages un peu flous et un peu trop blancs dans les premiers instantanés, des prises de vue de foules datant du printemps 43 ; il suivit les photos sur le mur, espérant découvrir un Coleman sans gaze et sans bandages, un indice qui l'aiderait à identifier le tueur-rat en personne. Il entrevit des pansements pendant l'été de 43 ; quelques petits coups d'œil à Claire De Haven et Reynolds Loftis en passant. Puis — vlan ! — une vue de Reynolds Loftis qui n'allait pas avec le reste ; le beau pédé non plus ne cadrait pas, les dents trop courtes, trop de cheveux sur la tête.

Buzz vérifia la date — 17/8/43 — vérifia à nouveau ses aperçus de Loftis, revérifia les vêtements de l'homme aux pansements. On remarquait partout que le cheveu de Reynolds se faisait plus rare ; le trop jeune Reynolds arborait une tête à l'épaisse crinière. Dans trois des clichés en plongée, l'homme aux pansements portait un maillot de corps à rayures ; sur le gros plan, le trop jeune Reynolds portait la même chose. Juan Duarte avait déclaré à Mal que le "jeune frère" de Reynolds lui ressemblait comme deux gouttes d'eau — mais *cet homme-ci* était Reynolds en tous points excepté les cheveux, chacun des plans et des angles du visage était exactement comme le père — une copie conforme de Papa vingt ans plus jeune.

Buzz se mit à penser "sémantique" en se disant que "comme deux gouttes d'eau" était synonyme dans la bouche d'un homme sans instruction de "vrai jumeau" ; Delores Masskie avait qualifié la ressemblance de "plutôt proche". Il s'empara d'une loupe sur le bureau d'une dactylo ; il suivit les photos, cherchant d'autres vues de Coleman. Trois clichés plus loin, il vit un plan rapproché du garçon en compagnie d'un homme et d'une femme ; il plaça la loupe contre la photo et plissa les yeux, sans trop y croire lui-même.

Pas la moindre cicatrice de brûlure ; pas de peau grêlée ou luisante ; pas de zones irrégulières qui indiqueraient une greffe .

Deux photos plus loin, une rangée de terminée. 10 novembre 1943. Le garçon était debout de profil face à Claire De Haven, torse nu. Des traces profondes de cicatrices parfaitement rectilignes sur le bras droit, une série entière de cicatrices, des cicatrices identiques à celles qu'il avait vues sur le bras d'un acteur de la RKO qui s'était fait refaire le visage après un accident d'automobile, des cicatrices que l'acteur avait exhibées avec fierté, en lui disant que seul le Docteur Terry Lux faisait des greffes à partir du bras car la peau y est la meilleure, elle est d'une qualité comparable aux tissus prélevés sur le buste. L'acteur lui avait dit que Terry lui avait donné *exactement* l'aspect qui était le sien avant l'accident — lorsqu'il se regardait dans la glace, lui-même était incapable de faire la différence. Terry Lux avait par trois fois mis Claire De Haven en cure sèche dans sa clinique.

Terry Lux avait des employés qui tuaient les poulets à la baguette zazou.

Terry Lux lui avait dit que Loftis fournissait Claire en H ; Marty Goines avait été liquidé par une overdose d'héroïne. Terry Lux diluait sa propre morphine pour ses cures de désintoxication dans cette même clinique.

Buzz garda la loupe grossissante contre le mur et poursuivit ses repérages. Il trouva une vue en arrière-plan de Coleman torse nu, et vit un réseau de cicatrices parfaitement rectilignes qui lui firent penser à des blessures à la baguette zazou ; il tomba sur une autre série de photos de groupes où Coleman paraissait lécher les bottes servilement à Claire De Haven. Du concret comme preuve : Coleman Masskie Loftis s'était fait modifier les traits par chirurgie esthétique pour ressembler encore plus à son père. Auparavant, la ressemblance était suffisante pour qu'il ait pu identifier son père à partir des photos de Delores ; maintenant, *c'était* son père. Sa "protection spéciale" pour le garder de Dudley Smith était d'être déguisé en Loftis.

Buzz arracha le meilleur cliché de Coleman au mur, l'empocha et trouva une table où s'empilaient les rapports des hommes du Bureau. Il feuilleta vite fait les dernières infos ; les agents avaient juste réussi à secouer la fille de Lesnick, libérée sur parole — elle avait déclaré que le vieil homme était presque au bout du rouleau avec son cancer du poumon et qu'il songeait à aller s'installer en maison de repos pour faire sa sortie. Buzz était sur le point de mettre dans sa poche une liste de sanatoriums du coin lorsqu'il entendit "Traître" et vit Mickey et Herman Gerstein à quelques pas de là.

Un Cohen immanquable, une cible parfaite, mais une demi-douzaine de témoins lui gâchaient toutes ses posibilités.

— Je suppose, dit Buzz, que ça veut dire que mon contrat comme garde du corps est kaput. Hein, Mick ?

L'homme avait l'air d'avoir de la peine tout autant qu'il avait l'air fou.

— Petit merdeux de traître goy. Têteur de pine. Communiste. Combien d'argent je t'ai donné ? Combien d'argent est-ce que je t'ai refilé pour que tu me traites comme tu le fais ?

— Trop, Mick, dit Buzz.

— C'est pas une réponse très intelligente, enfoiré. Tu devrais me supplier. Tu devrais me supplier que je ne te fasse pas la peau doucement, très doucement.

— Ça y changerait quelque chose ?

— Non.

— Voilà, tu y es, patron.

— Herman, sors de cette pièce, dit Mickey.

Gerstein sortit. Les dactylos continuèrent à taper et les employés au classement à classer. Buzz secoua un peu la cage du petit minus en face de lui.

— Tu m'en veux pas, c'est ça ?

— Je vais faire un marché avec toi, parce que, quand je dis "marché", ça tient toujours, en confiance. Exact ?

"Confiance" et "marché" étaient sa carte de visite — c'était la raison pour laquelle il s'était mis avec lui, au lieu de Siegel ou Dragna.

— C'est sûr, Mick.

— Renvoie-moi Audrey et je ne toucherai pas à un seul des cheveux de sa tête et je ne te ferai pas la peau en prenant tout mon temps. Tu as confiance en ma parole ?

— Oui.

— Tu as confiance, tu sais que je t'aurai ?

— C'est toi le grand favori avec la meilleure cote, patron.

— Alors, montre-toi intelligent et fais-le.

— Ça marche pas. Prends soin de toi, Petit Juif. Tu vas me manquer, et je suis sincère.

* * *

Sanatorium Pacific — vite.

Buzz quitta l'ACP et fit retentir son avertisseur à la grille ; la boîte à jacter aboya :

— Oui ?

— Turner Meeks pour le Dr Lux.

Dix secondes de crépitements, puis :

— Garez-vous sur votre gauche près de la porte marquée "visites", traversez le salon et prenez l'ascenseur jusqu'au deuxième étage. Le Docteur vous recevra dans son bureau.

Buzz s'exécuta, se gara, traversa le salon. L'ascenseur était occupé. Il prit les escaliers jusqu'au deuxième, vit la porte de communication ouverte, entendit " ce singe de bouseux d'Oklahoma" et s'arrêta juste avant la dernière marche.

Voix de Terry Lux.

— ... mais, je suis obligé de lui parler, c'est ma filière pour Howard Hughes. Ecoutez, il doit y avoir quelque chose dans les journaux d'aujourd'hui qui m'intéresse — un mec avec qui j'ai été en affaires a été assassiné. Je viens de l'apprendre à la radio, alors allez me chercher tous les quotidiens de L.A. pendant que je discute avec ce clown.

Combien de chances pour que Lux ait été en affaires avec Gordean : six contre, un pour. Buzz retourna à sa voiture, attrapa son bidule, le fourra dans son pantalon au creux du dos et prit son temps pour rentrer. L'ascenseur était vide ; il appuya sur le bouton du deuxième et monta en douceur en songeant combien Terry aimait l'argent, et combien peu il se souciait d'où il provenait. La porte s'ouvrit ; le toubib came était là en personne pour l'accueillir.

— Buzzy, y'a longtemps qu'on s'est pas vus.

Le couloir des bureaux avait l'air agréable et désert — pas d'infirmières ou de garçons de salle dans le coin.

— Terry, dit Buzz, comment allez-vous ?

— C'est pour affaires, Buzz ?

— Sûr que c'est pour affaires, patron. Et en douce, super en douce. Vous avez un endroit où on peut parler ?

Lux conduisit Buzz dans le couloir jusqu'à une petite pièce remplie de classeurs et de graphiques de chirurgie réparatrice faciale. Il ferma la porte ; Buzz la verrouilla et s'appuya, dos contre la porte.

— Nom d'un chien, qu'est-ce que vous faites ? dit Lux.

Buzz sentit son bidule qui lui chatouillait la colonne vertébrale.

— Au printemps de 43, vous avez fait de la chirurgie plastique sur le fils de Reynolds Loftis. Parlez-moi de ça.

— Je ne sais pas de quoi vous parlez. Vérifiez mes dossiers de 43 si vous voulez.

— C'coup-ci, c'est pas négociable. C'coup-ci, vous crachez tout le morceau, Gordean compris.

— Il n'y a rien à négocier, parce que je ne sais pas de quoi vous parlez.

Buzz sortit sa trique et frappa Lux derrière les genoux. Le coup envoya Lux dinguer contre le mur ; Buzz agrippa une poignée de cheveux et lui cogna le visage contre le montant de la porte. Lux glissa au sol en laissant une traînée sanglante sur l'acajou ciré au milieu de ses bredouillis :

— Ne me frappez pas, ne me frappez pas !

Buzz recula d'un pas.

— Reste-là, le plancher va très bien à ton genre de beauté. Pourquoi t'as retaillé le gamin pour qu'y ressemble à son vieux ? Qui t'a dit de faire ça ?

Lux rejeta la tête en arrière, émit un gargouillis et se secoua comme un chien mouillé.

— Vous m'avez balafré, vous... m'avez balafré.

— Fais-toi un peu de chirurgie plastique. Et réponds-moi.

— C'est Loftis qui m'a obligé à le faire. Il m'a donné beaucoup d'argent, et il m'a payé pour que je n'en parle jamais à personne. Loftis et le psycho avaient pratiquement la même structure osseuse, et je l'ai fait.

— Pourquoi Loftis voulait que ce soit fait ?

Lux se mit en position assise et se massa les genoux. Il lançait des regards à un téléphone intérieur posé sur un classeur tout juste hors de sa portée ; Buzz écrabouilla l'appareil de son bâton.

— Pourquoi ? Et ne viens pas me dire que Loftis voulait que le gamin lui ressemble pour qu'il puisse devenir une vedette de cinéma.

— Mais c'est ce qu'il m'a dit !

Buzz se tapota la jambe de sa trique.

— Pourquoi tu as dit que Coleman était psycho ?

— Il a fait sa convalescence ici après l'opération, et je l'ai surpris en train de faire une descente dans le couvoir ! Il coupait les poulets en pièces avec une baguette zazou, comme celles qu'utilisent mes employés. Nom de Dieu, il buvait leur sang !

— Pour un psycho, c'en est un ! dit Buzz.

Il songea que Terry *devait* obligatoirement avoir le nez propre pour ce qui était des mecs descendus : cet imbécile croyait que ça pouvait pas être pire que les poulets.

— Chef, quel genre d'affaires faisais-tu avec Felix Gordean ?

— Je ne l'ai pas tué !

— Je le sais bien, et je suis pratiquement certain, nom d'un chien, que tu ne sais pas qui c'est. Mais je te parierais que tu l'as mis au parfum sur quelque chose concernant Reynolds Loftis autour des années 43-44, et Gordean s'est mis à récolter du pognon pour la boucler. Ça te paraît correct ?

Lux ne dit rien.

— Réponds-moi, dit Buzz, ou je m'en vais te travailler les rognons.

— Quand je raconterai tout ça à Howard, vous aurez des ennuis.

— Howard, c'est terminé pour moi.

Lux fit une avance tardive :

— L'argent, Buzz. C'est ça, hein, je ne me trompe pas ? Vous avez un coup en vue, vous voulez votre part du gâteau et vous avez besoin d'aide. J'ai raison ?

Buzz fit sauter sa matraque en la tenant par un bout du cordon. La pointe toucha Lux à la poitrine ; Buzz la fit rebondir en arrière comme un yo-yo au bout de sa ficelle. Lux poussa un cri aigu devant le petit prodige.

— Coleman, Loftis et Gordean. Mets-moi tout ça ensemble, dit Buzz.

Lux se leva et rajusta les plis de sa blouse.

— Environ un an après l'intervention chirurgicale sur Coleman, je suis allé à une soirée à Bel Air. Loftis et son soi-disant jeune frère y étaient. J'ai fait semblant de ne pas les reconnaître, parce que Reynolds ne voulait pas que l'on soit au courant pour l'opération. Un peu plus tard ce soir-là, je suis sorti près des cabines de bains. J'ai vu Coleman et Loftis qui s'embrassaient. Ça m'a rendu fou furieux. J'avais refait le visage du gamin pour un pervers incestueux. Je savais que Felix aimait bien presser les pédés comme des citrons, alors je lui ai vendu le renseignement. J'ai compris qu'il faisait chanter Loftis. N'ayez pas l'air aussi choqué, Meeks. Vous auriez fait la même chose.

Extrait du dossier Minear : "Si vous saviez *qui* c'était, vous sauriez pourquoi j'ai mouchardé" — seule référence que Doc Lesnick avait laissé échappé entre les mains de l'équipe du grand jury — *le vieil indic à moitié mort devait être au courant de toute l'histoire*. Buzz regarda Lux qui retrouvait sa dignité : il le repoussa contre le mur et l'y maintint plaqué de sa trique.

— Quand as-tu vu Coleman pour la dernière fois ?

Lux répondit d'un filet de voix haut perché.

— Aux alentours de 45. Papa et Fiston avaient dû avoir une prise de bec. Coleman est venu me voir avec deux bâtons et m'a dit qu'il ne voulait plus ressembler autant à Papa. Il m'a demandé de lui démolir le visage scientifiquement. Je lui ai dit que puisque j'aimais à faire mal, je ne lui prendrais qu'un bâton et demi. Je l'ai sanglé dans un fauteuil de dentiste, j'ai enfilé des gants de boxe pour le gros sac et je lui ai brisé tous les os du visage. Je l'ai gardé sous morphine pendant qu'il se remettait, il s'était installé près du poulailler. Quand il est parti, il était un tout petit peu accroché mais les bleus qu'il avait n'étaient pas si petits que ça. Il a commencé à porter la barbe et tout ce qui restait de Reynolds, c'était la ligne des yeux. Et maintenant, vous voulez bien m'enlever cette satanée matraque ?

Bingo — Goines et l'héroïne. Buzz ôta sa trique.

— Je sais que tu dilues ta propre morphine ici, dans ta clinique.

Lux sortit un scalpel de sa poche et se mit à se curer les ongles.

— Avec l'assentiment de la police.

— Tu m'as dit que Loftis fournissait Claire De Haven en horse. Est-ce que toi et lui, vous aviez les mêmes fournisseurs ?

— Quelques uns. Des bougnoules liés aux flics dans les quartiers sud. Je n'ai affaire qu'à des laquais avec autorisation oficielle — comme vous.

— Est-ce que Coleman avait des tuyaux sur eux ?

— Bien sûr. Après la première opération, je lui ai donné une liste. Il avait le béguin pour Claire, et il a dit qu'il voulait l'aider à se procurer sa marchandise ; il voulait faire les livraisons lui-même pour qu'elle n'ait pas à trafiquer avec les négros. Lorsqu'il est parti après la seconde opération, il les a probablement utilisés pour son propre usage.

Un ban pour Coleman Loftis : il refourguait la morph et s'adonnait au massacre et au culte des rats.

Je veux cette liste. Tout de suite.

Lux déverrouilla le classeur près du téléphone démoli. Il en sortit une feuille de papier réglé et tendit la main vers quelques feuilles vierges.

— Je garderai l'original, dit Buzz en la lui prenant.

Le docteur haussa les épaules et retourna à ses ongles. Buzz commença à ranger sa trique.

— Votre mère ne vous a pas dit qu'il est impoli de dévisager les gens ? dit Lux.

Buzz resta silencieux.

— Le grand costaud silencieux. Je suis impressionné.

— Tu m'impressionnes aussi, Terry.

— Comment ça ?

— Ton pouvoir de récupération. Je te parie que tu as réussi à te convaincre que cette petite séance d'humiliation n'a pas vraiment eu lieu.

Lux soupira.

— Je suis d'Hollywood, Buzz. Tout passe, tout lasse, et c'est déjà un souvenir flou. Vous avez une seconde ? Une question.

— Bien sûr.

— De quoi s'agit-il ? Il faut bien qu'il y ait de l'argent quelque part. Vous ne travaillez pas pour rien.

Adios, Terry.

Buzz frappa Lux aux reins, son coup de bidule le plus violent. Le scalpel tomba de la main du docteur. Buzz s'en saisit, envoya un coup de genou dans les couilles de Lux, le plaqua contre le mur et lui plaça le bras droit en extension, modèle Jésus sur sa croix, paume ouverte. Lux hurla ;

Buzz planta le scalpel dans la main et l'enfonça jusqu'à la garde au moyen de sa trique. Lux hurla encore un peu plus, les yeux révulsés. Buzz lui enfonça une poignée de billets dans la bouche.

— Il s'agit de dettes à régler. Ça, c'est pour Coleman.

Chapitre 39

Mal refit un nouveau circuit autour de la maison De Haven, en se demandant s'ils partiraient jamais pour lui laisser jeter un coup d'oeil aux dossiers, en se demandant s'ils étaient déjà au courant pour Gordean. Si Chaz Minear avait appelé, ils auraient couru chez lui ; le meurtre faisait la une des journaux et de toutes les stations de radio, et leurs amis devaient bien savoir que Loftis connaissait au moins l'homme. Mais les deux voitures restèrent rangées et il n'y avait rien qu'il pût faire si ce n'était attendre, bouger, attendre avant de foncer.

De Cañon Drive à Elevado, de Comstock à Hillcrest à Santa Monica, et on recommence le circuit — une surveillance derrière un volant était une invitation pour se faire alpaguer par les flics de Beverly Hills omniprésents : il n'était pas sur sa juridiction et s'apprêtait à commettre un délit de catégorie B. A chaque circuit autour de la maison, il s'imaginait de nouvelles horreurs à l'intérieur — Loftis et son propre fils, comme un poignard contre cette partie de lui-même qui vivait pour protéger Stefan. Deux heures à faire le manège, cela lui faisait tourner la tête ; il avait appelé le standard de Meeks et laissé un message : retrouvez-moi sur Cañon Drive — mais la Caddy de Buzz ne s'était pas montrée et ça en arrivait au point où il était prêt à franchir la porte, arme à la main.

Un tour de Santa Monica jusqu'à Cañon. Mal vit un garçon livreur qui balançait ses journaux sous les porches d'entrée et les pelouses ; il se trouva une idée, alla se garer trois maisons plus loin et ajusta son rétroviseur pour garder le porche de la maison De Haven dans sa ligne de mire. Le garçon lâcha son paquet qui toucha la porte ; la porte s'ouvrit et un bras androgyne s'empara du journal. S'ils n'étaient pas déjà au courant, ils le seraient bientôt — et si leurs cerveaux réussissaient à contenir leurs frayeurs, ils penseraient *Chaz*.

Une longue minute s'écoula. Mal se trémoussa et trouva un vieux chandail sur le siège arrière — parfait pour défoncer une fenêtre à coups de poing. Une autre volée de secondes, puis Claire et Loftis qui se dépêchaient vers la Lincoln dans l'allée. Elle s'installa derrière le volant ; il s'assit à côté d'elle ; la voiture sortit en marche arrière et prit la direction du sud — la direction du domicile de Minear.

Mal avança jusqu'à la maison — grand, l'allure très digne dans son costume trois pièces, avec, à la main, un chandail négligemment plié. Il vit une fenêtre près de la porte, la défonça du poing, passa le bras et crocheta la serrure. Un déclic et la porte s'ouvrit ; Mal pénétra dans la maison, referma la porte et fit coulisser le verrou supérieur.

Il y avait au moins quinze pièces à passer à la fouille. Mal pensa : placards, réduits, endroits avec bureaux — et il s'attaqua à l'écritoire près de la cage d'escalier. Il sortit une demi-douzaine de tiroirs, farfouilla dans un placard-penderie tout proche, tâtonnant à la recherche de chemises et de papiers en vrac autant qu'il regardait.

Pas de butin.

Retour vers l'arrière de la maison ; encore deux placards. Aspirateurs et balais à moquette, manteaux de vison, une prière à son vieux Dieu Presbytérien : faites qu'ils ne l'aient pas mis dans un coffre. Un cagibi près d'une salle de bains à l'arrière de la maison, des étagères à livres, un bureau — huit tiroirs de *pot pourri** — scénarios de films, papier à lettre, de vieux papiers personnels de Loftis, pas de doubles fonds ni de compartiments secrets.

Mal quitta le cagibi par une porte latérale et sentit le café. Il suivit l'odeur jusqu'à une vaste pièce avec écran de projection et projecteur installé dans le fond. Une table anglaise à volets, avec cafetière et papiers éparpillés, était placée au beau milieu, avec deux fauteuils glissés sous le plateau — un décor de bureau. Il s'approcha, commença à lire et vit jusqu'où le talent de Danny Upshaw aurait pu le conduire.

Le môme écrivait proprement en majuscules ; il réfléchissait avec intelligence, rédigeait avec clarté, et aurait trouvé la solution des quatre meurtres à l'aise si le LAPD lui avait laissé un jour supplémentaire, ou deux. Tout était là, dans son premier rapport-résumé page trois, son second témoin oculaire de l'enlèvement de Goines. Claire et Reynolds avaient entouré l'information, confirmant ce que Minear avait dit : ils essayaient de retrouver le fils de Loftis.

Page trois.

Témoin oculaire Coleman Healy, interrogé par Danny Upshaw à son premier jour à temps plein sur l'affaire.

Il approchait de la trentaine — l'âge était bon. *Il* était décrit comme un homme grand, mince et portant la barbe, laquelle était sans aucun doute un postiche qu'il ôtait lorsqu'il personnifiait son père-amant. De face, il

---

* Pot-pourri : en français dans le texte.

confirmait une description de profil qu'en avait fait un barman, complétant par la même occasion son personnage d'homme entre deux âges. *Il* avait été le premier témoin — et le seul, selon Jack Shortell — à identifier Marty Goines comme homosexuel, la première piste homo d'Upshaw, mutilations mises à part. Une séance de maquillage, et Coleman pourrait avoir l'air entre deux âges ; ajouter à cela les filaments de perruque argentée que Doc Layman avait trouvés près de la Rivière de L.A. et on obtenait Coleman Masskie/Loftis/Healy qui commettait ses meurtres par soif de son propre sang et quelque désir de vengeance sur Reynolds, violeur incestueux.

Mais une seule chose ne collait pas : Danny avait interrogé Coleman et rencontré Reynolds. Pourquoi la ressemblance évidente ne lui avait-elle pas sauté au visage ?

Mal parcourut le reste des pages, il sentait que le môme lui refilait sa pêche. Tout était parfaitement logique et d'une intelligence hardie : Danny commençait à piger l'âme du tueur par le détail. Il y avait un rapport de six pages sur son effraction à Tamarind Street — il l'avait effectivement faite — qu'ils aillent tous au diable, que la ville et le comté aillent se faire foutre avec leurs contraintes ; il craignait que le LAPD ne veuille sa ruine à cause de ça, c'est pour cette raison qu'il avait refusé le détecteur de mensonges qui l'aurait innocenté pour Niles et avait pris un aller pour un voyage sans retour. Des photographies représentant des motifs sanglants étaient mêlées aux rapports ; Danny avait dû les prendre lui-même, il avait couru le risque d'un examen labo en territoire ennemi. Mal sentit les larmes lui venir aux yeux, il se vit, lui, en train de bâtir le dossier d'accusation d'Ellis Loew avec les preuves de Danny, il se vit en train de se faire un nom en la circonstance. Le Tueur-Glouton dans la chambre à gaz — et ils l'y avaient expédié tous les deux en compagnie de l'ami le meilleur et le plus improbable qu'un flic galonné ait jamais eu : Buzz Meeks.

Mal s'essuya les yeux ; il fit une pile bien nette des pages et des photographics. Il vit une main féminine en marge d'une liste de quadrillage de bougnoule-ville : des hôtels du Quartier Sud, avec des clubs de jazz, notés de la main de Danny, qu'on avait cochés. Il fourra cette page là dans sa poche, fit une liasse du reste du dossier et l'emporta. Il avança vers la porte. Comme il faisait coulisser le verrou, il entendit une clé qu'on engageait dans la serrure ; il ouvrit la porte en grand, comme Danny Upshaw à Tamarind Street.

Claire et Loftis se tenaient sous le porche d'entrée ; ils regardèrent le verre brisé, puis Mal et sa brassée de papiers.

— Vous avez rompu notre marché, dit Claire.

— Aux chiottes, le marché.

— J'allais le tuer. J'ai finalement compris qu'il n'y avait pas d'autre solution.

Mal vit un sac à provisions dans les bras de Loftis ; il se rendit compte qu'ils n'avaient pas eu le temps de voir Minear.

— Pour la justice ? La justice du Peuple ?

— Nous venons de parler à notre avocat. Il a dit que vous n'aviez aucun moyen de prouver vos accusations d'homicide contre nous.

Mal regarda Loftis.

— Tout est en train de sortir au grand jour. Vous et Coleman, toute l'histoire. Le grand jury et le procès de Coleman.

Loftis vint se placer derrière Claire, la tête baissée. Mal jeta un coup d'œil côté rue et vit Buzz qui sortait de sa voiture. Claire enlaça son fiancé. Mal dit :

— Allez vous occuper de Chaz. Il a tué un homme pour vous.

Chapitre 40

En route pour Nègreville dans la voiture de Mal avec la liste des fourgueurs d'héroïne de Lux et la liste Danny/Claire collée au tableau de bord. Mal conduisait ; Buzz se demandait s'il avait tué le chirurgien esthétique des vedettes ; ils parlèrent.

Buzz fit sa mise au point en premier : l'évanouissement de Mary Margaret comme confirmation et Lux, moins la crucifixion. Il parla des opérations de chirurgie plastique sur Coleman, stratagème pour le mettre à l'abri de Dudley et satisfaire la perversion de son père ; Lux qui avait craché à Gordean tous les tuyaux sur l'inceste à fins de chantage, l'histoire du visage brûlé, un truc pour cacher le pervers aux compatriotes gaucho de Loftis, les pansements n'étant là que comme protection des plaies qui se cicatrisaient. Buzz garda pour la bonne bouche Lux qui avait redémoli le visage de Coleman ; Mal poussa un cri de joie et usa de l'argument pour en revenir à Healy le saxo, interrogé par Danny Upshaw le Jour de l'An — voilà pourquoi le déclic ne s'était jamais fait chez le môme sur la parfaite ressemblance Loftis/Coleman — elle n'existait plus.

A partir de là, Mal parla de Coleman. Coleman et son numéro d'intro, la piste de Marty Goines, Coleman mettant l'accent sur l'homme grand aux cheveux gris, Coleman portant perruque grise et probablement maquillé lorsqu'il coinçait ses victimes en larguant la barbe qu'Upshaw l'avait vu porter. Loftis et Claire avaient demandé à Mondo Lopez de voler les dossiers de Danny lorsqu'ils avaient découvert qu'il travaillait sur les meurtres homo. Juan Duarte l'avait balancé comme étant un flic. Mal fit le récit de l'interrogatoire Minear : Coleman, troisième élément du triangle amoureux de 42-44, Chaz qui avait abattu Gordean le maître chanteur pour se racheter aux yeux de Claire et de Loftis, Claire et Loftis à la recherche de Coleman. Et ils tombèrent d'accord tous les deux : Marty Goines, vieux pote de Coleman, était probablement une victime des circonstances — il se trouvait là lorsque l'homme aux rats *avait eu besoin* de tuer. Les victimes deux, trois et quatre devaient se rattacher à

Papa Reynolds — tactique d'éclaboussures infernales.

Ils atteignirent le Central Avenue Strip ; un bloc de façades pailletées, paisible comme en plein jour : le Taj Mahâl, ses palmiers décorés de guirlandes lumineuses de Noël, ses clés musicales à paillettes et ses rayures noires et blanches et un grand moricaud en plâtre aux yeux rouges et brillants. Aucun des clubs n'avait l'air ouvert : portiers videurs et employés aux parkings balayaient les mégots et les verres brisés ; c'était les seuls citoyens à être dehors. Mal se gara et prit le côté ouest ; Buzz prit le côté est.

Il parla aux videurs ; il parla aux larbins chargés du parking ; il distribua tout le liquide qu'il n'avait pas fourré dans la gorge de Terry Lux. Trois des Noirs lui firent : "hein" ; deux n'avaient pas vu Coleman, le mec à l'alto, depuis deux semaines ; un clown en tunique d'amiral violette dit qu'il avait entendu dire que Healy tournait dans un club privé chez les bronzés de Watts : on y laissait les Blancs-mecs faire leurs numéros s'ils étaient à la coule et s'ils gardaient leurs sales pattes de Blancs loin de la fesse de couleur. Buzz traversa la rue et se mit à quadriller en se dirigeant vers son collègue ; trois autres "hein ?" et Mal arriva jusqu'à lui en trottinant.

— J'ai parlé à un mec, dit-il, qui a vu Coleman la semaine dernière au Bido Lito's. Il m'a dit qu'il était en train de parler à un vieux Juif, l'air malade et à moitié mort. Le mec a dit que le vieux ressemblait à ces vieux dingos de jazz de la maison de repos de la 78ème et de Normandie.

— Lesnick, vous croyez ? dit Buzz.

— On est sur la même piste, mon gars.

— Arrêtez de m'appeler "mon gars", ça me donne les foies. Patron, j'ai lu un mémo du Bureau chez Ellis. La fille de Lesnick a dit que Papy songeait à aller se coller dans une boîte à vieux pour y casser sa pipe. Il y en avait une liste mais je n'ai pas pu la prendre.

— On va d'abord à cet endroit sur Normandie. Vous avez eu quelque chose ?

— Il se pourrait que Coleman joue de sa corne dans un club de Noirs.

— Merde, dit Mal. J'ai travaillé à la division de la 77ème Rue des années de ça, et des endroits comme ça, y'en a en pagaille. Pas plus de détails ?

— Nix.

— Allez, on y va.

Ils arrivèrent vite fait à la maison de repos l'Etoile de David : Mal passait à l'orange, en excès de vitesse de plus de trente kilomètres à l'heure. Le bâtiment de plain-pied était en stuc beige ; il ressemblait à une prison — sécurité minimum — pour des gens en attente de mourir. Mal se rangea et se dirigea droit vers la réception ; Buzz trouva une cabine téléphonique à l'extérieur et chercha à "Sanatoriums" dans les pages jaunes.

Il y en avait trente-quatre dans le quartier Sud ; Buzz arracha la page avec la liste ; il vit Mal debout près de la voiture et s'approcha en secouant la tête.

— Trente-quatre dans le coin. Une putain de longue journée.

— Rien à l'intérieur, dit Mal. Pas de Lesnick inscrit, personne en salle qui se meure d'un cancer du poumon. Pas de Coleman.

— Essayons les hôtels et les refourgueurs, dit Buzz. Si ça, ça marche pas, on se prend des pièces et on appelle les sanatoriums. Vous savez, je crois que Lesnick est en cavale. Si c'était lui avec Coleman, il est mêlé à tout ça d'une manière ou d'une autre, et il ne se serait pas inscrit sous son vrai nom.

Mal tapota le capot de sa voiture.

— Buzz, c'est Claire qui a rédigé cette liste d'hôtels. Minear dit qu'elle et Loftis essaient de retrouver Coleman. S'ils ont déjà essayé ...

— Ça veut dire que dalle. Coleman a été vu dans le coin cette semaine-ci. Il pourrait se déplacer, mais y reste toujours près de la musique. Y'a queq'chose entre lui et la musique, pasque personne l'a jamais placé comme joueur d'instrument, et v'là que les fanas de boogie du coin, y disent qu'il touche bien comme alto. Ce que j'dis, c'est qu'on s'attaque aux hôtels et aux mecs à horse pendant qu'y fait encore jour, et à la nuit tombée, on se fait les bouis-bouis.

— Allons-y.

Tevere Hôtel, sur la 84ème et Beach — personne de race blanche en résidence. Galleon Hôtel sur la 91ème et Bekin — le seul Blanc qui résidait là était un poivrot de cent cinquante kilos qui s'entassait avec sa Négresse de femme et leurs quatre mômes dans une seule pièce. En revenant à la voiture, Buzz vérifia les deux listes et agrippa Mal par le bras.

— Whoa !

— Quoi ? dit Mal.

— Un recoupement. Hôtel de l'Aigle Pourpre, 96ème et Central sur la liste de Claire. Roland Navarette, chambre 402, à l'Aigle Pourpre sur celle de Lux.

— Il vous a fallu un moment ?

— C'est tout barbouillé d'encre.

Mal lui tendit les clés.

— Vous conduisez. Je vais voir ce que j'ai oublié d'autre.

Ils roulèrent au sud-est. Buzz fit grincer les vitesses en jouant sans cesse de l'embrayage. Mal étudia les deux listes et dit :

— C'est le seul recoupement. Vous savez à quoi je pensais ?

— Quoi ?

— Lux connaît Loftis et De Haven, et Loftis alimentait Claire en came. Ils auraient pu avoir accès aux fournisseurs de Lux également.

Buzz vit l'Aigle Pourpre — un trou en parpaings de six étages avec une collection d'enjoliveurs chromés de capot de voiture fixés au-dessus d'une marquise pourpre en lambeaux.

— Ça pourrait être ça, dit-il en se rangeant en double file ; Mal fut le premier dehors et il pénétra à l'intérieur pratiquement en courant.

Buzz le rattrapa à la réception. Mal montrait son insigne à l'employé, un Nègre décharné aux manchettes de chemises boutonnées dans un hall d'entrée où l'on cuisait. Il marmonnait :

— Oui, m'sieur, oui, m'sieur, oui, m'sieur, un œil sur Mal, une main sous le bureau.

— Roland Navarette. Il est toujours au 402 ? dit Mal.

— Non, m'sieur, non, m'sieur, répondit le camé, la main toujours sous le bureau.

Buzz fondit sur lui et lui épingla le poignet juste comme la main se refermait sur une enveloppe de came. Il lui tordit les doigts en arrière ; le camé alla de son :

— Oui, m'sieur, oui, m'sieur, oui, m'sieur.

— Un Blanc, dit Buzz, pas loin de la trentaine, peut-être avec une barbe. Un mec de jazz. Il se procure sa horse auprès de Navarette ?

— Non, m'sieur, non, m'sieur, non, m'sieur.

— Fils, tu dis la vérité ou je te casse la main avec laquelle tu te défonces avant de te larguer au placard à bavards de la Soixante-Dix-Septième.

— Oui, m'sieur, oui, m'sieur, oui, m'sieur.

Buzz le lâcha et posa le bout d'enveloppe sur le bureau. L'employé se massait les doigts.

— Un Blanc et une Blanche ici, y d'mandaient la même chose y'a vingt minutes. J'leur ai dit, j'vous l'dis, Roland, il est régulier, y fait pas de crosses, y vend pus de horse rallongée de rien du tout.

Les yeux du camé se posèrent sur un téléphone intérieur ; Buzz l'arracha et l'envoya dinguer au sol. Mal courut vers les escaliers.

Buzz le suivit, haletant et ahanant, pour le rattraper sur le palier du quatrième. Mal était au milieu d'un couloir nauséabond, arme dégainée et il indiquait une porte. Buzz reprit son souffle, sortit son flingue et s'avança.

Mal fit le décompte du signal ; à trois, ils enfoncèrent la porte à coups de pied. Un Nègre en sous-vêtements sales était assis par terre ; il s'enfonçait une seringue dans le bras en poussant sur le piston, oublieux des bruits et des deux Blancs qui pointaient leurs armes sur lui. Mal lui cogna les jambes du pied et lui ôta sa shooteuse du bras ; Buzz vit un billet de cent sous une seringue toute neuve sur la commode et il comprit que Claire et Loftis s'étaient payé une piste qui brûlait.

Mal giflait l'homme au H en essayant de le faire descendre de son septième ciel ; Buzz savait que c'était en pure perte. Il le dégagea des bras de Mal, le traîna jusqu'à la salle de bains, lui colla la tête dans la cuvette des toilettes et tira la chasse. Roland Navarette revint sur terre au milieu de tremblements, de frissons et de crachotis ; la première chose qu'il vit au sortir de la cuvette fut un 38 au beau milieu de sa figure.

— Les Blancs après Coleman, où que tu les as envoyés ? dit Buzz.

— Mec, c'est une blague ! dit Roland Navarette.

— M'oblige pas, dit Buzz en armant le chien.

— Coleman y fait son numéro à cette heure-ci sur Un-Zéro-Six et Avalon.

* * *

Watts, code trois sans sirène. Buzz tripotait son bidule ; Mal écrasait le champignon au milieu de la circulation du soir tombant. La Cent-Sixième et Avalon était le cœur du cœur de Watts : chaque cahute en papier goudronné du bloc avait ses chèvres et ses poulets derrière ses clôtures de barbelés. Buzz songea à des mecs givrés en train de les sacrifier pour des rites vaudou, avec peut-être Coleman comme invité à quelque ragoût de glouton et une nuit de jazz hot. Il vit un chapelet de lumières bleues qui clignotaient autour de la porte d'un bâtiment en stuc qui faisait le coin.

— Garez-vous, je vais voir, dit Buzz.

Mal braqua à droite toute et coupa le moteur une fois contre le trottoir. Buzz montra l'autre côté de la rue :

— Cette voiture blanche était dans l'allée de De Haven.

Mal acquiesça, ouvrit la boîte à gants et sortit une paire de menottes.

— J'allais faire participer les journaux à tout ça, mais je crois qu'on n'a pas le temps.

— Il se pourrait qu'il ne soit pas là, dit Buzz. Loftis et Claire sont peut-être à l'attendre dehors, ou y'aurait déjà eu du vilain. *Vous*, vous êtes prêt ?

Mal hocha la tête. Buzz vit un groupe de Nègres se mettre en file près de la porte éclairée de bleu et commencer à entrer. Il fit signe à Mal de sortir de la voiture ; ils se dépêchèrent de traverser le trottoir pour se coller aux basques du dernier jazzbo.

Le portier était un Noir gigantesque vêtu d'une chemise flottante bleue. Il commença par leur barrer le chemin avant de se reculer avec une courbette — signe évident de politesse à l'égard de la police.

Buzz entra le premier. Excepté de petites lampes de Noël bleues et un point lumineux minuscule qui illuminait le bar, le rade était dans l'obscurité. Les gens étaient assis à des tables de cartes qui faisaient face à la scène et à un groupe de musiciens éclairé en arrière plan par d'autres lumières bleues : des clignotants recouverts de cellophane. La musique était une merde à vous casser les oreilles, du bruit mais un cran en-dessous. Les trompette, bassiste, batteur, piano et trombone étaient des Nègres en chemise flottante bleue. Le saxo alto était Coleman, sans barbe, les yeux de Papa Reynolds éclairés par une ampoule bleue clignotante et fêlée.

Mal donna un coup de coude à Buzz et lui parla à l'oreille à haute voix :

— Claire et Loftis au bar. Là-bas dans le coin, dans le renfoncement.

Buzz pivota, les vit tous deux, et cria à moitié pour se faire entendre :

— Coleman peut pas les voir. On se le prendra quand ce nom de Dieu de boucan sera terminé.

Mal se déplaça vers le mur latéral de gauche, tête baissée, pour remonter vers l'estrade des musiciens. Buzz suivait à quelques pas, en traînant un peu des pieds : je ne me fais pas remarquer, je ne suis pas flic. Arrivé presque au bord de la scène, il se retourna vers le bar. Claire était toujours là ; Loftis n'y était plus ; une porte sur le côté droit de la pièce se refermait en révélant un trait de lumière.

Buzz tapa sur l'épaule de Mal ; Mal lui indiqua l'endroit comme s'il était déjà au courant. Buzz fit passer son arme de son étui à la poche droite de son pantalon ; Mal tenait son flingue collé contre la jambe. Les Nègres arrêtèrent de jouer et Coleman se lança dans un solo à couiner, racler, corner, aboyer, grogner, crisser. Buzz pensa à des rats géants déchirant les chairs en mesure. Un bruit aigu retentit à n'en plus finir alors que Coleman offrait son sax aux étoiles. Les lumières bleues s'éteignirent ; le bruit aigu passa en basse shuba-shuba dans l'obscurité avant de mourir. De vraies lumières s'allumèrent et le public se rua vers l'estrade de l'orchestre en applaudissant.

Buzz s'enfonça au milieu des corps écrasés avec Mal à ses côtés, plus grand que tout le monde, sur la pointe des pieds. Tous ceux qui les entouraient étaient noirs ; Buzz cligna des yeux pour repérer du blanc et vit Coleman, le sax au-dessus de la tête, qui franchissait la porte du mur de droite.

Mal le regarda ; Buzz regarda derrière lui. Ils poussèrent, jouant du poing, du bras, des coudes et des genoux pour avancer en se recevant coups de coude, coups de bras et boissons diverses dans la figure. Buzz arriva à la porte en essuyant le bourbon qui lui piquait les yeux ; il entendit un hurlement et un coup de feu de l'autre côté — et Mal franchit la porte arme à la main.

Un autre coup de feu ; Buzz courut après l'ombre de Mal. Couloir en lino nauséabond. Deux formes qui luttaient sur le sol sept mètres plus loin ; Mal qui vise, la main gauche serrant le poing armé. Un noir déboucha d'une issue latérale et essaya de l'empêcher de viser ; Mal tira deux fois. L'homme rebondit sur les murs et s'abattit, visage en avant ; Buzz aperçut les deux corps au sol. C'était Loftis en train de se faire étrangler par Coleman Healy, un gros râtelier rose et horrible muni de crocs fixé dans la bouche. La poitrine de Coleman était ensanglantée ; Loftis était trempé de rouge sombre sur les jambes et au pubis. Un revolver gisait à côté d'eux.

— Coleman, revenez ! hurla Mal.

Buzz se glissa le long du mur, le 38 à la main, cherchant une ouverture pour atteindre l'homme aux rats. Coleman émit un bêlement étouffé par son râtelier et arracha le nez de son père d'un coup de dents ; Mal tira trois fois, atteignant Loftis au côté et dans la poitrine et l'envoyant valdinguer loin de la chose qui l'attaquait. Coleman enserra Papa de ses bras comme un animal affamé de sang et chercha la gorge. Buzz visa la tête qui se rassasiait ; Mal lui bloqua le bras et fit feu à nouveau, une balle en ricochets qui déchira les murs de ses zigzags. Buzz se libéra et écrasa la gâchette ; Coleman s'agrippa l'épaule ; Mal dégagea ses menottes à tâtons et courut jusqu'à lui.

Buzz se plaqua ventre à terre et essaya de trouver un axe de tir ; les jambes de Mal et les pans flottants de sa veste rendaient la chose impossible. Il se releva en trébuchant, courut à son tour ; il vit Coleman qui s'emparait de l'arme au sol et qui visait — un, deux, trois coups de feu — Mal fut soulevé de terre avant de tournoyer, le visage emporté par les balles. Le corps s'effondra en face de lui ; Buzz marcha jusqu'à Coleman ; Coleman lui jeta un regard mauvais derrière ses crocs et leva son arme. Buzz tira le premier, vidant son flingue dans la dentition de glouton, hurlant lorsqu'il eut finalement vidé son chargeur. Il continua à hurler, et il hurlait toujours lorsqu'une chiée de flics firent irruption et essayèrent de lui arracher le corps de Mal Considine.

QUATRIEME PARTIE

LE BLUES DU CHASSEUR DE ROUGES

Chapitre 41

Dix jours passèrent ; Buzz se cacha dans un motel à San Pedro. Johnny Stompanato lui amenait les derniers renseignements en lui cassant les pieds pour ses honoraires en paiement de la partie de poucettes avec Minear ; le restaurant chinetoque en bas de la rue lui apportait trois plats complets bien graisseux par jour ; les journaux et la radio lui fournissaient les tuyaux supplémentaires. Il appelait Audrey à Ventura tous les soirs, à lui tourner la tête de récits invraisemblables sur Rio et Buenos Aires, là où le gouvernement américain n'avait pas d'accords d'extradition et Mickey était trop radin pour envoyer des hommes. Il se tourmentait à propos de son dernier projet de gagneur, le plus dingue de toute sa carrière à L.A., en se demandant s'il survivrait pour en dépenser le butin. Il écoutait de la musique hillbilly, et Hank Williams et Spade Cooley lui faisaient des choses abominables. Mal Considine lui manquait horriblement.

Après la fusillade, une armée du LAPD fit revenir le calme dans la population et enleva les corps. Quatre morts : Coleman, Loftis, Mal et le videur de la porte de derrière qu'il avait abattu. Claire De Haven avait disparu — elle avait probablement envoyé Reynolds à sa mission de folie, entendu les coups de feu, décidé qu'une rédemption pour la nuit était suffisante et calmement pris un taxi pour rentrer chez elle afin d'échafauder de nouvelles Révoltes du Peuple, style Beverly Hills. Il avait accompagné Mal jusqu'à la morgue et fait une déposition dans la salle de brigade du Sept-Sept, en rattachant les morts de Healy/Loftis aux homos qui s'étaient fait liquider et en insistant pour que tout le crédit de l'affaire maintenant résolue revienne à feu l'adjoint Danny Upshaw. Sa déposition glissait sur les irrégularités commises par Mal et lui-même ; il ne fit aucun état de Felix Gordean, Chaz Minear, Dudley Smith ou Mike Breuning. Que Chaz la choute continue à vivre pour jouir de sa rédemption ; Dud le Dingue était trop important pour qu'on lui colle le meurtre de José Diaz ou le "suicide" de Charles Hartshorn.

En lisant entre les lignes des journaux, on pouvait suivre le déroulement de l'affaire : le meurtre Gordean non résolu, pas de suspects ; la fusillade s'expliquait par "Mal et lui-même qui suivaient une piste sur une vieille affaire" ; le Nègre mort était attribué à Coleman. Pas la moindre trace de cocos ou d'homicides de pédés — Ellis Loew avait beaucoup de relations dans la presse et il haïssait les complications. On avait réglé le sort de Reynolds et de son fils-amant en en faisant, perle entre toutes les perles, "deux vieux ennemis réglant un différend" .

On fit à Mal Considine des funérailles de héros. Le maire Bowron était présent, de même que le Conseil Municipal de L.A. au grand complet, le Conseil de Surveillance et des huiles du LAPD soigneusement choisies. Dudley Smith fit un éloge émouvant, citant la "sensationnelle croisade" de Mal contre le communisme. Le *Herald* diffusa une photo de Dudley qui pinçait le menton du petit de Mal, Stefan, en l'exhortant à "être un vrai petit soldat".

Johnny Stomp lui servait de filière pour tous les tuyaux sur le grand jury, d'Ellis Loew à Mickey, et de Mickey à lui — et sur tous les fronts, c'était des tuyaux en or massif.

Loew devait commencer la présentation de ses preuves à conviction la semaine prochaine — le moment était parfait — l'UAES encaissait toujours le plus gros des attaques dans les éditoriaux de la radio et de la presse qui l'accusaient d'être responsable du bain de sang de Gower Gulch. Herman Gerstein, Howard Hughes et deux autres patrons de studios avaient déclaré à Loew qu'ils évinceraient l'UAES le jour où le grand jury se réunirait — pour violation du contrat syndical sur la base de clauses ayant rapport à l'expulsion des membres pour activités subversives.

Autres joyeuses nouvelles de Johnny : Terry Lux avait eu une attaque — résultat d'une "absence prolongée d'oxygénation" due à une bouche pleine de billets de banque et une artère de la main droite qui avait éclaté. Il récupérait bien, mais les tendons détruits de la main en question l'empêcheraient d'exécuter dorénavant des opérations de chirurgie plastique. Mickey Cohen avait gonflé sa première mise sur le contrat Meeks à 20 000 dollars ; Buzz avait poussé son paiement pour le boulot Minear à 25 000 dollars pour que Stompanato ne lui colle pas une balle dans la tête. Le Mick s'arrachait les cheveux pour Audrey ; il avait érigé un lieu de pèlerinage à partir des souvenirs d'Audrey : ses photos publicitaires de stripteaseuse, les costumes qu'elle portait, lorsqu'elle faisait l'affiche du Burbank en 38. Mickey avait mis ses affaires sous clé dans sa chambre à coucher à sa planque et il passait des heures à rêvasser devant. Parfois, on pouvait l'entendre qui pleurait comme un bébé.

Et Turner Meeks, lui, objet de l'amour véritable de la Fille Va-Va-Voom, engraissait, à se faire du lard avec le canard moo shu, le porc à l'aigre-doux, le chop suey de crevettes et le boeuf kowloon — une chiée de derniers repas de condamné. Et avec le coup de fric à un jour de là, il savait qu'il y avait deux choses qu'il voulait savoir avant de se passer le nœud coulant autour du cou : toute l'histoire de Coleman et la raison pour laquelle l'UAES n'avait pas mis en oeuvre son projet de chantage contre les studios — quel qu'ait pu être ce projet — pour l'instant. Et il avait l'intuition qu'il savait où trouver les réponses.

Il alla à la réception du motel, changea un billet de cinq en pièces de cinq cents et se dirigea vers la cabine téléphonique dans le parc de stationnement. Il sortit la liste de maisons de repos qu'il avait arrachée des Pages Jaunes le jour de la fusillade et commença à passer ses coups de fil, en se faisant passer pour policier. Il s'était dit que Lesnick se cacherait sous un pseudonyme, mais il fila aux larbins qui lui répondaient, son vrai nom malgré tout, accompagné de "vieux", "juif", "mourant d'un cancer du poumon". Il en était de 3 dollars 10 de sa poche lorsqu'une fille lui dit :

— Ça ressemble à M. Léon Trotsky.

Elle ajouta que le vieux était parti contre l'avis du médecin en laissant une adresse où le joindre : le Seaspray Motel, 10671 Hibiscus Lane, Redondo Beach.

Une plaisanterie facile de coco qui lui facilitait les choses.

Buzz alla jusqu'à un U-Drive* et loua une vieille berline Ford, en se disant qu'elle n'était plus de première jeunesse pour une voiture avec laquelle il comptait prendre la fuite. Il régla une semaine d'avance, montra son permis de conduire à l'employé et lui demanda un stylo et du papier. L'employé accéda à sa demande ; Buzz écrivit :

Dr Lesnick,

J'ai été avec le grand jury pendant un moment. J'étais présent lorsque Coleman et Reynolds Loftis ont été tués et je sais ce qui s'est passé entre eux en 42-44. Je n'ai rien laissé filtrer de ces informations-là. Vérifiez dans les journaux si vous ne me croyez pas. Il faut que je quitte Los Angeles parce que j'ai des ennuis et j'aimerais vous parler de Coleman. Je ne répéterai pas ce que vous me direz au grand jury — ça me retomberait dessus si je le faisais.

T. Meeks.

Buzz roula jusqu'au Seaspray Motel, en espérant que la mort de Mal ait mis le holà à la recherche de Lesnick par les hommes du Bureau. C'était un bâtiment en demi-cercle, avec parking sur le devant, au bout d'une impasse qui faisait face à la plage ; le bureau avait la forme d'une fusée pointée vers les étoiles. Buzz entra et tapa du poing sur la sonnette.

Un adolescent horriblement boutonneux sortit du fond de la pièce.

---

* U-Drive : agence de location de voitures ; phonétiquement "vous conduisez".

— Vous voulez une chambre ?

— M. Trotsky est toujours vivant ? dit Buzz.

— A peine. Pourquoi ?

Buzz lui tendit son mot et un bifton de cinq.

— Il est là ?

— Il est toujours là. Ici ou sur la plage. Où voulez-vous qu'y aille ? Danser le boogie-woogie ?

— Donnez-lui le billet, fiston. Gardez l'argent. S'il dit qu'il accepte de me parler, y'aura un frère à Abe Lincoln*.

Le garçon aux boutons fit sortir Buzz ; Buzz resta près de sa voiture et le regarda se diriger vers le milieu des bâtiments et frapper à une porte. La porte s'ouvrit, le garçon entra ; une minute plus tard, il sortit en traînant deux transats ; un vieil homme courbé lui tenait le bras. Son intuition ne l'avait pas trompé — Lesnick attendait une oreille amicale avant sa sortie.

Buzz les laissa approcher. Le vieil homme lui tendit la main à trois mètres de distance ; les yeux brillaient de maladie, le visage était d'un beige boueux et le corps tout entier dans ses moindres détails paraissait enfoncé vers l'intérieur. La voix était forte — et le sourire qui l'accompagnait disait qu'il en était fier.

— M. Meeks ?

Buzz tira un petit coup sur la main offerte, de peur d'en briser les os.

— Oui, m'sieur, docteur.

— Et quel est votre grade ?

— Je ne suis pas policier.

— Oh ? Et que faisiez-vous avec le grand jury ?

Buzz tendit un billet de cinq à l'employé et attrapa les transats. Le garçon s'éloigna en souriant ; Lesnick tenait le bras de Buzz.

— Pourquoi, alors ? J'avais cru que les mignons d'Ellis Loew étaient tous policiers.

Le poids de Lesnick sur lui n'était presque rien — une brise sévère enverrait voler le pauvre connard jusqu'à Catalina.

— Je l'ai fait pour l'argent, dit Buzz. Vous voulez parler sur la plage ?

Lesnick indiqua un endroit près de quelques rochers — sans verre et sans papiers de bonbons. Buzz l'escorta jusque-là, les transats plus pesants que

---

* Abe Lincoln : Abraham Lincoln, effigie des billets de cinq dollars.

l'homme. Il installa les sièges face à face, tout près l'un de l'autre, de manière à pouvoir entendre si la voix de Doc foirait ; il installa Doc et le regarda qui se voûtait au milieu des plis de tissu éponge.

— Savez-vous comment on m'a convaincu de devenir informateur ? dit Lesnick.

Comportement typique de mouchard — il fallait qu'il se justifie. Buzz s'assit et dit :

— Je n'en suis pas sûr.

Lesnick sourit, comme s'il était heureux de pouvoir parler :

— En 1939, des représentants du gouvernement fédéral m'ont offert l'occasion de faire libérer ma fille de la prison de Tehachapi, où elle était incarcérée pour homicidc automobile. J'étais l'analyste officiel du PC de Los Angeles à l'époque, ce que je suis toujours. Ils m'ont déclaré que si je leur ouvrais mes dossiers psychiatriques pour évaluation avant l'enquête de 1940 ouverte par le Procureur Général de l'Etat et les autres enquêtes qui pourraient suivre, ils relâcheraient Andrea immédiatement. Comme Andrea avait encore un minimum de quatre années à passer en prison et qu'elle m'avait fait des récits abominables sur les violences qu'infligeaient les gardiennes et les autres détenues, je n'ai pas hésité une seconde à accepter.

Buzz laissa Lesnick reprendre un peu de souffle — et passa à Coleman.

— Et la raison pour laquelle vous n'avez pas refilé le dossier de Loftis de 42 à 44, c'était parce que toutes les pages étaient barbouillées des saletés de Coleman. Exact ?

— Oui, dit Lesnick. Ça aurait impliqué tellement de souffrances inutiles pour Reynolds et Coleman. Avant que je ne leur donne les dossiers au complet, j'ai vérifié les références à Coleman. Chaz Minear faisait allusion à Coleman, mais de manière elliptique, aussi j'ai laissé passer son dossier. J'ai fait le même genre de mise au point lorsque j'ai donné mes dossiers aux enquêteurs de l'HUAC, mais je leur ai menti en leur disant que le dossier Loftis avait été égaré. Je ne pensais pas qu'Ellis Loew croirait à ce mensonge, alors j'ai simplement caché la partie du dossier de Loftis en espérant mourir avant qu'ils ne viennent me le demander.

— Pourquoi vous n'avez pas simplement viré tout ce bon de Dieu de truc ?

Lesnick toussa et se voûta plus encore dans son peignoir.

— Il fallait que je le garde pour l'étudier. C'était plus fort que moi. Pourquoi avez-vous quitté le grand jury ? Etait-ce des scrupules moraux devant les méthodes d'Ellis Loew ?

— Je me suis simplement dit que l'UAES ne valait pas le dérangement.

— Ce que vous dites concernant les journaux vous donne de la crédibilité, et je me suis surpris à me demander ce que vous saviez exactement.

Buzz cria pour se faire entendre au-dessus d'un déferlement soudain des vagues.

— J'ai travaillé sur les meurtres *et* pour le grand jury ! Ce que je ne connais pas, c'est leur histoire !

Le bruit de l'océan s'apaisa ; Lesnick toussa et dit :

— Vous savez tout...

— Doc, je suis au courant de l'inceste, et des opérations chirurgicales, et tout ce qui concerne Coleman essayant d'entôler son papa. Le seul autre mec à être au courant, c'était le capitaine du Procureur qui a été tué au club de jazz. Et je sais qu'vous voulez dire tout c'que vous savez, autrement, vous auriez pas fait le coup de Trotsky. C'était digne d'un adolescent. Ça vous paraît logique, m'sieur l'psy ?

Lesnick rit, toussa, rit.

— Vous comprenez le concept de motivation subliminale, M. Meeks.

— J'suis pas très fufute, patron. Ça vous dirait de connaître ma théorie sur les raisons qui vous ont poussé à conserver les dossiers depuis l'été 49 ?

— Développez, je vous prie.

— Les membres de l'UAES qui savaient parlaient de Reynolds et de Claire qui allaient se marier et de la manière dont Coleman prendrait la chose. Exact ?

— Oui. Je craignais que les enquêteurs n'utilisent les références à Coleman pour essayer de le localiser et en faire un de leurs témoins favorables. Claire a essayé d'empêcher que la nouvelle du mariage n'aille jusqu'aux journaux pour que Coleman ne la voie pas, mais elle a échoué. Le prix qu'elle a payé est horrible, comme vous le savez, j'en suis sûr.

Buzz fixa ses regards sur l'eau, dans un silence de pierre : son truc préféré pour la faire ouvrir aux suspects. Au bout d'une minute ou deux, Lesnick dit :

— Lorsque les torchons à scandales ont fait état de la seconde série de meurtres, j'ai su que le meurtrier ne pouvait être que Coleman. Il suivait mon analyse à l'époque du SLDC. Je savais qu'il devait vivre quelque part non loin des clubs de jazz de Central Avenue, et je l'ai retrouvé. Jadis, nous avions été très proches, et j'ai pensé que je pourrais le raisonner, le faire enfermer dans une institution et mettre fin à ce massacre stupide. Augie Duarte est la preuve que j'avais tort, mais j'ai essayé. *J'ai essayé.* Pensez-y avant de me juger trop durement.

Buzz regarda le mort en marche.

— Doc, je juge personne dans ce putain de truc. Je quitte simplement la ville dans un jour ou deux, et pour sûr que j'voudrais bien être mis au courant de tout ce que je sais pas.

— Et personne d'autre ne saura ?

Buzz balança quelques miettes à Lesnick.

— Vous avez essayé d'épargner du chagrin à vos amis pendant que vous étiez de la partie, et j'ai fait des trucs comme ça moi aussi. J'ai deux bons amis qui aimeraient savoir pourquoi, mais y pourront plus jamais. Alors, p't-êt que vous pourriez me le dire qu'à moi ?

* * *

Paul Lesnick parla. Cela lui demanda deux heures, avec de nombreuses et longues pauses où il aspirait l'air pour se donner des forces. Quelquefois, il regardait Buzz, quelquefois il regardait loin sur l'océan. Il faiblit à certains des passages les plus atroces, mais il ne cessa pas de parler.

1942.

La guerre, le black-out à L.A., couvre-feu à 10 h du soir. Coleman avait dix-neuf ans et il vivait à Bunker Hill avec sa cinglée de mère Delores et deux de ses presque soeurs. Il utilisait le nom de "Masskie" parce que maman, l'éleveuse d'esclaves, avait besoin d'un blaze paternel pour toucher l'argent de l'Assistance Sociale et les sept lettres collaient bien avec les préceptes de soeur Aimée sur la numérologie. Coleman largua le lycée de Belmont quand on lui refusa une place dans l'orchestre de l'école ; il avait le coeur brisé parce que le professeur responsable de l'orchestre lui avait dit que les canards stupides qu'il sortait de son saxo n'étaient pas de la musique, ce n'était que du bruit qui prouvait qu'il n'avait aucun talent, rien que du souffle.

Coleman essaya de s'engager dans l'armée deux mois après Pearl Harbor ; il fut recalé aux tests physiques pour des genoux faiblards et un colon souffrant de spasmes. Il distribuait des prospectus pour le Temple de l'Angelus et se gagna assez d'argent pour s'acheter un nouveau sax alto et passer des heures à faire des accords et des envolées d'improvisations qui n'étaient bonnes qu'à ses propres oreilles. Delores ne voulait pas qu'il s'exerce à la maison, alors il emportait son cornet dans les collines de Griffith Park et cornait aux écureuils, aux coyotes et aux chiens errants qui trafiquaient dans le coin. Parfois, il se rendait à la bibliothèque du centre ville et écoutait au casque des disques sur Victrola. Son morceau favori était "le Blues du Glouton" que chantait un vieux Nègre du nom de Hudson Healy. Le Noir bouffait ses mots et on pouvait à peine l'entendre ; Coleman inventa ses propres paroles, des trucs dégueulasses sur les gloutons en train de baiser, et parfois il fredonnait en accompagnement. Il écouta tellement ce disque qu'il en usa les sillons au point qu'on n'entendait presque plus rien, et il se mit à chanter un peu plus fort en compensation. Finalement, la vieille chipie qui avait la charge de la salle Victrola eut vent de ses paroles et lui fit prendre la porte. Pendant des semaines, il s'astiqua le manche aux fantasmes de Coleman la corne de glouton en train d'enculer la vieille.

Delores n'arrêtait pas d'embêter Coleman avec l'argent pour sœur Aimée ; il trouva un emploi au labo dentaire Joredco et lui reversa sa dîme. Le travail consistait à arracher des dents d'animaux sur des têtes ou trophées décapités, et il adorait ça. Il observa les ouvriers plus qualifiés qui fabriquaient des râteliers avec les dents, mettant en forme le plastique et la pâte de ciment pour en faire des crocs qui pourraient mordre pour l'éternité. Il vola une boîte de fausses dents de lynx qu'il se mettait en bouche lorsqu'il cornait de son saxo dans les collines. Il jouait à être un lynx dont Delores et ses pseudo frères et sœurs avaient peur.

Joredco licencia Coleman lorsque le patron se trouva une famille de dos-mouillés qui acceptait de travailler pour un salaire de groupe extra-faible. Coleman eut de la peine et essaya de trouver du travail dans deux autres labos dentaires, mais il s'aperçut que Joredco était le seul à fabriquer des fausses dents à partir de dents d'animaux *réelles*. Il prit l'habitude d'aller rôder après la tombée de la nuit — au cœur des *réelles* ténèbres — tout le monde enfermé chez soi derrière les rideaux de black-out pour que les Japs ne voient pas les lumières et ne fassent pas à L.A. ce qu'ils avaient fait à Pearl Harbor.

Coleman composait sa musique dans sa tête au cours de ses errances : la curiosité de savoir la vie cachée derrière les rideaux faillit le rendre cinglé. A la boutique du barbier du quartier se trouvait affichée une liste au mur des *bons* citoyens qui participaient à la défense passive. La liste donnait ceux qui travaillaient de jour, les jours de repos et les postes de nuit, de minuit à huit heures. Coleman prit les noms, les reporta sur l'annuaire et obtint les adresses correspondantes ; de là, il passa ses coups de fil — un recensement bidon — et détermina qui était marié et qui ne l'était pas. Célibataire plus service de nuit égalent Coleman en razzia.

Il opéra ses razzias à un paquet d'occasions ; à travers une fenêtre non verrouillée, en faisant sauter une porte en contreplaqué, parfois en jouant du ciseau contre un chambranle. Il s'emparait de petits objets et d'argent pour que Delores lui fiche la paix. Sa meilleure prise fut un lynx empaillé. Mais ce que préférait Coleman, c'était de simplement *se trouver* dans une maison vide. C'était marrant d'être en des lieux obscurs et de prétendre voir dans le noir.

Au début de juin, Coleman se trouvait dans le tram de Hill Street et il entendit deux mecs parler d'un gars bizarre du nom de Thomas Cormier et des bestioles puantes qu'il gardait derrière sa maison sur Carondelet. L'un d'eux en donna les noms : belettes, furets, blaireaux, loutres et gloutons. Coleman en fut tout excité, appela Thomas Cormier pour recensement et apprit qu'il faisait la nuit au zoo de Griffith Park. La nuit suivante, armé d'une torche, il rendit visite aux gloutons et en tomba amoureux.

Ils étaient méchants. Ils étaient vicieux. Ils n'acceptaient pas de se faire emmerder, par personne. Ils essayèrent de mordre le devant de leurs cages pour l'atteindre. Ils montraient les dents en grondant comme les notes aiguës de son sax.

Coleman s'en alla ; il ne cambriola pas la maison, parce qu'il voulait revenir pour d'autres visites. Il se documenta sur les coutumes du glouton et se délecta des récits de leur sauvagerie. Il installa des pièges à rats dans Griffith Park et ramena les dépouilles pour en nourrir les gloutons, il acheta des hamsters et les donna vivants aux gloutons. Il éclairait les gloutons de sa torche pour les contempler en train de festoyer avec ses petites douceurs. Il jouissait sans se toucher pendant qu'il les observait.

L'été de Coleman fut gâché par Delores qui lui empoisonna la vie pour avoir plus d'argent. A la fin de juillet, il lut dans le journal qu'un célibataire du quartier de poste de nuit possédait une collection de pièces de grande valeur. Il décida de la voler, de la vendre et d'expédier l'argent à Delores pour qu'elle le laisse tranquille.

La nuit du 2 août, Coleman essaya — et fut capturé à l'intérieur de la maison par le propriétaire et deux de ses amis. Il s'attaqua aux yeux du propriétaire en vrai glouton — sans succès — mais il parvint à s'enfuir. Il courut les six blocs qui les séparaient de la maison, trouva Delores et un inconnu en train de faire 69 sur le canapé, toutes lumières allumées, eut un sursaut de répulsion et s'enfuit de la maison en pleine panique. Il essaya de courir jusqu'à la maison des gloutons mais l'homme à la collection et ses potes — qui rôdaient en voiture — le trouvèrent. Ils l'emmenèrent jusqu'à Sleepy Lagoon pour le battre ; l'homme aux pièces voulait le châtrer mais ses amis l'en empêchèrent. Ils l'abandonnèrent, roué de coups et en sang, à composer de la musique dans sa tête.

Coleman se traîna jusqu'à une butte d'herbe et vit — *ou crut voir* — un Blanc costaud en train de frapper un jeune Mexicain à coups de poing en tailladant ses vêtements d'un morceau de bois équipé d'une lame de rasoir. Le Blanc se répandait en injures d'une voix à l'accent marqué.

— Pourriture d'espingo ! Je vais t'apprendre à aller fricoter avec des Blanches, des jeunes filles bien !

Il roula en voiture sur le corps du garçon et s'éloigna.

Coleman examina le jeune Mexicain et vit qu'il était mort. Il réussit à rentrer à la maison, mentit à Delores sur l'origine de ses blessures et mit du temps à récupérer. Dix-sept jeunes Mexicains furent inculpés pour le meurtre de Sleepy Lagoon ; s'ensuivit un grabuge social quant à leur innocence ; les garçons passèrent rapidement en procès et languirent en prison. Coleman adressa aux Services de Police de L.A. des lettres anonymes durant le procès — il décrivait le monstre qu'il en était venu à appeler l'Homme à la Voix d'Ecosse en racontant ce qui était réellement arrivé. Les mois passèrent ; Coleman jouait du sax, il avait peur de cambrioler, il avait peur de rendre visite à ses amis gloutons. Il travaillait comme journalier à des boulots de débine et reversait la plus grande partie de son pognon à Delores pour qu'elle le lâche un peu. Puis un jour, l'Homme à la Voix d'Ecosse en personne vint gravir les marches du 236 Beaudry Sud.

Delores et ses demi-sœurs étaient parties pour la journée ; Coleman se cacha, en se rendant compte de ce qui avait dû se passer ; il avait laissé ses empreintes sur les lettres et Voix d'Ecosse avait récupéré les billets et comparé les empreintes aux empreintes de son dossier du Conseil de Révision. Coleman se cacha toute la journée ainsi que le lendemain ; Delores lui dit qu'un "homme du mal" le cherchait. Il sut qu'il devait fuir, mais il n'avait pas d'argent ; il eut une idée : aller consulter l'album photo des vieilles passions de maman la dingue pour trouver à qui il ressemblait.

Coleman trouva quatre photographies d'un acteur saisonnier du répertoire du nom de Randolph Lawrence — les dates au dos des photos et une ressemblance de visage plutôt forte lui disaient que c'était là son papa. Il faucha deux des clichés, alla en stop jusqu'à Hollywood et raconta son histoire farfelue à une employée de la Guilde des Acteurs de Cinéma. Elle crut à son récit raccourci d'abandon parental, vérifia dans les dossiers de la Guilde et l'informa que Randolph Lawrence était en réalité Reynolds Loftis, acteur de composition de quelque notoriété : 816 Belvedere, Santa Monica Cañon.

L'enfant se présenta à la porte de son père. Reynolds Loftis fut touché, accueillit l'histoire de l'Homme à la Voix d'Ecosse avec des poo-poo incrédules, reconnut sa parenté et offrit un abri à Coleman.

Loftis vivait avec un scénariste du nom de Chaz Minear ; les deux hommes étaient amants. Ils étaient membres de la communauté gauchiste d'Hollywood, grands amateurs de soirées et férus de cinéma d'avant-garde. Coleman les épiait au lit — il adora et détesta ça, les deux à la fois. Il les accompagnait à des soirées organisées par un metteur en scène belge ; l'homme réalisait des films où des hommes nus voisinaient avec des chiens prêts à mordre qui lui rappelèrent ses gloutons — et les films l'obsédaient. Reynolds avait l'argent généreux et cela ne le dérangeait pas que Coleman passe ses journées dans la cour arrière à corner de son alto. Coleman se mit à traîner dans les clubs de jazz de la Vallée et rencontra un joueur de trombone du nom de Marty Goines le Dingue.

Marty le Dingue était un adepte de l'héroïne, revendeur de joints, cambrioleur et trombone de second ordre. C'était un débinard de la débine, il avait cependant un don pour l'enseignement du vol et de la musique. Marty apprit à Coleman comment chauffer une tire et comment souffler correctement de son alto, en lui montrant la manière de mettre les notes en forme, de lire la musique, de prendre son répertoire de bruits et ses poumons puissants pour les utiliser à faire des sons signifiant quelque chose.

On était à l'hiver 43. Coleman perdait son visage poupin, il embellissait. Reynolds se fit démonstratif dans son affection qui se fit plus physique — des tas de câlins et de baisers sur la joue. Il attribua soudain du crédit à l'histoire de l'Homme à la Voix d'Ecosse. Il rejoignit les rangs du Comité de Défense de Sleepy Lagoon — un cheval de bataille brûlant pour les gauchos maintenant que les dix-sept garçons avaient été condamnés — pour prouver à Coleman la confiance qu'il avait en lui.

Reynolds dit à Coleman de rester muet sur l'Homme à la Voix d'Ecosse — personne ne le croirait, et le plus important était de faire sortir les pauvres garçons persécutés de prison. Il lui dit que Voix d'Ecosse ne serait jamais capturé, mais l'homme du mal cherchait probablement toujours Coleman — qui avait besoin d'un déguisement protecteur pour rester sain et sauf hors de son atteinte. Reynolds emmena Coleman auprès du Dr Terence Lux et lui fit modifier le visage selon ses propres spécifications. Pendant qu'il récupérait de l'opération à la clinique, Coleman eut une crise de folie, prétendant qu'il était un glouton en tuant les poulets dans le couvoir, et en buvant leur sang. Il eut le droit de s'absenter de la clinique et commit des cambriolages avec Marty le Dingue, le visage caché sous les pansements comme un monstre de l'écran ; il alla aux rassemblements du SLDC en compagnie d'un père aux petits soins — et contre ses recommandations, il raconta l'histoire de José Diaz et de l'Homme à la Voix d'Ecosse. Personne ne le crut, tout le monde le traita avec condescendance comme le petit frère un peu fêlé de Reynolds Loftis, brûlé dans un incendie — mensonges que son père lui demanda de confirmer. Puis les pansements furent ôtés et Coleman se retrouva *son propre père* vingt ans plus jeune. Et Reynolds séduisit sa propre image de jeunesse.

Coleman se prêta au jeu. Il savait qu'il ne craignait rien de Voix d'Ecosse ; pendant qu'il était en convalescence après l'opération, il ne savait pas à quoi ressemblerait son nouveau visage, mais il savait maintenant qu'il était beau. La perversion était abominable mais l'excitation était continuelle, à se sentir pareil à un glouton qui rôderait dans les ténèbres d'une maison inconnue vingt-quatre heures par jour. De jour, le rôle platonique du jeune frère était un subterfuge fascinant ; Coleman savait que Papa était terrifié à l'idée que leur secret n'apparaisse au grand jour et il se tint coi — il savait aussi que Reynolds se rendait aux rassemblements et faisait des dons en argent à des causes diverses parce qu'il se sentait coupable de l'avoir séduit. Peut-être que l'intervention chirurgicale n'était pas uniquement pour sa protection — rien que pour la séduction. Chaz déménagea — amer devant cette cocufication horrible — en repoussant avec mépris l'offre de Reynolds d'en faire un *ménage à trois**. Minear se lança alors dans une virée de sexe, un prostitué mâle de chez Felix Gordean différent tous les soirs. Reynolds vivait dans la terreur que son ex-amant ne leur parle de l'inceste et se mit à faire des passes avec une bande de putes, à la fois pour le sexe et pour se tenir informé. Coleman était jaloux, mais n'en disait rien, et la soudaine parcimonie de son père ainsi que ses étalages de nervosité réussirent à le convaincre que Reynolds était soumis à un chantage. C'est alors que Coleman rencontra Claire De Haven et tomba amoureux d'elle.

Elle était l'amie de Reynolds et sa collègue dans diverses organisations gauchistes et elle devint la confidente de Coleman. Coleman commençait à trouver les relations sexuelles avec son père insupportables ; il faisait semblant de mettre Claire à la place de l'homme pour aller jusqu'au bout de leurs nuits. Claire entendit l'histoire d'horreur de Coleman par le détail et parvint à le convaincre d'aller voir le Dr Lesnick, psychiatre reconnu du PC — Paul ne trahirait jamais les confidences d'un analysé.

Lesnick écouta Coleman jusqu'au bout — au cours d'une série de séances de deux heures, laborieuses et détaillées. Il eut la conviction que l'histoire de Sleepy Lagoon était construite à deux niveaux : Coleman avait besoin de justifier la quête de son père et sa propre homosexualité latente ; Coleman voulait gagner les faveurs des Latinos du SLDC en disant que le tueur était blanc — et non les membres introuvables des gangs mexicains dont toute la communauté gauchiste disait qu'ils étaient les tueurs. Cela mis à part, il crut aux récits de Coleman, le réconforta et lui demanda instamment de rompre sa liaison avec son père.

Lesnick voyait aussi Loftis en tant que patient ; il savait que Reynolds était fou de culpabilité devant sa liaison ; il donnait de plus en plus d'argent à des causes de plus en plus nombreuses — en particulier le SLDC — un additif au levier de manœuvre qu'il avait tiré pour obtenir de Coleman qu'il consente à l'intervention de chirurgie plastique. Coleman sentait la réalité qui se faisait plus lourde et il reprit ses visites aux gloutons de Thomas Cormier, à les nourrir et à les aimer. Une nuit, il se sentit un désir irrésistible d'en câliner et d'en tenir un. Il ouvrit un enclos et essaya d'enlacer la bête qui le mordit aux deux bras. Il se battit avec le glouton ; Coleman fut vainqueur par étranglement. Il emporta la dépouille chez lui, l'écorcha, mangea la chair crue et fabriqua un râtelier à partir des dents, afin de les porter dans l'intimité, en prétendant être le glouton — en train d'arpenter d'un pas digne, en train de baiser, en train de tuer.

Le temps passa.

Reynolds, convaincu par Claire et Lesnick, rompit sa liaison avec Coleman. Coleman ressentit le geste comme une usurpation de son

---

* Ménage à trois : en français dans le texte.

pouvoir sexuel et commença dès lors à haïr Papa. Les garçons reconnus coupables du meurtre de Sleepy Lagoon furent innocentés et relâchés de prison — avec le SLDC en majeure partie responsable de cet acte de justice. Claire et Coleman continuaient à se parler, mais ce n'était plus que sporadique. Coleman piquait de l'héroïne dans le quartier sud pour qu'elle puisse s'en distraire ; le geste dérangea Claire plus qu'il ne lui fit plaisir, mais elle prêta à Coleman les deux mille dollars qu'il lui demanda. Il utilisa l'argent pour se payer une deuxième intervention par Terry Lux : le docteur lui travailla le visage aux gants de boxe alourdis, avant de le planquer à l'abri dans le couvoir avec morphine et seringues pour lui épargner la douleur. C'est là que Coleman lut des textes d'anatomie et de physiologie ; il quitta la clinique, largua la drogue et apparut à la porte de Claire, le visage violacé d'hématomes ; il ne ressemblait plus à son père. Lorsqu'il demanda à Claire de dormir avec lui, elle s'enfuit avec horreur.

1945.

Coleman quitta Los Angeles, poussé par le souffle brûlant de la répulsion de Claire. Il fit le vagabond à travers le pays et joua de l'alto avec des groupes de rencontre en empruntant son nom à Hudson Healy. En 47, Reynolds Loftis passa devant l'HUAC, refusa de dénoncer et fut mis sur liste noire ; Coleman lut l'article et il fut enchanté. Coleman vivait dans un monde de furie contenue : des fantasmes où il faisait mal à son père, où il possédait Claire, violant les hommes qui le regardaient de travers pour dévorer leur chair de ses dents de glouton qu'il emportait partout avec lui. Composer et jouer sa musique étaient les seules choses qui l'empêchaient de voler en morceaux. Puis, de retour à L.A. à la fin de 49, il lut que Papa et Claire allaient se marier. Son petit monde sans consistance, bâti de bric et de broc, s'effondra brutalement.

Les fantasmes de Coleman grandirent jusqu'au point où il ne pouvait même plus penser musique. Il savait qu'il devait se conformer à ses fantasmes et leur construire un fondement, leur donner une fonction claire et précise comme ce que signifiait la musique à ses yeux. Il découvrit que Reynolds était membre de l'UAES et il apprit à quel moment le Comité Exécutif du syndicat siégeait. Il décida de tuer les partenaires sexuels de son père — ceux dont il se souvenait, à l'époque de la rupture de Papa d'avec Chaz. Coleman se souvint de George Wiltsie et d'Augie le beau ténébreux de visage et de nom, mais ils ne pourraient jamais l'identifier : à l'époque, il avait le déguisement protecteur du jeune frère humble et modeste. Il se souvint d'autres conquêtes de Reynolds uniquement d'après leurs visages, mais il connaissait les bars qu'ils fréquentaient. Trouver des victimes serait facile, le reste plus difficile.

Le plan :

Tuer les amants de Reynolds les soirs de réunion de l'UAES, déguisé en Reynolds, répandre sa semence, O+ comme celle de Reynolds, laisser des indices désignant Reynolds comme étant le tueur, l'obligeant — au pire — à être impliqué dans les meurtres ou — moindre punition — à cracher comme alibis ses réunions traîtresses de l'UAES. Papa pourrait être inculpé des crimes ; il pourrait devenir suspect et être obligé de reconnaître son homosexualité à la police ; il pourrait peut-être se retrouver traîné dans la boue par les journaux, et s'il utilisait ses petites soirées syndicales comme alibis, il pourrait peut-être ruiner sa carrière cinématographique en pleine résurrection pour cause de liens avec les socialos.

Coleman savait qu'il lui fallait de l'argent pour financer ses escapades meurtrières et il ne ramassait que des clopinettes à faire le musico sur Central Avenue. La veille de Noël, il tomba sur son vieux pote Marty Goines au Bido Lito's. Marty fut surpris — et heureux — c'était la première fois qu'il voyait Coleman après bandages, des années avaient passé, le garçon était devenu un homme avec un nouveau visage — et comme alto, il n'était pas mauvais. Coleman suggéra qu'ils exécutent une nouvelle série de vols avec effraction ; Marty le Dingue accepta. Ils prirent leurs dispositions pour en parler après la Nouvelle Année ; puis, au début de la soirée de la Saint-Sylvestre, Goines vit Coleman devant le Nid de Malloy et lui dit qu'il avait appelé un pote de Quentin à Frisco, Leo Bordoni, pour l'inviter à se joindre à leur équipe. Coleman, furieux de n'avoir pas été consulté — mais ne le montrant pas — réussit à déterminer que Goines n'avait pas fait mention de lui et qu'il ne l'avait pas décrit à Bordoni : il décida que son vieux mentor de jazz était un gibier de choix pour le glouton. Il dit à Marty de le retrouver au coin de la 67ème et Central à minuit quinze, et de n'en parler à personne — il y avait une raison.

Coleman alla dans sa chambre et emporta la perruque grise Reynolds et la trousse de maquillage qu'il avait apportée. Il se façonna une baguette zazou à partir d'une planche qu'il avait trouvée à la poubelle et un paquet de cinq lames Gillette. Il pigea brusquement que l'UAES tenait une soirée-réunion ce soir-là ; il se fit fourguer quatre enveloppes de H et une shooteuse par sa vieille source d'approvisionnement Roland Navarette, repéra une Buick qui n'était pas verrouillée sur la 67ème et qui lui servirait de charrette, fit son dernier numéro au Zombie, et entra aux toilettes pour hommes de la station service Texaco de la 68ème en Coleman pour en ressortir en Papa.

Marty était juste à l'heure, mais soûl — il ne tiqua même pas devant le déguisement de Coleman. Coleman l'étendit raide sur le trottoir, le souleva à l'épaule comme un vieux pote beurré, et l'installa dans la Buick avant de chauffer la tire. Il envoya Marty dans les vaps avec une bonne dose de came, le conduisit jusqu'à sa crèche à Hollywood, lui injecta le contenu des trois autres enveloppes et lui fourra la capuche d'un peignoir éponge dans la bouche pour qu'il ne vomisse pas de sang sur lui lorsque ses artères cardiaques éclateraient. Le cœur de Marty péta en beauté ; Coleman étrangla ce qui lui restait de vie, lacéra son dos avec la baguette zazou, lui extirpa les yeux comme il avait voulu le faire avec l'homme aux pièces à Sleepy Lagoon. Il viola les orbites vides ; il mit ses dents de glouton et festoya, crachant des giclées de sang sur les murs au son des riffs sauvages de l'alto qui jouait dans sa tête. Lorsqu'il en eut terminé, il laissa les globes oculaires dans le Frigidaire, habilla Goines du peignoir éponge blanc, le transporta au rez-de-chaussée et l'installa bien calé sur le siège arrière de la Buick. Il ajusta le rétroviseur de manière à pouvoir surveiller Marty et sa tête ballante aux orbites vides ; il roula jusqu'au Sunset Strip sous la pluie, en pensant à Papa et à Claire qui se faisaient défoncer jusqu'aux dents par le moindre orifice. Il déposa Marty nu dans un terrain vague d'Allegro, territoire choisi des choutes, cadavre en vitrine aux yeux du monde comme le Dahlia Noir. S'il avait de la chance, la victime numéro un ferait couler autant d'encre.

Coleman retourna à sa musique, son autre vie. Le meurtre Goines n'obtint pas toute la publicité qu'il en escomptait — le Dahlia était une belle femme, Marty un être de passage anonyme. Coleman loua des voitures au U-Drive et patrouilla le 2307 Tamarind aux heures les plus bizarres ; pas trace de flics — il pourrait réutiliser l'endroit. Il obtint l'adresse de George Wiltsie dans l'annuaire et décida que Wiltsie serait la victime numéro deux. Il passa ses nuits à faire la tournée des bars à pédés près de la crèche, vit Wiltsie dans les rades, mais toujours en compagnie de sa lopette, un mec qu'il appelait "Duane". Il était presque décidé à laisser la vie au salopard — mais le fait de songer aux possibilités que lui offrait un meurtre en doublette lui fit venir des picotements et lui rappela Delores et l'homme en train de se faire 69. C'est alors que Duane mentionna à un barman qu'il travaillait à Variety International — là où Papa avait marné.

La Providence !

Coleman approcha George et Duane, emportant avec lui un petit nécessaire à tuer qu'il avait concocté : capsules de secobarbital achetées à Roland Navarette, et strychnine du drugstore. Deux pour un, barbiturique pour poison — avec trous d'épingle dans les capsules pour un effet rapide. Coleman suggéra une soirée "chcz lui" à Hollywood ; George et Duane acceptèrent. Pendant le trajet dans sa U-Drive, il leur offrit une pinte de rye à téter. Une fois à moitié beurrés, il leur demanda s'ils voulaient tâter d'un peu de vrai Mouche espagnole*. Les deux hommes avalèrent avec enthousiasme leurs pilules de mort ; lorsqu'ils arrivèrent à la crèche de Marty, ils étaient tellement envapés que Coleman dut les aider à monter l'escalier. Lindenaur était MAA, Wiltsie dans une léthargie profonde. Coleman les dévêtit et se mit au travail en zazoutant le mort.

Wiltsie s'éveilla et lutta pour survivre. Coleman trancha un des doigts de l'homo en se défendant avant de le tuer d'un coup de couteau dans la gorge. Les deux hommes morts, il zazouta, gloutonna, viola à sa manière

* Mouche espagnole ou cantharide : aphrodisiaque.

habituelle et dessina des motifs musicaux en laissant sa marque G sur les murs. Il mit le doigt de Wiltsie dans la boîte à glace ; il passa Duane et George à la douche pour les nettoyer de leur sang, les enveloppa dans des couvertures de rechange, les descendit et roula jusqu'à Griffith Park, son territoire de jadis, là où il cornait du sax. Il les déshabilla et les transporta jusqu'au sentier de randonnée ; il les plaça en 69 pour que le monde les voie. Si *lui* était vu, c'était son père qu'on voyait.

Il y eut coïncidence de deux événements.

Le Dr Paul Lesnick, prêt de mourir et désireux de se rattraper somme toute de ses pertes morales, lut dans une feuille à scandales un compte rendu des meurtres Wiltsie/Lindenaur. Il se rappela de Wiltsie comme d'un nom qui avait circulé au cours d'une séance d'analyse de Reynolds Loftis des années auparavant ; les entailles à la baguette zazou lui remirent en mémoire les fantasmes de Coleman concernant l'Homme à la Voix d'Ecosse et les armes du couvoir de Terry Lux. Ce qui finalement réussit à le convaincre que Coleman était bien le tueur, ce fut la faim qui était présente derrière chacune des marques de morsures décrites de manière indirecte. Coleman était la faim personnifiée. Coleman voulait être le plus vicieux, le plus insatiable des animaux sur la terre, et maintenant, il prouvait qu'il l'était.

Lesnick savait que la police tuerait Coleman si elle le capturait. Lesnick savait qu'il devait essayer de le faire enfermer dans une institution avant qu'il ne tue quelqu'un d'autre et qu'il ne se mette en tête de s'attaquer à Reynolds ou Claire. Il savait que Coleman devait être tout près de la musique, et il le trouva qui jouait dans un club sur Central Avenue. Il regagna la confiance de Coleman parce qu'il était la seule personne à ne jamais lui avoir fait de mal : il lui trouva un appartement bon marché à Compton et il parla à Coleman, il parla, encore et encore, se cachant avec lui lorsqu'un ami de la communauté gauchiste lui dit que Reynolds et Claire cherchaient également Coleman. Coleman avait ses moments de lucidité — modèle de comportement classique chez les psychopathes sexuels qui ont succombé au meurtre pour assouvir leur lubricité. L'histoire de ses trois premiers meurtres sortit dans un flot de détails ; Lesnick comprit que faire le chauffeur d'un homme mort sur le siège arrière tout comme les deux victimes suivantes qu'il avait amenées à Tamarind Street relevait d'une tentative purement inconsciente de se faire capturer. Il existait des cratères psychologiques dans lesquels un psychologue de talent pouvait s'aventurer — la rédemption de Paul Lesnick pour dix années de dénonciations de gens qu'il aimait.

Coleman luttait contre ses pulsions de manière rudimentaire, par la musique. Il travaillait sur un long morceau en solo rempli de silences à donner le frisson qu'il tirait de son saxo, des sons uniques, sonores au départ puis se faisant plus doux, avec de longs intervalles de silence. Le morceau se terminerait sur une gamme de notes en decrescendo avant une absence totale de sons — qui résonnait plus fort aux oreilles de

Coleman que tous les bruits qu'il pourrait jamais produire. Il voulait appeler sa composition Le Grand Nulle Part. Lesnick lui dit que s'il allait à l'hôpital, il survivrait pour pouvoir l'exécuter. Le docteur vit Coleman qui hésitait, sa lucidité gagnant du terrain. C'est alors que Coleman lui parla de Danny Upshaw.

Il avait rencontré Upshaw la nuit qui avait suivi le meurtre de Marty Goines. L'inspecteur avait pour travail un quadrillage de routine, et Coleman se paya d'effronterie devant lui avec son alibi "j'ai passé la nuit ici au vu de tout le monde", sachant qu'Upshaw le croyait. S'il le croyait, c'est que Goines s'était tu sur sa rencontre avec lui, et Coleman profita de l'occasion pour mentir au sujet de Marty comme étant pédé et donner des indices sur Papa, grand et gris. Il oublia Upshaw et poursuivit son plan en tuant Wiltsie et Lindenaur, hésitant entre Augie Duarte et une autre des lopettes de Papa qu'il connaissait comme victime numéro quatre. Mais il avait commencé à rêver du jeune inspecteur, des rêves mouillés qui lui disaient qu'il était réellement ce que Papa avait essayé de faire de lui. Coleman prit la décision d'assassiner Reynolds et Claire s'il n'arrivait pas à éclabousser son père d'assez de boues — il se dit que tout ce sang en puissance ajouté à sa rogne mettrait un peu de piment dans son jus et le ferait rêver de la femme qu'il avait jadis aimée.

Le plan ne marcha pas. Coleman eut d'autres rêves d'Upshaw, d'autres fantasmes d'Upshaw. Il était fringué Papa et planquait devant le bureau de Felix Gordean en quête de pistes sur les vieux amants de Reynolds lorsqu'il repéra Upshaw qui conduisait sa propre surveillance ; il était tout près lorsque Upshaw avait téléphoné au SCG, ligne réservée à la police. Il saisit le plus gros de ce qu'il dit et fila Upshaw dans la Pontiac qu'il avait volée — rien que pour rester près de lui. Upshaw repéra la filoche ; une poursuite s'ensuivit ; Coleman s'enfuit, déroba une autre voiture et appela le SCG en se faisant passer pour le collègue de l'adjoint. L'un des noms que lui lut l'employé se trouvait être Augie Duarte : Coleman décida que c'était un nouveau signe de la Providence et c'est là, à ce moment-là, qu'il s'arrêta sur Duarte comme sa victime numéro quatre. Il roula jusqu'à la maison de Gordean sur la plage, repéra la voiture d'Upshaw, se cacha et écouta Gordean et un de ses gros bras qui bavardaient. Le maquereau-expert en pédés dit :

— Ce policier est de la jaquette. Je le sais.

Le lendemain, Coleman pénétra dans l'appartement d'Upshaw et savoura l'instant. Il ne vit pas de souvenirs de femmes, rien qu'une crèche impersonnelle et trop bien rangée. Coleman *sut* alors, et commença à s'identifier complètement à Upshaw, en parfaite symbiose. Ce soir-là, Lesnick quitta l'appartement pour aller chercher des médicaments à l'Hôpital Général du comté en songeant que la fixation que faisait Coleman sur Upshaw briserait sa résistance en lui révélant son homosexualité avant de l'acculer à une impasse et de le mettre en échec. Il avait tort. Coleman leva Augie Duarte dans un bar du centre, le mit sous sédatifs et l'emmena dans un garage abandonné de Lincoln Heights. Il l'étrangla, il le taillada, il le dévora, il l'émascula comme Papa et tous les autres avaient essayé de faire avec lui. Il abandonna le corps dans le déversoir de la Rivière de L.A., retourna à Compton et dit à Lesnick qu'il avait finalement replacé Upshaw dans son contexte. Il allait rivaliser avec l'homme, tueur contre inspecteur. Paul Lesnick quitta l'appartement et prit un taxi jusqu'à sa maison de repos : il savait que Coleman Healy poursuivrait ses massacres dévastateurs jusqu'à ce qu'il soit massacré lui-même. Et le vieux psy fragile essayait depuis de se trouver assez de tripes pour exécuter un meurtre par charité.

* * *

Lesnick termina son récit avec panache, d'un geste preste de conteur, en sortant un revolver des plis de son peignoir.

— J'ai vu Coleman encore une fois, dit-il. Il venait de lire qu'Upshaw était mort accidentellement et il était très troublé. Il venait d'acheter des opiats à Navarette et il allait tuer un autre homme, un homme qui avait été figurant dans l'un des films de Reynolds, un amateur d'opium. L'homme avait eu une brève passade avec Reynolds et Coleman allait le tuer. Il me l'a dit, comme s'il pensait que je ne ferais rien pour l'en empêcher. J'ai acheté cette arme dans une boutique de prêts sur gages à Watts. J'allais tuer Coleman ce soir-là mais vous et le capitaine Considine êtes arrivés les premiers.

Buzz regarda le flingue. Il était vieux et rouillé et il ferait probablement long feu, tout comme le psy, pour qui le cadrage du maboul sur Sleepy Lagoon n'était qu'un fantasme. Coleman le lui aurait fait sauter d'une claque sur sa main décharnée avant que Papy ait pu appuyer sur la détente.

— Z'êtes heureux de la manière que ça a tourné, doc ?

— Non. Je suis désolé pour Reynolds.

Buzz songea à Mal tirant droit sur Papa — il voulait Coleman vivant pour sa carrière et peut-être aussi pour quelque chose qui concernait son propre môme.

— J'ai une question de flic, doc.

— Je vous en prie. Posez-là, dit Lesnick.

— Eh bien, je croyais que Terry Lux avait mis Gordean au parfum pour tous les trucs avec lesquels Gordean faisait chanter Loftis. Votre histoire me fait penser que Chaz Minear a fourni quelques détails à Felix, des détails qu'il a mis ensemble lorsqu'il a fait chanter Loftis une seconde fois très récemment. Des trucs qui lui ont fait comprendre que Coleman tuait du monde.

Lesnick sourit.

— Oui. Chaz a raconté à Felix Gordean beaucoup de choses sur le séjour en clinique de Coleman, des choses qui pourraient passer pour des indices lorsqu'on les juxtapose aux détails dans la presse. J'ai lu que Gordean avait été assassiné. Etait-ce Chaz ?

— Ouais. Est-ce que ça vous fait plaisir ?

— C'est une petite fin heureuse, oui.

— Des réflexions sur Claire ?

— Oui. Elle survivra au pogrom de votre grand jury comme une Tigresse. Elle se trouvera un nouveau faible à protéger et se fera la championne de nouvelles causes. Elle fera le bien aux gens qui méritent qu'on leur fasse du bien, et je ne ferai pas de commentaires sur sa personnalité.

— Avant que les choses n'échappent à tout contrôle, dit Buzz, on aurait dit que l'UAES tenait sous pression une sorte de projet de chantage contre les studios. Est-ce que vous jouiez sur les deux tableaux ? En gardant pour vous des trucs que vous aviez entendus comme psychiatre pour aider le syndicat ?

Lesnick toussa et dit :

— Qui cela intéresse ?

— Deux morts et moi-même.

— Et qui d'autre saura ?

— Rien que moi.

— Je vous crois. Pourquoi, je ne sais pas.

— Les morts n'ont aucune raison de mentir. Allez, doc, crachez le morceau.

Lesnick caressa son flingot de boutique à gages.

— J'ai des informations contrôlées sur M. Howard Hughes et son penchant pour les filles mineures, et beaucoup d'autres informations sur divers acteurs de la RKO et de Variety International et les cures de désintoxication de stupéfiants qu'ils suivent régulièrement. J'ai des informations sur les liens avec la pègre de nombreux cadres des studios, y compris un monsieur de la RKO qui a écrasé en voiture une famille de quatre personnes et les a tuées. L'arrestation a été arrangée, il n'est jamais passé en jugement, mais le sous-entendu à lui seul serait très embarrassant. Vous voyez bien que l'UAES n'est pas sans armes.

— Patron, dit Buzz, j'ai fait le mac pour les filles d'Howard et j'ai arrangé la plupart des cures pour les camés. C'est moi qui ai sauvé la peau du mec de la RKO et j'ai apporté l'enveloppe au juge qui l'aurait fait comparaître. Doc, jamais les journaux n'imprimeraient ce que vous savez et la radio ne le passerait jamais sur les ondes. Howard Hugues et

Herman Gerstein vous riraient à la figure avec votre projet de chantage. Je suis le meilleur magouilleur que cettte ville ait jamais vu, et croyez-moi, l'UAES est crucifiée.

Paul Lesnick se redressa, chancela mais resta debout.

— Et comment allez-vous magouiller ça ? dit-il.

Buzz s'éloigna, laissant la question en suspens.

***

Une fois rentré au motel, il vit un mot du directeur sur la porte : "Appelez Johnny S." Buzz alla à la cabine et composa le numéro de Stompanato.

— Parlez.

— C'est Meeks. Quoi de neuf ?

— T'es fait, mais pas mon pognon, avec un peu de chance. Je viens d'avoir un tuyau, par un ami de Mickey. Le LADP a effectué un examen balistique de routine après la fusillade du club de jazz à laquelle tu as participé. Layman, cette grosse tête de coroner, a examiné le rapport sur les valdas qu'ils ont sorties du mec-rat dont tu m'as parlé. Ça lui a paru familier, alors il a vérifié. Les balles de ton arme correspondent aux valdas qu'on a retirées de Gene Niles. Pour le LADP, c'est toi qui as liquidé Niles, et ils sont en force pour t'avoir. Tir à vue. Et je déteste te dire ça, mais tu me dois beaucoup d'argent.

Buzz soupira.

Jonny, t'es un homme riche.

— Quoi ?

— Retrouve- moi ici demain à midi, dit Buzz avant de raccrocher. Il composa un numéro de L.A. Est et obtint :

— *Quién ? Quién es ?*

— Parle anglais, Chico, c'est Meeks.

— Buzz ! Mon padrone !

— Je change ma commande, Chico. Pas de trente-trente, change-moi ça en canon scié.

— Calibre 12, padrone ?

— Plus gros que ça, Chico. Le plus gros que t'as.

Chapitre 42

C'était un fusil à pompe calibre 10, avec canon de trente centimètres chargé à la chevrotine triple zéro. Les cinq cartouches dans la chambre étaient suffisantes pour transformer la chemiserie de Mickey Cohen et tout le personnel du grand sommet de la came en chair à pâté. Buzz transportait l'arme dans un emballage de store vénitien enveloppé de papier cadeau de Noël.

Son tas de ferraille du U-Drive était rangé au bord du trottoir à un demi-bloc au sud de Sunset. Le parking de la chemiserie était bourré de barcasses juives et de paquebots ritals.

On avait placé une sentinelle près de la porte d'entrée pour chasser les clients ; l'homme près de la porte arrière avait l'air à moitié endormi, installé dans un fauteuil à prendre à plein le soleil de cette fin de matinée. Deux gâchettes neutres éliminées — Dudley et le quatrième homme devaient se trouver sur les lieux mêmes de l'action, à l'intérieur.

Buzz fit signe au mec au coin de la rue — complice déjà réglé, recruté dans un troquet. Le mec pénétra sur le parking, l'allure furtive, à essayer les poignées des Caddy et des Lincoln en longeant la dernière rangée de voitures près de la clôture. Buzz se prépara lentement, attendant que la sentinelle remarque le manège et bondisse.

Il fallut au lézard presque une demi-minute pour se remuer, piger ce qui se passait et s'avancer, une main dans la poche de sa veste. Buzz courut à toute vitesse, éclair de lard en chaussures de tennis.

La sentinelle se retourna à la dernière seconde ; Buzz lui balança son cadeau de Noël en pleine figure et l'envoya contre le capot de la Continental 49. L'homme dégaina son arme ; Buzz lui fila son genou dans les joyeuses, lui explosa le nez de la paume de la main et regarda le 45 automatique tomber sur le goudron. Un autre genou en pointe et l'homme se retrouva au sol à gémir sa mélopée ; Buzz chassa l'arme d'un coup de pied, arracha son carton d'emballage et utilisa la crosse de son canon scié pour le cogner jusqu'à ce qu'il se taise.

Le complice était parti ; la sentinelle saignait de la bouche et du nez, plongée dans ses rêves profonds — peut-être pour de bon. Buzz mit la pétoire maintenant dégagée dans sa poche, alla jusqu'à la porte de derrière et entra.

Rires, saluts, dialogues à la "ça va ? ça va !" fusaient de partout ; petit couloir avec vestiaires de chaque côté. Buzz s'approcha avec précautions d'un rideau, en souleva un coin et regarda.

Le sommet battait son plein. Mickey Cohen et Jack Dragna se saluaient à bras ouverts, debout près d'une table où s'alignaient viandes froides, bouteilles de bière et d'alcool. Davey Goldman, Mo Jahelka et Dudley Smith s'envoyaient des whisky-soda ; une rangée de minables à Dragna se tenait devant les rideaux de la vitrine. Johnny Stompanato était invisible parce que Johnny Stompanato se trouvait probablement à mi-chemin de Pedro à cet instant, en espérant qu'un certain gros lard survivrait à la matinée. Un peu plus loin, près du mur de gauche, les affaires proprement dites suivaient leur cours : deux mecs, deux Mexicains d'origine, comptaient les billets d'une valise pleine d'argent pendant qu'un mec à Mickey et un mec à Jack goûtaient et testaient la poudre blanc-brun qui bourrait des sachets de papier renforcé dans une autre valise. Leurs sourires disaient bien qu'ils trouvaient la marchandise à leur goût.

Buzz écarta le rideau et se joignit à la fête en faisant monter une cartouche dans le canon pour se gagner quelque attention. Le bruit fit tourner les têtes, on lâcha verres et assiettes garnies ; Dudley Smith sourit ; Jack Dragna reluqua le canon. Buzz vit un gus du genre flic à côté des Mex. Vingt contre un qu'il n'y avait que lui et Dudley d'enfouraillés ; Dud avait beaucoup trop de cervelle pour tenter quelque chose. Mickey Cohen prit l'air peiné et blessé.

— Dieu m'en soit témoin, dit-il, je te ferai ça pire que ce que j'ai fait au mec qui s'était fait Hooky Rothman.

Buzz sentit son corps se dédoubler, flottant loin de lui. Les Mex commençaient à avoir peur, c'était visible ; un coup à la fenêtre suffirait à faire venir l'homme qui était dehors. Buzz fit quelques pas pour voir tous les visages dans la pièce et il braqua son canon pour une décharge en éventail : Jack et Mickey seraient vaporisés à la seconde où il appuierait sur la gâchette.

— L'argent et la came dans un de tes sacs à vêtements, Mick. Tout de suite et doucement.

— Davey, dit Mick, il n'hésitera pas à tirer. *Fais-le*.

Buzz vit Davey Goldman traverser son champ de vision et se mettre à parler à voix basse en espagnol aux Mex. Il vit du coin de l'œil des sachets de papier et des dos verts* qu'on enfournait dans un sac à fermeture Eclair, toile beige gansée de rouge avec le visage de Mickey Cohen estampé sur le devant.

— Si tu me renvoies Audrey, dit Mickey, je ne toucherai pas à un seul cheveu de sa tête et je ne te ferai pas au ralenti. Si je la trouve avec toi, je ne peux promettre de pitié. Renvoie-la-moi.

Un marché d'un million de dollars foiré — et tout ce à quoi pouvait penser Mickey Cohen, c'était à une femme.

— Non.

On remonta la fermeture Eclair du sac ; Goldman l'apporta super doucement. Buzz tendit le bras gauche ; Mickey tremblait comme un camé qui en crève pour sa dose. Buzz se demanda ce qu'il dirait ensuite ; le grand petit bonhomme dit :

— *S'il te plaît*.

Le sac à vêtements fut déposé ; Buzz sentit son bras qui pliait. Dudley Smith lui fit un clin d'œil.

— Je reviendrai pour toi, mon gars, dit Buzz. Diaz et Hartshorn.

Dudley éclata de rire.

— Tu ne vivras pas assez vieux pour ça.

Buzz se recula jusqu'aux rideaux.

— Ne sortez pas par la porte de derrière, elle est piégée.

— *S'il te plaît*, dit Mickey Cohen. Tu ne peux pas t'enfuir avec elle. De sa tête, je ne toucherai pas un seul cheveu.

Buzz prit la fuite.

* * *

Johnny Stompanato l'attendait au motel, allongé sur le lit à écouter un opéra à la radio. Buzz laissa tomber le sac à vêtements, tira la fermeture et sortit dix liasses de dix mille dollars. Johnny en tomba la mâchoire ; sa cigarette lui dégringola sur la poitrine en brûlant sa chemise. Il étouffa le mégot avec un oreiller et dit :

— Tu l'as fait.

Buzz lança l'argent sur le lit :

— Cinquante pour toi, cinquante pour Mme Celeste Considine, 641 Gramercy Sud, L.A. Tu fais la livraison et tu dis que c'est pour les études du petit.

---

* Dos verts : dollars.

Stompanato rassembla l'argent en une petite pile serrée et s'en délecta :

— Comment sais-tu que je ne garderai pas tout ?

— T'aimes trop ma manière de faire pour me baiser.

* * *

Buzz roula jusqu'à Ventura, se gara face à la maison de l'adjoint Dave Kleckner et appuya sur la sonnette. Audrey vint ouvrir. Elle portait une vieille chemise de Mick et une salopette, tout comme la première fois qu'il l'avait embrassée. Elle regarda le sac et dit :

— L'intention de rester un bout de temps ?

— Peut-être. Tu as l'air fatiguée.

— J'ai été debout toute la nuit à réfléchir.

Buzz posa les mains sur son visage et lissa une mèche de cheveux rebelles.

— Dave est à la maison ?

— Dave est de service, il rentre tard et je crois qu'il est amoureux de moi.

— Tout le monde est amoureux de toi.

— Pourquoi ?

— Parce que tu leur fais connaître la peur, la peur de rester seul.

— Est-ce que tu es de ceux-là ?

— Oui. Moi en particulier.

Audrey bondit dans ses bras. Buzz lâcha son sac à vêtements et lui donna un coup de pied pour se porter chance. Il emporta sa Lionne dans la chambre de devant et essaya d'atteindre l'interrupteur à la volée ; Audrey lui agrippa le bras.

— Laisse allumé. Je veux te voir.

Buzz sortit de ses vêtements et s'assit au bord du lit ; Audrey se mit nue au ralenti, en jouant des hanches, avant de bondir sur lui. Ils s'embrassèrent dix fois plus longtemps que d'habitude et prirent leur temps pour faire toutes les autres choses qu'ils aient jamais faites ensemble. Buzz la pénétra vite, mais bougea très, très doucement ; elle le repoussa de ses hanches plus fort qu'elle ne l'avait fait la première fois. Il ne parvenait pas à se retenir et il ne le voulait pas ; elle devint folle lorsqu'il se laissa aller. Comme la première fois, à se débattre, ils firent voler les draps du lit pour s'enlacer au milieu de leurs sueurs. Buzz se rappela la manière dont il avait croché d'un doigt le poignet d'Audrey, pour qu'ils continuent à se toucher pendant qu'il reprenait son souffle. Il fit à nouveau la même chose mais cette fois, elle lui serra la main tout entière comme si elle ne savait pas ce que signifiait son geste.

Ils se roulèrent en fœtus, Audrey nichée contre lui. Buzz regarda cette chambre autour de lui qui lui était étrangère. Des demandes de passeport et des piles de brochures touristiques d'Amérique du Sud étaient posées sur la table de nuit et des cartons de vêtements féminins étaient disposés près de la porte à côté d'une valise toute neuve. Audrey bâilla, l'embrassa sur la poitrine comme si c'était l'heure du dodo et bâilla à nouveau.

— Ma douce, dit Buzz, est-ce que Mickey t'a jamais frappée ?

Pour toute réponse, un geste de la tête ensommeillé.

— Plus tard la discussion. *Tout plein* de discussions, mais plus tard.

— L'a-t-il jamais fait ?

— Non, que des hommes.

Un autre bâillement.

— On discute pas de Mickey, tu te souviens de not'marché ?

— Ouais, je me souviens.

Audrey le serra dans ses bras et se mit à dormir. Buzz prit la brochure la plus proche, du baratin de publico pour Rio de Janeiro. Il feuilleta les pages, vit qu'Audrey avait entouré des catalogues de maisonnettes à louer offrant des tarifs aux jeunes mariés et il essaya de se représenter un tueur-de-flic-en-cavale et une ex-effeuilleuse de trente-sept ans en train de se rôtir au soleil d'Amérique du Sud. Pas moyen. Il essaya de se représenter Audrey l'attendant, pendant qu'il essaierait de larguer vingt-cinq livres d'héroïne à quelque truand renégat qui n'aurait pas encore entendu parler du braquage et du contrat qui l'accompagnait. Pas moyen. Il essaya de se représenter Audrey avec lui lorsque le LAPD les cernerait, des flics bandant pour la gloire qui retiendraient leur feu parce que le tueur était avec une femme. Pas moyen. Il songea à Fritzie Pic-à-glace les trouvant tous les deux et se défoulant de sa dinguerie à coups de pic sur le visage d'Audrey — ça, ce n'était pas difficile à se représenter. Mickey et ses "s'il te plaît" pardonnant dans la guimauve et le sentiment, c'était beaucoup plus facile.

Buzz écouta la respiration d'Audrey ; il sentit sa peau en sueur qui se faisait plus fraîche. Il essaya de se la représenter avec un boulot du genre comptable, rentrant à la maison à Mobile, Alabama, et rencontrant un gentil agent d'assurances à la recherche d'une belle du Sud. Pas moyen. Il fit un dernier gros effort pour se la représenter avec lui, tous les deux, en train de monnayer leur fuite hors du pays avec, sur sa tête de tueur de flic, un ARTU* sur tout le territoire. Il essaya, il essaya dur sur ce dernier modèle — et ne réussit pas à trouver un seul moyen pour qu'il tienne le coup...

---

* ARTU : avis de recherches à toutes les unités.

Audrey remua et s'éloigna de lui. Buzz vit Mickey, fatigué d'elle d'ici quelques années, la larguant pour une petite jeunette avec un beau paquet de blé comme cadeau d'adieu. Il vit les hommes du shérif, les flics de la ville, les Fédés et les nervis de Cohen à ses trousses, prêts à pourchasser son cul de bouseux de l'Oklahoma jusque dans la lune. Il vit Ellis Loew et Ed Satterlee sortis de l'auberge pendant que le vieux Doc Lesnick le harcelait de son "et comment allez-vous magouiller ça ?"

Ce fut Lesnick le déclic. Buzz se leva, alla dans le salon, attrapa le téléphone et demanda à l'opératrice de le mettre en ligne avec Los Angeles CR-4619. une voix répondit :

— Ouais ?

C'était Mickey.

— Elle est au 1006 Montebello Drive à Ventura, dit Buzz. Tu la touches et je te fais plus doucement que t'as jamais pensé me faire.

— Mazel tov, dit Mickey. Mon ami, tu es toujours un homme mort, mais ta mort ira très vite.

Buzz déposa doucement le combiné, retourna dans la chambre et s'habilla. Audrey était toujours dans la même position, la tête enfouie dans l'oreiller, impossible de voir son visage.

— Y'en avait qu'une et c'était toi, dit Buzz avant d'éteindre la lumière.

Il agrippa son sac à vêtements en chemin et sortit sans verrouiller la porte.

* * *

A traînasser sur les petites routes, il arriva dans la Vallée de San Fernando après 7 h 30 — c'était le soir, noir et étoilé. La maison d'Ellis Loew n'était pas éclairée et aucune voiture n'était garée devant.

Buzz fit le tour jusqu'au garage, brisa une attache de la porte qu'il ouvrit d'une poussée. Un rayon de lune éclaira une ampoule nue sous le toit au bout d'une ficelle. Il tira la cordelette et vit ce qu'il désirait en bas d'une étagère : deux bidons d'essence de cinq litres. Il les souleva, vit qu'ils étaient presque pleins, les transporta jusqu'à la porte d'entrée et entra dans la maison avec sa clé d'enquêteur spécial.

Un petit coup de l'éclairage au plafond ; le salon d'un blanc grinçant — murs, tables, cartons, étagères et tas de papiers un peu partout — pour Loew et compagnie, un coup politique comme il ne s'en présente qu'une fois dans la vie, la chance d'atteindre à la lune. Graphiques et tableaux, milliers de pages de témoignages gagnés par voie de force. Des boîtes de photographies aux visages cerclés et rattachés, preuves de leur trahison. Une putain de charrette pleine de mensonges collés les uns aux autres pour prouver une simple théorie qu'il était facile de croire, parce que croire, c'est plus facile que de patauger au milieu d'un amas de conneries avant de dire, "Faux".

Buzz aspergea d'essence les murs, les étagères, les tables, les piles de papiers. Il détrempa les photos du Comité de Sleepy Lagoon. Il arracha les graphiques d'Ed Satterlee, vida les bidons sur le plancher en tirant une rigole jusque sous le porche. Il alluma une allumette, la laissa tomber et regarda le blanc s'embraser de rouge avec un grand wooof avant d'exploser.

Le feu gagna vers l'arrière et le haut ; la maison se transforma en une gigantesque feuille de flamme. Buzz monta en voiture et s'éloigna, le pare-brise éclairé des rougeoiements de l'incendie. Il se dirigea vers le nord par les petites rues jusqu'à ce que le rougeoiement disparaisse et qu'il entende des sirènes qui bourdonnaient dans la direction opposée. Lorsque le bruit s'éteignit, il gravissait les contreforts des collines, et Los Angeles n'était plus qu'un gribouillis de néon dans son rétroviseur. Il palpa son avenir à côté de lui sur le siège : canon scié, héroïne, cent cinquante bâtons. La sensation ne collait pas, alors il se mit la radio et se trouva une station de hillbilly. La musique était trop douce et trop triste, comme une plainte pour revenir au bon vieux temps des choses faciles. Il écouta malgré tout. Les chansons lui firent penser à lui-même, à Mal, à ce pauvre Danny Upshaw. Des durs, des flics sans loi, des chasseurs de Rouges. Trois hommes dangereux partis pour des terres inconnues.

ACHEVÉ D'IMPRIMER
SUR LES PRESSES DE
● L'IMPRIMERIE TARDY QUERCY
A CAHORS (LOT)

Imprimé en France

N° d'impression : 90342 F
Dépôt légal : avril 1989